MATTHES & SEITZ BERLIN
PAPERBACK

James Gordon Farrell

DIE BELAGERUNG VON KRISHNAPUR

Roman

Aus dem Englischen
von Grete Osterwald
Mit einem Nachwort
von Pankaj Mishra

Matthes & Seitz Berlin

Für W. F. F.

Erster Teil

I

Jeder, der noch nie in Krishnapur war und sich von Osten nähert, wird sich wohl ein paar Meilen früher als erwartet am Ende seiner Reise wähnen. Noch ein ganzes Stück von Krishnapur entfernt, führt der Weg eine leichte Anhöhe hinauf. Von hier aus wird er sehen, was in der hitzeflimmernden Ferne als eine Stadt erscheint. Er wird das weiße Schimmern von Mauern sehen, und Dächer, und eine schöne Baumgruppe, vielleicht sogar die Kuppel von etwas, was ein Tempel sein könnte. Rundherum nichts als die endlose Ebene, immer noch genauso wie seit vielen Meilen, ein eintöniges Meer kahler Erde, in dessen unendlicher Weite ein gelegentliches Feld mit Zuckerrohr oder Senfpflanzen vollkommen verloren wirkt.

Das Überraschende ist, dass diese Ebene nicht gänzlich verlassen ist, wie man erwarten könnte. Während er sie zu den weißen Mauern in der Ferne hin durchquert, gewahrt der Reisende hin und wieder eine Gestalt, die von irgendwo zwischen der Straße und dem Horizont auftaucht, einen Mann, der mit einer Last auf dem Kopf in diese oder jene Richtung geht ... obwohl es, zumindest für das Auge eines Fremden, innerhalb der Grenzen des Horizonts nichts zu geben scheint, wo es sich hinzugehen lohnt, außer vielleicht zu jener fernen Stadt, die er erblickt hat; ob hier oder dort, alles sieht ziemlich gleich aus. Aber wenn man genau hinschaut und die Augen gegen das gleißende Licht abschirmt, entdeckt man hin und wieder kleine Dörfer, schwer zu erkennen, weil sie aus derselben Erde bestehen wie die Ebene, der sie entsprungen sind, und in deren Schoß sie während der Regenzeit unvermeidlich zurückkehren, da es in diesen Landstrichen keinen Kalk gibt, keinen Ton oder Schiefer, nichts, was sich zu Ziegeln brennen ließe, keine Substanz, die fest genug wäre, um den Jahreszeiten dauerhaft zu widerstehen.

Manchmal duckt sich das Dorf in einen Bambushain und besitzt einen fürchterlichen Tümpel mit ein oder zwei Wasserbüffeln; meistens aber gibt es nur einen Brunnen, aus dem tagein, tagaus, vom Morgengrauen bis zur Abenddämmerung, dieselben zwei Männern und zwei Ochsen Wasser ziehen, bis ans Ende ihres Lebens. Doch ob es einen Tümpel gibt oder nicht, ist für den Reisenden kaum von Belang; so oder so gibt es hier keine Bequemlichkeit, nichts, was ein Europäer als Zivilisation erkennen könnte. Umso mehr Grund für ihn, weiterzueilen, hin zu den fernen weißen Mauern, die offensichtlich aus Backsteinen bestehen. Backsteine sind zweifellos ein wesentlicher Bestandteil der Zivilisation; ohne sie gelangt man nirgendwohin.

Doch sobald er näherkommt, wird der Reisende sehen, dass die vermeintliche Stadt hoffnungslos verlassen ist, kaum mehr als eine melancholische Ansammlung weißer Kuppeln und Flächen, die von ein paar Bäumen umgeben sind. Keine Menschenseele weit und breit. Alles liegt vollkommen still. Noch näher herangekommen, sieht er natürlich, dass es gar keine Stadt ist, sondern einer jener alten Friedhöfe, »Städte der Ruhenden« genannt, auf die man gelegentlich im Norden Indiens stößt. Ein seltener Reisender wird vielleicht von der Straße abbiegen, um im Schatten der Mangobäume, die sich zwischen den weißen Gräbern und einer verfallenen Moschee erheben, zu rasten; manchmal findet man auch etwas Weihrauch, der von unsichtbarer Hand auf einem Tonuntersatz schwelend zurückgelassen wurde. Aber sonst ist hier kein Leben; sogar die raschelnden Blätter machen ein totes Geräusch.

Krishnapur selbst war einst das Zentrum der Zivilverwaltung eines großen Distrikts gewesen. Zu jener Zeit waren in verschwenderischem Ausmaß europäische Bungalows gebaut worden, sogar kleine Paläste auf mehreren Morgen Land zur

Unterbringung der damaligen Repräsentanten der *Company**, die ein prunkvolles Leben führten und manchmal sogar, um es den eingeborenen Fürsten gleichzutun, Tiger und Mätressen und weiß der Himmel, was sonst noch alles, hielten. Aber dann verlor Krishnapur an Bedeutung und die prunksüchtigen Beamten zogen anderswohin. Ihre herrlichen Bungalows blieben leer und verrammelt zurück; ihre Gärten verwilderten während der Regenzeit und trockneten den Rest des Jahres zu Wüsten aus, über deren gebackenem Boden Staubteufel wie geisterhafte Tänzer hin und her huschten.

Jetzt, mit dem Knarren loser Fensterläden und dem Seufzen des Windes im hohen Gras, gleicht das Kantonnement einem Ort aus einem melancholischen Traum; ein Besucher mag sich durchaus an die »Stadt der Ruhenden« erinnert fühlen, an der er auf dem Weg nach Krishnapur vorbeigekommen ist.

Das erste Zeichen von Unruhen in Krishnapur kam mit einer mysteriösen Verteilung von Chapatis, aus grobem Mehl gebacken und ungefähr so groß und dick wie Kekse; gegen Ende Februar 1857 überschwemmten sie das Land wie eine Seuche.

Eines Abends, in dem Raum, den er als Studierzimmer benutzte, öffnete der Collector*, Mr. Hopkins, eine Gesandtschaftstruhe, doch anstelle der erwarteten Dokumente fand er vier Chapatis. Nach einem Augenblick der Überraschung rief er verärgert den *khansamah**, einen älteren Mann, der seit mehreren Jahren in seinen Diensten war und dem er vertraute. Er zeigte ihm die geöffnete Truhe und die Chapatis darin. Auf dem normalerweise reglosen Gesicht des *khansamah* zeigte sich Schrecken. Offensichtlich war er nicht weniger verblüfft als der Collector selbst. Er starrte eine Weile auf die purpurrote Truhe, ehe er die Chapatis hochachtungsvoll herausnahm, als besäße die Truhe eine eigene, persönliche Würde, in der sie womöglich gekränkt worden sei. Der Collector bedeutete ihm mit gerunzelter Stirn, die elenden Dinger zu entfernen. Etwas später hörte er den *khansamah* die Träger schelten, offenbar überzeugt, dass sie sich einen dreisten Scherz geleistet hätten.

Der Collector war dieser Tage sehr beschäftigt. Außer den Pflichten seines Amtes, die wegen der Krankheit des Joint Magistrate* zahlreicher und komplizierter geworden waren, hatte er allerhand häusliche Sorgen im Kopf; auch seine Frau war seit einigen Monaten bei schlechter Gesundheit und musste nun vor der großen Hitze nach Hause geschickt werden.

Es ist unwahrscheinlich, dass der Collector, derart mit anderen Dingen beschäftigt, den zweiten Stapel Chapatis überhaupt bemerkt hätte, wäre sein Blick nicht von einer Ameisenstraße dorthin gelenkt worden; die Ameisen krochen aus einem Spalt zwischen zwei Bodenplatten hervor, und ihre dünne Kolonne bewegte sich um Haaresbreite an seinen Schuhen vorbei zu den Chapatis hin. Die Chapatis sahen schmutzig und verkohlt aus; wieder waren es vier, und sie lagen auf der obersten Stufe des Backsteinportikus vor dem Haupteingang der Residenz. Der Collector war auf den Portikus hinausgetreten, um ein wenig Luft zu schnappen. Er zögerte einen Moment, im Begriff, abermals den *khansamah* zu rufen, doch dann bemerkte er den Mann, der nicht weit entfernt draußen kehrte; er schaute ihm eine Zeit lang bei der Arbeit zu, auf den Fersen sitzend und ziemlich wahllos fegend, mit einem Bündel Zweige statt eines Besens. Kein Zweifel, dass die Chapatis auf dem Portikus ihm gehörten. Der Collector ging wieder hinein und schlug sich die Sache aus dem Sinn.

Am folgenden Nachmittag jedoch fand er vier weitere Chapatis. Diesmal nicht im Studierzimmer, sondern auf dem Schreibtisch seines Büros, säuberlich angeordnet neben einigen Papieren. Obwohl sie immer noch nichts sehr Bedrohliches an sich hatten, war ihm, sobald er sie sah, zweifelsfrei klar, dass es Unruhen geben würde. Er untersuchte sie sorgfältig, aber das sagte ihm nichts, außer dass sie ziemlich schmutzig waren.

Der Collector war ein stattlicher und schöner Mann. Er

trug halblange, sorgfältig gestutzte Koteletten, die aber trotzdem steif hervorsprossen wie die Halskrause einer Katze. Er kleidete sich wählerisch: Die hohen Kragen, die er gewöhnlich trug, waren an einem ländlichen Standort wie Krishnapur ungewöhnlich genug, um auf alle, die ihn sahen, tiefen Eindruck zu machen. Außerdem war er ein in Amt und Würden ziemlich hochgestellter Mann mit einem ausgeprägten, aber unberechenbaren Sinn für gesellschaftlichen Anstand. Kein Wunder, dass die Gemeinschaft der Europäer großen Respekt vor ihm hatte; zum Teil wohl deshalb, weil seine Fehler nicht so deutlich sichtbar für sie waren. Im Privaten neigte er dazu, launisch und herrisch gegenüber seiner Familie zu sein, und manchmal leichtfertig in Angelegenheiten, die andere für sehr wichtig halten mochten … so hatte er sich zum Beispiel trotz seiner sieben Kinder und obwohl er in einem Land mit hoher Sterblichkeit für Europäer lebte, noch nicht dazu durchgerungen, ein Testament zu verfassen; ein unglückliches Versagen seines sonst so starken Pflichtgefühls.

Im Moment war er allein in seinem Büro, einem von mehreren Räumen in einem Teil der Residenz, der den Regierungsgeschäften vorbehalten war. Er mochte diesen Raum nicht; die kahle, amtliche Atmosphäre missfiel ihm, und gewöhnlich zog er es vor, in seinem Studierzimmer zu arbeiten, das sich in einem wohnlicheren Teil des Gebäudes befand. Das Büro enthielt nur ein paar überfüllte Regale, einige Holzstühle für jene seltenen Besucher, die dank ihres Ranges berechtigt waren, in seiner Gegenwart zu sitzen, und den unordentlich mit Papieren und Gesandtschaftstruhen übersäten Schreibtisch; wer auch immer die beleidigenden Chapatis daraufgelegt hatte, hatte ihnen erst Platz schaffen müssen. An einer Seitenwand hing ein Portrait der jungen Queen, mit ziemlich hervorspringenden blauen Augen und einer energischen Ausstrahlung.

Verstört, ohne sich noch zu erinnern, warum er eigentlich ins Büro gegangen war, kehrte er langsam zur Eingangshalle der Residenz zurück, mit der Frage beschäftigt, ob gewisse Maßnahmen ergriffen werden sollten, um die Auswirkungen dieser sich anbahnenden, aber noch hypothetischen Unruhen zu mildern oder sie gänzlich abzuwenden. »Nur einmal angenommen, in Krishnapur brächen ernsthafte Unruhen aus … ein Aufstand zum Beispiel … wo könnten wir Zuflucht finden? Könnte die Residenz, nur interessehalber natürlich, verteidigt werden?«

Während er, dies abwägend, in der Eingangshalle stand, empfand der Collector ein Gefühl von Kälte und großer Ruhe. Tagsüber kam das Licht hier von weit her; es drang unter den niedrigen Bögen der Veranda, über kühle Bodenplatten, durch die grünen, als *jilmils* bekannten Jalousien vor den Fenstern, die in die ungeheuer dicken Wände eingelassen waren, ins Innere, und gelangte schließlich als angenehmes, reflektiertes Dämmerlicht dorthin, wo er gerade stand. Man fühlte sich sehr sicher hier. Die Wände, die aus enormen Mengen der rosaroten, waffelähnlichen Backsteine Britisch-Indiens bestanden, waren so unglaublich dick … man sah es doch, wie dick sie waren.

Die Residenz hatte mehr oder weniger die Gestalt einer Kirche, das heißt, wenn man sich eine Kirche vorstellen kann, die über den Altar betreten wird. Vom Eingang aus gesehen, auf dem Altar stehend und den Blick geradeaus, bestand das Querschiff zur Linken aus einer Bibliothek, wohlbestückt mit allem, außer Büchern, die nur spärlich vorhanden waren, manche ausgeliehen und nicht zurückgebracht, andere von den allgegenwärtigen Ameisen aufgefressen oder einfach wer weiß wohin verschwunden; noch andere, eingesperrt, stemmten ihre Rücken verdrießlich gegen die Glasscheiben von Bücherschränken, deren Schlüssel verlorengegangen waren … und zur Rechten aus dem Gesellschaftszimmer, vornehm, weitläufig und anmutig; direkt vor einem, im Mittelschiff, lag eine prachtvolle Marmortreppe, ein Relikt aus den Glanzzeiten von Krishnapur, als die Dinge noch ordentlich gemacht wurden. Hinter der Treppe nahm das Esszimmer, gefolgt von einer Reihe anderer Räume, die irgendwie mit Essen oder mit europäischen Dienstboten oder mit Kindern zu tun hatten, den Rest des Mittelschiffs ein, welches beidseitig von tiefen Veranden gesäumt war. Das Gebäude war zweistöckig, wenn man von den Zwillingstürmen absieht, die etwas höher aufragten. Auf einem dieser Türme flatterte von früh bis spät der Union Jack; auf dem anderen stellte der Collector gelegentlich ein Teleskop auf, wenn ihn die Stimmung überkam, den Himmel zu erforschen.

Erneut ins Sinnieren über die Chapatis verfallen, zuckte der Collector zusammen, als aus der offenen Tür des Gesellschaftszimmers eine laute Männerstimme drang. »Der menschliche Geist«, erklärte die Stimme in einem Ton, der nicht zur Diskussion einlud, »ist mit einem umfangreichen Apparat mentaler Organe ausgestattet, die ihn befähigen, seine Energien zu manifestieren. So ist er in der Lage, mithilfe optischer und akustischer Nerven zu sehen und zu hören; mithilfe eines Organs der Vorsicht empfindet er Angst, mithilfe eines Organs der Kausalität urteilt er vernünftig.«

»Was für ein Unsinn!«, murmelte der Collector, der die Stimme als die des Magistrate* erkannt und sich nun daran erinnert hatte, dass er selber in diesem Moment im Gesellschaftszimmer sitzen sollte, wo gleich die vierzehntägliche Zusammenkunft der *Poetry Society* von Krishnapur beginnen würde … in der Tat schon begonnen hatte, da sich der Magistrate in einer Rede erging, wenn auch offenbar nicht über Poesie.

»Dr. Gall aus Wien, der diese bemerkenswerte Wissenschaft entdeckte, war schon in seiner Schulzeit darauf aufmerksam geworden, dass diejenigen unter seinen Kameraden, die am besten auswendig lernen konnten, zu Glubschaugen neigten. Nach und nach fand er auch äußerliche Merkmale, die auf eine Begabung für Malerei, Musik und Handwerkskünste hinwiesen …«

»Ich muss wirklich reingehen«, dachte der Collector, und während er sich darauf besann, dass es in seiner Eigenschaft als Präsident der *Society* schließlich seine Pflicht sei, tat er ein paar entschlossene Schritte auf die Tür zu, zögerte aber wieder, diesmal in der Türöffnung verharrend. Von hier aus sah er ein Dutzend Ladies aus dem Kantonnement ängstlich auf Stühlen sitzen, dem Magistrate zugewandt. Viele der Ladies hielten dicht beschriebene Papierbündel mit selbstgereimten Versen, und es war der Anblick all dieser Verse, der den Collector im letzten Moment unwillkürlich hatte innehalten lassen. Hinter den Ladies saßen seine vier älteren Kinder, zwischen vier und sechzehn Jahren alt, alles Mädchen (die beiden Jungen gingen in England zur Schule), in einer verzweifelten Reihe. Sie beteiligten sich nicht an diesen Veranstaltungen, aber er hielt es für gesund, sie künstlerischem Streben auszusetzen. Nur das Fehlen des Jüngsten, ein Baby noch, war entschuldigt.

Ohne zu bemerken, dass der Präsident ihrer *Society* an der Tür verweilte, starrten die Ladies den Magistrate wie hypnotisiert an, doch höchstwahrscheinlich hörten sie kein Wort von dem, was er sagte; ihnen war viel zu bange um das Schicksal ihrer Verse, als dass sie ihm hätten zuhören können bei seiner Rede über Phrenologie, ein Thema, das nur ihn allein interessierte. Bald würde der Moment kommen, da sie ihre Werke vorlesen und der Magistrate sein Urteil darüber sprechen würde, ein Moment, den sie ebenso herbeisehnten, wie sie ihn fürchteten. Der Collector hingegen fürchtete ihn nur. Nicht wegen des Niveaus der Dichtungen, sondern weil das Urteil des Magistrate unveränderlich gnadenlos ausfiel, und manchmal, wenn er sich echauffierte, an Beleidigung grenzte. Warum die Ladies das ertrugen und alle zwei Wochen wiederkamen, um ihre Gedichte derartigen Demütigungen preiszugeben, war dem Collector unbegreiflich.

Dennoch war kein anderer als er selbst für diese vierzehntägliche Tortur verantwortlich, denn er hatte die *Society* gegründet. Teils, weil er leidenschaftlich an die veredelnde Kraft der Literatur glaubte, und teils, weil es ihm leidtat um die Ladies aus dem Kantonnement, die insbesondere während der heißen Jahreszeit so wenig Beschäftigung hatten. Zuerst hatte er sich über die Begeisterung der Ladies gefreut und seinen Plan für einen Erfolg gehalten … aber dann hatte er den Fehler begangen, Tom Willoughby, den Magistrate, einzuladen. Der Magistrate litt an der Behinderung einer freigeistigen Denkweise und, dementsprechend, unter einem unfruchtbaren und eintönigen Leben. Zu allem Übel war er verheiratet, aber auf die zölibatäre Art, wie so viele englische »Zivilisten«. Der Collector hatte mit selbstgefälligem Mitleid auf die Ehe des Magistrate geschielt: Die aus England importierte Frau war zwei oder drei Jahre in Indien geblieben, bis die Hitze, die Langeweile und eine glückliche Schwangerschaft sie wieder nach Hause getrieben hatten. Ach, wie oft hatte der Collector diese traurige Geschichte während seiner Zeit in Indien nicht schon erlebt! Und jetzt, wenngleich später als die meisten, schien seine eigene Ehe, die in diesem beschwerlichen Klima so lange überdauert hatte, ein ähnliches Schicksal zu erleiden, denn seine Gemahlin, Caroline, die mit ihrem Bündel Gedichte nervös in der ersten Reihe saß, würde demnächst mit dem Schiff von Kalkutta abreisen. Das ist der Lohn der Selbstgefälligkeit, sinnierte er, nicht ohne eine gewisse strenge Genugtuung ob der Gerechtigkeit dieser Strafe.

»Oh, da ist ja Mr. Hopkins«, sagte der Magistrate, seine Rede abrupt beendend, als er den Collector an der Tür lauern sah. Und der Collector war gezwungen, lächelnd vorzutreten, wie in gespannter Erwartung der Gedichte, die gleich seinen Ohren schmeicheln würden.

Ein leerer Stuhl stand neben dem des Magistrate, der etwas jünger war als der Collector, mit den roten Haaren und fuchsroten Koteletten des geborenen Atheisten; sein Gesicht hatte einen ständigen Ausdruck zynischer Überraschung, eine Augenbraue hochgezogen und den Mundwinkel verkniffen, soweit man es unter seinen Koteletten, die hier von Fuchsrot in Zimtbraun übergingen, erkennen konnte. Im Kantonnement hieß es, er schlafe sogar mit hochgezogener Augenbraue; der Collector wusste nicht, ob etwas Wahres daran war.

Früher hatten sie im Kreis gesessen und jedes Mitglied der *Society* war bereit gewesen, seine Meinung zu dem gerade vorgelesenen Gedicht zu sagen. Dies waren die Tage gewesen, da jedes einzelne Gedicht mit Vorzügen gespickt war wie ein Igel und sich mit Ruhm überhäufte wie ein Schakal, die glücklichen Tage, bevor der Magistrate eingeladen worden war. Bald nach seinem Auftauchen hatte sich der Kreis allmählich aufgelöst, die Ladies waren an beiden Seiten immer weiter von ihm abgerückt, bis sie ihm erst in einem Halbkreis und nun, zu guter Letzt, direkt gegenübersaßen, wie auf der Anklagebank. Der Collector hatte tapfer den Platz an der Seite des Magistrate eingenommen, um mildernde Umstände geltend zu machen.

Inzwischen hatte die Dichterlesung begonnen, und Mrs. Worseley, die Frau eines der Eisenbahningenieure, war stockend ans Ende eines Sonnets über einen Erlkönig gelangt. Alle, einschließlich des Collectors, beobachteten nun voll Schrecken den Magistrate, in Erwartung seines Urteils; obwohl der Collector sich in den meisten Dingen sicher war, mangelte es ihm an Selbstvertrauen, wenn es um die Beurteilung von Poesie ging, und er war gezwungen, dem Magistrate den Vortritt zu lassen, allerdings nicht ohne den heimlichen Verdacht, dass sein eigenes Urteil im Grunde doch das bessere sein könnte.

»Mrs. Worseley, ich fand Ihr Gedicht mangelhaft in Versmaß, Rhythmus und Erfindungsgeist. Und um ehrlich zu sein, bin ich der Meinung, dass wir in den letzten Wochen viel zu viele Erlkönige hatten, wobei ich Ihnen versichern kann, dass schon ein einziger Erlkönig mehr als genug für mich wäre.« Mrs. Worseley ließ den Kopf hängen, sah aber ziemlich erleichtert aus bei dem Gedanken, dass sie doch noch gut davongekommen sei.

Nun las Mrs. Adams, eine ältere Dame, die Frau eines kürzlich in den Ruhestand versetzten Friedensrichters, mit gebieterischer Stimme ein langes Gedicht, auf das sich der Collector keinen Reim machen konnte, außer dass es etwas mit Natur, Schlangen und dem Fall Trojas zu tun zu haben schien. Er ließ seine Gedanken schweifen, und als sein Blick an seiner Frau hängenblieb, dachte er, sollte es tatsächlich Unruhen in Krishnapur geben, sei es nur gut, wenn sie nicht da war, um es zu sehen; vielleicht hätte er darauf bestehen sollen, dass die Kinder mit ihr nach Hause fuhren; er hätte es getan, aber er hatte gefürchtet, der Wirbel würde, selbst wenn die *ayah** mitginge, zu viel für ihre Nerven sein … Wie auch immer, er hatte fast beschlossen, sich in Jahresfrist, am Ende der nächsten kühlen Jahreszeit, von seinem Posten zurückzuziehen. Er brauchte sich keine Sorgen zu machen, um seine Pension zu sichern, wie der arme Magistrate. Ihn erwartete ein glorreiches und interessantes Leben in England, sobald er glaubte, seine Pflicht in Indien erfüllt zu haben.

Aber noch immer gingen ihm diese Chapatis durch den Kopf, ungelöst. Hier, im Gesellschaftszimmer, war es noch schwieriger, an Unruhen zu glauben, als zuvor in der Eingangshalle, ja, in der Tat war es schwierig zu glauben, überhaupt in Indien zu sein, abgesehen von den *punkahs**. Sein Blick wanderte befriedigt über die Wände, dick gepanzert mit Gemälden in Öl und Aquarellfarben, mit Spiegeln und Vitrinen, die ausgestopfte Vögel und andere Wunder enthielten, über die pflaumenblau in Cretonne bezogenen Stühle und Sofas, über Schaukästen mit Mineralien und einer in einer Flasche bläulichen Alkohols schwimmenden Kobra, über hier und dort verteilte, mit schweren, bis zum Boden herabhängenden Tüchern drapierte Tische, auf denen elektroplattierte Statuen von großen Literaten standen, von Dr. Johnson, Molière, Keats, Voltaire und natürlich Shakespeare … aber jetzt war er gezwungen, seine Aufmerksamkeit wieder den Vorgängen in der Versammlung zuzuwenden.

Miss Carpenter hatte begonnen, ein Gedicht zum Ruhm der *Great Exhibition** zu lesen; der Collector stöhnte innerlich, nicht weil er das Thema unpassend gefunden hätte, sondern weil es so offenkundig als Hommage an ihn gewählt worden war; Gedichte über die *Exhibition* kehrten alle paar Wochen wieder und verfehlten es selten, die bissigsten Bemerkungen des Magistrate hervorzurufen. Was zweifellos den Grund hatte, dass sein persönliches Interesse an der *Exhibition* dem Magistrate ebenso bekannt war wie den Ladies; tatsächlich war es mehr als ein Interesse, denn der Collector war ein prominentes Mitglied des Auswahlkomitees für die Präsidentschaft Bengalen gewesen, und nachdem er 1851 seinen Heimaturlaub genommen hatte, hatte er der *Great Exhibition* in offizieller Funktion beigewohnt. Im Kantonnement sagte man, der Magistrate verüble es dem Collector, nur wegen dessen Gewohnheit, künstlerischen und wissenschaftlichen Bric-à-Brac zu sammeln, auf so vertrautem Fuß mit all den »hohen Tieren« von der *Company* zu stehen.

»Macht der Begabung,
wie des wundersamen Rüsseltiers von Afrika,
feierte auf dieser Bühne ihren doppelten Triumph,
den König des Waldes bei den Wurzeln zu heben
und die feinste Nadel vom Boden aufzulesen.«

Obwohl es gemeinhin als unklug galt, dem Magistrate mittendrin Erklärungen zu geben, konnte sich Miss Carpenter nicht enthalten, zu erklären, dass dieses Bild der *Exhibition* eine Anspielung auf Edmund Burkes vielseitige Begabung sei. Aber da sich die fragenden Mienen ihrer Mitdichterinnen infolge dieser Erklärung nur vertieften, war sie genötigt, ihrer Erklärung eine Erklärung hinzuzufügen, dahingehend, dass Burkes nämliche Begabung mit dem Rüssel eines Elefanten verglichen worden sei, der ebenso gut eine Eiche entwurzeln wie eine Nadel aufheben kann. Die Ladies lenkten ihre entsetzten Blicke auf den

Magistrate, um zu sehen, wie er reagierte; sein Gesicht blieb jedoch verdächtig teilnahmslos unter dem fuchsroten Wuchs. Miss Carpenter fuhr mutig fort:

»Während Ihr, Königliche Stifter dieser Schau,
ruhig Euch durch Myriaden Staunender bewegt,
und Briten stürmisch drängen, ihrer Queen
willige Ergebenheit und Liebe zu bezeigen.«

»Wirklich, das ist gar nicht schlecht«, dachte der Collector trotz seiner Beunruhigung um ihretwillen; er mochte Miss Carpenter, die ernsthaft und hübsch und darauf bedacht war, zu gefallen.

»Kiesel und Muscheln, wie Kinder sie
bunt gemischt am Saum des Meeres finden;
was lehren sie nicht alles den nachdenklichen Geist,
und sind doch selbst so nichtig, so bald nicht mehr gesehn!«

»Vortrefflich, wie ernsthaft! Das Mädchen hat ein bemerkenswertes Talent.« Der Collector war überrascht, sich derart angesprochen zu fühlen von einem Gedicht, das eine der Ladies verfasst hatte; bisher hatte er die Gedichte nur wegen ihrer therapeutischen Eigenschaften geschätzt. Leider konnte Miss Carpenter nicht widerstehen, noch eine weitere Erklärung anzufügen: Der letzte Vers beziehe sich auf Newton, der sich selbst als ein Kind beschrieben habe, »das am Strand des großen Ozeans der Wahrheit Kieselsteine aufliest«. Das war einfach zu viel für den Magistrate. »Die Hälfte Ihres Gedichts scheint aus Büchern abgeschrieben, Miss Carpenter, und die andere Hälfte ist vollkommener Schrott. Es übersteigt mein Fassungsvermögen, warum Sie glauben, ›wundersames Rüsseltier von Afrika‹ sagen zu müssen statt ›Elefant‹, wie jeder andere, oder ›König des Waldes‹ statt ›Baum‹. Niemand, der noch bei Sinnen ist, würde

Bäume ›Könige des Waldes‹ nennen … Wahrhaftig, so einen Unsinn habe ich noch nie gehört!«

Die Ladies japsten nach Luft bei diesem Frontalangriff, nicht nur auf die arme Miss Carpenter, sondern auf die Dichtkunst als solche. Wenn man einen Elefanten nicht »wundersames Rüsseltier von Afrika« nennen konnte, wie denn dann? Warum überhaupt noch Gedichte schreiben? Miss Carpenters Augen füllten sich mit Tränen.

»Sehen Sie doch, Tom, das ist reichlich übertrieben«, grollte der Collector verstimmt. »Ich fand es in der Tat ein sehr schönes Gedicht. Eines der besten, die wir gehört haben, würde ich meinen. Wohlgemerkt«, fügte er hinzu, als sein Selbstvertrauen ihn wieder verließ, »das Thema der *Exhibition* ist für mich, wie Sie wissen, von besonderem Interesse.«

Eine hübsche Röte überzog bei diesen Worten Miss Carpenters Gesicht, und sie schien das spöttische »Ha!« des Magistrate nicht zu hören. »Der Kerl ist einfach unmöglich!«, sinnierte der Collector verärgert.

Nicht jeder, das war dem Collector bewusst, wird durch die Arbeit, die er im Leben tut, besser; manche werden sichtlich schlechter. Der Magistrate hatte seine Pflichten im Auftrag der *Company* gewissenhaft erfüllt, aber sie hatten keine gute Wirkung auf ihn gehabt: Sie hatten ihn zynisch, fatalistisch und allzu verliebt in die Vernunft werden lassen. Auch sein Interesse für Phrenologie hatte eine schlechte Wirkung gehabt; es hatte den Determinismus, der seine Ideale untergrub, zusätzlich verstärkt, denn er glaubte offenbar, alles, was man tut, bemesse sich an der Gestalt des Schädels. In Anbetracht der beidseitigen Schädelverdickung über und hinter den Ohren des Collectors (hatte er einmal zu verstehen gegeben) konnte dieser nicht viel machen gegen seine Unfähigkeit, schnelle Entscheidungen zu treffen … Obwohl man natürlich nicht »absolut sicher« sein konnte, ohne exakte Vermessungen vorzunehmen. Er hatte auch begonnen, etwas über eine Beule rechts und links vom Scheitel des Collectors zu sagen, die »Bestätigungsliebe« bedeute, doch als er endlich merkte, wie unwillig der Collector auf diese Gelegenheit zur Selbsterkenntnis reagierte, hatte er mit einem Seufzen abgelassen.

»Übrigens, Tom«, sagte der Collector, als die Gesellschaft auseinanderging, »vorhin fand ich etwas Seltsames auf meinem Schreibtisch im Büro. Vier Chapatis, um genau zu sein. Und gestern fand ich welche in einer Gesandtschaftstruhe. Was halten Sie davon?«

»Merkwürdig, ich habe auch welche gefunden.« Die beiden Männer sahen einander an, überrascht.

Bald hörten sie, dass Chapatis überall in Krishnapur auftauchten. Der Padre* hatte welche auf den Stufen vor der Kirche gefunden und angenommen, es sei eine Art abergläubische Opfergabe. Mr. Barlow, der in der Salzverwaltung arbeitete, hatte von seinem Wachmann welche überbracht bekommen. Mr. Rayne, der neben seinen Amtspflichten in der Opiumfabrik Ehrenvorsitzender des Mutton Club und des Ice Club von Krishnapur war, bekam sie von dem Wachmann gezeigt, der für die Sicherheit dieser beiden Vereine zuständig war. Es wurde bald klar, dass die Chapatis hauptsächlich unter Wachleuten kursierten; sie waren ihnen, anscheinend ohne dass sie wussten, weshalb, von Wachleuten aus anderen Distrikten mit der Aufforderung gegeben worden, mehr davon zu backen und sie dann an Kollegen noch anderer Distrikte zu verteilen. Bei der Befragung seines eigenen Wachmanns fand der Collector heraus, dass dieser es gewesen war, der die Chapatis auf seinem Schreibtisch hinterlassen hatte. Obwohl der Mann, seinen Anweisungen folgend, zwölf weitere Chapatis gebacken und weitergegeben hatte, hatte er es für seine Pflicht gehalten, den Collector Sahib* zu informieren, und sie ihm deshalb auf den Tisch gelegt. Er bestritt jede Kenntnis von den Chapatis in der Gesandtschaftstruhe und auf dem Portikus. Wo diese herkamen, fand der Collector nie heraus.

Etwas später wurde die Sache noch seltsamer. Die Chapatis tauchten nicht nur in Krishnapur auf, sondern an Stützpunkten in ganz Nordindien. Nicht nur der Collector fand das beunruhigend; eine Weile sprach niemand in Krishnapur von etwas anderem. Wieder und wieder wurden die Wachleute befragt, aber sie schienen wirklich keine Ahnung zu haben, welchem Zweck das dienen sollte. Manche sagten, sie hätten die Chapatis weitergegeben, weil sie es für einen Befehl der Regierung hielten, der Zweck sei gewesen, zu sehen, wie schnell Botschaften verbreitet werden konnten.

In Kalkutta ordnete die Regierung Ermittlungen an, aber es kam kein Grund für das Phänomen ans Licht und die Aufregung, die es verursachte, flaute innerhalb von ein paar Tagen ab. Man vermutete, es sei vielleicht ein abergläubischer Versuch, eine Choleraepidemie abzuwenden. Nur der Collector blieb überzeugt, dass sich Unruhen anbahnten. Er erinnerte sich dunkel, im Zusammenhang mit einer anderen Gelegenheit von einer ähnlichen Chapati-Verteilung gehört zu haben. Hatte es nicht vor der Meuterei von Vellore etwas Ähnliches gegeben? Er fragte jeden, den er traf, aber niemand hatte davon gehört.

Bevor er Krishnapur verließ, um seine Frau nach Kalkutta und zu ihrer Einschiffung nach England zu geleiten, fasste der Collector einen seltsamen Entschluss. Er ordnete an, »zur Entwässerung während des Monsuns« solle rund um den gesamten Gebäudekomplex der Residenz ein tiefer Graben in Verbindung mit einem dicken Erdwall ausgehoben werden.

»Den Collector scheint sein schwacher Punkt erwischt zu haben«, bemerkte der Magistrate leichthin gegenüber Mr. Ford, einem der Eisenbahningenieure, während sie schmunzelnd den Fortschritt dieser Arbeit überwachten.

II

Es ereignete sich in diesem Winter, dass George Fleury mit seiner Schwester nach Kalkutta kam und Louise Dunstaple zum ersten Mal erblickte. Man hoffte, aus ihrer Begegnung könne etwas werden, denn Fleury war nicht verheiratet und Louise, wenngleich gesellschaftlich nicht ganz ebenbürtig, stand nach allgemeinem Dafürhalten in der Blüte ihrer Schönheit … wahrlich, in ganz Kalkutta sprach man von ihr als von der Schönheit der kühlen Jahreszeit. Sie war sehr hold und bleich und ein wenig unnahbar; der eine oder andere hielt sie für »dumm«, wie es blonden Menschen manchmal so ergeht. Jedenfalls war sie unnahbar, zumindest in Fleurys Gegenwart, aber einmal, als er während eines Pferderennens einen Blick auf sie erhaschte, sah er sie keusch mit einigen jungen Offizieren flirten.

Dr. Dunstaple war zu dieser Zeit der zivile Wundarzt von Krishnapur. Doch irgendwie hatte er es eingerichtet, sich mit seiner Familie für die kühle Jahreszeit nach Kalkutta abzusetzen, während er Krishnapurs Zivilisten den süßen Gnaden von Dr. McNab überließ, der gerade den Posten des Regimentsarztes übernommen hatte und dafür bekannt war, einige der extremsten, alarmierend direkten Methoden der zivilisierten Medizin überhaupt zu vertreten.

Seinen Sohn Harry hatte der Doktor allerdings in Krishnapur zurückgelassen. Dank der Hilfe eines Freundes aus Fort William* war der junge Harry als Ensign bei einem der in Krishnapur (oder vielmehr in dem fünf Meilen entfernten Captainganj) stationierten Eingeborenenregimenter der Infanterie untergebracht worden, wo seine Eltern ihn im Auge behalten und aufpassen konnten, dass er sich nicht verschuldete. Harry, der inzwischen Leutnant war, blieb sogar recht gern zurück, als seine Familie, einschließlich der zwölfjährigen kleinen Fanny, fortging, um sich in Kalkutta zu vergnügen; als »Militär« neigte er dieser Tage dazu, mit Herablassung auf Zivilisten zu blicken, und Kalkutta war zweifelsohne voll von diesen Gesellen.

Umgekehrt war es Mrs. Dunstaple nicht unrecht, dass ihr Sohn in Krishnapur zurückblieb, auch wenn das bedeutete, ihn nicht an ihrer Seite zu haben. Harry war in einem empfindlichen Alter, und in Kalkutta wimmelte es von ehrgeizigen Müttern, die nur darauf aus waren, junge Offiziere wie Harry dem Charme ihrer Töchter auszusetzen. Ach, Mrs. Dunstaple wusste nur allzu gut, dass Indien voller junger Leutnants war, die ihre Karrieren gleich am Anfang durch desaströse Ehen ruiniert hatten. Doch diese Überlegung, was Harry betraf, hinderte sie nicht daran, auf Gelegenheiten zu hoffen, um Louises Charme geeigneten jungen Männern vorzuführen. Im Osten verfliegen die roten Wangen eines Mädchens so schnell, so unglaublich schnell (obwohl dies, streng genommen, auf Louise nicht zutraf, da ihre Schönheit von der blassen Sorte war).

Die Saison war außerordentlich erfolgreich gewesen, und nicht nur für Louise (die sich allerdings in Sachen Anträge als schwer zufriedenzustellen entpuppt hatte). Es hatte viele glänzende Bälle und ungewöhnlich zahlreiche Hochzeiten und andere Vergnügungen gegeben. Überdies war der Turf, in den letzten Jahren im Niedergang begriffen, wunderbar wiederaufgelebt. Natürlich sah man wohl beim Planters' Handicap dieselben Tiere laufen wie beim Merchants' Plate oder beim Bengal Club Cup, aber die Saison zeichnete sich durch bemerkenswerte Pferde aus, denn es war die Ära von Legerdemain, Mercury und der großen Stute Beeswing. Aber die kühle Jahreszeit neigte sich dem Ende zu, als Fleury und seine Schwester Miriam eintrafen, und in den Gesellschaftszimmern von Kalkutta sehnte man sich nach neuen Gesichtern wie den ihren (all die alten Gesichter waren mittlerweile so vertraut, dass man sie kaum noch sehen konnte). Im Übrigen war bekannt, dass ihr Vater ein Direktor der *Company** war, mit allem, was das im Indien der Handelskompanie an gesellschaftlichem Ansehen bedeutete. Es ging auch das Gerücht, der junge Fleury sei kaum eine halbe Stunde in Indien gewesen, als Lord Canning* ihm schon eine Zigarre angeboten habe. Kein Wunder, dass die Nachricht von seiner Ankunft im Haus der Dunstaples in Alipore für einige Aufregung sorgte.

Ungeachtet der sehr unterschiedlichen Ränge, die sie jetzt in der Gesellschaft einnahmen, waren Dr. Dunstaple und Fleurys Vater vierzig Jahre zuvor miteinander in die Schule gegangen und tauschten, nach all dieser Zeit, immer noch ein oder zwei Mal im Jahr derbe kleine Briefe über Sportfreuden aus, wie Schuljungen. Der Doktor hatte guten Grund, sich über diese Freundschaft zu freuen, denn es war Sir Herbert Fleury zu danken, dass dem jungen Harry eine Kadettenstelle in Addiscombe, an der Militärschule der Ostindien-Kompanie, gewährt worden war; es lag bei den Direktoren, die Kadettenstellen zu vergeben.

Im Lauf ihres Briefwechsels hatte der ältere Fleury oft seinen Sohn, George, erwähnt, mitten unter den Sumpfhühnern, den Fasanen und den Füchsen … George studierte in Oxford und sollte zu gegebener Zeit vielleicht nach Indien kommen. Aber die Jahre vergingen, ohne ein Zeichen vom jungen Fleury. Auch in den Briefen seines Vaters wurde er nicht mehr erwähnt. Irgendeine häusliche Tragödie ahnend, hatte der Doktor seine Briefe taktvoll aufs Sauspießen und Ortolane beschränkt. Weitere zwei oder drei Jahre waren vergangen, und nun, plötzlich, als der Doktor es nicht mehr erwartete, war der junge Fleury wieder aufgetaucht unter den Füchsen. Wie es schien, kam er nach Indien, um das Grab seiner Mutter zu besuchen (zwanzig Jahre zuvor, während Sir Herbert persönlich in Indien weilte, war seine junge Frau gestorben und hatte ihn mit zwei kleinen Kindern zurückgelassen); gleichzeitig hatte das Direktorium ihn beauftragt, ein Büchlein abzufassen, in dem er beschreiben sollte, welche Fortschritte die Zivilisation unter der Herrschaft der *Company* in Indien gemacht hatte. Aber das waren nur die vorgeschobenen Gründe seines Besuchs ... der wahre Grund, warum der junge Fleury nach Indien kam, war das Bedürfnis, seine jüngst verwitwete Schwester Miriam, deren Ehemann, Captain Lang, vor Sewastopol getötet worden war, ein wenig abzulenken.

Nun waren George Fleury und seine Schwester in Kalkutta eingetroffen, und Mrs. Dunstaple hatte gehört, dass er ziemlichen Eindruck machte. Sogar seine Kleidung, nach der allerneusten Mode, wie es hieß, war Stadtgespräch. Anscheinend hatte man ihn etwas tragen sehen, was definitiv die erste »Tweedside«-Loungingjacke war, die in der Präsidentschaft Bengalen in Erscheinung trat; dieses Kleidungsstück, waghalsig untailliert, hing gerade herunter wie ein Kartoffelsack und erregte den Neid jedes Beau auf der Chowringhee Road. Auf Geheiß seiner Frau setzte sich der Doktor unverzüglich hin und schrieb eine warmherzige Einladung an Fleury und Miriam, den Dunstaples bei einem Familienpicknick, das sie im Botanischen Garten einzunehmen planten, Gesellschaft zu leisten. Aber selbst als er den Brief versiegelte, kam Dr. Dunstaple nicht umhin, sich zu fragen, ob Fleury sich wirklich als das erweisen würde, was seine Frau erwartete. Tatsache war, dass Harry während seiner Zeit in Addiscombe einmal ein paar Tage bei den Fleurys auf dem Land gewesen war und seinem Vater später davon erzählt hatte. Im Lauf seines Aufenthalts hatte Harry den jungen George nur selten zu Gesicht bekommen, aber eines Abends, als er zu Bett ging, angenehm müde, nachdem er den ganzen Tag mit dem älteren Fleury auf der Jagd gewesen war, hatte er der schwirrenden, mondhellen Nacht sein Fenster geöffnet und, sehr schwach, die Klänge einer Geige gehört. Er war sicher, es müsse George gewesen sein. Am nächsten Morgen hatte er die besagte Geige, ein paar taufeuchte Notenblätter auf einem Musikpult sowie einen hohen, mittelalterlichen

Kandelaber entdeckt … und das alles in einer »zerfallenen« Pagode am Ende des Rosengartens.

Dem Doktor kam dies wie ein Beweis der häuslichen Tragödie vor, die er für seinen Freund befürchtet hatte. Vielleicht war George verrückt? Jedenfalls schien es beunruhigend, dass er nicht mit Harry auf die Jagd gegangen war. Und dann, Geige spielen für die Eulen, die aus dem Sternenhimmel stoßen, nun ja, das schien auch nicht ganz normal.

Am nächsten Morgen spähten die Ladies diskret aus einem der oberen Fenster, als eine ziemlich verdreckte *gharry** vor dem Haus der Dunstaples in Alipore hielt. Sogar Louise spähte hinaus, obwohl sie leugnete, an der Art von Kreatur, die da herauskommen mochte, auch nur im Geringsten interessiert zu sein. Wenn sie zufällig am Fenster stand, dann nur, weil Fanny auch dort stand und sie versuchte, Fannys Haar zu kämmen.

»O Liebes, lass dich nur nicht blicken, was würde er denn denken!«, stöhnte Mrs. Dunstaple. »Sei vorsichtig.« Aber sie selbst starrte begieriger hinaus als alle anderen.

»Da ist er!«, schrie Fanny, als ein ziemlich zerknittert aussehender junger Mann aus der *gharry* kletterte und sich benommen umsah. »Sieh doch, wie dick er ist!«

»Fanny!«, schalt Mrs. Dunstaple, allerdings etwas halbherzig, denn es stimmte, er sah ziemlich dick aus; aber seine Schwester sah schön aus, und ihre schlichte Eleganz ließ den Ladies kleine Seufzer entfahren.

Während die Frauen von ihrem ersten Blick auf Fleury ein wenig enttäuscht waren, war der Doktor eindeutig erfreut. Seine Befürchtungen hatten über Nacht zugenommen, sodass er sich nun, da Fleury sich als ein relativ normaler junger Mann erwies, darauf einstellte, dem Sohn seines Freundes mit vorsichtigem Optimismus zu begegnen. Doch im Nu wich die Vorsicht unverhohlener Befriedigung, und er fühlte sich so erleichtert und zuversichtlich, so dankbar, dass Fleury nicht das verweiblichte Individuum war, welches er erwartet hatte, dass er sogar begann, Fleury auf die männlichen Lustbarkeiten hinzuweisen, die er in Kalkutta finden könne … Junge Männer müssen sich die Hörner abstoßen, wie er sehr wohl aus seinen eigenen wilden Zeiten wusste … und er begann, die Vergnügungen der Stadt aufzuzählen: die Pferderennen, die Bälle, die schönen Frauen, die Tafelgesellschaften und guten Kameradschaften und anderes mehr. Er selbst, deutete er an, vergessend, dass Fleurys Schwester Witwe war, habe als junger Mann viele glückliche Stunden in der Gesellschaft lustiger junger Witwen und dergleichen verbracht.

»Aber nicht mit Eingeborenen«, fügte er mit gesenkter Stimme hinzu. »Die hab ich nie angerührt, nicht mal als junger Draufgänger.«

Bestürzt, den Freund seines Vaters in Person dieses jovialen Libertin zu finden, tat Fleury sein Bestes, um zu antworten, wünschte sich aber insgeheim, Miriam wäre dabei, um das Gespräch auf einem allgemeineren Niveau zu halten. Miriam jedoch wurde von den Ladies oben empfangen. Allem Anschein nach waren sie noch nicht fertig mit dem Ankleiden.

Der Doktor erklärte unterdessen, während sie im Gesellschaftszimmer auf und ab spazierten, leider würden er und seine Familie demnächst wieder nach Krishnapur abreisen … was allerdings, genau genommen, eher für die Ladies zum Verzweifeln sei als für ihn, weil die Jagdsaison fürs Sauspießen schon seit Februar lief und nur bis Juli dauerte … in der Tat sei das Beste schon vorbei, denn bald würde es zu heiß sein, um auch nur einen Finger zu heben. Abgesehen davon müsse er zurück, um das Kantonnement vor den Behandlungen eines neumodischen Arztes namens McNab zu bewahren, den sie der Militärgarnison von Captainganj unlängst aufgezwungen hätten. Seine Miene verdüsterte sich etwas beim Gedanken an McNab, und er begann, wie geistesabwesend mit den Fingern zu knacken. »Was Louise und ihre Anwärter betrifft«, fügte er vertraulich hinzu, vergessend, dass auch Fleurys Name genannt worden war, »wenn sie so schwer zufriedenzustellen ist, soll sie es eben nächstes Jahr nochmal versuchen.« Fleury geriet durch diese Information irgendwie in Verlegenheit, und um weitere Vertraulichkeiten zu vermeiden, erkundigte er sich, ob es in Kalkutta viele weiße Ameisen gebe.

»Weiße Ameisen?« Der Doktor erschrak einen Augenblick, in Erinnerung an die Geigen und die Eulen. »Nein, ich glaube nicht. Zumindest, nun ja, es mag wohl welche geben, irgendwo –«

»Ich habe eine Menge Bücher mitgebracht. Darum habe ich mich nur gefragt, ob ich Vorkehrungen treffen sollte, um sie zu schützen.«

»Oh, ich verstehe, was Sie meinen«, rief der Doktor erleichtert aus. »Ich glaube, darum brauchen Sie sich keine Sorgen zu machen. In Krishnapur, vielleicht, aber nicht hier.« Da hatte er sich einen solchen Schrecken eingejagt, wegen nichts und wieder nichts! Es hätte ihn kaum mehr durcheinanderbringen können, wenn Fleury ihn geradewegs nach gedünsteten weißen Ameisen in einer Pastete gefragt hätte! Was für ein alter Trottel er doch wurde, aber wirklich.

Jetzt endlich hörte man die Ladies herunterkommen, und der Doktor und Fleury bewegten sich auf die Tür zu, um sie zu begrüßen. Dabei streifte der Ärmel des Doktors eine Vase, die auf einem kleinen Tisch stand und am Boden zerschellte. Die Ladies traten unter Jammergeschrei und erregten Rufen über den Anblick der beiden Scherben auflesenden Gentlemen ein.

»Mein junger Freund«, sagte der Doktor tröstend zu Fleury. »Bitte, Sie brauchen sich nicht zu entschuldigen. Es war ganz und gar nicht Ihre Schuld, und im Übrigen war es kein wertvolles Stück.« Er lächelte Fleury gütig an, der verdutzt zurückstarrte. Was zum Teufel meinte der Doktor? Natürlich war es nicht seine Schuld. Wie sollte es?

Dieses Unglück mit der Vase, also ja, das hätte nicht viel ausgemacht, erklärte Mrs. Dunstaple ziemlich steif, wenn es ihre gewesen wäre; nur unglücklicherweise gehöre sie den Leuten, die ihnen das Haus überlassen hätten. Aber nun, es helfe nichts, sich jetzt zu grämen.

»Es tut mir schrecklich leid«, murmelte Fleury wider Willen. Er war sich der Schönheit Louises, die nähergetreten war, um dieses bedauerliche Schauspiel zu beobachten, schmerzlich bewusst.

»Wirklich, Dobbin!«, sagte Miriam verärgert. »Du bist so ein Tollpatsch. Kannst du nicht aufpassen, was du tust?« Fleury errötete und blitzte seine Schwester an; er hatte ihr schon hundertmal gesagt, ihn nicht »Dobbin« zu nennen. Und dies war der denkbar schlechteste Moment, es zu vergessen, vor der hübschen, leicht verächtlich dastehenden Louise. Aber vielleicht war es Louise entgangen.

Das leicht missliche Gefühl, das sich mit Fleurys Tollpatschigkeit verband, verlor sich jedoch schnell in der Nachricht, Mr. Hopkins, der Collector von Krishnapur, und seine Frau Gemahlin hätten sich soeben angekündigt, um den Dunstaples ihre Aufwartung zu machen und Mrs. Hopkins zu erlauben, sich vor ihrer Abreise nach England von ihren lieben Freunden zu verabschieden. Gewissermaßen auf dem Fuße folgend erschien Mrs. Hopkins in Person, und beide, Fleury und Miriam, waren betroffen, wie gequält und vergrämt sie aussah. Sie schluchzte bereits, als sie vortrat, um Louise und Mrs. Dunstaple zu umarmen.

»Carrie, Liebste, du darfst dich nicht aufregen. Wenn du so weitermachst, muss ich dich hinausbringen.« Der Collector war seiner Frau auf so leisen Sohlen in das Gesellschaftszimmer gefolgt, dass Fleury bei diesen Worten, die ohne Vorwarnung an seiner Seite gesprochen wurden, zusammenfuhr. Als er sich umwandte, stand neben ihm ein Mann, der aussah wie eine massive Katze; ein Hauch Verbenaduft entströmte seinen eindrucksvollen Koteletten.

Mrs. Hopkins löste sich schwach von Mrs. Dunstaple, immer noch weinend, aber bemüht, ihre Augen zu trocknen. Ohne Rücksicht auf die Versuche des Doktors, seine Gäste einander vorzustellen, sagte sie zu Miriam: »Es tut mir leid, Sie müssen mir verzeihen … Ich bin so mit den Nerven herunter, wissen Sie, mein jüngstes Kind, ein Junge, starb erst vor sechs Monaten während der großen Hitze … und seitdem regt jede Kleinigkeit mich auf. Er war noch ein Baby, wissen Sie … und als wir ihn begruben, kam uns nichts anderes in den Sinn, als ihm eine Daguerrotypie von seinem Vater und mir in die winzigen Ärmchen zu legen. Einer der einheimischen Gentlemen hatte sie gemacht, eigentlich, um sie nach Hause, nach England zu schicken, aber dann befanden wir es für besser, sie dem Baby mit ein paar Rosen in den Sarg zu geben … Wissen Sie, Sie mögen mich für töricht halten, aber es macht mich genauso traurig, das Land mit seinem Grab zu verlassen, wie alle meine liebsten Freunde zu verlassen …«

Fleury hatte das Gefühl, dass Mrs. Hopkins wohl noch eine Weile auf diese Weise fortgefahren wäre, hätte der Collector nicht recht scharf gesagt: »Caroline, du darfst nicht daran denken, sonst geht es dir wieder schlecht. Ich glaube sicher, Mrs. Lang würde lieber etwas Fröhliches hören.«

»Im Gegenteil, Mrs. Hopkins hat mein tiefstes Mitgefühl … umso mehr, als ich selber erst kürzlich jemanden verloren habe, der mir sehr teuer war.«

Die Augenbrauen des Collectors zogen sich zusammen; er blickte mürrisch und missmutig drein, sagte aber weiter nichts.

Obwohl Fleury sich im Allgemeinen gern mit traurigen Dingen wie dem Herbst, dem Tod, Zerfall und unglücklichen Liebesgeschichten befasste, war er doch bestürzt über die morbide Wendung, die das Gespräch genommen hatte. Abgesehen davon, dass es genau das war, was er Miriam hatte ersparen wollen, indem er sie nach Indien brachte. Aber Mrs. Hopkins hatte sich wieder gefasst, und auch Mrs. Dunstaple hatte ihre Augen getrocknet, denn sie ließ sich leicht von den Tränen anderer anstecken, und allein der Gedanke an die Rötung ihrer Augen hatte sie davon abgehalten, sie ebenso reichlich zu vergießen wie ihre Freundin. Was Louise betrifft, so hatte sie sich zwar tränenreich umarmen lassen, aber sie war beherrschter als ihre Mutter, und ihre Augen waren nicht feucht geworden.

Wie dem auch sei, es blieb keine Zeit zum Weinen. Es gab jede Menge Neuigkeiten auszutauschen, denn die Dunstaples hatten Krishnapur im Oktober verlassen, und seither war viel passiert. Außerdem wollten sie so vieles wissen … Wie es dem Padre ging? Und dem Magistrate? Und ob Dr. McNab noch niemanden ins Jenseits befördert hatte? Umgekehrt musste Mrs. Dunstaple alles berichten, was in Kalkutta passiert war. Sie hätte gern die verschiedenen Freier, die Louise umworben hatten, im Einzelnen aufgeführt, aber sie tat es ungern in Fleurys Anwesenheit, damit er nicht den Mut verlor. Überdies neigte Louise zu schlechter Laune, wenn offen über ihre Anwärter geredet wurde. Doch während sich Fleury und Miriam mit dem Collector unterhielten, hatte Mrs. Dunstaple gerade Zeit genug, Mrs. Hopkins anzuvertrauen, dass es einen Anwärter gab, einen gewissen Leutnant Stapleton, Neffe eines Generals, der tatsächlich sehr vielversprechend schien.

Der Collector war nicht in guter Stimmung. Er fand Verabschiedungen bestenfalls grauenhaft, und er sorgte sich um seine Frau, die übermüdet war von der beschwerlichen langen Reise in einer *dak gharry** von Krishnapur bis zur Endstation der Eisenbahn; aber er machte sich auch Sorgen darum, was während seiner Abwesenheit in Krishnapur geschehen mochte, denn seine Vorahnung einer nahenden Katastrophe verstärkte sich von Tag zu Tag. Hinzu kam, dass er sich von Miriam, die ihm offenbar einen Mangel an Gefühlen hatte vorwerfen wollen, missbraucht fühlte. »Sie kann nicht wissen, wie ich unter dem Tod des Babys gelitten habe! Und wie hätte ich wissen sollen, dass sie auf der Krim einen Ehemann verloren hat?« (Der

Doktor hatte es ihm zugeflüstert.) … »Wie sieht es einer Frau doch ähnlich, sich so unredlich einen Vorteil zu verschaffen, den toten Ehemann herbeizuzerren, um einen ins Unrecht zu setzen!« Der Collector fuhr sich gegen den Strich über seine Koteletten und setzte erneut eine Wolke Zitronenverbena frei. »Wie war noch dieser Satz von Tennyson? ›… das sanfte und milchige Weibsgezücht …!‹«

Aber der Collector bewunderte schöne Frauen und konnte ihnen nicht lange böse sein. Wenn sie schön waren, entdeckte er rasch andere Tugenden in ihnen, die er nicht bemerkt hätte, wenn sie hässlich gewesen wären. Bald begann er, Miriam vernünftig und reif zu finden, was nur bedeutete, dass er ihre grauen Augen und ihr Lächeln mochte. »Sie hat ihren eigenen Kopf«, beschloss er. »Warum können nicht alle Frauen Witwen sein?«

Fleury und Miriam saßen den älteren Dunstaples in der Kutsche gegenüber, neben der kleinen Fanny. Ihr Raum war begrenzt, da die aufgeblähten Krinolinen der Ladies aneinanderstießen und einem Gentleman sehr wenig Platz ließen, mit Anstand seine Beine auszustrecken. Sogar Fannys schlanke Beine verloren sich in Bergen schneeweißer, stufiger Petticoats*. »Wie wohltuend, nach diesen endlosen fünf Monaten auf See wieder an Land zu sein! Wie man die Bäume, die Felder, das grüne Gras vermisst! Aber natürlich haben Sie, Miss Dunstaple, diese Wasserprobe schon selber durchgemacht, und ich rede daher, als wäre ich der Einzige, der je von England herübergekommen ist.«

Fleury hatte dies als den Anfang einer angenehmen Unterhaltung betrachtet, aber irgendwie kamen seine Worte nicht gut an. Louises Lippen bewegten sich kaum zu einer Antwort, und ihre Mutter sah geradezu entrüstet aus. Hatte er einen Fauxpas begangen? Es konnte doch sicher nicht sein, dass Louise »im Land geboren« und daher nie in England gewesen war, was, wie er gehört hatte, von der indischen Gesellschaft sehr verachtet wurde. Aber ach, ebendas schien der Fall zu sein.

Die Kutsche hatte ihr Tempo verlangsamt, um einen dicht bevölkerten Basar zu durchqueren. Fleury starrte hinaus in ein Meer brauner Gesichter, schamerfüllt ob seines Patzers. Ein paar Zoll entfernt saßen zwei Männer, die Beine überkreuz, in einem Schrank, einer mit schmutzigem Wasser den Schädel des anderen rasierend. Ein Käfig voll winziger zitternder Vögel mit schwarzen Federn und roten Schnäbeln kroch vorbei. Für Fleury war Indien eine Mischung aus Exotik und äußerster Langeweile, die er, ein Verehrer Chateaubriands, unwiderstehlich fand. Jetzt gab es Geschrei. Sie hatten das *ghat** erreicht.

Das Boot, das der Doktor angeheuert hatte, erwies sich in der Tat als eine sehr zweifelhafte Aussicht; ein Haufen undichter, fauliger Hölzer, grob länglich und bemannt mit dravidischen Halsabschneidern. Aber egal, es war nicht weit über den Hoogly; jenseits des Wassers waren die hoch aufragenden Bäume des Botanischen Gartens zu sehen.

»Seht nur, da ist Nigel!«, schrie Louise genau in dem Moment, als sie einstiegen, und klatschte freudig in die Hände. Man sah eine scharlachrote Uniform bald hier, bald dort durch den weißen Musselin der Menge schimmern, und nun sprengte ein junger Offizier zu Pferde mit einem barfuss nebenherrennenden Stallknecht zum *ghat* hinauf. Er stieg hastig ab, überließ es dem *sais**, das Pferd zu bändigen, und kletterte aufs Boot, während er atemlos sagte: »Tut mir schrecklich leid, die Verspätung!«

Mrs. Dunstaple begrüßte ihn etwas unterkühlt. Offensichtlich hatte Louise ihr nichts von ihrer Absicht gesagt, Leutnant Stapleton einzuladen, und Mrs. Dunstaple war nicht sehr begeistert, ihn zu sehen. Aus dem Augenwinkel beobachtete Fleury, wie sie ihrer Tochter grollte und heimlich in seine Richtung nickte. Plötzlich erinnerte er sich daran, was der Doktor über Louise und ihre Anwärter gesagt hatte. Das war es also! Mrs. Dunstaple fürchtete, dass einer der geeigneten jungen Männer durch die Anwesenheit des anderen entmutigt werden könnte. Es schmerzte Fleury, Louise flüchtig in seine Richtung blicken, dann ihren Kopf zurückwerfen und wegschauen zu sehen, wie um zu sagen: »Was kümmert es mich, ob er entmutigt ist oder nicht?« Obgleich entmutigt, starrte Fleury auf den Fluss und gab vor, den Anblick zu bewundern. Leutnant Stapleton, der offenbar erwartet hatte, der einzige Vertreter der männlichen Jugend auf diesem Ausflug zu sein, wirkte seinerseits ziemlich verblüfft; als die beiden jungen Männer einander vorgestellt wurden, murmelte er nur lustlos und schielte mit missgünstigem Neid auf Fleurys zerknautschte, aber gut geschnittene Kleidung.

Kaum hatten sie das schlammige Ufer auf der anderen Seite erreicht, erhob sich ein Tumult; die Ladies entdeckten, dass die Saumränder ihrer Kleider einiges an Bilgewasser aufgesogen hatten. Unter viel Jammern und Klagen zogen sie sich mit einem Dienstmädchen zum Auswringen auf eine Lichtung in angemessener Entfernung zurück. Als sie endlich wiederkamen, zog die Gesellschaft los, einen Haufen grinsender Diener im Gefolge. Der botanische Garten stellte wenig Blumen, aber viele gewaltige Bäume und Sträucher zur Schau. Ihr Weg führte an dem Riesenbanyan vorbei, und beim Anblick seiner zahlreichen Stämme, die sich über das Geäst zu einer Reihe spektakulärer gotischer Bögen verbanden, war Fleury von Ehrfurcht erfüllt. Er hatte noch nie einen Banyanbaum gesehen.

»Das ist wie eine verfallene Kirche, geschaffen von der Natur!«, rief er aufgeregt; aber die Dunstaples ließen jede Reaktion auf diese Erkenntnis vermissen, und während alle damit beschäftigt waren, einen günstigen Platz für ihr Picknick zu finden, glaubte er Louise und Leutnant Stapleton ein verstohlenes Lächeln austauschen zu sehen.

Von Zeit zu Zeit, derweilen sie zwischen den Bäumen weitergingen, kamen sie an grüne Lichtungen, wo junge Offiziere schon mit ihren Ladies picknickten; doch als sie schließlich eine unbesetzte Lichtung fanden, erklärte Mrs. Dunstaple, dort sei es zu sonnig. Auf der nächsten Lichtung war eine weitere Gesellschaft junger Offiziere, die mit Geschöpfen, welche der Doktor eindeutig für lustige junge Witwen hielt, Moselle Cup tranken. Fleury sah, wie sehnsüchtig die Blicke des Doktors an ihnen hingen, als er sich mit seiner eigenen Gesellschaft zum Weitergehen anschickte … aber die jungen Offiziere riefen ihn herbei, fragten lachend, ob er sie nicht erkenne? Und es stellte sich heraus, dass sie nicht nur flüchtige Bekannte, sondern beste Freunde waren, denn diese jungen Männer waren normalerweise in Captainganj stationiert; sie waren an der Waffenschule von Barrackpur gewesen, zur Ausbildung an den neuartigen Enfield Gewehren, derentwegen die Sepoys so entrüstet waren, und hatten die Gelegenheit genutzt, in Kalkutta ein bisschen Zivilisation zu genießen, sodass sie natürlich entzückt waren, ausgerechnet Dr. und Mrs. Dunstaple zu treffen, und natürlich Miss Louise, und was war eigentlich mit diesem jungen Lumpenhund Leutnant Harry Dunstaple, der hoch und heilig versprochen hatte, er würde ihnen schreiben, und keinen Federstrich zu Papier brachte? Sie würden sich den Bengel vorknöpfen, wenn sie in ein paar Tagen nach Krishnapur zurückkehrten … und nichts käme ihnen mehr gelegen, als dass die Schar der Dunstaples sich zu ihnen gesellte.

Ihre Ladies, stellte sich heraus, waren mitnichten lustige junge Witwen, sondern Mädchen von der achtbarsten Sorte, Schwestern des einen oder anderen Offiziers; so fand alles mit höchstem Anstand statt.

Die Offiziere hatten schon mehrere stürmische Angriffe auf ihren Picknickkorb verübt, einen umfunktionierten Wäschekorb, der nichts anderes zu enthalten schien als Moselle Cup in den unterschiedlichsten Flaschen und Gefäßen. Die Dunstaples brachten etliche Körbe mit, von denen mehr als einer das stolze Abzeichen von Wilsons »Hall of all Nations« (bestellter Lieferant des Rt Honourable Viscount Canning) trug, denn der

Doktor glaubte offenbar an die ordentlich gemachten Dinge. Die jungen Männer konnten sich kaum zurückhalten, als die Träger der Dunstaples vor ihren Augen einen echten Yorker Schinken, zart und rosig wie Klein Fannys Wangen, Austern, eingelegtes Gemüse, Lammpasteten, Cheddar-Käse, Ochsenzungen, kalte Hühnchen, Schokolade, kandierte und kristallisierte Früchte und Biskuits aller Art aus dem besten frischen Kap-Getreide auspackten: Abernethy's Kekse, Tops & Bottoms, Pfeffernüsse und was man sich an köstlichem Gebäck nur vorstellen konnte.

Mit den Händen an seine Rockschöße klopfend, beobachtete der Doktor die Träger bei der Arbeit, ganz so, als hätte er das Interesse der jungen Männer nicht bemerkt, und wartete bis zum letzten Moment, ehe er mit scheinbarer Zurückhaltung erklärte: »Ich bin sicher, ihr jungen Leute werdet wohl kaum Lust auf Essen haben, aber wenn ihr möchtet …«, woraufhin ein gewaltiges Hurra ausbrach, das Mrs. Dunstaple veranlasste, sich umzublicken, ob sie nicht zu viel Aufmerksamkeit erregten, doch von den Waldwiesen ringsum hallten ähnlich fröhliche Geräusche wider; nur ein paar zerlumpt aussehende Eingeborene, die aufgetaucht waren, saßen am Rand der Lichtung auf ihren Fersen und starrten die weißen Sahibs an.

Im Gegenzug bestanden die jungen Offiziere darauf, dass alle ihren Moselle tranken, von dem sie reichlichen Vorrat hatten; in der Tat genug, um sich und ihre Ladies mehrfach in Bewusstlosigkeit zu versetzen. Bald herrschte allgemeine Heiterkeit.

Was Louise anbelangt, so sah sie ziemlich ätherisch aus im gesprenkelten Licht von Sonne und Schatten, doch es machte Fleury traurig, sie von Völlerei und Gelächter umgeben zu sehen; sie hielt einen am unteren Ende in eine Serviette gewickelten Entenschenkel hoch, aber nicht, um selbst daran zu knabbern, sondern um ihn in übertriebener und komischer Manier von den mit wüsten Schnauzbarthaaren bedeckten Lippen und gelblichen Zähnen eines der Offiziere abfressen zu lassen, seines Namens Leutnant Cutter, der, wie es schien, einer ihrer besonderen Vorjahreslieblinge in Krishnapur gewesen war. Und nicht genug damit, dass alle sich vor Lachen über sein Benehmen nicht mehr halten konnten, wurde Leutnant Cutter komischer denn je, warf den Kopf zurück und heulte zwischen seinen Bissen wie ein Wolf.

Unterdessen wandte sich der Doktor an Captain Hudson, um etwas zu fragen, was ihm seit einigen Tagen nicht aus dem Sinn ging, nämlich: Was eigentlich dran sei an dem Gerede über Schwierigkeiten mit den Sepoys, die es im Januar in Barrackpur gegeben habe? Ob er und die anderen Offiziere zu dieser Zeit dort gewesen seien?

»Nein, als wir hinkamen, hatte sich das alles schon gelegt. Aber was Größeres war das sowieso nicht … ein oder zwei Feuer in den Linien der Eingeborenentruppen und ein paar Gerüchte über Verunreinigung durch die neuen Patronen. General Hearsey ist sehr geschickt mit der Sache umgegangen, obwohl manche meinten, er hätte strenger durchgreifen sollen.«

Hier rief Mrs. Dunstaple gereizt dazwischen, sie wolle eine Erklärung, denn niemand würde ihr je solche Dinge wie Verunreinigung oder Patronen erklären; wen interessiere es schon, wenn sie so dumm bliebe wie ein Dienstmädchen, und sie lächelte, um anzudeuten, dass sie es eher kokett als böse meinte. Also begann Hudson freundlich zu erklären. »Wie Sie wissen, laden wir ein Gewehr, indem wir ein Maß Schießpulver durch den Lauf in die Ladekammer schütten und obendrauf eine Kugel hineinstopfen. Nun, das abgemessene Pulver wird in kleinen Papierhülsen geliefert, die wir Patronen nennen … um an das Pulver zu kommen, muss das Ende der Hülse abgerissen werden, und beim Truppendrill bringen wir den Männern bei, dies mit den Zähnen zu tun.«

»Und dadurch fühlen sich die Eingeborenen verunreinigt … ach du lieber Himmel!«

»Nein, nicht dadurch, Mrs. Dunstaple, sondern durch das Fett an den Patronen … das ist natürlich nur an den Kugelpatronen … das heißt, an solchen mit einer Kugel drin. Man entleert das Pulver in den Lauf, und dann, statt das Papier wegzuwerfen, schiebt man den Rest der Patrone nach. Aber weil sie so knapp ins Rohr passt, muss sie eingefettet sein, sonst bleibt die Kugel stecken. Bei den neuen Enfield Gewehren, die Nuten im Lauf haben, würden Kugelpatronen mit Sicherheit steckenbleiben, wenn sie nicht eingefettet wären.«

»Du meine Güte, dann war es also das Fett!«

»Sicher doch, ebendas hat Jack Sepoy ja so beunruhigt! Irgendwie kam er auf die Idee, das Fett stamme von Schweine- oder Rindertalg, und es durfte seine Lippen nicht berühren, weil das gegen seine Religion verstößt. Das war der Grund für die Unruhen in Barrackpur. Aber inzwischen hat Major Bontein vorgeschlagen, den Drill zu ändern … in Zukunft soll das Ende, statt es abzubeißen, einfach abgerissen werden. Dann brauchen sich die Sepoys keine Sorgen mehr zu machen, woraus das Fett besteht. Wie es aussieht, riecht das Zeug ekelhaft genug, um eine Epidemie auszulösen, gar nicht zu reden von einer Meuterei.«

Hudson fügte hinzu, am 27. Februar habe es noch anderen Ärger gegeben, diesmal in Berhampur, hundert Meilen weiter nördlich, wo sich das 19. Eingeborenenregiment der bengalischen Infanterie geweigert hatte, vor einer Parade die Zündhütchen entgegenzunehmen. Die Abwesenheit jedes europäischen Regiments hatte es unmöglich gemacht, diesem Akt der Meuterei auf der Stelle entgegenzutreten … Jetzt befinde sich das aufrührerische Regiment auf dem langsamen Marsch nach Barrackpur, wo es aufgelöst werden solle. Aber es gebe keinen Grund zur Beunruhigung, und im Übrigen wurden nun, da alle mit dem Essen fertig waren, Rufe nach einem Blinde-Kuh-Spiel laut.

Alles rief, das sei eine glänzende Idee, und im Nu hatten die

Träger die Körbe beseitigt (ehe sie selbst beseitigt wurden), und das Spiel konnte beginnen. Einer der Ladies, einem pummligen Mädchen, das vom vielen Lachen schon ziemlich erhitzt war, wurde, wie es sich gehört, ein Tuch vor die Augen gebunden, und nun wurde es dreimal herumgedreht, während die anderen einen Reim sangen, den einer der Offiziere, der zum Zeitvertreib gern die Eingeborenen studierte, von den eingeborenen Kindern gelernt hatte:

Rosen Attar, Senfes Öl,
Die Katzen schrei'n, der Topf kocht fein,
Schau und flieg! Sonst hascht dich
Des Rajas Dieb!*

Damit stoben alle davon, und die junge Lady stolperte kreischend vor Lachen umher, bis sich ihr Bruder, der fürchtete, sie würde noch hysterisch, schließlich fangen ließ.

Dieser Bruder war kein anderer als Leutnant Cutter, fürwahr ein sehr amüsanter Bursche. Während er hier- und dorthin stürzte, machte er die ganze Zeit grobe, beängstigende Bemerkungen in dem Sinne, er sei ein großer Bär, und wenn er irgendein hübsches Mädel finge, würde er es ganz fürchterlich umarmen … und die Ladies waren so erschreckt und entzückt, dass sie sich, ob sie wollten oder nicht, durch ihr Kreischen ständig verrieten und immer erst im letzten Moment entwischten.

Aber bald wurde klar, dass Leutnant Cutters Umherstolpern etwas recht Merkwürdiges an sich hatte. Wie kam es, dass er, weit davon entfernt, wahllos durch die Gegend zu stolpern, wie man es von einem Mann mit verbunden Augen erwartet hätte, ein ums andere Mal mit seinen beängstigenden Sprüngen an den Offizierskameraden vorbei in Richtung einer Gruppe Ladies galoppierte? Vielleicht nur, weil er sie durch ihr Gekreische orten konnte. Aber wie kam es, dass er so oft auf die Hübscheste von allen zuhielt, nämlich auf Louise Dunstaple, und das arme, atemlos jammernde Geschöpf am Ende fing, um es, wie angedroht, fürchterlich bärenhaft zu umarmen? (Und wie kam es, fragte sich Fleury, dass er sich an diesem unschuldigen Spiel so tierisch wild berauschte?) Leutnant Cutter, der Schurke, hatte sie hereingelegt. Irgendwie war es ihm gelungen, einen kleinen Schlitz in den Falten des seidenen Tuchs vor seinen Augen zu öffnen, und er hatte die ganze Blindheit nur vorgetäuscht!

So ging es weiter mit den Belustigungen. Was für einen wunderbaren Tag sie alle verbrachten … sogar die zerlumpten Eingeborenen, die es vom Rand der Lichtung aus mit ansahen, dürften das Schauspiel genossen haben … und wie herrlich das Wetter war! Der indische Winter ist das perfekte Klima, sonnig und kühl. Erst später am Nachmittag fiel Fleury wieder ein, dass er Captain Hudson, der ein intelligenter Mann zu sein schien, hatte fragen wollen, ob er glaube, dass mit weiteren Unruhen zu rechnen sei … Denn natürlich wäre es töricht für ihn und Miriam, die Dunstaples wie beabsichtigt in Krishnapur zu besuchen, wenn ein Aufruhr im Land umging.

Der Collector hatte sich gewundert, als er von der Meuterei am 19. in Berhampur erfuhr, dass diese Entwicklung in offiziellen Kreisen keinen Alarm auslöste. Später hörte er, General Hearsey sei genötigt gewesen, sich mit einer Rede an die Sepoys in Barrackpur zu wenden, um ihnen zu versichern, niemand habe die Absicht, sie zwangsweise zum Christentum zu bekehren, wie sie vermuteten. Die Engländer, hatte Hearsey ihnen erklärt, seien »Christen der Heiligen Schrift«, was bedeute, dass niemand Christ werden könne, der nicht zuerst die Heilige Schrift gelesen und verstanden und sich freiwillig entschieden habe, Christ zu werden. In Kalkutta glaubte man, diese Rede, die den Sepoys in ihrer eigenen Sprache, in einem kräftigen, männlichen Ton von einem Offizier gehalten worden war, dem sie vertrauten, habe eine heilsame Wirkung gehabt. Der

Collector war unterdessen zu einem schmerzhaften Entschluss gelangt. Trotz seiner Besorgnis, nach der Abreise seiner Frau unverzüglich nach Krishnapur zurückzukehren, hielt er es für seine Pflicht, ein paar Tage länger in Kalkutta zu bleiben, um die Leute vor der Gefahr zu warnen, derer er selbst zum ersten Mal durch jene ominösen Chapatis auf seinem Schreibtisch innegeworden war.

Fleury war dem Collector nur bei einer einzigen Gelegenheit begegnet und hatte zu diesem Zeitpunkt unglücklicherweise nicht begriffen, dass er jemandem begegnete, der bald ein interessantes Gesprächsthema für verzweifelnde Gesellschaftszimmer abgeben würde. In den zwei Jahren, die der Collector am Anfang des Jahrzehnts in England verbracht hatte, war er ein aktives Mitglied zahlreicher Gremien und Gesellschaften gewesen: des Magdalen Hospital zur Rückführung von Prostituierten beispielsweise, oder der aristokratischen Mendicity Society zur Unterstützung von Bettlern, ganz zu schweigen von allen möglichen literarischen, zoologischen, antiquarischen und statistischen Gesellschaften. Das war natürlich ganz so, wie es sein sollte; jeder hätte mit seinen privaten Mitteln das Gleiche getan. Aber Hopkins war weiter gegangen. Nicht nur, dass er voller Ideen über Hygiene, Fruchtwechsel und Entwässerung nach Indien zurückgekehrt war, sondern er hatte in dem Glauben, das Gleiche zu tun, was die Römer einst in Britannien getan hatten, einen substanziellen Teil seines Vermögens darauf verwendet, Beispiele europäischer Kunst und Wissenschaft ins ferne Indien zu bringen. Diejenigen, die es gesehen hatten, sagten, die Residenz in Krishnapur sei voller Statuen, Gemälde und Maschinen. Vielleicht konnte man nichts anderes erwarten, als dass diese Bemühungen des Collectors, den Eingeborenen die Zivilisation zu bringen, in Kalkutta verspottet wurden; aber jetzt war er, fast ebenso unterhaltsam, in der Rolle des Unkenrufers wieder da.

Binnen kürzester Zeit wurde er, ständig durch Kalkutta eilend, um bei diversen Würdenträgern vorzusprechen, eine stadtbekannte Figur. Wer auch immer ihn zufällig die Chowringhee entlangschreiten sah, sagte zu sich selbst: »Da geht Hopkins. Fragt sich nur, wen er diesmal warnen will.« Seine Vorhersage des kommenden Unheils, die, wie die Leute sagten, größtenteils darauf beruhte, dass er die gefundenen Chapatis tatsächlich *gegessen* hatte, war bald eine sprudelnde Quelle der Belustigung. Fleury gehörte zu denen, die sein Treiben mit Erstaunen und Genuss verfolgten. In Regierungskreisen kam es sogar in Mode, vom Collector aufgesucht zu werden, und nicht selten unterhielt ein Gastgeber seine Tafelgesellschaft mit Erzählungen, wie der Collector diesen oder jenen in ein Gespräch verwickelt hatte, um die Katastrophe zu prophezeien. Und wenn er einen besuchte, stürzte er sich in wirre Reden über die Notwendigkeit, den Eingeborenen die Zivilisation näherzubringen oder etwas Ähnliches, gemischt mit den üblichen düsteren Vorhersagen. Doch während die Tage vergingen und die Leute in Kalkutta ihn weiter hierhin und dorthin fahren oder mit einsamer Würde über die nicht mehr sehr grüne Fläche des Maidan* stolzieren, wenn nicht gar tief in Gedanken versunken am Fluss stehen sahen, ungefähr an der Stelle, wo heute die große Howrah Bridge drohend über dem Wasser schwebt, kam die Zeit, da sie ihn kaum noch bemerkten.

Allmählich, als das Wetter heißer und die Liste jener Würdenträger, die ohne Warnung zu lassen er offensichtlich für unklug hielt, nicht kürzer wurde, begann der Collector eine heruntergekommene Erscheinung anzunehmen, obwohl sein Hemd immer noch genauso weiß und sein Cut genauso sorgfältig gebügelt war. Dann, im April, ging eine andere Geschichte über den Collector um, wenngleich es ein Geheimnis blieb, woher sie stammte. Es wurde gesagt, dass er, auch wenn man ihn noch kreuz und quer durch die Stadt ziehen sah, niemanden mehr besuche. In den ersten Tagen nach der Abreise seiner Frau hatte jeder, den Fleury traf, wenn nicht persönlich Besuch bekommen, so doch zumindest einen Freund oder einen Freund eines Freundes, der von dem Collector besucht worden war, »um ihn auf die ernstzunehmende Unruhe unter den Eingeborenen hinzuweisen«. Doch jetzt, wenn man in irgendeinem der Gesellschaftszimmer fragte, in denen man verkehrte, gab es jede Menge Leute, die den Collector auf der Straße gesehen hatten, aber niemand hatte gehört, dass er irgendwo an ein Ziel gelangt wäre.

Außerdem wurde der Collector jetzt, da die Sonne während der Mittagszeit vom Himmel brannte, oft am Straßenrand im Schatten eines Baumes gesehen (auch Sie hätten ihn dort stehen sehen, wenn Sie damals in Kalkutta gewesen wären), gedankenverloren stand er da (über eine Möglichkeit nachdenkend, kicherten die Leute, die Zivilisation mit der Eisenbahn ins Mofussil* zu bringen, um die Eingeborenen zu beruhigen), wie ein Mann, der auf das Ende eines Regenschauers wartete, obwohl natürlich keine Wolke in Sicht war. Aber welche Gründe auch immer zu den langen Pausen unter Bäumen führten, sie nährten mit Sicherheit den Glauben, der Collector habe seine warnenden Besuche aufgegeben. Nur warum er in diesem Fall nicht einfach zu Hause blieb, konnte keiner erklären.

Selbstverständlich gab es eine andere Erklärung, die niemand vermutete. Jetzt, da es nicht mehr der neuste Schrei war, vom Collector besucht und gewarnt zu werden (inzwischen fand man es in der Tat eher lächerlich, denn wenn er mit seinem Besuch so lange gewartet hatte, rangierte man offensichtlich nicht sehr weit oben auf seiner Liste einflussreicher Personen), wurde er zweifelsohne von vielen, die er besuchen wollte, mit der Ausrede abgewiesen, sie seien zu beschäftigt.

Und dann, eines Tages, ziemlich plötzlich, war er verschwunden. Offenbar hatte er beschlossen, Kalkutta seiner Unwissenheit zu überlassen, und war nach Krishnapur zurückgekehrt, um seinen Pflichten nachzugehen. Eine Zeitlang hörte man nichts mehr von ihm.

Der Friedhof, auf dem Fleurys Mutter begraben lag, ist in Kalkutta immer noch zu sehen, an der Park Street, nicht weit vom Maidan entfernt. Heutzutage ist es ein erstaunlicher, einsamer Ort, verwahrlost und verwildert. Viele der erhabensten viktorianischen Grabsteine stehen schief, andere sind umgefallen oder wurden absichtlich zertrümmert. Sehr oft sind auch die Bleibuchstaben aus den Inschriften geklaubt worden, eine kleine, den Toten von den Lebenden auferlegte Steuer. Nahe dem Tor drängen sich ein paar arme Familien unbehaglich in Hütten, die sie aus Stöcken und Lumpen errichtet haben; kein Wunder, dass sie sich so unwohl fühlen, denn sogar für einen Christen herrscht hier eine unheilvolle Atmosphäre.

Zu Fleurys Zeiten jedoch war das Gras geschnitten und die Gräber waren gut gepflegt. Abgesehen davon war er, wie man es erwarten mag, ein Liebhaber von Friedhöfen; er liebte es, dort zu sinnieren und seinen Herzensregungen zu lauschen, indem er die abgekürzten Biographien auf sich wirken ließ, die er in die Steine eingemeißelt fand … so beredt, so bündig! Gleichwohl, nachdem er ein oder zwei Stunden am Grab seiner Mutter gegrübelt hatte, beschloss er, es genug sein zu lassen, denn schließlich will man das Herumschleichen auf Friedhöfen ja auch nicht übertreiben.

Der Entschluss war kein sehr plötzlicher. Seit dem Alter von sechzehn Jahren, als er erstmals begann, sich für Bücher zu interessieren, hatte er, sehr zur Betrübnis seines Vaters, körperliche und sportliche Dinge gering geschätzt. Er war von einer melancholischen und lustlosen Gemütsverfassung gewesen, ein Opfer der Schönheit und Traurigkeit der Welt. Im Lauf der letzten zwei oder drei Jahre jedoch hatte er bemerkt, dass seine düstere und schwindsüchtige Art nicht mehr ganz so wirkte, wie sie einmal gewirkt hatte, insbesondere auf junge Ladies. Sie fanden seine Blässe nicht mehr so interessant, sie wurden ungeduldig mit seiner Melancholie. Die Wirkung, oder die verfehlte Wirkung, die man auf das andere Geschlecht ausübt, ist insofern wichtig, als sie einem verrät, ob man in Fühlung mit dem Zeitgeist steht, dessen Hüter unveränderlich das andere Geschlecht ist. Um die Wahrheit zu sagen, war die Welle der Empfindsamkeit für das Schöne, für Sanftmut und Melancholie allmählich abgeflaut und hatte Fleury zappelnd auf einer Sandbank zurückgelassen. Dieser Tage waren junge Ladies mehr an den Vorzügen von Tennysons »großem, breitschultrigem, leutseligem Engländer« denn an bleichen Dichtern interessiert, dämmerte es Fleury. Louise Dunstaples Vorliebe, mit lustigen Offizieren herumzutollen, die ihn am Tag des Picknicks bestürzt hatte, war keineswegs die erste Abfuhr dieser Art gewesen. Sogar Miriam fragte ihn manchmal laut, warum er so »hündisch« blicke, wo sie einst geschwiegen und »seelenvoll« gedacht hätte.

Trotzdem, man ändert seinen Charakter nicht über Nacht, nur um ihn der Mode anzupassen, auch nicht, wenn man will. Manche eigensinnige Menschen in Fleurys Dilemma bleiben lieber so, wie sie angefangen haben, und geben sich damit zufrieden, ihre Epoche als philisterhaft oder verweiblicht oder was auch immer sie selbst nicht sind zu betrachten. Ein wirkliches Problem wird es erst, wenn man sich verliebt, wie Fleury, und attraktiv sein will.

Einen oder zwei Tage lang wurde Fleury ziemlich aktiv. Er musste sein Buch über den Fortschritt der Zivilisation in Indien voranbringen, und das war auch ein Grund, warum er Interesse am Verhalten des Collectors entwickelte. Er stellte viele Fragen und kaufte sich sogar ein Notizbuch, um einschlägige Informationen festzuhalten.

»Wenn die indischen Völker unter Ihrer Herrschaft glücklicher sind«, fragte er einen Beamten der Schatzkammer, »warum bleiben sie dann in einheimischen Staaten wie Hyderabad, die so miserabel regiert werden, und wandern nicht aus, um hierherzukommen und in Britisch-Indien zu leben?«

»Die Apathie des Eingeborenen ist allgemein bekannt«, erwiderte der Beamte steif. »Er ist nicht unternehmerisch.« Fleury schrieb »Apathie« in schnörkeliger Handschrift nieder, und dann, nach kurzem Zögern, fügte er »nicht unternehmerisch« hinzu. Unglücklicherweise überlebte dieser Energieausbruch die bleiernen Fakten nicht, die ihm genannt wurden, um die segensreichen Wirkungen der *Company* zu illustrieren. Als er von den spektakulären Steigerungen der Zoll-, Opium- und Salzeinnahmen hörte, verfiel er in einen Stupor, und nicht lange danach sah man ihn wieder lustlos auf einem Sofa liegen, in einen Gedichtband vertieft.

Dr. Dunstaple war von Louise und von Mrs. Dunstaple bedrängt worden, ihre Abreise nach Krishnapur zu verschieben, bis der letzte Ball der kühlen Jahreszeit stattgefunden habe. Dann könne Louise noch am selben Nachmittag Brautjungfer bei der Hochzeit einer Freundin in der St Paul's Cathedral sein. Der Doktor seufzte. Wieder waren ein paar glückliche Schweine seinem Spieß entgangen. Er tanzte nicht gern.

In der Festhalle war die Temperatur weit über neunzig Grad Fahrenheit, die hohen Fenster standen offen und *punkahs* flatterten wie verwundete Vögel über den Köpfen der Tanzenden. Obwohl Fleury sich nicht vorstellen konnte, wie man bei einer solchen Hitze tanzen sollte, hatte Louise ihre Tanzkarte im Nu gefüllt; als er kam, um sich zu bewerben, war zu seinem Leidwesen nur noch der *galloppe* frei. Er wischte sich mit dem Handrücken über die Stirn und zog ihn schimmernd, wie mit Olivenöl bestrichen zurück. Auch die Ladies konnten nicht kühl aussehen; noch so viel Reispuder konnte den Glanz ihrer Gesichtszüge nicht mattieren, noch so viel Polsterung konnte feuchte Flecken nicht daran hindern, sich unter ihren Achselhöhlen auszubreiten.

Ein Wunderwerk nach dem anderen hervorhebend, die Musiker, die prachtvoll livrierten Diener, das köstliche Buffet inmitten der Blumen und Lüster und Topfpalmen, empfahl der Doktor Fleury dringend, diese elegante Szene nicht zu vergessen, wenn es darum ging, Beispiele zivilisierten Verhaltens für sein Buch auszuwählen. Fürwahr, stimmte Fleury zu, dies sei sicher eine Art von Zivilisation, aber irgendwie glaube er, eigentlich werde ein ganz anderer Aspekt gebraucht … ihre spirituelle, ihre mystische Seite, die Seite des Herzens! »Zivilisation, wie sie derzeit ist, denaturiert den Menschen. Denken Sie nur an die Mühlen und die Schmelzöfen … Im Übrigen, Doktor, empfiehlt mir jeder, dem ich in Kalkutta von meinem Buch erzähle, auf dies oder jenes zu achten … einen Kanal, der gebaut worden ist, oder irgendeine grausame Sitte wie Kindstötung oder Witwenverbrennung, die abgeschafft wurde … Das sind natürlich Verbesserungen, gewiss, aber so, wie die Dinge liegen, sind es nur Symptome von etwas, was eine große, heilsame Krankheit sein sollte … Das Problem ist, wissen Sie, dass die Symptome zwar da sind, die Krankheit als solche aber fehlt!«

»Eine heilsame Krankheit!«, dachte der Doktor, während er einen entsetzten Blick auf Fleurys errötetes Antlitz warf.

»Hm, das ist alles schön und gut, aber … Hier, nehmen Sie eine von diesen.« Der Doktor bot Fleury sein Zigarrenetui an, wobei er als subtiles Kompliment hinzufügte: »Ich fürchte allerdings, dass sie nicht so gut sind wie Lord Cannings.« Er beobachtete Fleury besorgt. Er hatte gehört, auch wenn es nur ein Gerücht sein mochte, Fleury habe sich im Bengal Club irgendeinen armen Teufel geschnappt und ihm ein langes Gedicht über die Besteigung eines symbolischen Berges vorgelesen.

Überrascht von der Anspielung auf Lord Canning, nahm Fleury eine Zigarre und fuhr nachdenklich mit der Nase daran entlang. Sein Blick fiel auf zwei hübsche, schwitzende Mädchen in der Nähe, als eines von ihnen ausrief: »Ich hasse Männer, die bei der Polka hopsen!« Auf jedem Londoner Ball hätte ihm dieselbe Bemerkung zu Ohren kommen können. Obendrein hatte er gehört, dass in Kalkutta auch reiche indische Gentlemen zu Bällen im zivilisierten europäischen Stil luden, obwohl sie die englischen Ladies zugleich dafür verachteten, mit Männern zu tanzen, als wären sie *»nautch girls«*[*], etwas, was sie ihren eigenen Frauen niemals gestatten würden. Darin schien ein Widerspruch zu liegen. Es war alles sehr kompliziert.

Der Doktor hatte Fleury am Ellbogen gefasst und führte ihn zum Buffet. Wo Mrs. Lang denn heute Abend sei? Fleury erklärte, Miriam habe es abgelehnt, mitzugehen, nicht, weil sie noch trauere, sondern weil sie es zu heiß fand, um zu tanzen. Miriam habe ihren eigenen Kopf, brummte er.

»Was für eine vernünftige junge Frau!«, rief der Doktor neidisch, wünschte er sich doch auch für seine Ladies einen eigenen Kopf, der ihnen sagte, wann es zu heiß zum Tanzen war.

Sie kamen an einer Reihe erhitzter Anstandsdamen am Rand der Tanzfläche vorbei; die ununterbrochene Bewegung ihrer Fächer verlieh diesen Ladies etwas Flatteriges, etwas von Vögeln, die sich ihr Gefieder putzen. Die aus der Blässe schwer gepuderter Gesichter hervortretenden Augen folgten Fleury ausdruckslos, als er vorbeiflanierte. Er dachte: »Wie wahr, dass englische Frauen im indischen Klima nicht gedeihen! Ihr Fleisch fällt ein, es schmilzt dahin und hinterlässt nur Sehnen, Fasern und Falten.«

Plötzlich herrschte Aufregung im Ballsaal, wie ein Lauffeuer ging die Nachricht um: General Hearsey war eingetroffen! Das Gedränge im vorderen Bereich der Tanzfläche war so groß, dass der Doktor und Fleury nichts sehen konnten, und so stiegen sie ein paar Stufen der weißen Marmortreppe hinauf. Von dort aus gelang es ihnen, einen Blick auf den General zu erhaschen, und der Doktor konnte nicht anders, er wünschte sich, unwillkürlich zu Fleury hinüberschielend, sein Sohn Harry wäre an dessen Stelle da. Harry hätte alles gegeben, um des tapferen Generals ansichtig zu werden, während Fleury mit seinem von Zivilisationstheorien aufgeweichten Gehirn sicher nicht den Wert des Mannes schätzen konnte, der jetzt langsam durch die Menge der Gäste schritt, von denen viele vortraten, um ihn zu begrüßen; andere, die keine Gelegenheit gehabt hatten, seine Bekanntschaft zu machen, erhoben sich aus Respekt und verbeugten sich, als er vorüberging.

Aber der Doktor tat Fleury Unrecht, denn Fleury war nicht weniger aufgeregt als er. Fleury hatte sich selbst im Verdacht, ein Feigling zu sein, und hier sah er sich dem Mann gegenüber, der vor dem Zeughaus eines zum Aufruhr bereiten Sepoy-Regiments furchtlos auf den Rebellen, der soeben den Adjutanten erschossen hatte, zugeritten war. Auf die Warnung eines Offizierskameraden, die Muskete des Rebellen sei geladen, hatte der General geantwortet, was in ganz Kalkutta schon zum geflügelten Wort geworden war: »Zum Teufel mit seiner Muskete!« Und der Sepoy, überwältigt von der moralischen Präsenz des Generals, war unfähig gewesen, den Abzug zu drücken. Kein Wunder, dass Fleury seine Theorien im Moment vergaß und sich an dem älteren Soldaten weidete, an dem vollen weißen Haar und Schnauzbart des Generals, an dessen mannhaftem Gebaren, das sein Alter von sechsundsechzig Jahren vergessen ließ. Und als der General, der sich ruhig mit einem Freund unterhielt, aber doch einen müden und angestrengten Ausdruck im Gesicht hatte, seine Augen hob und kurz auf Fleury ruhen ließ, schlug Fleurys Herz, als wäre er kein Dichter, sondern ein Husar.

Erfrischt durch diesen Anblick personifizierten Muts, stiegen Fleury und der Doktor die Marmortreppe weiter hinauf, zu den Galerien. Hier saßen etliche Leute bequem in Nischen, durch Farne und rote Plüschwände voneinander getrennt, mit einem guten Überblick über die Tanzfläche unten. Es herrschte ein reges Kommen und Gehen von Höflichkeitsbesuchen zwischen diesen Nischen, und hier war der Ort, wo man die nüchternen Tatsachen der Ehe diskutieren konnte, während sich die jungen Leute unten um die gefühlsmäßigen Aspekte kümmerten. Mrs. Dunstaple hatte einen Platz auf einem Sofa unter einer *punkah* gefunden und redete mit einer anderen Lady, die ebenfalls eine heiratsfähige Tochter hatte, wenngleich um einiges gewöhnlicher als Louise. Als Mrs. Dunstaple Fleury mit ihrem Ehemann näherkommen sah, konnte sie einen Freudenlaut nicht unterdrücken, denn sie hatte ihrer Gefährtin gerade vorgeschwärmt, welche Aufmerksamkeiten Fleury Louise zuteilwerden ließ, und den unangenehmen Eindruck gehabt, dass ihr nicht ganz geglaubt wurde.

Fleury verbeugte sich, als er vorgestellt wurde, und setzte sich dann, benommen von der Hitze. Die roten Plüschwände um ihn herum vermittelten ihm das Gefühl, in einem Ofen zu sitzen. Er nahm ein Taschentuch heraus und tupfte sich die ölige Stirn ab. Auf der Tanzfläche unten ging ein Walzer zu Ende, und bald würde es Zeit für den *galloppe* sein. Soeben tauchte Louise auf, eskortiert von den Leutnants Cutter und Stapleton, die Fleury beide unverschämt anstarrten und sich der Aufgabe, ihn wiederzuerkennen, offensichtlich nicht gewachsen fühlten.

Fleury blickte bewundernd zu Louise auf; er wusste, dass sie nachmittags Brautjungfer bei der Hochzeit einer Freundin aus ihrer Kindheit gewesen war. Die beiden Mädchen waren zusammen aufgewachsen, und nun, nachdem sie einander so oft gesagt hatten: »O nein, du wirst die Erste sein!«, war die Freundin die Erste gewesen, weil Louise so lange brauchte, um sich zu entschließen.

Fleury sah, dass Louise bewegt war von der Erfahrung, Brautjungfer ihrer Freundin gewesen zu sein; ihr Gesicht war verletzlich geworden, wie zwischen Lachen und Weinen. Er fand diese Verletzlichkeit seltsam entwaffnend.

Und nun, da Louise in dieser Weise aufgebrochen war, kein Wunder, dass sie, zumindest für ein paar Stunden, jeden Mann anschaute, den sie traf, sogar Fleury, und ihn momentan als ihren zukünftigen Ehemann sah. Mrs. Dunstaple sah erst ihre Tochter an und dann Fleury, der insgeheim mit den Zähnen knirschte und sich an den Knöcheln kratzte, wo er gerade von einer Mücke gestochen worden war. Wie schnell das Leben vergeht! Sie seufzte. Die eher gewöhnliche Tochter ihrer Gefährtin litt unter »Hitzepickeln«, wurde ihr anvertraut. Was für eine Schande! Sie redete mitfühlend daher.

Es war Zeit für den *galloppe*. Als sie auf der Tanzfläche ihre Haltung einnahmen, blickte Louise auf und sah Fleury forschend an. Aber Fleury träumte vor sich hin, er dachte selbstzufrieden, dass man in London keine Gentlemen mehr in braunen Fräcken gesehen hätte, wie sie hier getragen wurden, und er dachte an die Zivilisation, dass sie mehr sein müsse, als von einem Land ins andere importierte Moden und Gebräuche, dass sie *eine höhere Sicht der Menschheit* sein müsse, und wie er in seinem schwarzen Frack erstickte, und was für ein strenger Schweißgeruch den Saal hier unten erfüllte, und ob er den bevorstehenden Tanz wohl überleben würde. Dann, endlich, spielte das Orchester mit einer flotten Melodie auf und setzte die Füße der Tänzer in Bewegung, darunter Louises weiße Satinschühchen und Fleurys Lackstiefel, rhythmisch stürmend und drängend, als fände all dies nicht in Indien statt, sondern irgendwo in einem gemäßigten fernen Land.

III

Gegen Ende April legte die *dak gharry*, die alle vierzehn Tage die englische Post ins Landesinnere beförderte, wie gewohnt ihren beschwerlichen Weg durch die große Ebene nach Krishnapur zurück. Sie zog einen Staubschleier hinter sich her, der zu unerhörten Höhen aufstieg und über mehrere Meilen wie eine Regenwolke in der Luft hing. Außer der Post enthielt die *gharry* auch Miriam, Fleury, Leutnant Harry Dunstaple und eine Spanieldame namens Chloë, welche einen guten Teil der Reise damit zugebracht hatte, ihren Kopf aus dem Fenster zu stecken und voller Verwunderung den Staub zu beobachten, der von den Rädern aufgewirbelt wurde.

»Was ich gern wüsste, Harry, wenn ich fragen darf, ob das ein Moslem- oder ein Hindu-Friedhof ist?«

»Die Hindus begraben ihre Toten nicht, also muss er mohammedanisch sein.«

»Natürlich muss er das, was für ein Dummkopf ich doch bin!« Einen Blick auf Harry werfend, forschte Fleury nach Zeichen des Spotts, den Neuankömmlinge in Indien, beleidigend »Griffins« genannt, von alten Hasen zu erwarten hatten. Aber Harrys freundliches Gesicht verzeichnete nur höfliches Desinteresse an den Bestattungsbräuchen der Eingeborenen.

Fleury und Miriam waren beim letzten *dak bungalow** auf Harry gestoßen; äußerst zuvorkommend war er ihnen zur Begrüßung entgegengeritten, obwohl er den linken Arm in einer Schlinge trug; er hatte sich beim Sauspießen das Handgelenk verstaucht. Nicht genug damit, so weit herauszureiten, hatte er sein Pferd mit dem *sais* zurückgeschickt und sich den Reisenden in der unbequemen *gharry* hinzugesellt, einem Gefährt, das große Ähnlichkeit mit einem länglichen Kasten auf vier Rädern ohne Federung besaß; sie hatten schon fast zwei Tage in diesem Transportmittel verbracht und ihre weichen Körper schrien nach Bequemlichkeit. Miriam hatte die meiste Zeit der Reise ihre Nase in ein Taschentuch vergraben, während schmierige Tränen aus ihren Augen flossen, nicht wegen einer erneuten Aufwallung ihres Kummers um Captain Lang, sondern wegen des erstickenden Staubs, der ihre Augäpfel reizte. Was Fleury anbelangt, so wurde seine Erregung bei der Aussicht auf ein Wiedersehen mit Louise durch Zweifel gedämpft, als was für ein Ort sich dieses Krishnapur erweisen würde. Die ausgedörrte Ebene, die sie durchquerten, war wenig verheißungsvoll. Sehr wahrscheinlich gab es dort nur Unbequemlichkeit und Schlangen. Unter solchen Umständen, fürchtete er, würde er nicht glänzen.

Harry hatte ihn mit einer Mischung aus Wohlwollen und Vorsicht begrüßt, und eine Weile hatten sie hoffnungsvoll, allerdings vergeblich versucht, ein gemeinsames Interesse zu finden. Der Joint Magistrate sei erkrankt und zur Heilung in die Berge gegangen, von wo er, so befürchte man, nicht zurückkehren werde, hatte Harry erklärt, darum wolle man ihnen, solange er nicht da war, seinen Bungalow zur Verfügung stellen.

Chloë, überwältigt von der Hitze, hatte sich hechelnd auf Fleurys Schoß geworfen und war dort eingeschlafen. Er versuchte, sie herunterzuschubsen, aber ein Hund, der nicht von seinem Platz bewegt werden will, kann sich in der Tat sehr schwer machen, und so musste er sie wohl oder übel liegenlassen. Fleury selbst war nicht gerade vernarrt in Hunde, aber er wusste, dass junge Ladies es in aller Regel waren. Er hatte Chloë, deren goldene Locken ihn an Louise erinnerten, einem jungen Offizier abgekauft, der sich beim Pferderennen ruiniert hatte. Zu dieser Zeit hatte er Chloë als ein feinsinniges Geschenk gedacht; ihre goldenen Locken hatten sich in seinem Geist mit der Vorstellung von hündischer Treue und Ergebenheit vermischt. Er wollte Chloë als eine erste Salve im Werben um Louises Zuneigung benutzen. Aber inzwischen fand er sie nur lästig.

Als sie sich Krishnapur näherten, sahen sie auf der Straße ein paar Reisende, auch einige Sepoys, die sehr schmuck aussahen in ihren roten Röcken und schwarzen Hosen. Als sie an ihnen vorbeifuhren, salutierten die Sepoys der Bleiche der Gesichter, die sie im trüben Inneren der Kutsche gewahrten (ganz zu schweigen von Chloës goldenen Locken). Nur Harry bemerkte stirnrunzelnd, dass einer oder zwei von ihnen mit der linken Hand salutiert hatten; wäre er allein gewesen, hätte er angehalten und sie wegen einer so vorsätzlichen Respektlosigkeit gemaßregelt; doch unter den gegebenen Umständen musste er so tun, als hätte er es nicht bemerkt. Sie fuhren schwerfällig an einem Kamel vorbei, das als Zugtier vor einen Karren gespannt war, und Fleury starrte zweifelnd auf den Gurt um seinen ballonartig aufgeblähten Bauch … all diese fremden Anblicke ließen ihn wieder melancholisch werden, ein einsamer Wanderer auf Erden. Alte Männer saßen auf ihren Fersen gegen die Wand des Wohnsitzes eines Nabob* gelehnt, und neben ihnen, an die Wand gekettet, saß ein staubiger Löwe. Als Nächstes passierten sie eine bis auf Lampen aus buntem Glas leere Moschee und ratterten über eine Eisenbrücke. Eine Familie gelbgrüner Affen starrte feindselig zu ihnen hinauf, die Augen wie polierte Klumpen Jade.

Und dann tauchten sie in den Basar ein, massenhaft bevölkert mit Menschen in weißem Musselin. Wo mochten sie nur alle leben? Ein unpassendes Bild von hundertfünfzig zusammengekauerten Menschen auf dem Fußboden des Gesellschaftszimmers seiner Tante in Torquay kam Fleury in den Sinn. Plötzlich schlingerte die *gharry* und bog in ein Tor ein. Sie waren angekommen. Ihn verließ der Mut.

Aber sie waren nicht angekommen. Harry war ausgestiegen und stritt mit einem Mann, der rufend neben der Kutsche hergelaufen war und sie veranlasst hatte, in diese Einfahrt einzubiegen, die, wie sich herausstellte, zum *dak bungalow* gehörte. Harry schien ziemlich wütend zu sein; hier hatte er absolut nicht halten wollen. Es folgte eine mühsame Verhandlung, da sich Harrys Sprachvermögen auf ein paar häusliche und militärische Befehle beschränkte. Er geriet außer sich und begann zu schreien; Soldaten sind bekannt für ihre Reizbarkeit, wenn man sich ihrem Willen widersetzt. Doch obwohl der Mann bei jedem neuen Ausbruch leicht zusammenzuckte, blieb er standhaft. Sie hätten noch eine Weile so weitermachen können, Harry schreiend, der Eingeborene zuckend, wäre nicht ein anderer Mann aufgetaucht, der, älter und sehr dick, aus der Richtung des Bungalows herbeieilte. Als er zu sprechen begann, sah Fleury, dass sein Mund vom Betelkauen erstaunlich orangerot gefärbt war. Wie hypnotisiert starrte er in diese glühende Höhle, aus der Englisch kam, wenngleich nicht von der Sorte, die er verstand. Dieser Mann sei der *khansamah* des *dak bungalow*, erklärte Harry Fleury, und was er sagen wolle, sei … warten Sie!

Ein Ausdruck des Schreckens trat in Harrys Gesicht, und ohne weitere Worte abzuwarten, rannte er zu dem Bungalow, die Treppe hinauf, und verschwand im Inneren. Fleury wäre ihm gefolgt, hätte Chloë nicht just diesen Moment gewählt, um sich seinem Griff zu entwinden und in den verführerischen grünen Dschungel des Anwesens abzutauchen. Ohne seine Rufe zu beachten, raste sie, die Nase am Boden, davon. Er verfolgte sie verzweifelt und fand sie nach einer langen Jagd versuchsweise den braunen Bauch eines Babys leckend, das sie ziemlich weit entfernt bei den Hütten der Dienerschaft im Dreck spielend aufgestöbert hatte. Unter Schlägen und Schimpfen schleifte er sie zurück. Harry war wieder da.

»Was war eigentlich los?«

»Ich dachte, Sie hätten es gehört. Der *khansamah* sagte, eine Frau versuche sich umzubringen.« Harry legte eine Pause ein, er sah erschüttert aus. »Anscheinend ist sie … also ja, ich glaube, man würde ›betrunken‹ sagen, um es nicht zu beschönigen.«

»Eine Hindu?«, riskierte Fleury mittelmäßig sicher. Er hatte sich erinnert, dass Mohammedaner nicht trinken.

»Also, das ist es ja. Sie scheint Engländerin zu sein, fürchte ich. Das heißt, ich wollte sagen, sie ist tatsächlich Engländerin. Ich habe früher schon mal von ihr gehört. Wie es scheint …« Harry räusperte sich gekünstelt. Seine bereits geröteten Wangen wurden röter, und er warf einen verlegenen Blick in Richtung Miriam. »Anscheinend hat ihr irgendein Offizier ihre Tugend geraubt. Dann hat er sie natürlich verlassen, sonst hätte er Ärger mit seinem Oberst bekommen. Sie hat das schon einmal gemacht, wissen Sie. Ich meine, einen Selbstmordversuch. Man weiß wirklich nicht so richtig, was man tun soll.«

Die Sonne ging unter, als Fleury und Miriam zum Bungalow des Joint Magistrate gelangten. Er erwies sich als ein gelb verputztes Gebäude, umgeben von einer Veranda und um der Kühle willen strohgedeckt. Träger tauchten aus der Dämmerung auf, um sich mit ihren Kisten abzumühen, während sie in die Innenräume spähten. Es gab zwei Schlafzimmer, jedes mit direktem Zugang zu einem eigenen Bad, und zwei weitere Räume, die statt Türen durch Stücke roten Baumwolltuchs voneinander getrennt waren. Miriam, die sagte, sie sei müde, verschwand alsbald mit ihren Kisten im leersten der beiden Schlafzimmer, während sie Fleury sich selbst überließ. Er nahm es ihr übel, ihn so abrupt an diesem unbekannten Ort allein zu lassen; so war sie seit dem Tod ihres Ehemanns.

Melancholie überkam ihn beim Gedanken an den einsamen Abend, der vor ihm lag. Obgleich der Joint Magistrate fortgegangen war, um in den Bergen zu sterben, hatte er es nicht für angebracht gehalten, seine Sachen mitzunehmen. Einer der Räume hatte als Büro gedient; überall waren Papiere angehäuft. Fleury stieß mit der Spitze seines Stiefels an einen Stapel von Schriftstücken, der ins Rutschen kam und Staub ausdünstend umfiel; das Licht war gerade noch hell genug, um zu erkennen, dass es eine Sammlung der mit dem morschen, ausgeblichenen roten Band des offiziellen Indien-Handels gebündelten Salzberichte war. Es gab auch Blaubücher, Kodizes und zahllose Briefe, manche geordnet, andere wahllos gestapelt. Es schien unvermeidlich, dass niemand je aus den Bergen zurückkehren würde, um diese Masse an amtlichen Papieren zu sortieren. Von der Wand aus starrte ihn missfällig der Kopf eines sehr kleinen Tigers an; zumindest glaubte er, es müsse ein Tiger sein, obwohl er eher einer gewöhnlichen Hauskatze glich.

Inzwischen war der größte Teil seines Gepäcks in sein Schlafzimmer gebracht worden und wurde unter den Augen des *khansamah* ausgepackt, wobei dieser seinerseits von Harry überwacht wurde, der hilfsbereit wieder aufgetaucht war und eine Einladung zum Abendessen in der Residenz mitgebracht hatte. Nach und nach wurde der Inhalt seiner Kisten ausgeleert: Bücher und Kleidung, Havannas, Brown Windsor Seife, Konfitüren und Konserven in wundersamerweise unzerbrochenen Gläsern, ein Fass Branntwein, Seidlitz Pulver, Kerzen, eine Zinnblechwanne für Fußbäder, Jahresbände von *Bell's Life*, noch mehr Kerzen, auf Leisten gespannte Stiefel und ein erfinderisch gestaltetes Möbelstück, das in häuslichen Notlagen, welche Fleury niemals zu erleben hoffte, als Wasch- und Schreibpult in einem dienen konnte. Nach einer kurzen Diskussion auf Hindustani wurden seine Bücher auf den Tisch, und dessen Beine in irdene, mit Wasser gefüllte Untersetzer gestellt. Dadurch sollten sie vor Ameisen geschützt werden, erklärte Harry. Fleury nickte ruhig, aber ihm kam ein schrecklicher Gedanke: Was, wenn Schlangen zum Trinken an die Untersetzer kröchen, während er schlafend im Bett lag? Etwas warnte ihn jedoch, diese Angst Harry gegenüber zu erwähnen. Harry würde es nicht verstehen. Dann, als er sich in der zunehmenden Dunkelheit genauer umsah, bemerkte Fleury, dass nicht nur die Tischbeine, sondern auch die Schränke und sogar das Bett selbst in randvoll mit Wasser gefüllten Untersetzern standen.

Bis Fleury die Residenz erreichte, war es viel zu dunkel, als dass er die wütenden Löwenmäulchen, die die Beete neben der Einfahrt bewachten, hätte sehen können, aber er roch den schweren Duft der Rosen … der Geruch störte ihn; wie Weihrauchduft war er stärker, als ein Engländer gewohnt ist. In diesem Moment, müde und entmutigt, hätte er viel darum gegeben, die frische Brise der Sussex-Downs zu riechen. Das sagte er zu Harry Dunstaple.

»Ja, ich sehe, was Sie meinen«, stimmte Harry vorsichtig zu.

»Und das, was ist das alles hier?«

Bei ihrer Annäherung an das Tor waren zwei bedrohlich aufragende Erdwälle aus der Dunkelheit hervorgetreten und hatten sie wie eine Flutwelle verschlungen.

»Entwässerungsgräben«, sagte Harry steif.

»Entwässerungsgräben!«

»Nun ja, eigentlich nicht wirklich zur Entwässerung. Es sind Befestigungsanlagen für den Fall, dass die Residenz verteidigt werden müsste. Eine Idee des Collectors, wissen Sie.« Harry klang missbilligend. Das Militär in Captainganj sah die Erdarbeiten des Collectors gar nicht gerne, eine Sicht, die Harry teilte. Manche, wusste Harry, hätten es unverblümter ausgedrückt und gesagt, der Collector sei verrückt geworden. Jeder in Captainganj glaubte, es bestehe selbstverständlich überhaupt keine Gefahr, doch das, *was* an Gefahr bestehe, werde durch die zur Schau gestellte Ängstlichkeit des Collectors maßlos geschürt. Gleichwohl, der Collector hatte die höchste Gewalt in Krishnapur inne, noch höher als die General Jacksons. Der General konnte in Captainganj tun und lassen, was er wollte, aber das war die Grenze seines Reichs; seine Autorität war ringsum eingebettet in die des Collectors, dessen Herrschaft sich in alle Richtungen bis zum Horizont erstreckte. Aus Harrys Sicht hatte die Autorität des Collectors Ähnlichkeit mit der eines römischen Kaisers, so fehlbar ein Collector als Mensch auch sein mochte, als Repräsentant der *Company* gebot er Respekt. Es lag in der Natur der Dinge, dass ein römischer Kaiser oder ein Collector gelegentlich verrückt wurde, darauf bestand, sein Pferd zum General zu befördern, und man ihn bei Laune halten musste; so etwas droht in jeder starren Hierarchie. Aber in Captainganj herrschte die Meinung, dass es zu keinem schlechteren Zeitpunkt hätte passieren können; das Militär wurde lächerlich gemacht. Die Kunde vom Verhalten des Collectors in Kalkutta hatte die Kasernen schon erreicht, zusammen mit spöttischen Kommentaren von Offizierskameraden anderer Standorte. Niemand mag Gespött, auch nicht verdientermaßen, aber für einen Soldaten ist es wie ein Teppich aus glühenden Kohlen. Die Residenz war nicht ihr Zuständigkeitsbereich, aber die Leute würden es glauben oder so tun, als glaubten sie es; die Leute würden sagen, sie »unkten«! Das ängstliche Verhalten des Collectors würde auf *sie* abfärben.

Und doch, obwohl Harry all das dachte, brachte er es nicht über sich, es auszusprechen … jedenfalls nicht gegenüber Fleury; unter vier Augen mit einem Offizierskameraden würde er sich vielleicht erlauben, über den Collector zu lästern, aber gegenüber einem Fremden, auch wenn es fast ein Vetter war, hätte es sein Ehrgefühl verletzt. So war ein missbilligender Tonfall das Äußerste, was er sich bezüglich der Entwässerungsgräben erlauben konnte … wie auch immer, inzwischen hatten sie die Gräben hinter sich gelassen und ihre Stiefel klackten auf den Stufen des Portikus.

Die Residenz war um diese Abendzeit von Lampen erleuchtet. Die Marmortreppe, die sich Fleurys Blick gleich am Eingang darbot, vermittelte ihm das köstliche Gefühl, ein heimatlich zivilisiertes Haus zu betreten; seine Augen, ausgehungert nach solcher Nahrung, seit er Kalkutta verlassen hatte, folgten gierig dem geschwungenen Geländer, bis es sich unten wie das

Horn eines Widders einrollte. Nicht nur Fleury, auch andere Europäer hatten sich an dieser Treppe ergötzt; in Kalkutta wäre sie einem wohl nicht besonders aufgefallen, aber hier, im Kantonnement von Krishnapur, waren alle anderen Häuser einstöckig; die Möglichkeit, nach oben zu gehen, war ein Luxus, in dessen Genuss nur der Collector und seine Gäste kamen. Tatsächlich war der einzige sonstige Wohnsitz in der näheren Umgebung, der sich einer Treppe rühmen konnte, der Palast des Maharaja von Krishnapur; nicht, dass dies der Gemeinschaft der Engländer viel genutzt hätte, denn der alte Maharaja hatte zwar einen wohlgeratenen Sohn, der in Kalkutta von englischen Privatlehrern erzogen worden war, aber er selbst war exzentrisch, lüstern und sprach kein Englisch.

Zwei Kronleuchter hingen über dem langen Esstisch aus Walnussholz, und ihr schillerndes Glitzern spiegelte sich in der polierten Oberfläche. Fleurys Lebensgeister waren unverzüglich wieder erwacht, teils dank der zivilisierten Atmosphäre in der Residenz, teils dank den »Entwässerungsgräben« des Collectors, die ihn daran erinnert hatten, was für ein unterhaltsamer Charakter sein Gastgeber war. Er begann, sich eifrig nach weiteren Zeichen von Extravaganz umzusehen. Zugleich versuchte er, die Namen all der Personen, denen er eben vorgestellt worden war, zu erinnern. Er war herzlich von Dr. und Mrs. Dunstaple begrüßt worden, und unhörbar von Louise, die jetzt ein bisschen abseits des Tisches stand, hold und bleich, ihre langen goldenen Locken wie eine Bugwelle vom Scheitel ihres Kopfes herabfließend, die schlanken Finger in geistesabwesender Ruhe auf … also ja, auf was wie irgendeine Maschine aussah. »Hallo, was haben wir denn hier?«, frohlockte Fleury insgeheim. »Eine Maschine im Esszimmer, wie verteufelt sonderlich!« Er schaute genauer hin, was Louise veranlasste, ihre zarten Finger von dem Ding zu lösen und sich, ihn ignorierend, zu entfernen. Es war ein rechteckiger Metallkasten mit einem Trichter an einem Ende und Zahnrädern zu beiden Seiten. Ein leichter Duft von Zitronenverbena schlich sich hinter seinem Rücken an. Als er sich umwandte, war es der Collector, der ihn mürrisch beobachtete.

»Das ist eine Ginsterpresse«, erklärte er gewichtig, ehe Fleury auch nur fragen konnte. »Wozu die gut ist? Damit Ginster an das Vieh verfüttert werden kann. Die Idee dabei ist, die harten Spitzen der Dornen aufzuweichen, in denen die nahrhaften Säfte enthalten sind. Es heißt, dass Ginster, wenn er einmal durch diese Maschine gegangen ist, von jedem Pflanzenfresser gierig verschlungen wird.«

In dem Bewusstsein, vom Collector beobachtet zu werden, musterte Fleury das Gerät mit einem höflichen, wissbegierigen Ausdruck.

»Ah, da kommt der Padre, um das Tischgebet zu sprechen.«

Kaum hatte das Mahl begonnen, als Gespräche der zivilisiertesten Art rund um den Tisch zu fließen begannen. Fleury schien sich an dem Gespräch zu beteiligen: Er nickte weise, runzelte die Stirn, lächelte und strich sich ab und an bedächtig übers Kinn, aber er war so hungrig, dass sein Geist an nichts denken konnte als an die Speisen, die eine nach der anderen über den Tisch wanderten ... den in Backteig frittierten, wie Malzzucker glänzenden Fisch, das Currygeflügel, gewürzt mit Limonensaft, Koriander, Kreuzkümmel und Knoblauch, den zarten Zickleinbraten und die Minzsauce. Während ihm all diese Speisen vorgesetzt wurden, stiegen gelegentlich unzusammenhängende Gesprächsfetzen durch den Nebel seiner Schlemmerei zu ihm auf, starrten ihn wie Fremde an, und verschwanden wieder.

»*Humani generis progressus* ... Ich zitiere den offiziellen Katalog der *Exhibition*«, ertönte gespenstisch die Stimme des Collectors. »Doch ich fürchte, Doktor, für diesen Ihren Sohn, der sich eher mit Gewehren und Pferden beschäftigt hat als mit seinen Büchern, muss ich wohl übersetzen ... ›Der Fortschritt der Menschheit, der sich aus der Arbeit aller Menschen ergibt, sollte das höchste Ziel der Anstrengung jedes Einzelnen sein.‹«

Aber Fleurys Natur flüsterte ihm zu, dass es Zeiten gibt, in denen ein Mensch die Probleme der Welt eine Weile sich selbst überlassen muss, bis er erfrischt bereit ist, wieder einzuschreiten und sich ihrer anzunehmen. Und so aß er erbarmungslos weiter.

Erst als das Dessert in Gestalt einer kalten und sahnigen Mangocreme vor ihm stand, zogen die Schwaden der Schlemmerei langsam aus Fleurys Gehirn ab und erlaubten ihm zu hören, was über »Fortschritt« gesagt wurde. Dies war allerdings kein Thema, das jeden interessierte. Harry zum Beispiel hatte kaum ein Wort gesagt; genau wie sein Vater am anderen Ende des Tisches war er offensichtlich nicht gut für abstrakte Gespräche zu haben. Armer Harry, wahrscheinlich war es ihm nie in den Sinn gekommen, dass man auch eine »abenteuerliche« Bemerkung machen konnte (wie er, Fleury, es häufig tat), oder dass es »aufregende« Gespräche gab. Im Moment sah er ziemlich blass aus, sicher quälte ihn sein verstauchtes Handgelenk; er hätte wohl besser nicht zum *dak bungalow* hinausreiten und sich auf dem Rückweg diesem Gerüttel aussetzen sollen.

Auch Louise blieb still. Nach Fleurys Ansicht tat sie gut daran, ruhig auf ihrem Platz zu sitzen und zuzuhören, was die Gentlemen zu sagen hatten, denn in Gesellschaft viel zu sprechen, ist keine attraktive Eigenschaft für eine junge Lady. Eine junge Lady mit starken Meinungen ist noch schlimmer. Was könnte einem mehr das Herz zerreißen, als eine Vertreterin des schönen Geschlechts ausrufen zu hören: »Erstens dies … und zweitens das …«, während sie mit ihren Fingern die Luft zerhackt und alles, was man gerade gesagt hat, in Kategorien unterteilt? Nein, das besondere Geschick einer Frau besteht darin, ruhig anzuhören, was der Mann zu sagen hat, und dadurch jene Art Atmosphäre zu schaffen, in der gute Gespräche aufblühen können. So jedenfalls dachte Fleury.

Mrs. Hampton, die Frau des Padre, wagte gelegentlich eine

Meinung, da Rang und Reife sie dazu berechtigten … aber sie nutzte ihr Privileg nur, um die Ansichten ihres Ehemanns zu unterstützen, wogegen niemand etwas einwenden konnte. Von den anderen Ladies waren zwei bemerkenswert geschwätzig, oder wären es gewesen, wenn Mrs. Hampton, die sie streng in Schach hielt, sie nicht eingeschüchtert hätte, indem sie ihnen jedes Mal, wenn eine von ihnen versuchte, eine dumme Rede loszulassen, entschieden ins Wort fiel. Eine der beiden, eine hübsche, jedoch ziemlich vulgäre Person, war Mrs. Rayne, die Frau des Opiumverwalters; die andere, noch redseliger als die erste, war ihre Freundin und Gefährtin, die jüngst verwitwete Mrs. Ross.

Jetzt, da er gegessen hatte, wartete Fleury nur auf eine Gesprächspause, ehe er seine Meinung zum Thema Fortschritt äußerte. Sie bot sich fast unverzüglich an. »Wenn es in unserem Jahrhundert irgendeinen Fortschritt gegeben hat«, erklärte er selbstbewusst, »dann weniger in materiellen als in geistigen Dingen. Denken Sie an den Fortschritt vom Zynismus und Materialismus unserer Großeltern … von einem Gibbon zu einem Keats, von einem Voltaire zu einem Lamartine!«

»Da bin ich anderer Meinung«, erwiderte Mr. Rayne mit einem Lächeln. »Man kann nur in praktischen Dingen nach Zeichen des Fortschritts suchen. Ideen sind ständig im Wandel, gewiss, aber wer könnte entscheiden, die eine sei besser als die andere? Es sind die materiellen Dinge, in denen Fortschritt klar zu erkennen ist. Ich hoffe, Sie verzeihen mir, wenn ich Opium erwähne, aber weiter braucht man wirklich nicht zu gehen, um ein anschauliches Beispiel für Fortschritt zu finden. Opium ist, sogar mehr als Salz, eine große Einnahmequelle unserer eigenen Schöpfung, und heute ist sie ergiebiger als jede andere, abgesehen von der Grundsteuer. Und wer bezahlt es? Na wer schon? John Chinaman … der unser Opium jedem anderen vorzieht. Das ist es, was ich Fortschritt nenne.«

Der Collector hatte sich seltsam benommen; abwechselnd

mürrisch und redselig, vielleicht aus Müdigkeit oder wegen des Claret*, den er getrunken hatte, war er plötzlich wieder redselig. »Meine lieben Freunde, von einer Aufteilung der Bedeutung des Geistigen und des Praktischen kann überhaupt keine Rede sein. Das eine verleiht dem anderen einen Zweck … Und das andere verschafft dem Ersteren ein unerlässliches Werkzeug! Mr. Rayne, Sie haben vollkommen recht, die Steigerung der Opiumeinnahmen zu erwähnen, aber bedenken Sie einen Moment … *wozu* das alles? Es geht nicht nur darum, Reichtum zu erlangen, sondern *durch* den Reichtum diesen überragenden Lebensstil, den wir vage als Zivilisation bezeichnen und der so viele Dinge einschließt, sowohl geistige als auch praktische … und von äußerster Diversität … ein System unparteiischer Rechtsprechung auf der einen Seite, und auf der anderen Kunstwerke von einzigartiger, seit der Antike unübertroffener Schönheit. Die Verbreitung des Evangeliums auf der einen Seite, die Verbreitung der Eisenbahnen auf der anderen. Und doch, wo soll ein solches Phänomen angesiedelt werden wie der gigantische stählerne Segeldampfer, die *Great Eastern*, die unser verehrter Landsmann, Mr. Brunel, derzeit baut und die bald die sieben Weltmeere bezwingen wird? Ist das nicht ein ungeheurer materieller Triumph und der von Gottes Gnaden leibhaftig gewordene Geist der Menschheit in einem? Mr. Rayne, beide, der Dichter und der Opiumverwalter, sind für unsere Weltanschauung notwendig. Was sagen Sie, Padre? Habe ich recht?«

Trotz seiner schmächtigen Gestalt war Reverend Hampton in Oxford bei den Ruderern gewesen und hatte aus jenen Tagen ein gesundes und bescheidenes Auftreten bewahrt, erleuchtet von einer ernsthaften Schlichtheit des Glaubens, die durch all seine Worte und Gesten hindurchschien. In der von religiösen Streitigkeiten aufgeheizten Atmosphäre, die damals in Oxford herrschte, tat ein Mann gut daran, sich ans Rudern zu halten; die Angriffe der Traktarianer reichten aus, um den Stärksten zu erschüttern; man sagte, in Oxford habe Dr. Whately, derzeit Erzbischof von Dublin, während seiner Predigt sogar ein Bein von der Kanzel baumeln lassen.* Gleichviel hatte der Padre manchmal eine sorgenvolle Miene; der Grund war, dass er fürchtete, die Aufgaben, zu denen der Herr ihn berufen hatte, könnten seine Kräfte übersteigen.

»Mr. Hopkins, wie Sie wissen, hatte ich die Ehre, genau wie Sie die *Great Exhibition* zu besuchen, die fast auf den Tag genau vor sechs Jahren in unserem Heimatland eröffnet wurde. Dort umherzuwandern, in diesem großen Glaspalast, so riesig, dass die darin eingeschlossenen Ulmen wie Weihnachtsbäume aussahen, war eine Wanderung durch ein Wunderland der Schönheit und menschlichen Erfindungskunst … Doch unter all den vielen Wundern, die es enthielt, war eines in der amerikanischen Abteilung, das mich besonders beeindruckt hat, weil es das Geistige und das Praktische so glücklich zu verbinden schien. Ich meine die Schwimmende Kirche für Seeleute aus Philadelphia. Diese ungewöhnliche Konstruktion schwamm auf den gepaarten Schiffsrümpfen von zwei New Yorker Klippern und war ganz im gotischen Stil gehalten, mit Kirchturm und Turmspitze … innen gab es einen Bischofsstuhl; außen war sie wie aus braunem Sandstein gestrichen. Während ich sie betrachtete, dachte ich an alle über die Jahrhunderte von Menschen erbauten Kirchen und sagte mir: ›Dies ist sicher die vollkommenste Verkörperung des Glaubens, die es je gegeben hat.‹«

»Ein großartiges Beispiel«, stimmte der Collector zu. »Eine sehr glückliche Verbindung von Faktischem und Spirituellem, von Tat und Geist.«

»Aber nein, Sir! Aber nein, Padre!«, rief Fleury so vehement, dass diejenigen Gäste, deren Gedanken während der vorausgehenden Diskussion abgeschweift waren, aufschreckten. Alle Augen richteten sich auf ihn, und während er sprach, fragte er sich, ob er nicht möglicherweise ein ganz klein wenig betrunken war. »Aber nein, mit Verlaub, das ist es ganz und gar nicht. Bitte bedenken Sie doch, Padre, dass eine Kirche nicht *mehr* Kirche ist, weil sie schwimmt! Wäre eine Kirche denn eher eine Kirche, wenn wir sie mit tausend Ballons in den Himmel aufsteigen lassen könnten? Nur wer fähig ist, den zärtlichsten Regungen seines Herzens zu lauschen, ist fähig zu dieser luftigen Erhebung, die ihn mit dem Ewigen vereint. Was Ihre größten Ingenieure anbelangt, wenn sie nicht auf die Stimme ihres Herzens hören, werden nicht Tausend, nicht Millionen Ballons in der Lage sein, ihre bleiernen Füße auch nur einen Millimeter von der Erde zu heben …« Fleury unterbrach, die Bestürzung im Gesicht des Doktors gewahrend. Er wagte es nicht, einen Blick auf Louise zu werfen. Irgendwie wusste er, dass sie verstimmt sein würde. Jetzt hätte er sich in den Hintern treten können, diese Sachen mit den »zärtlichsten Regungen des Herzens« so herausposaunt zu haben … das war wirklich der allerletzte Spruch bei einem Mädchen wie Louise, das gern mit Offizieren flirtete. Er hatte nichts davon sagen *wollen* … er hatte geradeheraus und männlich sein und viel lächeln wollen. Was für ein Tor er war! Während er dasaß, kam ihm ein zufälliger, furchterregender Gedanke in den Sinn: Heute Nacht würde er inmitten schlürfender Schlangen schlafen müssen!

Derweilen blickte der Padre ausgesprochen beunruhigt drein. Dieser junge Mann hatte eine theologische Hasenjagd eröffnet, die vielleicht schwer zu bremsen war, wenn er sie laufen ließ. Er dachte grimmig an seine Studienzeit zurück, als diese Art theologischer Hatz sehr in Mode gewesen war und am Ende leider mehr als einen jungen Mann zu Fall und um seinen Glauben gebracht hatte. Dabei war der Padre schon genug von Sorgen geplagt; abgesehen von den mannigfaltigen Problemen des Predigtamts in einem heidnischen Land waren kaum zwei Stunden vergangen, seit er eine schmerzliche Unterredung mit dem gefallenen Mädchen im *dak bungalow* gehabt und es immer noch so berauscht gefunden hatte, dass es der Stimme des Gewissens nicht zugänglich war. Doch er hatte noch eine größere Sorge als das, denn mit der englischen Post, die am selben Nachmittag von der *dak gharry* geliefert worden war, war eine Nummer der *Illustrated London News* mit einem starken Leitartikel wider eine Gefahr gekommen, derer er sich noch nicht einmal bewusst gewesen war … das Vorhaben einer neuen Bibelübersetzung. Es bedurfte nicht des Leitartikels, um ihm das Ausmaß der Gefahr, die da über der christlichen Welt schwebte, klarzumachen. Die Bibel war heilig, und der Padre wusste, dass man etwas Heiliges nicht verändern darf. Menschen schickten sich an, heilige Worte verbessern zu wollen! In ihrem Wahn und ihrem Stolz machten sie sich daran, den göttlichen Urheber zu bearbeiten.

Doch zugleich konnte er nicht verstehen, warum es hatte sein sollen, dass die Bibel überhaupt, auch das erste Mal, übersetzt werden musste … warum sie auf Hebräisch und auf Griechisch geschrieben wurde, obwohl Englisch doch die nächstliegende Sprache war, denn außerhalb einer entlegenen Ecke der Welt konnte kaum jemand Hebräisch verstehen, während Englisch in jeder Ecke jedes Kontinents gesprochen wurde. Der Allmächtige hatte, wohl wahr, nachträglich eine wunderbare Übersetzung erlaubt, als hätte er seinen Irrtum bemerkt … aber natürlich, der Allmächtige konnte nicht irren, so ein Gedanke war absurd. Hier merkte der Padre, dass er in Angelegenheiten von äußerster theologischer Komplexität eindrang, die sein Gehirn verblendete. Es war so heiß, und man durfte sich nicht wie ein Widder in der Hecke der Sophisterei verfangen. Er versuchte sich zu sammeln, und sagte milde, aber fest: »Ich stimme Ihnen zu, Mr. Fleury, dass eine Kirche ein Haus Gottes ist, in welcher Gestalt auch immer. Mit der Schwimmenden Kirche habe ich ein Beispiel von Menschen angeführt, die Gott einen Erfindungsgeist höchsten Ranges weihen.«

Armer Fleury, er hatte sich überstürzt zu weit in den Sumpf der Disputation gewagt. Sein Stolz stand auf dem Spiel, und er konnte nicht mehr zurück. Er konnte nur noch vorwärts, obwohl jeder saugende Schritt, den er nach vorne tat, Louises Verachtung unvermeidlich steigern musste.

»Aber ich glaube, weihen ist nicht genug. Wir rechnen, wir folgern, wir beobachten, wir bauen, wo wir *fühlen* sollten! Wir tun all diese Dinge, statt zu fühlen.«

Harry Dunstaple rutschte ungeduldig auf seinem Platz herum, bleicher denn je; er konnte beim besten Willen nicht erkennen, was das sollte, so viel Gerede um nichts.

Die strengen Züge des Collectors hatten einen Ausdruck gut gelaunter Ungeduld angenommen; während Fleury sprach, hatte er einen der Träger etwas holen geschickt, und gerade kehrte der Mann mit drei Lederbänden zurück. »Dieses unser Universum folgt Gesetzen, die wir in unserer bescheidenen Unwissenheit kaum wahrzunehmen vermögen, geschweige denn verstehen. Doch wenn Gottes Güte uns erlaubt, einige wenige seiner Wunder zu erforschen, ist es nur recht, dass wir es tun. Nein, Mr. Fleury, jede Erfindung ist ein Gebet zu Gott. Jede Erfindung, noch so groß, noch so klein, ist eine bescheidene Nachahmung der größten aller Erfindungen, des Universums. Lassen Sie mich nur aufs Geratewohl aus dem Katalog jener Ausstellung zitieren, die der Padre eben erwähnt hat, der *Great Exhibition*, die ich Sie bitte, als ein gemeinsames Gebet aller zivilisierten Nationen zu betrachten … Lassen Sie mich sehen, hier, Nummer 382: Gerät, um die Blinden schreiben zu lehren. Modell einer Luftmaschine und eines lenkbaren Ballons. Feuervernichter von R. Weare aus Plumstead Common. Ein Haustelegraph mit nur einer Glocke für beliebig viele Räume. Ein ausziehbares Pianoforte für Yachten und so weiter. Künstliche Zähne, aus Nilpferdelfenbein geschnitzt, von Sinclair und Hockley aus Soho; ein Universalbohrer zur Entfernung von Zahnfäule. Ein Kieferhebel, um Tieren die Mäuler aufzusperren. Verbessertes Doppel-Bruchband für Leistenbrüche, erfunden von einem Arbeiter … Der Erfindungsgeist der Menschheit scheint unerschöpflich zu sein, und ich könnte endlos fortfahren, Beispiele zu zitieren. Aber ich bitte Sie nur, diese bescheidenen Kunstwerke der gottgegebenen Fähigkeit des Menschen, zu beobachten und zu berechnen, als winzige Fortschritte der Menschheit im Streben nach Vereinigung mit jenem höchsten Wesen zu betrachten, in dem alles Wissen *ist* und ewig sein wird.«

»Amen«, murmelte der Padre automatisch. Aber hatte eine leise kleine Stimme gerade versucht, ihm etwas zuzuflüstern?

Der Collector hatte im Ton einer Autorität gesprochen, der die Diskussion beendete. Einen Augenblick war Fleury versucht, eine letzte hitzige Tirade loszulassen ... aber nein, das kam nicht infrage. Fleury blieb stumm, ein Hauch von Blamage haftete ihm an.

Es war schon hell, als Fleury erwachte. Ringsum herrschte ein tiefes und bedrückendes Schweigen, als wäre der Bungalow verlassen; die *punkah*, die während der ganzen Nacht rhythmisch geflattert hatte, hing jetzt reglos herunter; in der stehenden Luft klebte sein Nachthemd an der Haut. Doch als er auf die Veranda hinausblickte, war alles normal. Der *punkah-wallah** war einfach eingenickt; er hockte dort auf der Veranda, immer noch das Seil haltend, das zu einem Loch hoch oben in der Wand führte. Neben ihm butterte der *khansamah* einen Frühstückstoast mit dem fettigen Flügel eines Federviehs; als er Fleury sah, weckte er den *punkah-wallah* mit einem Tritt, und ohne ein Wort zu sagen nahm der Mann das rhythmische Ziehen an dem Seil genauso wieder auf, wie er es die ganze Nacht hindurch getan hatte.

Fleury zog sich rasch an, dankbar, den trinkenden Schlangen in der Nacht nicht zum Opfer gefallen zu sein, und frühstückte dann mit Miriam, die bereits aufgestanden war. Sie verbrachten den Vormittag zusammen, bis Miriam sich für einen Besuch bei den Dunstaple-Ladies ankleiden musste. Die Stunden schleppten sich dahin. Fleury fand es zu heiß, um nach draußen zu gehen. Er versuchte ein Buch zu lesen. Miriam war noch nicht zurück, als Rayne, der Opiumverwalter, gegen vier Uhr einen seiner Diener hinüberschickte, um Fleury zum Tee einzuladen. Im Schatten der Veranda beobachtete Fleury Raynes Diener unter einem schwarzen Schirm aus den Tiefen des Anwesens zu ihm heraufhasten; auf der Veranda angelangt, schüttelte er den Schirm heftig aus, wie um Sonnentropfen abzuschütteln.

Am Vortag war Fleury nicht zu Rayne gegangen, doch nun war seine Langeweile so akut, dass er beschloss, die Einladung anzunehmen. Unter dem Schirm des Dieners machte er sich auf den Weg, begleitet von Chloë, die den ganzen Tag geschlafen hatte und voller Energie war. Raynes Anwesen, stellte sich heraus, war nur durch ein paar leerstehende Bungalows von dem des Joint Magistrate getrennt. Die beiden jungen Beamten waren enge Freunde gewesen und hatten sich so daran gewöhnt, einander formlose Besuche abzustatten, ohne über die Straße zu gehen, dass ein Trampelpfad durch den Dschungel entstanden war, zu dem sich die verwahrlosten Gärten der Nachbarschaft ausgewachsen hatten … kein richtiger Pfad eigentlich, denn an manchen Stellen war das Blattwerk in der Hitze schon verdorrt und es gab keine Spur von einem Pfad. Raynes Träger führte ihn an einem verlassenen Bungalow mit Löchern in dem strohgedeckten Dach und einer absackenden Veranda vorbei; an der Seite, auf einem kleinen Hügel, lag das von Würmern wimmelnde Gerippe eines Fahnenmasts, während nach vorn heraus ein Albtraum knalliger Geranien wucherte. Als sie sich von dem Bungalow entfernten, gab es plötzlich ein raufendes Geräusch, dann Stille.

»Was war das?«

»Schakal, Sahib.«

Sie kletterten über eine niedrige Lehmmauer, durch eine Masse wilder Rosen, noch in Blüte, und krochen durch ein schattenloses Dickicht. Auf einmal blieb Fleury wie angewurzelt stehen, jemand lauerte ganz nahe im Gestrüpp, beobachtete ihn. Es dauerte einen Moment, bis er erkannte, dass dort ein Bildnis stand, ein kleiner, dicker Mann mit schwarzem Gesicht und sechs Armen. Ein Pfad führte zu ihm hin; es war ein Schrein. Fleury trat näher, begleitet von dem Träger, der ihm den Schirm über den Kopf hielt. »Lord Bhairava«, erklärte er.

Lord Bhairavas Augen stachen weiß aus einem schwarzen Gesicht hervor, und er schien Fleury boshaft und belustigt anzusehen. Einer der sechs Arme hielt einen Dreizack, ein anderer ein Schwert, der dritte schwenkte einen abgetrennten Unterarm, der vierte hielt eine Schale, während der fünfte eine Handvoll abgeschlagener Köpfe an den Haaren hielt: Die Gesichter der Köpfe hatten dünne Schnurrbärte und drückten Verwunderung aus. Die sechste Hand, leer, hielt die drei Mittelfinger hoch. Bei näherer Betrachtung sah Fleury, dass Besucher Münzen und Essen in der Schale hinterlassen hatten und dass noch mehr Essen an Lord Bhairavas kichernden Lippen klebte, die außerdem voller Purpur waren, wie mit Blut beschmiert. Fleury wandte sich schnell ab, erschrocken ob der unerwarteten Begegnung und darauf bedacht, diesen unheimlichen Garten schleunigst zu verlassen.

Während sie weitergingen, löste ein süßlich erstickender Duft den nächsten ab, sodass er, benebelt von der Hitze und der Anspannung, den Eindruck hatte, durch ein unbekanntes, sinnliches Element zu taumeln. Gegenwärtig kam ein anderer verlassener Bungalow in Sicht, noch verlorener als der letzte, fast ohne Dach, mit riesigen Disteln, die aus den Fenstern heraus in die Höhe wuchsen. Eine ausgemergelte Kuh, die Hörner grün angemalt, weidete auf ein paar vertrockneten Grasbüscheln, die einst ein Rasen gewesen waren. Dann kletterten sie über eine andere Lehmmauer in ein ebenso dürres, aber besser gepflegtes Anwesen. Als sie sich Raynes Bungalow näherten, durchdrangen Stimmen und Gelächter die Stille und Hitze des späten Nachmittags.

Nach dem blendenden Licht im Freien schien auf der Veranda mitternächtliche Finsternis zu herrschen. Eine Gestalt trat aus der Dunkelheit und schüttelte Fleury die Hand, indem sie ihn lauthals in Tönen, die er als Raynes erkannte, willkommen hieß. Eine andere Gestalt zeichnete sich ab, verbeugte sich und schlug die Hacken zusammen: Das war Burlton, der die Schatzkammer betreute. Er schien ein empfindlicher junger Mann zu sein, einer, der gefallen wolle und maßlos über alles lache, sagte Rayne. Drinnen war noch ein Mann, bisher nur schemenhaft wahrgenommen, der von seinem Sessel aus eine sich verbeugende Bewegung machte, als er Fleury vorgestellt wurde; zugleich lachte er sardonisch; sein Name war Ford, einer der Eisenbahningenieure. »Immer erfreut, einen Griff zu treffen«, sagte er gedehnt.

»Wir haben Ford und seinesgleichen, aber hol mich der Henker, wenn die Eisenbahn je Krishnapur erreicht«, spottete Rayne, der offenbar einigermaßen betrunken war. »Wo ist denn der verdammte Träger? Ram, bring dem Sahib was zu trinken … *Simkin*! Das bedeutet Champagner, alter Knabe. Wir trinken keinen Tee in diesem Haus.«

Fleury tastete sich zu einem Sessel durch und nahm Platz. Einen Augenblick verfiel Rayne in Schweigen und das einzige Geräusch war sein ziemlich schweres Atmen. Als der Träger mit einem Glas Champagner für Fleury zurückkehrte, sagte Rayne laut: »Wir nennen diesen Kerl ›Ram‹. Das ist nicht sein wirklicher Name. Sein wirklicher Name ist Akbar oder Mohammed oder so was in der Art. Wir nennen ihn Hammel, weil er aussieht wie ein Hammel. Und das ist Monkey«, fügte er hinzu, als ein anderer Diener mit einem Teller Feingebäck hereinkam. Monkey hob nicht den Blick. Er hatte sehr lange Arme, fürwahr, und eine ziemlich affenartige Erscheinung.

»Wo sind die Mems*?«, wollte Ford wissen, aber es kam keine Antwort.

»Bald ist es kühl genug für einen Kanter.«

»Sollen wir nicht solange Karten spielen?«

Aber niemand rührte sich. Fleury schlürfte seinen Champagner, der unangenehm sauer schmeckte. Er hörte Chloë auf der Terrasse jaulen, wo einer der Diener sie angebunden hatte. Im Moment kam ein anderer Diener mit einer Kiste Stumpen herein; er war älter und würdevoll, aber außerordentlich klein, fast ein Zwerg.

»Wie würden Sie diesen Wicht nennen?«, fragte Burlton.

»Ant«, sagte Rayne.

Burlton schlug sich auf den Schenkel und lachte hemmungslos.

»Ich würde gern wissen, was Mr. Fleury von dieser Meerut-Geschichte hält«, sagte Fort. »Was? Ist das zu fassen? Verdamm mich, wenn er überhaupt davon gehört hat! Wo waren Sie den ganzen Tag?« Und entzückt machte er sich daran, Fleury zu erzählen, was als ein größtenteils erfundener Bericht über einen grauenhaften Aufstand irgendwelcher Sepoys erschien, lauter »pummelige junge Griffins, ungefähr so alt wie Sie«, die »im besten Mannesalter in Stücke gehackt« worden seien. Fleury merkte, dass er zum Besten gehalten wurde, war aber trotzdem alarmiert.

»Keine Sorge«, sagte Burlton herablassend; er war schon fast ein Jahr in Indien und nicht mehr ganz so ein Griffin wie Fleury. »Jack Sepoy mag in der Lage sein, wehrlose Leute niederzumetzeln, aber richtigem Schneid hält er nicht stand.«

»Wann war das alles?«

»Was haben wir heute? Dienstag. Es war Sonntagabend.«

Ford hatte derweilen das Interesse an Meerut verloren, aber von Burlton konnte Fleury in etwa erfahren, was geschehen war. Zwei Eingeborenenregimenter der Infanterie hatten ihre Offiziere erschossen und offen revoltiert; bald hatten sich die *badmashes** aus dem Basar hinzugesellt und waren plündernd über das britische Kantonnement hergefallen. Während des Ausbruchs der Unruhen waren die britischen Truppen zur Kirchenparade gewesen. Am Ende hatten sie den Aufstand niederschlagen können, aber die Meuterer waren mit den Feuerwaffen entflohen. Die Telegraphendrähte waren gekappt worden, kaum dass die erste Nachricht von den Ereignissen eingetroffen war, aber es kursierten alle möglichen grausigen Gerüchte. Krishnapur lag fast fünfhundert Meilen von den Unruhen entfernt. Dennoch, Nachrichten verbreiteten sich in Indien auch ohne Telegraphen in Windeseile … man brauchte nur an die Geschwindigkeit zu denken, mit der sich die Chapatis verbreitet hatten. Was niemand wusste, war, ob die in Captainganj stationierten Sepoys dem Beispiel folgen und das Kantonnement von Krishnapur angreifen würden.

»Ant! Monkey! *Simkin* her, aber dalli!«

»Natürlich wissen sie es schon, kann gar nicht anders sein«, sagte Burlton. »Es haut mich um, Rayne, wie diese verflixten Eingeborenen eher davon hören konnten als ich. Heute Morgen habe ich mitgehört, wie die Babus* im Büro des Magistrate über Meerut redeten. Sie sagten, die rebellierenden Sepoys seien auf dem Marsch nach Delhi, und bald würde das Mogulreich wiederauferstehen.«

»Wers glaubt, wird selig! Die Leute wissen, wo es ihnen gut geht. Das würden sie nicht zulassen.«

»Nun ja, *sie* schienen zu glauben, dass es so kommen kann. Sie wollten wissen, wer die zweiundfünfzig Rajas sind, die sich versammeln würden, um den Kaiser auf den Thron zu heben.«

Aber Rayne und Ford waren an Burltons Hirngespinsten nicht interessiert, und Ford sagte vernichtend: »Das Erste, was man in Indien lernt, Burlton, ist, nicht auf den verdammten Unsinn zu hören, den die Eingeborenen immer verzapfen.« Woraufhin der arme Burlton vor Scham errötete und Fleurys Blick mied.

Inzwischen hatte sich Fleury an die Dunkelheit gewöhnt und konnte erkennen, dass Ford ein Mann mit groben Gesichtszügen um die vierzig war; trotz seines geringeren gesellschaftlichen Status als Ingenieur hatte er Rayne und Burlton eindeutig im Griff. Ford sagte unangenehm: »Vielleicht wird Mr. Fleury uns erzählen, was *er* darüber denkt, wo er doch so viele Busenfreunde unter den ›hohen Tieren‹ in Fort William hat.«

»Also, was ich denke, ist Folgendes«, begann Fleury … doch was er dachte, wurde nie enthüllt, denn in diesem Moment sprangen seine Gesprächspartner plötzlich auf. Vor Schreck sprang auch Fleury auf; nach dem ganzen Gerede über Meuterei lagen seine Nerven blank. Aber es waren nur die beiden Ladies, die den Raum betraten.

»Was für ein widerwärtiges Geschöpf!«, rief Mrs. Rayne aus, ein reizendes Lächeln auf dem Gesicht.

»Wie bitte?«

»Oh, Burlton. Würde es Ihnen etwas ausmachen, dem kleinen Wichtelmann zu sagen, dass er frischen *simkin* für die Ladies bringen soll?«

»Haben Sie nicht von der Frau im *dak bungalow* gehört, Mr. Fleury, eine Engländerin, die sich schändlich benommen hat? Wie ich höre, war der Padre schon mehrfach draußen, um sie zur Vernunft zu bringen.«

»Kann man dieses liederliche Mädchen nicht wegschicken?«, fragte Mrs. Ross. »Sie kann doch nicht ewig im *dak bungalow* bleiben. Und das Recht, in der Gesellschaft tugendhafter Frauen zu leben, hat sie endgültig verwirkt.«

»Ist es denn wahr, Sophie«, stichelte Ford, »dass

›… alles Leid ein Recht auf Tränen hat im Lande,
nur nicht der gefehlten Schwester Schande‹?«*

Ford hatte seinen Sessel näher an den von Mrs. Ross gezogen und seine lethargische Haltung aufgegeben.

»Wie sehr wünschte ich mir, Florence hätte ein Klavier«, jammerte Mrs. Ross, abrupt das Thema wechselnd. »Meine Finger brennen regelrecht darauf, zu spielen. Ich fürchte, Mr. Fleury wird in Krishnapur gar wenig von den Annehmlichkeiten der Zivilisation finden, habe ich recht?« Mit weit geöffneten Augen sah sie Fleury fragend an.

»Also«, begann Fleury, aber wieder wurde er unterbrochen, diesmal durch etwas, was wie ein tobender Tornado auf der Veranda und der zu ihr hinaufführenden Holztreppe war. Ein solches Krachen und Rumsen erschütterte das Haus, dass die Gentlemen auffuhren und zu den mit Luftschlitzen versehenen Flügeltüren strebten, um nach dem Rechten zu schauen. Doch kaum hatten sie ein paar Schritte getan, da flogen die Türen auf und ein junger Offizier, den Fleury sofort als Leutnant Cutter erkannte, ritt wild um sich blickend, schreiend und einen Säbel schwingend auf dem Rücken eines Pferdes in den Raum. Die Ladies fassten sich an die Brüste und wussten nicht, ob sie vor Angst oder vor Lachen kreischen sollten, als Cutter, sein Gesicht genauso rot wie seine Uniform, das sich sträubende Pferd in den Raum trieb und auf ein leeres Sofa zuhielt. Mit einem Satz ging es drüber, glatt wie ein Zirkuspony, und landete, rutschend, mit dröhnendem Gepolter auf der anderen Seite. Cutter machte kehrt, köpfte säbelschwingend eine eingetopfte Geranie, wendete sein Pferd und trieb es erneut auf das Sofa zu. Aber diesmal verweigerte das Tier und Cutter glitt, immer noch den Säbel in der Hand, vom Pferderücken auf den Boden. »Ergeben Sie sich, Sir?«, bellte er ein Kissen auf dem Sofa an, den Arm zum Stoß bereit zurückgezogen.

»Ja, es ergibt sich!«, kreischte Mrs. Rayne.

»Nein, es fordert Sie heraus«, rief Ford.

»Dann sterben Sie, Sir!«, schrie Cutter und stürzte das Kissen aufspießend vorwärts, wobei er im Eifer des Gefechts an einem Teppich hängenblieb und infolgedessen in einem Wirbelwind von Federn auf den Boden stürzte.

»Das ist nur ein Scherz«, erklärte Burlton Fleury, der ob dieser jüngsten Entwicklung ebenso erstaunt wie erschüttert war. »Der führt immer was im Schilde. Was für ein Clown er ist!«

»Wer ist dieser Griffin?«, schrie Cutter, während er sich von dem Teppich, in dem er sich mit den Sporen verhaspelt hatte, freikämpfte. »Wer ist dieser Milchbart? Ergeben Sie sich, Sir?« Und den Säbel erneut zurückziehend, schien er drauf und dran zu sein, Fleury zu durchbohren.

»Ja, er ergibt sich!«, riefen alle außer Fleury, der einfach nur dastand, zu verwirrt, um zu sprechen, während die Säbelspitze über die Knöpfe seiner Weste patrouillierte.

»Oh, dann ist es ja gut«, sagte Cutter. »Nein danke, Rayne, Ihren Kalkutta-Champagner können Sie behalten. Ich trinke nur Todd and James, mein Pferd trinkt diesen Dreck. Monkey, bring mir Brandy-pawnee*.« Aber Monkey wusste offenbar, was Leutnant Cutter schmeckte, denn er eilte bereits mit einem Tablett herbei.

»Trinkt Beeswing wirklich *simkin*?«, wollte Mrs. Rayne nun wirklich wissen, denn wie es schien, hatte Cutter seinem Pferd den Namen der gefeierten Kalkutta-Stute gegeben. Sogleich sprang Cutter, der matt auf das federbestreute Sofa gesunken war, indem er Stiefel und Sporen über das Ende baumeln ließ, mit einem Brüllen wieder auf, und nun kannte er nichts mehr: Beeswing, der die ganze Zeit geduldig am Fenster gestanden hatte, gelegentlich den Kopf senkend, um versuchsweise den Perserteppich unter seinen Hufen abzufressen, musste sich der Gesellschaft anschließen und sein Maß trinken. Ram beeilte sich, eine neue Flasche und eine Schüssel zu holen, doch Cutter ignorierte die Schüssel und ergriff einen Tropenhelm von einem Beistelltisch; dort hinein ließ er den Inhalt der Flasche plätschern, während er sein Pferd mit Wiehern und Rufen ermunterte. Als der Champagner ihm unter die Nase gehalten wurde, begann Beeswing, durstig von dem Kanter in der Hitze des späten Nachmittags, ihn gierig aufzulecken.

Die Sonne stand schon tief am Horizont, und Fleury drängte es nach Hause, um zu sehen, ob Miriam zurück war, und in Erfahrung zu bringen, ob die Dunstaples ihn vielleicht zum

Abendessen einladen wollten. Doch um Beeswing herrschte eine solche Ausgelassenheit, dass er größte Schwierigkeiten hatte, die Aufmerksamkeit seines Gastgebers zu bekommen.

»Was? Sie gehen schon?«, rief Rayne. »Ich hatte noch nicht mal die Möglichkeit, mit Ihnen zu reden … Ein Gespräch über Zivilisation, das war es, was ich haben wollte! Fragen Sie Mrs. Rayne, ob ich nicht zu ihr sagte: ›Ich werd ihn rüberbitten, und dann reden wir ernsthaft über Zivilisation.‹ Meine Worte, ich schwöre es. Und jetzt machen Sie sich aus dem Staub.«

»Ich würde nur allzu gerne … ein andermal, vielleicht. Wäre es möglich, einen Ihrer Träger zu bitten, mich zu begleiten?«

Rayne brüllte einen Befehl, aber dann musste er seine Aufmerksamkeit wieder Cutter zuwenden, der mit Ford gerade eine extravagante Wette abgeschlossen hatte, nämlich um ein Dutzend Clarets, dass er und Beeswing mit einem einzigen Satz von draußen über die Veranda durchs Fenster des Gesellschaftszimmers ins Haus springen könnten. Fleury sagte den Ladys auf Wiedersehen und eilte von dannen, Chloë schnüffelnd voraus; er hatte nicht die geringste Lust, dieses waghalsige Kunststück zu beobachten.

IV

Dunkle Ringe hatten sich um die Augen des Collectors gebildet und die Augen selbst starrten während der Abendandacht in der Kirche missmutiger denn je auf die anderen Mitglieder der Gemeinde; es gab Tage, an denen man ihn seinen Kopf während der Andacht unnatürlich still halten sah; es war, als wären seine Gesichtszüge in Stein gemeißelt, ohne eine Regung, außer den im Lüftchen der *punkahs* wehenden Koteletten. Es war offensichtlich, dass er Schlafprobleme hatte, denn bald beauftragte er einen der Diener, den Doktor um einen Schlaftrunk zu ersuchen. Dr. Dunstaple war zu dieser Zeit gerade abwesend, sodass Dr. McNab sich verpflichtet sah, den Collector zu behandeln. Er fand ihn in seinem Schlafzimmer, neben der geöffneten Fenstertür, die auf die Veranda führte.

Dr. McNab war erst kürzlich nach Krishnapur gekommen. Seine Frau war ein paar Jahre zuvor an irgendeinem anderen Standort in Indien gestorben; sonst wusste man nicht viel über ihn, außer dem, was Dr. Dunstaple in Form amüsanter Anekdoten über seine medizinischen Verfahren lieferte. Sein Benehmen war förmlich und zurückhaltend; obwohl noch recht jung, sah er aus wie ein Mann mittleren Alters, gezeichnet von Melancholie, und wie viele düstere Menschen wirkte er diskret. Er hatte das Schlafzimmer des Collectors noch nie betreten und war beeindruckt von der Eleganz der Einrichtung: der Dicke des Teppichs, der Politur von Tischen und Schränken, der majestätischen Pracht der Schlafstätte des Collectors, eines von einem früheren Residenten geerbten Himmelbetts, das einem Mann, der sich an den bescheidenen *charpoy*[*] gewöhnt hatte, außergewöhnlich eindrucksvoll erschien.

Der Collector wandte sich kurz um, als Dr. McNab eintrat, und bat ihn, ans Fenster zu kommen, das einen hervorragenden Blick nach Südwesten bot, über den Stallhof, über die Cutcherry* hinweg auf die jüngst errichteten Befestigungsanlagen aus getrockneter, in der blendenden Nachmittagshitze backender Erde.

»Nun, McNab, was meinen Sie, werden die uns vor den Sepoys schützen, wenn sie uns hier angreifen, wie in Meerut?«

»Ich muss gestehen, ich habe keine Ahnung von militärischen Angelegenheiten, Mr. Hopkins.«

Der Collector lachte, aber auf eine humorlose Art. »Das ist eine kluge Antwort, McNab, aber vielleicht sind Sie besser in der Lage, den Geisteszustand eines Mannes zu beurteilen, der inmitten einer friedlichen Landschaft eine Festung baut. Doktor, mir ist sehr wohl bewusst, was wegen der Erdwälle da unten im Kantonnement über mich geredet wird.«

Dr. McNab runzelte die Stirn, blieb aber stumm. Sein Blick, der auf das Gesicht des Collectors geheftet war, fiel auf die Finger seiner rechten Hand, die sich in Anbetracht der ansonsten ruhigen und gebieterischen Haltung eines Staatsmanns, der für sein Portrait posiert, zu fest um den Ärmelaufschlag seines Gehrocks klammerten.

»Wenn sich am Ende keine Unruhen entwickeln, werden Sie sicher ziemlich dumm dastehen, Mr. Hopkins«, sagte er, dann fügte er grimmig hinzu: »Aber vielleicht ist es Ihre Pflicht.«

Der Collector schien einen Augenblick überrascht. »Sie haben ganz recht, McNab. Es ist meine Pflicht. Ich habe eine Pflicht gegenüber den Frauen und Kindern, die meinem Schutz anbefohlen sind. Abgesehen davon bin ich Familienvater … ich muss daran denken, meine eigenen Kinder zu beschützen. Vielleicht denken Sie, dass ich mir zu wenig Gedanken über meine Kinder mache? Vielleicht denken Sie, dass ihr Wohlergehen mir nicht genug am Herzen liegt?« Er starrte McNab misstrauisch an.

»Mr. Hopkins, ich weiß nichts über Ihr Privatleben.« Das stimmte beinah, aber nicht ganz. Gerade eben war McNab den Kindern des Collectors begegnet, gleich einer Brut in Samt, die unter Aufsicht ihrer *ayah* durch einen Gang der Residenz geführt wurde. Und er hatte sich erinnert, gehört zu haben, es geschehe auf Anordnung des Collectors, dass die Seinen weiterhin Samt, Flanell und Wolle trugen, während alle anderen Kinder im Kantonnement bei dem heißen Wetter in Baumwolle oder Musselin gekleidet waren. Sogar als Kinder, so schien es, hatten sie in der Gemeinschaft eine Stellung zu wahren. Nur an den heißesten Tagen, wenn er zufällig bemerkte, wie rotgesichtig seine Sprösslinge geworden waren, mochte der Collector erwägen, Sommerkleidung zu erlauben.

»Ich kann Ihnen versichern, Dr. McNab, dass ich von meinen Kinder genauso geliebt werde, wie Väter schon immer geliebt worden sind«, sagte der Collector, als läse er McNabs Gedanken.

Der Doktor schüttelte beruhigend den Kopf, um anzudeuten, dass es ihm nie in den Sinn gekommen wäre, etwas anderes zu denken, doch der Collector beachtete ihn nicht; stattdessen nahm er ein ledergebundenes Heft vom Tisch und hielt es überschwänglich in die Höhe. »Sehen Sie, meine Töchter bringen mir ihre Tagebücher zu lesen, damit ich ihr Leben überwachen kann … Ich verlange es von ihnen, wie jeder rechtschaffene Vater es täte. Alle Sonntagabende lese ich ihnen und meinen jüngeren Kindern eine Predigt von Arnold oder Kingsley vor, wie jeder gute Vater. O ja, ich habe sogar meinen Hausdiener, Vokins, durch Abhören des Katechismus auf die Firmung vorbereitet! Ich glaube, Sie können mir kaum vorwerfen, die Pflichten gegenüber meinem Haushalt zu vernachlässigen …«

»Es käme mir nie in den Sinn, Ihnen das oder sonst etwas vorzuwerfen«, sagte der Doktor leise.

»Was? Was sagen Sie? Nein, natürlich würden Sie mir solche Dinge nicht vorwerfen. Warum sollten Sie? Aber sagen Sie mir, glauben Sie an Gott, McNab?«

»Eija, natürlich, Mr. Hopkins.«

»Ich dachte nur, weil mir auffiel, dass Sie nicht am Sakrament teilnehmen. Nein, glauben Sie bitte nicht, ich wollte in ihren Glaubensüberzeugungen herumschnüffeln. Ich war nur neugierig, weil ich hier ein Buch von meiner Frau habe … Ich fand es neulich abends … Ich vermute, sie hat es absichtlich neben meinem Bett gelassen. Es ist Kebles *The Christian Year*, ein Band mit Gedichten zu religiösen Themen, vielleicht kennen Sie es …? Hier, ich lese Ihnen ein paar Zeilen vor … Lassen Sie mich sehen, ja, das wäre was:

›Herr, schwach zu Deinen Füßen liege ich danieder,
mein Aug' geneigt über Deine Wunden,
die blutströmenden Wunden Dein, erschöpften Auges,
dürrer Erde gleich, des österlichen Himmels harrend.‹«

Er legte eine Pause ein und starrte McNab fragend an, der wieder keine Antwort gab, wusste er doch nicht einmal, worauf er hätte antworten sollen.

»Ich habe immer gedacht, an Gott zu glauben«, fuhr der Collector nach einer Weile fort, während seine dunkel umringten Augen McNabs Blick suchten, »aber ich stelle fest, dass so viel Schwärmerei mich abstößt. Offenbar gibt es solche, die auf ganz andere Weise an Ihn glauben als ich. Und doch, vielleicht haben sie recht?«

»Jeder Mensch kann nur auf seine eigene Weise glauben, Mr. Hopkins. Mehr kann sicher nicht von ihm erwartet werden. So scheint es mir zumindest.«

»Hervorragend, McNab. Was für ein feinsinniger Philosoph Sie sind, wahrhaftig. Jeder auf seine Weise, sagen Sie. Genau. Und jetzt sollte ich Sie zu Ihren Pflichten zurückkehren lassen.« Und während er McNab an die Tür begleitete, lachte er, als wäre er in bester Laune.

An der Tür jedoch gab es eine kurze Verwirrung, denn als

McNab sich ihr näherte, öffnete sie sich genau derselben Kinderschar, die er eben gesehen hatte. Nun geschrubbt und gekämmt, waren die Kinder von ihrer *ayah* durch den Außengang geführt worden, um ihrem Vater zur Teezeit präsentiert zu werden. Der Collector streckte die Arme nach der jüngsten seiner Töchter aus, Henrietta, fünf Jahre alt, aber sie schreckte in die Röcke ihrer *ayah* zurück. Als McNab sich verabschiedete, musste er so tun, als hätte er diesen kleinen Zwischenfall nicht bemerkt.

In Krishnapur war alles ruhig geblieben, nachdem die Neuigkeiten aus Meerut bekannt geworden waren, aber es hatte dennoch eine Reihe kleiner Anzeichen von Aufruhr gegeben. Während der Collector mit dem Magistrate darüber diskutierte, ob die Ladies in die Sicherheit der Residenz gebracht werden sollten, erreichte sie die Nachricht aus Captainganj, dass General Jackson später vorbeikommen werde, um eine ausstehende Cricket-Partie zwischen den Captainganj-Offizieren und den Zivilbeamten zu besprechen. Diese Nachricht wurde von einem *havildar** überbracht, der dem General vorausgeritten war und außerdem etwas Unheilvolleres mitzuteilen hatte: Am Vorabend seien Feuer in den Linien der Eingeborenentruppen ausgebrochen.

»Vielleicht ist die Cricket-Partie nur eine List, ein Vorwand, um keinen Verdacht zu erregen.«

Der Magistrate antwortete nicht und der Collector wünschte, er würde wenigstens einmal diese sardonisch erhobene Augenbraue senken.

»Ich hoffe, der alte Knabe hat nicht angefangen, endgültig abzudriften.«

Gegenwärtig verkündete dröhnender Hufschlag die Ankunft des Generals, und die beiden Männer traten ans Fenster, um zu beobachten. General Jackson kam mit einer Eskorte von einem halben Dutzend eingeborener Kavalleristen, *sowars** genannt, die von ihren Pferden abgesessen waren und ihm jetzt auf den Boden halfen. Wie kaum anders zu erwarten bei einer Armee, in der Beförderungen strikt nach Dienstalter erfolgen, war der General ein älterer Mann, gut über siebzig. Obendrein war er korpulent und von kleiner Statur, sodass er nicht mehr mit einem Satz in den oder aus dem Sattel springen konnte, wie es einst seine Art gewesen war; ihn dieser Tage in den oder aus dem Sattel zu heben, war keine leichte Aufgabe. Zu beiden Seiten seines Pferdes verteilt, umfassten die *sowars* die Kniehosen des Generals mit festem Griff und hoben ihn, unwirsch mit den Beinen strampelnd, um seine Stiefel aus den Steigbügeln zu befreien, in die Luft. Sobald er hoch genug war, wurde das Pferd vorwärts abgeführt und er auf den Boden herabgelassen. Nun, da er sich steif in Richtung des Portikus bewegte, bemerkten die beiden Männer ahnungsvoll, dass er statt eines Gehstocks einen Cricketschläger in der Hand hielt. Wissend, dass sein Gedächtnis nicht mehr ganz so war wie früher, nahm der General oft einen Gegenstand als Eselsbrücke mit; so mochte er, wenn er gekommen war, um über Pferde zu reden, eine Reitgerte bei sich haben, wenn es ums Schießwesen ging, mochten ein paar Musketenkugeln in seiner Tasche klimpern.

»Auf dem Basar ging heute Morgen ein neues Gerücht um«, sagte der Magistrate, als der General aus dem Blickfeld verschwand. »Sie sagen, weil so viele Briten auf der Krim getötet worden seien, gebe es in England niemanden mehr zum Heiraten für die Memsahibs. Darum sollten sie hierher gebracht und zwangsweise mit eingeborenen Landbesitzern verheiratet werden. Auf diese Weise würden ihre Kinder und das Land, das sie besitzen, christlich.«

Der Collector runzelte die Stirn. »Beten wir, dass der General nicht mehr so herzhaft optimistisch ist wie vor Meerut.«

Kaum hatte er zu Ende gesprochen, wurde der General angekündigt und in die Bibliothek geführt, wo der Collector und der Magistrate ihn erwarteten.

Im Näherkommen schwang er fröhlich seinen Cricketschläger und sagte: »Also, Hopkins, zu dieser Cricket-Partie. Meiner Ansicht nach sollte die lieber bis nach dem Monsun warten … Wie es jetzt ist, ist es viel zu heiß. Was meinen Sie? Ich weiß, Ihre Jungs wollen die Revanche, aber sie müssen einfach warten …«

Der Magistrate sah an dem verzweifelten Ausdruck, der flüchtig zwischen den Koteletten des Collectors erschien, dass sie beide dasselbe dachten: Der General war *tatsächlich* gekommen, um über eine Cricket-Partie zu reden.

»Moment mal, General, wir sind zu besorgt wegen der Feuer letzte Nacht, um über Cricket nachzudenken.«

»Feuer?«

»Die Feuer bei den Eingeborenentruppen von Captainganj letzte Nacht. Wir fürchten, das könnte das Zeichen einer bevorstehenden Meuterei sein.«

»Ach ja, ich weiß, was Sie meinen«, sagte der General verhalten. »Aber lassen Sie sich davon nicht beunruhigen … Das Werk von ein paar Unzufriedenen.«

»Aber General, im Lichte von Meerut …« Der Collector wollte diskutieren, ob die Eingeborenenregimenter nicht entwaffnet werden könnten. Schon jetzt, glaubte er, wäre das ein riskanter Plan, aber bald würde er unmöglich sein.

Der General indes reagierte auf diesen Vorschlag, für den er keinen Grund auf Erden sehen konnte, zuerst erstaunt, dann mit Hohn und Entrüstung. Er weigerte sich, zu akzeptieren, dass die Feuer Unzufriedenheit bei den Sepoys anzeigten, und sagte es dementsprechend heftig … im Stillen jedoch dachte er, man könne es Hopkins und Willoughby in gewisser Weise kaum verübeln, denn sie waren schließlich Zivilisten, die ihre Zeit wie alle Zivilisten mit belangloser Haarspalterei oder mit »Unken« verbrachten … Da waren sie nun, in vielen Dingen anständige Kerle, aber Unkenrufer ohnegleichen.

»Warum sollten die Sepoys ihre eigenen Quartiere angreifen,

wenn sie auf Meuterei bedacht wären?«, fragte er. »Sie hätten die britischen Bungalows in Brand gesteckt, wenn es das wäre, worauf sie aus sind. Und Meerut, das ist verdammt weit weg von Captainganj, wenn Sie mir den Ausdruck verzeihen. Besondere Umstände, das auch, sollte mich nicht wundern. Kann mich doch hier nicht drum kümmern, was in China passiert! Sehen Sie doch, Hopkins, vorausgesetzt, ihr hier in Krishnapur benehmt euch normal, ohne Angst zu zeigen, geht alles in Ordnung … Aber es wird des Teufels sein, unsere Männer in Captainganj unter Kontrolle zu halten, wenn ihr hier Panik schürt und Erdwälle grabt …«

Auf seinem Weg zur Residenz hatte er einen verächtlichen Blick auf die Befestigungsanlagen des Collectors geworfen. »Rekrutieren Sie Mohammedaner als zusätzliche Polizei, wenn Sie möchten. Die sind zuverlässiger als Hindus oder eingeborene Christen, aber schüren Sie keine Panik.«

Der Collector errötete, getroffen von der spöttischen Anspielung des Generals auf seine »Erdwälle«; dann, nach kurzem Zögern, fragte er: »Wie viele englische Truppen haben Sie in Captainganj außer den Offizieren der Eingeborenenregimenter?«

Einen Augenblick schien es, als würde der General die Antwort verweigern. »Kleinkram, Reste von zwei oder drei Kompanien, die auf dem Weg nach Umballa zurückgeblieben sind … vierzig oder fünfzig Mann vielleicht.«

»General«, sagte der Collector in einem beschwichtigenden Ton, »ich wüsste gern, ob Sie etwas dagegen einzuwenden haben, wenn Frauen und Kinder hier hereingebracht werden?«

»Mein lieber Hopkins, entweder zeigen wir Zuversicht, dass die Eingeborenen sich anständig benehmen, oder wir verschanzen uns alle. Beides zugleich können wir kaum machen.« Der General unterbrach, außer sich. Normalerweise hätte diese Diskussion ihn zu einem fürchterlichen Wutausbruch gereizt, doch irgendwann, während er in der Bibliothek auf und ab gegangen war, hatte sich seine Hand um ein Buch geschlossen. Und dieses Buch brachte ihn in einige Bedrängnis, weil er sich beim besten Willen nicht mehr erinnern konnte, ob es in seiner Hand war, um ihn an etwas zu erinnern, oder nicht. Er hatte einen verstohlenen Blick auf den Titel geworfen, der *Missionarische Helden* hieß und ihm nichts sagte.

»Vorausgesetzt, die Zivilisten in Krishnapur fangen nicht an, Angst zu zeigen, kann ich garantieren, dass meine Männer loyal bleiben. Ich habe die Lage vollständig unter Kontrolle«, erklärte er, wenn auch weniger selbstsicher als zuvor.

»Trotzdem, General, wir können die Feuer in Captainganj nicht einfach ignorieren. Das wäre die größte Torheit überhaupt.«

»Wir werden die Übeltäter zur Rechenschaft ziehen!«, rief der General plötzlich in einem solchen Ausbruch von Zuversicht, dass sogar der Collector einen Moment ermutigt schien.

Eine Woche der Unschlüssigkeit verging. Es kamen Nachrichten von einem Massaker in Delhi, aber immer noch zögerte der Collector mit dem Befehl, Frauen und Kinder in die Residenz zu bringen; er sah ein, dass etwas Wahres an dem war, was der General über das Zeigen von Angst gesagt hatte; auf der anderen Seite fuhr er heimlich fort, trotz der Missbilligung des Generals Pulver und Vorräte zur Lagerung in der Residenz zu sammeln. Was er am nötigsten brauchte, waren Kanonen und Musketen, oder, besser noch, Gewehre … aber um so etwas konnte er Captainganj nicht bitten, ohne einen fatalen Bruch mit dem alten General zu riskieren.

Unterdessen gaben jene im Kantonnement, die dem General folgten und für eine »Zurschaustellung von Zuversicht« plädiert hatten, weiterhin diese Empfehlung ab … was in Meerut schiefgegangen war, erklärten sie, sei zweifellos, dass die Europäer angefangen hätten zu »unken«, versucht hätten, Konzessionen zu machen. Die Verteidigungsmaßnahmen des Collectors könnten, abgesehen davon, dass sie lächerlich und inadäquat seien, durchaus die Gefahr heraufbeschwören, vor der sie angeblich schützen sollten! Gleichzeitig wurde von der eher ängstlichen Gegenfraktion im Kantonnement eine andere Frage gestellt, nämlich: Was sollte es, eine Zuversicht vorzutäuschen, die niemand empfand und die in den Augen der Eingeborenen ziemlich haltlos erscheinen musste?

Wahrscheinlich aber konnte sich die Mehrheit der Leute im Kantonnement nicht entscheiden, welches der beste Weg sei. Während das »zuversichtliche« Lager Ruhe und Gleichgültigkeit empfahl und das »nervöse« Lager ganz fürs Verschwinden in der Residenz war, stimmte die Mehrheit bald für dies, bald für jenes, und manchmal sogar für beides zugleich … ein ruhiges und zuversichtliches Verschwinden in der Residenz.

Fleury war im Prinzip ganz fürs Verschwinden, wenn es das war, was alle wollten … aber er wusste so wenig über das Land, dass er nicht in der Lage war, richtig einzuschätzen, ob oder wann es Zeit zum Verschwinden wäre. Er hatte nicht das geringste Gespür für Gefahr. Was dazu führte, dass er sich in Ermanglung dessen eher im »zuversichtlichen« Lager wiederfand … wenn auch zugleich jederzeit bereit, beim ersten Anzeichen von Unruhe seine Beine in die Hand zu nehmen und in der Residenz zu verschwinden.

Der Collector bedauerte die feindselige Stimmung, die sich im Kantonnement zwischen den beiden Fraktionen entwickelte. »Schließlich«, dachte er, »wollen wir alle das Gleiche: Sicherheit für unser Leben und unser Eigentum … warum um Himmels willen sollten wir einander an die Gurgel gehen? Warum bestehen die Leute darauf, ihre Ideen und Meinungen so grimmig zu verteidigen, als ginge es um die Ehre? Was ist leichter, als eine Idee zu ändern?« Der Collector selber jedoch rückte keinen Zollbreit von seiner Überzeugung ab, dass die einzige und letzte Zuflucht hinter seinen Erdwällen lag. Zwischen den beiden Lagern begannen Fehden auszubrechen, verschärft durch die ständig zunehmende Hitze. Sie bezichtigten sich gegenseitig, das Leben von Unschuldigen, von Frauen und Kindern zu gefährden. Während die einen kaum eine Gelegenheit ausließen, unbewaffnet und wehrlos inmitten des Gedränges auf dem Basar herumzutrödeln, wagten sich die anderen keinen Schritt vor ihre Bungalows, es sei denn mit klirrenden Waffen.

In einer ersten und letzten Anstrengung, die Gemeinschaft auf demokratische Weise zu führen, verbrachte der Collector diese Tage damit, Maßnahmen zu ersinnen, die Unbekümmertheit mit Verteidigungszwecken verbanden. In diesem Geist ließ er an einem ungeschützten Stück der Umwallung des Gebäudekomplexes eine Reihe schwerer Steingefäße aufstellen und mit Blumen bepflanzen, die in der Hitze prompt verwelkten. Als Nächstes erklärte er, er wolle an einer anderen Schwachstelle des Perimeters eine Steinmauer, um den Crocketrasen gegen das blendende Licht der Abendsonne abzuschirmen. Während sie gebaut wurde, zeigte er einen plötzlichen Überschwang väterlicher Milde, indem er in Gesellschaft seiner schmachtenden älteren Töchter verbissen Bälle durch Tore schlug. Seine Töchter waren zu ihren besten Zeiten nicht gut im Crocket, aber jetzt, auf diesem glühenden Stück sonnengebackener Erde … Also gewann der Collector unermüdlich ein Spiel nach dem anderen, weil es seine Pflicht war … und seine Töchter verloren ein Spiel nach dem anderen, weil sie schwach waren.

V

Der Maharaja verfügte über eine eigene Armee, die, obwohl ihr per Gesetz verboten war, Feuerwaffen zu tragen, mit ihren Säbeln und eisenverstärkten Bambusstäben, *lathees* genannt, mit denen traditionell die meisten Auseinandersetzungen zwischen rivalisierenden *zemindars** ausgetragen wurden, doch von Nutzen sein konnte. Sollte es zu einem Kampf kommen, auf wessen Seite würden die Truppen des Maharaja stehen? Natürlich wären sie den Sepoys nicht gewachsen, aber sie könnten durchaus gelegen kommen, um die *badmashes* im Basar das Fürchten zu lehren. Der Collector musste zu einem Routinebesuch in die Opiumfabrik, die etwas außerhalb von Krishnapur gelegen war, und so wurde beschlossen, dass Fleury und Harry Dunstaple ihn einen Teil des Weges begleiten sollten, um im Palast des Maharaja unweit der Opiumfabrik vorzusprechen … unter normalen Umständen hätte man erwarten können, dass ein Neuling wie Fleury dem Maharaja einen Höflichkeitsbesuch abstattete, um ein paar exotische Elemente mit Lokalkolorit für sein Tagebuch zu sammeln und sie später vielleicht unter dem Titel *Highways and Byways of Hindustan* oder etwas in der Art zu veröffentlichen. Zugleich könnten die beiden jungen Männer versuchen, die Lage in Hinblick auf die Truppen zu sondieren. Es kam natürlich nicht infrage, den Maharaja offen um Unterstützung zu bitten, weil eine derartige Bitte einen drastischen Mangel an Zuversicht bedeutet hätte. Abgesehen davon hätte man von Harry, der beim Militär und dem General treu war, nicht verlangen können, ein solches Ersuchen zu übermitteln. Aber man weiß nie … vielleicht würde sich der Sohn des Maharaja, Hari, dem Harry schon mehrfach begegnet war und der hoch in der Gunst des Collectors stand, auch ohne gefragt zu werden für diese Unterstützung einsetzen.

Im letzten Moment erfuhr Fleury, dass Miriam eingeladen worden war, ihre Gesellschaft zu begleiten; wie es schien, hatte sie ein plötzliches Interesse an den Arbeitsvorgängen in einer Opiumfabrik bekundet, woraufhin der Collector beschlossen hatte, sie solle sich persönlich eine ansehen. Fleury war darüber irgendwie verstimmt.

»Es könnte gefährlich sein«, grummelte er.

»Es ist sicher nicht gefährlicher, liebster Dobbin, als allein in diesem Bungalow zu bleiben, umgeben von eingeborenen Dienern, die uns kaum bekannt sind«, erwiderte Miriam lächelnd. »Im Übrigen werde ich in Begleitung von Mr. Hopkins sein. Das ist mit Sicherheit Schutz genug.«

»In Kalkutta sagtest du, er sei von allen guten Geistern verlassen.«

»Im Gegenteil, Sir, das hast *du* gesagt.«

Fleury hatte schon bemerkt, dass seine Schwester in Gegenwart des Collectors aufzublühen schien, und er argwöhnte irgendwelche koketten Absichten. Während sie darauf warteten, von der Kutsche des Collectors abgeholt zu werden, bemerkte er ferner, dass Miriam ihren Lieblingshut trug, den sie selten aufsetzte, und wenn, dann nur in *seiner* Begleitung. Sein Gefühl für Anstand war verletzt, wie so oft, in der Tat, aber mehr durch Miriams Meinungen als durch ihr Verhalten. Obwohl in mancher Hinsicht wagemutig, hatte Fleury ziemlich strenge Vorstellungen, wie seine ältere Schwester sich benehmen sollte. Aber er fand nichts Rechtes, was er ihr konkret hätte vorwerfen können. Miriams Verhalten zu reglementieren wurde außerdem noch durch die Tatsache erschwert, dass sie in seiner Kindheit weitgehend die Aufsicht über ihn geführt hatte. »Und nenn mich nicht ›Dobbin‹«, setzte er verärgert nach.

Vor ihnen stieg die Sonne über den Rand der Ebene in die staubbeladene Atmosphäre auf. Der Collector war wieder in einer redseligen Laune: Die Bewegung des offenen Landauers, die Kühle und Schönheit des Morgens erfüllten ihn mit Zuversicht. Er machte sich daran, Fleury über den Charakter reicher Eingeborener aufzuklären: Ihre Söhne würden auf eine verweichlichte, luxuriöse Art und Weise großgezogen. Die Gesundheit dieser Jungen würde durch Überfütterung mit ekelhaft süßem Zuckerwerk und Schwelgen in anderen schwächenden Gewohnheiten ruiniert. Statt reiten zu lernen und sich in männlichem Sport zu üben, vertrödelten sie ihre Zeit mit mädchenhaftem Drachensteigenlassen. Alles bei dem reichen Eingeborenen sei Schau … er reise mit großartigem Gefolge durchs Land, während er zu Hause in einem Saustall lebe. Aber glücklicherweise sei der junge Hari, der Sohn des Maharaja, von englischen Privatlehrern erzogen worden und etwas ganz anderes. Diesen Informationen fügte Harry Dunstaple rüde hinzu: »Sie müssen vorsichtig sein, wenn Sie einen Hindu schlagen, George, die sind ziemlich schwach auf der Brust und man kann sie töten … Vater sagt, das liege an ihrem dünnen Herzbeutel.« Fleury murmelte seinen Dank für diese Warnung mit dem Hinweis, er werde sein Bestes tun, um sich bei den eher tödlichen Schlägen zurückzuhalten … doch insgeheim hoffte er, gar nicht erst in eine solche Lage zu kommen. Er hatte noch Schwierigkeiten, sich auf seinen neuen, »breitschultrigen« Charakter einzustellen.

Irgendwann bogen sie von der Straße in einen anderen Weg ein, der zwischen gelbgrün leuchtenden Senffeldern lag. Vorn schimmerte etwas wie ein großer Haufen trockener Erde über einem kärglichen Dickicht aus Gestrüpp und Pappelfeigen; der Collector stieß ein freudiges Grunzen aus: Der Anblick von so viel trockener Erde erinnerte ihn offenbar an seine »Erdwälle«. Als sie näher kamen, verwandelte sich der Erdhaufen in schäbige hohe Lehmmauern, die ungleichmäßig mit Zinnen versehen waren. Der Weg führte auf ein massives Holztor zu, mit Eisen verstärkt und beschlagen, eingerahmt von viereckigen

Türmen aus Erde und Gips. Die Türme, bemerkte Fleury, während der Landauer zwischen ihnen hindurchfuhr, waren nicht massiv, sondern hohl und an einer Seite offen, mit einem auf halber Höhe eingezogenen Bretterboden. In dem Hohlraum wimmelte es von Soldaten, manche praktisch nackt, andere erstaunlicherweise wie Zuaven uniformiert, mit kurzen blauen Jacken und orangefarbenen Pluderhosen, und bis an die Zähne mit Dolchen und Knüppeln bewaffnet. Viele der eher nackten indes lagen noch auf Strohmatratzen, die den Boden bedeckten.

»Grandios«, sagte Harry mit einem überlegenen Lächeln. »Unser Adjutant, Chambers, sagt, im Kampf seien sie so gut zu gebrauchen wie der Chor von Covent Garden. Da drüben wohnt der sogenannte Premierminister.« Das von Harry ausgedeutete Gebäude war im französischen Stil, mit Balkonen und geschlossenen Fensterläden. Es sah verlassen aus.

Sie hatten einen Vorhof erreicht, in dessen Mitte ein verkommener Springbrunnen war, umgeben von einem Stück Gras, in dem ein Wiedehopf emsig mit seinem langen Schnabel hackte. Holzstücke, alte Matratzen und zerbrochene Wagenräder lagen herum. Links, zwischen niedrigen Gebäuden, die Ställe sein mochten, führte ein anderer Torbogen zu den Gemächern des Maharaja. Sie fuhren hindurch in den nächsten Hof und hielten an einer Steintreppe, um die jungen Männer aussteigen zu lassen. Dann machte der Landauer im großen Bogen kehrt und trug die beiden schemenhaften Köpfe, einer mit einem Tropenhelm, der andere mit einem Hut, zum Tor hinaus, unter dem sie im Moment verschwanden.

Fleury und Harry waren prompt von einem Schwarm Diener in phantasievoll entworfenen, aber schmuddligen Livreen umringt worden; inmitten dieses schwatzenden Pulks gingen sie einen stickigen Gang entlang, eine weitere Treppe hoch und hinaus auf eine lange Steinveranda, wo ihnen endlich eine leichte, erfrischende Brise ins Gesicht wehte. Neben einer kunstvoll geschnitzten Flügeltür döste eine Wache in Zuavenuniform, mit der Wange an einen Speerschaft gelehnt. Ihr Gastgeber erwarte sie drinnen, erklärten die Diener, und in einem Sturm unterdrückten Gekichers wurden sie vorwärtsgeschoben.

Der Raum, in den sie derart genötigt worden waren, erwies sich als ein herrlicher Ort, kühl, hell und weitläufig; drei Wände waren aus Glas, rot wie Blut, im Wechsel mit Spiegeln, und umrahmt von blütenförmigen Holzschnitzereien; außen hielten grüne Jalousien das Sonnenlicht ab. Kronleuchter aus böhmischem Glas hingen entlang der Mittellinie des Raums in einer Reihe, Himalayas von Bleikristall, die sich zwischen gelippten Kerzenhaltern emporzogen. An der vierten, einzig massiven Wand waren primitive Portraits mehrerer früherer Maharajas ausgestellt. Diese Gesichter blickten voller Hochmut und Verachtung auf die beiden jungen Engländer herab ... wenngleich es, wie Fleury im Vorübergehen merkte, in Wirklichkeit ein einziges Gesicht war, das sich mit unterschiedlicher Kunstfertigkeit und unterschiedlichen Haartrachten wiederholte, immer dieselben kohlschwarzen Augen, die ganz Pupillen zu sein schienen, und dicken blassen Wangen, garniert mit einem flaumigen schwarzen Kinn- und Oberlippenbart.

In der Nähe eines mit Granat-, Lapislazuli- und Achatverzierungen intarsierten Kamins saß der Sohn des Maharaja auf einem Stuhl, der vollständig aus Geweihen gefertigt war, ein gekochtes Ei essend und *Blackwood's Magazine* lesend. Neben dem Stuhl, am Boden, zeigten die frischen Abdrücke in einem großen Kissen, wo er eben noch gesessen hatte; er zog es der Unbequemlichkeit von Stühlen vor, auf dem Boden zu hocken, fürchtete aber, seine englischen Besucher könnten das als rückständig betrachten.

»Hallo, willkommen Leutnant Dunstaple«, rief er aus, indem er aufsprang und mit großen Schritten vorwärtsstrebte, um sie zu begrüßen, »ich sehe, Sie waren so freundlich, Mr. Fleury mitzubringen ... Wie großartig! Wie freundlich!« Er machte weiterhin den Eindruck, vorwärtszustreben, allerdings nur durch eine simulierte Bewegung, die ihn seinen Besuchern kaum ein paar Zoll näherbrachte, ein Kompromiss zwischen seiner gastlichen Natur, die ihn drängte, auf Menschen zuzugehen, um ihnen herzlich die Hand zu geben, und seinem Status als Erbe des Maharaja, der ihn zwang, nicht vom Fleck zu weichen und abzuwarten, dass die anderen zu ihm kamen. Diese gemimte Bewegung gegenüber Personen von niedrigerem Rang, die jedoch einigen Respekt verdienten, was alle Briten in Indien einschloss, hatte sich im Lauf sozialer Kontakte mit Europäern rasch herausgebildet, sodass sie mittlerweile nicht nur ziemlich unbewusst, sondern auch perfekt geworden war, eine absolute optische Täuschung. Mit dem Ergebnis, dass Fleury seinerseits ein ganzes Stück weiter vorwärtsgehen musste als erwartet und ein wenig aus dem Gleichgewicht bei seinem Gastgeber ankam, die letzten Schritte ein stockendes Nachziehen.

»Warum ist mein lieber Freund Mr. Hopkin nicht hereingekommen, um mich zu begrüßen? Ich bin gekränkt. Sie müssen es ihm sagen. Das ist sehr höchst unfreundlich von ihm. Wie geht es Ihrem Handgelenk, Dunstaple?«

»Danke, etwas besser«, sagte Harry ziemlich steif, während sie einen prachtvollen, staubigen Teppich überquerten, auf dem hier und dort zerlumpte Tigerfelle lagen. Aus der Nähe sah Fleury verdutzt, dass das Gesicht ihres Gastgebers dem der Portraitserie an der Wand genau entsprach; dieselben dicken, blassen Wangen und funkelnden schwarzen Augen über einem plumpen Körper, nicht mit Mogulkleidern gewandet, sondern in einem schlecht geschnittenen Gehrock. Er hatte Fleury gespannt beobachtet, und nun, als er sah, dass dieser gerade den Mund aufmachen wollte, kam er ihm hastig zuvor: »Nein, bitte nennen Sie mich nicht ›Hoheit‹ oder irgend so ein Unsinn. Wir bestehen nicht auf Förmlichkeiten heutzutage … Solche Sachen können Sie Vater überlassen … Nennen Sie mich einfach Hari … Da wären wir zwei Haris, was? Nun denn, macht nichts. Wie entzückend! Was für ein Vergnügen!«

Fleury sagte: »Ich hoffe, wir stören Sie nicht beim Frühstück, aber ich fürchte, das haben wir schon getan.«

»Nicht im Geringsten, mein Freund. Ein gekochtes Ei und *Blackwood's* ist allerbeste Art, den Tag zu beginnen. Nun kommen Sie, setzen Sie sich. Was denn, ist was, Dunstaple?« Harry war im Weitergehen merkwürdig getaumelt und fast auf eins der lumpigen Tigerfelle gestürzt. Sein Gesicht war jetzt, da sie hinsahen, milchig weiß, wenngleich mit einer leichten Tönung vom blutgefleckten Glas der Fenster.

»Es ist nichts. Nur die Hitze. Ist gleich wieder gut. Verdammt, so was Dummes!«

»Richtig!«, schrie Hari. »Es ist nichts. Wird im Handumdrehen wieder gut. Kommen Sie, setzen Sie sich, ich rufe Träger, dass er Erfrischung bringt. Wo ist er denn, der verflixte Kerl?« Und er eilte rufend an die Tür.

Das Rufen ihres Herrn hörend, strömten noch mehr Diener in schmuddligen Livreen herein, barfuss, aber mit Kniebundhosen, und brachten zwei weitere aus Geweihen gefertigte Stühle; diese stellten sie neben Haris an einen kleinen, von Nashornfüßen getragenen Tisch, auf dem Hari sein halb gegessenes gekochtes Ei zurückgelassen hatte. Tee wurde gebracht, dazu drei schäumende Gläser mit eisgekühltem Zuckerrohrsaft, eine herrliche Nuance von Dunkelgrün. Harry Dunstaple, selber etwas grün aussehend, verschmähte dieses köstliche Getränk, aber Fleury, der süße Sachen liebte und den Dreck und die Fliegen beim Auspressen von Zuckerrohr nie gesehen hatte, trank es mit größtem Vergnügen und bewunderte dann das leere Glas mit dem eingeprägten Wappen des Maharaja. Harry bat um Erlaubnis, die Knöpfe seines Waffenrocks zu öffnen, und begann mit zitternder Hand daran herumzufummeln.

»Sir, ich bitte Sie, fühlen Sie sich ganz wie zu Hause! Träger, mehr Kissen!«

Es wurden Kissen auf dem Boden ausgebreitet und Harry wurde überzeugt, sich hinzulegen. »Verdammt, so was Dummes! Gleich wieder gut«, hörte Fleury ihn erneut murmeln, während er sich ausstreckte und die Augen schloss.

»Träger, hol Tigerfell!«, und ein Tigerfell wurde über Harry gebreitet, aber er strampelte es gereizt weg. Ihm war schon ohne Tigerfell viel zu heiß. Fleury war sehr besorgt über Harrys plötzliche Schwäche (konnte es Cholera sein?) und fragte sich laut, ob er ihn nicht unverzüglich ins Kantonnement zurück und unter die Obhut seines Vaters bringen sollte.

»Oh, Mr. Fleury, bis zum Abend ist es viel zu verdammt heiß zum Fahren.«

»Sie machen so ein schreckliches Gedöns«, murmelte Harry, ohne die Augen zu öffnen. »Lassen Sie mich einfach eine Stunde oder so, dann ist alles wieder gut.« Er klang ziemlich ärgerlich.

»Mr. Fleury, Dunstaple wird hier erfrischende Ruhe haben, und in Zwischenzeit zeige ich Ihnen Palast. Ich rufe Premierminister, dass er auf Dunstaple aufpasst und uns Bescheid gibt, wenn Zustand sich verschlechtert.«

Harrys gereiztes Stöhnen über diese neuerliche Einmischung wurde ignoriert und der Premierminister einbestellt. Sie erwarteten ihn schweigend. Als er schließlich auftauchte, erwies er sich als ein gebeugter älterer Gentleman, ebenfalls im Gehrock, aber ohne Hose oder Weste, stattdessen trug er einen *dhoti**, Sandalen, und auf dem Kopf eine mit Borten besetzte Schirmmütze gleich der eines französischen Infanterieoffiziers. Offenbar sprach er kein Englisch, denn er legte seine Handflächen zusammen und murmelte *»Namaste«** in Richtung Fleury. Er schien nicht überrascht, einen englischen Offizier auf dem Boden ausgestreckt zu finden.

Es folgte ein kurzer Wortwechsel auf Hindustani, der damit endete, dass Hari fröhlich »Richtig!« rief und Fleury beim Arm fasste; während sie den Raum verließen, saß der Premierminister, die Knie ans Kinn gezogen, auf dem Fußboden und starrte versonnen den kraftlosen Harry an.

Einmal draußen, blühte Hari sichtlich auf. »Mr. Fleury, lieber

Sir, ich bin beglückt, Ihre Bekanntschaft zu machen. Der Collector, wissen Sie, Hopkin, ist mein sehr guter Freund, überaus interessiert an Fortschritt der Wissenschaft. Dieser englische Gehrock, ist der sehr teuer? Verzeihen Sie mir, wenn ich frage, aber ich habe höchste Bewunderung für Erzeugnisse Ihrer Nation. Darf ich Stoff fühlen? Und diese Uhr in Tasche, nennt man so was nicht Half-Hunter*? Englische Handwerker sind so geschickt, ich schier vergehe vor Bewunderung, denn wissen Sie, unsere armseligen Erzeugnisse hier sind in keiner Weise zu vergleichen. Ja, ich sehe, Sie betrachten meinen Rock, auch aus englischem Flanell, aber leider in Kalkutta gekauft und geschneidert von *durzie** aus Basar, nicht von Ihren Savile Rows. Uhr sicher auch in London gekauft und nicht in Kalkutta vermutlich?«

»Ein Geschenk von meinem Vater.«

»Richtig! Von Ihrem Vater, sagen Sie. Ich habe gehört, Väter schenken Söhnen, wenn sie von zu Hause fortgehen, meistens *Heilige Bibel*, hochheilige Schrift Ihrer christlichen Religion, ist das nicht so? Hat Ihr Vater Ihnen auch *Heilige Bibel* geschenkt, als Sie nach Indien gingen?«

»Um genau zu sein, war *Bell's Life* das einzige Buch, das er mir gab.«

»Ihr Vater gab Ihnen *Bell's Life*? Aber ist das nicht Sportmagazin? Das ist keine heilige Schrift? Ich verstehe nicht, warum Ihr Vater Ihnen solches Buch gab statt *Heilige Bibel* … bitte, Sir, erklären Sie mir, ich verstehe überhaupt nicht.« Und Hari starrte Fleury fassungslos an.

Inzwischen waren sie bei einer Außenveranda angelangt, die Ausblick auf den Fluss bot und Bestandteil desselben Wehrgangs war, den Fleury schon bei der Ankunft bemerkt hatte. Es war auch derselbe Fluss, der nach ein paar Biegungen und Windungen sechs oder sieben Meilen weiter am Rasen der Residenz vorbeifloss. Aber es war nicht kühler hier; ein Schwall heißer Luft wie beim Öffnen einer Ofentür schlug Fleury ins Gesicht, als er hinaustrat … obendrein war der Fluss zu einem schmalen, kaum noch fließenden Rinnsal am anderen Ufer geschrumpft und hatte, wo einst sein Bett gewesen war, nur einen breiten Streifen trockenen Gerölls hinterlassen, mit ein paar matschigen Tümpeln hier und dort. Ein halbes Dutzend Wasserbüffel suchte in diesem spärlichen Gewässer Abkühlung zu finden.

»Er gab es mir nicht *statt* der Bibel«, erklärte Fleury, der den mildesten Scherz versucht hatte und es jetzt bedauerte. Wahrheitswidrig, aus dem Gefühl heraus, die Situation verlange es, fügte er hinzu: »Er hatte mir die Bibel schon bei einer früheren Gelegenheit gegeben.«

»Richtig! *Bell's Life* gab er Ihnen zum Vergnügen. Ich verstehe die Welt wieder. *Heilige Bibel* muss ein sehr wunderschönes Werk sein, wunderschön. Ich habe große Freude an Religion, Mr. Fleury, Sie nicht auch? Oh, das ist eins der besten Dinge im Leben, ganz ohne jeden Zweifel.« Und Hari starrte Fleury mit einem glückseligen Lächeln auf seinen dicken, blassen Wangen an. Fleury sagte: »Ja, wie wahr! So habe ich das noch nie gedacht. Wir sollten uns freuen an der Religion, natürlich, wir sollten ›unsere Herzen erheben‹ … natürlich sollten wir das.« Er war überrascht und berührt von Haris Bemerkung und fragte sich, warum er selber nie auf diesen Gedanken gekommen war. Sie schritten nun über eine Verlängerung der Veranda, die nur aus Holzplanken bestand, viele davon locker, und einen Innenhof überspannte … unten sah man mehrere Gebäude, die *godowns** oder Dienstbotenquartiere sein mochten, auch ein Brunnen war dort und ein Mann, der sich gerade wusch, und weitere Diener in Livree hockten am Boden, den Rücken an die Lehmmauer des Palasts gelehnt. Ein Pfau mit gespreizten Federn drehte sich langsam auf dem verfallenen Dach eines der Gebäude unten, und in einem plötzlichen Anflug warmer Gefühle für Fleury deutete Hari darauf und sagte: »Das ist sehr heiliges Tier in Indien, weil unser Gott Kartikeya auf Pfau reitet. Kartikeya wurde im Ganges als sechs kleine Babys geboren, aber Parvati, Shivas

Lady, liebte sie alle so sehr, so inniglich, dass sie sie zu fest umarmte und in eine Person quetschte, aber sechs Gesichter, zwölf Arme, zwölf Beine … ›und so weiter und so fort‹, wie mein Lehrer, Mr. Barnes aus Shrewsbury, zu sagen pflegte.« Hari schloss die Augen und lächelte mit einem Ausdruck tiefer Zufriedenheit, ob beim Gedanken an Kartikeya oder an Mr. Barnes aus Shrewsbury, das war unmöglich zu sagen.

Fleury jedoch sah ihn erschrocken an: Im Moment hatte er ganz vergessen, was für eine Religion das war, an der Hari sich erfreute … eine Mischung aus Aberglauben, Märchen, Götzenverehrung und Obszönität, die jedem gesitteten Engländer in Indien zuwider war. Wie um diesen Gedanken zu unterstreichen, tauchte unten im Hof der Träger auf, der kurz zuvor die Erfrischungsgetränke serviert hatte. Er hielt etwas in der Hand, und während er lachend ein paar Worte mit den anderen Dienern wechselte, blitzte es im Sonnenlicht; er hielt es hoch, untersuchte es beiläufig, dann ließ er es auf die Steinplatten fallen, wo es zerschellte. Fleury war sich sicher, dass es das Glas gewesen war, aus dem er kurz zuvor getrunken hatte.

Sie gingen weiter, Fleury ernüchtert durch diesen banalen Zwischenfall; wie sollte man herzlich auf jemanden reagieren, der die eigene Berührung als Verunreinigung betrachtete? Hari hingegen hatte nichts bemerkt und dachte immer noch herzlich über Fleury … wie anders er sei, im Unterschied zu dem steifen, pedantischen Dunstaple! Er konnte es kaum ertragen, Dunstaple ins Gesicht zu sehen: Irgendwie hatten blaue Augen etwas Obszönes … Tatsächlich war das der einzige wirkliche Nachteil von Mr. Barnes gewesen, denn auch er hatte blaue Augen gehabt.

»Und so weiter und so fort«, wiederholte er freudig. »Mr. Barnes ist nach England zurückgekehrt. Vielleicht haben Sie seine Bekanntschaft gemacht? Nein? Vor einem Jahr schrieb er mir Brief aus Shrewsbury. Er ist ein sehr vornehmer Gentleman. Ich würde Sie gern um besonderen Gefallen bitten,

Mr. Fleury, Sir. Ich würde gern das Vergnügen haben, Daguerrotypie von Ihnen zu machen, wissen Sie, ich bin höchst sehr an Wissenschaft interessiert. In Krishnapur bin ich der Einzige, der Daguerrotypie macht, und alle, die Bild wollen, kommen zu mir. Mr. und Mrs. Hopkins, Collector und seine Braut, kommen zu mir, und vielen anderen verheirateten Leuten aus Kantonnement habe ich Bilder gemacht, die sie an abwesende Bräute und an ihre Lieben nach England schicken. Sie haben auch Braut in England, Sir, denke ich? Nein? Wie das? Dann ist Ihre Braut vielleicht nicht mehr ›im Land der Lebenden‹?« Und Fleury war genötigt zu erklären, dass es ihm bisher noch nicht gelungen sei, eine Braut zu erobern … er habe keine finden können, die seinen Vorstellungen entspreche. Darauf verzog sich Haris Augenbraue, denn es war offensichtlich, dass Fleury an der Wahl einer Braut gehindert war, weil er keine finden konnte, die irgendwelchen besonderen persönlichen Erwartungen entsprach, jenseits der üblichen von Geburt und Mitgift … aber worin die bestehen mochten, war ihm vollkommen schleierhaft; insofern wurde Haris Unverständnis von Fleurys Verwandtschaft in Norfolk und Devon geteilt.

»Gleich mache ich Daguerrotypie, aber erst zeige ich Ihnen meinen Vater. Kommen Sie bitte mit. Um diese Zeit, wenn es so übermäßig heiß ist, ruht er meistens ›in Morpheus' Armen‹, so sagt man wohl für schlafen, habe ich gehört. Es ist beste Zeit, Vater anzusehen, wenn er schläft … Richtig!«, und fröhlich lachend wies Hari ihm den Weg.

Während sie weitergingen, durch stickige Gänge und schmale Steintreppen hinauf, musste Fleury wieder an Kartikeya denken, was für eine zauberhafte Geschichte im Grunde! Sechs Babys aus Liebe zu einem einzigen zusammengedrückt, so ein entzückendes Märchen konnte sicher keinen Schaden anrichten.

Ihr Weg führte nun durch fensterlose innere Gemächer, schummerig erleuchtet durch brennende Lumpen, die mit Leinsam- oder Senföl getränkt auf fünfzackige Fackeln gesteckt waren. In der Ferne warf eine Öllampe aus blauem Glas einen Saphirschimmer auf einen kleinen, dicken Gentleman, der ausgestreckt, nur mit einem Lendentuch bekleidet, auf einem Bett lag; über dem Bett schwang eine riesige, mit Juwelen und Quasten geschmückte *punkah* gleichmäßig hin und her. Ein Diener stand mit einem Armvoll kleiner Kissen neben dem Bett.

»Vater schlafet«, erklärte Hari sanft. »Er hat blaues Licht für Schlafen, grünes Licht für Wachen, rotes Licht für Ladies unterhalten und so weiter und so fort. Für Bequemlichkeit hat er Kissen unter jedem Körpergelenk … Diener passt auf, um Kissen unter Gelenk zu schieben, wenn er sich bewegt.«

Kaum hatte Hari diese Erklärung gegeben, stieß der Maharaja mit einem Stöhnen eines seiner kurzen dicken Beine von sich. Sofort erschienen Kissen unter Knie und Fußgelenk. Fleury konnte jetzt erkennen, dass das Antlitz des Maharaja eine weitere Kopie der Portraits an der Wand und Haris selber war. Während er es betrachtete, öffnete sich der Mund des Maharaja, rotgefleckt vom Betelkauen, und er rülpste nachhallend. »Vater lässt Winde ab«, kommentierte Hari. »Jetzt kommen Sie bitte mit, lieber Mr. Fleury, und ich werde Ihnen viele wundervolle Dinge zeigen. Zuerst und vor allem möchten Sie vielleicht abscheuliche Bilder sehen?«

»Nun …«

Hari wandte sich an einen Diener, der ihnen nun mit einer Schale voll lodernder, ölgetränkter Lumpen an der Spitze eines langen Silberstabs vorausging. Er brachte die Schale nahe an die Wand, und ein großes, widerwärtiges Ölgemälde sprang aus der Dunkelheit hervor. Aber Fleury erschien es als eine so verschlungene Masse von Gliedern, dass er gar nicht imstande war, zu ergründen, was das alles sein sollte (obwohl es eindeutig höchst unzüchtig war).

»Sir, soll ich noch schändlichere Bilder zeigen? Sehr schändlich, in der Tat?«

»Nein danke«, sagte Fleury, und dann, um nicht undankbar

zu klingen, fügte er schroff hinzu: »Ich fürchte, ich kenne mich mit diesen Dingen nicht so aus.«

»Richtig! Für einen Gentleman, der sich mit Wissenschaft und Fortschritt ›auskennt‹, ist das nicht im Geringsten ziemlich interessant. Kommen Sie, ich zeige Ihnen viele andere Dinge.«

Plötzlich tönte etwas, was sich wie das Muhen einer Kuh anhörte, aus den angrenzenden Gemächern; Hari runzelte die Stirn und sprach in scharfem Ton mit einem der Diener, offenbar, um ihn aufzufordern, das Tier in eine andere Richtung zu treiben, aber es klapperte schon auf sie zu. »Das ist furchtbar rückständig«, murmelte Hari. »Es tut mir leid, dass Sie so etwas erleben mussten, Mr. Fleury. Mein Vater sollte es nicht erlauben. Immer in Indien Kuh hier, Kuh dort, Kuh überall!« Die Kuh, aufgeschreckt von den Dienern, hastete vorwärts und wurde erst im letzten Moment davon abgehalten, auf den schlafenden Maharaja loszustürmen. Ein älterer Diener eilte mit einer großen Silberschüssel hinter ihr her.

»Um Kleckern aufzufangen«, erklärte Hari, als sie weitergingen. »Hier ist Marsch der Wissenschaft noch ganz am Anfang, verstehen Sie.«

Sie befanden sich jetzt in der Rüstkammer, die, wie sich herausstellte, nicht nur Waffen jeder erdenklichen Art enthielt, sondern viele andere Dinge mehr. Aber Fleury starrte nur gleichgültig hin und wünschte sich, sie könnten über Religion oder Wissenschaft oder irgendein ähnliches Thema reden. Irgendwie musste er auch etwas über die Truppen des Maharaja herausbekommen, das durfte er nicht vergessen! Er bemerkte nichts davon, wie Haris empfindliche und verletzliche Augen jede seiner Reaktionen auf die ihm gezeigten Objekte verschlangen.

»Das hier ist bestimmt nicht ziemlich interessant«, entschuldigte sich Hari angespannt. »Das ist Speer-Pistole. Schießt und sticht Gentleman zugleich. Wenn scharfe Spitze Gentleman in Brust sticht, löst Mechanismus Abzug aus und schießt zugleich auf Gentleman.«

»Du lieber Himmel«, sagte Fleury gelangweilt.

»Dies große Messer schnappt vier kleine Messer auf, sticht Person vier Mal.«

»Nun –«

»Und da ist Messingkanone, die auf Kamelsattel montiert werden kann. Auch ziemlich dumm, meinen Sie nicht?« Und Hari begann ziemlich verärgert auszusehen.

»Ich glaube, Fleury, das da werden Sie auch nicht gerade spannend finden«, fuhr er unerbittlich fort und deutete auf einen Ständer mit Steinschlossgewehren, die außerordentlich lange Läufe hatten und vom Pferderücken aus nachgeladen werden konnten, ohne abzusitzen, ein Sportgewehr mit Drehmagazin von Adams, eine Mütze in Form eines Kuhfladens mit einer aufschießenden Feder aus Goldflitter, die Haris Großvater gehört hatte, und ein Straußenei.

Fleury unterdrückte ein Gähnen, was Hari unglücklicherweise bemerkte, sich aber trotzdem nicht davon abhalten ließ, fortzufahren, als könnte er sich nicht mehr bremsen: »Dies ist astronomische Uhr, sehr kompliziert ... Kreis in der Mitte stellt Tierkreis dar, den Sonne einmal im Jahr durchläuft ... An Bewegung dieses schwarzen Zeigers, der Kreis in vierundzwanzig Stunden durchläuft, kann man Aszendent von Horoskop ablesen. Aber ich sehe, dass auch diese erbärmliche Maschine, die übrigens, vergaß ich zu sagen, auch Mondphasen, Sonnenaufgang und Sonnenuntergang und Wochentage anzeigt, Ihrer Aufmerksamkeit nicht würdig ist. Richtig. Es sind alles sehr bescheidene und nutzlose Sachen, wie man sie in London und Shrewsbury nicht hat. Jetzt, Fleury, mache ich Daguerrotypie.«

Sobald der Landauer bei der Opiumfabrik angekommen war, übergab der Collector Miriam in die Hände von Mr. Rayne und verschwand, um seine Geschäfte in der Nachbarschaft zu erledigen. Mr. Rayne übergab sie dann wiederum in die Händen von Mr. Simmons, einem seiner Stellvertreter, den er anwies, ihr die Vorgänge beim Raffinieren von Opium zu zeigen. Mr. Simmons mochte etwas jünger sein als ihr Bruder, befand Miriam; er war ein hübscher junger Mann, dessen sommersprossige Haut an mehreren Stellen stark abpellte. Nicht viele Ladies besuchten die Fabrik, für Mr. Simmons jedenfalls war ihre Gesellschaft ungewohnt. Er benahm sich übertrieben ehrerbietig und errötete häufig ohne ersichtlichen Grund. Darüber hinaus war er sehr eifrig mit seinen Erklärungen und geflissentlich darauf bedacht, dass nur wenige Details der Opiumzubereitung Miriams Aufmerksamkeit entgingen. Er führte sie um riesige Eisenbottiche herum und lud sie ein, geheimnisvoll gärende Flüssigkeiten anzuschauen ... geheimnisvoll deshalb, weil Miriam feststellte, dass die Worte von Mr. Simmons ihr trotz allem, was sie erklärt bekam, kaum dass er sie ausgesprochen hatte durch den Kopf schlüpften wie Fische durch ein Schleusentor ... das war peinlich und sie musste aufpassen, dass er es nicht bemerkte. Doch nach und nach wurde klar, dass Mr. Simmons, obgleich überwältigt von den höheren Gaben des sanfteren Geschlechts, so sehr, dass ein zu persönliches Lächeln oder ein böser Blick von ihr ihn wie eine Motte unter ihrer Schuhsohle zerquetscht hätte, eine mögliche Intelligenz nicht in diese Gaben einschloss. Er erwartete nicht, verstanden zu werden oder dass Miriam sich im nächsten Moment noch an seine Erklärungen erinnerte.

Trotzdem, Miriam war zufrieden. Der betäubende Mohngeruch hing überall in der heißen Dunkelheit des Lagerhauses und lullte ihre Sinne ein. Sie fühlte sich in einem Zustand wunderbaren Friedens, und es tat ihr leid, als der Rundgang schließlich endete und sie dorthin gebracht wurde, wo die Arbeiter das fertige Opium zu dicken Bällen, groß wie Menschenköpfe, formten, welche dann, vierzig Stück pro Kiste, verpackt und in Kalkutta versteigert wurden. Jeder dieser kopfgroßen Bälle, erklärte Mr. Simmons ruhig, aber mit einer Miene, als spräche er seine Worte in den Wind, bringe etwa sechsundsiebzig Schillinge ein, wohingegen die Regierung dem *ryot** und seiner Familie nur vier Schillinge das Pfund bezahle. Beim Sprechen kratzte er sich nervös an den abpellenden Handgelenken und der Stirn, während Miriam, abgelenkt, schläfrig versuchte, sich eine vernünftige Frage einfallen zu lassen, und die Hautfetzen auf den Boden fliegen sah.

Als der Collector zurückkehrte, schmuggelte Miriam ein letztes Gähnen in ihre behandschuhte Hand, sagte Mr. Simmons auf Wiedersehen und kletterte in den Landauer, dessen Verdeck jetzt gegen die Sonne hochgezogen war. Mr. Simmons errötete wieder, und noch ein paar Hautfetzen flogen davon. Miriam hob ihren Handschuh zum Winken, und das darin verborgene Gähnen schien in die mohngeschwängerte Luft zu entschweben. Sie hätte Mr. Simmons gern eine bestimmte Pomade empfohlen, fürchtete aber, wenn sie es täte, könnte sie ihn zerquetschen wie eine Motte unter ihrer Schuhsohle. Wie schläfrig sie sich fühlte! Wenn der Collector anfing, mit ihr zu reden, würde sie außerstande sein, sich wachzuhalten.

Noch bevor sie aus dem urwaldartigen Gestrüpp heraus und auf der eigentlichen Straße waren, ereignete sich ein Zwischenfall, der sie belebte. Ein nackter Mann trat plötzlich auf den Weg, den sie entlangfuhren. Er war groß und gut gebaut; in einer Hand trug er den Dreizack der Verehrer Shivas, in der anderen einen Messingtopf, der glühende Kohlen enthielt. Sein Haar und sein Bart hingen in zerzausten gelblichen Strängen über seinem gebräunten Körper, fast bis zu den Geschlechtsteilen. Unversehens hatte der Landauer geknarrt und einen Schlenker an ihm vorbei gemacht; der Weg war tief zerfurcht, und sie wippten ständig auf und ab, wie in einem kleinen Boot, das einer Serie unerwarteter Wellen trotzt. Der Collector konnte nicht umhin, sich Miriam mit ernster Miene zuzuwenden, schockiert um ihretwillen … doch Miriams Wangen waren nur leicht rosig geworden, und sie sagte mit einem Anflug von Lächeln: »Sie müssen mir erklären, warum solche Männer keine

Kleider tragen, Mr. Hopkins. Im Winter müssen sie die Kälte doch spüren.«

»Ich glaube, er gehört einer Hindu-Sekte an, die der materiellen Welt entsagt hat. Solche Männer sehen ihre Nacktheit als Symbol dieser Entsagung und unterhalten ein ständig brennendes Feuer an ihrer Seite, um die Verzehrung irdischer Begierden anzuzeigen.« Widerstrebend fügte er hinzu: »Man kann nicht umhin, die Strenge zu bewundern, mit der sie ihren Glauben verfolgen.«

»Auch wenn sie auf einem Irrweg sind?«

»Man muss zugeben, Mrs. Lang, dass wenige Christen dem rechten Weg mit so großem Eifer folgen. Was eine Bekehrung des Eingeborenen in der Tat sehr schwierig macht, denn im Gegensatz zu seinem asketischen Eifer sieht er den christlichen Pfarrer mit Frau und Familie in einem behaglichen Haus leben … und ich fürchte, das wird ihn nicht beeindrucken. Nicht nur der Geistliche, sondern die ganze christliche Gemeinde muss ihm sehr zügellos erscheinen. Was nützt es, wenn wir die Vorteile unserer Zivilisation nach Indien bringen, ohne eine überlegene Moral zu zeigen? Ich glaube, wir sind alle Teil einer Gesellschaft, die sich durch ihr gemeinsames Bemühen um Glauben und Vernunft allmählich in einen höheren Zustand erhebt … Es gibt moralische Regeln, die zu befolgen sind, wenn wir fortschreiten wollen, genau wie es Regeln für wissenschaftliche Forschung gibt … Mrs. Lang, wir erheben uns, so mühevoll auch immer, auf dass die Menschheit in Zukunft ein besseres Leben genieße, wie wir es uns heute kaum vorstellen können! Die Fundamente, auf denen der neue Mensch sein Leben errichten wird, sind Glaube, Wissenschaft, Ehrbarkeit, Geologie, mechanische Erfindung, Belüftung und Fruchtwechsel!«

Der Collector redete weiter und weiter, doch Miriam, benommen von der Hitze und den Mohndämpfen, gewiegt im verschlissenen Lederpolster des Landauers, konnte nicht verhindern, dass ihre Augenlider immer wieder zufielen. Auch als der Collector zu brüllen begann, wie er es gegenwärtig tat, mit immer lauterer Stimme vom Fortschritt der Menschheit, von der Belüftung bevölkerungsreicher Viertel in den Städten, vom Sieg über Unwissenheit und Vorurteil durch das gleißende Schwert menschlicher Intelligenz kündend, schaffte sie es nicht, ihre Augen länger offenzuhalten.

Und während der Landauer rumpelnd in die Ferne zog, eine Staubfahne aus den Schloten seiner Räder hinter sich, hallten die Rufe des Collectors leer über die indische Ebene, die sich Hunderte von Meilen in alle Richtungen erstreckte, und Miriam fiel schließlich in einen tiefen Schlaf.

In der Zwischenzeit, auch wenn Fleury es noch nicht bemerkt hatte, war Haris gute Laune verflogen. Er machte Fleury weiterhin auf Dinge aufmerksam … auf einige bestickte Teppiche, auf Sonnenschirme oder eine Muschelsammlung, aber er tat es so nachlässig, als wäre es ihm völlig egal, ob Fleury sie interessant fand oder nicht.

»Sie wissen auch, wie man Daguerrotypie macht, nehme ich an.«

»Ich fürchte, nein.«

»Nein? Aha? Aber ich dachte, alle fortschrittlichen Leute …« Hari zog überrascht die Augenbrauen hoch.

»Hari«, sagte Fleury nun, und seinem Ton war kaum zu entnehmen, ob er atemlos vor Aufregung war oder einfach Schwierigkeiten hatte, Schritt zu halten mit seinem Gastgeber, der ihn jetzt im Eilmarsch einen düsteren Innengang entlangführte. »Ich meine, ich hoffe, es ist Ihnen recht, wenn ich Sie Hari nenne, aber ich habe das Gefühl, dass wir uns so gut verstehen …«

Das Tempo und die Dunkelheit hinderten Fleury daran, Haris eisig erhobene Augenbraue zu sehen.

»Könnten wir vielleicht etwas langsamer gehen? Es ist schrecklich heiß.« Doch Hari schien seine Bitte nicht zu hören.

»Verstehen wir uns, ja? Hier werden Sie sitzen, bitte.«

Sie betraten einen weißgetünchten Raum zu dem Innenhof hin, den Fleury kurz zuvor von oben gesehen hatte. Kaum hatten sie die Schwelle überschritten, wurde er von einem Hustenanfall geschüttelt, denn die Luft hier drinnen war beladen mit Quecksilberdampf und einer Varietät anderer, nicht weniger giftiger Dämpfe, die von Kristallen und Chlor-, Brom-, Jod- oder Zyankalilösungen ausströmten. Auf einem Tisch stand ein Quecksilberbad, ein Metallbehälter in Form einer umgedrehten Pyramide, mit einer bereits brennenden Spirituslampe darunter. Ein Kameragehäuse, auf einen Stuhl am Fenster ausgerichtet, erhob sich auf einem verschnörkelten Metallständer. Immer noch hustend, wurde Fleury zu dem Stuhl dirigiert und angewiesen, sich zu setzen; im Rücken war eine Stange mit einem eisernen Halbmond oben, um den Kopf des Sitzenden stillzuhalten. Fleurys Kopf wurde mit Nachdruck in das Gerät gezwungen, ehe von hinten daran hantiert und zwei dünne Metallklammern, die rechts und links in den Haaren über seinen Ohren saßen, enger zusammengezogen wurden.

»Natürlich verstehen wir uns, Hari«, sagte Fleury herzlich, wenn auch recht steif, weil er den Kopf nicht mehr bewegen konnte. »Ich sehe doch, dass Sie in Bezug auf all diese nicht sehr nützlichen Dinge, die Sie mir eben gezeigt haben, genauso empfinden wie ich in Bezug auf den ganzen Ramsch, den der Collector in der Residenz angesammelt hat. Was Sie und ich dagegen einzuwenden haben, ist *die Leere des Lebens hinter* all diesen Objekten, oder anders gesagt, sein Materialismus. Objekte als solche sind nutzlos. Wie erbärmlich sind sie im Vergleich zu edlen Gefühlen! Was für eine arme und beschränkte Welt offenbaren sie neben der Welt der ewigen Seele!« Fleury unterbrach sich, schuldbewusst, wieder einmal »Gefühlen« nachzugeben. »Als Sie eben da entlanggingen und immer betonten, wie uninteressant das alles sei, wurde mir plötzlich klar, dass es überhaupt keinen Unterschied macht, dass ich in England geboren bin und Sie in Indien … Ihre Vorfahren haben sich für genau dieselbe Art von unwesentlichem Plunder interessiert wie die meinigen. Verstehen Sie, was ich meine?«

Es war schwer zu sagen, ob Hari verstand, was er meinte, oder nicht, denn er grummelte nur und fischte seine Uhr aus der Westentasche; wie es sich traf, war es eine goldene Uhr, was man aber nicht gedacht hätte, weil Hari so viel Zeit in der quecksilberbeladenen Atmosphäre dieses Raums verbracht hatte, dass sowohl die Uhr als auch deren Kette mit weißem Amalgam überzogen waren. Finster blickend, nahm er jetzt eine silberbeschichtete Kupferplatte und begann sie mit weichem Leder und Bimsstein zu polieren, indem er langsam, wohlbedacht, parallel zu den Kanten der Platte darüberfuhr, erst in einer Richtung, dann in der anderen.

»Ein Speer, der jemanden sowohl erschießt als auch ersticht? Grotesk! Und all die anderen Sachen, die Sie mir gezeigt haben, Sammlungen von diesem und jenem, Muscheln und Elfenbeinschnitzereien, schändliche Bilder, aus Geweihen gefertigte Stühle und astronomische Uhren, wissen Sie, woran die mich erinnern?«

»Nein«, sagte Hari missmutig. Er sah jetzt nicht nur blass, sondern auch wütend aus, vielleicht wegen der Anstrengung oder weil er zu viel Quecksilberdampf eingeatmet hatte … Er war immer noch dabei, die versilberte Kupferplatte zu polieren, hatte das Leder aber gegen einen Seidenbausch ausgetauscht.

»Sie erinnern mich an die *Great Exhibition*!«

»Es gab schändliche Bilder in *Great Exhibition*? Das wusste nicht«, sagte Hari unfreiwillig neugierig und ein wenig besänftigt durch den Vergleich.

»Nein, natürlich nicht. Aber was ich meine, ist, dass die *Great Exhibition* nicht, wie alle behauptet haben, ein Markstein der Zivilisation war; sie war größtenteils eine Sammlung von unwesentlichem Plunder, den Ihre Vorfahren sicher auch gesammelt hätten.«

Hari zuckte bei dieser Anspielung auf seine Vorfahren zusammen und wurde bleicher denn je; sein Reiben beim Polieren der Platte wurde heftiger. Aber Fleury bemerkte es nicht. Er kochte vor Aufregung und hätte sich nicht zurückhalten können, gestikulierend aufzuspringen, wäre sein Kopf nicht so fest in den Eisenring gezwängt gewesen.

»Nehmen Sie die indische Abteilung im Crystal Palace*, voller nutzloser Objekte. Es gab Speere, einen lebensgroßen Elefanten mit einer doppelten *howdah**, Schwerter, Sonnenschirme, Juwelen und reich geschmückte Kleider … genau die Sachen, die Sie mir eben gezeigt haben. Im Grunde bestand die ganze *Exhibition* aus Sammlungen von diesem und jenem, vollkommen belanglos … Es gab ein Bienenstock-Observatorium … oh, die bemühten Vergleiche, die zwischen der Menschheit und den ›friedlich-emsigen Bewohnern‹ des Bienenstocks, diesen ›lebendigen Symbolen von Fleiß und Ordnung‹ gezogen wurden!«

Hari, dessen Gesicht versteinert und ausdruckslos blieb, war mit dem Polieren fertig; die Platte sah nicht mehr silbrig aus, sondern schien schwarz zu sein. Jetzt musste er das Objektiv der Kamera auf Fleury einstellen.

»Nehmen Sie Ihre Hände von Brust, Fleury«, befahl er, denn Fleury umklammerte seine Rockaufschläge, und durch die Atembewegung würde das Bild zweifellos verwackeln.

»Ich fürchte, ich drücke mich nicht klar aus«, stöhnte Fleury; er war mit seiner Anprangerung des Materialismus über die Stränge geschlagen, und obendrein war ihm schwindlig von der Hitze, den Dämpfen der Chemikalien und dem Druck der Klammern an seinem Schädel. »Was ich meine, ist, dass die Sammlungen von Objekten, seien es Waffen oder Muscheln oder ein lebensgroßer ausgestopfter Elefant, nur Zerstreuungen für Leute sind, die unfähig waren, einen wirklichen geistigen Fortschritt zu machen.«

»Und Wissenschaft? Gab es da nicht viele wunderbare Maschinen?«

»Es stimmt, dass die Landwirtschaftsabteilung oft voller

buschbärtiger Farmer war, die seltsame Geräte anstarrten ... Aber denken Sie nach, in Wirklichkeit waren diese Geräte nur verbesserte Methoden, das Falsche zu tun.«

»Das Falsche! Ich bedaure, Fleury, wie ungemein rückständig Sie sind. Diese Maschinen machen mehr Essen, mehr Geld, sparen sehr viel Arbeitskraft«, sagte Hari kühl und verschwand unter einem Zelt aus dunklem Musselin, das in einer Ecke des Raums über einem Rahmen hing. Einen Augenblick später erschien sein Kopf wieder aus dem drapierten Musselin, funkelnde schwarze Augen in dem bleichen, teigigen Gesicht. »Und was ich Ihnen gerade mache, ist das nicht vielleicht auch Fortschritt?«, fragte er wütend. Sein Kopf verschwand wieder.

Fleury starrte verblüfft auf das Musselinzelt. Er hörte Hari wütend vor sich hin murmeln, während er damit beschäftigt war, die Metallplatte lichtempfindlich zu machen, indem er sie zwei hölzernen Beschichtungskisten aussetzte, den Hauptverursachern der giftigen Dämpfe, deren Angriffe auf seine Denkfähigkeit Fleury zu spüren bekam. Jede Kiste enthielt ein blaugrünes Glasgefäß: In einem war eine geringe Menge Jodkristalle, im anderen eine geheimnisvolle Substanz, »Quickstuff« genannt, mit Brom- und Chlorverbindungen, die zur Erhöhung der Sensibilität diente. Dadurch, dass Hari die Platte etwas weniger als eine Minute über die verdampfenden Jodkristalle hielt, bildete sich eine dünne Schicht von Silberjodid; sobald diese sich orangegelb färbte, hielt er sie über den »Quickstuff«, bis sie tief violett wurde, dann noch einmal ein paar Sekunden über die Joddämpfe. Dann schob er, zähneknirschend vor Wut, die sensibilisierte Platte in eine Holzverkleidung, um sie vor Licht zu schützen, solange sie noch nicht in der Kamera war, und tauchte zitternd aus seinem dunklen Musselinzelt auf.

»Ist das nicht vielleicht auch Fortschritt?«, wiederholte er, die eingepackte Platte auf bedrohliche Weise vor Fleurys gefesseltem Kopf schwenkend. »Metall empfindlich für Licht zu machen?«

»Ja, das ist Fortschritt, natürlich … aber, nun ja, nur in der Kunst des Bildermachens. Wohlgemerkt, auf seine Weise ist das sicher wunderbar. Doch der einzig *wirkliche* Fortschritt bestünde darin, des Menschen Herz empfindlich für Liebe, für die Natur, für seine Mitmenschen, für die Welt der spirituellen Freude zu machen. Mein lieber Hari, Plato hat mehr für die Menschheit getan als Monsieur Daguerre.«

Hari steckte die Platte in die Kamera und zog die Abdichtung heraus. »Ich bitte Sie, weder meine Vorfahren noch diesen sehr ehrbaren Gentleman, Mr. Daguerre, weiter zu beleidigen.«

»Glauben Sie bitte nicht, ich wollte sie beleidigen«, rief Fleury. »Das wäre das Allerletzte, was ich will. Es ist nur so, dass wir unsere Gesellschaft in eine andere Richtung lenken müssen, bevor es zu spät ist und wir alle wie diese Maschinen werden, die demnächst auf Eisenbahnstrecken durch Indien galoppieren werden. Eine Maschine hat kein Herz.«

»Stillhalten!« Die Uhr in der Hand, riss Hari den Deckel vom Objektiv und seinem Gesichtsausdruck nach mochte er sich gewünscht haben, es wäre eine Kanonenmündung, die auf Fleury gerichtet war.

»Oje!«, dachte Fleury, »ich scheine ihn irgendwie gekränkt zu haben.«

Hari zählte zwei Minuten ab, setzte den Deckel wieder auf das Objektiv, riss die Platte heraus und schob sie über das erhitzte Quecksilberbad. Fleury glotzte ihn bestürzt an.

»Ich bedaure sehr«, erklärte Hari frostig-würdevoll, »dass Sie, Fleury, sich als so schrecklich rückständig erweisen.« Er schüttelte den Kopf mit erhabener Bekümmerung über dem Quecksilberbad. »Dies wird in der Tat das Portrait eines sehr rückständigen Mannes sein, muss ich zu meinem größten Bedauern sagen.«

Ein entmutigtes Schweigen klaffte zwischen den beiden jungen Männern, während sie darauf warteten, dass sich winzige Quecksilbertröpfchen dort ablagerten, wo Licht auf die Platte eingewirkt hatte. Nachdem dieser Vorgang abgeschlossen war, nahm Hari die Platte mit einer kleinen Zange auf und schüttete eine Natriumthiosulfatlösung darüber, um die nicht aufgelösten Jodsalze abzuwaschen und das Bild zu fixieren; dann benutzte er, die Platte immer noch mit der Zange haltend, eine Goldchloridlösung, um den Glanz zu erhöhen. Nun blieb nur noch, die Platte mit Wasser zu spülen, sie über der Spirituslampe zu trocknen und in einen Rahmen hinter Glas zu bringen, denn das Bild war zart wie ein Schmetterlingsflügel und ebenso leicht zu beschädigen. Dies getan, seufzte Hari und trug es hinüber, um es Fleury zu zeigen, dessen Kopf immer noch festgeklammert in dem Ring steckte. Haris Wut war Traurigkeit und Missbilligung gewichen.

»Es sieht aus wie von Pinselstrichen der Feenkönigin Queen Mab gemalt«, sagte Fleury in der Hoffnung, dieser geistreiche Einfall würde Haris verletzte Gefühle besänftigen.

»Es ist in der Tat das Portrait eines sehr rückständigen Mannes«, erwiderte Hari streng. Damit wandte er sich ab und stapfte mit schweren Schritten aus dem Raum, während er es Fleury überließ, sich so gut er konnte von den Klammern zu befreien.

VI

Der Fluss, der, sofern Wasser darin war, am Palast des Maharaja vorbeifloss, um sich hier und dort durch die weite, leere Ebene zu schlängeln, führte am Kantonnement und dem jetzt gelben Rasen der Residenz entlang, unter der eisernen Brücke hindurch, durch die Stadt der Eingeborenen (die im Gegensatz zum Kantonnement hauptsächlich am westlichen Ufer erbaut worden war, damit die Strenggläubigen bei ihren Waschungen der aufgehenden Sonne zugewandt auf den Stufen des *ghat* stehen konnten), am glühend heißen *ghat* vorbei und wieder in die Ebene hinaus, wo er zu guter Letzt, etwa acht Meilen von Krishnapur entfernt, einen mit Uferdämmen versehenen Abschnitt von einer halben Meile erreichte. An diesem Punkt hörte die Ebene auf, vollkommen flach zu sein. Im Umkreis von vier oder fünf Meilen schloss sich eine leichte Senke an, entstanden durch den Fußabdruck eines der Riesengötter, die in prähistorischer Zeit kreuz und quer durch Indien geschritten waren, um ihre Streitigkeiten auszutragen, und sich mit Stücken des Kontinents beworfen hatten. Das Land war hier besonders fruchtbar, entweder, weil es durch den Fußabdruck gesegnet war, wie die Hindus glaubten, oder, wie die Briten glaubten, weil es regelmäßig überschwemmt und mit nahrhaftem Schlamm bedeckt wurde.

Die Überschwemmungen indes waren ein Übel, das wegen der Abnutzung der Dämme jedes Jahr schlimmer wurde. Vieh ertrank und Ernten gingen verloren. Die Fluten durch eine Verstärkung der Dämme abzuhalten, war der große Ehrgeiz sowohl des Collectors als auch des Magistrate. Während der Collector die Opiumfabrik besucht hatte, war der Magistrate in Begleitung seines Trägers, Abdallah, aus Krishnapur hinausgeritten, um die Uferdämme zu besichtigen und sich mit den Landbesitzern zu beraten, deren Kulis für die Dammarbeiten gebraucht würden. Wofür so ein Aufwand, wenn der Fluss doch durch das Opfer einer schwarzen Ziege an seinen Ufern überzeugt werden konnte, nicht zu überschwemmen, hatten die Landbesitzer wissen wollen.

»Aber das funktioniert nicht. Ihr habt es schon versucht. Jedes Jahr werden die Überschwemmungen schlimmer.«

Die Landbesitzer schwiegen aus höflichem Erstaunen, wie jemand so dumm sein konnte, an der Wirksamkeit eines Opfers zu zweifeln, wenn es streng nach dem Ritual von Brahmanen vollzogen wurde. Sie waren hin- und hergerissen zwischen Belustigung und Verzweiflung über so viel Beschränktheit.

»Die *Sircar** wird euch zum Arbeitsdienst verpflichten«, erklärte der Magistrate schließlich, aber er wusste, dass die Regierung so etwas im gegenwärtigen Zustand des Landes nicht tun konnte, und die Landbesitzer wussten, dass er es wusste. Die hohle Drohung machte sie verlegen. Um die Gefühle des Magistrate zu schonen, täuschten sie Besorgnis, Schrecken, Verzweiflung bei der Aussicht auf diesen Zwang vor … doch als der Magistrate schließlich davongeritten war, wenngleich nicht bevor er sich außer Hörweite befand, brüllten sie vor Lachen, hielten sich die Bäuche und kugelten sich gar mit würdeloser Freude im Staub. Ihre Freude steigerte sich, als sie kurz nach dem Abgang des Magistrate hörten, dass es ein Massaker an den *feringhees** in Captainganj gegeben hatte. Dann brach ein Streit aus, der spielerisch begann, aber bald ernst wurde, eine Prestigeangelegenheit. Die Frage war folgende: Würde der Magistrate lebendig nach Krishnapur zurückkehren oder unterwegs getötet werden?

Der Magistrate und Abdallah (der sich zwar freute, Mr. Willoughby besiegt zu sehen, jedoch bedauerte, dass es die Hindus waren, die es ihm gezeigt hatten) ritten langsam zum Kantonnement zurück. Der Magistrate achtete nicht der heißen Sonne, die auf seinen Tropenhelm niederbrannte und seine fuchsroten Koteletten lodern ließ. Wie sehr er Dummheit und Unwissenheit hasste! Er hoffte, wenn der Fluss dieses Jahr wieder über die Ufer trat, würde er die dummen Männer, mit denen er gerade gesprochen hatte, allesamt ertränken … aber er wusste, dass dies unwahrscheinlich war: Bei Katastrophen leiden immer nur die Armen. Abdallah wollte den Magistrate aufheitern, indem er ihm einen Mohammedaner-Witz über die Hindus erzählte.

»Sahib, warum sind die Krokodile in Krishnapur so fett?« Der Magistrate ritt weiter, ohne zu antworten.

»Weil sie alle Sünden fressen, die die Hindus im Fluss abwaschen.« Und Abdallah lachte laut, damit Mr. Willoughby begriff, dass es ein Witz sein sollte.

Später am Nachmittag saßen der Collector und der Magistrate im Studierzimmer des Collectors und der Magistrate beschrieb das Ergebnis seiner Unternehmung. Es war Spätnachmittag geworden. Als der Magistrate fertig war, saßen beide Männer in mutlosem Schweigen da. Der Collector dachte: »Nach all den Jahren in Indien versteht Willoughby immer noch nichts von den Eingeborenen. Er ist zu rational für sie. Er kann die Dinge nicht aus ihrer Perspektive sehen, weil er kein Herz hat. Wenn ich dort gewesen wäre, hätten sie auf mich gehört.« Laut sagte er: »Dann muss es dieses Jahr wohl wieder eine Überschwemmung geben, Tom. Aber sobald die Flut vorbei ist, packen wir die Dämme an, bevor sie Zeit haben, zu vergessen, dass ihre elende schwarze Ziege nichts gebracht hat.«

Das Studierzimmer war des Collectors liebster Aufenthalt; es war teakholzgetäfelt und enthielt viele von ihm geliebte Objekte. Das wichtigste war zweifelsohne *DER GEIST DER WISSENSCHAFT EROBERT UNWISSENHEIT UND VORURTEIL*, ein Flachrelief in Marmor, nahe dem Fenster; hier fiel das Licht so ein, dass es den bestialischen Ausdruck der *UNWISSENHEIT* im

Moment ihrer Ausweidung durch das Schwert der *WAHRHEIT* am besten zur Geltung brachte und doch zugleich hervorhob, wie hoffnungslos sich *VORURTEIL*, im Begriff, ein Netz über die *WAHRHEIT* zu werfen, in sein eigenes Gewirr verstrickt hatte. Ein anderes bildhauerisches Werk stand neben seinem Schreibtisch: *UNSCHULD BESCHÜTZT VON TREUE*, eine Skulptur von Benzoni, die ein spärlich bekleidetes junges Mädchen zeigte, schlafend, mit einem Blumenkranz im Schoß; neben dem Mädchen hielt ein Hund seine Pfote auf den Hals einer würgenden Schlange, die es gerade hatte beißen wollen.

Doch nicht nur Kunst beherrschte das Studierzimmer des Collectors, denn auf einer Ecke des Tisches vor ihm stand eine Hommage an den Geist wissenschaftlicher Erfindung; er war in jenen ekstatischen Sommertagen, die er, nunmehr wie ein ferner Traum, im Crystal Palace verbracht hatte, darauf gestoßen. Es war das Modell eines Gefährts, welches seine eigene Eisenbahnlinie schafft, indem es die Schienen zur Fortbewegung vor sich auslegt und sie wieder einholt, sobald die Räder darübergefahren sind. So genial war dem Collector diese Erfindung erschienen, solche Begeisterung hatte sie auf der *Exhibition* erregt, dass er nicht begreifen konnte, wie sechs Jahre vergangen waren, ohne dass man diese Maschinen überall durch die Landschaft kriechen sah.

Neben dem Modellgefährt stand eine weitere geniale Erfindung, ein Trinkglas mit getrennten Abteilen für Soda und Säure; die Idee dabei war, dass sich die beiden durch verschiedene Kanäle fließenden Ströme erst auf den Lippen vereinigen und sprudelnd in den Mund gelangen sollten. Der Collector hatte nur einmal versucht, das Glas zu benutzen. Dennoch, er bewunderte die Genialität dieser Erfindung und hatte sich in sie verliebt, einfach als Objekt. »Das Problem mit dem armen Willoughby«, sinnierte er jetzt, plötzlich das Gesicht seines Gefährten beobachtend und, soweit die nun zimtbraunen Koteletten es zuließen, darauf aufmerksam geworden, wie zerfurcht, gequält, ja regelrecht aufgepflügt es vom vielen freien Denken und Zynismus war, »das Problem ist, dass er kein vollständiger Mensch ist, wie ich es bin … Denn Wissenschaft und Vernunft sind nicht genug. Ein Mensch muss auch ein Herz haben und in der Lage sein, die Schönheiten von Kunst und Literatur zu erkennen. Was für einen engen Horizont dieser Mensch doch hat!« Die selbstzufriedene Stimmung des Collectors, in die sein angenehmes Gespräch mit der hübschen Mrs. Lang ihn versetzt hatte, vertiefte sich noch, als er zum Fenster schlenderte und drei- oder vierhundert Yards entfernt die Moschee sah, denn die Moschee war das beste Beispiel dafür, was bei ihm stimmte und beim Magistrate nicht.

Der Magistrate hatte argumentiert, wenn es Unruhen geben sollte, dürfe sie auf keinen Fall dort bleiben … ihre schmalen Fenster beherrschten die Residenz vollkommen; neben der Moschee standen ein paar Lehmhütten, die er für weniger problematisch hielt: Ein paar gut gezielte Schüsse, und sie würden zu Staub zerfallen, vom nächsten Wind verweht. Was der Magistrate in der Blindheit seines Rationalismus nicht zu schätzen wusste, war die spirituelle Bedeutung der Moschee; die Mohammedaner würden empört sein, wenn man sie zerstörte, und das absolut zu Recht. Der Collector konnte es sich nicht leisten, die Mohammedaner vor den Kopf zu stoßen, galten sie doch allgemein als der loyalste Teil der eingeborenen Bevölkerung, und abgesehen davon läuft ein Mitglied der zivilisierten Gesellschaft nicht herum und reißt Gotteshäuser ein, auch nicht solche, die einem anderen Glauben dienen als dem eigenen. Der Collector runzelte die Stirn, verärgert über sich selbst. Er hätte zuerst an den zweiten Grund denken sollen.

»Er kann uns doch nicht schon wieder besuchen«, grummelte der Magistrate, nicht ahnend, welch ungünstiges Urteil über seinen Charakter dem Collector ein paar Sekunden zuvor durch den Sinn gegangen war.

Am Fenster lauschten sie beide dem wohlbekannten Hufschlag und klimpernden Pferdegeschirr, welche die Ankunft des Generals und seiner *sowars* aus Captainganj ankündigten.

»Soll er sich zum Teufel scheren!«, seufzte der Collector. »Sicher kommt er wieder, um meine Festungswälle zu verspotten.« Aber noch während er sprach, sah er den Haufen Reiter vor der Residenz halten und merkte, dass etwas nicht stimmte. Statt darauf zu warten, dass er hochgehoben wurde, war der General vorwärts über den Pferdehals gefallen und auf den Boden gerutscht. Und dort blieb er liegen, bis die *sowars* kamen, um ihn aufzuheben. Aber das blendende Licht war auch um diese Tageszeit noch so grell, dass der Collector, aus dem Halbdunkel seines Studierzimmers hinausschauend, nicht sicher sein konnte, tatsächlich gesehen zu haben, was er gerade gesehen hatte ... Das Geschrei und die plötzliche Aufregung, die unmittelbar danach vom Eingang her ertönten, ließen jedoch kaum einen Zweifel.

Als er auf den Portikus hinaustrat, schlugen das Licht und die Hitze derart zu, dass er ins Wanken geriet und eine Hand auf das schmiedeeiserne Geländer legte, aber sofort zurückzuckte, die Finger versengt. Er wartete oben an der Treppe und beobachtete dann, wie die *sowars*, die den General trugen, näherkamen. Reichlich Blut strömte aus dem Körper des Generals und spritzte hörbar auf die gebrannte Erde. Die *sowars* versuchten offensichtlich, den Blutstrom aufzufangen, indem sie den Körper bald so herum, bald andersherum kippten, wie man beim Essen eines Honigbrots mit Achtsamkeit und Geschick zu verhindern suchen mochte, dass es tropft. Das Blut des Generals jedoch platschte weiter auf die Erde, die ganze Treppe hinauf und in die Eingangshalle, wo er schließlich, nach einigem Zögern, auf einen ziemlich teuren Teppich niedergelegt wurde.

Auch nachdem es ihm schließlich gelungen war, sich von den Metallklammern zu befreien, war Fleury keineswegs sicher, wie er den Raum wiederfinden sollte, in dem er Harry auf dem

Boden ausgestreckt zurückgelassen hatte. Auf gut Glück ging er los, zuerst durch eine düstere Flucht kahler, übelriechender Gemächer; sein Kopf summte noch von der geballten Wirkung der Klammern und Quecksilberdämpfe. Gegenwärtig erreichte er das Ende der ineinander übergehenden Räume und stand vor einer bröckelnden Treppe. Ungeduldig stieg er hinauf und fand sich in einem anderen Gemach wieder, ebenso leer wie die anderen, die er gerade verlassen hatte. Immerhin, die Luft war besser hier, und es gab einige Fenster, verkleidet mit zierreichen Marmorschnitzereien … an der Decke wölbte sich in einer Ecke der korbähnliche Auswuchs eines Bienennests. Hinter den Fenstern war eine Veranda, teilweise von Gitterblenden beschattet, und dort lagen zahlreiche Diener des Maharaja dösend auf *charpoys*, einer am anderen in einer langen Reihe, wie die vierzig Räuber, ihre Livreen in unordentlichen Haufen neben sich. Sie schenkten Fleury keine Beachtung, als er vorüberging.

Die Hitze und das gleißende Licht waren enorm; das Land lag reglos danieder, fest in ihrem Griff, und irgendwie wirkte es wie eine arktische Landschaft. Von dem Platz aus, an dem er stand, war nichts zu sehen außer Weiß und Grau: Überall derselbe diesig-grelle Himmel, unter dem Staubwolken Schnee zu führen schienen. Die Augen wieder auf den Schatten der Veranda gerichtet, sah Fleury immer noch eine Gruppe blattloser Salbäume, wie Gitterstangen eines glühenden Ofens, in die Netzhaut eingeprägt.

Er hörte das Geräusch eiliger Schritte, und als er um die nächste Ecke bog, stieß er beinah mit Harry Dunstaple zusammen, der fragte: »Wo waren Sie denn nur? Ich hab Sie überall gesucht. In Captainganj hat es einen Aufruhr gegeben, und Vater hat seinen *sais* mit einer Nachricht geschickt, um uns zu warnen … Wir müssen sofort zum Kantonnement zurück.«

Über Harrys Schulter hinweg sah Fleury den Premierminister in ihre Richtung hasten. Trotz der körperlichen Anstrengung setzte er immer noch ein ausdrucksloses, introvertiertes Gesicht auf.

»Der Quälgeist ist mir die ganze Zeit gefolgt«, murmelte Harry erbittert. »Ich habe keine Ahnung, was er will. *Gehen Sie*!«, fügte er hinzu, als der Premierminister angetrappelt kam.

»Ich glaube, er sollte Sie im Auge behalten, falls es Ihnen schlechter ginge. Wie fühlen Sie sich übrigens?«

»Oh, bestens.« Harrys Gesicht allerdings war immer noch blass und voller Schweißperlen. »Wo ist Seine Hoheit? Wir müssen sofort weg.«

Die Sepoys hätten gemeutert und ihre Offiziere bei der Parade angegriffen, erklärte Harry, während sie den Weg zum Hof suchten, wo der *sais* mit Pferden auf sie wartete. Noch wisse niemand, wie ernst es sei. »Es ist grässlich«, fügte er hinzu. »Ich bin ohne Pistole hergekommen.« Und am Tonfall seiner Stimme merkte Fleury, dass Harry unbewaffnet, wie er war, nicht unter Angst, sondern unter Enttäuschung litt. Hier bot sich endlich die Gelegenheit, ein bisschen aktiv zu werden, und er würde sie verpassen!

Harry aggressiv ausschreitend voran, durchquerten sie rasch eine weitere Reihe von Gemächern, alle leer, außer gelegentlich einem schlafenden Diener auf dem Fußboden. Es gab kein Zeichen, weder von Hari noch vom Maharaja, nur der Premierminister wedelte immer noch introvertiert hinter ihnen her. Schließlich gelangten sie durch einen Glücksfall an die Tür, durch die sie den Palast ursprünglich betreten hatten. Beim ersten Schritt nach draußen wurden sie wieder von einem Schwall Gluthitze überfallen.

Der *sais*, der hergekommen war, um sie zu warnen, schlief nun im Schatten der Lehmmauer, und es dauerte einen Moment, ihn zum Leben zu erwecken. Derweilen hockte der Premierminister, dessen heilige Schnur kaum sichtbar unter seinem Gehrock hervorlugte, in einiger Entfernung stumm auf seinen Fersen und beobachtete sie teilnahmslos. Er saß noch da, als sie schließlich davonritten. In der prallen Sonne nahm Harrys roter Waffenrock, den er in Bereitschaft für jegliches militärische Gefecht, das sich bieten mochte, wieder zugeknöpft hatte, eine so leuchtende Farbe an, dass es fast unmöglich war, ihn mit bloßem Auge anzusehen. Sie ritten im Kanter zum äußeren Tor hinaus, wo die Armee des Maharaja, in die der Collector frühmorgens einige Hoffnung gesetzt hatte, noch im Ruhezustand zu verharren schien, ganz ähnlich wie am Morgen.

VII

Man stelle sich eine Landkarte von Indien vor, groß wie ein Fußballfeld, mit zwei oder drei darauf herumkriechenden Igeln … dabei stehe jeder Igel für einen der Staubstürme, die während des Sommers planlos hier und dort über die indischen Ebenen wandern und auf ihrem Weg unzählige Tonnen Staub in die Atmosphäre wirbeln … bis der Monsun einbricht und sie niederdrückt. Weil es einen Staubsturm gab, schien es und war es in der Umgebung viel dunkler als gewöhnlich. Diese Dunkelheit wurde unwillkürlich mit dem schrecklichen Massaker von Captainganj verbunden; sogar der Collector, der aufs Dach gegangen war, um allein zu sein, und die Sterne ausgelöscht gefunden hatte, ertappte sich dabei, so zu denken.

Harry und Fleury hatten den späten Nachmittag damit verbracht, durch die Gegend zu reiten, um Indigopflanzer zu warnen und aufzufordern, in die Residenz zu kommen. Als sie zum zweiten Mal ins Kantonnement zurückkehrten, fanden sie den Weg versperrt von verlassenen Kutschen und *hackeries**; eine solche Panik war ausgebrochen, dass die Straße zur Residenz von Transportmitteln verstopft worden und den Leuten nichts anders übrig geblieben war, als zu Fuß weiterzugehen und von ihren Besitztümern so viel sie konnten mitzuschleppen oder von ihren Kulis auf den Köpfen tragen zu lassen.

In der Dunkelheit der Einfahrt direkt vor der Residenz, die nur von einer lodernden Fackel auf dem Portikus erleuchtet war, rauften und rangelten die Silhouetten von Pferden und Menschen, schleppten Kisten, Bündel und geheimnisvolle, unnennbare Objekte, an denen sie mit verzweifelter Hartnäckigkeit hingen; es war, als würden sie sich, bis an die Hüften in einem Moor aus Pech versinkend, zu der einsamen, tanzenden Flamme der Residenz durchkämpfen. Merkwürdigerweise kämpften sie fast lautlos, bis auf schweres Keuchen und gelegentlich ein angespanntes Flüstern.

Diejenigen, denen es gelungen war, sich erfolgreich durch diesen Sumpf aus Dunkelheit und Verzweiflung zu schlagen, fanden sich in der Eingangshalle wieder, die eher dem Fegefeuer als dem Himmel glich, überfüllt mit Ladies und Kindern, die sich, zusammengedrängt auf Truhen oder Kisten, mit jenem Blick aus großen, hellwachen Augen umsahen, der Menschen in Notlagen eigen, in Wirklichkeit aber die Folge eines Schocks ist; hätte man eine dieser staunenden Ladies angesprochen, wäre sie kaum imstande gewesen, einen zu verstehen.

Fast fünf Stunden waren vergangen, seit der General blutend von seinem Pferd gestürzt war, mithin die Schwäche seiner Argumente einräumend. Während dieser Zeit hatte der Collector fast ununterbrochen Befehle erteilt. Zuerst war es schwierig gewesen, weil die Flüchtlinge betäubt waren; so laut er auch schreien mochte, niemand schenkte ihm die geringste Aufmerksamkeit. Also hatte er seine Taktik geändert: Er hatte all die jungen Leutnants und Ensigns, denen es gelungen war, mit heiler Haut aus Captainganj zu entkommen (ausnahmsweise hatten die rangälteren Offiziere die Hauptlast des Gemetzels getragen), sowie ein halbes Dutzend zivile Beamte versammelt. Mit diesem Gefolge war er durch die Residenz stolziert und hatte sein Bestes getan, um Ordnung in das Chaos zu bringen, hatte eine provisorische Verteidigung für die Erdwälle organisiert, den Frauen und Kindern Räumlichkeiten zugewiesen, Gruppen loyaler Sikhs zu Patrouillen ins Kantonnement geschickt. All diese Anweisungen murmelte er der Schar der verblüfften jungen Männer um ihn zu, und merkwürdigerweise wurden die Befehle, je leiser sein Ton, umso gieriger verschlungen und umso eilfertiger ausgeführt. Bald flüsterte er nur noch, was zu tun sei.

Jetzt, auf dem Dach, war alles ruhig, außer jenem schweren Keuchen, knirschendem Kies und Räderknarren, die von der kämpfenden Menschenmasse in der Dunkelheit unten aufstiegen. Der Collector verfluchte sie im Stillen. Warum mussten sie ihre nutzlosen Besitztümer mitbringen? In den Räumen und Gängen der Residenz wurde es schon eng von abgestellten Möbeln, Kisten und Bric-à-Brac. Er wusste jetzt, dass er alles hätte verbieten müssen, außer Nahrungsmitteln und Waffen … aber ach, hätte er sich an ihrer Stelle dazu durchringen können, seine Statuen, seine Gemälde, seine Erfindungen zurückzulassen?

Auf dem Weg zur Dachterrasse hatte er einen Blick in sein Schlafzimmer geworfen. Der General lag im Ankleideraum, im Koma; sein pfeifender Atem war durch die halboffene Tür zu hören, und der Collector gewahrte flüchtig den Nimbus von Moskitonetz, der ihn umhüllte. Miriam und Louise Dunstaple wachten an seiner Pritsche, seit Dr. Dunstaple gegangen war, um Dr. McNab bei der Versorgung der anderen Verwundeten zu helfen, die aus Captainganj entkommen waren.

Im Moment kamen die Sterne heraus und die Nacht hellte auf. Etwas später gesellte sich der Magistrate auf der Dachterrasse zu ihm.

»Gott sei Dank, dass sie mit einigen Kanonen fliehen konnten, Tom«, sagte der Collector.

Der Magistrate gab keine Antwort, seufzte nur und schielte über die Balustrade auf das Gewimmel von Menschen und Besitztümern unten. Es war offensichtlich, dass er nicht glaubte, Kanonen würden einen Unterschied machen. Gleichwohl, es waren genügend Männer aus Captainganj entkommen, um eine nützliche Streitkraft zu bilden. Zwei Dutzend britische Offiziere von Eingeborenenregimentern, doppelt so viele gemeine englische Soldaten sowie die Mehrheit der Sikh-Kavallerie mit über achtzig Mann; hinzu kamen mindestens hundert europäische Zivilisten, entweder offizielle Vertreter der *Com-*

pany oder Pflanzer, und schließlich eine große, aber noch unbestimmte Zahl Eurasier. Vielleicht würde es auch eine Handvoll loyaler Sepoys geben. Trotzdem hatte der Magistrate recht: Gegen das riesige Heer, das die Sepoy-Rebellen auf die Beine stellen konnten, war die Streitmacht der Residenz verschwindend.

Jetzt ging der Mond auf, und weitere Gentlemen erschienen auf dem Dach. Unter den ersten war Dr. Dunstaple, erstaunlich guter Laune und erpicht darauf, dem Collector eine amüsante Geschichte über Dr. McNab zu erzählen. Ein oder zwei Stunden zuvor, während die beiden Ärzte damit beschäftigt gewesen waren, in gemeinsamer Arbeit einen jungen Ensign zu nähen, hatte McNab ihn plötzlich gefragt, ob er gehört habe, wie die Eingeborenen Wunden schließen … eine Methode, die er, wie er sagte, unbedingt selber ausprobieren wolle. »›Und wie geht das, McNab?‹, sage ich. ›Es geht so‹, sagt er …«, und dann begann Dr. Dunstaple, seinen Kollegen, der in Wirklichkeit kaum eine Spur von schottischem Akzent hatte, auf eine übertriebene und komische Weise zu imitieren. »›*Hae ye no hairrd o' burtunga ants, Dunstaple?*‹ – ›Wahrhaftig, McNab‹, sage ich, ›ich kann nicht behaupten, auch nur ein einziges Mal in meinem ganzen Leben von Burtunga-Ameisen* gehört zu haben.‹ – ›*Och, then, lesten to this, laddie*‹, sagt er. Anscheinend haben die kleinen Biester besonders große und kräftige Kiefer. Was man machen muss, ist Folgendes, erklärt er mir: Man drückt die Wundränder zusammen und setzt in regelmäßigen Abständen Burtunga-Ameisen darauf. Die beißen sofort zu. Dann schnippelt man ihnen die Hälse ab, die Körper fallen auf den Boden und die Wunde bleibt, von Köpfen und Kiefern fest zusammengehalten, tadellos geschlossen. ›*Och, Dunstaple, I hae foond me a naist o' the wee baisties and I shall see for mayself 'ere long.*‹« Und Dr. Dunstaple lachte herzhaft bei der Vorstellung, wie McNab es mit den Biestern ausprobieren würde, und wiederholte: »*Hae ye no hairrd o' burtunga ants, Dunstaple?*«

Nun kamen auch Harry Dunstaple und Fleury aufs Dach, und der Doktor, dem entgangen war, dass sich weder der Collector noch der Magistrate an seiner Geschichte ergötzten, wiederholte beharrlich die Anekdote über McNab, diesmal indem er hinzufügte, Ensign Smith habe während der ganzen Zeit mit kreidebleichem Gesicht zugehört, in der Erwartung, McNab würde seine Ameisen jeden Moment aus der Tasche ziehen. Das sei doch etwas für Fleurys Buch über Fortschritt, gluckste er … die Meilenstiefel, mit denen die Medizin in Indien vorankomme.

Zu diesem Zeitpunkt waren Fleury und Harry, obgleich jeder insgeheim noch dachte, mit dem anderen nichts gemeinsam zu haben, enge Freunde geworden. Es hatte sich ergeben, dass ein Abenteuer sie zusammenschweißte; sie hatten den ganzen Weg nach Krishnapur zurück unbewaffnet durch eine von Aufruhr heimgesuchte Landschaft reiten müssen, und dann hatte der Collector sie erneut ausgeschickt, um die Indigofarmer zu warnen … und irgendwann hatten sie etwas gehört, was verdammt nach einem Musketenschuss klang, der, wenn auch nicht sehr nahe, in ihre Richtung abgefeuert worden sein mochte oder auch nicht, aber, wie sie beschlossen, wahrscheinlich doch. Harry hing an diesem Abenteuer, so bescheiden es war, und klammerte sich umso mehr daran, als er herausfand, dass er wegen seines verstauchten Handgelenks ein Abenteuer in Captainganj verpasst hatte.

Diejenigen seiner Gefährten, die dem Exerzierplatz von Captainganj mit Leib und Leben entronnen waren, schienen nicht an ein Abenteuer zu denken, wer es geschafft hatte, unversehrt davonzukommen, sah jetzt müde und schockiert aus. Und alle schienen Schwierigkeiten zu haben, Harry zu erzählen, wie es gewesen war. Jeder hatte einfach zwei oder drei schreckliche Szenen im Kopf, die sich ihm eingeprägt hatten: eine Engländerin, die mit durchgeschnittener Kehle noch etwas zu sagen versuchte, oder einen Kameraden, der kreiselnd in einem

Strudel metzelnder Sepoys unterging, irgendetwas von der Art. Und, was es noch schlimmer machte, man sagte immer wieder etwas zu einem Freund, der nicht mehr da war, um es zu hören. Es war schwierig zu begreifen, was geschehen war, und nach einer Weile gaben sie auf, es zu versuchen. Von der Auslese der Subalternen, denen die Flucht gelungen war, hatten die meisten noch nie einen Toten gesehen ... jedenfalls keinen toten Engländer ... hier oder dort stieß man wohl auf einen toten Eingeborenen, aber das war nicht ganz das Gleiche. Merkwürdigerweise hörten sie ziemlich neidisch zu, was Harry von den »fast mit Sicherheit« auf ihn und Fleury abgefeuerten Musketenschüssen zu erzählen hatte. Sie wünschten sich, sie hätten auch ein Abenteuer erlebt, statt unfreiwillig Einblick in einen Schlachthof zu nehmen.

Es war viel kühler auf dem Dach. Der Mond hing, sanft und schön, über den Bäumen des Kantonnements, und der Staub in der Atmosphäre verlieh seinem Schein ein seltsames, traumhaftes Leuchten, wie Fleury es außerhalb von Indien noch nie gesehen hatte. In diesem Licht konnte er Gestalten erkennen, die zusammengekauert auf ihrem Bettzeug lagen, denn viele der Gentlemen hatten es zu heiß gefunden, ohne *punkahs* im Inneren des Gebäudes zu schlafen, und waren hier heraufgekommen. Andere standen in Grüppchen zusammen und redeten leise. Gerade ertönte die rezitierende Stimme des Padre mit dem ›Gebet in Zeiten des Krieges und Aufruhrs‹ ... »Demütig flehen wir zu dir, errette und befreie uns aus der Hand unserer Feinde; beuge ihren Stolz, unterdrücke ihre Bosheit und vereitle ihre Anschläge; damit wir unter deinem Schutz und Schirm vor allen Gefahren immerdar bewahrt bleiben mögen, um dich zu verherrlichen, der du allein Sieg verleihen kannst ...«

Ein unheimliches, melancholisches Geheul erhob sich nun, hallte über die mondbeschienenen Hecken und Tamarinden und breitete sich in auslaufenden Wellen über das dunkle Kantonnement. Neben Fleury sagte der Magistrate: »Hören Sie die Schakale … Die Eingeborenen sagen, wenn man genau hinhört, höre man das Leittier rufen ›*Soopna men raja hooa* …‹, was bedeutet ›Ich bin der König der Nacht‹ … und dann antworten die anderen Schakale ›*Hooa! Hooa! Hooa!*‹, ›Jaa! Jaa! Jaa!‹« Fleury konnte zunächst nichts davon erkennen, aber später, kurz vor dem Einschlafen, schien ihm, dass er tatsächlich genau diese Worte hören konnte. Unten hatten sich die letzten Flüchtlinge jetzt mit ihren Bürden aus der Dunkelheit herausgekämpft und alles war ruhig. Am Ende schlief Fleury ein, und während er schlief, erleuchtete ein feuriges Signal das Kantonnement, und dann noch eins und noch eins.

Der Collector erwachte mit einem angenehmen Geruch von Holzrauch, der ihn aus irgendeinem Grund an Northumberland erinnerte, wo er seine Kindheit verlebt hatte. Er hatte selbstverständlich in voller Kleidung geschlafen und war ein- oder zweimal aufgewacht, als Leute durch sein Schlafzimmer kamen, um dem General zu helfen. Er hatte auch einen Albtraum gehabt, in dem er versuchte, sich von etwas Erstickendem freizukämpfen, das sich wie ein Leichentuch um ihn gewickelt hatte. Aber insgesamt hatte er gut geschlafen und fühlte sich erfrischt. Er hatte Miriam dafür zu danken, denn während ihrer Wache am Bett des Generals hatte sie es sich zur Aufgabe gemacht, höflich all jene abzuweisen, die den Collector wecken wollten, um ihm zu sagen, das Kantonnement stehe in Flammen, als hätte er auch nur das Geringste dagegen tun können. Sobald er richtig wach war, sagte sie ihm jedoch, woher der angenehme Geruch kam.

Jedenfalls war es mitnichten das gesamte Kantonnement, das gebrannt hatte; die Beobachtungsposten auf dem Dach hatten nur fünf oder sechs verschiedene Feuer gezählt, und die meisten davon betrafen Bungalows, die sowieso verlassen waren, nur noch von den Geistern prunksüchtiger Repräsentanten der *Company* bewohnt. Die anderen Bungalows hatten größtenteils noch ihre Dienerschaft, um sie zu schützen, wie lasch auch immer. Wichtiger war, dass sich die Sepoys noch in Captainganj aufhielten und untereinander stritten, ob es besser sei, das Kantonnement zu plündern, oder direkt nach Delhi zu marschieren, um den Kaiser wieder einzusetzen. Man sagte, die Sepoys wollten auch einen Reiter nach Sankt Petersburg entsenden, um den Großfürsten von Russland, den sie ihrer Sache geneigt glaubten, um Beistand zu ersuchen.

Ehe der Vormittag zu heiß wurde, bestellte der Collector den Magistrate auf die Dachterrasse, um die Verteidigung der Enklave zu planen. Die Residenz war sowohl das massivste als auch das imposanteste Gebäude im Kantonnement. Zusammen mit dem Haus von Dr. Dunstaple, der Kirche und der Cutcherry stand sie auf einem Gelände, das mehrere Morgen umfasste und im Groben und Ganzen dreiseitig war. An eine der drei Seiten grenzte die Eingeborenenstadt mit einer Handvoll nicht sehr haltbarer Lehmhäuser und natürlich der Moschee, die der Magistrate, verblendet vom Rationalismus, so eifrig hatte zerstören wollen.

»Wir werden eine Batterie da unten in den Blumenbeeten aufstellen, zum Schutz gegen Angriffe aus der Eingeborenenstadt«, sagte der Collector. Er sah den Blick des Magistrate zur Moschee hin wandern und wusste, was er dachte. Wie es sich ergab, begann er selber die Moschee weniger als ein Zeichen seiner Aufgeschlossenheit zu sehen, denn als Ärgernis für die Kanonen in den Blumenbeeten. Doch der Magistrate gab keinen Kommentar ab, und gemeinsam querten sie die Dachterrasse. Von hier aus hatten sie einen Überblick über das fächerförmig sich ausbreitende Kantonnement, in etwa halbiert durch die Promenade, auf der die Europäer in friedlichen Zeiten ihren Abendspaziergang zu machen pflegten; überall sonst galt es als unwürdig, zu Fuß gesehen zu werden. Die Reihe der schattenspendenden Tamarinden endete jenseits des Kantonnements bei dem alten Exerzierplatz, der schon lange, vielleicht glücklicherweise, aufgegeben und an einen besseren Standort nach Captainganj verlegt worden war.

»Tom, ich möchte, dass Sie sich die nötigen Männer suchen und eine Batterie hinter dem Befestigungswall der Cutcherry einrichten. Sie werden das Kommando übernehmen, zusammen mit Leutnant Peterson als Berater. Vor Dr. Dunstaples Haus brauchen wir eine weitere Batterie. Ich habe die Absicht, Leutnant Cutter dort als Befehlshaber einzusetzen. In dem Bereich zwischen den Geschützgruppen werden wir alle paar Yards Posten mit Gewehren und Bajonetten an den Brustwehren der Erdwälle aufstellen. In der Zwischenzeit müssen wir tun, was wir können, um die Wälle zu erhöhen.«

»Was ist mit dem Fluss?«

Wieder querten sie das Dach. Unter ihnen erstreckte sich der ausgedörrte Rasen bis zum Fluss; am gegenüberliegenden Ufer breiteten sich Melonenbeete aus, sattgrün, mit dem leuchtenden Gelb der Melonen in erfreulichem Kontrast zu der blendenden Landschaft aus Weiß- und Grautönen. Diese Melonen, wusste der Collector, wurden nur von den ärmsten Eingeborenen Krishnapurs und von einer einzigen anderen Person gegessen, nämlich dem Magistrate persönlich, der es bei dem heißen Wetter liebte, die Kerne herauszuschaben, eine Flasche Claret hineinzuschütten und dann seine fuchsroten Koteletten in die kühle Mischung aus Wein und Saft zu tunken. »Ein trauriges Beispiel dafür«, dachte der Collector mitleidig, »was für Spleens alleinlebende Männer befallen. Dem Himmel sei Dank, dass mir solch absonderliche Gewohnheiten erspart geblieben sind.«

Laut sagte er: »Ein Angriff aus dieser Richtung ist meiner Meinung nach unwahrscheinlich. Jenseits der Befestigungswälle ist ein ganzes Stück offenes Gelände. Die einzige Deckung bietet das diesseitige Flussufer, und das dürfte gut dreihundert Yards entfernt sein. Am anderen Ufer steigt der Boden an, und sie können sich nicht unbeobachtet nähern. Aber vor allem liegt zu der Seite hin die Banketthalle. Sie wären verrückt, die anzugreifen.«

Die Banketthalle stand auf einer Anhöhe, die dem Hügel hinter den Melonenbeeten entsprach. Sie war ein massives Gebäude, das nicht mehr benutzt wurde, in der Gestaltung eine unglückliche Mischung aus Griechisch und Gotisch. Die sechs Säulen ihrer Fassade erinnerten an die sechs imposanten Säulen des berühmten Londoner Stammhauses, East India House, in der Leadenhall Street. Innen gab es Holztäfelung, einen großen, fürstlichen Kamin samt Kaminecken und sogar eine Empore für die Spielleute. Außerdem hatte sie Buntglasfenster, aber die wohl erstaunlichsten Schmuckstücke befanden sich außen: vier riesige Marmorbüsten griechischer Philosophen, die von allen vier Ecken des Dachs auf die Ebene hinausschauten.

»Sie könnten trotzdem von dort angreifen«, sagte der Magistrate zweifelnd.

»Wenn sie es tun, umso besser.« Aus Bescheidenheit hatte der Collector es unterlassen, das letzte Attribut zu erwähnen, welches die Banketthalle endgültig uneinnehmbar machte, denn genau hier hatte er den Büchern, die er über die Kunst des Festungsbaus las, Einfluss auf die Planung seiner Erdwälle zugebilligt. Er hatte das einfache und traditionelle Tenaillensystem gewählt: eine Art sternzackenförmige Anordnung von Facen und Flanken, die eine wechselseitige Deckung ermöglichte, sodass es, zumindest in der Theorie, keinen Winkel gab, aus dem die Festung angegriffen werden konnte ohne das Risiko, ins Kreuzfeuer zu geraten. Natürlich lief dieses elaborierte Festungswerk an beiden Enden des Abschnitts, der die Banketthalle schützte, wieder in dieselbe unstete Linie aus, die den Feigenkakteen der Einfriedung folgte und von einem Mann des Militärs durchaus verächtlich als »Erdwälle« abgetan werden konnte.

»Wir werden Major Hogan das Kommando übertragen, damit er ruhig bleibt. Und wir geben ihnen eine Sechspfünder, obwohl ich nicht annehme, dass sie viel Verwendung finden wird.

Jetzt sollten wir besser nach unten gehen und die Geschützgruppen einrichten, solange es noch möglich ist.«

Major Hogan war ein ziemlich gepfefferter alter Wirrkopf, der allgemein den Ruf genoss, zu lange im Osten gewesen zu sein. Die Mannschaft unter seinem Befehl bestand aus Harry Dunstaple (dorthin verbannt, bis sein Handgelenk richtig ausgeheilt war), ein paar beleibten Sikhs, einem halben Dutzend hochbetagter eingeborener Veteranen, die ihre treuen Dienste angeboten hatten, als sie von den Schwierigkeiten der *Company* erfuhren, einem schweigsamen Mann von der Salzverwaltung namens Barlow und, zu guter Letzt, Fleury. Wie es sich ergab, war Major Hogan der einzige Offizier von höherem Rang als ein Leutnant, der das Gemetzel von Captainganj überlebt hatte. Er hätte den militärischen Oberbefehl für die gesamte Enklave beanspruchen können, hatte es aber nicht getan … es war Jahre her, seit er zuletzt irgendein ernsthaftes Interesse an seinem Beruf gezeigt hatte.

Obwohl enttäuscht darüber, am sichersten Ort innerhalb der Enklave postiert zu werden, steckte Harry seine Gefühle weg und machte sich daran, die Festungswälle des Collectors zu verstärken. Bald war auch Fleury hart an der Arbeit, im Schatten einer griechischen Säule sitzend wies er die eingeborenen Veteranen an, wo sie die Gesteinsbrocken, mit denen sie wankend aus dem Flussbett heraufkamen, hinpacken sollten. Aber Fleury hatte wenig Ausdauer, und eben wurde diese öde Sache ihm zu viel; also schlenderte er in ziemlich unmilitärischer Manier davon. Harry hätte ihn ermahnt, weil man keinen Soldaten gebrauchen kann, auch keinen Amateursoldaten wie Fleury, der seinen Posten verlässt, sobald ihm langweilig wird, aber Harry hatte gerade seine Sechspfünder geliefert bekommen und konnte an kaum etwas anderes denken … sie bestand aus Messing, und er hatte seine beiden Sikhs darauf angesetzt, sie zu polieren. Messinggeschütze sind leichter als die aus Eisen, aber Kanoniere, die sich, wie Harry, auf ihr Geschäft verstanden, bevorzugten sie, weil sie nicht so leicht zersprangen. Allerdings hat Messing auch einen Nachteil. Wenn sehr viele Schüsse abgefeuert werden, verformt sich die Mündung von dem ständigen Aufwärtshämmern zu einer Ellipse, und dann wird das Laden schwierig oder gar unmöglich. Aber bevor das geschah, mussten mehrere Hundert Schüsse abgefeuert worden sein, was Wochen oder Monate Belagerungskrieg voraussetzte … und es stand außer Frage, dass die Besatzung von Krishnapur nicht mehr als ein paar Tage würde aushalten müssen, bis Hilfe aus Barrackpur oder Dinapur kam. Also brauchte Harry sich darum keine Sorgen zu machen.

Fleury war in der Hoffnung zur Residenz hinübergeschlendert, jemanden für eine kleine Plauderei zu finden, vielleicht sogar Louise, wenn er Glück hatte … doch alles war in Aufruhr. Sämtliche Männer schaufelten wie in Rage Erde auf die Festungswälle, bevor die Sepoys eine Chance hatten, anzugreifen … sie schienen den liebenswürdig in seiner Tweedside-Loungingjacke dastehenden Fleury nicht einmal zu bemerken. Und weiß der Himmel, wo die Frauen waren … doch hätte es ihn nicht überrascht, zu erfahren, dass sie irgendwo anders etwas anderes organisierten. Fleury zog von dannen, fühlte sich unerwünscht. Auch in der Kirche herrschte fieberhaftes Treiben; es gab eine Meinungsverschiedenheit, weil der Collector befohlen hatte, Lebensmittel, Pulver und Geschosse in der Kirche zu lagern; der Padre und einige Mitglieder seiner Gemeinde unterhielten ernsthafte Zweifel, ob das angemessen sei. Doch während die eher Spirituellen Zweifel unterhielten, schafften die Militärs Vorräte herbei. Fleury beobachtete, wie große irdene Kübel mit Getreide, Reis, Mehl und Zucker in die Kirche getragen und reihenweise im hinteren Bereich aufgestellt wurden.

Als er zur Bankethalle zurückkehrte, fand er, dass Harry sich ziemlich merkwürdig benahm: Wie in Trance auf die Messingkanone starrend, strich er mit seinen Fingern über deren weiche, haarlose Metallhaut. So wie Harry sie ansah, hätte sie ein nacktes junges Mädchen sein können. Doch als er Fleury näherkommen hörte, gab er sich einen Ruck und tätschelte das gute Stück auf eine männlichere Art.

»Schauen Sie, Harry, Sie müssen mir alles über Kanonen erzählen. Angefangen mit diesem Ding da, diesem Türknauf hier am Ende, was ist das?«

»Das ist der Kanonenknauf«, murmelte Harry betroffen. Er sah es kommen, dass Fleury nicht ganz der Erfolg sein würde, den er sich erhofft hatte.

»Manchmal wundere ich mich, Tom, dass ich nicht selber Atheist bin!«

Es war der Collector, der diesen tiefempfundenen Schrei ausgestoßen hatte. Er stand mit dem Magistrate in der Landesregistratur der Cutcherry; von draußen hörte man das stetige Schürfen der Spaten, mit denen eine Abordnung gemeiner englischer Soldaten, der Überrest von dem unterwegs nach Umballa zurückgebliebenen »Kleinkram« des Generals, Kies gegen die Außenwand warf.

Der Collector war verstimmt; er hatte soeben einen Streit zwischen dem Padre und dem römisch-katholischen Kaplan, Father O'Hara, über den Friedhof schlichten müssen. Ein kleines Stück des Friedhofs hatte der Padre widerstrebend an Father O'Hara für dessen römisch-katholische Riten abgetreten, falls jemand von dem halben Dutzend Anhängern seiner Kirche während der gegenwärtigen Schwierigkeiten das Zeitliche segnen sollte. Aber als Father O'Hara ein größeres Stück verlangte, war der Padre wütend geworden; Father O'Hara hatte schon Platz genug für sechs Leute, also musste er insgeheim die Hoffnung hegen, einige aus des Padres eigener Herde zu seiner papistischen Abgötterei zu bekehren. Um den Streit beizulegen, hatte der Collector schroff gesagt: »Wie auch immer, bisher ist ja noch niemand tot. Wir reden weiter, wenn Sie mir die Leichen zeigen können.«

Die Landesregistratur, ein überraschend fröhlich wirkender Raum, war das Herzstück der britischen Verwaltung in Krishnapur und als solches Gegenstand einer wissenschaftlichen Untersuchung des Magistrate. Er betrachtete diesen Raum als ein Versuchstreibhaus, in dem er mit Interesse, aber ohne Emotion beobachten konnte, wie ein gelegentlicher grüner Spross Intelligenz durch administrative Dummheit, durch Unwissenheit oder durch die Vorurteile der Eingeborenen vernichtet wurde.

Tatsächlich sah es sogar aus wie in einem Treibhaus. An den Wänden reckten sich, vom Boden bis zur Decke, Reihe um Reihe Steinregale empor; zum Schutz vor weißen Ameisen wurden die Dokumente gebündelt in leuchtend gefärbtes Baumwolltuch gepackt, verschiedenfarbig, um sie leichter zuordnen zu können … und diese leuchtenden Farben ließen die Regale wie bunte Blumenbeete aussehen. Die Tuchhüllen waren jedoch nicht immer ein effektiver Schutz, und manchmal, wenn er ein Bündel öffnete, blickte der Magistrate nicht auf das gesuchte Schriftstück, sondern auf einen kleinen Haufen pulvriger Erde. Und dann stieß er einen Schrei bitteren Gelächters aus, der über das Gelände hallte und den Collector mehr als einmal veranlasst hatte, in Angst um seine geistige Gesundheit die Augenbrauen zu heben. In Indien wurden alle offiziellen Verhandlungen, auch die banalsten, in Schriftform geführt, und so war die Geschwindigkeit, mit der die Papierstapel wuchsen, alarmierend und absurd. Der Magistrate war ständig gezwungen, sein Laboratorium erweitern zu lassen. Manchmal, wenn er müde war, sah er es nicht mehr als ein Versuchstreibhaus, sondern als ein Tier aus Mauerwerk, das rastlos, allenthalben Dokumente verschlingend, über die Erde kroch.

Der Collector, die prachtvolle Mähne seiner Koteletten in klarem Kontrast zu einer Reihe gelber Bündel hinter ihm, sah den Magistrate mürrisch und irgendwie gequält an. Der Magistrate seinerseits stand vor einer Reihe zimtbrauner Dokumente, so gut auf die Farbe seines Haars und seiner Koteletten abgestimmt, dass es einen Augenblick so schien, als schwebten Augen, Nase und Ohren entkörperlicht über seinem Cut. Er wusste, was den Collector quälte, und konnte nicht widerstehen, ihn noch ein bisschen mehr zu quälen, während er genüsslich dachte: »Von seiner edlen Gesinnung war kaum zu erwarten, dass sie den Druck der Umstände überdauerte.« Er erkundigte sich unschuldig: »Was ist mit der Moschee?«

Der Collector zuckte zusammen. »Die Ingenieure sollen sie jetzt abreißen. Wir haben eine *futwah*, gewiss, aber gerne macht man das trotzdem nicht.«

Nach mühsamen Verhandlungen mittels Boten und gegen ein Versprechen künftiger Gefälligkeiten war ihnen von dem Cazee in Krishnapur eine *futwah*, ein Urteil, zugegangen. Sie genehmigte den Abriss der Moschee kraft eines Präzedenzfalls unter dem Mogulkaiser Aurangzeb Alamgir; dieser fromme Herrscher hatte im Krieg gegen die Marathen eine Moschee abreißen lassen, die jenen Deckung vor seiner Artillerie bot … Unter diesen Bedingungen hatten die Rechtsgelehrten erklärt, der Allmächtige werde die Beseitigung Seines Tempels zur Vernichtung Seiner Feinde verzeihen. Aber in Krishnapur sollte die Moschee zum *Schutz*, nicht zur Vernichtung der Ungläubigen zerstört werden. Den Collector hatte dieser Präzedenzfall nicht überzeugen können und er bezweifelte, dass er die Mohammedaner sehr befriedigen würde, zumal der Cazee bereits wissen ließ, die *futwah* sei ihm abgepresst worden. Doch selbst das fatale Risiko, den Groll der Mohammedaner zu erregen, war nicht das, was den Collector tief im Herzen beunruhigte, denn neben dem praktischen Aspekt, dem drohenden Groll, lag dessen moralischer Schatten, die Tatsache, dass ein zivilisierter Mensch die Zerstörung von Gotteshäusern nicht billigt.

Unterdessen waren sie hinausgegangen und standen nun an der Tür der Cutcherry. In die blendende Helligkeit blinzelnd, konnte der Magistrate etwas weiter entfernt Leutnant Dunstaple und den jungen Fleury ausmachen, wie sie im Schatten einer Pappelfeige miteinander sprachen, angeregt von der wundervollen Begeisterung und Ernsthaftigkeit der Jugend (die aber, wenn man zu viel davon hat, ein bisschen zum Kotzen sein kann, besann sich der Magistrate). Doch im Augenblick war es sowieso nicht die Jugend, die den Magistrate interessierte … ihn interessierte eher der Schädel und Charakter des Collectors, und welche Beziehung zwischen beiden bestand. Es war in der Tat verblüffend. Er hatte geglaubt, fähig zu sein, diesen Schädel so leicht zu lesen, wie Sie und ich eine Zeitung lesen würden. Aber es blieb eine Tatsache, dass sich der Collector, obwohl das Organ der Vorsicht seinem Schädel zufolge über Gebühr ausgeprägt erschien, nicht benommen hatte, als wäre es auch nur im Mindesten gut entwickelt. Im Gegenteil, er hatte sich benommen, als wäre es rudimentär, ja sogar atrophiert. Er hatte den ganzen Tag rasche Entscheidungen getroffen. Es war sehr beunruhigend.

Der Fortschritt der Wissenschaft, das wusste der Magistrate, ist nicht wie jemand, der einen Fluss überquert, indem er einen Trittstein nach dem anderen nimmt. Er ist vielmehr, wie wenn man versucht, sich durch einen Londoner Nebel zu tasten. Nur gelegentlich, wenn der Nebel sich ein wenig lichtet, kann man flüchtig die Wahrheit erkennen, nicht nur den eigenen Standort, sondern vielleicht auch die Straßen der Umgebung, wo der Nebel sich noch hält. Der erfahrene Wissenschaftler sucht mit Vorbedacht nach solchen Lichtungen im Nebel, weil sie ihm erlauben, die Landkarte seines Wissens mit Belegen auszufüllen. Der Magistrate wusste, dass er, um die Wahrheit seiner phrenologischen Überzeugungen zu beweisen, eine Person finden musste, die anders als der Collector *nur einer einzigen mächtigen Neigung* unterlag, die dann unstrittig durch die individuelle Ausformung des Schädels belegt werden könnte. Der Collector war ein zu schwieriger Fall; der Nebel von Zweideutigkeit, von einander entgegenwirkenden Organen hing zu dicht um seinen Kopf.

Der Anblick Harrys, nicht weit entfernt, rief dem an der Tür der Cutcherry stehenden Collector etwas in Erinnerung … Er musste den jungen Dunstaple zum *dak bungalow* schicken, um das »gefallene Mädchen« zu holen. Bei all dem Tohuwabohu der letzten vierundzwanzig Stunden hatte niemand daran gedacht, sie zu warnen und in Sicherheit zu bringen. Wahrscheinlich jedoch wusste sie von der Gefahr, war sich ihrer Schande aber zu bewusst, um von sich aus in der Residenz zu erscheinen. Wie auch immer, sie konnte unmöglich bleiben, wo sie war; ein grauenhaftes Schicksal stand einer ungeschützten Engländerin bevor, da hatte er keinen Zweifel. Zugegebenermaßen würde es ein Problem sein, sie zusammen mit den anderen Ladies in der Residenz zu haben, aber daran war nun einmal nichts zu machen. Sie musste herein, egal, wie schlimm sie gesündigt hatte.

Der Collector hatte einiges über sie gehört und war geneigt, nachsichtig zu sein. Sie war als jemandes »Nichte« nach Indien gekommen, eine ziemlich entfernt verwandte »Nichte«, soviel man wusste. In Kalkutta wimmelte es von solchen »Nichten« … Mädchen, die von irgendjemandem, der eine Bekanntschaft mit einer angesehenen Familie in Indien auftreiben konnte, mit der »Fangflotte« aus England herübergeschickt wurden, um einen Ehemann zu finden. Der Krieg hatte einen so maßlosen Tribut an jungen Männern gefordert! Nur in Indien gab es noch reichliches Angebot, weil sich viele junge Männer für Indien entschieden hatten, ohne sich zwangsläufig für Ehelosigkeit entscheiden zu wollen. Armes Mädchen, es war wahrscheinlich nicht ihre Schuld. Sicher würde sie immer noch eine gute Ehefrau für einen heimwehkranken jungen Ensign abgeben, der bereit war, sich die Missbilligung seines Obersts zuzuziehen. Er seufzte. Jetzt musste er wieder an die Arbeit.

»Wir werden sehen, was passiert«, bemerkte er kryptisch

und trat ins Sonnenlicht hinaus. Der Magistrate sah seinen Kopf kurz aufglühen, ehe ein Diener vorwärtssprang, um ihn mit dem Schatten eines schwarzen Schirms zu schützen. Auch er seufzte. Mehr denn je verlangte es ihn, sich den Schädel des Collectors zu schnappen und ein paar genaue Vermessungen vorzunehmen.

Nun, nachdem die größte Hitze des Tages vorbei war, machten sich die Ingenieure daran, die Moschee abzureißen. Der Collector befand sich zu dieser Zeit wieder allein in seinem Studierzimmer. Er stand in der Nähe des Fensters, eine Hand auf dem Marmorkopf der Statue *UNSCHULD BESCHÜTZT VON TREUE*. »Alles in allem war es wirklich nicht meine Schuld«, sagte er sich hoffnungsvoll.

Etwas Seltsames geschah mit der Moschee; eine goldene Wolke hatte begonnen, sich, ausgehend von ihren Wänden, in der stillen Luft auszubreiten. Nach und nach verdüsterte sich die Wolke und verwandelte sich in einen dicken Staubmantel, der das Gebäude vollkommen vor den besorgten Augen des Collectors verbarg, wie um ihn vor dem Beweis seiner eigenen Barbarei zu schützen.

Während der Collector den langsamen Abriss der Moschee verfolgte, war Harry Dunstaple, begleitet von Fleury und ein paar Sikh-*sowars*, ausgezogen, das »gefallene Mädchen« aus dem *dak bungalow* zu retten … das war genau die Sorte von wagemutigen und edlen Unternehmen, die den Vorstellungen der beiden jungen Männer entsprach, Mädchen im Galopp zu retten, dachten sie, sei genau ihr Fall.

Die Schwierigkeit mit dem *dak* bestand darin, dass er nicht, wie es hätte sein sollen, im Kantonnement erbaut worden war, sondern mitten in der Eingeborenenstadt, was die Expedition gefährlich machte. Schlimmer noch, hinzu kam, dass die Sonne unterging; sie mussten sich beeilen, damit sie nicht nach Einbruch der Dunkelheit in diesem Teil der Stadt erwischt wurden. Nach der Ruhe, die im Kantonnement herrschte, waren die lärmend durch die Straßen wogenden Mengen ein Schock für Fleury; als sie tiefer in den Basar eindrangen, riefen Männer ihnen Dinge zu, die er nicht verstand, aber sie waren voller Hohn. Ihr Fortkommen wurde ständig durch das Gewühl behindert; auf einem Kamel zog eine gefährlich schwankende Fracht mohammedanischer Frauen vorbei, die vermummten Gesichter Fleury zugewandt; er fühlte sich merkwürdig angestarrt aus ihren kleinen, umstickten Augenschlitzen.

»Sahib. Yih achacha jagah nahin!«, sagte einer der Sikhs zu ihm. »Nicht gut hier, Sahib. Kommen schnell.« Er zeigte ihnen eine Abkürzung, die ihnen die Hauptstraße durch den Basar ersparte.

Sie tauchten in eine Wildnis dunkler und stinkender Gassen ein, so eng, dass zwei Personen kaum aneinander vorbeikamen. Ihr Weg führte verschlungene Treppen hinunter und an schattigen, nach Rauch, Weihrauch und Exkrementen riechenden Eingängen vorbei; manchmal verengte sich die Straße zu einem bloßen Spalt zwischen den Häusern, und einmal stapfte ein massiger Brahman-Bulle in tiefer Bewusstlosigkeit an ihnen vorbei. Dann, urplötzlich, tauchten sie aus der stickigen Dunkelheit in Licht und Luft auf. Der *dak bungalow* lag neben ihnen. Während Fleury mit den Sikhs am Tor wartete, stürzte Harry hinein.

Ein paar Minuten später tauchte Harry allein, verstört, wieder auf, um mit Fleury zu beratschlagen. Das »gefallene Mädchen«, dessen Name Miss Hughes war, weigerte sich mitzukommen. Was sollte er denn nur machen? Sie konnten sie doch unmöglich eine zweite Nacht schutzlos allein lassen … Und nun, nicht genug damit, dass sie nicht mitkommen wollte, dachte sie schon wieder daran, sich umzubringen. Jedenfalls war es das, was sie *gesagt* hatte, dass sie daran denke. Sie hatte angedeutet, dann bräuchten er und all die anderen sich keine Sorgen mehr um sie zu machen. Sie könne sowieso ebenso gut tot sein, widerwärtiges Geschöpf, das sie sei, denn *jetzt* … (bei diesem »jetzt« war Harry errötet, wusste er doch allzu gut, auf was es sich bezog) … denn *jetzt* habe sie nichts mehr, wofür es sich zu leben lohne. Sie habe sich ruiniert.

»Unsinn!«, hatte Harry barsch erklärt. »Sie haben jede Menge Sachen, für die es sich zu leben lohnt.«

»Nennen Sie mir doch nur eine einzige!« Und Miss Hughes hatte ihr tränenverschmiertes Gesicht, das dem eines sinnlichen kleinen Engels glich, Harry zugewandt.

»Nun … Alles Mögliche.«

»Was denn?«

Aber Harry war unfähig gewesen, sich irgendwas zu denken. In diesen Dingen war er einfach nicht gut. Also war er hinausgestürzt, um zu sehen, ob Fleury eine Idee hätte. Während der ganzen Zeit schwand das Licht dahin. Sich nach der Dunkelheit dort aufzuhalten, würde die Katastrophe heraufbeschwören. Also hatten sie keine Zeit zu verlieren. Die beiden jungen Männer starrten einander entsetzt an.

»Sagen Sie ihr … Sagen Sie ihr …« Aber auch Fleury war verwirrt durch diese unerwartete Entwicklung. Nicht, dass sein Gehirn vollkommen ausgesetzt hätte wie Harrys … denn er konnte sich durchaus Möglichkeiten denken, wie eine entehrte Frau den Rest ihres Lebens verbringen könnte … Nonne werden, gute Werke tun, um Erlösung zu erlangen, oder so. Das Dumme war, dass diese Dinge ihm nicht nach einer Lebensart klangen, die man jemandem empfehlen mochte, der nichts mehr zu haben glaubte, wofür es sich zu leben lohnt; dafür klangen sie zu unbequem.

Aber das führte zu nichts. Die Sikhs begannen schon, ironisch mit den Augen zu rollen, und auch die Pferde wurden unruhig.

»Wissen Sie, sagen Sie ihr, was für eine Freude es ist, einfach am Leben zu sein. Der Geruch von frisch gemähtem Heu, kristallklare Gebirgsbäche, die Schönheit der untergehenden Sonne, das Lachen kleiner Kinder … oder eher, nein … lassen

Sie die Kinder weg ... Und natürlich könnten Sie auch solche Frauen ins Spiel bringen, die beim Ehebruch erwischt werden, wer den ersten Stein wirft, Unseren Herrn, der die Sünder liebt, und so weiter.«

»Wäre es nicht besser, wenn ich hierbliebe und *Sie* sprächen mit Miss Hughes?«, bat Harry.

»Sicher nicht. Miss Hughes kennt Sie.«

Also eilte Harry abermals hinein, mit stumm bewegten Lippen Fleurys Gründe wiederholend, warum das Leben lebenswert sei. Draußen musste Fleury in der Zwischenzeit so tun, als bemerkte er nicht, dass sich die Sikhs mit einer fast unverschämten Ironie ostentativ voneinander verabschiedeten.

So war es denn, als Harry bekümmert und immer noch ohne Miss Hughes wieder auftauchte, weniger die Furcht vor dem Tod in der Eingeborenenstadt als die, in den Augen der Sikhs närrisch zu erscheinen, die die beiden jungen Männer veranlasste, zur Residenz zurückzureiten und Miss Hughes ihrem Schicksal zu überlassen. Aber sie waren nicht sehr zufrieden mit sich selbst.

VIII

Tage vergingen und die Sepoys fassten immer noch keinen Entschluss, das Kantonnement von Krishnapur anzugreifen. Einmal setzten sie sich in Bewegung, aber schon nach einer Meile hielten sie inne, brachen in Streitigkeiten aus und zogen sich wieder nach Captainganj zurück. Diese Rückzugsbewegung ließ manche Europäer hoffen, die Geschichte würde vielleicht ohne weiteres Blutvergießen vorübergehen, aber weder der Collector noch der Magistrate teilten diesen Optimismus. Es herrschte eine seltsame Ruhe.

Indem er handelte, als ob die *Company* noch über eine Autorität in der Region verfüge, indem er eine Pantomime administrativer Regierung vor einem leeren Theater aufführte, hatte der Collector sein Bestes getan, um alles in Gang zu halten wie bisher. Aber er stellte fest, dass sämtliche Geschäfte im Gerichtswesen und in den Büros ruhten, nur die Opiumesser kamen noch zur gewohnten Stunde, um der Droge willen. Es gab ein weiteres Zeichen dieser unheilvollen Ruhe, denn die eingeborenen Unteroffiziere draußen im Distrikt berichteten, es gebe schlechterdings kein Verbrechen mehr. Der Collector erinnerte sich an etwas, was er einmal gelesen hatte … ein Sanskrit-Gedicht, das beschrieb, wie in einem unerträglich heißen Jahr die Kobra unter den Flügel des Pfaus kroch, und der Frosch unter der Haube der Kobra lag. So, dachte er, müsse es in Krishnapur sein, wo im allgemeinen Gefühl der Erwartung jede persönliche Feindschaft vergessen worden sei.

Zur gleichen Zeit jedoch, da diese plötzliche Abwesenheit von Verbrechen zu beobachten war, gab es in der Eingeborenenstadt untrügliche Anzeichen von Unruhe. Händler hatten ihre Ladentüren mit Bambusgeflecht verrammelt, um sich gegen Plünderungen zu schützen, die offenbar erwartet wurden. Die reicheren Geschäftsleute hatten sogar kleine Söldnerheere angeheuert, um ihren Besitz zu schützen. Bewaffnet mit Schwertern und *lathees* konnte man sie in allerhand Uniformen eigener Machart durch die Straßen ziehen sehen, brüllend vor Lachen beim Anblick jedes Europäers, und lauthals verkündend, sie seien hier nicht die Herren.

Der Collector war dankbar für die Tage des Aufschubs. Er wusste, wenn die Sepoys unmittelbar nach der Meuterei in Captainganj angegriffen hätten, hätten sie in der Residenz kaum eine Chance gehabt sich zu verteidigen. In den letzten Tagen hatten sie mit allen Kräften daran gearbeitet, das Bollwerk zu verstärken. Gewiss, einige der Ladies waren übellaunig und verzagt wegen der Hitze, wegen der Abwesenheit bewegter *punkahs* (die *punkah-wallahs* verschwanden einer nach dem anderen) und des Mangels an *khus tatties*, jenen aus wohlriechendem Süßgras gewebten Matten, die mit Wasser besprengt wurden, um die Luft während der heißen Jahreszeit zu kühlen. Aber insgesamt hatte die Gemeinschaft fieberhaft und einig zusammengearbeitet, bis wieder Ordnung herrschte, wo bis dahin Chaos gewesen war. Und der Collector dachte bewundernd an das Bienenstock-Observatorium, das sie im Crystal Palace gehabt hatten. Was waren Bienen doch für gute kleine Tiere!

Er stand in seinem Schlafzimmer, einen Ellbogen auf den Kamin gestützt, während er über die Fähigkeiten der Bienen sinnierte. Doch plötzlich fiel ihm auf, dass er den pfeifenden Atem des Generals aus dem benachbarten Ankleideraum gar nicht mehr hörte. Dieses Atemgeräusch war täglich leiser geworden … und doch, wie zäh der alte General um sein Überleben gekämpft hatte! Dr. Dunstaple erklärte es für ein Wunder, dass er so lange durchgehalten hatte.

Der Collector bewegte sich in Richtung des Ankleideraums, wo Louise am Bett des Generals wachte, als er von draußen her ein anderes Geräusch hörte, ein seltsam volltönendes Gemurmel, ein Brummen, das langsam anschwoll, bis es überall widerhallte, und das durch ein eigenartiges Zusammentreffen mit seinen eben angestellten Überlegungen nicht unähnlich dem Geräusch zum Ausschwärmen bereiter Bienen klang. Während er zögerte, klopfte ein Diener und überbrachte eine Nachricht vom Magistrate, der ihn bat, unverzüglich zur Cutcherry zu kommen.

Außerhalb der Büroräume fand der Collector die Erklärung des so volltönenden Gemurmels, das er gehört hatte. Eine Menge Eurasier und eingeborener Christen hatte sich mit Bündeln von Bettzeug und anderem auf *hackeries* geladenem oder auf den Köpfen balanciertem Hab und Gut versammelt; das Geräusch kam von ihrem Gebrumme, das ähnlich klang wie jenes, mit dem die Eingeboreneninfanterie ihr Lager abzubrechen pflegte, kombiniert mit schrillen Klagen der Unzufriedenheit.

Der Magistrate saß mit zermürbter Miene an seinem Schreibtisch. Von der Wand herab überwachte das Portrait der jungen Queen ihre beiden Untertanen aus blauen Glubschaugen.

»Was ist denn mit denen los?«

»Sie wollen in die Enklave eingelassen werden. Sie sagen, sie seien der *Company* treu, und als Christen würden sie mit Sicherheit von den Sepoys ermordet. Wahrscheinlich haben sie recht damit.« Die Betroffenheit im Gesicht des Collectors gewahrend, fügte er hinzu: »Ich weiß, aber was können wir denn tun? Ich glaube, die Eurasier könnten wir im Notfall aufnehmen, aber noch mehr eingeborene Christen, unmöglich … Wir haben jetzt schon mehr als genug. Wir haben nicht genug zu essen.«

»Um Himmels willen, wir können sie nicht einfach da draußen lassen und zusehen, wie sie abgeschlachtet werden!«, schrie der Collector, der bleich geworden war und nach einem Stuhl tastete. Der Magistrate war verblüfft über den Gefühlsausbruch des Collectors. Er sagte: »Tut mir leid, aber wir werden nicht in der Lage sein, auch nur die kürzeste Belagerung durchzustehen, wenn wir solche Massen ernähren müssen. Natürlich, es ist Ihre Entscheidung, aber ich kann Ihnen nicht empfehlen, sie reinzulassen.«

»Gibt es nichts, was wir tun können?«

»Wir nehmen die ›Crannies‹* auf, wenn Sie möchten … Die wären sowieso am meisten bedroht. Das Einzige, was ich für die eingeborenen Christen vorschlagen kann, wäre, jedem eine Bescheinigung zu geben, dass sie der Regierung treu waren, für später, wenn die Schwierigkeiten vorbei sind. Sie können nachträglich belohnt werden.«

»Das wird ihnen was helfen, eine Bescheinigung!«, stöhnte der Collector, aber er sah keine Alternative. Er blieb eine Stunde in der Cutcherry, um dem Magistrate zu helfen, die Treuebriefe auszustellen und zu unterzeichnen. Die ganze Zeit, die er dort blieb, riss das schrille, durchdringende Brummen keinen Moment ab.

Erst als er zur Residenz zurückging, erinnerte er sich an den General und rief einen Diener herbei, den er beauftragte, sich nach dem Befinden des Generals zu erkundigen. Der Diener jedoch rührte sich nicht. Stattdessen erwiderte er leise, es erübrige sich … Er habe gerade gehört … er senkte den Blick und murmelte nach kurzem Zögern … *»is dunniah fänê sā rehlat keah«* (seine Seele habe sich auf die Wanderschaft von dieser vergänglichen Welt begeben).

Es war gegen Mittag, als der General starb. Das Gebrumme der eingeborenen Christen war das einzige Geräusch, das die Stille durchbrach. Mit fortschreitender Tageszeit verstummte es unter der großen Hitze; alle Lebewesen mussten sich irgendwo im Schatten verkriechen, um zu überleben. Eine Weile herrschte nun tiefe Stille in der Residenz, wie jeden Nachmittag. Abgesehen davon hatte die Besatzung nichts mehr zu tun; inzwischen hatten die Männer ihre Verteidigungsanlagen so sicher gemacht, wie es unter den gegebenen Umständen möglich war. Die Ladies lagen, nachdem sie höflich, aber erbarmungslos um einen Platz unter denjenigen *punkahs* im Billardraum gekämpft hatten, die sich noch bewegten (das heißt, an deren anderem Ende noch ein Eingeborener hing), in ihren Chemisen und Petticoats wie Arrangements verwelkter Blumen ausgestreckt auf *charpoys* oder Matratzen, die Gesichter, Hälse und Arme glänzend vor Schweiß. Fliegen und Mücken plagten sie, und sie sehnten sich nach dem Abend, der, wenn schon keine Kühle, so doch wenigstens einen Temperaturabfall bringen würde.

Gegen drei Uhr wurde die Todesstille von einem furchtbaren Krach durchbrochen, einem Hämmern und Klopfen, das sie aufschreckte. Es waren die eingeborenen Schreiner, die einen Sarg für den General zusammenzimmerten. Der Padre sollte ihn noch am selben Abend beerdigen. Ungefähr um vier, als die Hitze endlich ein wenig nachließ, erhob sich wieder das bedrückte Gebrumme. Diesmal kam es aus etwas weiterer Ferne … von außerhalb des Tores der Residenz, wohin die eingeborenen Christen gedrängt worden waren, jeder mit seiner verbrieften Treue zur *Company* in der Hand.

Auch der Padre war verzweifelt über das Gebrumme. Er hatte sich beim Collector beschwert, dass die Christen draußen gelassen wurden, genau wie er sich über die Lagerung großer Kübel voll Getreide und Pulver hinten in der Kirche beschwert hatte, aber es half nichts. Der Collector war höflich und beschwichtigend gewesen, blieb aber stur dabei, die Bitten des Padre zu ignorieren.

Der Padre war bestürzt, dass seine Autorität, die in diesen Zeiten der Gefahr hätte wachsen müssen, stattdessen dahingeschmolzen war. Sogar einen Tag nach dem Unheil von Captainganj, als er die Sonntagabendandacht in der Erwartung angetreten hatte, sie würde in einem so kritischen Moment bis auf den letzten Platz besucht sein, hatte er sich vor einer Gemeinde von kaum einem Dutzend wiedergefunden, nur Ladies.

Mit der ihm vorschwebenden großen und bangen Gemeinde vor Augen hatte er die Absicht gehabt, eine erbauliche Predigt über einen Text aus den Psalmen zu halten: »Es ist gut, auf den Herrn vertrauen und nicht sich verlassen auf Fürsten.« Aber als er die kümmerliche Handvoll Kirchgänger sah, hatte ihn der schiere Zorn gepackt, und er hatte über das Thema gepredigt: »Gehet hin in alle Welt und predigt das Evangelium aller Kreatur.«

Er habe gehört, hatte er erklärt, es gebe Zungen in der britischen Gemeinschaft, die dem missionarischen Wirken der Kirche die Schuld an der gegenwärtigen Gefahrenlage geben wollten. Sie beschuldigten den Oberst eines Regiments von Barrackpur, weil er das Christentum im Basar gepredigt hatte. Sie beschuldigten Mr. Tucker, den Friedensrichter von Fatepur, wegen seiner Frömmigkeit, die ihn veranlasst hatte, die Zehn Gebote in die einheimische Sprache übersetzen und in Steine einmeißeln zu lassen, auf dass sie am Straßenrand aufgestellt würden …

»Sie beschuldigen den bleichgesichtigen Ritter Christi, der sich mit dem großen Excalibur der Wahrheit in der Hand seinen Weg mitten durch all die in höchsten Ehren gehaltenen Erfindungen des Brahmanismus bahnt … die Literatur von Bacon und Milton, die einen neuen Hunger nach Wahrheit und Schönheit erregt … die exakten Wissenschaften des Westens, die mit ihren klaren, beweisbaren Tatsachen und unvermeidlichen Schlussfolgerungen Schande über die physikalischen Irrtümer des Hinduismus bringen.

Sie beschuldigen die gottesfürchtigen Männer, die diese missionarische Schrift an die gebildeteren Eingeborenen in unserer Präsidentschaft verteilt haben«, schrie der Padre ein Pamphlet über der Kanzel schwingend, »weil sie zeigt, dass unsere europäische Zivilisation, die schon bald in der Lage sein wird, alle

Völker der Welt mithilfe von Eisenbahnen, Dampfschiffen und elektrischer Telegraphie zu vereinen, der Vorläufer eines unvermeidlichen Aufgehens all unserer Glaubensüberzeugungen in dem einzigen Glauben des weißen Herrschers ist. Sie beschuldigen diese frommen Männer, weil sie so etwas zu behaupten wagen! Sie beschuldigen Lord Canning, weil er dem Baptistencollege von Srirampur eine Spende zukommen ließ, und Lady Canning, weil es ihr beliebte, die Mädchenschulen von Kalkutta zu besuchen! Sie beschuldigen unsere heiligsten Männer Gottes … und ich frage Euch, liebe Brüder, welche Sünde werfen sie ihnen vor? Sie werfen ihnen vor, in Zeiten der Hungersnot kleine eingeborene Waisenkinder zu kaufen, um sie allhier in der Wahrheit des rechten Weges aufzuziehen. Ist das ein Verbrechen? Nein, das ist der Dienst Unseres Herrn!

Liebe Brüder, wenn unsere kleine Gemeinschaft heute in Gefahr ist, so schuldet sie es der *Sünde.* Die schlechte Lebensführung so vieler Christen unter uns erregt Sein Missfallen … und lässt Ihn, der über allem ist, Seine schützende Hand zurückziehen. *Sünde* ist das, was Ihn mehr betrübt als alles andere … Sünde ist das, was Gott am meisten hasst …«

Der Padre unterbrach. Es war dunkel geworden in der Kirche. Zu beiden Seiten der Kanzel ragte ein schmiedeeiserner Halter mit einer dicken weißen Kerze wie ein Skelettarm auf. Die beiden kleinen Flammen dieser Kerzen gaben ihm plötzlich eine Inspiration und er begann, ihre Bedeutung zu erklären … Je dunkler es wird auf Erden, umso heller leuchtet die Flamme der Wahrheit … genau wie diese Kerzen langsam heller wurden, während draußen die Dunkelheit einbrach. Er sprach in einem anderen Ton, hastig, sogar unzusammenhängend. Trotz der wehenden *punkahs*, von deren Luftzug die Kerzen flackerten, war es stickig in der Kirche. Er ließ die Kerzen bleiben und kehrte zum Thema der Sünde zurück. Er spürte, es gab etwas, was er ungesagt gelassen hatte, etwas Lebenswichtiges, das seiner Gemeinde unbedingt erklärt werden musste. Kein Zweifel, sie litten unter Müdigkeit nach der bangen Nacht, die sie verbracht hatten. Aber mochten sie müde sein, er war es auch. Nie im Leben hatte er sich so müde gefühlt, so erstickt von der allgegenwärtigen Sünde. Die Hitze war entsetzlich … aber die Sünde betäubte ihn noch mehr.

Während er weiterredete, irgendwie aufs Geratewohl, holte ihn allmählich die Überzeugung ein, nicht dem halben Dutzend Ladies vor ihm zu predigen, sondern den Reihen großer irdener Kübel hinten in der Kirche. Sie drängten sich dort im schattigen Gestühl, vollkommen reglos. Er flehte sie an, das Wort Gottes zu hören, aber sie antworteten nicht. Unter Missachtung der Ladies, denen langsam unwohl wurde, versuchte er wieder und wieder, das eine schwer fassbare Argument zu formulieren, das diese Reihen begriffsstutziger, sündiger Kübel zur Umkehr bewegen würde. Aber sie blieben taub für die Mahnungen, die um ihre Steingutohren schallten.

Wenngleich Miss Hughes sich noch nicht umgebracht hatte (sie behielt sich diese Maßnahme widerstrebend vor, bis Harry sicher war, der Sache des Lebens gerecht geworden zu sein), war sie doch unerschütterlich bei ihrer Weigerung geblieben, den *dak bungalow* zu verlassen. Keiner der beiden jungen Männer hatte erwartet, dass sie jene erste Nacht überleben würde. Umso überraschter waren sie, als sie fortfuhr zu überleben.

Fleury glaubte insgeheim, es liege an Harrys mangelnder Redegewandtheit, dass Miss Hughes blieb, wo sie war.

Doch als er sich einigermaßen herablassend bereiterklärte, Harry auf eine weitere Mission zu begleiten, um Miss Hughes zu überzeugen, wollte es ihm unglücklicherweise nicht gelingen, richtig in Schwung zu kommen. Miss Hughes schien ziemlich unempfänglich für die Wunder der Natur zu sein, auf die er gebaut hatte. Schlimmer noch, er entdeckte bald, dass selbst das Wunder menschlicher Schöpfung (Shakespeare und so weiter) ihr nicht mehr bedeutete als »die goldene Pracht der Morgenblüte«, bei der sie ihm kurzerhand ins Wort gefallen war, um ihn zu bitten, eine Mücke zu töten, die irgendwie besessen war von ihren lieblichen nackten Armen. Harry und Fleury tauschten einen unbehaglichen Blick aus.

»Oh, passen Sie doch auf! Ich bin sicher, sie hat mich gestochen.« Miss Hughes rieb sich verdrießlich den Arm, mit den Augen klimpernd wie ein Kind. Die beiden jungen Männer starrten pflichtbewusst auf ihre glatte Haut, die von einer delikaten, durchsichtigen Weißheit war, mit einem Anflug zartblauer Venen hier und dort. Fleury, im Moment vergessend, dass er eigentlich auf die Stelle sehen sollte, wo die Mücke das Glück gehabt hatte, diese liebliche Haut zu durchdringen, sah Miss Hughes mit offener Bewunderung an, während ihm der Gedanke durch den Sinn ging, aus was für einem wunderbaren Stoff ihr Geschlecht doch beschaffen war. Was für große, traurige Augen sie hatte! Welch schimmerndes dunkles Haar! Ihre Züge, wenn auch klein, waren in Vollkommenheit gestaltet: wie entzückend ihr Näschen und der feine Mund! Und schon begann er, an ein Gedicht zum Ruhme dieser Alabasterkreation zu denken.

Wegen der Hitze und vielleicht auch wegen ihrer Verzweiflung als »gefallenes Mädchen« hatte Miss Hughes die beiden jungen Männer in ihrer Chemise empfangen, so verloren auf ihrem Bett zurückgelehnt, dass kein normalerweise herzensguter Gentleman, es sei denn einer mit versteinerten Prinzipien, dem Impuls widerstanden haben könnte, sie zu trösten; außer der Chemise trug sie nur ihre Drawers und zwei oder drei Baumwollpetticoats. Die Kriterien für weibliche Schönheit ändern sich, wie Fleury sehr wohl wusste, von Ort zu Ort und von Generation zu Generation: Bald sind die Augen das Wichtigste, bald sind es die schmalen Hände; für deine Großmutter mochte der Busen entscheidend gewesen sein, für deine Tochter sind es vielleicht die Fesseln oder sogar (wer weiß das schon?) die Abwesenheit von Busen. Fleury und Harry waren besonders sensibel für Hälse. Louise Dunstaple, das war Fleury bereits aufgefallen, hatte einen entzückenden Hals, und desgleichen auch Miss Hughes. Ihrer hatte etwas so Wehrloses an sich, er war so anders als ihre eigenen muskulösen, männlichen Hälse, dass sich die beiden jungen Männer kaum enthalten konnten, ihn anzusehen. Ihr dunkles Haar war zu einem unordentlichen Knoten aufgetürmt, aus dem zahlreiche dunkle Strähnen entwischt waren; wenn sie den Hals bewegte, spielten zarte Sehnen gleich Fäden eines Spinnennetzes über dem Kragen ihrer Chemise. Was für ein schöner Hals es war! Und die Tatsache, dass er es gut hätte gebrauchen können, einmal ordentlich geschrubbt zu werden, machte ihn irgendwie noch attraktiver, noch sinnlicher, noch *wirklicher*. Das alles dachte Fleury, während er Miss Hughes ansah.

Miss Hughes, die spürte, dass sie attraktiv gefunden wurde, erlaubte sich, ein wenig aufzuheitern, und bat die jungen Männer, sie Lucy zu nennen. Sie bräuchten deshalb aber nicht zu glauben, dass sie mit ihnen in die Residenz gehen würde. Sie würde die Schmach nicht ertragen, wenn jeder wüsste, dass sie ruiniert worden sei. Die Offenheit, mir der sie von ihrem »Ruin« sprach, verschlug einem zuerst fast den Atem, aber man gewöhnte sich schnell daran. Offensichtlich war sie immer noch entschlossen, sich umzubringen, sofern die Sepoys ihr nicht zuvorkamen. Und wie sehr die jungen Männer auch versuchten, sie zu überzeugen, wollte es ihnen einfach nicht gelingen, sie in diesem Punkt zum Nachgeben zu bewegen. Das Äußerste, was sie zugestehen mochte, war, die beiden zu benachrichtigen, wenn sie sich entschlossen hatte, die verhängnisvolle Tat nicht länger hinauszuzögern, ihnen »eine letzte Chance« zu geben (vorausgesetzt, dass sie sich nicht wieder betrank und sich spontan umbrachte, wie sie es neulich fast getan hätte) … nur aus Freundschaft zu ihnen ließ sie sich darauf ein, und unter der Bedingung, dass sie den Padre nicht mitbrachten.

»Oh, da versucht sie schon wieder, mich zu stechen!«, rief

sie aus. »Sie haben doch gesagt, Sie würden es nicht zulassen!« Und der Rest des Besuchs verging recht angenehm damit, dass Harry auf der einen und Fleury auf der anderen Seite ihres Bettes sitzend Wache über jeweils einen ihrer Arme hielten, um die Mücke daran zu hindern, sich noch einmal an dem unglücklichen Mädchen zu vergehen.

Als sie später darüber sprachen, sagte Fleury: »Schauen Sie, wir sollten uns lieber fragen, *warum* Lucy nicht in die Residenz kommen will … Stattdessen verschwenden wir unsere Zeit damit, uns Entführungspläne oder Gründe für ein lebenswertes Leben auszudenken.«

»Sie will nicht kommen, weil sie sich dafür schämt, was dieser Schuft ihr angetan hat. Ich würde ihm gern eine verdammte Tracht Prügel verabreichen.« Auf seiner Matratze in der Bankethalle liegend, sah Harry so aus, als hätte er viel darum gegeben, eine Peitsche in der Hand und den schändlichen Offizier in Reichweite zu haben.

»Genau. Sie schämt sich. Aber vor allem sind es die Ladies, die ihr das Gefühl geben, sich schämen zu müssen. Ich meine, *wir* scheinen ihr nichts auszumachen. Also, wenn wir eine von ihnen dazu bringen könnten, zu ihr hinzugehen und sich so zu benehmen, als sei es nicht das Ende der Welt, verführt zu werden … Verstehen Sie, worauf ich hinauswill?«

»Das klingt gut … aber wer würde gehen?«

»Ich bin sicher, Miriam wäre sofort bereit, nur im Augenblick hat sie ihre Migräne. Meinen Sie nicht, wir könnten Louise fragen?«

»Oh, Augenblick mal, Louise ist meine Schwester! Und sie versteht überhaupt nichts von … Sie wissen schon, verführt werden und dem ganzen Quatsch. In diesen Sachen wäre sie überhaupt nicht gut.«

»Aber sie braucht doch gar nichts davon zu verstehen. Sie müsste nur mit uns hingehen und Miss Huges bitten, in die Residenz zu kommen.«

»O nein, immer langsam, George. Sie wissen wahrscheinlich nicht, wie dummes Gerede sich in Indien verbreitet. Man muss schließlich an ihren Ruf denken. Sie ist meine Schwester, wissen Sie.«

Und das schien das Ende der Geschichte zu sein. Aber sie fragten sich beide, ob sie nicht eines Morgens aufwachen und hören würden, Lucy sei leblos aufgefunden worden.

IX

Fleury war so beschäftigt gewesen mit diesem und jenem, dass er Louise nicht viel zu Gesicht bekommen hatte. Das war schade, denn er hatte die Frage der Spanieldame, Chloë, immer noch nicht gelöst. Es war kein sehr günstiger Moment, um damit anzufangen, Leuten Hunde zu schenken. Ein Hund musste essen, und vielleicht würden die Nahrungsmittel bald knapp werden. Auf der anderen Seite war ihm, auch wenn er kein Hundenarr war, die Idee von Chloë als Geschenk für Louise ans Herz gewachsen: Er wollte die goldenen Ringellocken von Chloës Ohren neben Louises goldener Lockenpracht sehen (danach konnte Chloë auf diese oder jene Weise abgeschafft werden).

Schließlich, am achten Tag nach der Meuterei in Captainganj, bekam Fleury Gelegenheit, ein paar persönliche Worte mit Louise zu wechseln. Harry, noch eifrig mit der Verstärkung der Banketthalle beschäftigt, hatte Fleury geschickt, seine Schwester zur Besichtigung seiner Batterie einzuladen, auf die er sehr stolz war. Fleury fand sie in der Sonntagsschule, die der Padre im Gemeindesaal abhielt: Sie hatte es sich zur Gewohnheit gemacht, die kleine Fanny hinzubringen und dann zu bleiben, um die jüngsten Kinder zu beruhigen, wenn sie vor den Erklärungen des Padre erschraken. Doch kaum hatte Fleury seine Nachricht übermittelt, war Louise genötigt, ihm das Baby, das sie in ihren Armen hielt, zu überlassen, um ein anderes Mitglied der Zuhörerschaft des Padre zu trösten. So hatte Fleury, der an Babys nicht gewöhnt war, keine andere Wahl, als sich hinzusetzen und mit dem sich windenden Säugling auf dem Schoß zuzuhören, was gesagt wurde.

Der Padre, der vielleicht etwas übereilt beschlossen hatte, den Kindern eine Ansprache über die *Great Exhibition* zu halten, erzählte ihnen von den Wundern, die der Glaspalast enthielt: den Maschinen, den Juwelen und den Statuen.

»Und doch, Kinder, waren all diese wundervollen Dinge Naturprodukte dieser Erde, nur in nützlichere und schönere Formen verwandelt: Bäume in Möbel, Wolle in Kleidung, und so weiter. Der Mensch ist fähig, solche Dinge zu machen, aber er ist nicht klug genug, um Bäume, Blumen oder Tiere zu machen. Die müssen von jemandem gemacht worden sein, dessen Wissen weit größer ist als unseres, mit anderen Worten –«

»Von Gott«, meldete sich ein kleiner Junge mit einem Glorienschein von Locken um den Kopf.

»Genau. Nur Gott kann etwas produzieren, was so kompliziert im Aufbau und in der Funktionsweise ist. Überall auf der Welt sehen wir *Planung*, und das zeigt eindeutig, dass es einen *Planer* gegeben haben muss –«

»Oh, Padre!«, rief Fleury, der diese Worte unglücklicherweise gehört hatte und unfähig war, sie durchgehen zu lassen, »sollten wir diesen Kleinen nicht eher von der Liebe Gottes erzählen, die wir in unseren Herzen finden, als von Planung, Produktion und Berechnung? Nur allzu bald wird der Materialismus der Erwachsenenwelt diese unschuldigen Lämmlein ersticken!« Und während er das Wort »Lämmlein« aussprach, nahm er das Baby von seinem Schoß auf und schwenkte es in seiner Erregung. Einen Augenblick schien es, als würde ihm der arme Säugling, den er in die Luft hielt, aus der Hand gleiten und sich sein kleines Köpfchen auf dem Fußboden einschlagen … aber Louise stürzte rasch herbei und nahm ihn Fleury ab, ehe das Unglück geschehen konnte. Durch diesen Entzug seines Beweisstücks aus der Fassung gebracht, sah Fleury den Padre bleich werden.

»Mr. Fleury«, murmelte er. »Ich muss Sie bitten, nicht zu unterbrechen. Ich wollte diesen Kleinen die Existenz Gottes nur *mit logischen Mitteln* beweisen, damit sie wissen, dass sie vollkommen in Seiner Macht stehen … damit sie wissen, dass sie von sich aus nichts als Sünder sind, die allein durch das Blut Unseres Herrn reingewaschen werden können.« Der Padre hielt inne. Fleury hatte die Augen gesenkt und schüttelte traurig den Kopf, ob aus Reue oder aus Widerspruch, war unmöglich zu sagen. Der Padre fragte sich, etwas länger schweigend, welche ketzerische These Fleurys Kopf gerade zum Schütteln gebracht haben mochte. Konnte es sein, dass er nicht an das Sühnopfer glaubte?

Doch die Kinder warteten, und so begann er vorsichtig über den Leuchtturm zu sprechen, den er auf der *Exhibition* gesehen hatte, ein herrlicher Leuchtturm mit einem fixen Licht und bewegten Prismen. Woran der ihn erinnert habe?

»An Gott«, meldete sich der kleine Junge mit den Schimmerlocken.

»Nun, nicht ganz. Er erinnerte mich an die Bibel. Warum? Weil ich an die vielen Leben dachte, die sie auf die gleiche Weise gerettet hat, wie ein Leuchtturm Schiffbrüchige rettet. Die Bibel ist der Leuchtturm der Welt. Völker, die nicht von ihr regiert werden, sind heidnisch und frönen der Abgötterei. Menschen ohne Bibel beten Sterne und Steine an. Die alte Geschichte berichtet zum Beispiel von zweihundert Kindern, die als Opfergabe an Saturn im Feuer verbrannt wurden … das ist natürlich der Moloch der Heiligen Schrift.« Der Padre musterte die Schar seiner Sonntagsschüler. »Das würdet ihr nicht mögen, Kinder, nicht wahr?« Die Kinder waren sich einig, dass sie so etwas überhaupt nicht mögen würden.

Nun war es Zeit, den Unterricht zu beenden. Der Padre trat an einen Schrank und nahm eine große, flache Holzschachtel heraus. Diese Schachtel brachte er zu den Kindern, und als er sie öffnete, entfuhr ihnen ein Japsen, denn innen glänzten reihenweise kandierte Früchte, bernsteingelb, rubinrot und smaragdgrün. Einige der jüngsten Kinder konnten nicht widerstehen, ihre kleinen Finger nach der Schachtel auszustrecken.

Doch der Padre sagte: »Ich werde euch jedem eine von diesen süßen Früchten geben, Kinder, aber ihr sollt sie nicht selber essen, denn wir haben gelernt, dass geben besser ist als nehmen. Draußen vor dem Tor werdet ihr ein paar arme christliche Eingeborene auf dem Boden sitzen sehen … Ich gehe jetzt mit euch zum Tor, und dort soll jeder seine süße Frucht einem dieser unglücklichen Menschen geben.«

Mittlerweile waren nur noch wenige eingeborene Christen da. Sie saßen im Staub, den Rücken an die eine oder andere der Tamarinden gelehnt, die einen imposanten Schattenhalbmond um den Toreingang warfen. Im Übrigen schwiegen sie, weil man nicht endlos immer weiter jammern oder brummen kann, und sie sahen so aus, als hätten sie die Hoffnung aufgegeben, dass ihnen Schutz gewährt würde. Es waren auch ein oder zwei Geldverleiher da, *bunniahs* genannt, die vorbeigekommen waren, um die »Treuebriefe« als spekulative Anlage aufzukaufen, erst zu einem schwankenden Preis zwischen vier und acht Anna, der aber bald auf nichts abstürzte, weil ein Gerücht umging, die Sepoys hätten sich jetzt endgültig in Bewegung gesetzt, um die *feringhees* in der Residenz zu vernichten; noch am selben Abend würden sie von Captainganj heranrücken und Stellungen beziehen, um in der Morgendämmerung anzugreifen. Außer den *bunniahs* waren natürlich die unvermeidlichen Schaulustigen da, wie man sie in Indien überall antrifft, müßig gaffend, wo immer irgendetwas (oder auch nichts) los ist, weil sie zu arm sind, als dass sie etwas Besseres zu tun hätten, und auf die das geringste Zeichen von Aktivität oder Absicht, und sei es nur symbolisch (eine Eisenbahnstation ohne Züge, zum Beispiel), eine magnetische Anziehungskraft ausübt, der nichts in ihrem eigenen zerstörten Leben entgegenwirken kann.

Die zerlumpte Gruppe der eingeborenen Christen nahm die süßen Früchte ihrer kleinen Wohltäter ausdruckslos und schweigend in Empfang. Aber als die Kinder in die Enklave zurückgegangen waren, verschwendeten sie keine Zeit, das Zeug in den Graben zu werfen, denn obwohl Christen, betrachteten sich viele von ihnen auch, tatsächlich sogar vorrangig als Hindus, und hatten nicht die Absicht, sich verunreinigen zu lassen wie die Sepoys von den eingefetteten Patronen.

Fleury hatte es eingefädelt, mit Louise und Fanny zum Haus der Dunstaples zurückzugehen. Weil er nervös war wegen Louise, versuchte er Fanny scherzhaft zu necken, was für hübsche Grübchen sie habe; aber Fanny reagierte nicht, und seine Witzelei kam nicht gut an. Um die Wahrheit zu sagen, war es keineswegs das erste Mal, dass Fanny von einem liebeskranken Verehrer benutzt wurde, um den Umgang mit Louise aufzulockern, und das konnte sie nicht leiden. Jetzt rannte sie auch noch weg, und Fleury fühlte sich in Louises Gesellschaft unbeholfener denn je.

Verwirrt, sagte Fleury bescheiden: »Ich glaube, Miss Dunstaple, ich muss mich entschuldigen für diese Störung während der Sonntagsschule … und das Baby, das Sie mir so weise abgenommen haben, um ehrlich zu sein, hatte ich ganz vergessen, dass ich es in der Hand hielt.«

»Nein, wirklich, Mr. Fleury, Sie brauchen sich nicht zu entschuldigen, schließlich ist ja nichts passiert, obwohl ich sagen muss, dass ich mich frage, ob es etwas bringt, so kleine Kinder in die Sonntagsschule zu schicken.«

»Ich fürchte, der Padre war ärgerlich, dass ich einfach so meinen Mund aufgemacht habe«, sagte Fleury. Die unter Louises Hut hervorquellenden Röllchen blonder Locken erinnerten ihn so sehr an ein Spanielohr, dass er sich einen Moment lang vorstellen konnte, es sei nicht Louise, sondern Chloë, die neben ihm ging. Irgendetwas sagte ihm jedoch, dass es keine gute Idee wäre, ihr Chloë zu geben, jedenfalls nicht in unmittelbarer Zukunft.

Louise musterte ihn mit einem milden Stirnrunzeln. »Ich bin sicher, Mr. Fleury, Sie haben recht, sich dafür einzusetzen, dass Liebe und nicht Berechnung unser Leben bestimmt, aber … verzeihen Sie, wenn ich das so offen sage … sollten Sie nicht auch bedenken, in welche Bedrängnis Sie den armen Padre Sahib mit Ihren Ansichten bringen?«

»Meine liebe Miss Louise! Ich würde mir nie auch nur einen Augenblick wünschen, den Padre Sahib in Bedrängnis zu bringen. Aber bedenken Sie, wie wichtig es ist, dass wir *den richtigen Weg für unsere Lebensführung* finden! Und nur durch Auseinandersetzung *können* wir ihn finden … Anders finden wir die Wahrheit nicht.«

»Gott sei's geklagt«, sagte Louise mit trauriger Miene, »manchmal frage ich mich, ob wir den richtigen Weg je finden werden. Ich frage mich, ob wir je in Harmonie zusammenleben werden, eine Klasse mit der anderen, eine Rasse mit der anderen … Wird die Arbeiterklasse uns nicht immer unsere Privilegien verübeln? Werden die Eingeborenen nicht immer bereit sein, sich gegen den ›bleichgesichtigen Ritter Christi mit dem Excalibur der Wahrheit in der Hand‹, wie der Padre ihn letzte Woche so pittoresk genannt hat, zu erheben?«

Fleury hatte Schwierigkeiten, seine Erregung zu unterdrücken; sobald er erregt wurde, begann er immer ausgiebig zu schwitzen, und er wollte nicht, dass Louise ihn in einem so abscheulichen Zustand sah; es schien ungerecht, je höher sich sein Geist aufschwang, umso mehr trieften Stirn, Hals und Achselhöhlen … aber so ist der Mensch.

»O Louise«, rief er aus, »darum ist es ja so wichtig, dass wir Indien, und nicht nur Indien, sondern der ganzen Welt eine Zivilisation des Herzens bringen … statt dieses schmutzigen Materialismus. Nur dann können wir hoffen, dereinst in Harmonie zusammenzuleben. Wird es in dieser goldenen Zukunft überhaupt noch Klassen und Rassen geben? Nein! Denn wir werden alle Brüder sein und nicht arbeiten um des Vorteils willen, den man aus dem anderen zieht, sondern zum gegenseitigen Wohl!«

Louise sah vielleicht etwas verblüfft aus ob der Erregung, die sie plötzlich in Fleury hervorgerufen hatte. Mit Sicherheit aber sah sie seine erhitzten, schwitzenden Gesichtszüge voller Neugierde an. Doch Fleury hatte, unfreiwillig aufstöhnend vor Wonne, ein gefaltetes Blatt Papier aus der Tasche seiner Tweedside-Loungingjacke gezogen.

»Dies sind die Worte eines sehr lieben Freundes aus Oxford, eines Dichters (wie ich selbst), der jetzt als Schulinspektor arbeitet …« Und Fleury begann in so klingenden Tönen zu deklamieren, dass ein paar eingeborene Veteranen, die im Schatten einer Kanone schlummerten, unter dem Eindruck aufschreckten, sie würden zu den Waffen gerufen.

»Kinder der Zukunft, die ihr das Licht der Welt noch nicht erblickt', wenn eure Zeit gekommen ist, werdet ihr kaum glauben, was für leidvolle Hindernisse diesem Dasein lange Zeit in den Weg gestellt wurden! Ihr, die ihr bei all euren Fehlern weder mit der Gier der Aristokratie noch mit der Engstirnigkeit der mittleren Klassen geschlagen seid, ihr, deren größte Gabe die Macht der Freude ist, werdet nicht verstehen, warum der Fortschritt zur höchsten Vollkommenheit des Menschen … zur Zierde und Veredlung seines Geistes … so widerstrebend unternommen worden ist; wie er Jahre um Jahre mit dürftigen Gemeinplätzen, mit abgestandenem Geschwätz hinausgezögert werden konnte. Ihr werdet frei sein von den Zweifeln, den Ängsten, den Vorurteilen, die zerstreut werden mussten. Aber dann wird es an euch sein, dass ihr euch mit euren eigenen Schwierigkeiten müht, ein paar weitere Stufen der steilen Leiter zu erklimmen, die der Mensch in seinem Streben nach Vollkommenheit hinaufsteigt: zu dem unerreichbaren, aber unwiderstehlichen Leitstern, mit innigster Sehnsucht geschaut und mit bitteren Tränen beschworen; der Sehnsucht Tausender Herzen, den Tränen vieler Generationen.«

Louise sagte nichts. Ihre Augen glänzten, wie von Tränen. Sie sah bekümmert aus, aber vielleicht war es nur die Anstrengung, Fleury bei einer solchen Hitze zuzuhören. Ein Pariahund, halb kahl von Räude, dünn wie ein Windhund und mit einem lahmen Hinterbein, der an Fleurys Schuhen geschnüffelt hatte und jaulend davongeschlichen war, als dieser zu deklamieren begann, kam jetzt vorsichtig wieder angehoppelt, um die Lage zu erkunden. Er bekam einen Tritt.

»Mein Bruder hat mit mir über dieses arme Mädchen im *dak bungalow* gesprochen«, sagte Louise hastig nach einem Schweigen. »Ich fürchte, Vater nimmt es Ihnen ziemlich übel, dass Sie vorgeschlagen haben, ich sollte zum *dak* gehen, um sie zu überzeugen, in die Residenz zu kommen. Aber denken Sie bitte nicht, ich nähme es auch übel. Ich finde es richtig, dass eine Frau hingehen sollte, um das arme Geschöpf zu holen ... Ist es nicht Strafe genug, dass sie entehrt wurde? Und sicher war es mehr die Schuld des Mannes als ihre eigene. Könnte es nicht sein, dass sie eher töricht als sündhaft war? Aber natürlich habe ich keine Ahnung von diesen Dingen, wie mein lieber Bruder mir immer sagt.«

Fleury war tief gerührt von diesen mitfühlenden Worten; zugleich war er zu überwältigt von Louises Anmut, um ihr direkt ins Gesicht zu sehen. Unterdessen war der Pariahund, der ihn aus irgendeinem Grund seltsam erregend fand, heimlich wieder herbeigehoppelt und versuchte sich liebevoll an seine Knöchel zu schmiegen.

Die Nachricht von Meutereien im Gefängnis und in der Schatzkammer erreichte die Residenz eine Stunde vor der Abenddämmerung. Kurz nach fünf Uhr, im größten Gedränge auf den Straßen von Krishnapur, hörte man ein merkwürdig rasselndes Geräusch. Die Leute wunderten sich zunächst, woher es kam; es schien sie von allen Seiten zu umgeben. Als es lauter wurde, merkten sie, dass unter den bekannten Einwohnern der Stadt zahlreiche Fremde aufgetaucht waren: Sie bewegten sich in langen Reihen durch die Mengen des späten Nachmittags, weder rechts noch links schauend, indem sie sich mit einem seltsamen, raschen Schlurfen von der Stadtmitte entfernten; allmählich wurde klar, dass das Geräusch von den Fußketten kam, mit denen sie gefesselt waren. Die Gefängniswächter hatten auf ein Zeichen der Sepoys aus Captainganj gemeutert und ihre Gefangenen freigelassen.

Bald folgte die Neuigkeit, auch die Sepoys der Schatzkammer hätten sich erhoben: Man hatte etliche von ihnen aus Richtung der Schatzkammer durch die nunmehr leeren Straßen von Krishnapur eilen sehen. Sie waren mit *dhotis* statt Uniformhosen bekleidet und schleppten schwere, seltsam geformte Lasten auf ihren Schultern oder um den Hals gehängt. Sie hatten eine Wagenladung Silberrupien erbeutet und die Beine ihrer Reithosen damit gefüllt. Jetzt sah es so aus, als wankten sie mit schweren, rumpflosen Männern auf den Schultern davon.

Als es dunkel wurde erschien Lucy am Tor der Residenz, begleitet vom *khansamah* der Dunstaples und jeder Menge Gepäck. Harry und Fleury waren außer sich vor Erstaunen und Erleichterung. Was hatte Lucy zum Nachgeben gebracht? Nachträglich erfuhren sie, dass Louise den *khansamah* einen Brief hatte überbringen lassen, in dem sie Lucy bat, ihre Freundschaft anzunehmen, und sie anflehte, in die Residenz zu kommen. Überraschenderweise hatte Lucy eingewilligt, und nun war sie da. Allerdings auch keinen Moment zu früh. Hinter ihr, gerade sichtbar vor dem dunkler werdenden Himmel, stieg eine Rauchsäule vom *dak bungalow* auf. Als das strohgedeckte Dach Feuer fing, war die Eingeborenenstadt für kurze Zeit hell erleuchtet, ehe sie wieder in der Dunkelheit versank.

In dieser Nacht brannte das gesamte Kantonnement. Der Collector hatte erwartet, dass es so kommen würde, und zeigte daher zunächst keine besondere Besorgnis, als während des Abendessens Leute kamen, um zu berichten, vom Dach der Residenz aus seien neue Feuer gesichtet worden. Er speiste in aller Ruhe weiter, am Kopfende des Tisches, der in seinem Schlafzimmer gedeckt worden war und an den er eine Reihe von Gästen geladen hatte, genau wie er es zu normalen Zeiten unten getan hätte.

Der Tisch, obwohl kleiner als der im Esszimmer, war nicht weniger elegant mit funkelndem Silber und Kristallglas gedeckt. In der Mitte stand eines der Lieblingsstücke des Collectors, ein Tafelaufsatz in Elektrosilber von Elkington & Mason aus Birmingham, mit einem Aufbau aus Kerzenhaltern in Form von Schwanenhälsen im Wechsel mit geflügelten Cherubim, welche die Teller trugen. Und nicht nur, dass dieser Tafelaufsatz als solcher ein Objekt von außerordentlicher Schönheit war, er stellte auch eine neue und wunderbare Methode dar, Kunstwerke zu vervielfältigen.

Dies war in der Tat ein weiterer aufsehenerregender Fortschritt, der sich zu Lebzeiten des Collectors ereignet hatte. Kaum etwas mehr als ein Jahrzehnt war vergangen, seit die ersten kleinen, mithilfe von Elektrizität beschichteten Medaillen als Kuriosität gezeigt worden waren. Inzwischen wurden noch sehr viel komplexere Objekte als dieser feinsinnige Tafelaufsatz produziert, nicht als Einzelstücke, sondern zu Tausenden. Vollendete Kopien von der berühmten Schale Benvenuto Cellinis im British Museum waren mittels elektrischer Einwirkung angefertigt worden. Wer konnte bezweifeln, welche Wohltaten sich daraus ergeben würden, solche Objekte für alle Schichten der Gesellschaft erschwinglich zu machen … Objekte, die unvermeidlich eine Liebe zu den schönen Künsten wecken würden?

Der Collector hatte mehrere Beispiele elektroplattierter Werke in der Residenz verteilt … insbesondere eine dickschenklige *EVA* in Elektrobronze, an einen Baumstamm gelehnt, um den sich eine Schlange gewunden hatte (»Wie beliebt Schlangen dieser Tage bei Bildhauern sind!«, sinnierte er nebenbei): Dieses Werk stand oben auf dem Treppenabsatz. Im Gesellschaftszimmer hatte er ein kleineres Stück, gefertigt aus einer Legierung von Nickel, Kupfer und Zink, die der Farbe von Silber sehr nahekam … dieses trug den Titel *RUHM STREUT ROSENBLÜTEN AUF SHAKESPEARES GRAB*. Auch seine Frau besaß aus ihren eigenen Mitteln eine Reihe elektrometallischer Hunde. Konnte irgendjemand bezweifeln, fragte sich der Collector zusammengesackt auf seinem Stuhl sitzend, denn er war sehr müde und betrachtete geistesabwesend die blinkenden Glanzlichter in Elektrosilber vor seinen Augen, dass dies eine weitere Erfindung war, die rasch dazu beitragen würde, die Menschheit für das Schöne zu sensibilisieren? Ja, erinnerte er sich traurig, der Magistrate hatte es bezweifelt und ihn verspottet, als er in Aussicht gestellt hatte, die Elektrometallurgie würde eines Tages jedem Arbeiter erlauben, aus einer Cellini-Schale zu trinken.

Die anderen Personen der Tischgesellschaft bestanden in dem Magistrate, Miriam, Major Hogan, Dr. McNab, Mr. und Mrs. Rayne, den hübschen Misses O'Hanlon und, am anderen Ende des Tisches, auf den unscheinbarsten Plätzen, die sie finden konnten, seinen beiden ältesten Töchtern, für die eine Mahlzeit in Gegenwart ihres autoritären Vaters eine fast ebenso schlimme Qual war wie die Aussicht auf die Belagerung selbst. Sie alle hatten einen Schatten der Niedergeschlagenheit über das Gesicht des Collectors huschen sehen und nahmen, wie jeder es getan hätte, selbstverständlich an, der Grund dafür seien die Nachrichten über mehrere in Flammen stehende Bungalows. Nur Miriam vermutete etwas anderes, weil er sich ganz sicher nie erlauben würde, angesichts der gemeinsamen Gefahr niedergeschlagen zu erscheinen … darüber hinaus hatte sie ihn in den letzten paar Tagen etwas besser kennengelernt und mehr als einmal bemerkt, dass sein Geist, wenn er müde war, die Gewohnheit hatte, von den dringenden Geschäften, denen er sich hätte widmen sollen, abzuschweifen und sich an ganz anderen Dingen zu weiden. So fragte sie sich denn, woran genau er jetzt wohl denken mochte.

Am Tisch herrschte eine sehr angespannte Atmosphäre. Da der Collector selbst nichts über ihre missliche Lage sagte, hielt keiner der Gäste es für schicklich, das Thema anzuschneiden, und doch, wie sollten sie es fertigbringen, über etwas anderes zu reden? Die Wahrheit war, dass jedes Gesprächsthema, das sie versuchten, wie ein Blitz zu dieser misslichen Lage zurückkehrte. Nur der Collector schien der Anspannung, die über dem Tisch hing, etwas Vergnügliches abzugewinnen, denn er sagte: »Ich frage mich, was den Aposteln beim letzten Abendmahl zu reden eingefallen ist.« Aber diese Bemerkung wurde, gelinde gesagt, nicht komisch gefunden und kühl aufgenommen … was nicht heißen soll, dass sie den Magistrate gestört hätte.

Als wäre alles nicht schon schlimm genug gewesen, kamen unaufhörlich neue Mitteilungen für den Collector. Welcher der jungen Offiziere auch immer das Kommando über die Wachen führte, die rund um die Enklave und auf dem Dach der Residenz postiert worden waren, hatte zweifellos den Befehl erhalten, über die jüngste Entwicklung zu berichten, und erfüllte gehorsam seine Pflicht. Jedes frische Leuchtfeuer, das aus der Dunkelheit des Kantonnements hervorschoss, stellte in den Augen dieses Offiziers eine neue Entwicklung dar. Eine mündliche Mitteilung wurde dem Collector geschickt und an der Schlafzimmertür von seinem englischen Hausdiener, Vokins, abgefangen. Dann näherte sich Vokins, unheilvoll diskret, um sie dem Collector ins Ohr zu flüstern. Dessen Augenbrauen hoben sich schmerzlich, aber er hörte es sich an, ohne aufzublicken, zusammengesackt auf seinem Stuhl, während er den Stiel seines Claret-Glases zwischen den Fingern drehte. Womöglich nickte er langsam und blies dabei auf eine merkwürdige, düstere Art und Weise die Backen auf. Seine Gäste konnten natürlich nicht hören, was ihm ins Ohr geflüstert wurde; der Einzige, der den Inhalt dieser Mitteilungen kannte, war Vokins. Vokins jedoch flößte durch sein Auftreten kein Vertrauen ein. Er war in den besten Zeiten einer von der blassen und hageren Sorte; jetzt nahm seine Blässe zu und die Knochen seines Schädels schienen schärfer hervorzustehen, in einer Weise, die der Magistrate interessant fand, aber alle anderen fanden sie grausig.

Das Unglück war, dass Vokins während seiner feierlichen Wege von der Tür zum Ohr des Collectors nicht verstand, dass viele dieser Mitteilungen redundant waren (denn wenn ein Kantonnement einmal in Brand gesteckt wurde, ist die Zahl der lodernden Bungalows schließlich mehr oder weniger gleichgültig). Vokins dachte, sie seien kumulativ und fortschreitend; Vokins fehlte der große Überblick. Er neigte dazu, nur die Aussicht auf den Tod von Vokins zu sehen. Obwohl einige der Gäste des Collectors es schwer haben mochten, sich vorzustellen, was ein Mann von Vokins Stand zu verlieren habe, war es Vokins sehr klar, was er zu verlieren hatte: nämlich sein Leben. Er war nicht im Mindesten darauf bedacht, seine Haut auf den indischen Ebenen zu lassen; er wollte sie in die Slums von Soho, oder wo immer sie herkam, zurückbringen.

Bis die Nachspeise serviert wurde, hatte sein Ausdruck tragische Züge angenommen und er stieß seine Mitteilungen mit unterdrückten Lauten des Entsetzens aus … sodass am Ende sogar der Collector es bemerkte und fragend aufblickte, wie um zu sagen: »Was ist denn nur los mit dem Burschen?«, aber dann, offenbar zu der Einsicht gelangt, dass es die Hitze war, wieder in seine Gedanken versank, die auf mäandernden Wegen immer noch das Thema des Fortschritts verfolgten.

Als die letzte Mitteilung todtraurig in sein Ohr geflüstert wurde (noch einmal fünf Bungalows, die dem schon stickigen Abend Wärme hinzufügten), trat ein Ausdruck solcher Betroffenheit in das Gesicht des Collectors, dass die beiden hübschen Misses O'Hanlon nicht verhindern konnten, bei diesem Anblick kurz nach Luft zu schnappen. Aber der Collector hatte nur an Prinz Alberts »Musterhäuser für die arbeitenden Klassen« und in diesem Zusammenhang an einen anderen Streit gedacht, den er mit dem Magistrate gehabt hatte … wie schockiert er über dessen Einstellung zu diesen Musterhäusern gewesen war!

Auf seinem Weg zum Crystal Palace, nicht weit vom Eingang der *Exhibition* entfernt und etwas westlich der Kasernen, war ihm ein kleiner Häuserblock aufgefallen. Er hatte innegehalten, ergriffen von dem Gedanken, wie fröhlich sie in ihrer Bescheidenheit wirkten. Sie standen einfach da, respektvoll, aber unerschrocken, ohne sich aufzuplustern zwischen den größeren Gebäuden ringsum. Sie waren viereckig und schlicht (ganz der britische Arbeiter selbst, wie einer seiner Kollegen von der Jury für Bildhauerei es lyrisch ausgedrückt hatte), mit einem großen Fenster oben und unten, und sie waren paarweise gebaut, eine Hälfte an die andere, mit einem leicht hervorgehobenen Schlussstein über dem Eingang, doch ohne überladene Verzierung. Sie waren nicht dumpf und düster wie so viele Häuser in den dicht bevölkerten Gegenden; sie waren stolz und kannten ihren Platz. Kurz, sie waren so bezaubernd, dass man den Arbeiter sogar einen Augenblick beneiden musste um sein Glück, darin leben zu dürfen, wenn man auf dem Weg zur *Exhibition* daran vorüberging.

Doch als sich der Collector beredt über diese charmanten Behausungen ausgelassen hatte, denn in jenen frühen Tagen war ihm noch nicht klar gewesen, dass der Magistrate in puncto soziale Verbesserungen unzugänglich war für Optimismus, hatte der Magistrate gleichermaßen vehement über die Ausbeutung der ärmeren Schichten gesprochen, die unerträglichen Bedingungen, unter denen sie leben müssten, und so fort, und hatte Prinz Alberts Musterhäuser als Beruhigungspille für das königliche Gewissen abgetan. Der Collector hatte widersprochen, er sei sicher, dass die Häuser des Prinzen im Geiste echten Mitgefühls entstanden seien, ausgelöst durch die Berichte, die die Inspektoren der Gesundheitsbehörde über die elenden Unterkünfte der ärmeren Schichten, den katastrophalen Mangel an

Abflüssen, Wasserversorgung und Belüftung veröffentlicht hatten.

»Der Grund für diese trivialen Verbesserungen«, hatte der Magistrate geantwortet, »war ganz im Gegenteil die Angst der reicheren Schichten vor einer Choleraepidemie.«

Nun ja, sinnierte der Collector, es ist eben unmöglich, mit jemandem zu streiten, der großmütige Motive für selbstsüchtig erklärt, und er schickte einen traurigen Blick an dem optimistischen Glitzern der elektrosilbernen Arme des Tafelaufsatzes vorbei zu dem fuchsroten Auswuchs, der den permanent verächtlichen Zügen des Magistrate entsprang. »Was ist das nur?«, fragte er sich laut, da er hinter dem Magistrate, durch das offene Fenster, die Andeutung einer Butterblume im Abendhimmel gewahrt hatte. Dann fügte er hinzu: »O ja, ich sehe«, und stand auf.

Unten in seinem Studierzimmer zündete er sich einen Stumpen an, den er aber bald wieder ausdrückte; stattdessen zupfte er seine Uhr aus der Tasche unter seinen Rippen. Er musste noch einmal nach oben; es war Zeit für die letzte und unangenehmste Aufgabe des Tages. Als er die Tür des Studierzimmers öffnete, sah er sich mit einer ausgestopften Eule unter einer Glasglocke konfrontiert; eine ihrer Schultern war vor langer Zeit von Insekten weggefressen worden, und sie starrte den Collector mit ihren funkelnden gelben Augen anklagend an. Aber sowenig die Eule den Collector leiden konnte, sowenig konnte der Collector die Eule leiden … denn diese Eule gehörte zu einer ganzen Population von Eulen und anderen ausgestopften Vögeln, die zusammen mit tausend sonstigen nutzlosen Besitztümern in die Residenz gekommen waren, um Unterschlupf zu finden. Der Collector hatte längst erkannt, dass er hätte befehlen sollen, sie ihrem Schicksal zu überlassen. Stattdessen wurden sie überall in der Residenz, überall im Haus der Dunstaples, ja sogar in der Bankethalle gestapelt. Nur der

Magistrate hatte dem nutzlosen, aber hoch geschätzten Kram, der natürlich jedem anderen mehr bedeutete, den Einzug in die Cutcherry verwehrt. Nun war jedes Zimmer, jeder Korridor, jeder Treppenaufgang vollgestopft mit den Errungenschaften des Kantonnements. »Aber trotzdem, sind Besitztümer nicht wichtig? Zeigen sie nicht, wie weit jemand innerhalb der Gesellschaft von tiefster und asozialer Armut zur Ehrbarkeit fortgeschritten ist? Besitztümer sind sicher eine *physische* Hochwassermarke der *moralischen* Flut, die sich in den letzten zwanzig Jahren oder mehr stetig ausgebreitet hat.«

Inmitten des Plunders von Möbelstücken, Vasen, Geschirr, Musikinstrumenten und zahllosen anderen Objekten verfolgten einige weitere Vögel reglos in ihren Glasblasen, wie er sich müde die Treppe hinaufschleppte. Oben angekommen, hielt er stirnrunzelnd inne. Eine geisterhafte Stimme hatte ihm ins Ohr geflüstert: »Die Welt ist eine Brücke. Gehe hinüber, aber baue kein Haus darauf.« War das ein christliches oder ein Hindu-Sprichwort? Er konnte sich nicht erinnern.

Um den Neuankömmling unterzubringen, hatte der Collector einen Indigopflanzer und dessen Frau, die ungebeten den einzigen noch freien Raum eingenommen hatten, ausquartieren müssen. Die beiden hatten ein unangenehmes Trara gemacht und waren, immer noch murrend, abgezogen, um bei Dr. Dunstaple Unterschlupf zu suchen. Jetzt saß an ihrer Stelle Hari mit gekreuzten Beinen auf dem Fußboden, die Ellbogen auf die Knie gestützt und einen finsteren Ausdruck im Gesicht. Der Collector war ärgerlich zu sehen, dass der Raum nur von einer einzigen Kerze erleuchtet war; er sagte in scharfem Ton etwas zu dem Diener, der an der Tür wartete und davoneilte, um eine Öllampe zu suchen.

»Mein lieber Hari, warum nur haben Sie nicht nach mehr Licht gerufen? Wie lange sitzen Sie denn schon im Dunkeln hier?«

Hari zuckte böse mit den Schultern, wie um klarzumachen,

dass Lichter für ihn nicht von Bedeutung waren. Im Schatten konnte der Collector die Form einer anderen sitzenden Gestalt ausmachen, aber die einsame Kerze leuchtete zu schwach, um zu erkennen, wer es war.

»Ich habe Anweisungen gegeben, dass alles zu Ihrer Bequemlichkeit –«

»Oh, Bequemlichkeit … Sie glauben, ich sorge mich ängstlich um solche Dinge wie Bequemlichkeit!«

»Ich hätte früher kommen sollen, aber Sie müssen verstehen, es gibt so viele Dinge, um die ich mich kümmern muss.« Doch weil er keinen jammernden Eindruck machen wollte, fügte er entschieden hinzu. »Die Pflicht kommt natürlich zuerst.« Hari zuckte wieder mit den Schultern, gab aber sonst keine Antwort.

Der Collector mochte Hari sehr; es bedrückte ihn zutiefst, dass er ihn ausnutzen musste, aber er sah keine Alternative. Er seufzte und wartete ungeduldig darauf, dass der Diener die Lampe brachte. Dieses Gespräch im Halbdunkel zu führen, erschien ihm hinterhältig und unmännlich.

Als die Lampe endlich kam, erleuchtete sie nicht nur Hari, sondern auch die andere auf dem Teppich sitzende Gestalt, die sich als der Premierminister entpuppte. Natürlich war er mitgekommen! Und der Collector konnte nicht anders, als undankbarerweise zu denken: »Noch ein Mund, der gestopft werden will!« Dabei sah der Premierminister nicht so aus, als äße er sehr viel, er war nur ein Bündel Haut und Knochen. Wie dem auch sei, ihm selber schien sein Schicksal gleichgültig zu sein; er starrte teilnahmslos ein paar Zoll vor den Füßen des Collectors auf den Teppich.

»Ich weiß, es muss undankbar von mir wirken, Sie unter diesen Umständen hier festzuhalten. Ich möchte, dass Sie wissen, für mich persönlich ist es das Allerletzte, was ich wollen würde. Aber ich muss an die Sicherheit derer denken, die unter meinem Schutz stehen … hm … viele Frauen und Kinder –«

»Ich beweise Treue … Sie nutzen Treue aus. Sie geben Straßenkehrern Briefe und schicken sie weg. Mich halten Sie fest!« Haris Stimme hob sich in schriller Empörung. »Mich halten Sie gefangen und Premierminister auch! Ganz offen, Mr. Hopkin (obwohl Hari immer korrekt »Mr. und Mrs. Hopkins« sagte, hatte er eine Gewohnheit, jeden getrennt auf den Singular zu reduzieren, die den Collector zur Verzweiflung brachte), »ganz offen, ich ›die Welt nicht mehr verstehe‹. Bitte erklären Sie diese Fragen.«

Gedemütigt konnte der Collector nur wiederholen, was er bereits über die Sicherheit von Frauen und Kindern gesagt hatte.

Hari und der Premierminister waren gegen Ende des Nachmittags am Tor erschienen; offensichtlich hatten Hari und sein Vater, der Maharaja, eine Meinungsverschiedenheit in der Frage der Loyalität zu den Briten gehabt. Hari, fest auf der Seite des Fortschritts, hatte darauf bestanden, ihnen mit der Palastarmee zu Hilfe zu eilen. Aber der Maharaja hatte ihm verwehrt, dergleichen zu tun. Das ganze Land erhob sich, um die *feringhees* und ihre Vasallen durch das Schwert zu richten; seine eigene Macht würde mit Sicherheit zunehmen, wenn die *Company* erst einmal vernichtet war. Der Maharaja wollte keinen Fortschritt … er wollte Geld, Juwelen und nackte Mädchen, oder vielmehr, da er das alles schon hatte, mehr davon. Wie jeder vernünftige Mensch konnte Hari diese Begierden (Geld, Juwelen, nackte Mädchen) nicht begreifen. Sein Vater war bereit, dazu beizutragen, dass der Brunnen des Wissens zerstört wurde … jenes Wissens, das Shakespeare hervorgebracht hatte und das bald Eisenbahnen über den ganzen indischen Kontinent fahren lassen würde! Hari hatte eine kurze Rede dazu gehalten und sowohl die Armee als auch den Premierminister aufgerufen, ihm an die Seite der Briten zu folgen, um den Fortschritt zu verteidigen. Aber am Ende war ihm nur der Premierminister gefolgt. Selbst wenn die Umstände verlockender gewesen wären, die Armee hatte ihre Kampfeslust seit Langem verloren. Hari war nichts anderes übriggeblieben, als seine persönliche Treue zu schwören, sich einen Brief ausstellen zu lassen und zum Palast zurückzukehren. Der Collector, mit anderen Dingen beschäftigt, hatte ihm eine Nachricht zukommen lassen und ihm angeboten, in der Residenz zu bleiben. Das hatte Hari nicht gewollt. Mit einer Armee zu kommen, um seine Freunde zu verteidigen, ist eine Sache, sich einfach dazugesellen, nur um angegriffen und wahrscheinlich getötet zu werden, ist etwas ganz anderes. Aber in der Zwischenzeit war dem Collector nur allzu klar geworden, wie vorteilhaft es wäre, Hari in der Residenz zu haben. Haris Anwesenheit könnte den Eindruck vermitteln, der Maharaja unterstütze die Briten. Zum Allermindesten würde sie garantieren, dass dessen Armee neutral bliebe. Bald war er überzeugt, dass er Hari nicht gehen lassen konnte. Jetzt, da er noch einmal darüber nachdachte, wurde er ärgerlich. »Es ist nicht meine Schuld. Was hätte ich denn tun sollen? Es ist ungerecht von Hari, mich so zu behandeln, als wäre ich persönlich dafür verantwortlich.«

»Kommen Sie, Hari«, sagte er nach einem langen Schweigen. »Sie müssen mir verzeihen, dass ich Sie so schlecht behandele. Gehen wir aufs Dach und schauen wir, wie das Kantonnement brennt. Das ist ein Anblick, den wir nicht alle Tage haben.«

Vom Dach aus gesehen schien sich das Feuer in einem vollendeten Halbkreis um die Enklave der Residenz zu ziehen, als würde ein geheimnisvolles Zeichen aus der dunklen Umgebung seine Ausbreitung abgrenzen.

Zweiter Teil

X

Der Collector hatte beabsichtigt, in der Stunde vor der Morgendämmerung einmal die Runde der Verteidigungsstellungen zu machen, um seine Männer zu ermutigen. Aber er war hoffnungslos müde, und Vokins versäumte es, ihn zur befohlenen Zeit zu wecken. Das Ergebnis war, dass er gut fünfundvierzig Minuten verschlafen hatte und noch dabei war, sich anzuziehen, als die ersten Schüsse fielen.

Der Padre jedoch machte auf eigene Faust die Runde der Verteidigungstellungen, und unter den gegebenen Umständen war das wahrscheinlich Ermutigung genug … denn der Padre war mittlerweile in äußerster Sorge wegen der gefährlichen Lage, in der seine Herde sich befand. Der Grund seiner Befürchtungen war allerdings nicht die gefährliche Lage als solche, sondern das, was sie implizierte. Wenn sie alle sich jetzt in tödlicher Gefahr befanden, konnte es nicht anders sein, als dass sie Gottes Missfallen erregten und Er sich anschickte, sie zu bestrafen wie Er Sodom und Gomorra bestraft hatte! Dabei hatte der Padre in seiner Blindheit geglaubt, einigermaßen erfolgreich beim Aufspüren der Sünde unter seinen Schafen zu sein.

In den wenigen Tagen, seit sie alle in der Enklave zusammengetrieben worden waren, hatte der Padre, zunehmend hektisch, nicht geruht, von einer Gruppe zur nächsten zu eilen. Sogar der ständige heiße Wind, der erbarmungslos den ganzen Tag blies, hatte ihn nicht abgeschreckt … ja, er trieb ihn sogar an, denn er erschien ihm wie ein Vorgeschmack auf den Atem der Hölle. Seine Füße stapften weiter über die glühende Erde, während sein schwarzes Gewand die Hitze der Sonne aufsog.

Manchmal fragte er sich, ob er nicht schon in der Hölle sei. Vor allem eines ließ ihn durchhalten. Und das war die Möglichkeit, Gott könne, als letzten Ausweg, Seine ausgestreckten Hände von der endgültigen Vernichtung der Krishnapur-Sünder lassen … wenn sie Reue zeigten.

Aber die Sünde ist eine vielköpfige Hydra; hacke hier eine Sünde ab, und ein Dutzend anderer sprießt an ihrer Stelle. Manchmal, während er sich mit dem Hin und Her auf dem blendenden Gelände plagte, war der Padre gezwungen, innezuhalten, um an einem schattigen Platz etwas kühles Wasser zu trinken; sonst wäre er vor Erschöpfung umgefallen. Und in diesen kurzen Momenten des Friedens konnte er nicht anders, als auf eine vollkommen objektive Weise den unglaublichen Erfindungsgeist der Wege des Herrn zu bewundern. Sie waren nicht so sehr unergründlich, als vielmehr glückselig raffiniert. Denn während Er dem Padre den Weg gewiesen hatte, dem er folgen sollte, hatte der Weg gleichzeitig neue Hindernisse hervorgebracht. Vielleicht wäre es nicht so schwierig gewesen, die Sünde im normalen Leben des Kantonnements abzusondern und auszumerzen, aber jetzt, angesichts seiner auf engstem Raum zusammengetriebenen Herde, darunter viele im jugendlichen Alter, in dem die Versuchungen des Fleisches und des Geistes am akutesten sind, schien sich seine Aufgabe kombiniert mit Gelegenheiten zu sündhaftem Tun täglich wie durch ein Zinseszinssystem zu mehren. Je näher die Menschen zusammenleben, umso mehr sündigen sie … nach den Erfahrungen des Padre war dieser Satz unumstößlich.

Also hatte er sich weiter abgemüht, versucht, den Lauf der Dinge aufzuhalten. Manchmal wurde ihm schwindelig vor Müdigkeit und seltsame Vorstellungen suchten ihn heim; die sündhaften Kübel in der Kirche zum Beispiel. Aber in gewissem Sinne hatte der Padre nicht Unrecht mit diesen Kübeln, denn sie waren ein konkretes Symbol der materiellen Welt, die immer mehr auf die schrumpfende spirituelle Sandbank übergriff, auf der die Christen von Krishnapur standen. *Krishnapur!* Sogar der Name ihrer Gemeinschaft war der einer heidnischen Gottheit.

Jetzt, in der Stunde der Dunkelheit vor der Morgendämmerung, stolperte der Padre weiter zu den Punkten der Verteidigungsanlagen, wo Männer in schweigenden Gruppen zusammengedrängt auf ihren Ruf zu den Waffen warteten. Die Dunkelheit war um diese Zeit am dichtesten; häufig stieß er an unsichtbare Gegenstände auf dem Weg, und mehr als einmal fiel er hin und tat sich weh. Bei jedem Posten ermahnte er die zusammengedrängten Gestalten zur Buße. Er wisse, dass sie Sünder seien, sagte er ihnen; jetzt müssten sie bereuen, ehe es zu spät sei.

»Sieh herab, wir bitten dich«, flehte er, und seine Stimme hallte schaurig wider in der Dunkelheit, »erhöre unser Rufen aus höchster Not und aus dem Rachen des Todes, der uns verschlingen will: Herr, hilf uns, wir verderben. Nur die Lebenden, die Lebenden loben dich …«*

Bewegten seine Ermahnungen die Herzen dieser schattenhaften, reglosen Gestalten, die er dort in der Dunkelheit spüren, aber nicht sehen konnte? Sie blieben so still wie die Steinkübel. Er eilte weiter, im Herzen die Furcht, zu versagen.

»Erwecke deine Gewalt, o Herr, und komme uns zu Hilfe, denn du gibst nicht immer dem Stärkeren die Gunst, sondern kannst retten durch wenig oder viel. O lass unsere Sünden nicht zu dir schreien, dass du Rache übest gegen uns …«

An jedem Posten überreichte er den Männern ein Bündel frommer Traktate, um sie zu lesen, sobald es hell wurde. Hände nahmen sie ihm schweigend ab; kein Wort wurde gesprochen. Derweilen fürchtete er, die Runde der Verteidigungsanlagen nicht vor der Dämmerung vollenden zu können. Die Dunkelheit schien ihm weniger dicht zu werden … und bald wurde ihm bewusst, dass er nicht mehr stolperte: Es lag daran, dass er Gegenstände in der Dunkelheit erkennen konnte.

»O Allmächtiger Gott«, intonierte er mit einer so hohen, seltsamen Stimme, dass alle Pariahunde auf dem Gelände zu heulen begannen und der Collector, endlich wach und sich selbst verfluchend, während er nach seinen Kleidern tastete, sich sagte: »Der arme Mann ist vor lauter Anspannung übergeschnappt.«

»… der du ein feste Burg bist für alle, die auf dich vertrauen …«

»Verdammt, wo bleibt das Licht!«, schrie der Collector, es mit der Angst bekommend, er würde noch im Nachthemd gegen die Sepoys kämpfen müssen, den zitternden, abgezehrten Vokins an.

»Sei nun und immerdar unser Schutz und Schirm; schenke uns den Sieg, so es dein Wille ist; erbarme dich der Verwundeten und Gefangenen; ermutige die Furchtsamen; tröste, die da Leid tragen; stehe den Sterbenden bei …«

Unablässig hallte die hohe Stimme schaurig über die langsam heller werdenden Befestigungsanlagen und Geschütze, über das noch schwelende Kantonnement und die noch schlafende Stadt hinweg, um sich in der großen Stille der indischen Ebene zu verlieren.

»Um Gottes willen, sag doch einer dem Padre, dass er aufhören soll mit diesem Lärm«, wetterte der Collector, dem die Nerven seine gewohnte Frömmigkeit raubten.

»… sei gnädig denen, die in Sünde gefallen sind, und schicke uns Frieden, auf dass der Krieg ende … in … aller … Welt.«

Kaum war der Sprechgesang des Padre verklungen, da ertönten die ersten Schüsse aus der Dunkelheit der Umgebung, stoßartige Vorläufer eines Sturms von Feuer und Schwefel, der über die Enklave hereinbrechen sollte.

Der Padre hatte keine Zeit gehabt, die Bankethalle zu besuchen, bevor die ersten feurigen Salven die Verteidigung der Residenz trafen. Doch er wäre Fleury und Harry ohnehin nicht willkommen gewesen; sie waren außer sich vor Aufregung, als der Morgen zu dämmern begann, und fanden es eine Qual, neben ihrer Sechspfünder untätig zu bleiben. Jedes Mal, wenn sich ihre Blicke trafen, vergingen sie fast vor unterdrückter Freude. Sie hatten die Stunden der Dunkelheit mit flüsternden Gesprächen über der seidenen Messinghaut ihrer Kanone verbracht; es war so viel los, nie hatten sie sich so wach gefühlt! Gott sei Dank war Lucy in Sicherheit! Dadurch war ihnen beiden ein Stein vom Herzen gefallen, obgleich es in Bezug auf Lucy natürlich immer noch Probleme gab, die es einzurenken galt. Trotz der grauenhaften Umstände lehnten die Ladies es weiterhin ab, irgendetwas mit ihr zu tun zu haben … sie hatten gezischt vor Empörung über den Vorschlag, sie solle im Billardraum schlafen, wo die Ladies der besseren Klasse untergebracht waren. Aber wo sollte sie sonst schlafen? Am Ende hatte die Autorität des Collectors entschieden, und sie war ordnungsgemäß dort eingewiesen worden, aber niemand war glücklich über diese Regelung.

Jetzt, in ihrer Aufregung, hatten die jungen Männer Lucy vorübergehend vergessen. Was ihnen im Moment zu schaffen machte, war der Gedanke, dass sie, da ein Angriff der Sepoys auf ihrer Seite nicht zu erwarten war, vielleicht keine Gelegenheit haben würden, ihre Kanone abzufeuern. Es gab ein wichtiges Problem, das sie lösen mussten: Würde es unter diesen Umständen für zulässig erachtet, auf *jeden* Eingeborenen zu schießen, der sich in Reichweite präsentierte, denn es konnte ja gut sein, dass sie echte Sepoys gar nicht zu Gesicht bekamen? Wäre das sportlich? Was sie am Ende beschlossen, war Folgendes: Alles hinge davon ab, in welche Richtung sich der Eingeborene bewegte … wenn der Eingeborene entweder direkt oder in irgendeinem Winkel bis zu fünfundvierzig Grad auf sie zukam, war es fair, anzunehmen, dass er böse Absichten hatte, und sie konnten ihn in Stücke blasen (bei jedem Winkel über fünfundvierzig Grad würden sie seinen Fall kurz überdenken und ihn dann, je nachdem, in Stücke blasen oder nicht).

Während sie diese Frage erörterten, wich die Dunkelheit langsam von der Veranda, auf der sie warteten; die Umrisse der alten eingeborenen Veteranen zeichneten sich ab, am Boden hockende Gestalten mit weißen Schnurrbärten und Medaillen, die Knie an den Ohren. Barlow, der schweigsame Mann von der Salzverwaltung, der die frühen Stunden damit verbracht hatte, Kabul-Trauben zu essen und die Kerne trübselig in ein Taschentuch zu spucken, das er anschließend wieder einsteckte, saß, die Hände in den Taschen, asthmatisch atmend auf einem Stuhl. Er hatte keine spezifische Aufgabe zugeteilt bekommen und wirkte unzufrieden. Die beiden dicken Sikhs, etwas abseits, kauten *pan** und spuckten in regelmäßigen Abständen aus. Aus dem Inneren der Banketthalle drangen schwache Schnarchgeräusche; Major Hogan hatte nach dem Abendessen beim Collector eine Menge Branntwein geschluckt und sich dann eine Ecke im Gerümpel der »Besitztümer« gesucht; dort hatte er sein Bett aufgeschlagen. Er hatte Anweisung hinterlassen, nicht gestört zu werden, außer wenn die Situation kritisch wurde.

Es war Harry, der die Sechspfünder auf der Veranda in Stellung gebracht hatte; um das Schussfeld zu erweitern, hatte er ein paar Yards der Balustrade abschlagen lassen; zugleich hatte er einen hervorragenden Einfall für den Schutz der Kanoniere gehabt, nämlich zwei der riesigen Marmorbüsten, die das Dach der Banketthalle krönten, herunterzubrechen und zu beiden Seiten der Kanone in Position zu bringen! Wie mühsam das gewesen war! So schwer waren diese großen Marmorbrocken, dass sie sich, als die vom Dach fielen, bis zur Hälfte in die Erde eingruben. Harry und Fleury waren ganz heiser geworden vom Anschreien der tattrigen Veteranen; am Ende hatten sie ein Gespann Ochsen anfordern müssen, zur Hilfe mit den Seilen und Hebeln, die von den Veteranen so lasch gehandhabt wurden. Aber nun standen sie da, die gewaltigen Köpfe von Plato und Sokrates, jeder mit einem Ausdruck durchdringender Weisheit, der in ihre weißen Gesichtszüge eingemeißelt war, und schauten auf den Fluss und die Melonenbeete dahinter.

Manchmal, wenn man versucht, zu intensiv in die Dunkelheit zu spähen, lassen die Augen einen Dinge sehen, die es gar nicht gibt; soeben begannen Harry und Fleury, genau diese Erfahrung zu machen. Hätten sie nicht gewusst, dass es unmöglich war, hätten sie schwören können, in den fernen Melonenbeeten wimmele es von bewegten Schatten. Doch ein Angriff aus diesem Viertel, mit so viel offenem Gelände vor sich, kam nicht infrage. Trotzdem, ihre Köpfe wandten sich unbehaglich einander zu; dann schauten sie nach den Veteranen, um zu sehen, ob die etwas bemerkten; sie wollten sich nicht lächerlich machen vor diesen Eingeborenen, indem sie ihnen befahlen, auf Schatten zu schießen. Aber die Veteranen saßen teilnahmslos da; ihre Augen waren sowieso zu schlecht, um in der Situation eine große Hilfe zu sein. Nach einigem Zögern gab Harry in einem groben und unsicheren Ton den Befehl, die Lunte anzuzünden; die Lunte, hergestellt aus einer Mischung von Schwefel, Schwarzpulver und Salpeter, war sechzehn Zoll lang und würde fünfzehn Minuten brennen; das sollte lange genug sein, um die Dinge nach dem gegenwärtigen verflixten Zwielichtintervall deutlicher zu sehen.

»Was zum Teufel ist denn das?«

Es war die Stimme des Padre, die schaurig aus Richtung der Cutcherry erschallte.

»Auf dass der Krieg ende … in … aller … Welt …«, schloss der Padre unter einem so wehmütigen Heulen von Pariahunden, dass die beiden jungen Männern trotz ihrer Aufregung ein kurzes Grauen überkam.

»Schauen Sie da, am anderen Ufer!« Mit der zunehmenden Helligkeit konnte man Silhouetten gegen den Himmel erkennen; einen Augenblick lang hatte es so ausgesehen, als würde eine starke Brise durch die Melonenbeete wehen und sie in Marsch setzen, aber der Wind des Tages hatte sich noch nicht erhoben. Kaum dass Fleury gesprochen hatte, begann der Rand der Dunkelheit wie ein Feuerwerk zu sprühen, und unverzüglich begann die Luft über ihnen von fliegendem Metall und Brocken Mauerwerk zu surren und zu heulen … und in einer Welle folgte das Geräusch. Schmierige Kleckse von Orange hüpften in regelmäßigen Abständen von einem Ende des Rands der Dunkelheit zum anderen. Plötzlich landete ein Schrapnell in einer Ecke der Veranda, und alles war Chaos.

Harry wollte gerade den Feuerbefehl geben, war aber von Fleurys Seite gerissen worden und kroch irgendwo in der Dunkelheit herum.

»Feuer!«, schrie Fleury, doch der Veteran, der die Lunte hielt, sah ihn entschuldigend an und sank zu Boden, wo er wie eine leere Uniform liegenblieb.

»Wie schrecklich!«, murmelte Fleury hilflos. Die Veranda war übersät mit toten Veteranen, oder was wie Stücke von Veteranen erschien, in der Dunkelheit war es schwer, sicher zu sein. Die beiden Sikhs lehnten schlaff zusammengesunken aneinander, mausetot, während ihnen etwas aus den Mündern tropfte, was Blut hätte sein können, aber wahrscheinlich nur *pan*-Saft war. Barlow war, obwohl er immer noch die Hände in den Taschen hatte und immer noch unzufrieden aussah, von seinem Stuhl gepustet worden und lag auf der Seite. Kaum eine Minute des Gefechts war vergangen, und soweit Fleury erkennen konnte, waren nur noch zwei Veteranen am Leben, und es schienen die ältesten und gebrechlichsten des Kontingents zu sein. Zudem hatten sie es fertiggebracht, immer noch keinen Schuss abzufeuern. Während Harry sich noch erfolglos abmühte, wieder auf die Beine zu kommen, ergriff Fleury den Luntenstock und hielt ihn an das Zündloch der Kanone; eine Stichflamme schoss aus der Mündung, und es gab ein Getöse, das die ganze Veranda erschütterte und einen Hagel von Steinbrocken und Mörtel auf den Bodenplatten tanzen ließ. Binnen ein oder zwei Sekunden erschien aus dem Nichts eine schwarze

Kugel, die vor dem leuchtend dämmernden Himmel hinübersegelte zum dunklen Rand der Melonenbeete, in denen sie momentan ohne irgendeine sichtbare Wirkung verschwand.

»Alles in Ordnung, Harry?«

»Muss nur verschnaufen«, grummelte Harry, obwohl ihn in Wirklichkeit ein fliegender Backstein schmerzlich am Unterleib getroffen hatte; zuerst hatte er geglaubt, sein ganzer Rumpf sei abgetrennt worden, Bilder von seiner lieben Mutter und, weniger angemessen, von Lucy in ihrer Chemise stiegen vor seinen ertrinkenden Augen auf, während er den Tod erwartete; dann wurde ihm bewusst, dass ihm eigentlich nichts fehlte; er hielt seine Genitalien in den hohlen Händen, weil sie zu sehr schmerzten, um sie zu massieren.

»Fast alle scheinen tot zu sein«, schrie Fleury in einem entmutigten Ton. Der Krach des Musketenfeuers von den Festungswällen rechts und links war so laut, dass er Harrys Antwort nicht hören konnte, ihn aber auf Barlow deuten sah. Barlow lebte und schien unverletzt zu sein. Sie hoben ihn auf und setzten ihn wieder auf seinen Stuhl. Erneut begann Harrys Mund sich zu bewegen, diesmal mit einem Ausdruck fieberhafter Aufregung im Gesicht. Wieder deutete er mit dem Finger, diesmal über die Balustrade hinweg.

Inzwischen war es hell genug, um schemenhafte Einzelheiten in der Landschaft zu erkennen. Was sie in sechs- oder siebenhundert Yards Entfernung sahen, war mehr als genug, um Harry in Aufregung zu versetzen. Sepoys schwärmten durch die Melonenbeete und zum jenseitigen Flussufer hinunter. Aber das war vollkommen verkehrt. Die Sepoys sollten nicht von Süden her angreifen. Der Süden war der einzige Kardinalpunkt, an dem die Residenz gut zu verteidigen war; an allen anderen brauchten die Sepoys praktisch nicht anderes zu tun, als einen niedrigen Wall zu überwinden und einem die Kehle durchzuschneiden. Und doch kamen sie ausgerechnet von Süden (was Harry und Fleury noch nicht wussten, war, dass sie auch aus den Richtungen der anderen Kardinalpunkte kamen). Ohne ihre britischen Offiziere sah es den Sepoys natürlich ähnlich, die größten Tollheiten zu begehen, wie etwa uneinnehmbare Stellungen anzugreifen (vergessen wir im Augenblick die Redan-Bastion bei Sewastopol).

Es stimmte zwar, dass die Banketthalle die am leichtesten zu verteidigende Ecke der Enklave war; trotzdem brauchte es Männer für ihre Verteidigung. Ein Dutzend Indigopflanzer und eurasische Zivilisten hatte, spärlich verteilt, hinter den niedrigen Erdwällen zu beiden Seiten der Geschützbatterie Stellung bezogen. Wenn die Eingeborenenkavallerie hier angriff, und selbst wenn sie es nicht tat, konnten diese Männer bei einem mäßig entschlossenen Angriff und trotz der dreihundert Yards offenen Geländes, die die angreifende Infanterie würde überwinden müssen, leicht überrannt werden.

Eines war Harry klar geworden: Die Kanone würde entscheidend sein. Sie war das Einzige, um die fehlenden Gewehre und Bajonette zu kompensieren. Hätte dieser unglückselige erste Granateinschlag nicht so viele Veteranen ausgelöscht, wären sie vielleicht wenigstens in der Lage gewesen, die Kanone angemessen zu bedienen; aber jetzt waren nur zwei Veteranen übrig, die soeben schwächliche Anstrengungen unternahmen, die Leichen ihrer Kameraden von der Veranda wegzuziehen und sie neben den schlaff hingesunkenen Sikhs zu stapeln. Harry befahl einem der beiden, dem Collector eine Nachricht mit der Bitte um weitere Männer zu bringen; davonwankend versuchte der Veteran, seine Glieder in den Trab zu peitschen.

Fleury hatte nicht aufgepasst, als die Kanone geladen worden war; in seinem Kopf waren gerade die Anfänge eines Epos herangereift. Ohne es zu wissen, hatte er soeben eine Vollkugel in das Lager der Sepoys gefeuert, das außer Sichtweite hinter den Melonenbeeten lag. Eine Vollkugel ist schön und gut für beständiges Artilleriefeuer oder um die gegnerische Verteidigung zu schwächen, aber sie taugt nicht, um einen Infanterieangriff zu stoppen; dafür tötet sie nicht genug Leute gleichzeitig. Was man braucht, ist Kartätsche oder Traubenhagel. An Kartätsche fehlte es Harry nicht. Aber was ihm Sorgen machte, war, wie sie abgefeuert werden sollte.

Neun Männer waren nötig, um eine Kanone zu bedienen, wenn man diejenigen mitzählt, die für die Protze und den Munitionswagen zuständig sind; ohne mindestens fünf Männer wurde die Bedienung schwierig. Doch Harry, Fleury und der andere betagte Veteran, Ram, machten sich eifrig an die Arbeit. Ram war sehr dünn und hochgewachsen, und sein weißer Schnurrbart hing fast bis zu den Medaillen auf seinen Waffenrock herab; aber glücklicherweise hatte er in der Artillerie gedient und wusste Bescheid. Also teilten sie die Arbeit auf, so gut sie konnten, wobei Harry das Kommando und die Ausrichtung der Kanone übernahm, Fleury das Durchwischen der Seele und Ram das Laden und Herbeischaffen von Munition; dann versorgten Fleury oder Harry das Zündloch und putzten es, nachdem Ram abgefeuert hatte, mit der Räumnadel aus.

Zuerst waren sie sehr langsam. Fleury wusste nicht, was er tat, und sie mussten ihn dauernd anbrüllen, und Ram war wirklich zu alt für die doppelte Aufgabe, die Munition zu schleppen und zu laden. Aber dann erinnerte sich Harry an Barlow, der immer noch mit seinen Händen in den Taschen auf dem Stuhl saß. Jetzt, bei Tageslicht, konnte man sehen, dass Barlows Gesicht ganz grau vor Angst geworden war, aber irgendwie brachte Harry ihn dazu, aufzustehen und Munition zu schleppen. Er brauchte das nur ein paar Schritte weit zu tun, von der Bankethalle bis zur Kanone, aber auf diesen paar Schritten boten die Marmorköpfe von Plato und Sokrates keine Deckung, sodass ihm ständig Musketenkugeln an der Nase vorbeizischten und an seiner Kleidung rissen.

Harry musste nicht nur diese amateurhafte Kanoniermannschaft organisieren, sondern auch die Schüsse lenken, um größtmögliche Verluste anzurichten; das bedeutete eine Berechnung von Variablen, die äußerst kompliziert sein konnte: Das Gewicht der Pulverladung, der Winkelgrad bei der Höheneinstellung der Kanone, ob das abzufeuernde Geschoss eine massive Kugel oder eine mit Pulverfüllung war, all diese Erwägungen konnten entscheidend beeinflussen, wo der Schuss niederging. Doch Harry hatte diese Dinge so oft praktiziert, dass er nicht einmal zu rechnen brauchte: Er wusste instinktiv, dass er mit einer Zweipfundladung und einem Erhöhungswinkel von einem Grad die Granate ins Flussbett versenken konnte, wo die Sepoys so dicht wie Fliegen auf einem Sirup-Pudding schwärmten.

Fleury begann Harry, den er immer herablassend für ziemlich dumm gehalten hatte, mit anderen Augen zu sehen, während er ihn dabei beobachtete, wie er an den Griffen der Erhöhungsschraube einige feine, aber todbringende Justierungen vornahm. Während er selber sich ungeschickt mit dem Wischkolben im Ruß und Rauch des Kanonenrohrs zu schaffen machte, war Fleury mit einer einfachen Tatsache hinsichtlich der menschlichen Natur konfrontiert, die er nie in Betracht gezogen hatte: Niemand ist irgendjemand anderem *überlegen*, er mag nur besser darin sein, etwas Bestimmtes zu tun. Zweifellos hätten sich Coleridge oder Keats oder Lamartine mit dem Wischer genauso ungeschickt angestellt wie er … aber halt, war Lamartin nicht ein Mann des Militärs gewesen? Bei französischen Dichtern wusste man nie. Er trat zurück, der nächste Kanonenschuss klingelte in seinen Ohren. Er konnte sich nicht erinnern.

»Fleury, um Gottes willen!«, schrie Harry, der wusste, wie verzweifelt ihre Lage war. Fleury wusste es nicht; er war einfach nur benommen von dem Krach und dem Rauch, die ihm Tränen über das Gesicht strömen ließen, von dem Dunstschleier, der, hauchdünn, überall in der Luft hing und der Szene eine »historische« Bedeutung verlieh, denn alles erschien leicht verschwommen, wie auf einer Krim-Daguerrotypie. Fleury fügte in seinem entschwebten Geist Untertitel für die *Illustrated London News* hinzu: »Dies war die Bankethallen-Redoute in der Schlacht von Krishnapour. Links im Bild Mr. Fleury, der Dichter, der bis zum Ende so ritterlichen Beistand leistete; rechts Leutnant Dunstaple, der die Batterie befehligte, nebst einem treuen Eingeborenen, Ram.«

»Fleury!«, schrie Harry verzweifelt. Aber Fleurys Gedanken *blieben* auf Wanderschaft; das Problem war, dass er, der keine Ahnung von militärischen Angelegenheiten hatte, nur vage begriff, was vor sich ging; das Einzige, was er mit Sicherheit wusste, war, dass er ein Kanonenrohr auswischte, und nach einer Weile weigerten sich seine betäubten Sinne, das besonders interessant zu finden. Als er vorwärtsstürzte, um das Zündloch für Harry auszuputzen, rutschte er plötzlich aus und fiel auf die Bodenplatten. Erst dann wurde ihm bewusst, dass er in einer großen Blutlache ausgerutscht war, die aus dem Leichenhaufen sickerte und sich über die Veranda breitete.

Harry wusste, dass sie ein Wunder brauchten … das heißt, sofern der Collector nicht mehr Männer mit Gewehren und Bajonetten zur Verstärkung der Handvoll an den Festungswällen schickte. Sie brauchten auch eine weitere Kanone, vorzugsweise eine Zwölfpfünder, und einen Mörser, um Granaten unter das diesseitige Flussufer zu befördern. Was für Fleury aussah wie drei- oder vierhundert trübe Gestalten, die eine Viertelmeile entfernt in einem Staubsturm am jenseitigen Ufer umherirrten, hatte für Harry eine klare Bedeutung. Er wusste genau, was geschah: Die Sepoys zogen ihre Truppen unterhalb des diesseitigen Flussufers zusammen, ehe sie zum Angriff übergingen. Das einzige Rätselhafte war für ihn, warum sie so lange dafür brauchten.

Unterdessen war die Sonne aufgegangen und der heiße Wind begann zu blasen, doch immer noch zögerten die Sepoys ihren Angriff hinaus. Während sie abwarteten, torkelte plötzlich Major Hogan auf die Veranda hinaus und hielt sich mit einer Hand am Türrahmen fest. Er hatte eine schreckliche Nacht gehabt, aber der Morgen war noch schlimmer gewesen; bei jedem Feuerstoß der Sechspfünder waren heiße Nadeln durch seine Ohren gefahren. Doch nun hatte er sich aufgerappelt und kam, um das Kommando über seine Männer zu übernehmen. Er konnte an dem Leichenhaufen sehen, wie nötig sie ihn brauchten.

Harry begrüßte Major Hogans Erscheinen mit Entsetzen; es war nicht nur, dass er selber den Befehl abgeben musste; sondern er wusste, dass Hogan inkompetent war. Wie hauchdünn ihre Chance auch sein mochte, die Stellung zu halten, unter Hogans Befehl wäre sie gleich null.

Jetzt, nachdem er sich gefangen hatte, machte Hogan den Mund auf, um den ersten Befehl zu erteilen; seine braunen Zähne öffneten sich, doch im selben Moment verschwand eine Musketenkugel dazwischen in seinem Mund; seine Augen traten hervor, er schien das Ding zu schlucken, dann fiel er, wie es sich fügte, nahe den anderen Leichen um, sein Hinterkopf zerschmetterte. Harry und Fleury wechselten einen Blick, sagten aber nichts.

Es war neun Uhr und die Hitze wurde unerträglich; man konnte das Äußere der Kanone nicht mehr anfassen; wenn von Fleurys Wischkolben ein Tropfen Wasser darauf fiel, zischte er unversehens weg. Die Bodenplatten flirrten und die Blutlache, in der Fleury ausgerutscht war, hatte sich in braunen Schlick verwandelt, der bei jedem Schritt ein saugendes Geräusch machte. Einmal trat Fleury auf etwas, was unter seinem Fuß zerquetschte, und er dachte erschreckt: »Jemandes Auge!« Er wagte kaum nach unten zu sehen. Aber es war nur eine von den Kabul-Trauben, die Barlow gegessen hatte.

Harry konnte voraussagen, dass Fleury und Ram ohne eine Pause nicht mehr lange durchhalten würden: Ram, weil er alt war, Fleury, weil er unerfahren war. Fleury sah zunehmend erschüttert aus; er vermied den Anblick der klebrigen Masse und der davon aufsteigenden Dunstschwaden, den Anblick der Leichen. Der Schrecken, vermehrt durch Lärm und Hitze, bemächtigte sich seiner. Also gab Harry den Befehl, das Feuer einzustellen; es war ohnehin Zeit, die Leichen aus der Sonne zu schaffen.

Während die anderen im Schatten ausruhten, ging Harry mit dem Fernrohr wieder hinaus; er hatte erwogen, die Kanone von ihrer bisherigen Position in eine andere zu bringen, um den Eindruck zu erwecken, sie hätten mehr als ein Geschütz in der Batterie. Aber eine Sechspfünder aus Messing wiegt siebzehn Zentner: Die Aussicht, sie von den Zapfen zu lösen und auf den Protz zu befördern, in eine neue Position zu ziehen, abzuprotzen, zu feuern, wieder aufzuprotzen, und das Ganze noch einmal, schnell genug und bei so einer Hitze, mit nur fünf Männern, war einfach zu viel, um überhaupt darüber nachzudenken.

Ihm schien, dass er über dem Rand des diesseitigen Flussufers Bewegung sehen konnte; eine grüne Fahne wurde in der heißen Brise langsam hin und her geschwenkt, und zugleich drang ein undeutliches Trommelschlagen an seine Ohren. Es war so weit, der Angriff stand bevor. Als er sich umdrehte, um die anderen an die Kanone zurückzubefehlen, kam der Veteran, den er zum Collector geschickt hatte, herbeigeeilt, salutierte und richtete ihm aus, der Collector Sahib könne derzeit keine Männer oder Gewehre schicken. »Collector Sahib sehr traurig und schickt diesen Gentleman, Sahib.« Harry blickte zu der Gestalt, die dem Veteran schüchtern auf die Veranda gefolgt war. Es war der Hausdiener des Collectors, Vokins.

Vokins starrte ihn einen Moment lang unglücklich an, aber dann summte eine verschwendete Musketenkugel durch die Luft, schlug neben ihm gegen das Backsteinmauerwerk und rollte auf seine Füße zu. Er sprang zurück, als wäre sie ein Skorpion, und floh in die Dunkelheit der Banketthalle, um sich in einen Haufen Bettzeug zu ducken. Sobald sich seine Augen aber an das düstere Licht gewöhnten, merkte er, dass dieser Haufen Bettzeug in Wirklichkeit ein Leichenhaufen war, das vollbrachte Werk des Morgens. Nach einer kurzen Auseinandersetzung mit sich selbst beschloss er, es sei das Beste, sich wieder hinauszuwagen, unter die Lebenden.

XI

Der Collector war mit Sicherheit besorgt um die Banketthalle; wenn er nur Vokins geschickt hatte, so nicht, weil er bezweifelte, dass Leutnant Dunstaple in Schwierigkeiten war, sondern weil die anderen drei Batterien und jeder Zoll der Befestigungsanlagen ebenfalls in Schwierigkeiten waren. Zuerst hatte er erwogen, weitere Männer aus der Residenz zu schicken; der Beschuss aus Richtung der Eingeborenenstadt war zuerst nur schwach gewesen. Es hatte sogar den Eindruck gemacht, als fehle es den Sepoys vielleicht an Munition, weil sie Nägel, Splitter von Ladestöcken, sogar Steine gefeuert hatten. Aber dann war der Beschuss heftiger geworden und eine Zwölfpfünder hatte begonnen, die Mauern des oberen Stockwerks mit Vollkugeln zu durchschlagen; und dann war die feindliche Infanterie in die Lehmhäuser der Eingeborenen im Umkreis der zerstörten Moschee vorgerückt. Er verfluchte sich selbst, dass er sie nicht auch hatte einebnen lassen; was er nicht begriffen hatte, war, dass Erde ein besseres Material für Befestigungen abgibt als Mauerwerk, welches bricht, zerspringt und Splitter durch die Gegend schleudert wie ein Schrapnell.

Kurz nach neun Uhr machte sich der Collector auf den Weg zur Cutcherry, um zu schauen, wie seine Männer dort zurechtkamen. Er nahm einen Stock und einen Tropenhelm; im Knopfloch seines Gehrocks trug er eine rosarote Rose, die eine der Ladies ihm am Vorabend gegeben hatte. Er freute sich über die Rose; sie half ihm, ruhig und heiter zu erscheinen. Jetzt, da die Verteidigung der Residenz begonnen hatte, musste es seine Hauptaufgabe sein, die Moral der Besatzung zu stärken. Mit diesem Gedanken ging er zur Cutcherry hinüber als wäre es ein Morgenspaziergang, ohne den Musketenkugeln, die gelegentlich vorbeipfiffen, die geringste Beachtung zu schenken. Er hielt sogar inne, um die merkwürdige Ansammlung von Tieren zu besichtigen, die sich zum Schutz gegen die Sonne im Schatten der Kirche drängten.

Es waren hauptsächlich Hunde, aber es gab auch ein oder zwei Mungos, ja sogar einen Affen mit einer Glocke um den Hals und einer mit Gummiband befestigten Schiffermütze auf dem Kopf. Der Collector glaubte, einen der Hunde als den von Dr. Dunstaple wiederzuerkennen, den er einmal bei einer Hasenhetze des North of India Coursing Club gegen einen seiner eigenen Hunde (Towser, 1852–55, heißgeliebt, aber nun tot und mit einem eigenen kleinen Grabstein, RIP, neben der Sonnenuhr begraben) hatte rennen sehen. Dieser Hund des Doktors, Towsers einstmaliger Gegner, war ein brauner Mischling … obwohl er bemerkenswert schnell gerannt und dem Hasen dicht auf den Fersen geblieben war, erinnerte sich der Collector, ja ihn sogar schon am Fell gepackt hatte, hatte er ihn am Ende laufen lassen, und der Gejagte war in ein Zuckerrohrfeld entkommen. So hatte es keine Tötung gegeben. Aber jetzt schien er den Collector wiederzuerkennen, denn inmitten der anderen schläfrigen Hunde, unter denen auch Chloë döste, setzte er sich plötzlich auf, bellte kurz und starrte ihm mit intelligenten braunen Augen hinterher, als er weiterging.

Ein paar Yards entfernt, ebenfalls im Schatten der Kirche, war eine andere Ansammlung von Hunden, unzivilisiert und furchtbar anzusehen. Trotz der Jahre, die er im Osten verbracht hatte, war es dem Collector nie gelungen, sich an das Aussehen der Pariahunde zu gewöhnen. Abscheulich dünn, das Fell bis auf die nackte Haut von Räude zerfressen, endlos und zwecklos sich kratzend, ängstlich, bösartig und oft halb verkrüppelt, wirkten sie wie eine Parodie auf das, was die Natur beabsichtigt hatte. Tatsächlich hatte er einst, als er das erste Mal in Garden Reach in Kalkutta gelandet war, das Gleiche über die menschlichen Bettler gedacht, von denen es an der Anlegestelle wimmelte; auch sie waren ihm wie eine Parodie erschienen. Und doch, wenn der Collector fromme Almosen für die Armen gab, dann gab er sie für die englischen Armen, die er durch eine feste Vereinbarung mit seinem Bevollmächtigten in London unterstützte; er hatte akzeptiert, dass der Armut in Indien nicht abzuhelfen war. An die Menschen hatte er sich mit der Zeit gewöhnt … an die Hunde nie.

Eine Musketenkugel, die in einer Staubwolke die Kirchenmauer streifte, erinnerte ihn jedoch an seine Pflichten, und während er würdigen Schritts weiterging zur Cutcherry, dachte er, auch die Haustiere seien ein Fehler gewesen … er hätte nie zulassen dürfen, dass sie mit in die Enklave gebracht wurden. Es gab keine Ration für Hunde … und, wenn man schon dabei war, auch nicht für Affen oder Mungos. Sie würden alle verhungern, wenn nicht bald Hilfe kam … oder ihre Herren würden ihr eigenes Essen mit ihnen teilen und gemeinsam mit ihnen verhungern. Es wäre besser gewesen, sie alle zu erschießen. Aber ein zivilisierter Mensch erschießt nicht seinen Hund … seinen »besten Freund«. Ja, aber dies waren außergewöhnliche Umstände. Inzwischen sprach man schon davon, Ehefrauen zu erschießen, falls die Lage hoffnungslos würde, um ihnen ein schlimmeres Schicksal in den Händen der Sepoys zu ersparen.

Die Hunde, sowohl Lieblingstiere als auch Parias, dösten unbehaglich weiter, mit heraushängenden Zungen in der großen Hitze, während der Collector in Richtung der knatternden Gewehrschüsse und krachenden Artillerie verschwand. Hätten sie die Kraft gehabt, ihre Köpfe von den Pfoten zu heben, hätten sie ihn etwas später zurückkehren sehen können. Er sah mehr oder weniger genauso aus, nur dass er jetzt schneller ging und nicht innehielt, um sie zu betrachten. Die rosarote Rose, die er trug, war innerhalb der wenigen Minuten, die sie dem heißen Wind und der Sonne ausgesetzt gewesen waren, im Knopfloch verwelkt.

Wieder in der Residenz, ging er direkt in sein Studierzimmer, schloss die Tür und stürzte ein Glas Branntwein hinunter. Er hatte getan, was seine Absicht gewesen war: Er hatte eine zuversichtliche Runde durch die Cutcherry-Gebäude gemacht; er hatte den Männern Mut zugesprochen, die verschanzt hinter Stapeln von Berichten und Dokumenten (ein hervorragender Schutz gegen Musketenbeschuss) durch die Fensteröffnungen feuerten; er hatte das halbe Dutzend Verwundeter besucht, die ins Büro des Magistrate gebracht worden waren, bis sie in die Bibliothek der Residenz, die provisorisch als Hospital diente, verlegt werden konnten; er war sogar nach draußen gegangen, um mit den Männern am Festungswall zu sprechen. Aber jetzt musste er sich erneut ein Herz fassen.

Er stand an seinem Schreibtisch, das leere Glas in der Hand, als eine verirrte Musketenkugel von *DER GEIST DER WISSENSCHAFT EROBERT UNWISSENHEIT UND VORURTEIL* in der Nähe des Fensters abprallte. Vor Schreck warf er sich sofort auf den Boden. Er hörte die Kugel durch den Raum schwirren, ihn von einer Wand zur andern wieder und wieder tödlich durchschneidend, wie eine Billardkugel, die von einer Bande zur anderen läuft. Eine lange Zeit blieb er geduckt am Boden, ehe er in der Lage war, sich selbst davon zu überzeugen, dass es physikalisch gesehen, wissenschaftlich gesehen, schier unmöglich war, dass eine Musketenkugel in einem rechteckigen Raum immerfort auf diese Weise rikoschettieren konnte. So zwang er sich denn, wieder aufzustehen, und erlitt keinen Schaden; ein kleiner, aber signifikanter Triumph für die wissenschaftliche Art, Dinge zu betrachten. Gegenwärtig fühlte er sich genügend wiederhergestellt für den nächsten zuversichtlichen Einsatz, diesmal, um die Männer von Dunstaples Batterie zu ermutigen.

XII

»Herr, hilf uns, wir verderben. Nur die Lebenden, die Lebenden loben dich …«

In der Banketthalle wartete die kleine Besatzung in Kampfbereitschaft auf den feindlichen Angriff. Geladene Enfield Gewehre lehnten an der Balustrade, und die Kanone war mit Kartätsche geladen. Während sie warteten, hatte Harry seiner Mannschaft, Fleury, Barlow und Vokins, einige elementare Anweisungen zum Gebrauch des Enfield Gewehrs gegeben; er hatte erklärt, es handele sich hier um das 1853er Modell, drei Züge, mit Patronen von zweieinhalb Drams, Auslösung durch Zündhütchen. Um eine menschliche Gestalt auf 100 Yards zu treffen, ziele man auf die Hüfte. Auf 150 Yards hebe man die Gleitschiene, hebe das Visier und ziele mit dem 200-Yards-Punkt auf den Oberschenkel. Auf 200 Yards ziele man mit dem 200-Yards-Punkt auf die Hüfte. Auf 300 Yards mit dem 300-Yards-Punkt auf die Hüfte. Noch Fragen? Nein, es schien keine Fragen zu geben. Vokins Zähne klapperten trotz der Hitze, und er sah aus wie jemand, in dessen Kopf sich Oberschenkel und Hüften und Zündhütchen und Gleitschienen unentwirrbar verheddert hatten. Fleury, mit einem hoffnungslosen Wirrwarr von Gestalten im Kopf, träumte wieder vor sich hin und probierte, wenngleich bemüht, ein höflich-interessiertes Gesicht zu machen, im Geist schemenhaft verschiedene Posen für Daguerrotypien aus, die in der *Illustrated London News* erscheinen könnten. Nur Barlow schien sich verständig für die Sache interessiert zu haben.

»Wie schätzen Sie Entfernungen ein?«, fragte Harry lästig. »Ich nehme an, Sie wissen es wohl alle, da niemand eine Frage hatte.« Alle blickten ihn geläutert an, also erklärte Harry es. Mit guten Augen könne man auf 1.300 Yards Entfernung Infanterie von Kavallerie unterscheiden. Ein einzelnes, abgelöstes Individuum sei etwa auf 1.000 Yards zu erkennen, der Kopf erscheine aber noch nicht als runde Kugel, dies sei erst bei 700 Yards der Fall, und auf selbige Entfernung sehe man auch weiße Kreuzriemen vor der Brust und weiße Hosen. Auf 500 Yards erscheine das Gesicht als ein leicht farbiger Fleck, auch seien Gliedmaßen, Uniform und Steinschloss auszumachen. Auf 250 oder 200 Yards würden Einzelheiten von Körper und Uniform einigermaßen klar. »Oder aber, Vokins, Sie multiplizieren die Anzahl der Sekunden zwischen dem Moment, in dem Sie die feindliche Muskete aufblitzen sehen, und dem Hören des Knalls mit 1.100, und das Ergebnis entspricht der Entfernung in Fuß. Verstanden?«

»Und das Ergebnis entspricht der Entfernung in Fuß«, murmelte Vokins eindrucksvoll, aber mit einer Miene vollkommener Verständnislosigkeit. Jede weitere Befragung wurde ihm durch das plötzliche Auftauchen des Padre erspart.

Der Padre sah verstörter aus denn je, mit wildem, fast irrem Blick. Er hatte gedacht, er würde es niemals schaffen, die Bankethalle zu erreichen, denn er hatte den Abschnitt des offenen, von Musketenfeuer und Traubenhagel gepeitschten Rasens überqueren müssen, der zwischen der Kirche und der Halle lag, und hatte sich im »Pfuhl der Verzweiflung« gewähnt. Wie nackt man sich fühlt, und wie klein! Ein solches Stück Land zu überqueren, das war wie bei der Umschiffung der Felsen, Riffe und Untiefen des Lebens: Man fühlt, dass man aus sich selbst heraus ein Nichts ist. Der einzige Schutz, den man genießt, liegt in Gott. Die Lebenden, die Lebenden loben dich! Der Herr war ihm ein starker Schild gewesen und hatte seinen Kopf am Tag der Schlacht bedeckt.

Das alles und mehr erklärte der Padre der kleinen Besatzung. Die Männer waren froh um Gebete. Sie hatten das Gefühl, je mehr Gebete sie hörten, desto besser. Aber sie wurden etwas ungeduldig, als der Padre sich ausschweifend über die Sünde ausließ. Kein Zweifel, dass er die Wahrheit sagte, aber sie mussten an den Feind denken … Es war ungefähr so, als wäre da jemand, der ständig fragt, wie spät es ist, wenn dein Haus in Flammen steht. Sie fanden es schwierig, ihm ihre volle Aufmerksamkeit zu schenken.

Doch etwas anderes brannte dem Padre auf der Seele. Der Gedanke nämlich, wenn sie nun gestraft wurden, wie Sodom und Gomorra gestraft worden waren, könnte es daran liegen, dass nicht nur Sünde, sondern auch Ketzerei in ihrer Mitte war. Und so führte er Fleury in die Bankettalle, hieß ihn niederknien, während er ein Gebet über dem Leichenhaufen sprach, und fragte ihn dann, warum er widersprochen habe, als er hörte, dass Gott als Planer der Welt beschrieben wurde.

»Glauben Sie nicht, dass Gott die Welt und alles, was darin ist, geplant hat?«

»Nun«, sagte Fleury, »es ist nicht unbedingt, dass ich es nicht glaube …« Mit den unverwandt auf ihn gerichteten blauen Augen des Padre, die ihn fixierten, fiel es ihm schwer, seine Gedanken zu versammeln. Der Padre wartete schweigend darauf, dass Fleury weitersprach. Sie hatten die Türen und Fenster gegen den heißen Wind geschlossen, aber die Hitze war nicht weniger drückend. Ein Schwarm Fliegen umgab jeden von ihnen, in ständigem Kampf, auf ihren Gesichtern zu landen. Sie hörten das Geräusch von Stiefeln draußen auf den Bodenplatten und gelegentlich das Krachen einer Muskete, aber dazwischen waren sogar die Fliegen still.

»Wenn Sie glauben, wie Sie es müssen, dass Gott die Welt und alles, was darin ist, geplant hat, warum verkünden Sie es dann nicht? Warum loben Sie Gott nicht für diese Wunder, die Er erschaffen hat? Ich bin sicher, dass Sie in der Schule Paley* gelesen haben.«

»Aber ich glaube«, platzte Fleury plötzlich heraus, »dass Gott mit solchen Dingen nichts zu tun hat … Gott ist eine Regung des Herzens, des Geistes oder des Gewissens … er ist in jedem großmütigen Impuls, in jedem tugendhaften und edlen Gedanken.«

»Wollen Sie die Zeichen von Erfindung und Planung, die in den Werken der Natur enthalten sind, bestreiten … von Erfindung und Planung, die alles, wozu wir Menschenwesen fähig sind, bei Weitem übertreffen? Wie würden Sie solche Zeichen erklären? Wie würden Sie den feinen Mechanismus des Auges erklären, so unendlich viel komplexer als das dürftige Fernrohr, das die elende Menschheit zu erfinden vermochte. Wie würden Sie das Auge eines Aals erklären, das beim Wühlen in Schlamm oder Steinen verletzt werden könnte und zum Schutz mit einer transparenten Hornbedeckung ausgestattet ist? Wie kommt es, dass die Iris eines Fischauges nicht kontrahiert? Ach, arme, irregeleitete Jugend, es kommt daher, dass das Fischauge von Ihm, dem Allmächtigen, entworfen wurde, damit es sich dem trüben Licht anpasst, in dem der Fisch sein Wasserdasein führt!«

Ein fürchterliches Krachen erschütterte das Gebäude, als eine Vollkugel in die Außenwand schlug und einen Schauer von Backsteinen herunterregnen ließ, gefolgt von rieselndem Staub, der in den dünnen Lichtstrahlen glitzerte. Doch der Padre schenkte dem keine Beachtung.

»Wie würden Sie das Indische Wildschwein erklären?«, schrie er. »Wie begründen Sie seine beiden nach oben gekrümmten Eckzähne, die über einen Yard lang aus dem Oberkiefer ragen?«

»Um sich zu verteidigen?«

»Nein, junger Mann, für diesen Zweck hat es genau wie der gewöhnliche Keiler zwei Hauer, die aus dem Unterkiefer wachsen … Nein, die Antwort lautet, dass dieses Tier im Stehen schläft, und um seinen Kopf zu halten, hängt es sich mit den beiden oberen Hauern an Ästen ein … denn der Planer der Welt hat sogar den Schlummer des Wildschweins bedacht.«

Kaum war die Stimme des Padre verhallt, da hörte Fleury

einen Ruf von draußen und Gewehrfeuer von den Festungswällen.

»Schauen Sie, ich fürchte, ich muss jetzt gehen!«, rief Fleury aufgeregt, während er zur Tür stürzte. Aber der Padre sprang schreiend hinterher: »Denken Sie an den Magen des Kamels! Darauf eingerichtet, große Mengen Wasser zu speichern, die es für die tägliche Mühsal seiner beschwerlichen Wege durch Wüstengegenden braucht.«

Geblendet von der Helligkeit, tastete Fleury nach dem Wischkolben und nahm seine Stellung an der Kanone ein. Der Padre kam ebenfalls heraus und stand nun da, benommen wie ein Fisch im Sonnenlicht, gleichsam im Selbstgespräch vor sich hin murmelnd: »Denken Sie an die Milch des lebendgebärenden Weibchens!« Fleury zog ihn rasch an den Boden, in den Schutz der Philosophen; er dachte, der Padre sei vielleicht im Fieberwahn vor Hitze und Erschöpfung.

Doch ob im Fieberwahn oder nicht, Harry brauchte sowohl praktischen als auch geistlichen Beistand vom Padre; also zog er ihn wieder hoch und wies ihn an, gemeinsam mit Vokins die Munition zu bedienen; Barlow und dem zweiten eingeborenen Veteranen, Mohammed, befahl er, mit Gewehren Stellung auf der Veranda zu beziehen, während sich Fleury und Ram wieder mit Wischkolben und Ladestock bereithielten. Jetzt verstärkte sich das Gewehrfeuer an den Brustwehren rechts und links der Batterie; man sah die Sepoys zum Angriff über den Rand des nahen Flussufers schwärmen. Harry und Fleury hatten ihre Säbel neben sich auf die Brüstung gelegt; sie hatten beschlossen, falls ihre Verteidigungsanlagen überrannt werden sollten, würden sie ihr Leben so teuer als möglich verkaufen, statt zu versuchen, sich aus dem Staub zu machen … Fleury hatte sich (nur mit Schwierigkeiten) dazu durchgerungen, gewisse Bedenken zu überwinden, ob die Entscheidung, sein Leben so teuer als möglich zu verkaufen oder es überhaupt feilzubieten, tatsächlich die weiseste sei.

Obwohl der Feind mittlerweile voll in Sicht war und stetig über das offene Gelände vorrückte, hielt Harry sein Feuer zurück. Kartätschenladungen bestanden aus dünnen, zylindrischen Blechbüchsen, die lose mit kleinen Bleikugeln gefüllt und an einem hölzernen Treibspiegel befestigt waren, oben verlötet, unten angenagelt, um »Spiel« im Lauf zu vermeiden (das heißt, ein verfrühtes Entweichen der Treibgase aus dem Geschoss); so verheerend die Wirkung einer derartigen Ladung auf ein- oder zweihundert Yards war, streute sie auf eine Entfernung von mehr als dreihundert fast bis zur Nutzlosigkeit. Fleury wusste das nicht und fragte sich, dauernd zu Harry hinüberschielend, worauf dieser wartete. Er fühlte sich schlapp, schwindlig im Kopf, durstig und hundeelend; jetzt, da er die blitzenden Säbel der Sepoy-Kavallerie sehen konnte, fühlte er sich nicht annähernd so mutig wie erwartet. Außerdem war er entnervt vom Padre, der trotz ihrer schlimmen Lage, oder gerade deswegen, nicht aufgehört hatte, dringende Beweise für die verräterische Hand des allmächtigen Planers zu murmeln … Aus welchem Instinkt heraus Schmetterlinge ihre Eier auf Kohl ablegen, den nicht die Schmetterlinge selber, sondern die aus ihren Eiern schlüpfenden Raupen zur Ernährung brauchen. (Aber, fragte sich Fleury aufgelöst, warum hatte der Planer nicht einfach vorgesehen, dass auch Schmetterlinge Kohl fraßen?)

Die Augen des Padre suchten in Fleurys verstörter Miene nach Zeichen seines brechenden Widerstands. Denn ob der Padre wollte oder nicht, er konnte sich ihre Lage nicht anders vorstellen, als dass die versammelten Sünden der Besatzung in der Waagschale lagen gegen alles, was sie nur aufbringen konnte an Tugendhaftigkeit, vermehrt um die Gnade und Barmherzigkeit Gottes, die sie etwas schwerer wiegen ließen. In dieser Lage konnte Fleurys Weigerung, das Patent des Erfinders anzuerkennen, dem Allmächtigen nur missfallen und fiel zweifellos schwer auf der Seite der Sünde ins Gewicht. Wenn es dem

Padre gelang, dieses Gewicht zu verschieben, würde es vielleicht … wer weiß? … den Ausschlag gegen die Sepoys geben.

»Denken Sie an die eingekerbte Mittelkralle des Reihers und des Kormorans, wie eine Säge! Warum? Weil diese Vögel vom Fischfang leben und die ausgezackten Ränder ihnen helfen, ihre schlüpfrige Beute festzuhalten!«

Jetzt stieg ein den Magen umdrehendes Geheul von den näherkommenden Eingeborenen auf; die *sowars* gaben die Sporen, die Infanterie brach in einen Sturmlauf aus, die Bajonette zum Einsatz bereit; hinter ihnen erhob sich ein gelber Staubvorhang in die hitzeflimmernde Luft. Bei zweihundert Yards Entfernung gab Harry Ram den Feuerbefehl; wieder gab es ein Getöse, das die Trümmer auf den Bodenplatten tanzen ließ; aber diesmal sah man keine Vollkugel oder Schrapnellgranate zum Fluss hinübersegeln … nur einen fest wirkenden Rauchball, der mit einer Stichflamme aus der Kanonenmündung schoss. Doch jetzt sahen sie die grauenhafte Wirkung, wie die nahenden Männer und Pferde von unsichtbaren Bleikugeln versprengt wurden. Der wilde Schrei schwoll an vom Kreischen der Verwundeten … Der Angriff stockte, dann ging er weiter, während die Staubwelle vorwärtsrollte und die Szene des Gemetzels verschluckte.

Sie arbeiteten verzweifelt daran, die Kanone neu zu laden. Fleury wischte die Seele aus, um dann mit zitternder Hand, überall Pulver verstreuend, das Zündloch zu bedienen, während der Padre, mit den schmächtigen Armen eines Kirchenmanns kaum in der Lage, eine solche Last zu tragen, die makabre Kartätsche an Ram übergab und Harry die Richtschraube drehte, bis die Erhöhung auf Kernschussweite, dem Punkt der kürzesten Distanz stand.

Aber wie wenige Sekunden braucht ein galoppierender Reiter, um zweihundert Yards zurückzulegen! Schon in dem Moment, als Harry, in seiner Aufregung den Luntenstock ergreifend, das Feuer ans Zündloch brachte, waren die führenden *sowars* unter die Mündung geritten und sprengten nun den Festungswall entlang, indem sie Eurasiern und Pflanzern die Köpfe abschlugen, als ob es Pusteblumen wären.

Doch erneut spuckte die Kanone den herannahenden Sepoys ihre Metallmahlzeit ins Gesicht, diesmal genau in die Mitte der Kavallerie. Männer und Pferde schmolzen in den Boden wie Wachs unter der Berührung seines glühenden Atems. Der Tod, auf mächtigen Schwingen hoch oben darüber schwirrend, stürzte herab, um seine Beute zu holen.

Wieder zerrten und stopften und fummelten sie, um die Sechspfünder zu laden. Fleurys Hand zitterte jetzt so sehr, dass er das Zündkraut überallhin zu schütten schien, außer in das Zündloch, und Harry betete, dass genug übrigblieb, um den Schuss abzufeuern, denn wenn es schiefging, würde es keinen Versuch mehr geben. Er konnte jetzt sehen, wie die Silhouetten der Sepoy-Infanterie mit funkelnden Bajonetten den Staubschleier durchbrachen.

»Sogar die Insekten legen Zeugnis ab von Gott«, wimmerte der Padre. »Ist der Rüssel der Biene nicht eigens dafür geschaffen, Nektar aus Blüten zu saugen?«

Harry hielt den Luntenstock ans Zündloch, und vor dem Festungswall brach die heranrückende Infanterie wie ein riesiger Tausendfüßler, dessen Körper in der Staubwolke verborgen war, allseits zusammen, krümmte sich und blieb still liegen. Die nachfolgenden Männer, die noch auf den Beinen waren, zögerten, außerstande zu sehen, was vor ihnen im Staub lag. Das Einzige, was sie sehen konnten, war die sich abzeichnende Gestalt der Bankettshalle und, erstaunlich in ihrer Klarheit, zwei große weiße Gesichter, die ihnen ruhig, mit einem Ausdruck von vollkommener Weisheit, Verständnis und Mitgefühl, entgegensahen. Die Sepoys verzagten beim Anblick so unbezwinglicher Überlegenheit.

»Vorwärts«, rief Harry, und schon packten er und Fleury ihre Säbel, stolperten quer durch die finstere Bankettshalle und wieder ins Licht hinaus. Hier bot sich ein schrecklicher Anblick, zwei *sowars* waren im Begriff, den Schädel des letzten eurasischen Verteidigers zu spalten. Harry schnappte sich ein reiterloses Pferd, schwang sich in den Sattel und stürmte los, während sich die beiden *sowars* von ihrem tödlichen Geschäft abwandten; doch sie waren beide bereit, Harry zu empfangen, und hieben gleichzeitig nach ihm, als er durch die Wucht, mit der sein Pferd auf die ihren stieß, durch die Luft geschleudert wurde. Ein Hieb ging daneben, der andere schlitzte seinen Waffenrock an der Brust auf. Er blieb still liegen und die *sowars*, die ihn für tot hielten, machten kehrt. Unterdessen hatte sich Fleury in ganz unmilitärischer Manier auf Zehenspitzen von hinten angeschlichen und hieb nun dem einen der beiden ins Gesicht, dass er vom Pferd taumelte. Prompt setzte der andere *sowar* Fleury mit der Lanze nach, trieb sein Pferd die Stufen zur Banketthalle hinauf, jagte ihn im Zickzack um die »griechischen« Säulen und dann wieder die Treppe hinunter, so dicht hinter ihm, dass Fleury die Nüstern des Pferdes heiß in seinem Nacken spürte. Auf der untersten Stufe stolperte Fleury genau im richtigen Moment, in dem sein Verfolger mit der Lanze vorwärtsschoss; zugleich brachte er es fertig, die Lanze zu erwischen und den Reiter aus dem Sattel zu reißen. Kopf und Schulter des *sowar* schlugen mit solcher Wucht auf den Boden, dass sein Schlüsselbein herausschnappte und er brüllend an den Steigbügeln über den Festungswall geschleift wurde, um in der Staubwolke zu verschwinden.

Nach Luft ringend, war Fleury völlig außer Atem, aber nun bereit, sich zu beglückwünschen. Er setzte sich auf die unterste Stufe, den Kopf zwischen den Knien, und versuchte sich zu erholen. Doch als er wieder aufblickte, stand ein riesiger, bärtiger Sepoy vor ihm, nur einen Yard entfernt, den Säbel schon erhoben, um ihn ins Jenseits zu befördern … irgendwie schaffte er es, den Hieb zu parieren und zurückzuschlagen, aber der Sepoy wehrte seinen Versuch mühelos ab, wand ihm den Säbel aus der

Hand und warf ihn grinsend weg. Fleury schlug hoffnungslos mit nackten Fäusten nach dem bärtigen Gesicht, ein Angriff, der unglücklicherweise unbemerkt blieb, da der Sepoy seinerseits damit beschäftigt war, zum tödlichen Schlag auszuholen. Fleury, zu schwach, um zu rennen, beobachtete seinen Gegner fasziniert. Der Sepoy schien anzuschwellen, während er sein Schwert zurückzog; er wurde dicker und dicker, bis es schien, als müsste sein Waffenrock, an dem Fleury die unverblichenen Stellen, von denen er die Abzeichen seines Ranges in der *Company*-Armee abgerissen hatte, eindeutig erkennen konnte, jeden Moment platzen; sein Gesicht wurde rot und röter, während er den Säbel jetzt mit beiden Händen hob, als hätte er es darauf abgesehen, Fleury nicht nur zu töten, sondern ihn zweizuteilen, der Länge nach, mit einem Hieb. Aber der Hieb wurde nie ausgeführt. Stattdessen ließen die Augen des Mannes von Fleurys entsetztem Gesicht ab und senkten sich auf seinen eigenen Bauch, aus dem plötzlich, leicht rechts von seinem Bauchnabel, eine glänzende Metallspitze hervorgesprungen war. Beide, er und Fleury, starrten sie verwundert an. Dann hörte der Sepoy auf zu schwellen und begann zu schrumpfen. Bald war er wieder normal groß. Aber er schrumpfte weiter, bis er plötzlich aus der Sicht fiel und die ziemlich ernste Miene Harrys freigab, spähend, in welchem Zustand sich Fleury befand.

»Ich glaube, fürs Erste sind wir sie alle los«, sagte Harry, indem er einen Fuß aufs Kreuz des Sepoys setzte, um seinen Säbel zurückzuziehen. »Die Infanterie hat kehrtgemacht, dem Himmel sei Dank!«

»Denken Sie nur, wie gut Flossen fürs Wasser und Flügel für die Luft geeignet sind, wie sehr die Erde ihren Bewohnern dient!«, rief der Padre aus, unvermittelt, wie durch die Anrufung des Himmels heraufbeschworen, an Fleurys Seite auftauchend. »In allem auf Erden sehen wir Zeugnisse eines Plans. Wenden Sie sich ab von Ihrer Blindheit, ich bitte Sie in Seinem Namen. Alles, vom Fischauge über die Nahrung der Raupe bis hin zum Kaumagen und den Schwingen des Vogels, liefert klare Beweise für den Plan des Allmächtigen. Welche Erklärung vermöchten Sie sonst in Ihrer Dunkelheit zu finden?«

Fleury starrte den Padre an, zu geplagt und erschöpft, um zu sprechen. Könnte es nicht sein, fragte er sich vage, womöglich am Rand einer Idee, die ihn berühmt machen könnte, dass Fische ihre Augen irgendwie selber erfunden haben?

Aber nein, das war natürlich ganz unmöglich. Also ergab er sich dem Padre. Obwohl, auch wenn die offensichtlichen Pläne des Allmächtigen nicht ernsthaft bezweifelt werden konnten, dachte er immer noch … nun ja, es sei wirklich eher eine Sache des Gefühls … Aber der Padre war zu glücklich, dass sich Fleurys Ohren endlich der Wahrheit geöffnet hatten, um dessen Ausflüchte in Gefühle und Empfindungen zu hören. Er sank nieder, während seine Knie die Brust des bärtigen Sepoys als Betkissen benutzten, und dankte Gott, denn die Angreifer waren in jeder Richtung zurückgeschlagen worden.

»Wir haben dies nicht durch unser Schwert erlangt«, sang er zur Erklärung, »noch wurden wir durch unsern Arm gerettet: sondern durch deine rechte Hand und deinen Arm, o Herr, und durch das Licht deines Angesichts, denn du warst uns gnädig.«

XIII

Der Collector war kurz vor dem Morgengrauen aufgestanden. Während er in Gesellschaft seiner beiden ältesten Töchter frühstückte, machte er unter der Kopfzeile des Vortags, Donnerstag, 11. Juni, ein oder zwei kurze, sachliche Eintragungen in sein Tagebuch. Das Frühstück war die Hauptmahlzeit des Tages und bestand aus Hammelbraten, Chapatis, Reis und Konfitüre. Nach dem Stand der Dinge betrug die Fleischration, einschließlich Knochen, sechzehn Unzen für Männer und zwölf für Frauen und Kinder, ergänzt durch eine zugeteilte Menge an Reis, Mehl und *dal** für diejenigen, mittlerweile die meisten, die keine eigenen Vorräte hatten. Unter dem 12. Juni, der das Datum des Tages war, vermerkte der Collector seine Absicht, Mr. Rayne, der das Proviantamt verwaltete, wegen der Möglichkeit einer weiteren Kürzung der Ration zu konsultieren. Ihm wurde immer deutlicher bewusst, dass es am Ende eher der Hunger als das Feuer der Sepoy-Kanonen sein könnte, der sie ins Verderben führen würde. Führungslos, hatten die verschiedenen Kontingente der Sepoys zunehmend Schwierigkeiten, gemeinsame Angriffe zu organisieren. »Unruhen unter den Ladies befrieden« fügte er unter der Notiz zur Rationierung hinzu.

Die Ladies noch im Kopf, ging er in den Ankleideraum hinüber, um seinen Schnurrbart zu kämmen und Öl über das stürmische Meer seiner Koteletten zu gießen. Inzwischen war es hell geworden und der heiße Wind, der den Tag unerträglich machte, säuselte schon durch die Zimmer und Korridore der Residenz; aus dem Fenster des Ankleideraums konnte er die Pferde der Sikh-Kavallerie sehen, die zum Schutz gegen Sonne und Geschosse im Windschatten der Veranda angebunden waren und unruhig zu scharren begannen, als die ersten Böen sie umwirbelten. »Arme Tiere. Das ist wahrlich nicht ihr Kampf.«

Mit Sorgfalt band er seine Krawatte, bauschte sie mit den Fingern auf und steckte sie mit einer Madras-Perle fest; dabei erinnerte er sich missmutig, dass Vokins nicht da war, um seinen Gehrock zu bürsten und ihm hineinzuhelfen. Sein Missmut nahm zu, als er ins Schlafzimmer zurückkehrte und gewahrte, dass seine Töchter, Eliza und Margaret, mit denen er gerade gefrühstückt hatte, schon wieder besorgte Mienen um sein Wohlergehen machten, denn mittlerweile fürchteten sie seine täglichen Runden zu den Festungsanlagen, die jetzt den ganzen Tag dauerten und sehr oft erst nach Einbruch der Dunkelheit endeten. Ärgerlich stellte er fest, dass das Messingfernrohr, mit dem sie ihn während seiner Rundgänge vom Fenster aus auf Schritt und Tritt ängstlich im Auge behielten, schon für den Tag bereit auf den Tisch gelegt worden war.

Als er an die Truhe ging, in der auf sein Geheiß ihre persönlichen Lebensmittelvorräte gelagert waren, dachte er verwirrt, es sei doch absurd, so viel Gemütsaufwallung! Obwohl es natürlich richtig war, dass sie ihn als Vater lieben und achten sollten, was wussten sie eigentlich von ihm? Sein wirkliches Selbst war ihnen vollkommen fremd. »Möge ich Papas Entscheidungen stets guten Herzens annehmen, ohne danach zu trachten, ihnen meinen eigenen Willen entgegenzusetzen« hatte eine von ihnen (es war symptomatisch für seine Schwierigkeit, dass er sich nicht erinnern konnte, welche) fromm in ihr Tagebuch geschrieben. Dieser pflichtbewusste Satz hatte ihn überrascht. Es war ihm nie in den Sinn gekommen, dass eines der Mädchen einen Willen haben könnte, der bestrebt wäre, sich unter welchen Umständen auch immer seinem eigenen zu widersetzen. Er dachte oft, dass er sie gern besser verstehen würde, aber wie sollte er? »Ist es meine Schuld, dass sie sich mir nie offenbaren?«

Der Collector ging mit großen Schritten die breite Veranda

entlang zum Billardraum, mit einem Päckchen in der Hand und verfolgt von der doppelten Ergebenheit seiner Töchter, die wie Kletten an ihm hingen. Der Billardraum war lang genug, um zwei der Länge nach hintereinander aufgestellte Tische zu fassen und den Spielern noch reichlich Platz zu bieten, sich drum herum zu bewegen, ohne sich gegenseitig zu stören; tatsächlich wäre es sogar möglich gewesen, bequem einen dritten Tisch aufzustellen; an beiden Seiten war ein großes Fenster, denn der Raum bemaß sich über die gesamte Breite der Residenz; die Decke, um der Kühle willen besonders hoch, war mit aufwendigem Stuckdekor von Blattwerk im englischen Stil verziert. Dies war einst einer seiner Lieblingsräume gewesen, aber jetzt fürchtete er sich, einzutreten. In der Tat musste er einen Augenblick innehalten, um sich zu sammeln für den unvermeidlichen Angriff auf seine Sinne.

Noch bevor er die Schwelle überschritten hatte, schlug ihm der Sturm auf den ersten seiner Sinne entgegen. Der Lärm in diesem Raum war ohrenbetäubend, insbesondere wenn man ihn, wie der Collector es tat, damit verglich, wie er früher, in den Tagen des Billardspiels, gewesen war. Ach, damals hatte er die Wirkung einer geruhsamen ländlichen Szene ausgestrahlt … die grünen Wiesen der Tische, das braune Leder der Sessel und dazwischen die friedlich umherwandelnden Gentlemen. Damals hatte es kein anderes Geräusch gegeben als das gelegentliche Klacken eines Billardballs oder das Schaben, wenn jemand seinen Queue einkreidete. Über den grünen Weiden hatten blaue Quellwolken von Zigarrenrauch sanft unter der Decke getrieben, gleich dem Himmel eines Sommertags. Aber jetzt, o weh, kreischende, im Streit oder in Emphase sich erhebende Stimmen zerrissen einem schier die Ohren; hier herrschte ein extremer Wettbewerb für jeden, der irgendwas zu sagen hatte, einschließlich einer Reihe schreiender Kinder, illegaler Papageien und Beos.

Von nun an waren es seine Augen, die sich angegriffen fühlten. Dieser Raum, so licht, so luftig, so vornehm proportioniert, war durch die Invasion der Ladies vollkommen verwandelt. Ein schmaler Gang führte mitten hindurch zum ersten Tisch, auf dem die beiden hübschen Misses O'Hanlon sich angewöhnt hatten, einander eng umschlungen in den Armen haltend zu schlafen; im Moment saßen sie in Chemisen und Petticoats, die Beine überkreuz, auf ihrem Bett und spielten irgendein törichtes Spiel, das sie veranlasste, sich von Zeit zu Zeit fröhlich quietschend die Hände vor den Mund zu halten. Der Gang führte weiter zum nächsten Tisch, mit nur einer Person belegt, der alten Mrs. Hampton, der Mutter des Padre. Sie war sehr dick, kurzsichtig und fast hilflos, unfähig, ohne fremde Hilfe von dem Tisch herunterzukommen. Als der Collector eintrat, saß sie in ihrem verwühlten Bettzeug und blickte sich unglücklich um, wie im Stich gelassen. Rechts und links des Ganges waren *charpoys* oder Matratzen oder beides übereinander wie Kraut und Rüben ausgebreitet worden, in einigen Fällen mittels gespannter Schnüre, die von der Wand zu den Kronleuchtern oder von einer Schur zur anderen reichten, durch daran aufgehängte Laken von den Nachbarinnen getrennt. »Oh, das sanfte und milchige Weibsgezücht! Wie wahr!«

Als er weiterging, sich nicht ohne Schwierigkeiten einen Weg durch den Gang bahnend, da von beiden Seiten Koffer, Kleider, Nähkörbchen und andere Besitztümer hineinragten, geriet der dritte seiner Sinne in Bedrängnis: diesmal der Geruchssinn ... Nahe der Tür herrschte ein gewaltiger Uringeruch von ungeleerten Nachttöpfen, der dankenswerterweise bald einem weiblichen Geruch von Lavendel und Rosenwasser wich ... ein Duft, der mit Schweißgeruch vermischt seine Sinne reizte. Er machte ihm die Tatsache bewusst, dass viele der Ladies, wenn man es so recht bedachte, attraktive junge Frauen waren, von denen manche nur teilweise bekleidet oder ohne Strümpfe oder hinter ihrem fadenscheinigen, unangemessenen Sichtschutz vielleicht noch gänzlich unbekleidet waren. Er ging mit entschieden schweren und väterlichen Schritten zwischen ihnen hindurch, nur flüchtig eine gelegentliche Bewegung weißer Haut gewahrend, die ihn, da nicht klar war, zu welchem Körperteil selbige gehörte (und es, soviel man sagen konnte, ein intimes sein mochte), unfreiwillig erregte. Er dachte streng: »Wirklich, sie benehmen sich hier, in ihrem Privatbereich, mit ebenso wenig Bescheidenheit und Zurückhaltung wie in der Öffentlichkeit mit Mäßigung.«

»Mrs. Rayne«, donnerte er in einem ernsten Ton, der seiner unerwünschten Erregung entsprang. »Machen Sie bitte das Fenster auf. Die Ärzte haben angeordnet, alle Fenster tagsüber geöffnet zu halten, um uns vor einer Epidemie durch schlechte Luft und unsere beengten Verhältnisse zu bewahren.« Die Autorität seiner Stimme ließ das Geschwätz verstummen, aber seine Worte riefen allerhand schwaches Stöhnen voller Protest und Rebellion hervor. Es sei ihnen schon jetzt so heiß! Wenn auch noch der heiße Wind durch den Raum bliese, würde es unerträglich sein. Sie hielten es nicht aus! »Und letzte Nacht ist eine Maus über mich gelaufen!«, schrie Miss Barlow, die Tochter des Salzverwalters. »Ich habe ihre ekligen, kratzigen kleinen Füße mitten im Gesicht gespürt.«

»Der *dhobi** hat angefangen, unverschämte Preise zu verlangen, Mr. Hopkins«, klagte eine schläfrige Stimme hinter einem der herabhängenden Laken. »Kann man denn nichts dagegen tun?«

Der Collector, der vermutete, dies sei die Stimme der untätigen, schönen, schwangeren, immermüden Mrs. Wright, Witwe eines Eisenbahningenieurs, erlebte erneut ein ärgerliches Zwicken lustvoller Begierde, und nachdem er noch einige weitere Kümmernisse angehört hatte, entlud er seine Gefühle, indem er eine ungewöhnlich strenge Predigt hielt.

Der Grund des Unmuts unter den Ladies sei, wie er vermute, nicht einfach, sondern kompliziert. Viele der Ladies müssten zum ersten Mal in ihrem Leben für sich selber sorgen. Sie müssten ihr eigenes Wasser von dem Brunnen hinter der Residenz holen, wenn sie sich waschen wollten. Sie müssten Feuer für sich anzünden (manchmal halfen die alten Gentlemen aus dem Gesellschaftszimmer, brauchten aber so lange, dass die Ladies es fast einfacher fanden, es selbst zu machen) und ihr Teewasser kochen. Die beiden *dhobis*, die in der Enklave der Residenz geblieben seien, begännen nun, von ihrer Loyalität zu profitieren, und hätten ihre Preise, wie es scheine, verdreifachen können, ohne Kundschaft einzubüßen … diejenigen Ladies, die unfähig oder unwillig seien, solche Preise zu bezahlen, müssten ihre Kleider selbst waschen und womöglich auch die ihrer Mannsleute. Und nun kombiniere man all diese mühsamen, ungewohnten Pflichten mit den Umständen, unter denen sie derzeit leben müssten … zarte, an *punkahs* und *khus tatties* gewöhnte Geschöpfe, plötzlich den ganzen Tag lang dem heißen Wind ausgesetzt, der nebenbei bemerkt auch die wenigen noch bewegten *punkahs* ziemlich nutzlos mache! Kein Wunder, dass sie in so schlechter Gemütsverfassung seien.

Es gab jedoch noch andere Beschwerden. Eine der älteren Ladies, Mrs. Rogers, war aus dem separaten Zimmer, das sie mit ihrem Ehemann geteilt hatte, vertrieben worden, um einer Lady Platz zu machen, die ihre Niederkunft erwartete, und sie war in der Tat höchst verärgert, sich hier inmitten dessen wiederzufinden, was sie nicht zögerte, gleich einem Echo der eigenen Gedanken des Collectors »ein Gezücht« zu nennen. Die Ladies im Billardraum hatten sich gemäß den Rängen ihrer Ehemänner oder Väter in Gruppen aufgeteilt. Mrs. Rogers, die Gemahlin eines Friedensrichters, sah sich wegen ihres höheren Ranges außerstande, sich mit einer der Gruppen gemeinzumachen, und war daher in Gefahr, unmittelbar zu verhungern, da die Rationen der Einfachheit halber kollektiv ausgegeben wurden, was die Bildung sozialer Schichten zweifellos beschleunigt hatte. Der Collector musste sich zur Frage der »außergewöhnlichen Umstände«, die gewisse Opfer verlangten, persönlich und vor den anderen Ladies an Mrs. Rogers wenden … aber er wusste sehr wohl, dass diese, nachdem sie ihrer höheren sozialen Position zumindest symbolisch Anerkennung verschafft hatte, nur allzu froh sein würde, sich niedrigeren Ladies anzuschließen. Denn bisher war die Hochachtung, die ihr gebührte, die zu wahren sie aber schwierig gefunden hatte, unter diesen »außergewöhnlichen Umständen« eine schreckliche Last für die arme Mrs. Rogers gewesen.

Doch auch innerhalb der einzelnen Gruppen herrschte nicht eitel Frieden, und in der niedrigsten musste der Collector einen der schlimmsten Konflikte beschwichtigen; es ging darum, dass die verwöhnte Mrs. Lacy, die noch keine neunzehn Jahre alt, aber schon Witwe war (ihr Mann war in Captainganj getötet worden), sich berechtigt fühlte, ihr Dienstmädchen ausschließlich zu ihrer eigenen Bequemlichkeit zu behalten, während die anderen Ladies meinten, die Dienste des Mädchens sollten geteilt werden. Der Collector fand Mrs. Lacy in Tränen, die Ladies um sie herum vergrätzt, und das portugiesische Mädchen verzweifelt darüber, der Grund für so viel Streit zu sein; er löste das Problem durch eine besonnene Aufteilung der Verrichtungen des Mädchens. Es sollte bestimmte Dinge für die gesamte Gruppe, andere Dinge nur für Mrs. Lacy alleine tun. Mrs. Lacy trocknete ihre rotgeweinten Augen, befriedigt, dass zumindest ihre Ehre verteidigt worden war.

Lucy Hughes stellte ein Problem dar, das der Collector nicht zu lösen vermochte. Sie wurde sogar von den Mitgliedern der niedrigsten Gruppe geächtet, genau genommen von allen, außer Louise. Der *charpoy*, auf dem sie ihr Bettzeug ausgebreitet hatte, war ans äußerste Ende des Raums geschoben worden, in die Bruthitze, die durch das offene Fenster hereinströmte. Es war das einzige Bett mit etwas Platz um sich herum, denn auch Louises Bett, das dem von Lucy am nächsten stand, war auf einen kleinen, aber beredten Abstand abgerückt.

Alle jüngeren Frauen außer Lucy hatten sich dicht um den

Collector geschart, um ihn reden zu hören; Lucy saß allein auf ihrem Bett, traurig ihre Knie umschlingend. Sie schien den Tränen nahe zu sein und tat ihm leid … aber es gab so viele andere Dinge, an die er denken musste. Und um die Dinge noch schwieriger zu machen, kehrten seine zuvor verspürten Regungen von Sinnlichkeit wieder, als er sich im Kreis der jungen Frauen umsah, die ihm so nahe gekommen waren. Ihre erröteten, reisgepuderten Gesichter blickten vertrauensvoll, ja sogar provozierend zu ihm auf … er spürte, dass er, nur weil er ein Mann war (jedem anderen Mann in seiner Position wäre es genauso ergangen), ungeahnte Macht über sie hatte, so tugendhaft sie auch sein mochten. Er dachte: »Sie derart zusammenzudrängen hat eine seltsame Wirkung auf sie … es scheint ihre weibliche Natur anzuregen.«

Erfreut über diese wissenschaftliche Beobachtung erlaubte er sich einen Augenblick, die sexuelle Aura zu genießen, deren Mittelpunkt er war und die so stark wirkte, dass er die Sanftheit dieser nur mit weichem Musselin oder Baumwolle bekleideten Körper, ungeschützt von Korsetts und Polsterungen, wie sie außerhalb dieses intimen Raums gewöhnlich schon von den Jüngsten getragen wurden, irgendwie spüren konnte, ohne sie tatsächlich berührt zu haben. Doch allzu bald wurde sein Gewissen von den missbilligenden Blicken aufgerüttelt, die einige der älteren Ladies, die es unschicklich gefunden hatten, sich so nah an ihn zu drängen, in seine Richtung warfen. So weit war sein Tastsinn nur in der Phantasie beansprucht worden, aber jetzt schlug eine Vollkugel ein paar Yards entfernt in die Außenwand eines angrenzenden Raums ein. Unter dem Eindruck des plötzlichen Getöses klammerten sich zwei der jungen Körper einen Augenblick lang an ihn … und er konnte es seinen breiten Händen nicht verwehren, sie zu trösten. Am Fenster fiel ein Schauer Backsteinstaub langsam auf Lucys einsamen Kopf herab, und sie begann zu weinen.

Nun war es Zeit für ihn, das Päckchen auszuwickeln, das er

mitgebracht hatte und das eine große Menge Mehl, Nierenfett und Konfitüre aus seinem persönlichen Vorratslager in der Residenz enthielt. Dies sollten die Gruppen gleichmäßig miteinander teilen, damit jede einen Roly-Poly-Pudding machen konnte. Er beobachtete voll Staunen, welche Aufregung diese Ankündigung auslöste, wie eifrig sich die jüngeren Ladies ans Teilen machten, lachend wie Kinder und vor Freude in die Hände klatschend. »Es ist wahr«, sinnierte er, »sie sind einfach wie Kinder.«

Manchmal brachten sie ihn zur Verzweiflung mit ihrer Verletzlichkeit, ihrer Kleinlichkeit. Aber sie lebten ein so behütetes, nutzloses Leben, sogar die Betreuung ihrer Kinder wurde *ayahs* überlassen. Was konnte man von ihnen erwarten? In den besten Zeiten hatten sie so wenig, um ihre Hände und ihren Geist zu beschäftigen. Und jetzt, während der Belagerung, war es noch schlimmer; was für Neigungen auch immer im Charakter der hier Versammelten angelegt gewesen waren, die Belagerung hatte sie verschärft (noch eine erfreuliche wissenschaftliche Beobachtung, die er nicht vergessen durfte, an den Magistrate weiterzugeben). »Sie warten den ganzen Tag auf ihre Männer. Sie haben nichts eigenes, um daraus zu schöpfen.«

Seine Mission erfüllt, wandte er sich zum Gehen. Doch nun wurde sein Geschmackssinn, der von den Angriffen auf die anderen vier Sinne bislang verschont geblieben war, mit einem eilig aufgebrühten Tee im Taufbecher eines Kindes (mangels Porzellan) und einem Rock Bun* herausgefordert. Er trank den Tee und knabberte ein wenig an dem Gebäck, bat aber um Erlaubnis, sich den Rest zur Stärkung während seines täglichen Rundgangs aufheben zu dürfen. In ein Stück Papier gewickelt nahm er es in der heimlichen Absicht mit, es dem Mischling des Doktors zu geben, des armen Towsers ehemaligem Freund und Rivalen, so er ihm im Lauf des Tages begegnete.

Langsam stieg er die Treppe hinab, in Gedanken versunken, ohne die Lawine von Möbelstücken, Kisten, Kuriositäten, Rudern und anderen Trophäen noch wahrzunehmen. »Frauen sind schwach«, dachte er, »wir werden immer für sie sorgen müssen, genau wie für die Eingeborenen; sicher, es gibt Ausnahmen, Frauen mit Charakter wie Miss Nightingale, aber unglücklicherweise nicht wie Carrie oder Eliza oder Margaret … Auch in hundert Jahren …«, der Collector machte einen schwachen Versuch, sich 1957 vorzustellen … »wird es noch genauso sein. Sie sind aus einem weicheren Stoff beschaffen. Sie erregen unsere Begierde, aber sie sind nicht unseresgleichen.«

Als er auf den Portikus hinaus- und die Stufen hinunterging, schlug ihm wieder das quälende Sonnenlicht entgegen, wie ein fester Stoff. Er wusste, oben, am Fenster des Schlafzimmers, mussten Eliza und Margaret schwächelnd mit dem Messingfernrohr warten, das sie den lieben langen Tag benutzten, um darüber zu wachen, dass ihm kein Unheil widerfahre, während er seine gemächlich fortschreitende Runde zu den Verteidigungsstellungen machte.

Am späteren Vormittag saß der Collector zurückgelehnt in einer Masse von Schriftstücken auf dem Boden der Landesregistratur, in Gesellschaft des Magistrate und des jungen Fleury, der vorübergehend von seinem Posten beurlaubt worden war, da kein Angriff unmittelbar bevorzustehen schien. Eine merkwürdige Zufriedenheit hatte den Collector überkommen, vielleicht weil seine Sinne, die normalerweise hinter Schloss und Riegel gehalten wurden, ihren ungewohnten Freigang am Morgen genossen hatten, oder weil die Schriftstücke ihn sehr bequem stützten. Mit rotem Band gebündelte Salzberichte lagen unter seinen beiden Ellbogen; eine voluminöse, aber außerordentlich komfortable Korrespondenz mit einem lokalen Landbesitzer bezüglich der im Permanent Settlement festgelegten Grundsteuer hielt seinen Rücken genau im richtigen Winkel, und Opiumstatistiken, die sich unter seinen Knien zu einem kleinen Berg erhoben und den Rest seines Körpers polsterten, erfüllten ihn mit einer an Rausch grenzenden Leichtigkeit.

Von draußen, ein paar Yards entfernt, waren regelmäßig Kanonen und Mörser zu vernehmen; aber drinnen, so dick war die Papierfüllung, fühlte man sich in der Tat sehr sicher. Gewiss, es fiel etwas Tageslicht an jenen Stellen ein, wo Kanonenkugeln Löcher in das Mauerwerk gerissen hatten, aber auch das konnte als ein Vorteil angesehen werden, da es für Belüftung sorgte und die Bildung ungesunder Lufttaschen verhinderte; anderswo war es notwendig geworden, Campher und Packpapier zu verbrennen.

Der Collector hatte sich in objektiver Weise über die verblüffende Frage ausgelassen, warum, nach hundert Jahren wohltuender Herrschaft in Bengalen, die Eingeborenen sich in den Kopf gesetzt haben sollten, zur Anarchie ihrer Vorfahren zurückzukehren. Ein oder zwei Fehler, wie schwerwiegend auch immer, die das Militär im Umgang mit religiösen Angelegenheiten begangen hatte, seien mit Sicherheit kein Grund, eine höhere Kultur als Ganzes abzulehnen. Es sei, wie wenn die Briten nach der bereichernden Herrschaft der Römer beschlossen hätten, sich wieder mit Färberwaid zu bemalen. »Schließlich sind wir keine Oger, auch wenn wir uns nicht mit Eingeborenen verheiraten oder ihre Bräuche übernehmen.«

»Ich muss dem Ausdruck ›höhere Kultur‹ widersprechen«, sagte Fleury; doch keiner der beiden älteren Männer schenkte ihm die geringste Beachtung.

»Die große Mehrheit der Eingeborenen hat noch keine Spur von unserer höheren Kultur gesehen«, sagte der Magistrate. »Mit viel Glück haben sie vielleicht ein oder zwei Mal im Leben eine paar rotgesichtige Heißsporne aus Haileybury oder Addiscombe vorbeireiten sehen.«

(»Ich sage, ›höhere Kultur‹ ist eine sehr zweifelhafte Behauptung, aber ich meine …«)

»Nun mal langsam, Tom, denken Sie an das Rechtssystem, das die *Company* nach Indien gebracht hat. Selbst wenn es sonst nichts gäbe –«

»Dieses Recht ist eine Fiktion! Im Distrikt Krishnapur haben wir zwei Magistrates für fast eine Million Menschen. Und es gibt viele Distrikte, in denen es noch schlimmer ist.«

(»Schauen Sie, was ich meine …«)

»Natürlich, noch ist nichts vollkommen«, seufzte der Collector. »Trotzdem würde ich zu behaupten wagen, dass eine höhere Zivilisation wie die unsere auf lange Sicht unwiderstehlich ist. Durch die Verbindung unserer Fortschritte in Wissenschaft und Moral haben wir so offensichtlich die beste Art gefunden, mit den Dingen umzugehen. Der Wahrheit kann nichts widerstehen! Äh, das heißt, nicht erfolgreich«, fügte der Collector hinzu, als eine Vollkugel die Ecke des Dachs traf und eine Säule der Veranda zum Einsturz brachte.

»Aber was ich meine, ist Folgendes«, erklärte Fleury nachdem die Trümmer wieder Ruhe gaben, entschlossen, am Ende doch noch sein Wort zu sagen. »Es ist falsch, von einer ›höheren Zivilisation‹ zu sprechen, weil so etwas nicht existiert. *Jede* Zivilisation ist schlecht. Sie schädigt die edlen und natürlichen Gefühle des Herzens. Zivilisation ist Dekadenz!«

»Was für ein Quatsch!«

»So was Krauses habe ich selten gehört«, stimmte der Collector zu, glucksend, während er sich vom Boden erhob. »Aber sagen Sie, wofür um Himmels willen haben Sie sich nur so angezogen?«

Betroffen von der Geschwindigkeit, mit der seine Theorien abserviert worden waren, konnte Fleury zuerst nicht nachvollziehen, worüber der Collector redete. Gleichwohl war er tatsächlich recht seltsam angezogen, mit einer Rauchjacke aus blauem Samt und Rauchkappe mit Quaste. Er hatte sie in der Annahme mitgebracht, dass Gentlemen in Indien, genau wie in England, derartige Kleidungsstücke beim Rauchen trugen, um ihre Anzüge und Haare vor einem Geruch zu bewahren, der die Ladies beleidigte. Doch es hatte sich herausgestellt, dass sich in Indien niemand diese Mühe machte … eine der vielen

Kleinigkeiten, in denen die indische Gesellschaft den strengen Etiketten, die zu Hause galten, leider nicht genügte. Da in der Enklave mittlerweile ein akuter Kleidermangel herrschte und Harry nichts fand, um seine zerfetzte Uniformjacke zu ersetzen, hatte Fleury ihm großzügig seine »Tweedside« gegeben, in die Harry ganz vernarrt war und die er selber sowieso angefangen hatte, unerträglich warm zu finden … wobei die Rauchjacke nicht viel kühler war. Was die Kappe mit der Quaste anbelangt, so hatte er sie ein wenig verbessert, indem er hinten ein Stück Flanell als Sonnenschutz für den Nacken befestigt hatte, und vorn einen selbstgebastelten Schirm aus dem schwarzen Pappeinband eines Predigtbuchs, das der Padre ihm geliehen hatte. Der Titel dieses Buchs, in gotischen Goldbuchstaben eingeprägt, glänzte wie eine Tresse, als er den Collector ins Sonnenlicht hinausbegleitete.

Im Gegensatz zu der eben noch empfundenen Bequemlichkeit erlebte der Collector eine schmerzliche Rückkehr in die Wirklichkeit, als er in die blendende Helligkeit hinaustrat. Vorübergehend vergessene Sorgen stürmten wieder auf ihn ein … immer noch kein Zeichen von einer Entsatzarmee! Die schwindende Besatzung … inzwischen kam fast täglich jemand um. Die Gesundheit der Belagerten begann sich aufgrund der dürftigen Kost und des Gemüsemangels zu verschlechtern. Aus leichten Wunden wurden schwere Wunden … auf schwere Wunden folgte unweigerlich der Tod. Blinzelnd stand er einen Augenblick lang vor der Cutcherry, entsetzt, unfähig, sich zu entscheiden, wohin er als Nächstes gehen sollte. Aber dann, als ihm einfiel, dass seine Töchter den Schrecken, der ihn erfasst hatte, höchstwahrscheinlich durchs Fernrohr beobachteten und vielleicht sogar den Schluss zogen, er sei soeben von einer Kugel getroffen worden, packte er Fleury am Arm und steuerte ihn in Richtung der Residenz; er brauchte jemandes Gesellschaft, um sich für seinen täglichen Besuch im Hospital zu stärken. Abgesehen davon konnte er die Gelegenheit nutzen, um der demoralisierenden Wirkung, die die Worte des Magistrate auf den Geist des jungen Mannes hatten, etwas entgegenzusetzen.

Er begann darüber zu sprechen, dass die Prinzipien hinter einer Zivilisation wichtiger seien als die Frage, inwieweit man sie tatsächlich konkret verwirklicht habe … Dabei hatte er den Arm seines Zuhörers fest im Griff, was normalerweise hilfreich ist, wenn man ein Argument verständlich machen will. Aber am Ende flaute das, was er zu sagen hatte, ziemlich ab, einerseits, weil Fleury wegen der Abschmetterung seiner eigenen Theorien schmollte und sich weigerte, ihm zuzustimmen, andererseits, weil sie beide von einer feindlichen Rakete, die unbändig schlingernd aus dem Himmel auf sie zuraste und sie einen schrecklichen Augenblick lang persönlich zu verfolgen schien, in den Schutz des Hospitals getrieben wurden. Zum Glück explodierte sie nicht, denn sie landete ganz in ihrer Nähe, indem sie ihren kegelförmigen Eisenkopf nicht weiter als zehn Yards entfernt in die Erde grub. Fleury begann empört, sie mit seinem Säbel aus der Erde zu hebeln, was vielleicht etwas tollkühn war, da noch Rauch aus den Öffnungen des Gehäuses strömte, obwohl die Zündschnur hinten erloschen schien. Es war eine sechspfündige Congrevesche Brandrakete, eine von vielen, die wild in die Enklave eingetaucht waren.

»Einer der Vorteile unserer Zivilisation«, sagte Fleury. Aber der Collector begriff nicht einmal diese einfache Ironie und bemerkte milde: »Ich fürchte, irgendwann werden diese Raketenschützen noch etwas treffen, und sei es versehentlich.«

Während er unentschlossen neben der rauchenden Rakete stehenblieb, dachte er: »Wenn wir noch mehr Männer verlieren, sind wir nicht mehr in der Lage, die Verteidigungsstellungen richtig zu bemannen. Dann sitzen wir in der Patsche.« In diesem Moment sah Dr. Dunstaple sie durchs Fenster und schickte eine Nachricht hinaus, um Fleury zu bitten, ob er ein halbes Dutzend Flaschen Senf aus dem Proviantamt holen könne; er habe einen neuen Fall mit Choleraverdacht. Fleury eilte davon, und nach einem kurzen Ringen mit sich selbst entschloss sich der Collector, das Hospital zu betreten.

Das Hospital war zunächst in der Residenz-Bibliothek eingerichtet worden, aber der Raum hatte sich als zu klein erwiesen, und so war es in den Trakt der Lager und Ställe unmittelbar hinter der Residenz verlegt worden. Die aneinandergereihten Stallungen waren grob in zwei Stationen eingeteilt worden, jede unter der Obhut eines Arztes. Zwischen den beiden Stationen war das, was in glücklicheren Zeiten die Sattelkammer gewesen war, in einen Operationsraum verwandelt worden, in dem die beiden Ärzte, umgeben von Massen an Zaum- und Sattelzeug, zusammenkamen (zumindest im Prinzip), um Amputationen vorzunehmen. Haufen von *bhoosa**, die sich in den Ecken der Stationen türmten, waren eine weitere Erinnerung an den vormaligen Aufenthalt der Vierbeiner an diesem Ort und boten nun Ratten und anderem Ungeziefer eine bequeme Zuflucht.

Die Tür zu Dr. Dunstaples Station stand offen, und noch ehe der Collector sie erreicht hatte, schlug ihm zur Begrüßung der Fäulnis- und Chloroformgestank entgegen. Trotzdem ging er mit einem Ausdruck guten Mutes weiter, während Fliegen versuchten, sich auf seinen lächelnden Lippen und Augen zu sammeln, und durstig über seine schwitzende Stirn herfielen. Am hinteren Ende der Station erblickte er den Padre, kniend im Gebet neben einer kraftlosen Gestalt. Als er den unmittelbar von den nächsten Betten ausströmenden Gestank erreichte, ballte er die Fäuste in den Taschen und betete: »Bitte, lieber Gott, wenn es mit mir ans Sterben geht, möge ich gleich getötet werden und nicht in dieser Hölle liegen müssen.«

Dr. Dunstaple, der noch darauf wartete, dass Fleury die Senfflaschen brachte, hatte den Collector gesehen und kam geschäftig nach vorn geeilt, indem er mit lauter, aufgebrachter Stimme sagte: »Weiß der Himmel, was für ein Experiment der verdammte Kerl jetzt schon wieder vorhat! Was es auch sein mag, ich wasche meine Hände in Unschuld!«

Der Collector warf ihm einen besorgten Blick zu. In den wenigen Tagen seit Beginn der Belagerung hatte eine beunruhigende Veränderung den Doktor erfasst. Zu normalen Zeiten fand der Collector diesen dicken kleinen Mann liebenswert und ein wenig lächerlich. Seine Arme und Beine sahen zu kurz aus für den fülligen Leib; sein Tatendrang reizte eher zum Lachen. Doch neuerdings hatten sich in seinem rundlichen, fröhlichen Gesicht übellaunige und bittere Züge ausgebildet. Seine rosige Hautfarbe hatte eine tiefere, ungesunde Röte angenommen, und trotz der offensichtlichen Erschöpfung war er ständig in einem Zustand hektischer Umtriebigkeit und Aufregung, redete bald von diesem, bald von jenem. Die Art, wie der Doktor ohne logischen Zusammenhang von einer Sache zur anderen wechselte, hatte etwas sehr Erschreckendes, doch was den Collector noch mehr störte, war die Tatsache, dass er so oft auf dasselbe Thema zurückkam, und das war Dr. McNab. Natürlich hatte Dunstaple immer seinen Spaß daran gehabt, McNab dadurch zu verulken, dass er Geschichten über drastische Heilkuren für kleine Wehwehchen und Ähnliches zum Besten gab. Aber ach, der Doktor war zunehmend zu der Überzeugung gelangt, McNab experimentiere herum, folge ungeachtet seiner medizinischen Ausbildung irgendwelchen eigenen spinnerten Ideen.

Nun hatte Dr. Dunstaple begonnen, über den Patienten zu reden, neben dessen Bett, einer schmutzigen Strohmatratze auf einem *charpoy*, der Collector stehengeblieben war; der Mann war ein sehr hellhäutiger Eurasier mit dunklen Augen, die fieberhaft den Raum durchstreiften. Er leide, erklärte der Doktor hastig und in einem herrischen Ton, als erwartete er Widerspruch von Seiten des Collectors, an einer schweren Schnittwunde, der Folge einer Schrapnellexplosion, in den Weichteilen der rechten Hand; der Daumen sei am oberen Ende des

Mittelhandknochens teilweise abgetrennt worden. Obwohl die Ränder der Wunde zurückgezogen waren und auseinanderklafften, habe es keine Hämorrhagie gegeben und so ausgesehen, als wären die tiefliegenden Arterien möglicherweise verschont geblieben …

»War es unvernünftig, das anzunehmen?«, fragte der Doktor plötzlich. Der Collector, der sich die Erklärungen mit unwohlen Gefühlen angehörte hatte, schüttelte den Kopf, aber nur leicht, um nicht den Eindruck zu erwecken, so oder so Partei zu ergreifen. Zugleich war er darauf aufmerksam geworden, dass ein anderer Patient, ein gemeiner englischer Soldat, der aus Captainganj entkommen war, nur um während des Angriffs vom ersten Juni in Cutters Batterie verletzt zu werden, und in der Nähe des knienden Padre auf einem *charpoy* festgeschnallt war, laut und monoton zu singen begonnen hatte, wie um seine Lebensgeister wachzuhalten. Kaum war das Lied zu Ende, begann er von vorn, so laut, dass die leidenschaftliche medizinische Stellungnahme des Doktors beinahe unterging:

»I'm ax'd for a song and 'mong soldiers 'tis plain,
I'd best sing a battle, a siege or campaign.
Of victories to choose from we Britons have store,
And need but to go back to eighteen fifty-four.«

»Eine Kompresse, in kaltes Wasser getunkt und auf die Handfläche gelegt, nachdem die Wundränder einander gleichmäßig angenähert und an zwei oder drei Stellen genäht worden waren … dann festgezogen, verbunden …«

»The Czar of all Russia, a potentate grand,
Would help the poor Sultan to manage his land;
But Britannia stept in, in her lady-like way,
To side with the weakest and fight for fair play.«

»Schluss mit dem Lärm!«, brüllte der Doktor. »Sehen Sie, Mr. Hopkins, und nach vierundzwanzig Stunden waren die Hautschichten der Handfläche welk und verfärbt … Stellen Sie sich vor, wie ich mich fühlte! Beim leisesten Druck auf die Wunde trat eine dünne, jauchige Flüssigkeit aus, mit Gasbläschen und äußerst schmerzhaft …«

»On Alma's steep banks and on Inkermann's plain,
At famed Balaklava, the foe tried in vain
To wrest off the laurels that Britons long bore
But always got whopped in eighteen fifty-four.«

»Dann«, sagte der Doktor und packte den Arm des Collectors, der einen Schritt zurückgewichen war, vollständig benommen von der Hitze und dem Geruch, ganz zu schweigen von dem Lärm (denn außer diesem verzweifelten Singen hörte man das Stöhnen und Schreien von Männern nach Hilfe), »war der Daumen dunkel, kalt und gefühllos. Weitere zwölf Stunden, und die dunkle Farbe des Absterbens hatte sich schon über die halbe Handfläche ausgebreitet … der Daumen und zwei Finger waren kalt, livide und ohne Gefühl …«

»It's true at a distance they fought very well
With round shot and grape shot and rocket and shell,
But when our lads closed and bayonets got play
They didn't quite like it and so … ran away!«

»Der Puls ging schwach und schnell, der Geruch des absterbenden Gewebes war besonders aggressiv, Mr. Hopkins. Daraufhin verordnete ich eine Amputation des Unterarms, am Ende der Handwurzelknochen … *Ruhe!* Ich hatte gedacht, es würde genügen, nur einen Teil der Hand zu entfernen, aber das war ausgeschlossen … Und McNab? Ach, für den war es immer noch nicht gut genug! Er sagte, Wundbrand würde folgen … haben

Sie gehört? Also gab es einen Leinsamenumschlag, der achtundvierzig Stunden drumgewickelt blieb. Das war nicht meine Idee. Ich wusste, die ganze Hand musste am Ende ab, und der Stumpf bekäme keinen Wundbrand … Hier, Sir, sehen Sie selbst, wie die Lappen mit gesunder Granulation zusammenwachsen. Glauben Sie etwa, das kommt von McNabs Leinsamenumschlag? Hätten wir noch einen Moment gewartet, wäre der Mann am Ende gewesen!«

»Nein, nein«, unterbrach der Collector eilig. »Bitte, nehmen Sie den Verband nicht ab. Ich werd's mir ansehen, wenn Sie wieder in Form sind und entlassen werden«, fügte er strahlend an den Patienten gewandt hinzu, der ihm nicht die geringste Beachtung schenkte; die Augen des Mannes streiften weiter fieberhaft umher.

Der Doktor versuchte, ihn festzuhalten, um fortzufahren mit seinen Erklärungen, aber der Collector, außerstande, es noch einen Moment länger neben dem Bett auszuhalten, schob ihn beiseite. Er ging zum nächsten Fenster und sah hinaus, wobei er ungeschickt eine Wasserkanne umstieß, die sich in langsamen Schlucken auf den Erdboden zu seinen Füßen entleerte. Jenseits des tiefen Schattens, in dem die Pferde der Sikh-Kavallerie, von den lästigen Fliegen zur Raserei gebracht, mit den Hufen scharrten und sich schüttelten, glaubte er, einen Farbtupfer der wenigen überlebenden Rosen durch die Öffnung unterhalb des Flechtwerks der Schutzblenden zu erkennen. Er starrte begierig dorthin.

Dann kam Fleury in Sicht, beladen mit den Senfflaschen, und, wie es schien, ziemlich aufgeregt. Als er den Collector am Fenster sah, rief er: »Mrs. Scott ist erkrankt!«

Der Collector legte schnell seinen Finger auf die Lippen und schüttelte heftig den Kopf, während er in Richtung der anderen Station zeigte, um Fleury zu bedeuten, er solle McNab verständigen. Fleury jedoch blieb wie angewurzelt stehen und starrte den Collector voll Erstaunen an, unfähig, zu begreifen, warum die wichtigste Persönlichkeit der Besatzung plötzlich diese rätselhafte Pantomime aufführen sollte. Er kam näher, und der Collector, darauf schließend, dass Fleury ein Dummkopf sei (ein Schluss, der darüber hinaus durch seine eigentümlichen Ideen über Zivilisation gestützt wurde), sagte halblaut: »Erzählen Sie es Dr. McNab. Dunstaple ist schon überlastet. Er muss geschont werden. Hier, geben Sie mir die.« Während er die Senfflaschen durchs Fenster übernahm, dachte er: »Was für eine Zeit hat sich das arme Würmchen ausgesucht, um auf die Welt zu kommen.«

Der Doktor schien sich im ersten Moment über den Senf zu wundern und sah so verwirrt aus, dass der Collector sich fragte, ob nicht ein Missverständnis vorlag. Aber dann fiel es dem Doktor wieder ein, er hatte einen Fall von Cholera ... es war fast sicher Cholera, obwohl manchmal, wenn Leute frisch krankgemeldet worden waren, an den Symptomen schwer zu erkennen war, ob sie an Cholera litten oder an galligem Wechselfieber.

Cholera. Der Collector konnte sehen, wie Dr. Dunstaples Wut anschwoll, als wäre er durch den bloßen Klanglaut der drei Silben selber infiziert worden. Und der Collector fürchtete, was da kommen würde, denn das Thema Cholera wirkte regelmäßig wie ein Reizmittel auf den schon überdrehten Doktor. Cholera war offenbar der Grund für seinen Streit mit McNab gewesen, der zu einem unglückseligen Zerwürfnis zwischen den beiden Ärzten geführt hatte. Und jetzt begann er wieder, mit furchterregender Eloquenz über die Frevel der »experimentellen« Behandlungen und Quacksalber-Kuren McNabs zu reden. Unvermittelt ergriff er das Handgelenk des Collectors und zog ihn quer durch die Station zu einer Matratze, auf der, milchig bleich unter einer Wolke Fliegen, ein zitternder, abgezehrter Mann lag, splitterfasernackt.

»Er ist nur noch im nachfolgenden Fieber ... Was glauben Sie, wie ich diesen Mann geheilt habe? Was glauben Sie, wie ich sein Leben gerettet habe?«

Der Collector bot keine eigenen Vorstellungen an, also erklärte der Doktor, er habe die beste Behandlungsmethode angewandt, die der medizinischen Wissenschaft bekannt sei, genau diejenige, die er als Student gelernt habe, die einzige, die jeder Mediziner, der diese Bezeichnung verdiene, in Ermangelung eines Spezifikums seinen Patienten angedeihen lasse … Kalomel, Opium und Packungen, nebst Branntwein als Stimulans. Alle halbe Stunde habe er Pillen aus Kalomel (ein halbes Gran), sowie Opium und Capsicum (je ein achtel Gran) verabreicht. Kalomel, das wisse der Collector wahrscheinlich nicht, sei ein vortreffliches Abführmittel, um den oberen Darmkanal von dem krankmachenden Choleragift zu reinigen. Gleichzeitig habe er, um die Krämpfe zu lindern, in heißem Wasser erwärmte, ausgewrungene und mit Chloroform oder Terpentin eingesprengte Lappen auf Füße, Beine, Bauch und Brust, ja sogar auf Hände und Arme appliziert. Dann habe er diese durch senfbeschichtete Lappen ersetzt, wie seine Arzneibesteller es gerade machten … An diesem Punkt versuchte der Doktor, den Collector weiterzuziehen an ein anderes Bett mit einer weiteren sich wälzenden, stöhnenden Gestalt, der ein eurasischer Sanitäter gerade mit einem Messer dick Senf auf die Brust und den Bauch strich. Aber noch mehr konnte der Collector nicht ertragen, er riss sich los und strebte zur Tür, mit dem Doktor im Gefolge.

Der Doktor grinste jetzt und wollte dem Collector ein Stück Papier zeigen. Der Collector ließ es zu, aufgehalten zu werden, sobald er frische Luft geatmet hatte. Er sah mit Bestürzung den unnatürlichen Anfall von Heiterkeit in den Gesichtszügen des Doktors, diese Parodie auf ihren ehemals fröhlichen Ausdruck, gleich einer Erinnerung an glücklichere Zeiten, als die Fröhlichkeit echt gewesen war.

»Ich hab's abgeschrieben aus dem ärztlichen Tagebuch des Quacksalbers … Mit seiner Erlaubnis natürlich. Er macht sich immer Notizen. Bestimmt ist er überzeugt, dass er damit Eindruck schinden kann. Lesen Sie es. Es bezieht sich auf einen Cholerafall … Er hat es, glaube ich, vor etwa drei Jahren in Muttra geschrieben. Nur zu. Lesen Sie …« Und er zwinkerte dem Collector aufmunternd zu.

Der Collector nahm widerstrebend das Papier und las:

»Sie hat fast keinen Puls,
Körper kalt wie ein Leichnam.
Atem unglaublich kalt, als käme
er aus der Öffnung einer Eishöhle.
Sie hat anhaltende Krämpfe und erbricht
fortwährend eine dünne, mehlsuppenartige
Flüssigkeit ohne Geruch.
Ihr Gesicht hat etwas schrecklich
Ausgemergeltes, eingefallene Augen,
hervorspringende Knochen, schlimmer
als bei einer Leiche.
Beim Öffnen einer Vene bekommt man kaum
Blut heraus … und was man bekommt, sieht
dunkel, sirupartig aus …«

Der Collector blickte verwundert auf. »Warum zeigen Sie mir das?«

»Das war seine Frau!«, schrie der Doktor triumphierend. »Sehen Sie nicht, er macht sich die ganze Zeit Notizen. Nichts hält ihn davon ab … Nicht einmal seine Frau! Nichts!«

Während der Collector seinen Tropenhelm aufsetzte und flüchtig mit zwei Fingern an den Schirm fasste, ertönte wieder das monotone, verzweifelte Singen, das er zuvor gehört hatte.

»Now, now my brave boys, that the Russian is shamend
Beat, bothered, and bowed down and peace is proclaimed,
Let's drink to our Queen, may she never want store,
Of heroes like those of eighteen fifty-four.«

XIV

Seit Beginn der Belagerung hatte der Union Jack am höchsten Punkt über dem Dach der Residenz geweht und ständig das Feuer der Sepoy-Scharfschützen angezogen. Als der Collector auf dem Weg zu Cutters Batterie in den Schatten der Residenz eintauchte, blickte er auf und sah, dass die Flagge wieder einmal in Schwierigkeiten war. Die Flaggleinen waren beschädigt und große Holzsplitter vom Mast abgebrochen, sodass es aussah, als könnte ein starker Wind ihn jederzeit abknicken. Einmal war tatsächlich das ganze Gestänge zerborsten und ein großer Jubel von den Sepoys aufgestiegen … aber sobald die Dunkelheit es erlaubt hatte, war ein neuer Mast mit neuen Leinen errichtet worden. Die Flagge war entscheidend für die Moral der Besatzung; sie erinnerte daran, dass man für etwas Wichtigeres kämpfte als für die eigene Haut; daran jedenfalls erinnerte sie den Collector. Und irgendwo dort oben, am gefährlichsten Ort der gesamten Enklave, war auch ein Offizier, der den ganzen Tag hinter der niedrigen Backsteinmauer des Turms kauerte und die Bewegungen der Sepoys mit dem Fernrohr beobachtete.

Während die Augen des Collectors zum Himmel erhoben waren, hatte sich am Boden eine abscheuliche Kreatur genähert: Es war der hässliche Pariahund, auf der Suche nach Fleury. Seit dieses Tier dem Collector das letzte Mal vor Augen gekommen war, hatte eine rikoschettierende Musketenkugel einen Teil seines rattenhaften Schwanzes abgerissen, der nun mit einer ekelhaft triefenden Wunde endete. Der Collector versetzte ihm einen Tritt, und er hoppelte kläffend davon.

Als der Collector, ehe er weiterging, die Augen wieder hob,

um einen letzten inspirierenden Blick auf die Flagge zu werfen, stieg ihm ein bedrohlicher Verwesungsgeruch in die Nase, und er dachte: »Heute Abend muss irgendwas dagegen unternommen werden, bevor uns eine Epidemie ausbricht.« Der Geruch kam nicht mehr, wie in den ersten Tagen, von den Leichen der Männer und Pferde, die außerhalb der Umwallung verrotteten; diese waren, dem Himmel sei Dank, inzwischen von den Brahminenweihen, Geiern und Schakalen gesäubert worden; er kam von den toten Pferden und Artillerie-Ochsen, die verstreut auf dem Rasen und in den Gärten der Residenz lagen, getroffen von den blindwütigen Geschossen und Granaten, die unausgesetzt auf das Gelände losgelassen wurden. Aber auch von der Rückseite der Mauer, die er zur Abschirmung des zwischen der Residenz und Dunstaples Haus gelegenen Crocketrasens hatte errichten lassen, ging ein starker, ekelerregender Geruch aus. Hier war der Ort, den Mr. Rayne sich für die Schlachtung und Verarbeitung der Schafe des Proviantamts vorbehielt, die auf Anweisung des Collectors beim Ausbruch der Unruhen vom Krishnapur Mutton Club eingezogen worden waren.

Der Geruch, so ekelerregend, dass die Schlachter sich während ihrer Arbeit Tücher vor die Nasen binden mussten, kam von ungenießbaren Abfällen und Innereien, die sie in der Hoffnung, die Geier würden sich gütlich daran tun, gewohnheitsmäßig über die Mauer warfen. Aber die Wahrheit war, dass sich die Aasfresser des Distrikts, sowohl Vögel als auch andere Tiere, mit den Ergebnissen des ersten Angriffs schon gründlich vollgefressen hatten … die Vögel waren so schwer von Fleisch, dass sie sich kaum in die Luft schwingen konnten, die Schakale konnten sich kaum zurück zu ihren Bauten schleppen. Und so hatte sich außer Sicht der Besatzung, aber nicht außerhalb ihrer Riechweite ein stetig wachsender Berg Fäulnis gebildet. Kombiniert mit den auf dem Rasen verstreuten Tieren, den Gerüchen vom Hospital, von den Aborten und von den Menschen, die ohne genügend Wasser, um sich häufig zu waschen, zu eng beieinanderlebten, entfaltete sich ein stiller, aber grauenhafter olfaktorischer Hintergrund der Belagerung.

Die Rückwand von Dr. Dunstaples Haus, das wie die Residenz aus waffelähnlichen roten Backsteinen bestand, war erstaunlich zerstoßen von den dort eingeschlagenen Geschossen; kaum ein Quadratfuß glatte Oberfläche war noch zu erkennen. An manchen Stellen hatten Vollkugeln eine Wand nach der anderen durchschlagen, sodass man ihren Flug, wäre man unklug genug gewesen, seinen Kopf in die entsprechende Blickrichtung zu heben, durch mehrere Räume hätte verfolgen können. Nach einer derartigen Reise, so war dem Collector berichtet worden, war ein Geschoss schließlich durch die Wand ins Gesellschaftszimmer des Doktors auf der anderen Seite des Gebäudes geplatzt, wodurch Kerzenständer herabgestürzt und über den Teppich gerollt waren, genau dorthin, wo Mrs. Dunstaple und eine Gruppe unfolgsamer Ladies, die der erstickenden Kellerluft einen Streich hatten spielen wollen, unter dem Pianoflügel kauerten. Aus diesen größeren Löchern im Mauerwerk starrten Enfield Gewehre, und gelegentlich erblühten orangerote Blumen aus deren Mündungen; die Wand in dem Raum dahinter war schwarz gestrichen worden, damit von außen keine Bewegung gesehen werden konnte.

Vom Haus aus führte ein flacher Graben zu der sichelförmigen Erdaufschüttung, hinter der die Kanonen aufgestellt waren. Auch hier war eine Grube ausgehoben worden, etwa fünfzehn Fuß tief, an deren Innenwand eine Leiter lehnte, die der Collector jetzt steif hinunterkletterte. Leutnant Cutter stand unten, den Finger auf die Lippen gelegt.

»Bauen sie Minen?«

»Ja. Wir graben einen Horchstollen.« Cutter beschrieb im Flüsterton, was geschah: Am Kopfende des Ganges sitze ein Mann, der mit einer kurzstieligen Hacke oder einer Brechstange die Erde lockere; direkt hinter ihm sitze ein anderer

Mann mit einer Weinkiste für die lose Erde; sobald die Kiste voll sei, werde sie mit einem Seil zurückgezogen.

Die Sepoys waren in diesem Bereich sehr nahe herangerückt, und angesichts der Zahl an Hilfskräften, die ihnen zur Verfügung stand, wurde es für unvermeidlich gehalten, dass sie früher oder später beginnen würden, Minen anzulegen. Mehrere Nächte war der Collector bis zum Morgengrauen in seinem Studierzimmer geblieben und hatte im Schein einer Öllampe in den Handbüchern der Kriegsführung gelesen, um sich mit der militärischen Minierkunst vertraut zu machen; nur Cutter als einziger Offizier, zwei cornische Soldaten aus Captainganj und ein oder zwei Sikhs hatten jemals Erfahrungen mit dem Minenbau gemacht. Was für ein Vorteil, dass Wissen in Büchern gespeichert werden kann! Es liegt dort wie ein luftdicht versiegelter Vorrat und wartet auf den Tag, an dem du eine Mahlzeit brauchen könntest. Sicher war das, was der Collector tat, indem er über den Handbüchern der Kriegsführung brütete, ein Beweis für die Überlegenheit der europäischen Art, mit den Dingen umzugehen, der europäischen Kultur als solcher. Es war eine so flexible Kultur, dass sich alles, was er brauchte, in einem Buch neben seinem Ellbogen befand. Als ganz gewöhnlicher Mensch konnte er sich, wenn er Lust hatte, mithilfe einer Öllampe über Nacht in einen großen Heeresingenieur, einen Bischof, einen Forscher oder einen General verwandeln. Während der Collector über den Handbüchern brütete, sich von Zeit zu Zeit die müden Augen reibend, wusste er, dass er sich der Wissenschaft und des Fortschritts bediente, um ihm aus seinen Schwierigkeiten zu helfen, und das freute ihn. Die Erfindungen auf seinem Schreibtisch, das selbsttätig seine Schienen auslegende Gefährt und das sprudelnde Trinkgefäß, beobachteten ihn in stiller Bewunderung bei der Arbeit.

Der Collector hatte gelernt, dass es zwei Grundregeln für die Anlage von Verteidigungsminen gibt … Eine ist, dass die Zweigstollen (die dazu dienen, näherkommende feindliche

Minengrabungen auszuhorchen) *schräg* vorwärts laufen sollten, um ihre Seiten nicht den feindlichen Minen auszusetzen … Die andere ist, dass die Entfernung zwischen den Enden der Zweigstollen derart bemessen sein sollte, dass der Feind nicht ungehört zwischen ihnen graben kann (eine Entfernung, die sich je nach Bodenbeschaffenheit ändert, aber grob bei etwa zwanzig Yards liegt).

Das Dumme an diesen auf ihre Weise wunderbaren Grundregeln war, dass enorm viel gegraben werden musste. Kein Zweifel, sie hätten bestens gedient, wenn genügend Männer da gewesen wären, um nach dem bewährten Muster Horchstollen zu graben, die wie die gespreizten Finger einer Hand auf den Feind zuliefen. Aber Cutter fehlte es an Männern. Das Beste, was er und der Collector hatten ersinnen können, war ein einziger, leicht sichelförmig dem Umriss der Befestigungsanlagen angepasster Lateraltunnel, der eher dem Haken eines handamputierten Mannes glich.

Der Collector, am Kopfende des Stollens, strengte bedrückt seine Ohren an, um das Kratzen der Sepoy-Hacken zu hören, doch das einzige zu ihm durchdringende Geräusch war das geisterhafte Echo eines Satzes von Vauban, den er gelesen hatte: *Place assiégée, place prise!* Denn der Collector kannte die Wahrheit der Dinge: Die Sepoys waren nicht einmal auf unterirdische Minen angewiesen. Wenn sie mit ihrer Artillerie eine Bresche in die Verteidigungsanlagen schossen und dann eine Reihe gezielt ausgerichteter Sappen gruben, um sich der Residenz zu nähern, wären sie in der Lage, diese innerhalb von ein paar Tagen einzunehmen. Es war eine Binsenwahrheit der Belagerungskunst, dass es keine Möglichkeit gab, einen derart methodischen Angriff zu kontern, außer durch Ausfälle, um den Feind zu belästigen und seine Arbeiten zu zerstören … Aber wo sollte er die Männer herbekommen, um Ausfälle zu machen, ohne die Brustwehren an mehreren Stellen hoffnungslos zu entblößen?

Unterdessen erklärte Cutter im Flüsterton, er wolle eine Angriffsmine unter die feindlichen Linien treiben und seinerseits die Verteidigung der Sepoys in Bresche sprengen. Bei einem Überraschungsangriff könne es gelingen, die Kanonen der Sepoys zu stopfen oder gar zu erbeuten, insbesondere jene Achtzehnpfünder, die Dr. Dunstaples Haus langsam aber sicher in einen Trümmerhaufen verwandelte. Der Collector zögerte, dem zuzustimmen … Es gab eine andere Schwierigkeit: den Mangel an Pulver. Jede geringere Menge als, sagen wir, zweihundert Pfund Pulver würde bei einer Tiefe von zwölf Fuß unter der Erde unzureichend sein, um die gewünschte Bresche zu reißen. Aber zweihundert Pfund Pulver reichten für hundert Kanonenschüsse! Und der kleinste Irrtum in Bezug auf die Länge oder Richtung der Mine würde bedeuten, dass das ganze kostbare Pulver für nichts und wieder nichts vergeudet wäre.

»Also gut«, sagte er schließlich, »aber sorgen Sie dafür, dass es bewirkt, was es bewirken soll.«

Später, als er fortging, erinnerte er sich an das Werk eines anderen französischen Befestigungsbaumeisters, Cormontaigne, der in seinem imaginären *Tagebuch des Angriffs auf eine Festung* den unvermeidlichen Fortschritt einer Belagerung in ihren verschiedenen Stadien bis zum fünfunddreißigsten Tag beschrieben hatte, endend mit den Worten: »Jetzt ist es Zeit, sich zu ergeben.« Das jedenfalls war eine Option, die dem Collector nicht offenstand.

Der Collector, immerfort in dem Bewusstsein, leicht bewegt im blauen Prisma des Fernrohrs seiner Töchter zu schwimmen wie eine Schlange in einer Flasche Alkohol, musste nun das gefährlichste Stück Boden innerhalb der Enklave überqueren. Er schritt kräftig aus, den Schirm seines Tropenhelms ins Gesicht gezogen und mit gesenktem Kopf, als ginge er in einen Schneesturm. Genau hier, auf diesem Rasen, so grün und gut bewässert während des herrlichen indischen Winters, war er Gastgeber vieler vergnügter Gartengesellschaften gewesen. Dort drüben, unter jener Gruppe jetzt zerschmetterter Eukalyptusbäume, hatte die Kapelle eines der Infanterieregimenter gestanden. Einmal hatte er von der oberen Veranda der Residenz auf die versammelten Musiker herabgeschaut; es war gegen Abend gewesen, und irgendwie hatte das tiefe Scharlachrot ihrer Uniformen vor dem satten Grün des Grases seinen Geist mit großer Freude erfüllt … sodass diese beiden Farben, Scharlachrot und Dunkelgrün, ihm trotz allem immer noch als die unauslöschlichen Farben der rechten Ordnung der Welt und seines Platzes darin erschienen. Den Blick über eine ausgedörrte, braune, mit verfaulenden Tieren gesprenkelte Wüste hinweg auf den Fluss gerichtet, während er einen Granattrichter umging, musste er seine Phantasie bemühen, um zu erkennen, dass dies tatsächlich derselbe Ort war, wo er mit seinen Gästen gesessen und Tee getrunken hatte.

Der Collector zog das letzte seiner sauberen weißen Taschentücher aus der Tasche (bald würde auch er in der Gewalt des *dhobi* sein, der die Ladies mit seinen neuen Preisen terrorisierte) und hielt es sich vor die Nase, in Gedanken schon wieder bei einem neuen, ebenfalls unangenehmen Problem. Mittlerweile waren so viele Gentlemen getötet worden, dass sich eine große Menge an Vorräten und sonstigem Hab und Gut angesammelt hatte. Ihm oblag nun die Entscheidung, ob er es zulassen sollte, dass all diese Dinge versteigert würden, wie es in normalen Zeiten üblich war, oder ob er sie zum Wohl der Gemeinschaft konfiszieren ließ. Letztendlich, so schien es ihm, lief alles auf die Frage hinaus: War es richtig, wenn im Fall einer Hungersnot nur diejenigen überlebten, die genügend Geld hatten, um diese Vorräte zu kaufen? Der Magistrate war nicht die ideale Person, um ihn in einer derartigen Angelegenheit nach seiner Meinung zu fragen. Wie der Collector befürchtet hatte, war er unfähig gewesen, seinen Sarkasmus zu zügeln.

»In der Außenwelt ist es eine Frage des Geldes, ob die Menschen zugrunde gehen oder überleben, warum sollte es hier nicht so sein?«

»Dies ist eine andere Situation«, hatte der Collector mürrisch geantwortet. »Wir hängen alle voneinander ab und müssen uns gegenseitig helfen.«

»Und müssen wir das draußen nicht?«

»In normalen Zeiten haben die Leute mehr Möglichkeiten.«

»Trotzdem gehen viele zugrunde, nur weil sie kein Geld haben.«

Das Taschentuch dämpfte den Seufzer des Collectors, als er den wild summenden Brustkorb, Kopf und Flanken eines Pferdes erreichte, das dort mit seinem immer noch grotesk um einen bloßen Knochenrand geschnallten Sattel zusammengebrochen war. Etwas weiter lag der Kadaver eines Wasserbüffels mit schäumenden Augen, dessen Kopf und langer Nacken aussahen, als wären sie buchstäblich in den Boden gerammt worden. Der Collector mochte Wasserbüffel, er fand, sie wirkten freundlich und genügsam, aber er konnte sich nicht vorstellen, warum einer auf seinem Rasen gewesen sein sollte.

Nachdem er der Bankethalle einen Besuch abgestattet hatte, wurde das Licht allmählich milder; auf dem Rückweg zur Residenz nahm der Collector den Tropenhelm ab, um seinen Schädel zu lüften. Obwohl es noch keinen wissenschaftlichen Beweis dafür gab, war er überzeugt, dass Luftmangel am Schädel vorzeitigen Haarausfall verursachte; aus diesem Grund hatte er sich besonders für einen Hut interessiert, der auf der *Great Exhibition* gezeigt worden war, mit einer speziellen Belüftungsklappe in der Krone; auch hatte er zu dem Zeitpunkt, als die gegenwärtigen Unruhen ausgebrochen waren, darüber nachgedacht, ein höchst feinsinniges und interessantes Experiment durchzuführen, um seine Hypothese zu überprüfen, wobei Eingeborene in großer Zahl hätten verpflichtet werden sollen, ihre Köpfe bedeckt zu halten und sich bestimmten statistischen Ermittlungen zu unterziehen.

Beim Gedanken an Statistiken spürte der Collector, derweilen im chaotischen Garten der Residenz angelangt, wie sein Herz vor Freude schneller schlug ... Denn was waren Statistiken, wenn nicht das ordnende Prinzip einer chaotischen Welt? Statistiken waren die Fußeisen, um die Strolche der Unwissenheit und des Aberglaubens, die der Wahrheit auf einsamen Seitenwegen nachstellten, in Ketten zu legen. Nichts konnte Statistiken widerstehen, nicht einmal der Tod, denn gerüstet mit Statistiken konnte der Collector den Tod fassen, ihn beschnüffeln, ihn zerlegen, ihn mit Säure übergießen und sehen, ob er löslich war. Der Collector wusste beispielsweise, dass unter den 3.870 Männern der Altersgruppe ab zwanzig Jahren aufwärts, die im zweiten Quartal des Jahres 1855 in London gestorben waren, 2 Mitglieder des Oberhauses, 82 Staatsdiener, 25 Polizisten, 209 Offiziere, Soldaten und Veteranen, 103 Mitglieder akademischer Berufe, namentlich 9 Geistliche, 4 Advokaten, 23 Rechtsberater, 3 Mediziner, 12 Wundärzte, 43 Literaten, Gelehrte oder Künstler sowie 12 Speise- und Kaffeehauswirte gewesen waren ... und so viel mehr noch wusste der Collector. Er wusste, dass von 20.257 Schneidern 108 in eine bessere Welt eingegangen waren; dass 139 der insgesamt 26.639 Schuhmacher ihren Lohn empfangen hatten ... und das war immer noch ein Bruchteil dessen, was der Collector einem über den Tod hätte erzählen können. Wenn die Menschheit sich je aus ihren gegenwärtigen Unsicherheiten, Streitigkeiten und Selbstzweifeln erheben sollte, dann nur über eine solche Leiter objektiver Fakten.

Plötzlich stürzte sich aus einer dünnen Gruppe von Pappelfeigen, zwischen denen er gerade hindurchging, ein Schatten auf ihn. Er hob die Hand, um sich zu verteidigen, als etwas versuchte, ihn zu kratzen und zu beißen, und dann wieder verschwand. Im Halbdunkel sah er zwei grüne Kiesel, die ihn von oben unter einer Schiffermütze anstarrten. Es war derselbe als

Maskottchen gehaltene Affe, den er im Schatten der Kirche gesehen hatte; dem Tier war es gelungen, sich die Jacke vom Leib zu reißen und zu beißen, doch die Schiffermütze hatte allen Versuchen getrotzt; wieder und wieder hatte es wutentbrannt an dieser Mütze mit der Aufschrift *HMS John Company* gezerrt ... aber sie hatte standgehalten. Das Gummi unter seinem Kiefer war zu stark.

In der Nähe der Bäume entdeckte der Collector eine ganze Schar vor sich hin dösender Hunde neben einem Brunnen, der in normalen Zeiten von den Gärtnern benutzt wurde, um das komplizierte Bewässerungssystem für die Blumenbeete der Residenz zu bedienen. Er kannte einige dieser Hunde von früher, als er sie in der buntgemischten Jagdmeute des Standorts mit lärmenden, unbeschwerten jungen Offizieren zum Schakaljagen hatte ausziehen sehen; es waren Mischlinge und Terrier jeder Größe und Gestalt, aber auch reinere Rassen ... Setter und Spaniels, darunter Chloë, und sogar ein oder zwei Schoßhündchen. Was für ein trauriges Schauspiel sie boten! Täglich verfielen die treuen Tiere in einen noch hoffnungsloseren Zustand. Während Schakale und Pariahunde fett wurden, wurden sie immer dünner; ihre sanfte und luxuriöse Aufzucht hatte sie nicht vorbereitet auf diese harte Wirklichkeit. Sobald sie es wagten, sich dem Kadaver eines Pferdes oder Ochsen zu nähern, wurden sie von orange flackernden Augen, gesträubten Haaren und schnappenden Zähnen vertrieben.

Es war dunkel, als der Collector seine Runde beendete, und die Nacht war sternenklar. Wie immer sah er auch heute in der Dunkelheit rund um die Enklave Leuchtfeuer brennen. Waren das Signale? Niemand wusste es. Aber jede Nacht tauchten sie wieder auf. Andere, weiter entfernte Feuer waren vom Dach aus zu sehen, geheimnisvoll brannten sie wie von selbst dort draußen in der leeren Ebene, wo normalerweise nichts als Dunkelheit war.

Tagsüber, so war es Brauch geworden, versammelte sich

eine große Menge Schaulustiger auf dem Hang oberhalb der Melonenbeete, um die Zerstörung der Residenz zu beobachten. Sie kamen von überall aus dem Distrikt, wie zu einem Jahrmarkt oder einem Volksfest; es gab Musik und Tanz; jenseits der krachenden Geschütze hörte die Besatzung das unaufhörliche Säuseln einheimischer Instrumente, der Flöten und Sitars, begleitet von Fingertrommeln; es gab auch Händler und Verkäufer, die Essen und Trinken, Nüsse, *sherbets** und Zuckerrohr anboten … manchmal quälte eine Laune des Windes die Besatzung mit dem würzigen Geruch bratender Hühner als einer Erleichterung von dem unbarmherzigen Verwesungsgestank (hin und wieder hielt der Collector inne und verfluchte sich selbst für seine ignorante Anordnung, die Schlachtabfälle zur Windseite hin wegzuwerfen); hinzu kamen viele *ryots* von den Indigopflanzungen und viele von den Opiumfeldern, mit Ochsenkarren oder zu Fuß, außerdem die Bauern aus den Dörfern, durchs Land wandernde heilige Männer, ganze Fuhren verschleierter mohammedanischer Frauen, die Massen aus den Basaren von Krishnapur, ja sogar ein oder zwei Elefanten, auf deren Rücken lokale *zemindars* thronten, Renaissancefürsten gleich von livrierten Bediensteten umgeben. Diese fröhliche und vielfältige Menge versammelte sich jeden Tag unter aufgespannten Planen, Zelten und Schirmen, um zu sehen, wie die *feringhees* um ihr Leben kämpften. Zuerst hatte der Collector diese Zuschauermassen als bittere Demütigung empfunden, aber jetzt dachte er nur noch selten darüber nach. Er hatte den Befehl erlassen, dass kein Pulver darauf verschwendet werde, diese Massen zu zerstreuen, obwohl sie sich durchaus in Reichweite befanden.

Der Collector hatte noch einen letzten Besuch vor sich; und zwar in einem Stall mit offenen, vergitterten Fenstern, dem hintersten in der langen Reihe jener Stallungen, die jetzt als Hospital dienten. Dort hatte in den alten Tagen, als das Leben in Krishnapur noch in größerem Stil gepflegt worden war, ein früherer Resident in seinem Ehrgeiz, es den lokalen Rajas gleichzutun, ein Tigerpaar gehalten. Wo einst die Tiger gelebt hatten, lief jetzt Hari rastlos hinter den Gitterstäben auf und ab, während der Premierminister, auf einem Haufen Stroh sitzend, seine Bewegungen mit ausdruckslosem Blick verfolgte.

Hari war zum »Wohl der Gemeinschaft« hierher verlegt worden, was den Collector erneut in schwere Gewissensnöte brachte. Man hatte bemerkt, dass der einzige Teil der Enklave, den die Sepoys sorgfältig vermieden hatten, mit ihren Kanonen zu treffen, genau die Stelle war, wo sich Haris Quartier befand. Informationen über seinen Aufenthaltsort waren zweifellos über die eingeborenen Diener, die sich einer nach dem anderen absetzten, während die Lage innerhalb der Enklave immer hoffnungsloser wurde, zu den Linien der Sepoys durchgesickert. Nachdem diese unglückliche Entdeckung einmal gemacht worden war, hatte sich der Collector moralisch verpflichtet gefühlt (es war seine Pflicht), sie auszunutzen. So war Hari denn aus der relativen Bequemlichkeit und Sicherheit der Residenz entfernt und im Tigerhaus untergebracht worden, das zufälligerweise so günstig an das Hospital angrenzte.

Hari hatte diese Veränderung nicht gut aufgenommen. Im Lauf der Tage hatte der schuldbewusst ihn beobachtende Collector Zeichen eines physischen und moralischen Verfalls bemerkt. Seine dicken, schon immer blassen Wangen waren gräulich geworden. Er hatte zuerst geklagt, dass er nicht essen könne, dann, dass das, was man ihm zu essen gebe, nicht für Menschen geeignet sei … Es stimmte, das Essen war nicht sehr gut, aber was konnte man während einer Belagerung erwarten? Und das Essen war nicht das einzige Ärgernis. Schon immer zu Launenhaftigkeit neigend, hatte Hari jetzt einen permanent missmutigen Ausdruck angenommen.

»Sie sollten nach draußen gehen, Leute sehen, mit ihnen reden, vielleicht sogar ein bisschen kämpfen«, hatte der Collector ihm geraten, zunehmend beunruhigt über die Veränderung, die in Hari vor sich ging. Der junge Mann war so voller Enthusiasmus gewesen, so interessiert an jeder neuen und fortschrittlichen Idee. Und jetzt war er so lustlos!

»Geben Sie mir vielleicht Erlaubnis, aus Lager rauszugehen?«

»Also nein, nicht außerhalb der Umwallung natürlich.«

»Ha!«

»Aber Sie müssen sich beschäftigen. Sie können nicht ewig hier drinnen bleiben. Wer weiß, wie lange die Belagerung noch dauert?«

»Richtig! Sie halten mich gefangen, aber Sie machen sich vor, als ob Sie mich und Premierminister nicht gefangen halten. Sie wollen, ich soll für Briten kämpfen, vielleicht töten meine eigenen kleinen Brüder und Schwestern, die mich anflehen um ihr Leben, sehr kläglich ihre Händchen heben? Das werde ich nicht tun, Mr. Hopkin, ich werde lieber sterben als das tun, das versichere ich Ihnen. Keine gute Idee. Sie können mich foltern. Ich trotzdem nicht töten kleinen Bruder und Schwester.«

»Oh, ich meine, schauen Sie … niemand verlangt, dass Sie Ihre Brüder und Schwestern töten. Sie dürfen auch nicht übertreiben.«

»Doch, Sie verlangen, dass ich Brüder und Schwestern töte, und Sie verlangen von Premierminister, dass er mit Bajonett seine sehr alte Witwen-Mutter-Lady sticht!«

»Oh, was ein Unsinn!«

»Oh, was ein Unsinn, sagen Sie, aber ich weiß besser. Ist nicht alles gut, was endet gut, wenn ich kleine Babys töte für die Queen, das versichere ich Ihnen. Ich sterbe lieber als das tun. Premierminister auch, meines Erachtens!«

Der auf seinem Strohhaufen sitzende Premierminister, die Augen ausdruckslos wie immer, hatte sich mit keiner Miene anmerken lassen, ob er dafür war, Babys zu töten oder nicht zu töten oder sonst etwas zu tun.

»Hätte der arme Kerl sich doch wenigstens einen etwas anregenderen Gefährten mitgebracht«, hatte der Collector traurig gedacht. »Er siecht dahin, weil er nichts hat, um seinen Geist zu beschäftigen.«

Erneut musste der Collector sein Taschentuch herausziehen und es sich vor die Nase halten, diesmal, weil er an den geöffneten Türen und Fenstern des Hospitals vorbeiging. Seine Ohren jedoch konnte er nicht vor dem Schreien und Stöhnen verschließen; während er seine Schritte beschleunigte, glaubte er sogar das monotone Singen des Krim-Veteranen zu hören, aber er hatte den Kopf schon voll genug mit Hari. Dem Tigerhaus näherkommend, machte er sich auf die unvermeidlichen Vorwürfe gefasst. Aber heute schien sich Haris Interesse an der Welt aus irgendeinem Grund wieder belebt zu haben.

Wie gewöhnlich lief er hinter den Gitterstäben auf und ab, während der Premierminister passiv auf seinem Strohhaufen saß. Und doch hatte eine bemerkenswerte Veränderung stattgefunden. Hari wirkte erregt, in der Tat sogar fieberhaft erregt … aber noch etwas hatte sich verändert, und eine Weile kam der Collector nicht darauf, was es war. Dann merkte er es: Der Kopf des Premierministers war kahl. Nicht nur, dass er seine französische Offiziersmütze abgenommen hatte, er hatte auch keine Haare mehr. Sein Schädel glänzte kahlgeschoren und eingeölt im Lampenlicht. Aus irgendeinem Grund war ein großmaschiges Haarnetz darübergezogen.

Der Collector nahm an, dieses Kahlscheren des Schädels habe wohl eine religiöse Bedeutung; er wusste, dass Hindus dauernd aus diesem oder jenem Grund ihre Köpfe scheren; aber dann fiel ihm auf, wie Haris Blicke immer wieder zu dem glänzenden Kranium zurückkehrten, als wäre es ein Kunstwerk. Bei etwas näherer Betrachtung erkannte er, dass das, was er für ein Haarnetz gehalten hatte, in Wirklichkeit mit Tinte gezogene rituelle Linien auf dem Schädel des Premierministers waren.

»Ich bin ein Anhänger von Frenludji geworden!«, rief Hari aus.

»Frenludji?«

»Fren-ladji! Richtig? Wissenschaft vom Kopf!«

»Oh, Phrenologie! Ich verstehe, was Sie meinen!«

»Richtig! Lassen Sie mich erklären, was es auf sich hat mit Phrenologie ... Hochinteressante Wissenschaft und außerordentlich nützlich, um Maß deines Mannes zu nehmen ... Ich habe ohne geringste Schwierigkeit Maß genommen von Premierminister. Sehen Sie, Kopf ist mit einem umfangreichen Apparat mentaler Organe ausgestattet, und jedes Organ reicht von Gentlemans Medulla oblongata oder Spitze von Rückenmark zur Oberfläche von Kleinhirn oder Cerebellum. Jeder Gentleman besitzt in größerem oder kleinerem Maß alle Organe. Sagen wir, er besitzt großes Witzorgan, wenn er sehr lustige Dinge sagt, dann ist Witzorgan sehr dick und kräftig, und wir sehen hier an der Stirn große Beule rechts und links ...« Hari zeigte auf zwei Stellen etwas oberhalb der Augenbrauen des Premierministers.

»Bei Mr. F. Rabelais und Mr. J. Swift war dieses Organ sehr groß. Bei Premierminister nicht so groß. Bei Ihnen, Mr. Hopkin, nicht so groß. Bei mir nicht so groß.« Der Premierminister fingerte an seiner heiligen Schnur herum, enthielt sich aber jeden Kommentars.

»Der Mann, der diese Wissenschaft entdeckte, Dr. Gall aus Wien, machte viele Schädel von Leuten ab, die er im Leben kannte. Er fand, dass Gehirn bedeckt mit Dura mater ... (Hari sprach dies erleichtert aus, als wäre es der Name eines indischen Gerichts) dieselbe Form hat wie Schädel zu Lebzeiten. Darum sehen wir Beule oder keine Beule an Premierministers Kopf.«

»Verstehe«, sagte der Collector, der das Gefühl hatte, sein Verständnis von Phrenologie könne empfindlich auf jede weitere Erklärung von Hari reagieren.

»Es gibt gewisse Teile an Schädelbasis, in mittleren und hinteren Regionen, deren Größe man zu Lebzeit nicht entdecken kann, und darum Funktion bleibt unbekannt. Aber manche Beulen sehen wir, obwohl an schwieriger Stelle. Sehen Sie, zum Beispiel ... *Liebeslust* ...« Hari schnappte sich ein Buch, das der Magistrate ihm geliehen hatte, und las: »*Liebeslust.* Das Cerebellum ist das Organ dieser Neigung, und ihr Sitz befindet sich zwischen den Warzenfortsätzen zu beiden Seiten ... und so weiter und so fort ... Die Größe wird zu Lebzeiten durch die Dicke des Nackenbereichs an ebendieser Stelle angezeigt. Die Veranlagung ruft das Sexualempfinden hervor. Bei neugeborenen Kindern ist das Cerebellum der am wenigsten entwickelte Teil des Gehirns. Sein Verhältnis zum Gehirn ist eins zu zwanzig, bei Erwachsenen hingegen eins zu sechs. Das Organ erreicht seine volle Größe im Alter zwischen achtzehn und sechsundzwanzig Jahren. Beim weiblichen Geschlecht ist es im Allgemeinen geringer ausgeprägt als beim männlichen. Im hohen Alter nimmt es häufig ab.«

Hari legte das Buch nieder und winkte den Collector heran, den Premierminister zu untersuchen.

»Liebeslust ist kein sehr starkes Organ bei Premierminister. Bei mir, sehr stark. Bei Vater ist es furchtbar stark, ganz furchtbar, sodass alle anderen Organe verkümmern, glaube ich ...« Hari lachte herzhaft und fasste sich dann plötzlich an sein Witzorgan.

»Also, ich muss gehen, Hari«, sagte der Collector traurig. Wie bekümmerte es ihn, den offenen Geist dieses jungen Mannes vom Magistrate verdorben zu sehen! Doch bevor Hari ihn gehen ließ, bestand er darauf, eine lange Weile indiskret den Nacken des Collectors anzustarren und mit einem gemurmelten »Bin so frei, Entschuldigung« sogar anzustupsen. Sein einziges Urteil indessen bestand in einem Hüsteln und bescheiden gesenkten Augen.

Auf dem Rückweg zur Residenz glaubte der Collector eine Stimme von der anderen Seite des Hospitals, hinter der Kirchhofsmauer, rufen zu hören. Er ging hin, um nachzusehen, und sah die schwache Gestalt des Padre müde mit einem Spaten graben, wie im Selbstgespräch vor sich hin murmelnd. Neben dem Weg gewahrte er undeutlich drei längliche, in Bettzeug eingenähte Formen.

»Padre, ist niemand da, um Ihnen zu helfen?«

Doch der Padre antwortete nicht, hatte es vielleicht nicht einmal gehört. Er fuhr fort zu graben und vor sich hin zu murmeln. Leise vernahm der Collector seine Worte: »... Der Mensch, vom Weibe geboren, lebt kurze Zeit und ist voll Unruhe. Geht auf wie eine Blume und fällt ab; flieht wie ein Schatten und bleibt nicht ...«

Der Collector sprach ihn erneut an, doch der Padre beachtete ihn nicht. So ergriff der Collector am Ende selbst den Spaten und hieß den Padre sich neben den Leichen auf den Weg legen.

Eine ganze Stunde oder länger grub der Collector ohne Unterbrechung. Zuerst dachte er: »Das ist einfach. Die arbeitenden Klassen machen eine Menge Aufhebens um nichts.« Aber er hatte noch nie im Leben einen Spaten benutzt, und bald bekamen seine Hände schmerzhafte Blasen. Alsdann zog eine große Traurigkeit in ihn ein. Die Traurigkeit ging von den drei schweigenden, in Bettzeug eingenähten Figuren aus, und er dachte wieder an seine Todesstatistiken, fand jedoch keinen Trost ... Und während er grub, weinte er. Er sah Haris belebtes Gesicht und zahllose tote Menschen und den Hass in den Gesichtern der Sepoys ... und plötzlich schien es ihm, als sehe er in aller Klarheit den Grund all der Konflikte und des Elends, etwas Geheimnisvolles, das zugleich mit den Haaren, den Zähnen und Gehirnzellen im Menschen heranwächst und sich schließlich in der heillosen und grauenhaften Unbeugsamkeit aller menschlichen Gewohnheiten und Glaubenshaltungen, einschließlich seiner eigenen, offenbart. Im Moment hörte er die Stimme des Padre in der Dunkelheit über den Leichen flüstern: »Sie wird nicht mehr hungern noch dürsten; es wird auch nicht auf sie fallen die Sonne oder irgendeine Hitze. Denn das Lamm mitten im Stuhl wird sie weiden und leiten zu den lebendigen Wasserbrunnen, und Gott wird abwischen alle Tränen von ihren Augen.« Nachdem der Collector zwei Gräber fertig ausgehoben hatte, half er dem Padre, die Toten hinüberzutragen und zu beerdigen, dann machte er sich an die Arbeit für das dritte Grab. Als schließlich ein Arbeitskommando aus der Dunkelheit kam, um ihn abzulösen, hatte er sich wieder gefasst, was unter den gegebenen Umständen auch gut war, denn keine Besatzung wird ermutigt durch den Anblick ihres Kommandeurs in Tränen.

Jetzt endlich konnte der Collector seinen langen Tag beschließen. Eine Lampe brannte in seinem Studierzimmer, und in der Glasscheibe des Bücherschranks sah er sein Spiegelbild, ein wenig schattenhaft, in einem schon ziemlich zerlumpten Cut, auch das Gesicht im Schatten, anonym, ein Mann wie jeder andere, der in ein paar Jahren von der Geschichte vergessen sein würde, dessen Persönlichkeit nicht individueller war als der schattenhafte Widerschein in der Glasscheibe. »Wie gleich wir doch alle sind … Es gibt kaum einen Unterschied zwischen einem Menschen und dem anderen, wenn man es so recht bedenkt.«

Als er sich umdrehte, um die Lampe zu löschen, ehe er nach oben ging, dachte er, wie normal hier noch alles sei. Es hätte jeder beliebige Abend der Jahre sein können, die er in Krishnapur verbracht hatte. Nur sein zerlumpter Cut, seine vom Gräberschaufeln verdreckten Stiefel, die schlecht gestutzten Koteletten und sein erschöpfter Gesamteindruck hätten den Verdacht erregen können, dass etwas nicht in Ordnung sei. Das, und die Geräusche von Geschützfeuer draußen.

Auf dem Weg nach oben stieß er in der Eingangshalle auf Miriam, und ohne besondere Bedeutung legte er seinen Arm um sie. Sie war auf allen vieren, als dies geschah, suchte mit einer Kerze den Boden nach einigen Perlen ab, die sie verloren hatte, als ihre Halskette zerrissen war; trotz ihrer zunehmend heruntergekommenen Erscheinung hatten die Ladies sich angewöhnt, den gesamten Schmuck, den sie besaßen, zur sicheren Aufbewahrung am Körper zu tragen. Die Perlen hätten leicht zu finden sein sollen, aber einige waren in den Wald aus staubigen, geschnitzten Tisch- und Stuhlbeinen gerollt, die hier das Gerümpel der »Besitztümer« bildeten. Als der Collector sich näherte und ihre Seite berührte, gab sie nicht vor, beleidigt zu sein; sie erwiderte den Druck recht deutlich und setzte sich dann auf die Fersen zurück, indem sie sich, da ihre Hände schmutzig waren, mit den Knöcheln eine Haarlocke aus den Augen strich. Sie sah ihn lange an, sagte aber nichts. Nach einer Weile wandte sie sich wieder ihrer Perlensuche zu, und er setzte seinen Weg nach oben fort. Er wusste nicht, was ihn veranlasst hatte, das zu tun. Mehr als alles andere war es Entmutigung gewesen. In dem Moment hatte er das Bedürfnis nach irgendeiner Art von Trost verspürt … jede Art hätte es vielleicht getan … eine gute Flasche Claret zum Beispiel, stattdessen. Dennoch, Mrs. Lang war eine empfindsame Frau und er glaubte nicht, dass sie es übelnehmen würde. »Seltsame Geschöpfe trotz allem, diese Frauen«, sinnierte er. »Man weiß nie so genau, was in ihren Köpfen vor sich geht.«

Später, derweilen er in seinem Schlafzimmer mit drei jungen Subalternen aus Captainganj zum Teetrinken zusammensaß, kam eine Serie von Musketenkugeln durchs Fenster, angezogen von der Öllampe … eine, noch eine, dann die dritte und die vierte, eine nach der anderen. Die Offiziere duckten sich blitzschnell unter den Tisch und ließen den Collector seinen Tee alleine trinken. Nach einer Weile tauchten sie verlegen lächelnd wieder auf, tief beeindruckt von der Seelenruhe des Collectors. Als ihm auffiel, dass er vergessen hatte, seinen Tee zu süßen, tauchte der Collector einen Teelöffel in die Zuckerdose. Aber dann merkte er, dass er unfähig war, den Zucker auf dem

Löffel zu halten: Kaum hatte er welchen drauf, tanzte er wieder herunter. Es war klar, er würde ihn niemals von der Dose in die Tasse befördern, ohne ihn auf dem Tisch zu verstreuen, sodass er am Ende gezwungen war, den Zucker wegzuschieben und seinen Tee ungesüßt zu trinken. Zum Glück hatte keiner der Offiziere es bemerkt.

Sobald er in dieser Nacht die Augen schloss, begann sich das Bett, auf dem er lag, wie ein Kreisel zu drehen; innerhalb von Sekunden, so schien es, war er in einen Schlaf hinabgezogen worden, in dem niederschmetternde Ereignisse durch seinen unbewussten Geist tobten. Nach und nach jedoch wichen sie zurück und er sank in einen ruhigeren, tieferen Schlaf … aber nicht so tief, dass er, wenngleich in großer Entfernung, die herzzerreißenden Schreie der ein paar Zimmer weiter im anderen Stockwerk niederkommenden Mrs. Scott nicht hätte hören können. Einmal fuhr er plötzlich im Bett auf und dachte: »Das arme Würmchen! In was für eine Welt es hineingeboren wird!«, aber vielleicht war das nur Teil eines langen, traurigen, unsäglich traurigen Traums, den er vor der Morgendämmerung hatte.

Doch wie sich herausstellte, wurde das Baby nicht lebend geboren, und Mrs. Scott selber sank trotz allem, was getan wurde, um sie zu retten, rasch dahin und starb noch vor dem Morgen. Im ersten Tageslicht saß Dr. McNab, der kein Auge zugetan hatte, an einem Tisch am Fenster des Raums, in dem Mrs. Scott gestorben war (ein Teil des Flaggenturms), und schrieb in Kurzform in sein Notizbuch, was sich genau zugetragen hatte. Er schrieb: »Kaiserschnitt. Fühlte den Kopf des Kindes, der sich tief nach unten gesenkt hatte, plötzlich zurückweichen; nachfolgend Symptome einer Uterusruptur … Der Fötus konnte leicht durch die Bauchdecke ertastet werden und war offenbar ziemlich lose, vaginal jedoch nicht erreichbar; es war klar, dass der Uterus gerissen war. Die Patientin noch nicht wirklich kollabiert, aber schnell abbauend. Versuch, den Fötus durch Gastrotomie zu bergen … Schnitt, etwa sechs Zoll lang, auf der Medianlinie zwischen Umbilicus und Pubes; der Fötus wurde leicht erreicht und, wie erwartet, lose in der Peritonealhöhle gefunden; er wurde (tot) zusammen mit der ganzen Nabelschnur und der Plazenta entfernt; es erfolgte keine starke Blutung, auch im Abdomen wurde nicht viel Blut gefunden. Anschließend wurden großzügig Stimulanzien, Opiate etc. verabreicht, trotzdem brach der Kreislauf zusammen und die Frau starb innerhalb von etwa drei Stunden …«

Dr. McNab unterbrach das Schreiben einen Augenblick, drehte sich auf seinem Stuhl um und starrte auf das Bett, das nun leer war, da Mrs. Scott, in ihr Bettzeug eingenäht, zur Kirche getragen worden war, wo sie liegen würde, bis die Dunkelheit genügend Sicherheit bot, um sie zu begraben. Er runzelte nachdenklich die Stirn, als versuchte er sich zu konzentrieren, dann schrieb er weiter.

In diesem Raum, der die ganze Nacht hindurch von den schrecklichsten Schmerzensschreien erfüllt gewesen war, herrschte nun reine Stille ohne ein anderes Geräusch als dem Kratzen des Federhalters, während Dr. McNab schrieb, und ab und zu einem Klirren von Porzellan, wenn er ihn ins Tintenfass eintunkte. Draußen hielt das Geschützfeuer unvermindert an.

XV

Es war geplant, dass Cutter am Dienstag, dem 7. Juli, seine Mine unter den Stellungen der Sepoys sprengen sollte; Harry und Fleury waren ausgewählt, sich an dem Ausfall, der mit diesem Ereignis einhergehen musste, zu beteiligen. Nun war Dienstag zufällig auch Fleurys Geburtstag, und er hatte ein sentimentales Verhältnis zu Geburtstagen, insbesondere zu seinem eigenen; gleichzeitig täuschte er vor, sie für vollkommen belanglos zu halten.

Auf die eigene Schwester kann man sich in der Regel verlassen, dass sie daran denkt, wenn man Geburtstag hat; doch als Miriam und einige andere Ladies und Gentlemen sich am Montagabend auf der Veranda der Residenz versammelten, um vor dem Schlafengehen Hymnen zu singen, vermochte Fleury im Gesicht seiner Schwester kein Zeichen eines Bewusstseins davon zu erkennen, dass ein ungewöhnliches Ereignis so nahe bevorstand. Sie sang unbekümmert mit großer Inbrunst frei heraus: »O Herr Gott, unsre Zuflucht für und für …« Sie hatte eine wunderschöne Stimme, und normalerweise liebte Fleury es, sie singen zu hören; aber an diesem Abend hegte er den Verdacht, sie tue es allein um des Collectors willen. Dieser, der selber nicht sang (er hatte keine Stimme), lehnte im Halbdunkel lauschend an den Holzlamellen der Fensterläden. Viele Mitglieder der Besatzung begannen sich ein wenig über den Collector zu beunruhigen. Sein Gesicht wirkte noch eingefallener, und manchmal hörte man ihn in Selbstgesprächen murmeln … ein oder zwei Mal hörte man ihn sogar lachen, während er für sich allein umherging; es war ein unangenehmes Lachen, und wenn er sah, dass man ihn ansah, hörte er sofort auf; sein Gesicht wurde wieder streng und ausdruckslos zwischen den katzenartig sprießenden Koteletten. Es gab jedoch keinen Grund, eine große Sache daraus zu machen … schließlich müssen jedem ein paar persönliche Idiosynkrasien gestattet sein, und der Collector hatte so weit eine wahre Glanzleistung vollbracht. Dennoch, die Verantwortung für die gesamte Besatzung lag in seiner Hand, und alles, was in der Enklave geschah, geschah auf sein Geheiß. Die Belagerung war gewissermaßen *seine Idee*. Es wäre gelinde gesagt unglücklich, wenn er jetzt oder in einem noch weiter fortgeschrittenen Stadium zusammenbräche, wo so viel von ihm abhing. Kein Wunder also, dass die Leute begonnen hatten, ihn mit recht unbehaglichen Gefühlen zu beobachten. Wohlgemerkt, wahrscheinlich war er immer noch kerngesund. Und es konnte kaum ein schlechtes Omen sein, dass er gekommen war, um das Hymnensingen zu hören. Schade nur, dass sein Gesicht im Schatten nicht deutlicher zu sehen war.

Miriam stand im Lampenlicht. Ihr Gesicht war rosig angelaufen, ihre Augen glänzten und ihre Brust hob sich. Sie hatte noch nie so hinreißend gesungen.

»Ja«, dachte Fleury, »sie holt das Letzte aus sich heraus – um *seinetwillen*!« Voller Selbstmitleid machte er sich auf den Rückweg zu seinem einsamen *charpoy* in der Bankethalle.

Am nächsten Morgen warteten er und Harry angespannt mit ihren Pferden im Schutz des Dunstaple-Hauses auf das Signal, dass Cutter bereit sei, die Mine zu sprengen. Der Ausfall sollte unter Führung von Leutnant Peterson erfolgen. Auch einige andere Gentlemen waren da, darunter Mr. Ronald Rose, einer der Eisenbahningenieure, Mr. Simmons, dessen Gesichtshaut jetzt von der Sonne vollständig abgeschält war, und die Gebrüder Schleissner, Claude und Michel, beide Ensigns aus Captainganj.

»Ach übrigens, was mir gerade einfällt, heute ist mein Geburtstag«, sagte Fleury beiläufig zu Harry und ärgerte sich dann über seinen Patzer; er hatte es niemandem erzählen wollen und war doch damit herausgeplatzt.

»Alles Gute und viel Glück«, sagte Harry ziemlich geistesabwesend. Er hätte mehr Interesse gezeigt, aber gleich würde er, seinen Säbel schwingend, dem Feind entgegenreiten. Neben diesem blutroten Gedanken erschien Fleurys Geburtstag anämisch.

Fleury biss verdrießlich die Zähne zusammen, während er dachte: »Cutter braucht verdammt lange mit seiner Mine.«

Tatsächlich hatte Fleury außer seinem Geburtstag noch etwas anderes im Kopf. In jüngster Zeit hatte er seine müßigen Stunden (denn eine Belagerung kann für einen Mann von Kultur sehr langweilig sein) auf eine tiefe und gründliche Erforschung der Kriegskunst verwendet. Genau wie der Collector war er überzeugt, dass nichts aus dem Spektrum der Betrachtung eines mit Intelligenz begabten Menschen auszuscheiden brauche. Und so hatte er sich in einem Schnelldurchgang skeptischen Lesens mit denen befasst, die dem Collector als Autoritäten galten, Vauban und so weiter, Harry gegenüber verächtlich über ihren Mangel an Vorstellungskraft, ihre logischen Fehler und ihr schwerfälliges Denken stöhnend. Auf die einzige Idee, die ihn in einige Begeisterung versetzte, war er bei Carnot gestoßen, der mathematisch zu beweisen versucht hatte, dass bei Verwendung eines 13-Zoll-Mörsers, um sechshundert eiserne Kugeln auf einmal abzufeuern, jede Belagerungsstreitmacht schnell vernichtet werden könne.

Drei oder vier Tage lang hatte Fleury dem Collector mit Beratungsangeboten in den Ohren gelegen, aber dann war seine Begeisterung für Carnots Idee zu Gunsten einer eigenen verfallen: dem Entwurf einer neuen Waffe, von der er glaubte, sie würde den Kavallerieangriff revolutionieren. Die große Schwierigkeit des Angriffs zu Pferde bestand nämlich, so wie Fleury es sah, in der Tatsache, dass man sehr oft gegen zwei Feinde gleichzeitig anrennt, und während man einem der beiden den

Kopf abschlägt, sein Gefährte mit dir das Gleiche macht. Die Waffe, die Fleury ersonnen und für sich angefertigt hatte, um diese Schwierigkeit zu überwinden, ähnelte einer riesigen Mistgabel, deren Zinken etwa so weit auseinanderstanden, wie es dem Maß beidseitig ausgestreckter Arme eines Mannes entsprach; außerdem hatte sie ein breit auslaufendes Ende, gleich der Krümme eines vergrößerten Bischofsstabs, das nach hinten benutzt werden konnte, um Leute von Pferden zu reißen; auf dem Schaft flatterte aus psychologischen Gründen ein kleiner Union Jack. Sein einziges Problem war, einen Platz zu finden, um die Waffe am Sattel zu befestigen. Vorläufig sprossen die Zinken des Geräts (das er den *»Fleury Cavalry Eradicator«* getauft hatte) wie ein seltsames Geweih über dem Kopf seines Pferdes hervor. Nun denn, würde es funktionieren oder nicht? Bald würde er es wissen. In der Zwischenzeit fragte sich nur, was Cutter bloß im Schilde führte.

Auch der Collector wartete ungeduldig. Es hing so viel vom Erfolg dieses Unternehmens ab. Er stand schon etliche Minuten in der Grube neben der Batterie, seit Cutter im Inneren des Schachts verschwunden war; an der Seite des Collectors bemühten sich zwei Sikhs, mit einem primitiven Blasebalg, an dem improvisierte Schläuche aus Leinwand befestigt waren, Luft ans Kopfende des Schachts zu pumpen. Irgendwo da vorne, an einem Punkt, der seiner Einschätzung nach direkt unter der feindlichen Stellung lag, hatte Cutter eine kleine Kammer in die Seitenwand des Ganges gehackt, um die Pulverladung zu verstauen und sie in der Absicht, die Sprengkraft der Explosion zu erhöhen, von dem offenen Gang fernzuhalten. Kisten voll Pulver waren dorthin geschleift worden. Cutter hatte sie verstaut und die Lunte in Form eines Pulverschlauchs gelegt; jetzt stopfte er, was bedeutet, er füllte das Kopfende des Ganges, damit die Ladung nicht nach hinten losging; auch das musste behutsam gemacht werden, denn wenn er die Lunte beschädigte und die Zündung nicht funktionierte, musste die Füllung wieder aufgehackt werden, ein gefährliches Geschäft; und als wäre das alles nicht schon schwierig genug, musste er in vollkommener Dunkelheit arbeiten, ohne auch nur ein Kerze, aus Angst, das Pulver könne zu früh explodieren.

Schließlich kroch Cutter aus dem Stollen hervor; er sah erschöpft aus und brauchte dringend frische Luft. Er war jetzt bereit, die Mine zu sprengen, ob die Angriffstruppe ebenfalls bereit sei? Ja. Er zündete eine Kerze an und duckte sich wieder in den Stollen; um Pulver zu sparen, hatte er die Lunte nicht ganz bis zum Ausgang gebracht; der Pulverschlauch war behelfsweise aus einer von den Ladies genähten Leinenröhre angefertigt worden; er war unmäßig lang, etwa einen Zoll dick, und hatte den Ladies eine Aufgabe verschafft, die ihre Finger über viele Stunden beschäftigte; mit Pulver gefüllt, würde er mit einer Geschwindigkeit von zehn bis zwanzig Fuß pro Sekunde abbrennen, sodass Cutter nach dem Anzünden keine Zeit im Stollen zu vertrödeln hatte.

Der Collector hob die Hand zum Zeichen des Feuers aus Kanonen und Gewehren, während Cutter die Lunte anzündete und sich so schnell er konnte aus dem Gang zurückzog. Ein Feuersturm brach los. Cutter erreichte den Schachtausgang gerade rechtzeitig, um die Schwadron der Reiterei (begleitet von Fleury auf etwas, was wie ein Rentier aussah) über den Festungswall springen und den feindlichen Linien entgegenjagen zu sehen; dann gab es eine starke Explosion, und aus der Mündung des Schachts flogen ihm Erde und Kiesel um die Ohren.

Fleury schien es, als bräche die gelbe Erde vor ihm aus, erfüllt mit dunklen Objekten, die Sepoys hätten sein können. Bisher war es unmöglich, in der Staubwolke zu erkennen, ob eine Bresche in die Verteidigung des Feindes gerissen worden war. Vor Fleury schwang Leutnant Peterson unter tonlosen Rufen seinen Säbel und hielt ihn dann steif und geradeaus zielend über dem gestreckten Pferdekopf. Dergleichen verschwand er in dem Vorhang aus gelbem Dunst, gefolgt von zwei Sikhs, dann von Harry, dann vom Rest der Schwadron einschließlich Fleury selber. Im gelben Nebel wanderten Sepoys umher, vollkommen betäubt und wehrlos; allenthalben wurden sie von Reitern niedergemetzelt. Direkt vor Fleury zögerten zwei *sowars*, unschlüssig, ob sie ihren Pferden die Sporen geben und kämpfen oder die Flucht ergreifen sollten; hinter ihm hob Mr. Rose seinen Säbel, um einem torkelnden Infanteristen den Schädel zu spalten. Die beiden *sowars* vor Fleurys Augen schwankten immer noch; er fuhr den *Eradicator* aus. Seine Opfer waren ideal positioniert, eine bessere Gelegenheit würde sich nie bieten! Unter einem höchst sonderbaren, aber wissenschaftlich begründeten Schlachtruf (er hatte ausgeklügelt, dass eine maximale Einschüchterung des Feindes durch eine Mischung von Guttural- und Zischlauten zu erreichen sei) stürmte er mit aller Kraft vorwärts.

Die *sowars* starrten, einer wie der andere, fassungslos auf die mörderischen, glänzenden, direkt auf ihre Herzen gerichteten Spitzen; sie wechselten einen verzweifelten Blick … aber durch ein Wunder kamen die beiden Stahlzinken einen Zoll vor ihren Herzen zitternd zum Stillstand. Sie blickten den Schaft entlang dorthin, wo Fleury mit hervorquellenden Augen, puterrot vor Anstrengung, die Spitzen jenes winzige Stückchen vorwärtszutreiben versuchte, das ihnen den Tod einbringen würde. Dann wendeten sie wie auf Absprache ihre Pferde und sprengten davon. Hinter Fleury war Mr. Rose, seine kräftigen Arme mitten im Abwärtsschwung, um dem Sepoy den Schädel zu spalten, plötzlich aus dem Sattel gewischt worden und zappelte nun wie ein Lachs am Angelhaken am Ende des *Eradicators*. Bis er sich fluchend befreit hatte, war sein Opfer ebenfalls verschwunden. Tatsächlich waren inzwischen alle Sepoys verschwunden, sofern sie nicht tot oder tödlich verwundet am Boden lagen.

»Weiter! Los! Die Kanonen!«

Fleury ließ den *Cavalry Eradicator* fallen (ihm war bewusst geworden, dass sein Entwurf noch gewisse Mängel hatte) und folgte Harry durch den beißenden gelben Dunst. Leutnant Peterson machte sich bereits gemeinsam mit zwei Sikhs an einer Sechspfünder zu schaffen, die aufgeprotzt und ins eigene Lager geschleppt werden sollte; Mr. Ford und ein Indigopflanzer arbeiteten daran, die gefürchtete Achtzehnpfünder zum Schweigen zu bringen.

»Stopfen Sie die Zwölfpfünder!«, rief Harry und gab Fleury einen Sechs-Zoll-Nagel. Fleury nahm den Nagel, rief jedoch zurück: »In Ordnung, aber wo ist der Stopfen?«

»Der Nagel, Idiot! Hämmern Sie ihn in das Zündloch und dann brechen Sie ihn ab.«

Niemand lässt sich gern Idiot nennen … noch weniger eine Person von Fleurys Intelligenz … Am allerwenigsten eine Person von Fleurys Intelligenz von jemandem mit Harrys. Und wie sollte Fleury auch wissen, dass Kanonen stopfen nicht bedeutete, was es sagte (und was jeder normal intelligente Mensch darunter verstehen würde, nämlich einen dicken Stopfen in die Rohrmündung treiben), sondern etwas ganz anderes? Kein Zweifel, Harry ließ sich seinen militärischen Drill zu Kopfe steigen, aber er war schon davongeeilt, um Nägel in die anderen Kanonen zu hämmern, und so machte sich auch Fleury recht geschickt, wie er fand, an die Arbeit, die Zwölfpfünder zu stopfen.

Die Sechspfünder und eine Haubitze wurden von Sikhs in Richtung der Residenz abgeschleppt. Leutnant Peterson rief den Befehl zum Rückzug; der gelbe Dunst hatte sich derweilen zu einem leichten, glitzernden Nebel gelichtet, und die Sepoys gruppierten sich neu, um einen Gegenangriff zu starten. Nur Leutnant Peterson selbst harrte noch aus. Er hatte ein Munitionslager der Sepoys entdeckt und in aller Eile eine damit verbundene Pulverspur gestreut, die er jetzt zu zünden versuchte. Schließlich gelang es ihm, er schwang sich in den Sattel und weg war er. Sein Pferd nahm den Sepoy-Wall und schoss wie ein Pfeil seinen Männern hinterher über das offene Gelände.

Plötzlich sahen sie ihn getroffen. Er rutschte aus dem Sattel und schlug auf den Boden. Ohne zu zögern machten Harry und Fleury mit ihren Pferden kehrt und trieben sie dorthin zurück, wo er lag. Fleury ritt weiter, um Petersons Pferd bei den Zügeln zu fassen, während Harry versuchte, ihn vom Boden aufzuheben. Dann bemühten sie sich mit vereinten Kräften, ihn in den Sattel zu bringen, aber er wurde erneut getroffen. Sie spürten seinen Körper zittern, als eine weitere Kugel ihn in den Rücken traf, und waren gezwungen, den Versuch aufzugeben. In diesem Moment blitzte eine hohe Stichflamme auf und eine Explosion hallte durch die Ebene. Harry und Fleury knieten neben Peterson und gaben ihm zum letzten Mal die Hand, und währenddessen kam die Totenblässe über sein Gesicht. Fleury rang einen Augenblick darum, das Medaillon von seinem Hals zu lösen, um es seiner Frau zu geben, doch es war zu fest verschlossen. Dann waren sie beide flugs wieder im Sattel und ritten, was das Zeug hielt, zur schützenden Umwallung der Residenz. Begleitet von einer Salve Musketenkugeln segelten sie schließlich hinüber.

XVI

Trotz der Schwierigkeiten mit seinem *Eradicator* kam Fleury bei diesem Angriff sehr gut weg. Beide, er und Harry, hatten vor aller Augen große Tapferkeit bewiesen. Den Ladies im Billardraum, die während des Angriffs die ganze Zeit die Litanei gesprochen hatten, stand der Mund nicht still, und sie konnten vor Aufregung kaum über etwas anderes reden. Auf lange Sicht könnte diese ritterliche Tat vielleicht sogar als eine Sonnenwende in Fleurys Leben betrachtet werden, denn von nun an wurde er im Lauf der Tage immer weniger empfänglich für Schönheit und immer derber, gutmütiger und an körperlichen Dingen interessiert. So erfreut war er, so eifrig darauf bedacht, bescheiden zu versichern, jeder hätte an seiner Stelle das Gleiche getan, dass ihm sein Geburtstag ganz aus dem Sinn geraten war, als er der Residenz in der Dämmerung seinen gewohnten Abendbesuch abstattete und Miriam, Louise, Harry und Lucy (die ihnen leid getan hatte) versammelt fand, um ihn zu einer besonderen Feier zu führen. Und es war eine herrliche Bescherung, denn Lucy, die gut in solchen Dingen war, hatte es geschafft, einem der Gentlemen aus dem Proviantamt eine Schale Zucker abzubetteln … und dieser Zucker, den seit Tagen keiner von ihnen mehr geschmeckt hatte, versetzte sie in eine Festlaune, als wäre es Champagner gewesen. Sie hatten auch etwas Mehl und etwas Nierenfett gesammelt, und Miriam hatte jemandem eine Flasche Portwein abgekauft, und so hatten sie etwas zustande gebracht, was nicht wirklich eine Geburtstagstorte, sondern eher ein Geburtstagspudding war, mit einem »HERZLICHEN GLÜCKWUNSCH DOBBIN« aus Bröseln und Stückchen von süßen Keksen obenauf geschrieben (bei »DOB-

BIN« verdüsterte sich Fleurys Miene einen Augenblick, aber offensichtlich hatte Miriam es vergessen), und das Ganze durch und durch mit Portwein getränkt. Den Rest des Portweins tranken sie natürlich auf Fleurys Wohl. Was Fleury selber anbelangt, so huschten seine Blicke immer wieder zu Louise, um zu sehen, ob sie ebenso glücklich war wie er. Wie hübsch sie aussah, und wie zart!

Louise war tatsächlich ebenso glücklich wie er, zumindest fast. Das Einzige, was ihre Freude ein klein wenig trübte, war das Bewusstsein, einen unansehnlichen roten Pickel auf der Stirn zu haben und einen anderen, vielleicht sogar ein Furunkel, der im Nacken entstand. Außerdem war sie ohne ihre Haube, die sie einem verwundeten Sikh gegeben hatte, draußen in der Sonne gewesen, und ihr Gesicht sah viel röter aus, als es ihr lieb gewesen wäre.

Aber sie freute sich, dass der Pudding ein Erfolg war. Sie war diejenige, die ihn hatte machen müssen, weil Miriam sich, als es zur Sache ging, hoffnungslos unpraktisch angestellt hatte, so wie es bei fähigen, intelligenten Leuten oft vorkommt, wenn es ans Kochen oder ans Machen von Dingen geht. Und sie freute sich auch, dass Fleury sich nicht als Feigling erwiesen hatte … natürlich hatte sie nicht erwartet, dass er es *würde*, aber trotzdem, man wusste nie, und Fleury war in mancher Hinsicht so ungewöhnlich … Zum einen hatte er so interessante Ideen, und dann wusste er einfach alles. Sie konnte sich nichts denken, was er nicht gewusst hätte, und es war sogar ein bisschen peinlich, wie viel mehr er wusste als etwa der Padre, oder der Magistrate, oder ihr Vater, oder sogar der Collector. Manchmal dachte sie, er sei ein wenig taktlos, und er solle manchmal lieber so tun, als wäre er ein bisschen dümmer, damit die Älteren sich nicht minderwertig fühlten. Vielleicht war es das, weswegen sie ihn zuerst nicht so sehr gemocht hatte und ihn eingebildet fand. Aber jetzt fand sie ihn wundervoll und überaus angenehm, obwohl man zugeben musste, dass er ziemlich stark roch … aber schließlich taten sie das alle; es war so schwer, sich sauber zu halten ohne die Hilfe der Diener. Sie selber hatte begonnen, ziemlich unangenehm zu riechen. Sie bedauerte das, doch ohne Seife waren all ihre Bemühungen, sich geruchsfrei zu halten, vergeblich gewesen … ihr einziger Trost war, dass sie weniger roch als viele der anderen Ladies ihrer eigenen Klasse, und selbstverständlich *alle* aus den Klassen unter ihr. Es war die allgemeine Ansicht des Billardraums, dass man sich den Artillerie-Frauen nicht mehr nähern konnte. Aber der Pickel an ihrer Stirn beunruhigte sie, weil sie fürchtete, Fleury könnte anfangen, sie zu sehen, wie sie wirklich war, und so hob sie ihre Hand ständig an die Stirn, als wäre sie in Gedanken.

Es gab allerdings eine noch größere Beunruhigung in Louises Leben als ihren Geruch oder ihre Pickel. Sie machte sich Sorgen um ihren Vater, Dr. Dunstaple. Im Lauf der Tage neigte er immer häufiger zu Wutanfällen. Mittlerweile konnte er kaum seinen Mund aufmachen, ohne Dr. McNab zu beleidigen, den er nur noch den »Totengräber« nannte. Louise hatte ihm Vorhaltungen gemacht, aber es war nicht die Art des Doktors, seinen Kindern Ratschläge bezüglich seines Verhaltens zu erlauben, am allerwenigsten seinen Töchtern. Er war außer sich geraten, Louise unterstellend, dass sie mit McNab »im Bunde« sei. Der Doktor hatte seinen Wutanfall im Gesellschaftszimmer seines Hauses bekommen, in voller Hörweite der Ladies, die unten im Keller kauerten (ebenso sehr aus Angst vor seinem Zorn wie vor den Kanonenkugeln, die das Haus um sie herum langsam in Stücke schlugen). Auch Mrs. Dunstaple hockte dort. Sie sei nie in der Lage gewesen, irgendwie auf ihren Ehemann einzuwirken, wenn er wütend war, nie, schluchzte sie.

So konnte sich die arme Louise, die ihren Vater innig liebte, hilfesuchend nur an Harry wenden. Aber Harry hörte sie mit offener Ungläubigkeit an. Er wusste, Mädchen hatten so eine Art, an Dingen zu verzweifeln, die es gar nicht gab. Das sei etwas, was mit ihren Gebärmüttern zu tun habe, hatte ein Offizierskamerad ihm einmal gesagt. Kein Zweifel also, dass Louise an diesem Gebärmutter-Wahn litt. Er erklärte, wenn ihr Vater angefangen habe, McNab als »Totengräber« zu bezeichnen, sei das nur einem robusten Verständnis von professioneller Rivalität zu verdanken und kein Grund für Sorgen. Im Übrigen habe McNab es wahrscheinlich verdient, nach allem, was man höre.

Louise verlangte danach, sich jemandem anzuvertrauen; vor allem verlangte es sie, sich Fleury anzuvertrauen; er würde sie wenigstens ernst nehmen; er würde Verständnis zeigen. Das Dumme war, dass er sich fast sicher nicht würde zurückhalten können, irgendetwas Unbedachtes zu tun, wie ihren Vater am Arm zu nehmen, als wären sie gleichgestellt, und ihm eine herablassende Lektion zu erteilen. Das war undenkbar. Sie musste ihren Kummer vor Fleury verbergen.

Am Ende war es Miriam, der sie sich offenbart hatte, denn sie dachte: »Miriam ist eine reife und vernünftige Person. Sie wird wissen, was zu tun ist.« Und so hatte sie Miriam aufgesucht, wenn auch beklommenen Herzens, weil es einem von Natur aus widerstrebt, Familienangelegenheiten außerhalb der Familie zu diskutieren. Miriam hatte ihr gesagt, was sie für vernünftig hielt, dahingehend, dass hier wohl ein Arzt der richtige Ratgeber sein dürfte, folglich niemand anders als Dr. McNab persönlich! Wer könnte besser sein? Louise hatte zuerst ungute Gefühle dabei gehabt. Aber es stand fest, dass ihr Vater ärztliche Betreuung brauchte und dass Dr. McNab, der all die Lästereien seines Kollegen klaglos erduldet hatte, eine Entschuldigung verdiente.

Dr. McNab hatte sich mit bedachtsam erhobenen Augenbrauen angehört, was Louise zu sagen hatte. »Eija, Sie müssen ihn dazu bringen, dass er ausruht, Miss Dunstaple. Der arme Mann ist überarbeitet.«

»Aber wie?«

»Ich wünschte, ich könnte es Ihnen sagen, aber ich kann es nicht. Er wird keinen Rat von mir annehmen.« Dann, als er

Louises Verzweiflung sah, fügte er hinzu: »Aber vielleicht gelingt es uns, einen Weg zu finden.«

Trotz ihres Kummers und ihrer Befürchtungen bemerkte Louise doch, dass Dr. McNab, in Gemeinschaft mit einigen anderen Gentlemen, Interesse an Miriam zu zeigen schien. Er behandelte sie mit zuvorkommender Galanterie, als wäre ihre Anwesenheit in einem geflickten und ausgebesserten Kleid aus grauer Baumwolle, ohne Strümpfe, mit rauen Händen vom eigenen Wäschewaschen und Haaren voller Staub für ihn das Gleiche, wie die einer Lady im elegantesten Gesellschaftszimmer. Wenn seine Augen auf ihrem Gesicht ruhten, erhellte ein gutgelaunter und wohlwollender Ausdruck seine sonst traurige und ernste Miene. Louise hatte schon oft bemerkt, wie ergreifend es ist, ein Lächeln auf dem Gesicht eines Menschen zu sehen, der nur selten lächelt, insbesondere eines so ernsten wie Dr. McNab. Sie konnte sich nicht enthalten, nach diesem Gespräch zu Miriam zu sagen: »Ich glaube, Sie haben schon wieder eine Eroberung unter den Gentlemen gemacht.«

»Oh, sicher nicht«, sagte Miriam lachend. »Ich glaube, ich habe noch keine einzige gemacht. Im Übrigen ist mir oft aufgefallen, dass die Gentlemen nur Augen für Sie haben, meine Liebe, und auch wenn Männer gewöhnlich nicht die intelligentesten Geschöpfe sind, diesmal haben sie ausnahmsweise recht, denn Sie sind das hübscheste Mädchen in ganz Indien. Ich kann Ihnen versichern, wenn Sie auf Eroberung aus wären, sollte ich mich hüten, in Ihrer Gesellschaft zu erscheinen.« – »Sie sagen das nur aus Nettigkeit, aber Sie wissen genau, dass es nicht stimmt. Welcher Gentleman auf der Welt würde Ihre Gesellschaft nicht der eines hohlköpfigen Geschöpfs wie mir vorziehen?«

»Das müssen Sie meinen Bruder fragen«, sagte Miriam lächelnd, indem sie Louise am Arm nahm, um diesen salbungsvollen Reden ein Ende zu setzen. »Lassen Sie mich Ihnen ein Geheimnis erzählen. Falls wir diese schreckliche Belagerung überleben, wird jede von uns einen Gentleman finden, der sie für einmalig wundervoll hält und keinen Deut auf die andere geben würde. Warum? Wer weiß warum? Weil die Welt nun mal so ist, darum.« Und mit diesem Kommentar, der Louise als ein weiterer Beweis für Miriams Überlegenheit und gesunden Menschenverstand erschien, war das Thema beendet worden.

Doch nun, bei aller Freude, dass der Geburtstagspudding ein Erfolg war, bedrückte Louise noch eine andere familiäre Schwierigkeit: Harrys Aufmerksamkeit für Lucy. Jeder, der ihn weniger gut kannte als seine Schwester, mochte gar nicht bemerkt haben, wie sich sein Gehabe verändert hatte. Wie barsch er geworden war, wie väterlich, wie aufgeblasen mit Autorität!

»Sie sollten lieber hier sitzen, Lucy, wo Sie den Pudding austeilen und sehen können, dass dieser Grünschnabel von Fleury nicht zu viel bekommt, ha, ha, auch wenn es sein Geburtstag ist.« Dabei hatte Harry auf einen Platz neben sich auf dem Fußboden gedeutet. Wie es sich ergab, fand die Feier in der Residenz auf dem Teppich des Gesellschaftszimmers statt, im Windschatten eines geborstenen Flügels; verschiedene Objekte boten zusätzlichen Schutz an den Seiten, so die Ginsterpresse, die vom Esszimmer herübergebracht worden war, eine Marmorstatue von Cupido im Begriff, seine Pfeile an einem Stein zu wetzen (»Wie passend für den armen, unschuldigen Harry«, dachte Louise grimmig), eine Kolossalstatue der Queen aus Zink und ein Schaukasten mit Blitzableitern für Schiffe (wie sie von der HM-Flotte benutzt wurden); lauter Objekte, die einst den Crystal Palace geziert hatten.

»Du sitzt hier, Lou, und Miriam, Sie sitzen dort«, ordnete Harry im Befehlston an. »Gut, alle miteinander. So gehört sich das.«

Erstaunt, wie unerträglich ihr Bruder plötzlich geworden war, dachte Louise unwillkürlich, Miriam, die älter und in jeder Hinsicht reifer war als Harry, müsse dagegen protestieren, von ihm herumkommandiert zu werden … doch es schien nicht so; sie schien vollkommen zufrieden damit, Befehle entgegenzunehmen. Aber niemand schien zufriedener zu sein als Lucy. »Soll ich dies tun? Soll ich das tun? Ist es richtig so?«, fragte sie Harry in einem fort, schmelzend nach mehr von seinen barschen Anweisungen heischend, als überhaupt erforderlich war. Obgleich Louise immer noch froh war, Lucy durch den Brief, den sie ihr in den *dak bungalow* geschickt hatte, das Leben gerettet zu haben, konnte sie nicht umhin, sich ziemlich ausgenutzt zu fühlen … Wenn du einer Person das Leben rettest, erwartest du ja nicht, dass sie prompt Hackfleisch aus der Zuneigung deines unschuldigen Bruders macht, indem sie ihn mit schmelzenden Blicken und hübschem Lächeln betört. Nicht, dass es Louise normalerweise gestört hätte, wenn ein hübsches Mädchen wie Lucy Harrys Herz eroberte … dass ihre Herzen belagert und erobert wurden, war schließlich zumindest eines der Dinge, wofür Männer da waren.

Was Louise jedoch nicht vergessen konnte, war die Tatsache, dass Lucy entehrt worden war. Dieses liebliche, eigentlich eher unschuldig aussehende Mädchen, das jetzt fröhlich mit ihnen zusammen Pudding aß, hatte einem Mann erlaubt, ja ihn vielleicht sogar ermutigt, gewisse Dinge mit ihr zu machen; sie hatte vielleicht erlaubt, dass an ihren Kleidern herumgefummelt wurde und sie in Unordnung gerieten … soviel Louise wusste, konnte es sogar sein, dass sie nackt von ihm gesehen worden war. Der Gedanke an Lucys entzückend geformten Körper, von dessen intimen Teilen sie aus Versehen im Billardraum selber einen Eindruck bekommen hatte (denn Lucy war unbekümmert, was den Anstand anbelangt), entblößt vor den Augen eines Gentleman, war schier unerträglich für Louise. Sie war bereit, freundlich und nachsichtig mit Lucy zu sein, und sie war bereit zu glauben, dass es weniger Lucys Sünde als die ihres Verführers gewesen war. Aber sie konnte es nicht gutheißen, wenn Harry sich in sie vernarrte. Dass es einem Mann (nennen wir ihn nicht Gentleman) gestattet worden war, diese heilige Sammlung aus Wölbungen, Fugen, Haarbüscheln und gerundet fleischigen Hängen zu sehen, die so klar wie die schwenkenden Arme des Winkers auf dem Diamond Head ihre eigene Botschaft verkündete: »Weiblichkeit!«, darin konnte Louise, soviel Kosmetik entlastender Umstände man auch auftragen mochte, nur etwas Hässliches sehen, denn es lief auf Verrat an ihrem Geschlecht hinaus.

Aber jetzt war es an der Zeit, Fleury sein Geburtstagsgeschenk zu überreichen, und auch hier hatte Louise, obwohl es Miriams Idee gewesen war, die Fleißarbeit machen müssen. Mit Erlaubnis des Collectors hatten sie den Filz von den Billardtischen geschnitten und Fleury einen Gehrock in Lincolngrün gefertigt, dazu einen Hut aus demselben Material, geschmückt mit einer türkisen Pfauenfeder.

»Ich sag's doch, er sieht aus, als käme er direkt aus Sherwood Forest!«, rief Harry in seiner neuen, unerträglich barschen Art. »Heda, Locksley! Ha, ha!«

»Oh, es reicht, Dunstaple!«, sagte Fleury, entzückt über seinen neuen Gehrock und insgeheim geschmeichelt, mit Robin Hood verglichen zu werden. Er zog den Rock an und drehte sich langsam vor den Ladies, indem er ausrief: »Wie wunderbar er sitzt!« Und tatsächlich saß er gut, obwohl ein Ärmel etwas länger zu sein schien als der andere (»Das ist extra, damit er seinen Langbogen leichter abschießen kann, ha, ha!«, rief Harry gemein, worauf Lucy fast umfiel vor Lachen). »Gott sei Dank sitzt er wenigstens«, dachte Louise traurig. Aus irgendeinem Grund, sie wusste nicht warum, fühlte sie sich plötzlich den Tränen nahe. Eine Hand an der Stirn, als wäre sie wieder »in Gedanken«, benutzte sie die andere, um ein wenig an ihrem Kragen zu ziehen und sicher zu sein, dass niemand ihr neues Furunkel sah, das im Nacken.

In diesem Moment kam der Collector zufällig durchs Gesellschaftszimmer, und als er Miriam mit ihrem Bruder, den jungen Dunstaples und Miss Hughes zusammensitzen sah, ging ihm unwillkürlich durch den Sinn, wie mädchenhaft diese Frau noch wirkte, obwohl sie schon seit drei Jahren oder länger Witwe war. Sie luden ihn ein, den Geburtstagspudding zu kosten, was er mit erklärtem Genuss tat, während er im Stillen dachte: »Was für reizende junge Leute es doch sind, wahrhaftig. Warum kann man nicht mit jedem Mann und jeder Frau in Indien so erquicklich reden?«

Ein Ausdruck von Wärme hatte die Züge des Collectors weicher werden lassen, als er sich zu der Gruppe der jungen Leute kniete, um den Pudding zu probieren, doch Miriam, die sein Gesicht genau beobachtete, sah den Schatten zurückkehren, als er wieder aufstand. Vielleicht war es die fortwährende Sorge wegen der Belagerung: Sie wusste, wenn die Dämmerung einbrach, insbesondere am Anfang einer mondlosen Nacht, fürchtete er immer, die Sepoys könnten einen Überraschungsangriff machen. Würde heute Nacht ein Mond am Himmel sein? Sie konnte sich nicht erinnern.

Doch der Collector folgte immer noch seinen vorherigen Gedanken und fragte sich, wie es je möglich sein sollte, dass die hundertfünfzig Millionen Menschen, die in Indien lebten, auch nur irgendwann in den Genuss der sozialen Vorteile kämen, die junge Leute wie Fleury oder die Dunstaples so reizend, so zuversichtlich und charmant sein ließen.

Er verließ die jungen Leute und durchquerte müde die Eingangshalle, laut vor sich hin murmelnd: »Sicher ist das unmöglich, egal unter welchem Regierungssystem oder welcher Sozialwirtschaft –?« Der Collector runzelte die Stirn. Mehrere Personen, die auf Bettzeug zwischen dem Gerümpel der »Besitztümer« in der Halle lagen, beobachteten ihn ängstlich; vielleicht hatten sie ihn mit sich selbst reden sehen. Aber schon dachte er wieder: »Kann es sein, dass die indische Bevölkerung jemals den Reichtum und Wohlstand der höheren Klassen genießen wird?« Dies war die melancholische Frage, die den

Schatten auf das Antlitz des Collectors zurückgebracht hatte und die ihn im Moment nach draußen verfolgte, auf das stockfinstere Gelände, um den Ausbau einer neuen Verteidigungslinie zu überwachen und beim nächtlichen Grabschaufeln zu helfen.

XVII

Der Padre war härter und listiger im Dienst des Herrn geworden; sonst wäre es zweifelhaft gewesen, ob er die ersten Wochen der Belagerung überlebt hätte. Niemand hatte so hart gearbeitet wie der Padre; er hatte sein Bestes getan. Aber er war nur ein einziger Mann, umgeben von Sündern und selbst ein Sünder, von Adam geboren.

Wie Seidenraupen Seide ausscheiden, so scheiden Menschen Sünde aus. Es gibt ein normales Maß an Sünde, das jegliche Gemeinschaft irrender Menschen, ob sie will oder nicht, zur ewigen Strafe im Lauf ihres Lebens hervorbringt. Doch was dem Padre Kopfzerbrechen machte, war die besondere Natur des göttlichen Zorns, für die sie nun eine so extreme Strafe erlitten. Was konnte es sein? Er hatte sich diese Frage oft gestellt, während sich die Tage dahinschleppten. Und jetzt plötzlich, als er anfing, das erste Grab des Abends auszuheben, kam ihm die Erleuchtung. Vor seinem geistigen Auge, schlagartig von der Blindheit geheilt, sah der Padre Fleury wieder zwischen den Kindern in der Sonntagsschule sitzen und den Kopf schütteln, als glaubte er nicht an das Sühnopfer. Er hielt mitten beim Graben inne, einen Haufen staubiger Erde auf dem Spaten. Es konnte nichts anderes sein. Ihre Schwierigkeiten hatten kurz nach Fleurys Ankunft in Krishnapur begonnen.

Er hörte Schritte in der Dunkelheit. Einen Augenblick dachte er, es müsse Fleury persönlich sein, wie ein Widder in die Hecke geführt. Aber es war der Collector, der mit einem Spaten kam, um zu helfen.

»Wieder drei heute Abend?«

»Gott sei's geklagt!«

Der Collector versuchte sich zu erinnern, wer in der letzten Nacht oder tagsüber gestorben war. Einer davon musste Peterson sein, dessen Überreste nach Einbruch der Dunkelheit geborgen worden waren; obwohl nur ein paar Stunden verstrichen waren, hatten Pariahunde und Geier bereits die Weichteile von Petersons Gesicht und das Fleisch von seinen Armen gefressen, nichts zurücklassend außer den Händen; diese Hände am Ende seiner ausgestreckten Skelettarme wirkten wie Handschuhe und verliehen der Leiche etwas von einer schaurigen Maskerade. Eine andere der Leichen musste die von Jackson sein, dem Soldaten, der das Lied über die Krim gesungen hatte, um seine Lebensgeister wachzuhalten. Tag für Tag waren seine Gesangsausbrüche seltener geworden, bis sie schließlich ganz verstummten. Jackson hatte die letzten Tage seines Lebens einfach nur dagelegen, mit kämpfenden Fliegen vor seinen starrenden Augen, mitten im Gestank und Grauen der Krankenstation. Der Collector hatte versucht, mit ihm zu sprechen, aber keine Antwort bekommen. Er bedauerte nicht, dass Jackson endlich tot war. Der andere eingehüllte Leichnam war der von Mr. Donnelly, einem römisch-katholischen Indigopflanzer, der an einem Herzinfarkt gestorben war.

»Wir brauchen nur zwei zu graben, Padre. Father O'Hara wird gleich hier sein und das andere auf seinem eigenen Stück graben.«

Der Padre schenkte ihm keine Beachtung; er grub energisch. Der Collector konnte nichts von ihm sehen, als den schwachen Schimmer seines Gesichts und seiner arbeitenden Hände; das lange Geistlichengewand hatte den Rest seiner Person in der dichten Dunkelheit unsichtbar gemacht.

»Übrigens, wissen wir eigentlich, welcher Donnelly ist?«

Doch der Padre blieb in seine Gedanken vertieft. Seine schmächtigen Arme waren wieder so stark geworden wie einst, als er Ruderer in Brasenose gewesen war, sodass der Collector, dessen Hände seinerseits rau geworden waren wie die eines Mitglieds der arbeitenden Klasse, Mühe hatte, mit ihm mitzuhalten.

»Das könnte ein bisschen problematisch werden«, sinnierte der Collector.

»Ich glaube, Mr. Hopkins«, ließ der Padre vernehmen, »wenngleich ich noch keinen direkten Beweis habe, es könnte sein, dass deutscher Rationalismus unter uns am Werke ist. Ich hoffe, ich täusche mich.«

»Aha?« Der müde Geist des Collectors verweigerte sich der Aussicht, wegen einer möglichen Invasion von deutschem Rationalismus in Aufregung versetzt zu werden.

»Vielleicht sind Sie sich nicht darüber im Klaren, wie verheert die Kirche in Deutschland ist. An den Universitäten dort grassiert der Unglaube, habe ich gehört. Männer, die sich als Gelehrte ausgeben, zögern nicht, die Jungen auf Irrwege zu führen, indem sie sie anleiten, die Bibel zu studieren, als wäre sie ein Menschenwerk und nicht die Offenbarung Gottes. Man sagt, ein gewisser Herr de Wette leugne, dass die ersten fünf Bücher der Bibel von Moses geschrieben wurden, und behaupte, sie seien erst zu einer Zeit lange nach seinem Tod geschrieben worden.«

»Oh, die Deutschen, wissen Sie …« Der Collector tat die Deutschen mit einer Schaufelvoll Erde ab. Aber es war ein erfolgloser Versuch, den Padre zu besänftigen und weitere theologische Auseinandersetzungen überflüssig zu machen.

»Wohl wahr, verglichen mit dem einfachen, gesunden Geist der Briten ist der deutsche Geist schwach und ergötzt sich an solch krankhaften Phantasien. Trotzdem dürfen wir nicht vergessen, wie schnell sich unvernünftige Ideen ausbreiten können, besonders unter den Jungen und Beeinflussbaren. Unter den Jungen verbreiten sie sich wie die Cholera! Die deutsche Kirche hat keine Disziplin; sie verpflichtet ihre Geistlichen weder zur Einhaltung der Neununddreißig Artikel* noch zur Achtung des *Prayer Book*. In Deutschland kann ein Pfarrer glauben und lehren was er will, ein skandalöser Zustand. Wie ich höre, gibt es einen Mann namens Schleiermacher, der viele Begriffe der fundamentalen Glaubenslehre des Christentums wie etwa den Sündenfall oder das Sühnopfer nicht anerkennt und sich doch als ein Theologe der preußischen Kirche bezeichnen darf!«

»Ich denke, in England brauchen wir uns nicht zu fürchten –«, begann der Collector, aber der Padre unterbrach ihn, in der Dunkelheit seinen Spaten schwenkend.

»Rationalismus! Ein eitler Glaube an die Kraft der Vernunft, religiöse Angelegenheiten zu erforschen. Ach, Mr. Hopkins, der Machtmissbrauch menschlicher Vernunft ist der Fluch unserer Tage.«

Der Collector blieb stumm. Er glaubte nicht, dass die letzte Bemerkung zutraf. Aber er sah keine Chance, beim Padre ein wohlwollendes Gehör für seine Vorbehalte zu finden, und hielt es für sinnlos, sich mit ihm anzulegen.

»Sagen Sie, Sie wissen nicht zufällig, welcher von diesen Körpern Donnellys ist, oder?«, fragte er erneut und zeigte auf die drei eingehüllten Haufen Dunkelheit, die am Rand des Weges lagen.

»Wie wir im Buch des Propheten Jesaja lesen: ›Deine Weisheit und Kunst hat dich verleitet‹!«

»Nun ja, natürlich gibt es manchmal eine Art, die zweifellos …«, murmelte der Collector. Zugleich wurde ihm mit Schrecken bewusst, wie sehr sein Glaube an die kirchliche Autorität oder das christliche Weltbild, in dem er einst durchs Leben wandelte, geschwunden war, seit er ihn zuletzt geprüft hatte. Aus dem Hof, wo seine Glaubensüberzeugungen wie gemästete Hühner auf der Stange gehockt hatten, wurden in jeder Nacht der Belagerung eine oder zwei zwischen den Zähnen des Rationalismus und der Verzweiflung davongetragen.

Abermals hörte man Schritte in der Dunkelheit. Der Padre hielt inne, auf den Spaten gestützt suchte er mit fieberhaften Augen die Identität des Neuankömmlings auszumachen. Diesmal wusste er, es musste Fleury sein, zu einer Verabredung mit ihm geführt, auf dass seine ketzerischen Ansichten endgültig ausgerottet würden. Der Collector, kaum knöcheltief in dem von ihm geschaufelten Grab, bemerkte, dass der Padre schon bis zu den Knien in dem seinigen versank, denn der Padre grub, während er redete.

Unterdessen war die stämmige Gestalt von Father O'Hara aus den Schatten hervorgetreten. Er trug einen Spaten über der Schulter. »Ehre sei Gott!«, murmelte er, während er im Dunkeln über etwas stolperte. »Hat man je so eine Dunkelheit erlebt? Mir steht gar nicht der Sinn danach, aber auch rein gar nicht. Sind Sie da, Mr. Hopkins, Sir?«

»Gleich neben Ihnen, Father O'Hara. Aber Vorsicht, fallen Sie nur nicht ins … ah … Hier, ich reiche Ihnen die Hand.«

»Sei's denn, zeigen Sie mir die Burschen, dass ich mir meinen nehmen und zur ewigen Ruhe bringen kann, Gott helfe ihm.«

»Hm, Padre? Vielleicht könnten Sie Father O'Hara sagen, welches Mr. Donnelly ist?«

Der Padre kniete sich vor den drei dunklen Formen auf den Weg und musterte sie ungewiss in dem trüben Licht, das die Sterne boten. Nach einer Denkpause sagte er: »Mr. Donnelly ist der am Ende.«

»Was! Dieser kleine Wutz soll Jim Donnelly sein? Nie und nimmer. Der ist so wenig Jim Donnelly wie ich's selber bin. Nein, nein, der große hier, das ist unser Mann.«

»Der kleine ist Donnelly«, erklärte der Padre im Ton der Überzeugung.

»Nie und nimmer. Sicher, ich kenn ihn doch mein Leben lang.«

»Ich fürchte, Sie täuschen sich.«

»Beileibe nicht! Der große Mann da drüben ist Donnelly, wenn ich ihm je begegnet bin … Das ist er, genau sein Ebenbild.«

»Father O'Hara«, griff der Collector ein, indem er seine Autorität geltend machte. »Sie täuschen sich und der Padre ebenfalls. Ich weiß zufällig, dass der Mann in der Mitte Donnelly ist. Jetzt seien Sie so freundlich, ihn mitzunehmen und am angemessenen Ort mit den angemessenen Riten zu begraben.«

»Aber Mr. Hopkins …«

»Welcher sagen Sie?«

»Dieser mittelgroße Körper ist der, den Sie brauchen.«

»Sollten wir nicht das Zugenähte aufmachen, um sicherzugehen?«

»Auf keinen Fall. Der mittlere ist zweifelsfrei Donnelly. Und nun bringen Sie ihn weg.« Damit kehrte der Collector an seine Grabarbeit zurück. Die Sache war erledigt.

»Na, dann komm mit, wenn du Jim Donnelly bist, und wir bringen dich unter die Erde«, erklärte Father O'Hara, während er den mittelgroßen Körper schulterte. Er zögerte einen Moment, wie um ein mögliches Dementi von der eingehüllten Gestalt auf seinem Rücken abzuwarten, dann, als keins kam, wankte er mit ihr in die Dunkelheit davon. Sie hörten ihn eine Zeitlang gegen Grabsteine stoßen und leise schimpfen, wenn er sich verletzt hatte, während er sich tastend zu seinem Stück des Friedhofs durchschlug.

Dermaßen schnell grub der Padre jetzt, dass es dem erschöpften Collector schien, er könne ihn in den Boden sinken sehen. Auch der Collector begann jetzt, die Sache entschiedener anzupacken, wobei er mit einer Mischung aus Tugend und Selbstmitleid dachte: »Ich bin müde, aber es ist meine Pflicht. Es ist richtig, dass ein Führer seine Gefolgsleute und Kameraden mit eigenen Händen begraben sollte.« Trotzdem war er ziemlich empört, als der Padre seinen Spaten einen Augenblick fallen ließ, um den kürzeren der beiden übriggebliebenen Körper zum Abmessen an seine halbfertige Grube zu schleifen. »Er hätte wenigstens den größeren nehmen können, wo er von seiner Grube schon doppelt so viel geschaufelt hat wie ich.«

»Kann ich irgendwie behilflich sein?«, fragte direkt neben

dem Collector eine Stimme, die ihn heftig auffahren ließ, da er nichts gehört hatte und plötzlich an seinem Ellbogen ein leuchtend grünes Gespenst zu zittern schien. Aber es war nur Fleury. Noch voll der Energie, die seine Liebe zu Louise in ihm erzeugte, war er auf seinem Rückweg zur Nachtwache in der Banketthalle stehengeblieben.

»Ist das Mr. Fleury?«, meldete sich die Stimme des Padre.

»Ja.«

Ein freudiges Glucksen kam von dort, wo der Padre grub. Den Grund dafür missverstehend, sagte der Collector entschieden: »Er übernimmt eine Weile meinen Spaten, Padre«, und ging zu einem nahen Grabstein, um sich hinzusetzen.

Für kurze Zeit war alles still, kein Geräusch außer den schabenden Spatenstichen; dann, sanft wie eine Taube, listig wie eine Schlange, ließ die Stimme des Padre vernehmen: »Ich höre, Mr. Fleury, dass es in Deutschland große Diskussionen über den Ursprung der Bibel gibt …«

»Oh, wirklich?« Fleury hatte immer noch verliebt das Geburtstagsfest vor Augen, von dem er gerade kam; im Geist versuchte er sich an all die charmanten und klugen Bemerkungen zu erinnern, die er eben in Louises Gegenwart gemacht hatte; es sei ihm recht gut gelungen, glaubte er … »Was mag sie wohl gedacht haben, als ich das und das sagte und alle lachten? Was mag sie gedacht haben, als Harry allen erzählte, wie wir die Kanonen stopften? Was mag sie …«

»Ja«, fuhr der Padre fort, mit übermenschlicher Anstrengung darum bemüht, einen normalen Gesprächston zu bewahren. »Sie wird untersucht, als wäre es keine heilige Schrift, mit den Methoden philologischer und linguistischer Forschung.«

»O ja, ich glaube, ich habe irgendwas in der Richtung gehört.«

Louise, das war Fleury aufgefallen, hatte die Eigenart, mit nachdenklicher Miene ganz leicht ihre Haltung zu verändern, wenn sie saß. Es war etwas so Weibliches daran.

»Man hört die unterschiedlichsten Meinungen dazu«, fuhr der Padre in Schweiß ausbrechend unparteiisch fort. »Heute denken die Leute dies, morgen etwas anderes.«

»Sie meinen, wie beim ›tanzenden Klerus‹ … dass manche es in Ordnung finden und andere nicht?«

»Ich nehme an, die Frage des ›tanzenden Klerus‹ könnte so betrachtet werden«, stimmte der Padre milde zu, dachte jedoch: »Sicher legt der Teufel diesem jungen Mann die Worte in den Mund.« – »Aber ich dachte eher an eine andere viel diskutierte Frage … ob die Bibel buchstäblich wahr ist oder nicht?«

Der Padre hatte diese letzten Worte so beiläufig gesagt, wie sein angespannter Zustand und seine leidenschaftlichen Überzeugungen es erlaubten. Er hatte aufgehört zu graben. In seiner Aufregung hatte er ein Ende des Grabes extrem tief ausgehoben, das andere fast gar nicht, sodass der am Rand liegende Körper in einem ziemlich schiefen Winkel begraben werden musste … Aber darüber machte er sich keine Gedanken, er wartete auf Fleurys Antwort.

»Wird der Padre denn nie aufhören mit dieser Inquisition?«, fragte sich der Collector gereizt. »Haben wir nicht so schon genug Sorgen?« Er fühlte sich immer noch gekränkt, dass der Kirchenmann sich so selbstsüchtig den kleineren Körper geschnappt hatte.

Der Padre wartete darauf, dass Fleury endlich enthüllte, welche Gedanken über die Bibel ihm im Kopf herumspukten, aber in dem von Louise ausstrahlenden Glanz hatte Fleury Schwierigkeiten, sie zu fassen. Was war es noch, worüber er nachdenken sollte? Ach ja, die Bibel, buchstäblich wahr oder nicht?

»Offen gestanden«, sagte er in einer reifen und herablassenden Art und Weise, »neige ich dazu, Coleridge recht zu geben, dass es nicht besonders darauf ankommt –«

»Nicht *darauf ankommt*!«

»… dass das eigentlich Wichtige an der Bibel nicht darin besteht, dass sie uns sagt, Moses habe dies oder jenes getan … was sein mag oder auch nicht, soviel ich weiß, aber ich finde es nicht wichtig, ob es diesen deutschen Wallahs gelingt, es so oder so zu beweisen … mit anderen Worten, nicht, ob es buchstäblich wahr ist, sondern …«, Fleurys Stimme nahm einen feierlichen Ton an, »… ob es *moralisch* wahr ist, ob es unsere inneren, geistigen Bedürfnisse erfüllt und befriedigt. Das ist, wenn ich so sagen darf, die wesentliche Frage.« Nach einer kurzen Pause fügte er noch herablassender hinzu: »Ich wage zu behaupten, dass sich unsere Positionen ein bisschen unterscheiden, was, Padre?« Diese letzte Bemerkung war dazu bestimmt, der Diskussion ein Ende zu setzen … seine Gedanken drängten so schnell als möglich zu Betrachtungen über Louise zurück.

»Die Bibel ist das Wort Gottes, Mr. Fleury«, rief der Padre aus und fuchtelte mit dem Spaten in der Dunkelheit herum. »Wie wollen Sie den Geist denn genau auslegen, Mann? Wie wollen Sie entscheiden, dass es dies ist und nicht das? Jeder wird sich auf die Bibel stürzen, um sie seiner eigenen beschränkten Intelligenz zu unterwerfen, und am Ende in die Abtrünnigkeit taumeln. Sie werden Männer haben wie diesen irregeleiteten Schleiermacher, die nach Gusto irgendwas aus den Glaubenslehren der Kirche herauspicken und aufgeblasen vom Vertrauen in die Kraft ihrer eigenen Vernunft beschließen, dass der Sündenfall keine moralische Lehre oder das Sühnopfer ihnen zuwider ist.«

»Aber es scheint klar zu sein, dass gewisse Teile der Bibel, hm, moralisch nicht mit den jüngeren Moralbegriffen unseres neunzehnten Jahrhunderts vereinbar sind –«

»Der gefallene Mensch vermag die Absichten Gottes nicht zu ergründen«, unterbrach der Padre, der seinen Spaten weggeworfen hatte und versuchte, den kleinen, eingehüllten Körper so in das von ihm gegrabene Loch zu stopfen, dass die Füße nicht in die Luft ragten. »Menschliche Moralbegriffe sind fehlbar wie alle menschlichen Ideen!«

»Nichtsdestotrotz, ›der Buchstabe tötet, aber der Geist macht lebendig‹, wenn Sie sehen, was ich meine«, zitierte Fleury abgeschlagen. Er war unfähig, den klaren Behauptungen des Padre etwas Besseres entgegenzusetzen als vage Ausflüchte. Dennoch, wie alle intellektuellen jungen Leute konnte er es nicht leiden, bei einem Streitgespräch den Kürzeren zu ziehen, egal über welches Thema. Er verfiel in missmutiges Schweigen, während der Padre fortfuhr, ihm Predigten zu halten, und blickte sich um, ob der Collector wohl daran dachte, ihn bald abzulösen. Aber der Collector hatte seinen Grabstein verlassen und war in die tiefere Dunkelheit entschwunden.

»Sie kommen nicht um die Tatsache herum«, sagte Fleury, wieder zum Angriff übergehend, »dass unser Jahrhundert, gestützt auf den *Geist* des Neuen Testaments, ohne sich an den Buchstaben des Alten zu halten, eine höhere und feinere Moral entwickelt hat, als die Welt sie jemals kannte. Das neunzehnte Jahrhundert hat eine in früheren Zeiten nie gekannte Verfeinerung der Moral erlebt.«

»›Deine Weisheit und Kunst hat dich verleitet!‹«

Die Worte des Padre hallten hinter dem Collector her, während er sich in die Dunkelheit zurückzog, und er dachte: »Der junge Fleury hat vollkommen recht … wie unfruchtbar war das achtzehnte Jahrhundert im Vergleich zum unsrigen. Sie taten ihr Bestes, gewiss, aber *bestenfalls* konnten sie doch nur eine Vorbereitung für unser neunzehntes Jahrhundert sein. Wie stumpf im Geschmack sie waren, wie wenig von Gefühlen beseelt! Was für ein armseliges Menschenbild, was für ein dürftiges Ergebnis! Alles, was sie so unwirksam angingen, haben wir auf den Höhepunkt gebracht. Die Ärmsten hatten keinen Begriff davon, wie weit Kunst, Wissenschaft, Ehrbarkeit und politische Ökonomie vorangetrieben werden können. Wo sie zögerten und strauchelten, sind wir vorwärtsgegangen … Ach! Er wankte. Eine durch die Dunkelheit hüpfende Kanonenkugel landete im Erdwall an der Kirchhofsmauer und überschüttete ihn mit Dreck.

Irgendwie hatte der Schock dieses knappen Entrinnens eine ernüchternde Wirkung auf ihn, seine Zuversicht schwand dahin, und mit ihr die Befriedigung ob seiner eigenen Epoche. Er dachte wieder an die hundertfünfzig Millionen Menschen, die allein in Indien in grausamer Armut lebten. Würden Wissenschaft und politische Ökonomie jemals mächtig genug sein, um ihnen ein angenehmes und ehrbares Leben zu ermöglichen? Er glaubte nicht mehr daran. Und wenn doch, dann würde es nicht in seinem Jahrhundert sein, sondern irgendwann in der Zukunft. Seine Vorstellung von der Überlegenheit des neunzehnten Jahrhunderts, in der er gerade geschwelgt hatte, beruhte auf Glaubensüberzeugungen, die ihm abhandengekommen waren, ihn aber eben gejuckt hatten wie amputierte Glieder, die er noch spürte, obwohl sie nicht mehr da waren.

Die Kanonenkugel hatte auch dazu gedient, ihn an die neue Verteidigungslinie zu erinnern, die von Tag zu Tag immer dringender notwendig wurde. Und so wandte er sich in Richtung der Residenz, um zu sehen, wie die Arbeit an den neuen Befestigungswällen voranging. Leider wusste der Collector, dass Machiavelli, ein weiteres Mitglied seines nächtlichen Beraterstabs, den Bau dieser zweiten Verteidigungslinie nicht gewollt hätte. Denn dieser zynische Mensch vertrat die Meinung, sobald es eine Rückzugsmöglichkeit gebe, würde sie von den Verteidigern genutzt und somit deren eigene Niederlage herbeiführen. Aber der Collector konnte es nicht ändern … Früher oder später würde er gezwungen sein, den Umfang der Enklave zu verringern. Schon am Anfang der Belagerung waren die Brustwehren zu spärlich bemannt gewesen. Jetzt, da täglich zwei oder drei und manchmal noch mehr Männer starben, wurde der Abstand zwischen den Gewehren jeden Tag größer, und nur die Unfähigkeit der Sepoys, all ihre disparaten Kräfte zu einem gemeinsamen Angriff zu versammeln, hatte es ermöglicht, die Verteidigung aufrechtzuerhalten.

»Im Übrigen hat Machiavelli nicht von Engländern gesprochen, sondern von Italienern … Ein ganz anderer Fall.«

Zuerst hatte der Collector eine neue Linie in Form einer Schleife um die Residenz, die Kirche und die Banketthalle erwogen, aber er wusste, dass die mühsame Arbeit, einen adäquaten Graben und Wall über eine so lange Strecke anzulegen, die Kräfte seiner Besatzung, die tagsüber kämpfen und nachts graben musste, übersteigen würde. Er hatte erwogen, die Banketthalle außerhalb zu lassen, aber ihm war schnell klar geworden, dass dies gar nicht infrage kam. Die Banketthalle lag höher als die Residenz … auch zerstört würden ihre Trümmer die Residenz noch von einer unangreifbaren Position aus beherrschen; trotzdem konnte sie auf sich allein gestellt nicht länger als ein paar Tage verteidigt werden, weil sie kein Wasser hatte. Aber er wusste, es musste eine Lösung für dieses Problem geben, und nun hatte er sie kraft seines Beobachtungsvermögens und der Vernunft gefunden.

Unter den zahlreichen Erfindungen in seinem Besitz war ein amerikanisches Veloziped. In der Vergangenheit hatte er nie eine große Verwendung dafür gefunden. Als es konstruiert worden war, hatte es noch keine befriedigende Mechanik für den Pedalantrieb gegeben, und er selbst war nicht mehr gelenkig genug, um es, wie von seinem Erfinder gedacht, mit einem Fuß am Boden anzutreiben. Gewiss, ein oder zwei Mal war ein begieriger junger Assistent des Magistrate zur Belustigung der Ladies und zur Verwunderung der Diener in einer halsbrecherischen Schlingerfahrt damit über den Rasen gesaust. Aber er hatte einsehen müssen, dass sich zwei Räder, oder wennschon, auch ein Dutzend Räder niemals mit der Geschwindigkeit und Bequemlichkeit der vier Beine eines Pferdes würden messen können. In der gegenwärtigen Lage jedoch kam ihm dieses aus der Vergessenheit auftauchende Gerät als genau der richtige Entwurf für sein neues Verteidigungssystem in den Sinn … Ein großes Rad, das die Residenz und den Kirchhof einschloss (dessen fertiggestellter Wall konnte integriert werden), und ein kleineres Rad für die Banketthalle. Alles, was man brauchte, war eine doppelte Sappe (ein Graben mit Brustwehren zu beiden Seiten), um die Räder zu verbinden.

Dieses System hatte viele Vorteile. Die Banketthalle würde der Residenz als Außenwerk dienen und eine gesamte Hemisphäre vor direkten Angriffen schützen, die Residenz würde umgekehrt das Gleiche für die schwächere Hemisphäre der Banketthalle tun. Wenn die Besatzung weiter schrumpfte, konnten die Überlebenden sukzessive von dem Verbindungsgraben ab- und in das jeweilige Rad zurückgezogen werden, ohne zwangsläufig die gesamte Anlage zu gefährden. Im äußersten Fall konnte ein Rad sogar gänzlich aufgegeben werden.

Nachdem er Ford, dem Eisenbahningenieur, der mit der Ausführung seiner eleganten Idee beauftragt worden war, einen Besuch abgestattet und den Fortschritt der nächtlichen Erdarbeiten überprüft hatte, wandte er sich wieder in die Dunkelheit. So erschöpft er auch war, fürchtete er die Aussicht, zum Schlafen in sein leeres Zimmer zurückzukehren. Ein oder zwei Mal war er, ungeachtet der Ängste seiner Töchter, nicht in sein Bett zurückgekehrt, sondern hatte stattdessen eingekuschelt zwischen Dokumenten in der Cutcherry geschlafen. Er hatte es lieben gelernt, in der Dunkelheit durch die Enklave zu streifen; die Dunkelheit brachte Erleichterung von der überfüllten Residenz, die ihn anwiderte, von der Gefahr, offenes Gelände zu überqueren, von dem heißen Wind und vor allem von den forschenden Augen der Besatzung, die sein Gesicht ständig nach Zeichen von Schwäche oder Verzweiflung absuchten.

Inzwischen war die Nacht dunkler geworden und verstärkte sein Freiheitsgefühl. Eine niedrige Wolkenbank, die sich am östlichen Horizont ausgebreitet hatte, zog langsam, die Sterne verdeckend, über das ganze Firmament. Eine atemlose Stille herrschte vor und die Hitze war dichter geworden. Auch erschien es ihm, obwohl er nicht sicher sein konnte, als sähe er tief am östlichen Horizont ein Wetterleuchten ... aber vielleicht war es Musketenfeuer oder einfach das Flackern jener geheimnisvollen Leuchtfeuer, die nachts in der leeren Ebene brannten. »Wenn es regnet, wird es uns mehr Zeit verschaffen, und die brauchen wir am meisten ... Zeit, um so lange durchzuhalten, wie unsere Lebensmittel und das Pulver reichen. Schließlich ist es ja nicht so, als ob wir diesen Platz für den Rest unseres Lebens halten müssten ... Aber warum ist noch keine Nachricht von Entsatztruppen durchgedrungen?«

Als er wieder in der Nähe des Kirchhofs vorbeikam, ertönte unverändert die Stimme des Padre. Alle Energien dieses Mannes waren zielstrebig wie eine Hundemeute auf die rastlose Verfolgung der ein oder zwei ketzerischen Begriffe in Fleurys Kopf gerichtet, denen es, müden Füchsen gleich, immer noch gelang, sich hierhin oder dorthin zu flüchten. Ehe er die Lampe in seinem leeren Zimmer anzündete, trat der Collector auf die Veranda hinaus und beobachtete, draußen stehend, einen Augenblick, wie sich die Wolkenbank über den schwindenden Abschnitt Sternenhimmel im Westen schob.

»Wir blicken herablassend auf vergangene Jahrhunderte, als bloße Vorbereitung für *uns* ... aber was, wenn wir nur ein Nachglanz von *ihnen* sind?«

Er entzündete die Öllampe auf dem Tisch neben einer Portion *dal* und einem Chapati, die seine Töchter ihm zum Abendessen hinterlassen hatten; sein verheertes Zimmer trat langsam aus der Dunkelheit hervor, das zersplitterte Gebälk, die zerbrochenen Möbel, die in Fetzen von den schrapnellnarbigen Wänden hängende Tapete; dieses einst wunderschöne, angenehme, elegante Zimmer war wie ein körperlicher Ausdruck seines gequälten Geistes.

Dritter Teil

XVIII

Der Collector hatte halbwegs damit gerechnet, dass die Regenfälle noch in dieser Nacht beginnen würden, aber als er aufwachte, war der Himmel wieder wolkenlos; er konnte jedoch spüren, es würde nicht mehr lange dauern. Tagsüber hatten die brennenden Winde schon aufgehört zu blasen; die Luft hatte ihre scharfe Trockenheit verloren und infolgedessen wirkte die Hitze drückender denn je. Wolken sammelten sich auch im Lauf der nächsten zwei Tage, aber nach ein oder zwei Stunden zerstreuten sie sich. Vom Dach der Bankethalle aus konnte er sehen, dass der bis zum jetzigen Zeitpunkt fast trockene Fluss stark angeschwollen war; während der Nacht stieg er weiter, bis er am folgenden Morgen die Melonenbeete überschwemmt hatte. Dieses plötzliche Hochwasser war dem Collector wohlbekannt; er wusste, dass es nicht von Regenfällen im Distrikt herrührte, sondern von der Schneeschmelze im Hochgebirge des Himalaya. Gewöhnlich kündigte es trotzdem Regen an, doch in diesem Jahr schwoll der Fluss langsam wieder ab. Mehrfach türmten sich Wolken auf, aber nur, um sich wieder zu zerstreuen.

Bei dem sich mehrenden Unheil, das die Enklave in diesen letzten Tagen vor dem Monsun traf, war keines ein so harter Schlag wie der Tod von Leutnant Cutter. Er war ein Held für die Besatzung geworden, sowohl für die englischen als auch für die eingeborenen Verteidiger. Viele Tränen wurden vergossen, insbesondere von den jüngeren Ladies, während der Padre am Sonntag, dem 12. Juli, nach der Mittagsandacht seine wortgewaltige Trauerrede in den Kellergewölben der Residenz hielt.

»Die Vorsehung hat unserem Land das Privileg versagt, seine

jugendliche Stirn mit den Kränzen zu schmücken, welche den Söhnen des Sieges und Ruhmes gebühren, aber seine Taten können niemals sterben. Die Bücher der Geschichte werden von ihnen berichten und sie verkünden nah und fern, und jeder Engländer, ob daheim auf der Insel oder ein Wanderer an fremden Küsten, wird mit Bewunderung erzählen, was George Foxlett Cutter bei der Belagerung von Krishnapur getan!«

Inzwischen wussten alle, auf welche Art Cutter zu Tode gekommen war, und irgendwie erschien es unangenehm trivial für einen Mann, der sich so oft so großer Gefahr ausgesetzt hatte. Es geschah am Befestigungswall bei Dr. Dunstaples Haus, wo Cutter nur einen Moment zuvor auf einen Sepoy geschossen und ihn fallen sehen hatte; gleichzeitig hatte er aus dem Augenwinkel einen anderen Sepoy erblickt, der gerade die Muskete hob, und zu dem Sikh neben sich gesagt: »Sehen Sie den Mann, der auf mich zielt, machen Sie ihn nieder.« Aber die Worte waren kaum über seine Lippen gewesen, als der Schuss ihn traf. Er war auf ein Knie gesunken, hatte aber »Haltung« angenommen, ehe er umfiel und ohne ein Wort oder Stöhnen oder was auch immer für eine Abschiedsbemerkung starb.

»Ich hatte keine Ahnung, dass der arme Kerl ›Foxlett‹ hieß, wussten Sie das?«, fragte Fleury Harry. Er konnte sich nur mühsam davon überzeugen, dass Cutters Heldengestalt durch diesen kuriosen Namen nicht das geringste bisschen an Format verlor.

Derweilen setzte sich das stete Tröpfeln der Todesfälle aufgrund von Verletzungen und Krankheit fort. Wachsende Mutlosigkeit machte sich breit. In der Enklave ging das Gerücht um, eine Entsatzarmee aus Dinapur sei auf dem Weg nach Krishnapur niedergemetzelt worden. Man sagte, der Kapitulation von General Wheeler in Cawnpore sei ein Massaker gefolgt, und zarte englische Mädchen seien nackt ausgezogen und durch die Straßen von Delhi geschleift worden.

Ein anderes Unheil war der Tod der kleinen Mary Porter,

die durch die Meuterei bereits zum Waisenkind geworden war. Mary hatte mit einigen anderen Kindern im Stallhof gespielt und war plötzlich umgekippt. Ihre Spielkameraden hatten Fleury gerufen, der gerade vorüberging. Er hatte sie halb bewusstlos aufgehoben, und während er sie zur Krankenstation trug, hatte sie sich mit erbarmungswürdiger Kraft an ihn geklammert; es ist etwas Schreckliches, von einem kranken Kind umklammert zu werden, wenn man es nicht gewöhnt ist; Fleury war sehr berührt von dem mächtigen Beschützerinstinkt, der plötzlich in ihm geweckt wurde, wenngleich vergebens, weil er nichts tun konnte. Mary litt an einem Sonnenstich und starb binnen kurzer Zeit. Auch Dr. Dunstaple, unter dessen Obhut sie erlag, war äußerst betroffen von ihrem Tod. Das war überraschend, wenn man bedenkt, dass der Tod dieser Tage der ständige Trinkgefährte des leutseligen Doktors war. Vielleicht hatte er in Mary etwas von seiner eigenen Tochter Fanny gesehen. Aus welchem Grund auch immer, die Wirkung war katastrophal. Er schien vollkommen den Verstand zu verlieren, wütete über alles und jedes, von den Pferderennen in Kalkutta bis zu Dr. McNabs teuflischer Behandlung der Cholera. Der Collector befahl ihm Bettruhe und beide Krankenstationen wurden von Dr. McNab übernommen; aber nicht lange. Nach einem oder zwei Tagen Gefangenschaft in einem abgedunkelten Raum kehrte Dunstaple ins Hospital und auf die Station zurück. Kaum wieder unter seinen Patienten, begann er die von Dr. McNab angelegten Verbände zu wechseln, obwohl sie in den meisten Fällen identisch mit seinen eigenen waren. Als der Collector dies gegenüber Dr. McNab erwähnte, schüttelte McNab den Kopf und sagte: »Eija, der arme Mann hat noch was vor sich, bis er gesund wird.«

Ehe der Collector sich wieder seinen Geschäften zuwandte, bat Dr. McNab ihn einen Moment ans Fenster herüber. Er wollte sich sein rechtes Auge ansehen, das rot und ziemlich geschwollen war. Der Collector selbst hatte nicht darauf geachtet, es für eins der vielen belanglosen Wehwehchen gehalten, an denen die Besatzung mangels geeigneter frischer Nahrung inzwischen litt.

»Es ist entzündet, Mr. Hopkins. Ist es schmerzhaft?«

»Nicht sehr.«

McNab sagte weiter nichts, und so machte sich der Collector auf den Weg.

Der Anblick, der ihn jetzt im Tigerhaus empfing, war erbärmlich. Hari ging nicht mehr nervös auf und ab; er lag ausgestreckt auf einem Haufen schmutzigen Strohs, die Augen erloschen. Um ihn herum verfaulten die Reste von einem halben Dutzend Mahlzeiten. Auch herrschte ein heftiger Uringeruch, als ginge er nicht mehr nach draußen, um seine Bedürfnisse zu verrichten. Er war grau geworden, wie Inder es werden, wenn sie unglücklich sind. Seine Augen waren stark blutunterlaufen, kleine rote Bälle in dem dunklen Gesicht, und seine Wangen, deren Rundlichkeit und Glätte der Collector immer bewundert hatte, waren jetzt hohl und mit feinem dunklem Flaum bedeckt. Halb begraben in dem schmutzigen Stroh, neben einem von Fliegen wimmelnden Knochen, lag das Phrenologiebuch, unberührt seit dem letzten Besuch des Collectors.

Der Premierminister sang leise in sich hinein, als der Collector hereinkam, und fuhr, solange er da war, ununterbrochen damit fort. Es war ein religiöser Gesang, und ein freudiger, die Augen des Premierministers funkelten. Aber sie funkelten nicht äußerlich, sondern innerlich, denn die Gottheit, die ihm eine so intensive Befriedigung verschaffte, war in ihm. Der Collector war erstaunt, wie wenig der Premierminister sich während dieses Monats der Gefangenschaft verändert hatte. Er sah immer noch genauso aus, bis auf die Haare, die Hari ihm für seine Experimente abgeschoren hatte, und die jetzt zu einer pelzartigen Schicht schwarzer Stoppeln nachgewachsen waren, durch deren Bedeckung die nummerierten Segmente seines Schädels noch schwach zu erkennen waren. Die Belagerung hatte einfach überhaupt keinen Eindruck auf ihn gemacht.

Angesichts des Premierministers überkam den Collector ein Gefühl von Hilflosigkeit. Ihm wurde bewusst, dass es eine Lebensweise der Menschen in Indien gab, die er nie kennenlernen würde und der er und seine Sorgen vollkommen gleichgültig waren. »Die *Company* könnte morgen hier einpacken und dieser Bursche würde es gar nicht merken … Und nicht nur er … Die Briten könnten gehen und halb Indien würde nicht merken, dass wir gehen, genau wie sie nicht gemerkt haben, dass wir gekommen sind. Alle unsere Verwaltungsreformen könnten auf dem Mond geschehen sein, so wenig hat das alles mit ihnen zu tun.« Der Collector fühlte sich von diesem Gedanken erniedrigt und bedrückt. Er merkte, dass Hari ihn mit trüben Augen beobachtete.

»Hari, ich habe beschlossen, Sie nach Hause zu entlassen. Ich schlage vor, Sie gehen hier fort, bevor es dunkel wird, damit die Sepoys Sie nicht aus Versehen erschießen.«

Ein Schauder, wie von einem leichten Husten, durchfuhr Haris unbelebte Gestalt, aber sonst kam keine Antwort. Hari starrte ihn weiterhin trübe an. Endlich, nach mehrfachem einleitendem Lippenschmatzen, bei dem der Collector flüchtig eine weiß belegte Zunge sah, begann Hari zu sprechen.

»Mr. Hopkin, es ist grausam, mit Worten zu foltern. Sie tun besser daran, mich an Mangobaum zu hängen, ohne mehr Lärm um nichts.«

»Hari, wie können Sie so etwas denken?«, schrie der Collector. »Das ist kein Spiel. Sie sind frei, noch heute von hier weg- und nach Hause zu gehen. Schauen Sie, ich weiß, dass ich Sie schlecht behandelt habe … Aber Sie müssen mir glauben, ich habe Sie nicht hierbehalten, weil ich es gewollt hätte, sondern weil ich es für meine Pflicht gegenüber denen hielt, die Gott (oder, sei's drum, die *Company*) meinem Schutz anbefohlen hat. Vielleicht war es ein Fehler … vielleicht hat es nichts genutzt,

Sie hierzubehalten … Ich weiß nicht, ob es irgendetwas ausgemacht hat, aber jetzt sind wir gezwungen, einige unserer Verteidigungsanlagen aufzugeben, und es ist sicher, dass Ihre Anwesenheit uns nicht länger helfen kann. Sie wären in großer Gefahr, wenn sie blieben. Sie müssen mir verzeihen Hari, dass ich Sie hierbehalten habe. Es war falsch von mir, ich gebe es zu.«

»Sie geben es zu, Mr. Hopkin, Sie geben es zu! Aber Sie ruinieren Gesundheit. Ich sterbe von Hunger und Krankheit. Ich sterbe von Musketenfeuer, und Sie geben es zu.«

»Bitte, Hari, Sie dürfen nicht schlecht von mir denken. Sie müssen sich in meine Lage versetzen. Abgesehen davon fühle ich mich selbst nicht wohl … tatsächlich, ich bin so gut wie sicher krank«, fügte der Collector hinzu, einem plötzlichen Anflug von Selbstmitleid erliegend, denn es stimmte, er fühlte sich überhaupt nicht wohl. Sein rechtes Auge, das er kaum wahrgenommen hatte, bis Dr. McNab es sich kurz zuvor angesehen hatte, pochte mittlerweile schmerzhaft, zugleich fühlte er sich fiebrig und ihm war übel, obwohl das vielleicht nur an der schlechten Luft und dem Uringeruch lag.

»Sie müssen jetzt gehen, Hari, und nehmen Sie den Premierminister mit.«

Jeden Moment fühlte der Collector sich schlechter. Trotzdem war es ihm eine Freude, Hari wiederaufleben zu sehen gleich einer durstigen Pflanze, die gerade gegossen worden war. Hari war schon auf den Beinen, und nach und nach erwachten seine Sinne.

»Wenn Sie so weit sind, gehen Sie zur Cutcherry und sagen dem Magistrate Bescheid. Er wird das Feuer unterbrechen, während Sie zu den Linien der Sepoys hinübergehen. Ich muss Sie nur bitten, ihnen nichts von unserer Verfassung zu erzählen. Leben Sie wohl, Hari.« Der Collector hatte das Gefühl, selbst wenn er die Belagerung überlebte, würde er Hari niemals wiedersehen. Aber ehe er die Tür erreichte, wurde er von Hari, der ihm zur Tür folgte, zurückgerufen.

»Collector Sahib, obwohl ich schlechte Behandlung von *Sircar* und von britischem Collector Sahib nicht verzeihe, möchte ich meinem guten Freund, Mr. Hopkin, keinen persönlichen Kummer bereiten. Ich möchte Mr. Hopkin als Privatmann ein kleines Geschenk machen mit Frenludjibuch, welches mein einziger Besitz ist, und ihm letztes Mal die Hand geben. Richtig!«

»Danke, Hari«, sagte der Collector und ihm schossen Tränen in die Augen, die sein rechtes noch schmerzhafter pochen ließen als zuvor.

Etwas später, von seinem Zimmer aus, in das er sich für eine Ruhepause zurückgezogen hatte, beobachtete er durch das Messingfernrohr seiner Töchter, wie sich der graue Schatten dessen, was einmal der gepflegte und aufgeweckte Hari gewesen war, langsam zu den Linien der Sepoys hinüberbewegte, wie gewöhnlich mit dem hinterhertrottenden Premierminister im Gefolge.

»Ich hoffe, trotz allem erzählt er ihnen nicht, in welchem Zustand wir uns befinden.«

XIX

Nun, da für die dezimierte Besatzung die Zeit gekommen war, ins Innere der neuen Befestigungsanlagen zurückzuweichen, musste eine Unterkunft für die aus Dr. Dunstaples Haus verdrängten Ladies gefunden werden. Es wurden Freiwillige aus dem Billardraum gebraucht, die bereit wären, in die Banketthalle umzuziehen, damit die neuen Ladies, von denen viele älter waren, in relativer Bequemlichkeit eingerichtet werden konnten. Es ereignete sich auf dem Weg zum Billardraum, um nach diesen Freiwilligen zu fragen, dass dem Collector plötzlich schwindlig wurde. Der zufällig vorbeikommende Padre half ihm in sein Zimmer und erbot sich, einen der Ärzte zu rufen.

»Nein, es ist nichts. Nur die Hitze«, murmelte der Collector in der Furcht, am Ende noch ins Hospital gebracht zu werden. »Schicken Sie mir den Magistrate.«

Als der Magistrate pflichtgemäß erschien, bat ihn der Collector, fiebrig auf seinem Bett liegend, für ein paar Stunden das Kommando über die Besatzung zu übernehmen. Er erklärte, was zu tun sei. Der Rückzug müsse sorgfältig vollzogen werden, damit er sich nicht in eine verheerende Niederlage verwandelte. Er verfluchte sich innerlich ob seiner plötzlichen Unpässlichkeit, die zur Unzeit, im schlechtesten Moment gekommen war. Dennoch, der Magistrate war ein kompetenter Mann. Nachträglich erklärte er ihm die Sache mit den Ladies, die sich freiwillig für die Bankethalle melden sollten.

Doch die Ladies aus dem Billardraum, obwohl in Angst und Schrecken vor dem Magistrate, der in friedlicheren Zeiten so oft ihre Verse verrissen hatte, weigerten sich beherzt, freiwillig in die Banketthalle zu ziehen, die sie irrigerweise für gefährlicher hielten als die Residenz … außer Lucy, die nach allgemeinem Dafürhalten sowieso nichts hatte, wofür sie leben sollte. Was Louise und Miriam anbelangt, so waren sie zu dem Schluss gekommen, in der Residenz bleiben zu müssen, um im Hospital zu helfen, wo Arzneibesteller und Krankenträger es allein nicht mehr schafften. Letzten Endes, da es keine Freiwilligen gab, war der Magistrate gezwungen, die eurasischen Frauen, von denen ein halbes Dutzend in aller Ruhe in der Speisekammer gelebt und seine Betten auf den Abstellregalen ausgebreitet hatte, umzuquartieren. Es gab acht Ladies, die unterzubringen waren. Er musste noch zwei weitere Plätze finden, und so beschloss er in der Annahme, dass sie am wenigsten Aufhebens machen würden, die beiden törichten, hübschen O'Hanlons von ihrem Billardtisch zu verbannen.

Aus dem Fenster seines Zimmers beobachtete der Collector, wie die letzten Vorbereitungen für den abenteuerlichen Rückzug von seinen ursprünglichen Erdwällen hinter die neuen Festungsanlagen getroffen wurden. In der doppelten Vergrößerung sowohl durch sein Fieber als auch durch das Messingfernrohr vor seinem Auge sah er Hookum Singh, einen riesenhaften Sikh, der fähig war, ein ganzes Fass Pulver auf dem Rücken zu tragen, hinter Harry Dunstaple herwanken, während dieser das Pulver in Haufen an den Ecken der Cutcherry sowie rund um die Sockel von Säulen und Pfeilern verteilte. Gleichzeitig wurde außerhalb des Gesichtsfeldes seiner Linse ein ähnliches Unternehmen an dem durchgeführt, was von Dr. Dunstaples Haus übriggeblieben war. Fleury, Ford, Burlton und mehrere Sikhs gruben eine Reihe von *fougasses* (schräg angelegte Löcher im Boden, die mit einer Pulverladung und Kieselsteinen gefüllt werden), auch dies zu dem Zweck, die Sepoys daran zu hindern, den Rückzug der Besatzung in eine verheerende Niederlage zu verwandeln. Bisher waren alle Vorbereitungen so heimlich wie möglich getroffen worden, im Schutz der Dunkelheit, aber jetzt nahte der am meisten gefürchtete Moment, der Augenblick, in dem die Sepoys erkennen mussten, dass ein Rückzug stattfand, und einen Sturmangriff starten würden. Die Hände des Collectors zitterten dermaßen, dass er sein Fernrohr auf die zerstörte Fensterbank stützen musste. Sein Gesicht pulsierte und sein Augapfel war versengt von dem grellweißen Glanz, in dem sich die dunklen Gestalten der Männer bei ihrer Arbeit frei umherlaufend bewegten.

Kurz vor fünf Uhr nachmittags griff die Sepoy-Kavallerie in der Nähe der Cutcherry an, aber zum Glück hatten die Verteidiger ihre Stellungen am Wall noch nicht verlassen. Der Angriff wurde abgewehrt. Der Collector beobachtete das kurze Scharmützel in dem blendenden Kristallkreis, konnte es aber nicht mehr verstehen. Er sah, wie ein auf die Residenz zureitender *sowar* getroffen wurde. Er sah die Beine des Mannes, fest angepresst, während er sein Pferd in Richtung der Cutcherry-Gewehre trieb, plötzlich schlaff werden, als wäre inwendig etwas gerissen. Dann schlidderte der Getroffene, aus der Sicht verschwindend, in den Staub.

Bald konnte er das Brennen seines rechten Auges unter Anwendung der Linse nicht mehr ertragen und war gezwungen, sie vor das linke zu halten, was ihm aber kaum gelang, so ungeschickt stellte er sich an. Sie zitterte verständnislos über einzelnen Bildern, über Harry Dunstaple, der einen Säbel schwingend und Befehle rufend zu den Festungswällen rannte, während ihm die vollgestopften Taschen seiner Tweedside-Loungingjacke um die Knie schlackerten … über Ford, der von einer der ausgehobenen *fougasses* sorgfältig eine Feuerrinne zum Wall an der Kirchhofsmauer legte … über hier und dort mit Ladungen kleiner Steine, die in eine noch unfertige *fougasse* geschaufelt werden mussten, umherstolpernden Sikhs … über dem grünen, im Schatten einer Tamarinde neben der Kirchenmauer ausruhenden Fleury … und schließlich über dem Pariahund, der Fleury mit Bewunderung, jedoch aus respektvoller Entfernung ansah (Fleury wehrte seine Annäherungsversuche immer noch ab). Der Collector, zu fiebrig im Kopf, um seine Erinnerung daran, was die ganze Geschäftigkeit zu bedeuten hatte, länger als einen Moment zu sammeln, versank in der Betrachtung dieses Pariahunds. Seine Schnauze war geöffnet, die Lefzen zurückgezogen, und er schien zu grinsen. Das dürre, erbärmliche Geschöpf, das er zu Beginn der Belagerung gewesen war, war ziemlich dick geworden, denn jüngst hatte er das Glück gehabt, zwei kleine Schoßhündchen zu fressen, die unklugerweise in seiner Gegenwart eingeschlafen waren. Jetzt war er bereit für eine neue Mahlzeit und behielt das Schlachtfeld hoffnungsvoll im Auge, für den Fall, dass ein appetitlicher Engländer oder Sepoy günstig in die Nähe fiel … aber am allerliebsten hätte er Fleury gefressen, so stark war seine Liebe zu diesem schönen, grün gekleideten jungen Mann; beim Gedanken daran stieß er ein wollüstiges Stöhnen aus und ein Faden Speichel, der von seiner Schnauze tropfte, glitzerte im Fernrohr des Collectors.

Der Collector war natürlich nur eines abscheulichen, bösartigen und ziemlich dicken Hundes inne … Wie hätte er sich gewünscht, dieses Tier wäre ein flauschiger Spaniel! Wie entzückend wäre das! Tee auf dem Rasen, Spaniels bei Fuß, Scharlachrot und Dunkelgrün … die Farben der Rechtschaffenheit der Welt und seines Platzes darin! Sogar im Fieber juckten die amputierten Hoffnungen und Überzeugungen des Collectors noch.

Aber jetzt rannten die Männer von den Festungswällen weg. Deckung suchend stürzten sie zum Kirchhofswall, als ein Taifun von Musketenfeuer über die Verteidigungsanlagen fegte, Staub aufpeitschend, der sich wie ein Bodennebel um die Knöchel der im Rückzug begriffenen Männer legte. Manche fielen und wurden von ihren Kameraden weitergeschleift, andere mussten, so gut sie konnten, die Köpfe kaum aus den Staubstößen erhebend, über das offene Gelände zwischen der Cutcherry und dem Kirchhofswall kriechen. Oben auf diesem Wall stand Harry Dunstaple, rufend und seinen Säbel schwingend, als ob er ein Orchester dirigierte, die Männer zur Eile treibend, weil die Cutcherry gesprengt werden musste, bevor der angreifende Feind sie erreichen und die Leitrinne beschädigen konnte.

»Lasst uns den Tee wieder auf dem Rasen einnehmen!«, rief der Collector aus dem Fenster, aber niemand achtete auf ihn. Sein geschwollenes, entzündetes Gesicht war unerträglich geworden; er konnte es weder anfassen noch verhindern, es anzufassen.

Im Staubschleier blitzte eine Flamme auf, als Ford sich hinkniete, um die Leitrinne anzuzünden. Schon überrannten die ersten Schwadronen der Sepoy-Kavallerie die verlassenen Befestigungsanlagen und hielten auf die Cutcherry zu, um nur ein paar Zoll dieser dünnen Spur grauen Pulvers wegzutreten, bevor sich das Feuer bis ans Ziel durchgefressen hatte. Das Fernrohr des Collectors jedoch war zu dem Hang oberhalb der Melonenbeete gewandert, wo die gedrängte Menge der Zuschauer in einem Rausch der Erregung schrie, jubelte und Fahnen schwenkte. »Wie glücklich sie sind«, dachte der Collector trotz seiner Schmerzen. »Es ist gut, die Eingeborenen sollten glücklich sein, denn letzte Endes ist es ja das, weswegen wir, die *Company*, in Indien sind, um ihnen …« Doch unglücklicherweise war sein Fernrohr jetzt wieder zurückgewandert und genau in der Sekunde auf die Cutcherry gerichtet, als sie mit einer Stichflamme explodierte, die sich so tief ins Gehirn des Collectors brannte, dass er taumelte, als wäre er von einer Musketenkugel ins Auge getroffen worden … Und dann war nichts als Rauch, Staub, Trümmer und ein gewaltiges Krachen, das ein Bild an der Wand hinter ihm herunterfallen ließ. Doch im nächsten Moment echote von der anderen Seite der Residenz eine andere, noch stärkere Explosion … und das war der Rest von Dr. Dunstaples Haus.

Der Collector hielt sich das Gesicht und versuchte zugleich, es nicht zu halten. Aber irgendwie musste er den Schmerz mit seinen Händen herausreißen, sonst, wusste er, würde er ihn umbringen. Jubelnder Beifall ertönte von den Eingeborenen am Hang oberhalb der Melonenbeete; man hörte ihn trotz des Kanonendonners und Geknatters von Musketen. Er hatte sein Fernrohr fallen lassen; eine Weile tastete er am Boden, aber er brauchte kein Fernrohr mehr; er konnte auch so alles genau sehen. Für einen Augenblick, während er aus dem Fenster sah, wurde sein Kopf wieder klar und er dachte: »Mein Gott, die Sepoys greifen an. Ich muss es jemandem sagen. Ich muss die Männer warnen.« Er sah die Sepoy-Infanterie in Horden aus Richtung des Kantonnements über das offene Gelände vorrücken. Die Kavallerie tauchte bereits aus der Rauch- und Staubwolke auf, die über der zerstörten Cutcherry hing, und war nun bereit, sich auf die hastig hinter dem Kirchhofswall versammelte Besatzung zu stürzen. Weniger als hundert Yards von dem Wall entfernt wendeten sie und gruppierten sich neu zum Sturmangriff, während die Infanterie hinter ihnen aufzog.

Der Collector war wieder ruhig geworden. Aus dem einfachen Grund, dass sein Schmerz zwar noch da, aber nicht mehr Teil seiner selbst war. Sein Schmerz, eine runde, rote, pulsierende Anwesenheit, saß neben ihm am Fenster und genoss das Schauspiel. Da *SCHMERZ* ihm keinerlei Beachtung schenkte, beschloss er, ihn gleichfalls ignorieren zu dürfen, ohne den guten Anstand zu verletzen. Er und *SCHMERZ* beobachteten gemeinsam eine Szene, welche den Collector an den Strand erinnerte. Wie schön ist es, auf den Felsen von Dover zu sitzen und die Wellen heranrollen zu sehen. Man sieht sie weit draußen beginnen … man kann beobachten, wie sie, näher und näher an die Küste kommend, allmählich höher werden, sich erheben und sich dann gegen den Strand werfen. Manche verschwinden unerklärlich. Andere bauen sich zu Riesenwellen auf. Während die Sepoys in der Ahnung, dass ihre Chance gekommen sei, die *feringhees* vom Angesicht der Erde zu tilgen, alle ihre Kräfte zu einem großen Sturm zusammenzogen, konnte der Collector sehen, dass sich diesmal eine Riesenwelle aufbaute.

»Das dürfte ein herrliches Schauspiel werden«, murmelte er, und *SCHMERZ* nickte zustimmend. Die Zuschauer oberhalb der Melonenbeete heulten vor Begeisterung, warfen Dinge in die Luft und umarmten sich vor lauter Aufregung, als der Angriff begann. Aus irgendeinem Grund begann er in einem dichten Schneesturm aus großen weißen Flocken.

Jetzt, da die Schreie der Zuschauer zu einem Crescendo anschwollen, gesellte sich das vertraute, magenumdrehende Geheul der stürmenden Sepoys hinzu, was die Freude des Collectors in einen Sog banger Gefühle zog. Unter ihm, unter den Bajonetten der galoppierenden Sepoys rannte Fleury an der Außenseite des Kirchhofswalls entlang, um die Feuerrinnen zu den *fougasses* zu zünden. Schlagartig brach vor den stürmenden, schon wegen des dichten Gewirbels weißer Flocken aus der Fassung geratenen Sepoys der Boden auf. Steinsalven schossen aus der Erde.

Gleichzeitig feuerten Kanonen Kartätschen in das turbulente Durcheinander. Die Welle überschlug sich, traf auf den Grund und lief schäumend aus, gelangte aber kaum noch höher auf den Strand.

Die Sepoy-Offiziere riefen ihre Männer und versuchten sie zu sammeln. Dies war der Moment, den Sturm fortzusetzen, während die Kanonen nachgeladen wurden. Der Sieg war ihrer, wenn sie es schafften, *jetzt* Druck zu machen! Aber die Männer waren von dem Schneesturm geblendet und verwirrt. Sie sahen weder ihre Offiziere noch die *feringhees* … Dann kam ein plötzlicher, schrecklicher Hagel von Seiten ihrer linken Flanke, vom Rad der Bankettthalle. Noch ein paar Sekunden Zögern mehr, und alles war verloren. Die Kanonen waren frisch geladen. Ein weiterer tödlicher Kartätschenhagel, und es war kaum noch ein Mann auf den Beinen, geschweige denn in der Lage zu stürmen, selbst wenn er es gewollt hätte. Der Traum war aus. Dank diesem schicksalhaften Schneesturm war der Angriff zurückgeschlagen worden. Die überlebenden Sepoys flüchteten zu ihren Linien zurück, verfolgt von einer rachsüchtigen Schwadron der Sikh-Kavallerie.

Der Collector hatte den zweiten Teil des Geschehens, der in dichtem, gelbem Staub und Rauch (geheimnisvollerweise ohne Schnee) stattfand, nicht sehen können. Aber selbst wenn weder Staub noch Rauch noch Schnee da gewesen wäre, hätte er ihn nicht sehen können, weil er vom Stuhl gefallen war und jetzt unterhalb des Fensters auf dem Boden lag. *SCHMERZ* war gekommen und hatte sich neben ihm ausgestreckt. Von niemandem gesehen, weder von *SCHMERZ* noch vom Collector, jaulte und hüpfte der dicke Pariahund im Schatten der Tamarinde vor Erregung über die Aussicht auf ein oder zwei anständige Mahlzeiten, wenn der ganze Wirbel vorbei war.

Fleury, erschöpft und immer noch bebend von seinem beherzten Spurt unter den glitzernden Sepoy-Bajonetten, hatte sich mit dem Rücken an den neuen Wall sinken lassen. Er ergriff eine der Schneeflocken, die auf der Brustwehr gelandet waren, und begann zu lesen, aber es war nicht sehr interessant … nur ein Salzbericht aus irgendeinem Unterdistrikt. Er warf ihn weg und zog die Bibel heraus, die er sich abergläubisch unters Hemd gestopft hatte, um seine Rippen zu schützen … Er hatte so viele Geschichten über in Bibeln steckengebliebene Musketenkugeln gehört, natürlich nicht, dass er sie *wirklich* glaubte, aber trotzdem … Was er jetzt im Sinn hatte, war, irgendeine unmoralische Stelle herauszusuchen, die er dem Padre vorhalten konnte, um ihm zu beweisen, dass dieses Buch unmöglich das (reine) Wort Gottes sein konnte. Also, wo stand es noch, dass Gott den Israeliten befahl, das Volk der Kanaaniter auszurotten. Das wäre doch ganz hübsch für den Anfang. Der Padre (oder Gott) würde Schwierigkeiten haben, sich da herauszuwinden.

Unterdessen hatte der Magistrate die eingeborenen Veteranen angewiesen, die landessprachigen Berichte und Dokumente, die in flachen Verwehungen in den neuen Gräben lagen, wieder einzusammeln … alles, was von dem Versuchstreibhaus, in dem er Fortschritt und Allgegenwart der Dummheiten der *Company* beobachtet hatte, geblieben war. Weitere Papiere lagen zuhauf am Boden verstreut zwischen dem Kirchhofswall und den Trümmern der Cutcherry, aber sie konnten nicht eingesammelt werden, weil das offene Gelände erneut von Musketen befeuert wurde. Der Magistrate machte sich nichts daraus. Er hatte kein Herz für Dokumente. Und diese hatten sich sicher nützlicher gemacht als die meisten.

XX

Der Angriff hatte solche Emotionen ausgelöst, dass es einige Zeit dauerte, ehe sich auch nur irgendjemand unter den Verteidigern daran erinnerte, dass der Collector sich nicht wohlgefühlt hatte, und sich fragte, was aus ihm geworden sei. Es gab so viel auf einmal zu bedenken, die Versorgung von Wunden und Untersuchung von Prellungen, das Sprechen von Gebeten und In-Bettzeug-Einnähen derer, die ihr Leben verloren hatten … und vor allem gab es unendlich viel zu reden, denn wie der Magistrate wissenschaftlich anmerkte, kann unter Menschen nichts Ungewöhnliches geschehen, ohne dass sich zum Ausgleich ein riesiges Geschnatter erhebt.

Als Fleury, wie es sich ergab, ein Buch ausleihen wollte und die Türe offen fand, tat er einige respektvolle Schritte dorthin, wo der Collector saß … und das war aus irgendeinem Grund auf dem Boden. Im Zimmer des Collectors war schlechtes Licht, und Fleury hätte das rote und geschwollene Gesicht des Collectors vielleicht gar nicht bemerkt, wäre dieser nicht gerade zur Seite gekippt und mit dem Kopf auf den Boden geschlagen. Augenblicklich wurde Fleury alles klar und er zog sich entsetzt zurück, nur einen Gedanken im Kopf: »Cholera!« Dann rannte er davon, um einen Arzt zu suchen.

Doch als er Dr. McNab atemlos von seiner Diagnose berichtete, schien McNab es nicht besonders ernst zu nehmen. Vielmehr sagte er zu Miriam, die ihm half, die Wunden der frisch Verletzten zu verbinden: »Der arme Collector hat eine Wundrose. Ich habe es schon befürchtet, als ich ihn heute Morgen sah.«

Miriam wusste, dass man an Wundrose sterben kann, und als

sie sah, in welchem Zustand der Collector war, wie er sich im Fieberwahn am Boden wälzte, sein Gesicht rot und geschwollen, versetzte es ihr einen unangenehmen Schock. Fleury war ziemlich auf dem Holzweg, wenn er glaubte, Miriam habe amouröse Hoffnungen gehegt, was den Collector anbelangt; im Gegenteil, sie hatte sich während der ganzen Belagerung größte Mühe gegeben, ihren Gefühlen keine Bindung an einen bestimmten Mann zu erlauben. Einmal in ihrem Leben hatte sie sich schon an jemanden gebunden und sich erlaubt, in seinem einsamen Strudel mit hinuntergezogen zu werden in die schweigenden Tiefen, wo sich nichts regt außer ertrunkenen Matrosen, die Meeresalgen aushusten; nur Miriam selber wusste, wie viel es sie gekostet hatte, aus dieser faszinierenden, geisterhaften Welt wieder zu Licht und Leben aufzusteigen. Sie wusste, wenn sie noch einmal nach unten gestrudelt würde, wäre es das letzte Mal. Aber es gab noch einen anderen Grund: Sie hatte die Weiblichkeit satt. Sie wollte das Leben einfach als Mensch aus Fleisch und Blut erleben. Sie hatte es satt, sich den Vorstellungen anderer, wie eine Frau sein sollte, anzupassen. Und nichts verdammte eine Frau so prompt zur Weiblichkeit, wie sich mit einem Mann herumzuschlagen. Nichtsdestotrotz war sie schockiert über den Gedanken, dass der Collector nicht überleben könnte.

»Es ist noch nicht so schlimm«, sagte McNab, »aber es kann sich schnell ausbreiten. Wir müssen ihm zu essen geben, weil es eine sehr zehrende, schwächende Krankheit ist. Ich würde Sie bitten, ihm Fleischbrühe und Pfeilwurz zu kochen, Mrs. Lang. Ihr Bruder könnte die Sachen vielleicht aus dem Proviantamt holen. Und noch eine Flasche Branntwein.«

Während Fleury sich eilig auf den Weg zu den Vorratslagern machte, notierte Dr. McNab die Einzelheiten der Erkrankung des Collectors … Leidet unter Schüttelfrost und Erbrechen, Rotlauf und Schwellung im Gesicht, Puls 86, Atemzüge 30.

»Warum müssen Sie alles in dieses Buch schreiben?«, fragte

Miriam scharf, verärgert über die methodischen Gewohnheiten des Arztes. Vor ihrem inneren Auge sah sie McNab in aller Seelenruhe die Todesart des Collectors aufzeichnen, wie er in den letzten Wochen schon so viele aufgezeichnet hatte. Er ignorierte ihre Frage (»Weil ich eine Frau bin«, dachte Miriam), lächelte aber besänftigend und sagte: »Würden Sie es übernehmen, nach ihm zu sehen, Mrs. Lang? Ich kann eine der anderen Ladies bitten, Ihnen bei Bedarf zu helfen. Miss Dunstaple vielleicht. Wenn er ein Abführmittel braucht, sollten wir ihm etwas geben, was den Verdauungskanal nicht zu sehr reizt, so etwas wie Rizinusöl. Vor allem darf er sich nicht noch mehr verausgaben. Das Gift der Wundrose wirkt außerordentlich deprimierend. Unser erstes Ziel muss es sein, das Gift zu bekämpfen und ihn gleichzeitig bei Kräften zu halten.«

Der Collector fuhr stöhnend hoch und starrte mit wildem Blick auf Miriam, die es kaum ertragen konnte, sein rotes, aufgedunsenes Gesicht anzusehen.

»Und wir müssen ihn ruhig halten, so gut wir können. Außer Fleischbrühe und Pfeilwurz, so viel er nehmen mag, sollte er alle zwei Stunden eine halbe Flüssigunze Branntwein, und alle vier zwanzig Tropfen Laudanum bekommen.« An der Tür hielt McNab inne und sagte mit einem Lächeln: »Ich bin sicher, in der Obhut einer so trefflichen jungen Frau wird er sich erholen.«

Damit verabschiedete er sich, rätselhaft seufzend.

Als es Nacht wurde, war der Collector zwar ruhiger geworden (zweifellos dank dem Laudanum), phantasierte aber immer noch im Fieber. Die Hitze war extrem drückend. Kein Lüftchen bewegte das Moskitonetz des Collectors. Während Miriam müde am Fenster saß, spürte sie, wie ihr der Schweiß den Hals und die Brüste und das hohle Kreuz hinunterlief, unaufhörlich aus allen Poren unter den Achseln und zwischen den Beinen sickerte und ihre Unterkleider am Bauch und an den Oberschenkeln kleben ließ. Von Zeit zu Zeit durchquerte sie das Zimmer, tunkte einen Lappen in das lauwarme Wasser einer Schüssel und drückte ihn sanft gegen das geschwollene Gesicht des Collectors. Um zehn Uhr gab sie ihm Fleischbrühe und Branntwein. Aber er schien von all dieser Fürsorge kaum etwas zu merken. Er schluckte, was ihm gegeben ward, und fuhr fort, inständig in sich hineinzumurmeln. Seine Töchter Eliza und Margaret kamen, um pflichtbewusst auf ihren geschlagenen Vater zu starren. Auch sie hatten begonnen, im Hospital zu helfen, und Miriam las in ihren blassen, schockierten Gesichtern einige der schrecklichen Anblicke, die sie ertragen hatten; nach einer kurzen Weile schickte sie die beiden ins Bett.

Einige Zeit verging, eine Stunde vielleicht, bevor es an der Tür klopfte und Louise hereinkam, mit einer Tasse Tee für Miriam. Auf den ersten Blick sah es so aus, als trüge Louise einen Turban; sie hatte ihre Tagesration Mehl aufgespart, um eine Packung für ein Furunkel zu machen, das an ihrer Schläfe ausgebrochen war; ihre anderen Geschwüre schienen sich leicht zu bessern. Auch Miriam hatte eine schmerzhafte Entzündung an der Schulter, von der sie glaubte, es könne ein Furunkel daraus werden; tatsächlich litten jetzt so viele daran, dass Louise aufgehört hatte, sich deswegen zu schämen. Trotzdem blickte sie voll Staunen in Fleurys klares, wenngleich schmutziges Angesicht und fragte sich, warum er keine bekam.

»Es ist stickig. Setzen wir uns ans Fenster.«

»Oh, meine Liebe, Sie müssen müde sein. Lassen Sie mich aufbleiben und bei Mr. Hopkins wachen, dann können Sie ein wenig ruhen.«

»Nein, meine Liebe, Sie sind genauso müde wie ich, und ich werde gleich im Ankleideraum ruhen, dort habe ich mir schon ein Bett gemacht. Wenn ich die Tür offen lasse, werde ich ihn sicher hören, falls sein Zustand sich verschlechtern sollte.«

Hörte man dieses »meine Liebe« so großzügig ausgeteilt, hätte man meinen mögen, die beiden Mädchen wären Busenfreundinnen geworden. Und wohl wahr, in den letzten Tagen waren sie einander sehr viel nähergekommen. Es gab so viele Ängste und Sorgen, die sie zu teilen hatten. Beide hatten sie die arme kleine Mary Porter geliebt, die am Sonnenstich gestorben war. Auch Fleury trauerte immer noch um sie und schrieb gerade ein Gedicht, in dem ihr kleiner Geist Blumen schnuppernd über den Wall getrippelt kam, unbeeindruckt von den fliegenden Kanonenkugeln (es war kein sehr gutes Gedicht). Tatsache war, dass die beiden jungen Frauen eine unausgesprochene Angst um Fleurys Sicherheit teilten, denn obwohl Louise Miriam noch nicht anvertraut hatte, was sie für ihn empfand, brauchte sie das auch wirklich nicht, so offensichtlich waren ihre Gefühle. Louise bereute es jetzt sehr, Fleury den grünen Rock gemacht zu haben, der ihn, wie sie fürchtete, zu auffällig machte … und tatsächlich konnten die Sepoy-Scharfschützen selten der Versuchung widerstehen, diese glänzende grüne Zielscheibe ins Visier zu nehmen. Aus Prahlerei tat Fleury alle derartigen Befürchtungen als grundlos ab, aber insgeheim war er doch ziemlich beunruhigt. Liebe, Stolz und Dummheit im Verein bewegten ihn, den grünen Gehrock trotz allem weiterhin zu tragen.

»Meine Liebe, gleich werde ich einen der Diener rufen müssen, um Mr. Hopkins, wenn nötig, bei der Verrichtung seiner Bedürfnisse zu helfen.«

Vielleicht war es zu dunkel, als dass Miriam bemerkt hätte, wie bestürzt Louise über diese Äußerung war, wie sie errötete. So gut sie Miriam während der Belagerung auch kennengelernt hatte, war sie doch oft bestürzt über deren Unverfrorenheit. In mancher Hinsicht konnte sie nicht umhin zu denken, Miriam sei genau wie ein Mann in ihrer Art, Dinge zu sagen … manchmal sogar schlimmer. Was würden die Leute nur denken, wenn Miriam am Tag ihrer Hochzeitsfeier mit Fleury vor allen Gästen anfing, von den Bedürfnisverrichtungen eines Gentleman zu sprechen; in gewisser Weise schien Louise die Aussicht auf einen solchen Fauxpas schrecklicher zu sein als die Möglichkeit, dass eine von ihnen oder beide die Belagerung nicht überlebten. Und doch, es war ganz Miriam. Es gab so vieles, was Louise an ihr bewunderte, dass sie ein Urteil nur gegen den Rest aufwiegen konnte.

Aber Miriam hatte das leichte Atemholen durchaus bemerkt; ihr war vollkommen bewusst gewesen, dass Louise über ihre Worte schockiert sein könnte, aber sie hatte sie trotzdem ausgesprochen, teils weil sie zu müde war, um nicht zu sagen, was sie meinte, aber auch weil sie, so gerne sie Louise mochte, deren Anmut und prüde Unschuld ziemlich süßlich fand und es ihr Spaß machte, sie herauszufordern.

»Auf dem Hügel scheint es heute Abend besonders viele Feuer zu geben«, sagte Louise strahlend, in der Hoffnung, Miriam von jeder weiteren Auslassung über die Bedürfnisse des Collectors abzulenken. »Wie sie geschrien haben während des Angriffs vorhin!«

»Ich vermute, sie haben geglaubt, jeden Moment hier unten zu sein, um sich einem fleischlichen Gespräch mit uns hinzugeben und uns zu ermorden«, erwiderte Miriam einigermaßen grausam und noch unverfrorener. Aber diesmal zeigte Louise keine Spur von Betroffenheit. Sie war aus einem Holz geschnitzt, das stark genug war, mit Ideen umzugehen, an die sie sich gewöhnt hatte, wie Mord oder Vergewaltigung; nur etwas Neues fand sie schwer zu akzeptieren.

»Und überall liegt er in Ketten!«, schrie der Collector bedrängt in seinem Delirium, woraufhin sich beide jungen Ladies ängstlich zu seinem Bett umwandten … aber es war nichts, nur eine vorübergehende Phantasie in seinem überhitzten Gehirn. Er fuhr fort, flüsternd zu brabbbeln, und die Ladies kehrten zu ihrer Plauderei zurück.

»Gerechterweise muss man aber sagen, dass die Eingeborenen auf dem Hügel auch die Standhaftigkeit und Entschlossenheit der Gentlemen bei unserer Verteidigung bejubelt haben.

Obwohl ein anderes Ergebnis ihnen selbstverständlich lieber gewesen wäre.«

»Wie schön diese Feuer in der Dunkelheit leuchten! Wie schrecklich zu denken, dass die Menschen drum herum uns übelwollen!«, seufzte Louise. Sie versuchte, sich ihr Leben vor der Belagerung in Erinnerung zu rufen, die Köpfe junger Offiziere, die sich beim Pferderennen in Kalkutta nach ihr umdrehten. Ihre Mutter war so aufgeregt gewesen über die Blicke, die ihrer Tochter geschenkt wurden, fast als wäre es nicht Louise, sondern sie selbst, die die Aufmerksamkeit der jungen Gentlemen erregte. Wohingegen Louise, im Schatten ihres weißen Seidenschirms wandelnd, so kühl und keusch geblieben war, dass sie kaum zu bemerken geruht hatte, wie junge Männer sie bewunderten. Und doch *hatte* sie es natürlich bemerkt; wieder verbarg die Dunkelheit die Farbe, die ihr bei der Erinnerung an ihr geziertes Gehabe während dieser Pferderennen in die Wangen schoss. Sie war so jung und unwissend gewesen; die Anzahl der jungen Männer, die sich darum bewarben, die Eröffnungsquadrille mit ihr zu tanzen, war ihr als das Wichtigste im Leben erschienen. Ihre Schönheit hatte sogar sie selbst mit Staunen erfüllt; manchmal, wenn sie allein in ihrem Zimmer war, hatte sie einen Teil von sich betrachtet, eine Hand, sagen wir, oder eine Brust, und die Vollkommenheit seiner Form hatte sie mit einer Freude erfüllt, als wäre es kein Teil von ihr sondern ein eigenes Stück Naturschönheit. »*Eheu fugaces*!«, dachte sie und hätte es fast gesagt, war sich aber nicht ganz sicher, wie es ausgesprochen wurde.

»Miriam«, sagte sie stattdessen, »ich kann Ihnen gar nicht sagen, welche Sorgen ich mir um Harry mache; obwohl er so tut, als wäre er ein Mann, ist er immer noch ein Schuljunge. Und jetzt ist er in solcher Gefahr! Ich habe versucht, mit ihm zu reden, aber er will nichts hören.«

»Nun ja, meine Liebe, es gibt keine Möglichkeit, Gefahren zu vermeiden, solange diese furchtbare Belagerung anhält.«

(»Der Buchstabe tötet, aber der Geist macht lebendig!«, rief der Collector inbrünstig.)

»Ach, es ist nicht die äußere Gefahr, die ich für ihn fürchte … oder vielmehr, die fürchte ich auch, aber da wir alle in Gottes Händen sind, vertraue ich darauf, dass Er uns nicht verlässt … nein, ich fürchte eine andere Gefahr für ihn. Es dürfte Ihnen, meine Liebe, nicht entgangen sein, wie Lucy ihn am Gängelband hat. Stellen Sie sich vor, was für unglückliche Umstände seine Laufbahn begleiten würden, wenn er sich jetzt von einem mittellosen Mädchen ohne Familie fangen ließe, dessen Reputation in ganz Indien bekannt ist.«

Miriam schwieg. Sich Sorgen über eine mögliche unglückliche Ehe deines Bruders zu machen, wenn er jeden Moment getötet werden kann, war etwas, was sie schwer zu verstehen fand. Aber in gewissem Sinne wusste sie auch, dass Louise nicht Unrecht hatte mit ihrer Sorge, Harry könnte einen derartigen Patzer begehen, denn angesichts der gesellschaftlichen Kreise, in denen er verkehrte und verkehren *würde*, stand mit an Sicherheit grenzender Wahrscheinlichkeit fest, dass Harry, falls er die Belagerung überlebte, bis zum Tage seines Todes die Unannehmlichkeiten würde dulden müssen, so eine Frau zu haben, dass er seine Ehe bereuen und vielleicht im Lauf der Zeit zu der Überzeugung gelangen würde, sein Leben sei ruiniert worden. Er würde in die Fesseln von Lucys mangelnder Gesellschaftsfähigkeit geschlagen sein, weil er selbst dieser Überzeugung wäre.

»Ich glaube, Sie brauchen sich keine Sorgen zu machen. Harry wird seine Zuneigung zu Lucy wahrscheinlich überwinden, wenn wir erst einmal wieder im normalen Leben sind. Und im Übrigen war das, was Lucy getan haben mag, auch nicht *so* entsetzlich und wird bald vergessen sein. Eine kleine Dummheit mit einem Mann in jugendlichem Übermut, liebe Louise, das kommt auch in den besseren Klassen häufiger vor, als Sie meinen mögen. Lucy ist sehr zu bemitleiden. Sorgen wir uns um ihre Zukunft, wenn die Belagerung vorbei ist.«

»Aber jetzt ist sie in die Bankethalle gezogen, wo sie die Möglichkeit hat, sich der …« *Waffen einer Frau* zu bedienen, wollte Louise sagen, zögerte aber in der Befürchtung, Miriam fände es vielleicht lächerlich, und sowieso unsicher, worauf die *Waffen einer Frau* genau hinauslaufen könnten. »… wo sie die Möglichkeit hat, Harry die ganze Zeit zu sehen«, korrigierte sie sich.

»Mit so vielen Leuten unter einem Dach wird Harry nicht in Gefahr sein, meine Liebe.«

Dann, in dem Schweigen, das dieser Bemerkung folgte, hörten die beiden jungen Frauen das Geräusch fernen Kanonendonners … ferner, so schien es, als das während ihrer ganzen Unterhaltung stoßweise ertönende Feuer der Sepoy-Kanonen; dieses Geräusch hallte vom dunklen Rand der Ebene herüber. »Könnten das die Kanonen von Entsatztruppen sein?«, fragte sich Miriam, als die ersten dicken Tropfen auf die Veranda platschten.

»Regen! Endlich ist er da!«

Fast unmittelbar erreichte sie der erste Hauch kühlerer Luft. Der Regen verstärkte sich zusehends, löschte die Feuer auf dem Hang oberhalb der Melonenbeete, vertiefte die Dunkelheit, bis auf dem Gelände unter ihnen nichts mehr zu erkennen war, und trieb sie von der überströmenden Veranda nach innen zurück. Bald war es ein beständiger, sintflutartiger Erguss, als würden unzählige Kübel schwarzer Tinte aus dem Himmel geschüttet.

»Gleich ist es Zeit, Mr. Hopkins wieder eine halbe Unze Branntwein zu geben, der Ärmste«, seufzte Miriam. Die Begeisterung über diesen ersten Regen hatte sie mit einer Sehnsucht erfüllt, die Dinge möchten anders sein, sie möge wieder glücklich sein.

Den Rest der Nacht stürzte der Regen kaskadenartig vom Dach der Veranda, aber den Collector kümmerte es nicht …. er fuhr fort, inständig in sich hineinzumurmeln, schwach wie in

Krämpfen zuckend, besessen von der Leidenschaft eines seltsamen Innenlebens, für niemanden erreichbar. Die Lampe neben seinem Bett warf einen schwachen Schein auf sein geschwollenes, brennendes, gequältes Gesicht.

XXI

Am folgenden Tag machte Dr. McNab eine Inzision am rechten Augenlid des Collectors, und eine kleine Menge Eiter trat aus. Beunruhigt nahm der Arzt eine sorgfältige Untersuchung des restlichen Körpers vor, um zu sehen, ob es noch andere lokale Ansammlungen von Eiter unter der Haut gab. Es bestand die Gefahr, dass Eiter oder ein anderer Krankheitserreger das Blut vergiftete, was unweigerlich zum Tod durch Pyämie führen würde.

Das Delirium des Collectors hielt an, und er wurde zweifelsohne schwächer; angesichts dieser anhaltenden Symptome ersetzte McNab das Laudanum nun durch Rinde, Chloräther sowie sprudelndes Ammonium und bat Miriam, die Branntweingaben auf eine halbe Flüssigunze pro Stunde zu erhöhen. Obwohl er es nicht äußerte, war nur allzu klar, dass er den Zustand des Collectors weiterhin für ernst hielt; das einzige hoffnungsvolle Zeichen bestand darin, dass der Puls kräftiger und etwas langsamer geworden war. Überzeugt, dass er sterben würde, kam die Schar seiner entsetzten, samtgekleideten Kinder an sein Bett und blieb dort stehen, das älteste mit dem jüngsten auf dem Arm, pflichtbewusst die Zuckungen ihres Elternteils beobachtend, bis Miriam sie rausschickte.

Im Moment hatten die Sepoys aufgehört zu schießen und eine unheimliche Stille hatte sich über die Residenz gelegt. Es folgten eine Nacht und ein Tag sturzartiger Regenfälle. Vom Dach aus konnte man sehen, dass die Sepoys an ihren Standorten geblieben waren und sich Schutzräume bauten. Die Besatzung mutmaßte, der Erguss habe das Pulver der Sepoys aufgeweicht … es gab sogar wildes Gerede, aus der Enklave auszubrechen und sich in Sicherheit zu bringen. Aber leider hatte das keinen Sinn. Selbst wenn es ihnen gelang, die Linien der Sepoys zu überwinden, wohin sollten sie gehen? Wo gab es Sicherheit in dieser weiten, feindlichen Ebene? Die Stille hielt an, nur durchbrochen vom Geschrei und Gezänk der Krähen und der Papageien. Und nun tauchten farbenfrohe Wasservögel auf dem rasch anschwellenden Fluss auf. Die Vögel hatten ein frisches und glänzendes Aussehen; in Indien sahen nur die Vierbeiner und Menschen verhungert, heruntergekommen und erschöpft aus.

Die Hitze, die mit dem aufziehenden Regen ein wenig nachgelassen hatte, wurde drückender denn je. Nachts erhob sich ein Gezeter von Fröschen und Grillen, und dieses teuflische Quaken und Zirpen diente dazu, schon zum Zerreißen gespannte Nerven noch etwas stärker zu spannen. Der Verbindungsgraben war jetzt ständig voll Wasser, und da die Schützenbänke an den Seiten abzubröckeln drohten, blieb jemandem, der das andere Rad besuchen wollte, nichts anderes übrig, als durch Wasser und Schlamm zu waten. Das Einsetzen des Regens brachte den Belagerten keine physische Erleichterung, sondern machte ihre Lage in einer Hinsicht noch schlimmer als zuvor; der Geruch der verrottenden Schlachtabfälle und der Leichen von Menschen und Tieren wurde unerträglich und hing permanent, ohne jede Windbewegung, wie ein fauliger Pesthauch über den Festungsanlagen. Während die Feuerpause anhielt, ordnete der Magistrate an, Erde auf den Haufen verwesender Abfälle zu werfen, um ihn wie eine Pastete mit einer Kruste zu bedecken. Aber schon beim nächsten Wolkenbruch wurde die Kruste durchtränkt, eklige Gasblasen stiegen daraus auf und verseuchten die Luft der Umgebung. Die Ladies im Billardraum unterhielten ein glimmendes Feuer aus zerkleinerten Möbeln am Fenster und verbrannten gelegentlich Kampfer, um die quälenden Dünste abzuschwächen.

Doch außer der Feuerpause brachten die Regengüsse auch

einen weiteren großen Vorteil; sie vertrieben die Zuschauer von dem Hang oberhalb der Melonenbeete. Die Besatzung hatte nicht mehr das Gefühl, ihre Leiden fänden zur Belustigung der Menge statt. Allerdings breitete sich ein neuer Fatalismus aus, der nach und nach alle erfasste. Einige von denen, die keinen Glauben an Gott als Zuflucht vor allen Übeln besaßen, sahen jetzt, dass ihre große Hoffnung auf das Eintreffen einer Entsatzarmee, die ihre Stimmung bisher aufgehellt hatte, illusorisch war; selbst wenn jetzt Hilfe käme, wäre es in vielerlei Hinsicht zu spät … und nicht nur, weil schon so viele von ihnen tot waren; Indien selbst war jetzt ein anderer Ort; die Fiktion von glücklichen, über den Weg der Zivilisation in den Fortschritt geführten Eingeborenen konnte nicht länger aufrechterhalten werden. Vielleicht war es das, was dem Collector durch den Sinn ging, während er jetzt, nachdem das Fieber gewichen war und er zu genesen begann, schweigend und reglos dalag. Am Ende des dritten Tages hatte sein Delirium nachgelassen, am fünften Tag war es vollends verschwunden, und auch die Rötung und Schwellung seines Gesichts hatten sich gebessert. Dr. McNab verordnete nun, die tägliche Gabe der Stimulanzien schrittweise zu verringern, den Branntwein und die Kraftbrühe durch Fleisch und Bier aus den Vorratslagern zu ersetzen. Schließlich war er genesen.

Die Krankheit hatte ihn altern lassen. Stunde um Stunde lag er still da, nackt unter einem Laken wegen der Hitze und der Feuchtigkeit, das Moskitonetz beiseitegeschoben, um Luft zu bekommen, zu erschöpft, auch nur einen Arm zu heben und die Mücken, die sich ständig auf sein Gesicht setzten, zu vertreiben. Miriam oder eines der älteren Kinder der Besatzung, die seit der Verkleinerung des Perimeters nicht mehr draußen spielen konnten, harrten an seinem Bett aus, fächelten ihm Luft zu und verteidigten ihn gegen die Mücken. Er sagte nichts. Er schien zu erschöpft zu sein, um zu sprechen oder die Augen zu bewegen.

Auch Miriam war sehr müde. Ihr Körper juckte unentwegt, und Salzkristalle von getrocknetem Schweiß klebten an ihren Achselhaaren und bildeten Ränder auf der Haut. Das Leben kam ihr nicht mehr wirklich vor. Während die Stunden verflogen, konnte sie sich manchmal nicht erinnern, ob es Nacht war oder Tag. In einem Traum, der kein Traum war, wurde sie abgerufen, um Dr. McNab bei der Amputation eines Sikh zu assistieren, dessen Arm von einem Schrapnell zertrümmert worden war. Der Mann war zu schwach für Chloroform und musste von zwei Arzneibestellern festgehalten werden, trotzdem gab er während der ganzen Operation keinen Klagelaut von sich. Danach fand sie sich in derselben aufgewühlten Tag-und-Nacht-Verwirrung erneut am Bett des Collectors wieder.

»Was ist das für ein Lärm? Sind das Sepoys?«

»Frösche.« Miriam konnte kaum glauben, dass er endlich gesprochen hatte.

»Dann muss es endlich geregnet haben.«

»Es regnet seit einer Woche.«

Als er sich schließlich aufraffte, das feuchte Laken abzuwerfen und ans Fenster zu gehen, war das Panorama, das er zuletzt am Tag des Sepoy-Angriffs gesehen hatte, vollkommen verwandelt. Die blendende Wüste war leuchtend grün geworden. Überall schossen Triebe hervor. Sogar die Rasenflächen waren wiederhergestellt, rollten sich wie smaragdfarbene Teppiche vor seinen Augen aus. Sonnenverdorrte Bäume, die abgestorben erschienen waren, hatten wundersamerweise ein Blätterkleid angelegt. Nur der neue Graben, der zur Banketthalle führte, zog sich als brauner Einschnitt durch das Grün, aber sogar dort schossen bereits grüne Schnurrbärte hervor, um vielleicht die Lippen der Brustwehren zu bedecken … der Collector hoffte es: Er wollte nicht, dass die Befestigungen weggeschwemmt wurden.

Soeben betrat Miriam das Zimmer und fand ihn halb angezogen auf seinem Bett sitzend, den Kopf müde gegen die Kissen gelehnt.

»Nun bin ich genesen, da müssen wir an Ihren Ruf denken, Mrs. Lang.«

»Glauben Sie wirklich, Mr. Hopkins, dass es noch auf den Ruf ankommt, nach alledem?«

»Wenn es darauf nicht mehr ankommt, dann auf gar nichts mehr. Wir müssen die Regeln befolgen.«

»Wie Ihr geschätzter Bienenstock auf der *Exhibition*? Freut mich, dass Sie noch daran glauben.«

»Es ist schwer, neue Tricks zu lernen«, sagte der Collector mit einem zweifelnden Lächeln, »vor allem, wenn Sie in mein Alter kommen. Haben Sie eine Ahnung, wo meine Stiefel sind, Mrs. Lang?«

»Unter dem Bett. Aber ich fürchte, Dr. McNab würde es nicht gefallen, Sie so früh aufstehen zu sehen.«

»Ich muss.«

»Wegen der Bienen?« Miriam schüttelte den Kopf, halb lächelnd, halb besorgt.

Der Collector erging sich eine lange Zeit in der Betrachtung seiner Stiefel, die sich wegen der Feuchtigkeit mit grünem Schimmel überzogen hatten. Seine Schuhe, seine Bücher, seine Ledertruhen und das Sattelzeug würden ebenfalls mit grünem Schimmel überzogen sein und nun bis zum Ende der Regenzeit so bleiben. Der Collector fragte sich, ob auch die Besatzung einen grünen Schimmelüberzug bekommen würde.

Er sah sich im Spiegel, als er den Kragen zurechtrückte. Nicht nur die Koteletten waren gewachsen, während er krank gewesen war, auch an seinem Kinn zeigte sich Bartwuchs. Er war schockiert zu sehen, dass dieser Bart, anders als sein Haar und die Koteletten, deren Farbe Dunkelbraun war, mit einem atheistischen Stich Fuchsrot hervorspross, nur ein klein wenig dunkler als die Koteletten des freidenkerischen Magistrate. Später, benommen am Tisch seines Studierzimmers sitzend, nahm er ein Blatt Papier, um einige Anweisungen für die Verteidigung der Bankethalle aufzuschreiben. Aber das Papier war so feucht, dass seine Feder es lediglich zerfurchte, als schriebe er in eine Scheibe Butter.

XXII

Wie immer am Anfang der Regenzeit begannen jetzt dichte schwarze Wolken vom Fluss her in Richtung der Residenz zu rollen, langsam, kaum ein paar Fuß über dem Boden, und vollkommen verdeckend, was auf ihrem Weg lag. Diese schwarzen Wolken bestanden aus Insekten, Hornkäfern oder »fliegenden Wanzen«, wie die Engländer sie nannten; sie waren pechschwarz und recht harmlos, sonderten aber einen Übelkeit erregenden Geruch ab, der an allem haften blieb, was sie berührten. Als die Hornkäfer kamen, saßen Lucy, die O'Hanlon-Schwestern, Harry, Fleury, Mohammed und Ram in einer Runde um ein kleines Feuer mitten auf dem Boden der Bankettthalle, nicht allzu weit entfernt von dem fürstlichen Kamin, der unglücklicherweise wegen der davor aufgestapelten »Besitztümer« nicht mehr zu erreichen war; dieses Feuer war sehr raffiniert von Lucy persönlich aus Stückchen und Teilen zerbrochener Möbel angelegt worden; ein großer »gotischer« Sessel aus Eichenholz, mit dem Lucys reizende, aber nicht sehr kraftvolle Muskeln nicht fertiggeworden waren, lag auf der Seite, ein Bein im Feuer, während an dem Bein darüber der Wasserkessel hing, ihre eigene geniale Idee. Lucy hatte gerade Tee gemacht und brachte den Kessel für eine zweite Tasse zum Kochen; aber nun waren die Vorräte an Zucker und Milch erschöpft, und der Tee musste ohne alles getrunken werden. Harry war etwas besorgt, den Wasservorrat so schnell schwinden zu sehen, aber er freute sich, dass es Lucy Spaß machte. Sie hatte eine ziemlich düstere Zeit durchgemacht, seit sie in die Bankettthalle gezogen war. Ein oder zwei Mal, als Harry und Fleury sie für ein paar Momente sich selbst überlassen mussten, um die Sepoys zu bekämpfen, hatte sie sich sehr aufgeregt und sich wenig bemüht, es zu verbergen.

Neuerdings hatte sie wieder angefangen, davon zu reden, dass das Leben nicht lebenswert sei, und Harry aufgefordert, ihr ein für alle Mal zu sagen, warum es lebenswert *war*. Es schien ihr nichts auszumachen, dass sie den armen Harry mit solchen Fragen quälte. Sie hatte gesagt, unter den Umständen, und da er nichts zustande bringe, als zu murmeln, würde sie sich wahrscheinlich umbringen. Sie sei so hungrig ... so müde und heiß. Wenn die Rationen noch einmal verringert würden, hätte sie endgültig genug. Nein, sie wollte *nichts* von Harrys Handvoll Mehl und *dal*! Sie wollte eine anständige Mahlzeit mit Gemüse und Fleisch.

Harry und Fleury beratschlagten das Problem und beschlossen, dass sie zusammenlegen und versuchen würden, einige der luftdicht versiegelten Vorräte zu ersteigern, wenn es eine Auktion gab, obwohl sie sich bei den Preisen, die Esswaren jetzt im privaten Tausch erzielten, keine großen Hoffnungen machten. Fleury und Harry waren auch schrecklich ausgehungert, aber Lucy und die O'Hanlons kamen natürlich zuerst. Sie waren an Barlow herangetreten, um zu sehen, ob er bereit wäre, etwas beizusteuern, aber Barlow hatte unmissverständlich abgelehnt.

»Die eurasischen Frauen kommen zurecht, also warum nicht auch Miss Hughes?«

Was Lucy betraf, war die Antwort, dass sie insgesamt eine zartere Blume war, aber wenn Barlow das nicht von sich aus sah, nutzte es nichts, es ihm erklären zu wollen. Die jungen Männer waren sehr empört über Barlow. Diese Empörung wirkte anregend auf Lucy und hob ihre Laune beträchtlich.

Vor einer Weile hatte Lucy ihre Lieblinge zum gemeinsamen Teetrinken bestellt. Ihre Lieblinge, das waren Ram und alle Europäer, außer Barlow und Vokins. Vokins, unauslöschlich als Diener gebrandmarkt, war für eine Einladung gar nicht in Betracht gezogen worden. Sie hatte indes beschlossen, auch

Louise und Miriam, die sie mit ihren häuslichen Fähigkeiten beeindrucken wollte, zu ihrer Teerunde einzuladen, aber erst nach einigem Ringen, hin- und hergerissen zwischen dem Vergnügen, die beiden zu beeindrucken, und dem Missvergnügen, zwei Frauen mehr zu haben und daher zu stören, was ihr als ein günstiges Gleichgewicht der Geschlechter erschien. Doch nun hatten sie sich offenbar verspätet.

Ihre Gäste hätten den Tee vielleicht lieber draußen auf der Veranda getrunken, da es im Moment nicht regnete. Drinnen war es so schwül und heiß, und der Rauch, der eigentlich in Richtung des großen fürstlichen Kaminabzugs verschwinden sollte, hing stattdessen in der Luft und brannte in den Augen. Aber Lucys Einladungen waren nicht verhandelbar, und keiner ihrer Lieblinge hatte es für klug gehalten, abzulehnen. So kam es, dass jetzt jeder ihrer Gäste, obwohl sie wirklich schon genug Tee gehabt hatten und lieber irgendwo anders gewesen wären, Zeichen ungeduldigen Verlangens nach noch einer Tasse erkennen ließ. Aber gerade als der Kessel zu sieden begann, quoll eine schwarze Wolke durch eines der offenen Fenster und hüllte die gesamte Teegesellschaft ein.

Fleury hatte seine erste Tasse noch nicht ausgetrunken, als dies geschah. Während er sie an die Lippen hob, sah er, dass es darin von ertrunkenen schwarzen Insekten wimmelte. Im nächsten Moment waren seine beiden Arme mit brodelnden schwarzen Ärmeln bedeckt, und auch sein Gesicht war voller Insekten, und sie strömten die Brustseite seines Hemdes hinunter. Er öffnete den Mund, um zu protestieren, und prompt füllten die Insekten auch den. Spuckend und prustend und sich abwischend raste er in einen lichteren Teil der Halle.

Momentan wurde die Wolke der Hornkäfer etwas lichter, aber alles ringsum lag unter Verwehungen von glänzendem schwarzem Schnee. Das Feuer war unter einem großen, qualmenden Haufen Insekten erloschen; die Menschen schüttelten sich wie Hunde, um die ekelerregenden Biester loszuwerden, die aus irgendeinem Grund, vielleicht weil sie ein weißes Musselinkleid trug, eine besondere Begierde zeigten, auf Lucy zu landen.

Arme Lucy! Ihre Nerven waren schon so in einem schlechten Zustand gewesen. Sie sprang mit einem Schrei auf die Füße, der unverzüglich von einem Mundvoll Insekten erstickt wurde. Sie schlug auf ihr Gesicht, ihren Busen, ihren Bauch, ihre Hüften, und dabei sahen ihre Hände aus, als tropften sie von Pflaumenmus. Auf ihrem Haar krabbelte es von Insekten; sie klebten an ihren Augenbrauen und an ihren Wimpern, wurden in die Nasenlöcher eingesogen und schwärmten in die Spalten und Rillen ihrer Ohren, in all die engen Schleifen und Windungen, sie strömten in einem dunklen Fluss am Rücken ihres Kleides zwischen den Schulterblättern und vorn zwischen den Brüsten hinunter. Kein Wunder, dass sich das arme Mädchen mit wütenden Fingern die Kleider vom Leib riss, als es den Schwarm unter seiner Chemise spürte; dies war nicht der Moment, sich um Anstand zu sorgen. Ihr Musselinkleid, ihre Petticoats, Chemise und Unterwäsche, im Nu war alles abgeworfen und da stand sie, splitternackt, doch schwarz und glänzend wie ein afrikanisches Sklavenmädchen. Wie diese fliegenden Wanzen Lucys weiße Haut liebten! Kaum hatten ihre pflaumenmustropfenden Finger eine lange weiße Furche vom Oberschenkel bis zu ihrer Brust gezogen, strudelte die Schwärze schon wieder hinein. Dann gab sie ihre Versuche auf, etwas abzukratzen, und stand einfach nur schwach da, reglos vor Entsetzen. Man konnte zusehen, wie mehr und mehr Insekten zu ihr hinschwärmten; dann, wenn das Gewicht für die untersten zu schwer wurde, um sich auf ihrer glatten Haut zu halten, blätterten große schwarze Kekse ab und fielen zischend auf den Boden. Während Fleury und Harry einen hilflosen Blick austauschten, voller Schrecken und Fassungslosigkeit über die unglückliche Wendung, die ihre Einladung zum Tee plötzlich genommen hatte, löste sich eine schäumende Masse von einer ihrer Brüste, deren Gestalt sich als die eines dicken Karpfens offenbarte, dann von ihren diamantförmigen Kniescheiben, dann donnerte eine Lawine von ihrem Rückgrat hinab über die Gesäßbacken, dann von irgendeinem anderen Teil von ihr. Aber kaum dass ein weißes Teil entblößt war, deckte die Schwärze es wieder zu. Der Wechsel dieses Kommens und Gehens von Schwarz und Weiß war gerade schnell genug, um ein undeutlich flackerndes Bild von Lucys entzückender Nacktheit zu gewahren, was Fleury urplötzlich auf eine Idee brachte. Wäre es möglich, mit einer Serie von Daguerrotypien den Eindruck von Bewegung zu erzeugen? »Ich muss die ›bewegte Daguerrotypie‹ erfinden, sobald ich einen Moment erübrigen kann«, sagte er sich, aber im nächsten Augenblick hatte er diese bedeutende Idee wieder vergessen, denn hier und jetzt gab es einen Notfall.

Lucy schwankte. Jede Sekunde drohte sie umzukippen. Aber Fleury und Harry konnten schwerlich hinstürzen und sie mit bloßen Händen auffangen. Oder doch? Würde man es unter den gegebenen Umständen für zulässig erachten? Aber während sie zögerten und diskutierten, ebbten Lucys Kräfte ab und sie fiel in Ohnmacht, hunderttausend Insekten unter ihrem lieblichen Körper begrabend. Harry blickte sich verzweifelt nach den O'Hanlons um, die helfen könnten, aber die O'Hanlons waren schon gleich am Anfang umgekippt und von Ram ans Licht gezogen worden, wo er jetzt versuchte, sie mit einer Nummer der *Illustrated London News* wieder zu Bewusstsein zu fächeln. Es war nichts zu machen, die beiden jungen Männer mussten Lucy selbst zu Hilfe eilen, und so schossen sie, alle unreinen Gedanken aus ihren Köpfen verscheuchend, zu ihr hin und erfassten ihren summenden Körper, einer bei den Schultern, der andere bei den Knien. Dann trugen sie sie in einen Teil der Bankettshalle, wo man nicht mehr knöcheltief in fliegenden Wanzen watete. Aber jetzt standen sie vor einem anderen Dilemma: Wie die Insekten von ihrem Körper entfernen?

Es war Fleury, der die Lösung fand, indem er in Erinnerung

an den selbstgemachten Schirm für seine Rauchkappe die Bibel unter seinem Hemd hervorzog und die Deckel abriss. Er gab Harry einen dieser heiligen Buchdeckel, den anderen nahm er selbst. Dann begannen sie zu zweit, die Deckel als riesige Rasierklingen verwendend, den schwarzen Insektenschaum von Lucys Haut abzuschaben. Es dauerte nicht lange, bis sie den Dreh heraushatten, die Klinge in einem Winkel von fünfundvierzig Grad angesetzt sorgfältig rasierten und regelmäßig innehielten, um sie abzustreifen. Als sie mit dem Rücken fertig waren, drehten sie Lucy um und machten sich vorne an die Arbeit.

Ihr Körper, entdeckten die beiden jungen Männer interessiert, ähnelte bemerkenswert den Statuen von jungen Frauen, die sie gesehen hatten ... wie zum Beispiel dem Gipsabguss der *ANDROMEDA IM ANGESICHT DES SEEUNGEHEUERS* aus der Sammlung des Collectors, wenngleich natürlich ohne Ketten. Tatsächlich fühlte sich Fleury ganz wie ein Bildhauer, während er sich der Arbeit hingab, und er dachte, irgendwie so müsse es sich anfühlen, ein Schönheitsobjekt aus dem Urgestein zu hauen. Er wurde ganz berauscht, als er mit geschickten Zügen eine besonders exquisite rechte Brust herausarbeitete und sich an die zarte Kannelierung der Rippen machte. Der einzig signifikante Unterschied zwischen Lucy und einer Statue bestand darin, dass Lucy Schamhaare hatte; das traf sie zuerst ein bisschen überraschend. Es war nichts, was ihnen je als möglich, wahrscheinlich oder gar wünschenswert in den Sinn gekommen war.

»Was meinen Sie, *soll* das da sein?«, fragte Harry, nachdem er einen Augenblick erfolglos mit dem Deckel daran gekratzt hatte. Bei dem ebenfalls schwarzen Haar konnte man schwer sagen, ob es nicht einfach verfilzte und getrocknete Insekten waren.

»Schon merkwürdig«, sagte Fleury, der es sich mit Interesse ansah; so etwas hatte er noch nie an einer Statue gesehen. »Besser, Sie lassen es, vorerst jedenfalls. Wir können später darauf zurückkommen, wenn wir mit dem Rest fertig sind.«

Aber in diesem Moment ertönte hinter ihnen ein Geräusch und beide jungen Männer drehten sich auf Anhieb um. Da standen Louise, Miriam und der Padre und starrten sie voll Entsetzen an.

»Harry!«

»Dobbin!«

Der Padre war unfähig, auch nur ein Wort zu finden; seine Augen waren an den goldenen Buchstaben »Die Bibel« auf der Rückseite von Fleurys Rasierklinge hängengeblieben.

»In einem besseren Moment hätten Sie nicht kommen können«, sagte Fleury heiter. »Harry und ich haben uns gerade gefragt, wie wir ihre Kleider wieder anbekommen.«

XXIII

»Da es dem Allmächtigen Gott nach Seiner Güte gefallen, Euch eine glückliche Geburt zu verleihen und Euch in der großen Gefahr des Kindbetts zu erhalten, so sollt Ihr Gott herzlich dafür danken …«

Anfang August, als Hitze, Feuchtigkeit und Verzweiflung ihren Höhepunkt in der Residenz erreichten, als aller Augen das Gesicht des Collectors nach Zeichen des Zusammenbruchs erforschten, von dem sie wussten, dass er unmittelbar bevorstand, wurden zwei Babys geboren. Eines von ihnen starb fast sofort; sein kleiner Körper wurde mit einem sauberen Nachthemd und Leinenmütze bekleidet und seine Arme über der Brust gefaltet; dann, in der Nacht, wurde es zu Grabe getragen. Begräbnisse waren ein riskantes Geschäft geworden, da der Kirchhof jetzt ständig unter Beschuss lag, und für Erwachsene hatte man ihn aufgegeben. Reife Christen wurden zu dem ferneren der beiden Brunnen im Hof der Residenz geschleift und unterschiedslos hineingeworfen, ungeachtet der Feinheiten ihres Credos. Zweifellos wäre das Neugeborene den Erwachsenen in den Brunnen gefolgt, hätte der Padre nicht angeboten, das Risiko auf sich zu nehmen, es zu begraben. Der Gedanken, es würde in den Brunnen geworfen, war dem Padre unerträglich, so gefährlich die Alternative auch sein mochte. Es war zu sehr wie Abfall wegwerfen.

Durch ein Wunder hatte das andere Baby überlebt, ein Mädchen, entbunden von Mrs. Wright, der Witwe eines Eisenbahningenieurs, der ein paar Wochen zuvor am Festungswall getötet worden war. Mrs. Wright war jene schläfrige junge Frau, die der Collector anlässlich seines Besuchs im Billardraum so begehrenswert gefunden hatte. Was war es, was ihn angezogen hatte? Vielleicht ihre sanfte, schleppende Stimme oder die Tatsache, dass man sie, egal wie interessant das Thema einer Unterhaltung sein mochte, unvermeidlich liebenswerte Gähnanfälle unterdrücken sah, während man sprach. Der Collector fühlte sich aus irgendeinem Grund von Ladies angezogen, die in seiner Gegenwart von einem Schlafrausch überwältigt wurden, aber nicht jeder genoss das so wie er. Der Magistrate zum Beispiel zeigte überhaupt kein Interesse, als ihm gesagt wurde, Mrs. Wright sei erkrankt, und als er etwas später erfuhr, dass sie niedergekommen war, bemerkte er trocken: »Ich bin erstaunt, dass sie die Energie dazu hatte.« Natürlich waren alle wütend über diese Bemerkung. Wie typisch für den Magistrate! Der Mann war einfach widerlich. Kein Wunder, dass man ihn allgemein verabscheute.

Die Besatzung war außerordentlich berührt von Mrs. Wrights Baby. Sogar Gentlemen, die normalerweise kein Interesse an Babys zeigten, erkundigten sich besorgt nach seiner Entwicklung. Und in Anbetracht der Umstände schien es vollkommen natürlich zu sein, dass es »Hope« genannt werden sollte, obschon niemand wusste, wessen Idee das eigentlich gewesen war … wahrscheinlich aber nicht Mrs. Wrights, denn wenngleich sie in jeder Hinsicht einer Madonna glich, fand sie es schwieriger denn je, wach zu bleiben. Nur diesen trostlosen Atheisten und Freidenker von Magistrate sah man bei der Namenswahl eine sardonische Augenbraue heben.

Nun war die Zeit gekommen, dass Mrs. Wright eingesegnet und das Kind getauft würde; die gesamte Besatzung, jeder, der nicht an den Brustwehren beschäftigt war, hatte sich zum Gottesdienst im trümmerübersäten Hof der Residenz versammelt, da es nicht mehr sicher war, in der verheerten Kirche einen Gottesdienst zu feiern. Ein Tisch, den der Collector stark im Verdacht hatte, sein geliebter Louis XVI zu sein, war aus dem Gesellschaftszimmer der Residenz nach draußen gebracht und mit einem sauberen weißen Tuch als Altartisch hergerichtet worden.

»Stricke des Todes hatten mich umfangen, und Ängste der Hölle hatten mich getroffen.« Während der Padre Psalm 116 vortrug, hallte seine Stimme zwischen den Mauern des Hospitals und denen der Residenz wider. Der Collector hörte von der Veranda aus zu, den Kopf unbedeckt, aber im Sitzen, weil er sich noch zu schwach fühlte, lange zu stehen. Durch die Reihen entblößter Häupter (von denen sich das eine oder andere gelegentlich umwandte, um einen prüfenden Blick auf sein Gesicht zu werfen) konnte er gerade eben die anmutige Gestalt von Mrs. Wright persönlich, auf einem Betkissen vor dem Altar kniend, ausmachen. Hinter ihr waren weitere Reihen entblößter Häupter, diese dem Collector zugewandt; auch ihre Augen suchten ihn gierig nach Rissen oder Sprüngen ab … und noch weiter hinten schauten zwei oder drei Gesichter von Kranken oder Verwundeten aus den offenen Fenstern des Hospitals. Wie abgezehrt und hoffnungslos sie aussahen! Dem Collector schauderte bei dem Gedanken, er hätte seine eigene Krankheit in diesen Wänden erleiden müssen.

»Der Herr behütet die Einfältigen«, ertönte die Stimme des Padre, recht passend, so schien es dem Collector, denn er hielt sich für ein einfältiges Gemüt. »Wenn ich unterliege, so hilft Er mir.«

Sein Blick fiel auf das tränenverschmierte Gesicht von Mrs. Bennett, deren Baby so kürzlich erst gestorben war, und ihn erfasste großes Mitleid mit ihr. Wie schrecklich musste es für sie sein, diesem Gottesdienst für Mrs. Wright beizuwohnen, deren Baby überlebt hatte … und während der Padre sprach, begleitete der Collector seine Worte mit einem stillen, teilnahmsvollen Gebet für Mrs. Bennett: »O Gott, des Wege unergründlich sind und Seine Werke wunderbar, der nichts vergeblich macht und liebt alles, was Er hat gemacht. Tröste diese Deine Dienerin, deren Herz so gequält ist und bedrücket …«, aber den

Rest des Gebets hatte er nicht mehr im Sinn, zweifellos gestohlen von den Füchsen der Verzweiflung, die weiter in seinen Glaubensüberzeugungen wilderten … jedenfalls wich er einer schwermütigen Träumerei, in der er eine Erklärung für den Tod von Mrs. Bennetts Kind suchte. Der Collector empfand ganz und gar kein Vertrauen darein, dass ihr Kind nicht vergeblich gemacht worden sei.

Die schöne Mrs. Wright, immer noch auf Knien, rührte sich schläfrig, und der Collector sah ihr gespiegeltes Profil in einer Lache Regenwasser neben ihr.

»O Herr, behüte dieses Weib, Deine Dienerin!«

Die bewegten Lippen des Collectors gingen still mit der Antwort mit.

»Die ihr Vertrauen auf Dich setzt.«

»Sei Du ihr ein feste Burg!«

»Gegen ihre Feinde.«

»Herr, erhöre unser Gebet!«

»Lass unser Flehen vor Dich kommen.«

Der Collector hatte ein graues Taschentuch aus seiner Tasche gezogen, um sich die Stirn abzutupfen, und betrachtete es mit Wohlbehagen, indem er wieder dachte, im Herzen sei er doch ein einfältiger Mensch; der Grund sowohl für sein Wohlbehagen als auch für das Grau des Taschentuchs bestand darin, dass er es selbst gewaschen hatte … und wahrhaftig, er hatte es genauso gut gemacht wie der *dhobi* zu seinen unerhörten Preisen. Er hatte auch nicht nur das eine Taschentuch gewaschen … seine Unterwäsche sah ebenfalls grau aus, und desgleichen sein Hemd, dessen graue Manschetten unter den schmutzigen, zerfetzten Ärmeln seines Cut hervorlugten. Er hatte es alles eigenhändig und ohne Seife gemacht. Miriam hatte sich erboten, es für ihn zu tun, und so auch Eliza und Margaret, und selbstverständlich hätte er die Sachen trotz der aufgeblasenen Preise dem *dhobi* geben können. Aber es ging ihm ums Prinzip. Er wollte denen helfen, die sich schämten, beim Waschen ihrer eigenen Kleider gesehen zu werden, sich die neuen Preise des *dhobi* aber nicht leisten konnten … Recht gut in der Lage, über ernsthaftere Unglücke hinwegzusehen, war der Collector empfindlich für derartige Fälle von bedrohter Würde. Und so hatte er, zum Erstaunen und Schrecken des *dhobi*, plötzlich leibhaftig neben diesem am Wassertrog gestanden. Eine Weile hatte er dort ausgeharrt und den *dhobi* bei der Arbeit beobachtet, wie er die Kleidungsstücke einweichte und sie rhythmisch gegen die glatten Steinplatten schlug. Dann hatte er sich selber an die Arbeit gemacht, wenn auch ziemlich ungelenk, noch schwach von seiner Krankheit. Bald hatte das Klatschen seiner Kleider das rhythmische Klatschen des *dhobi* kontrapunktiert.

Die Neuigkeit, der Collector sei beim Waschen seiner eigenen Wäsche gesehen worden, löste zuerst ein mildes Gefühl aus und wurde als der lange erwartete Zusammenbruch gedeutet, vor allem von jenen Mitgliedern der Besatzung, die einst dem »Verschwinde«-Lager angehört hatten. Aber dann hatten die zerschlagenen Reste des ehemals »zuversichtlichen« Lagers ganz anders argumentiert … weit davon entfernt, ein Zeichen des Zusammenbruchs zu sein, sei es ein Zeichen der *Entschlossenheit* des Collectors, seines entschiedenen Willens, sich nicht geschlagen zu geben, mit anderen Worten, zurückzuschlagen. Bald gesellten sich ihm andere Europäer hinzu, und fortan wurde es ein gewöhnlicher Anblick, die einen oder anderen Ladies und Gentlemen des »zuversichtlichen« Lagers Wäsche schlagend an dem Trog zu sehen, an dem sonst der *dhobi* sie geschlagen hatte (denn am Tag nach dem Auftauchen des Collectors war der *dhobi* aus der Enklave verschwunden, entweder, weil er es für zu gefährlich hielt, länger dort zu bleiben, oder, wahrscheinlicher, weil er die Konkurrenz übelnahm). Aber die allgemeine, mittlere Ansicht der Besatzung bezüglich dieses seltsamen Verhaltens des Collectors war wohl die, dass es nicht mehr sei als ein Ausdruck seiner Exzentrizität.

»Ja, ich bin ein einfältiger Mensch. Ich glaube nicht an Förmlichkeiten«, beglückwünschte sich der Collector fromm. »Aber was könnte ich auch anderes sein, wenn ich aussehe wie eine Vogelscheuche und rieche wie ein Fuchs?« Wie zerlumpt all diese andächtigen Gestalten aussahen! Man hätte meinen mögen, die Gemeinde eines Armenhauses habe sich versammelt. Louise Dunstaple, die einmal so hold gewesen war, sah jetzt aus wie ein schwindsüchtiges Irenmädchen, das man durch die Straßen Londons hätte laufen sehen können; trotz der entzündeten roten Pickel auf ihrer blassen Stirn trug sie die Packung aus angerührtem Mehl nicht mehr; die Versuchung war zu groß für sie gewesen, und sie hatte es gegessen. Um die Dinge noch schlimmer zu machen, hatten die Frauen jetzt Läuse in den Haaren entdeckt. Bei seinem morgendlichen Besuch im Billardraum hatten die herzzerreißenden Szenen dort den Collector ans Ende seiner Nerven gebracht. Trotzdem war das Schluchzen der unglücklichen Frauen, die Läuse in ihrem Haar gefunden hatten, leichter zu ertragen gewesen als die Schadenfreude derer, die keine gefunden hatten. Warum mussten sie unter so elenden Bedingungen, im Angesicht so großer Gefahren, immer noch diesen zickigen Kleinkrieg führen? Der Collector hatte einen Wutanfall bekommen. In einem Ton, der die Kanonenschüsse draußen vor dem Fenster wie ein gelegentliches dezentes Husten klingen ließ, hatte er sie über ihre gegenseitigen Pflichten belehrt. Sie müssten einander durch diese schwierigen Zeiten helfen. Wenn eine von ihnen eine Laus fände, müsste das eine Tragödie für alle sein … sie müssten sich gegenseitig das Haar kämmen, sich gegenseitig helfen, wenn sie krank seien, kurz gesagt, als Gemeinschaft leben.

Sie hatten kleinlaut zugehört, beschämt durch seinen Zorn, und wie Kinder versucht sich etwas auszudenken, um ihm zu gefallen; aber er wusste, sobald er den Billardraum verlassen hatte, würde der Kleinkrieg wieder anfangen zu gären.

»Vielleicht ist es unsere Schuld, dass wir sie zu sehr in Untätigkeit halten? Vielleicht sollten wir sie mehr zum Leben in der

Welt erziehen? Vielleicht sind wir es, die sie zu dem gemacht haben, was sie sind?«

Aber der Collector war nicht besser darin, Fehler bei sich zu suchen, als sich Tugenden zuzuschreiben. »Aber nein. Das ist ihre Natur. Sogar eine treffliche Frau wie Miriam ist oft gemein zu den anderen ihres eigenen Geschlechts.« Und er erinnerte sich mit Genugtuung, weil es bewies, dass er nicht schuld war, wie Miriam und Louise sich beide mit einer wilden Geschichte über Miss Hughes, die ihre Brüder zu Ausschweifung und Sinnlichkeit verführe, an ihn gewandt hatten. Einfach nur, weil das arme Mädchen zufällig nicht vollständig bekleidet ohnmächtig geworden war! Lächerlich! Er war etwas überrascht gewesen, dass Miriam sich dieser Art von Eifersucht hingab, aber vielleicht war er auch nicht ganz unerfreut darüber, weil er es weiblich fand … bei einer attraktiven Frau sind auch Fehler und Schwächen liebenswert.

»Abgesehen davon ist Miss Hughes so sicher für die sinnliche Liebe geschaffen wie der Reiher fürs Fischfangen. Es ist absurd, von einem Reiher zu erwarten, dass er sich wie eine Amsel verhält!«

Nun war die Einsegnung vorbei, und der Zeitpunkt der Taufe war gekommen. Der Collector war gezwungen, seine schwere Gestalt aus dem Sessel auf der Veranda zu erheben und näherzutreten, um neben dem Altartisch zu stehen, denn er sollte der Pate des Kindes sein. Unterdessen war der Padre für einen Moment in der Residenz verschwunden. Er kehrte mit etwas zurück, was er wie ein Zauberer in ein Tischtuch gehüllt auf den Altar stellte.

Als der Padre zur Taufe schritt, feuerten die Kanonen fast unisono von der anderen Seite des Hospitals, und ein leichter Lufthauch wehte den Schwefelgeruch von verbranntem Pulver herüber. Der Säugling, in Miriams Armen gewiegt, begann zu schreien, aber so schwach, dass sein Geschrei in der Weite des Raums unter freiem Himmel kaum Eindruck machte. Miriam lächelte auf ihn herab, während er sich wand und reckte, indem er sein winziges Gesicht zusammenkniff und beide Fäuste vor Anstrengung verkrallte. Die Gedanken des Collectors schweiften wieder ab, wanderten zur Taufe seiner eigenen Kinder … wie lange schien es jetzt her zu sein, dass das älteste getauft worden war! Bald würden sie eigene Kinder bekommen und er überflüssig werden, ein alter Mann in der Kaminecke, den um Rat zu fragen niemand mehr der Mühe wert erachten würde. Er runzelte die Stirn ob dieser mutmaßlich zukünftigen Ungerechtigkeit, aber im nächsten Moment erinnerte er sich an die Belagerung und an die Tatsache, dass er beste Aussichten hatte, die Demütigungen des Alters gar nicht zu erleben, und prompt schlugen seine Gedanken eine andere Richtung ein: »Wie traurig ist es doch, nach so viel Mühsal und Bedrängnis eines ruhigen Lebensabends beraubt zu werden.«

Das Gesicht des Collectors hatte einen aufmerksamen Ausdruck angenommen, denn nun wandte sich der Padre an die Taufpaten; aber sein immer noch schweifender Geist war geplagt vom Gedanken an den liebenswürdigen, frommen Mr. Bradley von der Postabteilung, der *seines* Lebensabends erst am Vortag beraubt worden war, und genau genommen auch des Nachmittags. Durch ein einzigartiges Missgeschick war Mr. Bradley am Festungswall von einer Kugel in die Brust getroffen worden, als nur der Magistrate in der Nähe gewesen war. Und so hatte der arme Mann auf eine so christliche Weise als möglich in den Armen des atheistischen Magistrate sterben müssen, der Mr. Bradleys letzten frommen Ergüssen natürlich ohne das geringste Mitgefühl gelauscht hatte, ungeduldig murmelnd: »Ja, ja, sicher doch, machen Sie sich darum keine Sorgen«, als der arme Mr. Bradley, in diese letzte blendende, freidenkerisch-diabolische Abendröte der Koteletten des Magistrate aufblickend, seine Seele Gott befahl. »Machen Sie sich keine Sorgen. Nach dieser Vorstellung werden sie Ihnen sicher aufmachen«, hatte der Magistrate ironisch gesagt, als Mr. Bradley in letzter Minute ein paar Abmachungen mit dem heiligen Petrus wegen der Öffnung der Himmelstore traf. Ach, was für ein schrecklicher Mensch war er, dieser Magistrate!

»Entsaget Ihr im Namen dieses Kindes dem Teufel und allen seinen Werken, der eitlen Pracht und Herrlichkeit dieser Welt mit allem heftigen Verlangen nach derselben, und den sinnlichen Lüsten des Fleisches, dass Ihr ihnen nicht folgen und Euch nicht von ihnen leiten lassen wollt?«

»Ich entsage dem allem«, antwortete der Collector, mit nicht sehr fester Stimme, dachte man. Erneut feuerten die Kanonen, diesmal nacheinander. Eine große schwarze Wolkenbank zog über dem östlichen Horizont auf und näherte sich rasch, um den nächsten Regenguss zu bringen.

»O barmherziger Gott, gib, dass der alte Adam in diesem Kinde so begraben ist, dass der neue Mensch in ihm auferstehen möge. Amen.«

»Beeilen Sie sich, sonst werden wir alle nass«, mahnte der Collector den Padre leise. Und dann schweiften seine Gedanken wieder ab, und er begann sich darum zu sorgen, mit welcher Geschwindigkeit die Vegetation rund um die Festungswälle wucherte. Das Gras, die Schlinggewächse, die Büsche und Pflanzen aller Art wurden jeden Tag dicker, und je dicker sie wurden, desto besser die Deckung, die sie den Sepoys boten, um unbemerkt auf die Befestigungen vorzurücken, aber aus irgendeinem schrecklichen Grund wuchs auf den Wällen selber gar nichts.

Die schwarze Wolke war jetzt direkt über ihnen, und einige aus der Gemeinde, die begonnen hatten, unruhig zu werden, fragten sich, ob der Padre es schaffen würde, den Gottesdienst zu Ende zu bringen, bevor der Schauer herunterkam. Aber gerade als er sich schließlich umdrehte und, mehr Zauberer denn je, das weiße Tuch von dem verhüllten Gegenstand zog, um einen mit Wasser aus dem beschädigten Taufbecken gefüllten Kochtopf erscheinen zu lassen, trommelten die ersten schweren Tropfen auf den Altartisch; und während der Padre sprach: »Hope Mary Ellen, ich taufe Dich im Namen des Vaters, des Sohnes und des Heiligen Geistes. Amen«, dachte der Collector ärgerlich, ganz vergessend, dass er gerade erst jeglichem Verlangen nach der eitlen Pracht und Herrlichkeit der Welt entsagt hatte: »Das wird dem Louis-XVI-Tisch aber wirklich nicht guttun.«

XXIV

Gerade fand in der Banketthalle wieder eine erfreuliche Teegesellschaft statt, obwohl der Tee so knapp geworden war, dass es eigentlich nur heißes Wasser zu trinken gab.

»Noch eine Tasse, Mr. Willoughby?«, fragte Lucy, die sich als Gastgeberin untadelig benahm. Eine wunderbare Wandlung war seit der Episode mit den Hornkäfern über sie gekommen. Es war, als hätten selbige dazu gedient, irgendeinen Krankheitskeim aus ihrem Blut zu saugen, als wären sie eine große schwarz- und pflaumenblaue Packung gewesen, die ihre launischen Stimmungen aufgesogen und sie friedfertig wie eine Madonna zurückgelassen hätten. Manchmal, natürlich, ärgerte sie sich immer noch über ihre Lieblinge, aber nur, wenn es ihnen einfiel, Einladungen abzulehnen oder solche Dinge. Aber wer kam schon auf die Idee, Lucys Einladungen abzulehnen, wo diese doch den letzten Hauch von gesellschaftlichen Anlässen innerhalb der Enklave darstellten? Offenbar nicht einmal der Magistrate, denn da war er, trank genüsslich seine Tasse heißes Wasser und starrte fasziniert auf seine Gastgeberin.

Es war kein guter Tag für den Magistrate gewesen. Er war zur Banketthalle gekommen, um von der Dachterrasse aus einen Blick auf den Fluss zu werfen; das Hochwasser war gestiegen und hatte sich derart ausgebreitet, dass die ganze Landschaft vorbeizugleiten schien und man sich fühlte, als stünde man auf einem Schiffsdeck. Vom Dach der Banketthalle aus hätten die Salbäume am jenseitigen Ufer die Masten anderer Schiffe sein können. Aber ach, der Magistrate wusste, was geschehen würde, wenn diese Wassermassen die Senke erreichten, die der Fußabdruck des Riesen ein paar Meilen weiter hinterlassen hatte … Die Uferdämme, um deren Verstärkung durch die *zemindars* er sich vergeblich bemüht hatte, mussten jetzt randvoll sein und im Begriff überzulaufen … innerhalb von ein paar Stunden würde das ganze Land im Umkreis der Dämme unter Wasser stehen, und Unwissenheit, Dummheit und Aberglauben hätten einmal mehr triumphiert, wie sie in menschlichen Angelegenheiten seit Anbeginn der Zeiten wieder und wieder triumphiert hatten! Mit einem bitteren Seufzer kehrte der Magistrate in Gedanken zu Lucy zurück.

Lucy selber sagte, sie erinnere sich an nichts von der schrecklichen Hornkäfer-Geschichte. Sie könne sich erinnern, wie sie das erste schwarze Insekt auf sich zufliegen sah, und dann müsse sie ohnmächtig geworden sein. Als Nächstes hatte sie mitbekommen, wie Louise und Miriam ihre eigene unbekleidete Person in ein sauberes Tuch wickelten, während der Padre nicht weit entfernt mit Harry und Fleury über religiöse Fragen diskutierte. Louise und Miriam hatten ihre Arbeit mit verbissenen Gesichtern und zusammengekniffenen Lippen getan, aber das war zweifellos wegen des Geruchs der Insekten, der grauenhaft war. Und gewiss, danach hatten sie sich ihr gegenüber kühl verhalten, aber das war vermutlich reiner Neid auf den Erfolg ihrer Teegesellschaften, zu denen sie sich nicht immer verpflichtet fühlte, die beiden einzuladen … Aber warum *sollte* sie sie auch immer einladen? Sie hasste es, nichts als Frauen um sich zu haben. Warum gaben sie keine Teegesellschaften für ihre eigenen Männer (wenn sie in der Lage waren, welche zu finden)?

»Darf ich Ihnen nachschenken, Mr. Willoughby?«, fragte Lucy im elegantesten gesellschaftlichen Umgangston, den man sich nur wünschen konnte, und bald trank der Magistrate die dritte Tasse heißes Wasser und sein Blick hing immer noch fasziniert an ihr, oder, um genauer zu sein, an ihrem Nacken, welcher der Teil von ihr war, der ihn am meisten interessierte. Lucy war sehr erfreut über das Interesse des Magistrate und erwog, ihn zu einem ihrer Lieblinge zu machen.

Der Magistrate hatte sich schon lange für Lucy interessiert, aber nicht, weil es Cupido am Ende gelungen wäre, einen Pfeil in sein steinernes Herz zu bohren. Leider war es aus einem weniger achtbaren Grund … es war, weil er, wenngleich zu den erhabensten wissenschaftlichen Zwecken, einen Vorteil aus ihr ziehen wollte. Bisher war der Magistrate in der Lage eines Wissenschaftlers gewesen, der etwas entdeckt hat, von dem er weiß, dass es wahr ist, es aber nicht beweisen kann. Jahrelang war die Stichhaltigkeit des phrenologischen Systems für ihn offensichtlich gewesen, und er hatte sich mit seiner Unfähigkeit herumgequält, es denen zu beweisen, die, wie der Collector, nur zu Spott neigten. Doch nun, endlich, hatte er in Lucy eine ideal für seine Zwecke geeignete Person … eine Person, die einer sehr starken Neigung unterworfen war. Lucy war voller *Liebeslust*. Niemand konnte Lucys *Liebeslust* bestreiten. Nicht nur, dass sie eine Geschichte früherer *Liebeslust* hatte (die Tatsache, dass sie ein »gefallenes Mädchen« war, und so weiter), sondern jeder, der sie ansah, konnte ihr an allen Fasern *Liebeslust* ablesen. Sie glänzte schier davon. Niemand, jedenfalls kein Wissenschaftler, würde oder könnte bestreiten, dass Lucy diese Neigung in einem außerordentlichen Maß besaß, dessen war der Magistrate sich sicher. Also brauchte er nichts anderes mehr zu tun, als nachzuweisen, dass Lucys Organ der *Liebeslust* außerordentlich gut entwickelt war. Er hatte keinen Zweifel, dass dem so sei, aber mehr auch nicht. Wie das Unglück es wollte, hatte er im Moment keine Möglichkeit, es zu überprüfen. Das Dumme war, dass sich das Organ in einer recht misslichen Lage befand, an der Schädelbasis, unterhalb des Inion (das heißt, dem äußersten Vorsprung am Hinterhaupt), einem Teil des Körpers, den die Natur bei den meisten Ladies fürsorglich mit feinem Haarwuchs bedeckt hatte. Der Magistrate leckte sich die Lippen und nahm einen kräftigen Schluck heißes Wasser. Er wusste nicht recht, wie er dem beikommen sollte.

Nun gibt es zwei Möglichkeiten, festzustellen, wie gut ein Organ entwickelt ist: Entweder man sieht, wie groß es ist, oder man fühlt, welche Hitze es erzeugt. Interessanterweise war Professor Gall, der Entdecker ebendieses Organs der *Liebeslust*, zum ersten Mal darauf aufmerksam geworden, als er seine ungewöhnliche Hitze bei einer hysterischen Witwe bemerkte. Aber für den Magistrate war das eine so schwierig wie das andere. Aus demselben Grund, aus dem er Lucys schwarze Locken nicht einfach anheben und nachsehen konnte, konnte er auch seine Hand nicht an ihrem Nacken hinaufschieben. Einer mehr am Fortschritt der Wissenschaft interessierten Person hätte er vielleicht erklären können, worauf er aus war, aber er spürte, dass so etwas bei Lucy nicht erfolgreich sein würde. Was sollte er tun? Ihm fiel nichts anderes ein, als sich zu vermummen und sich in einer dunklen Nacht auf sie zu stürzen. Er brauchte nur ein einziges Mal ganz kurz zu fühlen. Den Bauch voll heißen Wassers, rülpste er niedergeschlagen.

Als er sich zum Gehen erhob, dachte der Magistrate wieder an die Dummheit der *zemindars*, die es abgelehnt hatten, die Uferdämme zu verstärken; in seiner Nähe, im Gerümpel der »Besitztümer«, war ein Ölgemälde von einem brüllenden, in die Enge getriebenen Hirsch: Genauso fühlte er sich ... Vernunft gehetzt von einer Meute belangloser Dummheiten, deren Überzahl sie am Ende zur Strecke bringen würde. Seine fuchsrot bedeckten Lippen öffneten sich und er rülpste abermals, niedergeschlagener denn je.

Ein paar Meilen entfernt aber stand eine Handvoll zuversichtlicher *zemindars* am Uferdamm, wo das Wasser beinah an ihren Sandalen leckte. Auch etliche Brahmanen-Priester waren dort, und ein Mann, der eine schwarze Ziege hielt. Alle schmunzelten wehmütig beim Gedanken an den Magistrate, der inzwischen höchstwahrscheinlich tot war. Einer fragte den anderen, ob er sich daran erinnere, wie der Magistrate Sahib sie zu einer Verstärkung der Dämme hatte überreden wollen, und das löste solche Heiterkeit aus, dass einer der Landbesitzer fast ins Wasser fiel. Zur gegebenen Zeit wurde die schwarze Ziege mit den angemessenen Ritualen zur Besänftigung des Flusses geopfert, und niemand war im Geringsten überrascht, als das Wasser nach und nach zu sinken begann. Am nächsten Morgen, sicherheitshalber unter Mitwirkung einer zweiten Ziege, war der Fluss um ein paar Zoll gefallen und das Schlimmste war vorbei.

Obwohl der Wasserstand des Flusses zu sinken begann, war kein entsprechendes Nachlassen des unvermindert vom Himmel strömenden Regens zu verzeichnen. Im Gegenteil, er wurde schlimmer. Und schwerer Regen war etwas, worauf die Besatzung in dieser Phase der Belagerung gut und gerne verzichtet hätte. Tatsächlich war in der Zeit, während die Tage vergingen und der schwere Regen kein Zeichen einer längeren Abschwächung erkennen ließ, offenkundig geworden, dass etwas sehr Beängstigendes geschah. Die neuen Erdwälle, hastig aufgeschüttet, um den revidierten Befestigungsplänen des Collectors Substanz zu verleihen, schwanden unter dem trommelnden Regen dahin. Das Festungswerk verschwand vor den entsetzten Augen der Besatzung!

Irgendetwas musste unbedingt getan werden, und zwar schnell, denn die Wälle schrumpften jetzt in zunehmendem Maße … je länger der Regen dauerte, umso schneller wurden sie abgeschwemmt. Wo vor einer Woche ein Mann in seiner vollen Größe hinter ihnen hatte stehen können, ohne von der anderen Seite aus gesehen zu werden, musste er sich jetzt ducken; morgen würde er vielleicht auf Hände und Knie gehen müssen. Unverzügliches Handeln war geboten. Aller Augen folgten dem Collector, den man grimassierend und vor sich hin murmelnd umherwandern sah.

Als die Besatzung begonnen hatte, die Hoffnung, dass er handeln würde, aufzugeben, tat er endlich etwas. Obwohl Mitglieder des ehemaligen »Verschwinde«-Lagers ihn für unfähig erklärten, überhaupt noch etwas zu unternehmen, und ein düsteres Bild von seiner Moral im Allgemeinen zeichneten, nahm er irgendwie seine letzten Kräfte zusammen und durchkreuzte ihre düstere Vorhersage, indem er einen Trupp Sikhs und eingeborene Veteranen nach draußen führte, um im strömenden Regen zu schaufeln. Das »zuversichtliche« Lager frohlockte umso mehr, als man auch dort schon so weit gekommen war, dass sich dieser oder jener Zweifel regte. Doch der Collector, immer geneigt, launisch und schwierig zu sein, machte wieder einen geplagten Eindruck. Derweilen die Besatzung ihn von der geschützten Veranda aus beobachtete, sah sie ihm nur allzu deutlich an, dass der Regen ihm schlecht bekam; offensichtlich mochte er nicht, wie die Tropfen auf seinen Kopf prasselten und mit feinen Spritzern auf die Schultern schlugen, noch schien er eine Vorliebe dafür zu haben, wie der Regen ihm in den Nacken strömte und sein Hemd, seine Hosenbeine hinunterfloss. Man sah ihn häufig verzweifelt zum Himmel blicken, zu dem schwindenden Wall, ja in jede erdenkliche Richtung; verzweifelte Blicke wurden eindeutig überallhin gesandt.

Der Regen hatte auch sein Erscheinungsbild verändert. Die einst so prachtvolle Mähne seiner Koteletten hing wie nasses Fell von den Wangen herab und seine Ohren hatten sich ängstlich flach an den Kopf gelegt. Allein sein Bart wuchs dieser Tage noch, weil er das Rasieren aufgegeben hatte; ein schlechtes Zeichen. Und je länger der Bart, umso rötlicher wurde er; noch ein schlechtes Zeichen. Niemanden belehrte der Collector mehr über die Herrlichkeiten der *Exhibition* oder über den Fortschritt der Zivilisation. Von ihm aus mochte die Zivilisation stillstehen und erstarren oder sogar rückwärtsgehen, es schien ihn dieser Tage nicht zu kümmern. Kein Zweifel, um den Collector war es endgültig geschehen. Trotzdem blieb er schaufelnd da draußen, ein verwirrender Anblick für die Pessimisten … wo seine Aufgabe doch offensichtlich hoffnungslos war. Man hob einen Spatenvoll Erde aus, aber wenn man ihn auf den Wall werfen wollte, war es nur noch Schlammwasser.

Trotz allem musste der Collector die Idee schließlich aufgeben, unter diesen Bedingungen zu schaufeln. Der Regen war zu stark. Er erließ einen Befehl, dass alle körperlich tauglichen Männer in den seltenen Pausen zwischen den Regengüssen mit Spaten hinausgehen sollten. Von da an arbeitete die Besatzung Tag und Nacht daran, den Schutzschild aus Erde zwischen ihr und den Sepoys zu bewahren. Der Collector ließ alle Überreste der hölzernen Läden von den Fenstern der Residenz abnehmen und im Schlamm der Befestigungswälle eingraben, um das Schwinden der Erde aufzuhalten. Aber es half nichts … sie wurde weiterhin in Strömen gelbbrauner Brühe weggespült.

Warum wuchs auf den Befestigungswällen nichts? Überall sonst blieb der Boden unter dem Regen als solider Grund erhalten, fest im Griff der wuchernden Vegetation, die so schnell hervorgeschossen war. Nur auf den Wällen tauchte nichts auf; wenn der Collector versuchte, Unkraut, Büsche, was auch immer an Vegetation dorthin zu verpflanzen, war binnen ein paar Stunden alles welk.

Aus Verzweiflung befahl er dann, dass bestimmte massive Gegenstände aus der Residenz getragen wurden, um diese furchtbare Erdblutung zu stillen. Die Möbel kamen als erste dran. Mit großen Schritten durchmaß er die Residenz und die Banketthalle, gefolgt von Männern, die noch stark genug waren, um schwere Sachen zu heben. Hin und wieder deutete er ohne ein Wort auf ein Möbelstück, einen Sessel vielleicht, oder eine Anrichte, oder einen Intarsientisch, der irgendein Gesellschaftszimmer von Krishnapur geziert hatte, und seine Häscher stürzten hin, packten es und trugen es fort. Können Sie sich vorstellen, wie sich der Besitzer eines guten Chesterfield Sofas gefühlt haben muss, es derart im Polizeigriff zum Untergang im peitschenden Regen abgeschleppt zu sehen? Bei diesem Durchgang schien der Collector nur besetzte Betten oder *charpoys*, seinen eigenen Tisch und Stuhl sowie den Louis-XVI-Tisch aus dem Gesellschaftszimmer zu verschonen. Streit wurde laut. Mehr als einmal fand ein unachtsames Mitglied der Besatzung, dass sein Bett verschwunden war, während er den Wall gegen einen Sepoy-Angriff verteidigt hatte. Manchmal kam jemand gerade zurück, als der Diwan, auf dem er geschlafen hatte, abgeschleppt wurde.

Sofas und Tische, Betten, Truhen, Kommoden und Hutständer wurden auf die Befestigungswälle geworfen oder hochkant dagegengedrückt, aber noch immer hielt deren seltsame Hämophilie an. Nun deutete der Finger des Collectors auf andere Objekte, einschließlich derer, die ihm selbst gehörten. Statuen wurden ausgedeutet, auch der geborstene Flügel aus dem Gesellschaftszimmer, in der Hoffnung, sie könnten wenigstens ein bisschen helfen, die schwächsten Erdaufschüttungen abzustützen. Denn der Collector wusste, dass er Erde als Polster gegen den feindlichen Kanonenbeschuss brauchte; Backstein- und Mauerwerk splittert oder springt, Holz ist nutzlos; nur Erde vermag Kanonenkugeln gefahrlos zu schlucken. Aber sie schwemmte unaufhaltsam weg, um Tischkanten herum, zwischen den Beinen und Fingern von Statuen hindurch. Nach jedem neuen Regenguss stand nur noch das Skelett massiver Gegenstände, eine unregelmäßige Wirbelsäule aus Möbeln, Schrankkoffern, Packkisten und allerlei anderen Objekten über dem Sumpf. Sogar der Graben hinter dem Wall war randvoll mit sickernder Erde.

Als der Vorrat an schweren Möbeln und gewichtigeren Kunstobjekten erschöpft war, begann die Plünderung der »Besitztümer«, deren sperrige Haufen die Residenz und die Bankethalle so lange belastet hatten. Sehr oft wurden diese geliebten Objekte unter dem Ach und Weh verzweifelter Proteste oder herzzerreißendem Flehen um Gnade auf ihre letzte Reise geschickt. Man hätte meinen mögen, niemand auf der Welt sei besser geeignet als der Collector, um diese Einsprüche zu verstehen. Als ausgewiesener Kenner war er wenigstens in der Lage, die Schönheit und den Wert der »Besitztümer« zu erkennen. Doch er begleitete ihr Abkarren ohne ein Wort, die Augen leer und blutunterlaufen, mit herabhängendem Fell, die Ohren immer noch flach am Schädel.

Aber trotz der großen Menge massiven Materials, die sich bald auf dieser oder jener Seite der Befestigungswälle und manchmal auch auf beiden angesammelt hatte, wurde kaum oder gar keine Wirkung erzielt. Es war, als versuchte man, einen Wall aus Treibsand abzustützen. Der Collector griff auf noch extremere Mittel zurück. So ließ er beispielsweise das Treppengeländer abreißen, aber auch das nützte nichts. Am Ende machte er sich daran, auf die letzten und kostbarsten »Besitztümer« zu deuten … Tigerfelle, Bücherregale voller erbaulicher und lehrreicher Bände, bestickte Mustertücher, Teegeschirr aus Knochenporzellan, Humidore und Kerzenleuchter, Elefantenfüße mit Überbau und Ruderblätter mit Namen von College-Eights in Goldfarbe; die Ladies wurden angewiesen, Sandsäcke aus Leintüchern und Kissenbezügen und Spitzendecken feiner Tischwäsche zu improvisieren. In dieser letzten Phase der Verwüstung wurden sogar die Ginsterpresse und der Rest der Erfindungen aus der Sammlung des Collectors dem Untergang geweiht.

So teilnahmslos und sonderbar war der Collector geworden, so offensichtlich, das dachten alle (Sie hätten es selbst gedacht, wenn Sie ihn zu dieser Zeit gesehen hätten), kurz davor, den Geist aufzugeben, dass sein Gesicht genauer denn je nach irgendeiner Spur von Reue erforscht wurde, als die Ginsterpresse hinausgetragen wurde. Aber nicht einmal durch ein Wimpernzucken verriet er seine Gefühle. Angelegentlich dieser kleineren »Besitztümer« hätte man meinen mögen, er ließe einen vielleicht doch mit ein paar Dingen davonkommen, die man unmöglich entbehren konnte, einem Satz Fischmesser zum Beispiel, der ein Hochzeitsgeschenk gewesen war, oder einer Zeichnung des Himalaya, von Darjeeling aus gesehen. Aber der Collector blieb schlichtweg unerbittlich. Es war fast, als hätte er seine Freude an dem, was er tat.

Bald waren die Residenz und die Bankettsaal praktisch kahl. Wie nackt das Gesellschaftszimmer und das Esszimmer erschienen. Unter den Kronleuchtern waren nur der Louis-XVI-Tisch, die Queen in Zink (aus patriotischen Gründen), einige elektrometallische Objekte wie *RUHM STREUT ROSENBLÜTEN AUF SHAKESPEARES GRAB* samt den Köpfen gewisser Literaten geblieben, zudem ein paar ausgestopfte Vögel in dem Schutt aus Putz und Mauerwerk, den die Sepoy-Kanonen heruntergeholt hatten. Ich glaube, vielleicht war auch die Schlange in Alkohol noch da. Und erst dann, endlich, als fast alles weg war, ließ der schreckliche Regen gerade genug nach, dass die Befestigungswälle nicht mehr davonschwammen.

Während die Wälle davongeschwommen waren, war der Dschungel dahinter beständig dichter geworden. Der auf dem Turm unter dem Fahnenmast postierte Offizier konnte nun, wegen des Blattwerks, auch bei kurzzeitigem Mondlicht einen feindlichen Ausfall kaum erkennen. Wenn der Regen fiel und der Himmel bedeckt war, musste die Zahl der Männer für die Nachtwache verdoppelt werden, erschöpfter Männer, die schon vom Nahrungsmangel und der unaufhörlichen Instandsetzung der Wälle am Ende ihrer Kräfte waren. Dabei war eines klar: Es war ebenso wichtig, die Vegetation in unmittelbarer Nähe der Wälle zu entfernen, wie die Wälle selber zu bewahren. Es gab bereits Deckung genug, um einer großen Anzahl von Sepoys zu erlauben, unbemerkt sehr nahe an die Enklave heranzurücken.

Wurde gegen die Vegetation genug getan? Ja, wurde überhaupt etwas getan? Das war die Frage, verständlich unter den Bedingungen, die man sich bald zu stellen begann. Jeden Moment erwartete die Besatzung nun, dass der Collector den Entschluss fasste, etwas zu unternehmen. Was genau das sein sollte, das von ihm erwartet wurde, wusste niemand so genau. Die Vegetation abzubrennen, ausgeschlossen. Dafür war es zu nass. Und was ihre Beseitigung durch Schneiden betrifft, so war offensichtlich, dass ein Umherwandern auf der anderen Seite der Wälle den sicheren Tod bedeuten würde. Die einzige Idee, die machbar schien, war die, dass der Collector den rostigen Harnisch aus der Banketthalle anlegte und mit einer Sense hinausging. Aber als diese Idee geäußert wurde, sagte er nichts. Er zeigte keine Begeisterung. Es war klar, dass er sie so schnell nicht ausführen würde.

Am Ende war es Harry Dunstaple, der eine wirklich sinnvolle Idee an ihn herantrug. Sie müssten Kettenschüsse feuern. Wenn Kettenkugeln in der Lage waren, die Takelage eines Schiffs wegzufegen, müssten sie das Gleiche mit dem Dickicht machen können.

»Wir haben keine«, sagte der Collector.

»Aber wir haben Ketten. In den Ställen liegt ein ganzer Haufen. Wir könnten sie auf Länge schneiden, wenn wir eine Feile hätten.«

»Haben wir eine Feile? Ja, die haben wir.«

Der Collector erinnerte sich, dass er nicht nur eine Feile hatte, sondern sogar eine ausgezeichnete, britische. Er ging in sein verwüstetes Zimmer hinauf, um sie für Harry zu holen. In den verflossenen friedlichen Zeiten hatte er sich oft eine Gelegenheit gewünscht, dieses prachtvolle Werkzeug auszuprobieren. Aber der Resident auch eines relativ unbedeutenden Standorts wie Krishnapur kann es sich im Grunde nicht leisten, Sachen zu feilen, nicht einmal heimlich. Wenn er es täte, würden die Eingeborenen schnell ihre Achtung vor der *Company* verlieren.

Diese Feile, oder eine gleichartige, war als Sieger aus einem seltsamen Wettbewerb hervorgegangen, der während der *Exhibition* zwischen Turtons' English Files und dem französischen Hersteller einer anderen Feilensorte stattgefunden hatte. Obwohl Turtons die Feile, die gegen das französische Meisterstück antreten sollte, beliebig aus seinen Lagerbeständen gewählt hatte, obwohl der französische Hersteller einen speziellen Ingenieur anreisen ließ, um sein Produkt zu bedienen, während Turtons einfach einen der Pioniere von der *Exhibition* nahm, war die französische Feile gedemütigt worden. Zwei gleiche Stücke Stahl waren in Schraubstöcke gespannt worden, und die beiden Männer hatten sich gleichzeitig an die Arbeit gemacht. Was für ein Jubel war ausgebrochen, als der Engländer seinen Stahl mit der Turtons-Feile bis auf den Boden des Schraubstocks durchgefeilt hatte, ehe der Franzose auch nur ein Drittel durch war! Während er in seinem Zimmer vor dem Schaukasten stand, in dem die Feile seit der *Exhibition* auf einer roten Samtcouch geruht und sich von ihrem Sieg erholt hatte, erinnerte sich der Collector mit Erstaunen und Abscheu vor seinem engstirnigen Chauvinismus, wie erfreut er über dieses triviale Ereignis gewesen war. Er runzelte die Stirn, als er den Sieger nach unten brachte, um ihn Harry zu geben.

»Wo soll ich anfangen, Mr. Hopkins?«, wollte Harry wissen.

Mehrere Personen standen in der Nähe, als der Collector seine Antwort auf diese vernünftige Frage gab. Sie alle hörten klar und deutlich, was er sagte, wenngleich sie es schwer glauben konnten. Er sagte: »Wo Sie wollen.«

Sogar Harry, dem Launen von Vorgesetzten nicht fremd waren, machte unwillkürlich ein erstauntes Gesicht.

»Wo Sie wollen«, wiederholte der Collector in einem ausdruckslosen Ton. »Ich gehe zu Bett. Wenn Sie Fragen haben, wenden Sie sich an den Magistrate.«

Ein oder zwei der Umstehenden, von Angst erfüllt, schon wissend, dass die Katastrophe eingetreten war, aber unfähig, sich eine Überprüfung der Tatsache zu versagen, warfen einen diskreten Blick auf ihre Uhren. Es war, wie sie dachten. Es war noch nicht Mittag.

XXV

Während der Collector mitten am Tag zu Bett ging, machte Harry eine Runde um das Rad der Residenz, begleitet von dem riesenhaften, ganz mit Kettenlängen behängten Sikh Hookum Singh. Bald pfiffen die Ketten durch das Blattwerk, schlugen offene Alleen in das Grün. Die Besatzung behielt das Zimmer des Collectors im Auge, um zu sehen, ob sein Gesicht für einen Blick auf Harrys Arbeit erschien. So besorgt Harry auch über den Aufwand an Pulver war, fuhr er fort, eine grüne Allee nach der anderen zu öffnen, doch das Fenster des Collectors blieb leer.

Als ein Tag dem anderen folgte, konnte die Besatzung nicht umhin, sich zu fragen, was hinter der geschlossenen Tür des Collectors vor sich gehen mochte. Höchstwahrscheinlich lag er einfach in einem deprimierten Zustand auf dem Bett, vielleicht mit Gewissensbissen wegen seines Massakers an den »Besitztümern«, von dem man jetzt im Allgemeinen dachte, es wäre nicht notwendig gewesen. Sie stellten sich vor, er liege der Verzweiflung anheimgefallen da. Man glaubte, dass er sehr viel schlief und gelegentlich stöhnte. Einmal wurde seine Zimmertür offen gelassen, und wenn man zufällig den Gang entlanggekommen wäre, hätte man einen Blick auf den Collector erhaschen können, niedergeschmettert auf seinem Bett, abgezehrt und mit fuchsrot sprießendem Bart, ein Bild der Verzweiflung. Die Belagerung wurde ohne die Teilnahme ihres Haupturhebers, des Vaters der Erdwälle und listigen Festungswerke, ihrem Lauf überlassen. Kein Wunder, dass die Menschen mutlos wurden.

Trotz allem und auch ohne Unterstützung des Collectors

arbeitete die Besatzung zwischen einem Regenguss und dem nächsten beharrlich dagegen an, dass die matschigen Erdwälle in die Ebene zurücksickerten, aus der sie aufgeschüttet worden waren, aber die Zahl der zum Schaufeln verfügbaren Männer nahm plötzlich in erschreckendem Ausmaß ab. Das lag nicht am feindlichen Beschuss, der jetzt weniger häufig erfolgte als je zuvor, weil die Sepoys offenbar beschlossen hatten, das Ende der Regenfälle abzuwarten. Es lag daran, dass eine Choleraepidemie mit flatternden schwarzen Bannern in einer feierlichen, tödlichen Prozession auf dem Vormarsch durch die Enklave war. Im Hospital machte das ständige Würgen der Cholerapatienten das Atmen zu einer Qual; die Luft schwirrte von Fliegen, die einem übers Gesicht und unters Hemd krabbelten, sich auf das Essen derer setzten, die noch essen konnten, und in ihrem Tee schwammen. Der Padre erlebte es sogar, dass sie ihm manchmal in die Kehle flogen, während er lesend oder betend bei einem Sterbenden weilte. Zu Beginn der letzten Augustwoche hatte sich die tödliche Krankheit auf den Stationen so verbreitet, dass er nicht länger hoffen konnte, einzeln mit den Sterbenden zu beten. Das Beste, was er tun konnte, war eine zentrale Position auf der Station einzunehmen, indem er einen Stuhl als Betkissen benutzte, und ein allgemeines Bittgebet für alle Patienten gemeinsam zu sprechen. Danach las er laut aus der Bibel, aber unter Schwierigkeiten, weil die Buchstaben auf der Seite wie Fliegen vor seinen Augen zu krabbeln schienen und manchmal Fliegen *waren*. Einmal, in einem Moment der Verzweiflung, klappte er seine Bibel zu und zerquetschte sie zu Brei.

Es geschah unter diesen wenig verheißungsvollen Umständen, dass der große Cholera-Streit, der schon seit einiger Zeit schwelte, schließlich voll entflammte. Die Kluft zwischen den beiden Ärzten war mit der fortschreitenden Belagerung immer weiter aufgerissen. Der Besatzung war klar geworden, dass die Ärzte nicht nur manchmal unterschiedliche Heilmittel für dieselbe Krankheit anwandten, sondern dass diese Mittel in einigen Fällen diametral entgegengesetzt waren. Was also sollte ein Kranker tun? Als die Cholera ihren bemessenen Vormarsch durch die Besatzung begann, gaben die Leute ihren Freunden vertrauliche Anweisungen, zu welchem Doktor man sie bringen solle, falls sie krank würden.

Manche, die vielleicht mit dem einen Doktor befreundet waren, aber eine höhere Meinung von den ärztlichen Fähigkeiten des anderen hatten, gewöhnten sich an, Karten in ihren Taschen zu tragen, auf denen das Wichtigste für den Fall stand, dass sie schon zu geschwächt wären, um nach dem Doktor zu verlangen, den sie haben wollten. Manchmal zeugten diese Karten auch von den Konflikten, die in den Köpfen der Besatzung wüteten. Man mochte beispielsweise lesen: »Bei Cholera bringen Sie den Inhaber dieser Karte bitte zu Dr. Dunstaple« … wobei der Name von Dr. McNab sorgfältig ausgestrichen und durch den von Dr. Dunstaple ersetzt worden war. Ja, man mochte sogar die Namen beider Ärzte ausgestrichen und mehr als einmal durch den jeweils anderen ersetzt finden, derart war die Atmosphäre von Unschlüssigkeit, die in der Enklave herrschte.

Der Doktor mit dem größten Zulauf war zweifelsohne Dr. Dunstaple; er war seit mehreren Jahren der zivile Wundarzt von Krishnapur und jedem als ein freundlicher und väterlicher Mann bekannt. In friedlicheren Zeiten hatte er vielen Ladies aus dem Kantonnement zur Niederkunft verholfen. Abgesehen davon war er das, was ein Doktor ihrem Gefühl nach sein sollte: ein Familienvater mit Autorität und guter Laune. Was wünscht man sich schließlich mehr, wenn man krank ist, oder wenn ein geliebter Mensch krank ist, als jemanden, der die Verantwortung übernimmt. Dr. Dunstaple machte das sehr gut.

Im Gegensatz dazu ließ Dr. McNab, obwohl auch er Autorität besaß und sie mit einer ruhigen und würdevollen Art verband, die gute Laune von Dr. Dunstaple vermissen. Er lächelte selten. Er schien pessimistisch zu nehmen, was man ihm klagte, was auch immer es sei. Sicher lag das nur an seiner Art. Schotten erscheinen oft düster in den Augen der Engländer. Aber im Fall von Dr. McNab fürchtete die Besatzung, zutiefst verstört wegen der Enthüllung, dass dieser Mann tatsächlich Tagebuch über den Cholera-Tod seiner eigenen Frau geführt hatte, sogar die Karikatur eines Schotten sei milde im Vergleich zur Wahrheit; für sie gab es kaum weniger qualvolle Aussichten, als dass ihr Tod zur medizinischen Statistik würde. Andererseits konnte niemandem entgangen sein, dass Dr. Dunstaple kurz vor dem Nervenzusammenbruch stand. Die ständigen Denunziationen und Schimpfereien ließen auch seine treuesten Bewunderer manchmal zweifeln, ob sie in ihrer Gefolgschaft nicht lieber zu dem ruhigeren Dr. McNab wechseln sollten. Aber natürlich kam man trotzdem nicht um die Tatsache herum, dass Dr. Dunstaple der Erfahrenere und daher der Zuverlässigere von beiden war.

Es geschah nach der Abendandacht in dem großen Kellergewölbe der Residenz, dass Dr. Dunstaple plötzlich beschloss, seine Meinung zu sagen. Kaum hatte der Padre das *Nunc dimittis* zu Ende gesprochen, da sprang der Doktor, der unschuldig in der ersten Reihe gekniet hatte, auf die Füße. Während noch Röcke raschelten und Gebetbücher geschlossen wurden, rief er: »Cholera!« Augenblicklich kehrte Stille ein, eine Stille, die durch das Geräusch einer fernen Kanone und das Gurgeln von Regenwasser nur noch absoluter wirkte. Es war das Wort, das jedes Mitglied der Besatzung am meisten fürchtete.

»Ladies und Gentlemen, ich brauche Ihnen nicht zu erzählen, wie wir in Krishnapur von dieser Krankheit geschlagen sind! Viele sind bereits durch dieses schreckliche Leiden hinweggerafft worden, kein Zweifel, dass andere folgen werden, bevor unsere gegenwärtige Mühsal vorüber ist. Das ist der Wille Gottes. Aber es ist sicher *nicht* der Wille Gottes, dass ein Gentleman, der hierhergekommen ist, um sich ärztlich zu betätigen … der Bezeichnung ›Mediziner‹ kann ich ihn nicht würdigen … viele arme Seelen, die mit einer angemessenen Behandlung genesen könnten, einfach ins Verderben schickt!«

»Vater!«, rief Louise bestürzt aus.

Einige aus der abgerissenen Gemeinde verdrehten die Köpfe nach rechts und links, auf der Suche nach Dr. McNab; andere, wenngleich dieser Tage nur noch in Lumpen gehüllte Gerippe, fühlten sich dank ihrer guten Erziehung gehalten, mit gleichgültigen Mienen stur geradeaus zu blicken. Dr. McNab war schnell ausfindig gemacht, halb sitzend, halb gegen einen Steinvorsprung im Hintergrund gelehnt. Der nachdenkliche Ausdruck auf seinem Gesicht änderte sich nicht unter Dr. Dunstaples Beleidigung, aber er runzelte leicht die Stirn und straffte sich ein wenig, offenbar abwartend, zu hören, was Dr. Dunstaple sonst noch zu sagen hatte.

»Ich behaupte nicht, dass die medizinische Wissenschaft schon eine Behandlungsmethode für die Cholera gefunden hat, die vollauf befriedigend wäre, ich sage nicht, dass es keinen Raum für Verbesserungen gibt, Ladies und Gentlemen … aber ich *sage*, dass es die Pflicht eines jeden Mitglieds des ärztlichen Berufsstandes ist, die *beste bekannte Behandlung* anzuwenden, die ihm zur Verfügung steht und die Anerkennung seiner Medizinerkollegen genießt! Das ist seine Pflicht. Eine ärztliche Zulassung ist keine Zulassung, alles auszuprobieren, was ihm an hirnverbrannten Experimenten in den Kopf kommt.«

»Dr. Dunstaple, bitte!«, protestierte der Magistrate, der einer der wenigen Kantonnement-Bewohner war, die für Dr. Dunstaple nie die geringste Zuneigung empfunden hatten. »Ich muss Sie auffordern, diese beleidigenden Bemerkungen, die eindeutig auf Ihren Kollegen gemünzt sind, zurückzunehmen. Was auch immer medizinisch gesehen richtig oder falsch sein mag, so haben Sie kein Recht, die Beweggründe eines engagierten Mitglieds unserer Gemeinschaft zu bestreiten.«

»Es ist nicht der Moment für spitzfindige Höflichkeiten,

wenn Menschenleben auf dem Spiel stehen, Willoughby. Ich fordere, dass Dr. McNab seine sogenannten Heilmittel erklärt, die allem widersprechen, was über die Pathologie dieser Krankheit bekannt ist.«

»Vater!«, schrie Louise erneut und brach in Tränen aus.

»Ich bin gern bereit, die Pathologie der Cholera mit Dr. Dunstaple zu diskutieren«, sagte Dr. McNab in einem milden und bedrückten Ton, »aber ich habe meine Zweifel, ob es etwas bringt, dies öffentlich und vor denen zu tun, die morgen vielleicht unsere Patienten sind.«

»Sehen Sie! Er versucht sich zu drücken. Sir, es bringt sehr viel, wenn man einen Scharlatan entlarvt.«

Der Blick des Magistrate wanderte von einem Arzt zum anderen über die Reihen zerlumpter Gerippe hinweg, und einen Augenblick vergaß er, dass er genauso dünn und in Lumpen gehüllt war wie sie. Wie sollte diese kleine Gemeinschaft, von Vorurteilen gerüttelt und von begrenzter Intelligenz, überhaupt in der Lage sein, zwischen der Beweiskraft des einen und der eines anderen Arguments zu unterscheiden? Sie würde unvermeidlich denjenigen unterstützen, der am lautesten schrie. Aber konnte es eine bessere Gelegenheit geben, das Schicksal jener Samen der Vernunft zu untersuchen, die trotz allem auf den steinigen Boden der gemeinschaftlichen Intelligenz gefallen sein mochten?

»Dr. Dunstaple, Sie werden kaum weiterkommen, wenn Sie fortfahren, Dr. McNab auf diese Weise zu beleidigen. Wenn Sie unbedingt eine öffentliche Diskussion wollen, dann schlage ich vor, dass Sie uns Ihre Ansichten in einer angemessenen Form darlegen.«

»Gewiss«, sagte Dr. Dunstaple. Sein Gesicht war hochrot, die Augen funkelten vor Erregung; er schien auch Schwierigkeiten beim Atmen zu haben und sprach so schnell, dass er die Worte verschleifte. »Aber zuerst, Ladies und Gentlemen, sollten Sie wissen, dass Dr. McNab der verrufenen Überzeugung anhängt, dass man sich die Cholera durchs Trinken … genauer gesagt, dass die Krankheitserreger der Cholera in den Verdauungskanal aufgenommen werden und Durchfall auslösen, während sich das Gift gleichzeitig in den Gedärmen vermehrt und mit dem Stuhl ausgeschieden wird, und dass durch diesen sogenannten ›Reiswasserstuhl‹, wenn er ins Trinkwasser anderer gelangt, die Krankheit von einer Person zur anderen weitergegeben wird und so weiter, in fortlaufender Vervielfachung. Ich denke, Dr. McNab würde dem nicht widersprechen.«

»Ich bin Ihnen dankbar für eine so korrekte Darstellung meiner Überzeugungen.« Konnte es sein, dass McNab tatsächlich lächelte? Wahrscheinlich nicht, aber mit Sicherheit war da ein Zucken an seinen beiden Mundwinkeln gewesen.

»Lassen Sie mich Ihnen nun das Ergebnis des ›Berichts über epidemische Cholera‹ vorlesen, den Dr. Baley auf Wunsch des Royal College of Physicians erstellt und 1854 veröffentlicht hat. Dr. Baley kommt zu dem Schluss, dass *die einzige hinlänglich beweiskräftige Theorie* diejenige ist, ›welche die Ursache der Cholera in einem Erreger sieht, der sich durch irgendeinen Vorgang, ob chemisch oder organisch, in unreiner oder feuchter Luft vermehrt‹ … Ich wiederhole, ›in unreiner oder feuchter Luft‹.« Dr. Dunstaple legte triumphierend eine Pause ein, damit die Bedeutung des Gesagten richtig einsickern konnte.

Viele Anhänger von Dr. McNab wechselten bestürzte Blicke ob der Worte, die sie gerade gehört hatten. Ihnen war nicht klar gewesen, dass Dr. Dunstaple die Unterstützung des Royal College of Physicians genoss … und sie fühlten sich sichtlich gekränkt, dass ihnen nicht gesagt worden war, dass eine so erlauchte Körperschaft ihrem Mann widersprach. Zwei oder drei von Dr. McNabs Anhängern verschwendeten keine Zeit, heimlich ihre Notfallkarten aus den Taschen zu ziehen, den Namen McNab auszustreichen und durch den seines Rivalen zu ersetzen, ehe sie sich wieder zurücklehnten, um ihren neuen ersten Mann auf der Liste zu beobachten. Der Magistrate bemerkte dies mit Genugtuung. Wie viel leichter sie sich vom Prestige umstimmen ließen, als von Argumenten!

Unterdessen fuhr Dr. Dunstaple fort, Dr. McNabs Trinkwasser-Theorien zu widerlegen.

»Ladies und Gentlemen, die Tatsache, dass die Cholera sich in der Atmosphäre verbreitet, wird umfänglich belegt durch die Epidemie von Newcastle im Jahr 1853, als klar wurde, dass in den Monaten September und Oktober eine unsichtbare Cholera-Wolke über der Stadt hing. Nur wenige Menschen, die während dieser Zeit in Newcastle lebten, kamen davon, ohne, wenn nicht an der Krankheit selbst, so doch zumindest an einigen Symptomen zu leiden, die unvermeidlich mit der Cholera einhergehen. Sie litten unter Schmerzen im Kopf oder unbeschreiblichem Unwohlsein in den Gedärmen. Des Weiteren beweist die Tatsache, dass Fremde, die aus einer vollkommen gesunden Gegend in die Stadt kamen … und keinerlei Kontakt zu Cholerakranken gehabt hatten … dann plötzlich von Vorsymptomen erfasst wurden und in kürzester Zeit kollabierten … auch das *beweist*, dass es die Folge einer Ansteckung aus der Luft war.«

»Was für ein Dummkopf! Es beweist gar nichts«, dachte der Magistrate, mit einer an Ekstase grenzenden Erregung über seine fuchsroten Koteletten streichend.

Allerdings hatte Dr. Dunstaple jetzt einen weniger eifernden und eher wissenschaftlichen Ton angenommen, den das Publikum nicht umhin konnte, beeindruckend zu finden. Einige seiner ältesten Freunde, die sich jahrelang daran gewöhnt hatten, ihn dick und leutselig als Anführer einer Sauspießjagd zu sehen, waren erstaunt, ihn jetzt reden zu hören wie einen echten Newton oder Faraday, und die letzten Entdeckungen der Medizin so fließend diskutieren, als wären es Nennungen für den Bengal Club Cup oder das Planters' Handicap. Ein oder zwei seiner Anhänger wandten die Köpfe, um hämische Blicke auf Dr. McNab zu werfen, der immer noch ruhig an dem Vorsprung lehnte und aufmerksam lauschte, was sein Ankläger zu sagen hatte. Auch Louise hatte ihre Tränen getrocknet. Ihr Vater machte es gar nicht so schlecht, und vielleicht hatte er am Ende doch recht mit McNab.

»Wenn man das Choleragift einatmet, lähmt oder beeinträchtigt es die Nervenfunktionen der Ganglienketten an den Luftkammern der Lungen … daher setzt die lebenswichtige Chemie der Lungen aus; weder kalorische noch vitale Elektrizität wird erzeugt … daher die Kälte, die so typisch für die Cholera ist. Das Blut bleibt dunkel und karbonisiert … das Sirupartige des Bluts bei Cholera ist wohlbekannt … und mit der Zeit erstickt das Herz. Dies ist die wahre und grundlegende Pathologie der Cholera. Die Krankheit geht jedoch mit Sekundärsymptomen einher, dem wohlbekannten Durchfall und Erbrechen, die, weil sie so dramatisch sind, von Stümpern oft für Hinweise auf den Primärherd der Infektion gehalten worden sind … Ich brauche wohl kaum hinzuzufügen, dass dies die Ansicht von Dr. McNab ist.«

Wieder drehten sich Köpfe zu McNab um, und die scharfen Augen des Magistrate konnten manch ein verstecktes Lächeln und verdecktes Kichern entdecken. McNab blickte finster drein, der Ärmste, und sah besorgt aus, wie er es wohl sein mochte angesichts eines Dr. Dunstaple, der auferstanden als neuer Sir Isaac Newton einen so beeindruckenden Angriff startete. Aber jetzt war Dr. Dunstaple zur Behandlung übergegangen.

»Worin muss sie bestehen? Wir müssen versuchen, die animalische Wärme wiederherzustellen, und wir müssen Mittel finden, um die Krankheit mit Gegenreizen zu bekämpfen … Daher mag ein heißes Bad angeraten sein, und ein Blasenpflaster auf der Wirbelsäule. Um die Schmerzen im Kopf zu lindern, können wir Blutegel an den Schläfen verordnen. Eine anerkannte Methode der Gegenreizung bei Cholera ist die Applikation von Sinapismen auf dem Epigastrium … oder, wenn ich diese gelehrten Ausdrücke zu Gunsten meines hochgeschätzten Kollegen erklären muss, Senfpflastern auf der Magengrube ...«

Bei diesem Seitenhieb gab es gedämpftes Gelächter. Aber der Doktor hielt leutselig die Hand hoch und fügte hinzu: »Was die Arzneimittel anbelangt, so werden gewöhnlich Branntwein zur Anregung des Systems und Pillen in einer Zusammensetzung von Kalomel, ein halbes Gran, sowie Opium und Capsicum, je ein achtel Gran, in Betracht gezogen. Ich könnte noch endlos weiter über diese Krankheit reden, aber wozu? Ich glaube, ich habe mich klar ausgedrückt. Nun möge Dr. McNab seine seltsamen Behandlungsmethoden oder deren Nichtvorhandensein rechtfertigen, wenn er kann.«

Dr. McNab schwieg so lange, dass auch diejenigen seiner Anhänger, die während der ganzen überzeugenden Argumentation von Dr. Dunstaple standhaft geblieben waren und seinen Namen noch nicht von ihren Notfallkarten gestrichen hatten, zu fürchten begannen, er habe vielleicht nichts zu sagen. Es konnte mit Sicherheit nicht sein, dass McNab verwirrt war, einfach ratlos, denn mit Sicherheit konnte fast jeder ein paar medizinische Begriffe aneinanderreihen (genug, um die Überlebenden von Krishnapur zu überzeugen, wenn nicht gar das Royal College of Physicians) und sein Gesicht wahren. Trotzdem dauerte das Schweigen an. McNab hielt den Kopf gesenkt und schien auf eine düstere Art und Weise zu grübeln. Seine Lippen bewegten sich sogar ein wenig, als beriete er sich selbst. Dann endlich, mit einem Seufzer und in einem Gesprächston, der nicht vergleichbar war mit Dr. Dunstaples auf Wirkung bedachter Redekunst, bemerkte er: »Dr. Dunstaple liegt ziemlich falsch, wenn er behauptet, es gebe eine anerkannte Behandlung für Cholera. Die medizinischen Fachzeitschriften präsentieren bis heute eine Vielfalt möglicher Heilmittel, von denen manche äußerst verzweifelt und skurril klingen ... Missionare berichten aus China, dadurch geheilt worden zu sein, dass ihnen Nadeln in den Bauch und in die Arme gestochen wurden, aber selbst das wird nicht für zu abwegig gehalten, um es zu erwähnen … und fast jede Sorte chemischer Substanzen ist zu dieser oder jener Zeit vorgeschlagen worden, was alles ein sicheres Zeichen dafür ist, dass unser Berufsstand dieser Krankheit immer noch ratlos gegenübersteht.«

»Nadeln, die den Leuten in den Bauch gestochen werden, um die Cholera zu heilen, na dann, gute Nacht!«, schienen die Zuhörer zu denken. Und der Magistrate, aufmerksam wie ein Wiesel, sah an dem Schrecken auf ihren Gesichtern, dass sie diese Behandlung Dr. McNab zuschrieben, einfach nur deshalb, weil er sie erwähnt hatte. Hier, in einem Reagenzglas direkt vor seinen Augen, entwickelten sich Unwissenheit und Vorurteil wie Infusorien.

»Bei den meisten epidemischen Krankheiten«, fuhr McNab fort, scheint das krankmachende Gift auf irgendeine Weise ins Blut zu gelangen, und nachdem es sich während einer sogenannten Inkubationszeit vermehrt hat, greift es das ganze System an. So verhält es sich zweifelsohne bei Pocken, Masern, Scharlach und verschiedenen Arten von anhaltendem Fieber … aber es sei angemerkt, dass die Krankheit in diesen Fällen immer mit allgemeinen Symptomen wie Kopfschmerzen, Schüttelfrost, Fieber und Mattigkeit beginnt … während spezifische Symptome erst später auftreten. Cholera dagegen beginnt mit einem Flüssigkeitserguss in den Verdauungskanal, ohne dass irgendein Krankheitsgefühl vorausgegangen ist. In der Tat, nachdem diese Flüssigkeit begonnen hat, als ausgiebiger Durchfall abzufließen, fühlt sich der Patient oft so wenig unpässlich, dass er sich nicht vorstellen kann, etwas Ernstes zu haben.«

»Das tut nichts zur Sache!«, murrte Dr. Dunstaple laut, doch McNab beachtete ihn nicht und fuhr ruhig fort.

»Die Symptome, die der anfänglichen Erkrankung des Verdauungskanals folgen, sind genau, wie zu erwarten. Wenn man das Blut eines Cholerakranken analysiert, wird man feststellen, dass die wässrige Flüssigkeit, die sich in Magen und Darm ergossen hat, nicht durch Absorption ersetzt wurde. Die Experimente von Dr. O'Shaughnessy und anderen während der Cholera von 1831 bis 1832 zeigen, dass der Wasseranteil des Bluts im Verhältnis zu seinen festen Bestandteilen sehr stark verringert war, desgleichen auch der Anteil an Salzen … Nun, die Grundlage meiner Cholerabehandlung besteht ganz einfach in dem Versuch, das, was dem Blut an Flüssigkeit und Salzen verlorengegangen ist, durch Injektionen von Natrium-Bicarbonat- oder Sodaphosphatlösungen in die Blutgefäße wiederherzustellen. Klingt das unvernünftig? Ich glaube nicht. Gleichzeitig versuche ich, den krankhaften Prozess zu bekämpfen, indem ich antiseptische Wirkstoffe wie Schwefel, Natriumhyposulfit, Kreosot oder Campher am Krankheitsherd anwende … das heißt, im Verdauungskanal.«

»Wie überaus vernünftig!«, dachte der Magistrate. »Das wird zu viel für sie sein, die Deppen!«

»Die Ärzte haben oft bedauert, dass Kalomel und andere Arzneimittel bei Cholera nicht absorbiert werden … aber ich glaube, dieses Bedauern ist unnötig, da sie nicht absorbiert zu werden brauchen. Wenn Kalomel bei Cholera verabreicht wird, dann natürlich nicht in Form von Pillen, wie Dr. Dunstaple vorschlägt, sondern als Pulver, damit es besser aufgenommen wird.«

Zu sagen, das Publikum habe Dr. McNabs Ausführungen langweilig gefunden, wäre nicht ganz richtig; sicher fand es sie besänftigend, und vielleicht monoton. Viele der Anwesenden hatten Schwierigkeiten gehabt, den Faden seiner Worte aufzugreifen, und stattdessen mit einem Schauder gedacht: »Nadeln, die einem in den Bauch gestochen werden! Du lieber Himmel!« Aber Dr. McNab hatte zumindest einen aufmerksamen Zuhörer, und das war Dr. Dunstaple.

»Dr. McNab hat gewisse Post-mortem-Erscheinungen unterschlagen, die seine Ansicht über Cholera widerlegen und meine unterstützen«, schrie Dr. Dunstaple, heftig die Arme schwenkend in seiner Erregung, und mit stoßenden Bewegungen, als wäre er im Begriff, eine besonders gute Sau zu spießen. »Er hat nichts von dem aufgeblähten Zustand der Lungenarterien und der rechten Herzgefäße gesagt. Er hat auch nichts von der Atemnot gesagt, die der Patient erleidet, nachdem er das Choleragift eingeatmet hat!«

Dr. McNab zuckte nachlässig mit den Schultern und sagte: »Solche Symptome sind offensichtlich eine Folge des verringerten Blutvolumens. Der verdickte und teerige Zustand behindert den Durchfluss durch die Lungenkapillaren sowie die Lungenzirkulation im Allgemeinen. Das ist auch der Grund für die Kälte, die man bei Cholerakranken feststellt.«

»Reine Vernunft!«, bellte der Magistrate, unfähig, sich noch länger zurückzuhalten.

»Quatsch!«, brüllte Dr. Dunstaple und setzte sich in Bewegung, wie zu einem tätlichen Angriff auf Dr. McNab. Doch ein Ruf des Padre ließ ihn innehalten.

»Gentlemen! Vergessen Sie nicht, dass Sie sich im Angesicht des Altars befinden. Ich muss Sie auffordern, diese Streiterei auf der Stelle zu beenden oder sie woanders fortzusetzen.« Wütend schien Dr. Dunstaple jetzt auf den Padre losgehen und den zähen Kleriker mit seinen Fäusten niedermähen zu wollen, aber ehe es dazu kam, waren Louise und Mrs. Dunstaple an die Seite des Doktors geeilt und zogen ihn nun fort, verzweifelt bemüht, ihn zu beruhigen.

XXVI

Es war nur zu erwarten, dass sich das Pflichtgefühl des Collectors früher oder später zurückmelden würde. Und tatsächlich, innerhalb von ein oder zwei Tagen nach dieser bedauerlichen Meinungsverschiedenheit zwischen den beiden Ärzten ging bei der Besatzung die Nachricht um, er sei wieder auf den Beinen gesehen worden. Am ersten Tag seines Wiedererscheinens begnügte er sich damit, umherzuwandern, ohne den Leuten in die Augen zu sehen, oder wie einer, der ein Verbrechen zu büßen hat, an den immer noch abschwemmenden Erdwällen zu schaufeln. Doch am folgenden Tag hatte er die roten Stoppeln von seinem Kinn rasiert, trug ein saubereres Hemd und begann wieder, einen strengen und gebieterischen Ausdruck anzunehmen. Der Magistrate erteilte weiterhin die Befehle zur Verteidigung der Enklave, jedoch in einem zurückhaltenden Ton, als verwiese er sie an die oberste Gewalt des Collectors zurück, sollte dieser sie auszuüben wünschen. Aber erst anlässlich der Auktion am dritten Tag wurde klar, dass der Überbau des zusammengebrochenen Willens des Collectors erneut mit den stärksten Balken abgesichert worden war.

Die Nahrungsmittelknappheit in der Enklave hatte inzwischen einen so kritischen Punkt erreicht, dass der Magistrate es für unerlässlich hielt, nun alles Essbare heranzuziehen. So viele waren im Lauf der Belagerung an Verwundungen oder Krankheit gestorben, dass sich eine beträchtliche Menge an privaten Vorräten angesammelt hatte. Ihre Verteilung konnte nicht länger warten. Der Magistrate war in einer Position, die ihn ermächtigte, die Konfiszierung dieser Nahrungsmittel zum Wohl der Gemeinschaft anzuordnen, anzuordnen, dass sie zu gleichen Teilen unter den Überlebenden aufgeteilt würden. Doch als die Verwandten der Toten hörten, was da im Gange war, erhoben sie einen Sturm des Protests und verlangten, ihre Rechte auf die Vorräte müssten respektiert werden. Der Magistrate zögerte, während er sich über seine fürchterlichen, radikalen, flackernden Koteletten strich … seit er sich als junger Mann 1832 heiser geschrien hatte, war er ein Verfechter der radikalen Sache gewesen, ein Unterstützer des Chartismus, der Fabrikreformen und jeder anderen progressiven Idee, die sich gerade anbot. Jetzt hatte er endlich eine Gelegenheit zu *handeln*, nicht nur zu diskutieren. Würde er es wagen, die Gelegenheit zu ergreifen und die Abschaffung des Eigentums innerhalb der Gemeinschaft anordnen?

In seinem Zögern auf der Veranda stehend, wurde der Magistrate für einen Augenblick von einem seltenen Strahl wässrigen Sonnenlichts erleuchtet, und seine Koteletten loderten glänzender denn je … aber dann zog die Sonne weiter und löschte sie aus. Jetzt wurde ihm bewusst, dass sein Glaube an die Menschen nicht mehr lebendig war … er liebte die Armen nicht mehr, wie ein Revolutionär sie lieben muss. Die Menschen waren dumm. Die Armen waren genauso dumm wie die Reichen; er hatte nur noch Verachtung für sie beide. Sein Interesse an der Menschheit war mausetot, und vermutlich schon seit Längerem. Er glaubte nicht mehr, dass es möglich sei, gegen die grausamen Kräfte kapitalistischen Reichtums zu kämpfen. Es war ihm auch ziemlich egal. Er hatte in Verzweiflung aufgegeben.

»Ja, wir werden eine Auktion machen«, murmelte er. »Das ist das Einfachste.«

Zu der für die Auktion vereinbarten Zeit wurde es den Armen und Sparsamen überlassen, die Brustwehren zu bemannen; alle anderen drängten in die Eingangshalle der Residenz, die sich am besten für die Veranstaltung zu eignen schien. Alles, was verkauft werden sollte, war auf den Treppenstufen aufgestapelt worden, wo sich vormals die »Besitztümer« gestapelt hatten; Gläser voll Konfitüre und Honig, Haufen luftdicht versiegelter Vorräte, Weinflaschen, durch die Hitze biegsame Tafeln Schokolade, Keksdosen und sogar ein paar schimmelige Schinken lehnten aufgetürmt an den abgesplitterten Stümpfen, dem Letzten, was vom Treppengeländer geblieben war, das Fleury an seinem ersten Abend beim Betreten der Residenz so elegant gefunden hatte.

Mit Mühe löste der Collector seinen Blick von den Esswaren und sah auf die Menge, die sich versammelt hatte, um dafür zu bieten. Wie verhungert sie aussahen! Nur Rayne, der oben auf den Stufen stand und müßig mit den Fingern auf den Deckel einer Dose schottischen Shortbreads trommelte, sah immer noch genauso glatt aus wie vor der Belagerung. War das, weil Rayne das Proviantamt innehatte? Hinter ihm standen seine beiden Diener, Ant und Monkey, so dünn, wie ihr Herr dick war; sie hatten die Aufgabe, das Essen denen zu übergeben, die erfolgreich dafür boten.

Aber als die Auktion gerade beginnen sollte, entstand ein Tumult im Gedränge der Gentlemen, die sich um den Fuß der Treppe geschart hatten. Man sah Dr. Dunstaples gedrungene Gestalt sich zu den Stufen durchschlagen. Er wirkte nervös und aufgeregt. Er sagte etwas zu Rayne, was der Collector nicht hören konnte; Rayne schüttelte den Kopf. Sie stritten einen Augenblick, dann wich Dr. Dunstaple unzufrieden zurück. Mit einem Pistolenknauf als Hammer eröffnete Rayne die Auktion.

Der erste Posten im Angebot bestand aus einer Dose süßer Kekse und einem Glas ›*mendy*‹, einer einheimischen Pomade, um das Haar schwarz zu färben. Rayne begann die Ausrufung mit einer Guinee, und nach einigem regen Wettbewerb unter den Gentlemen am Fuß der Treppe bekam einer von ihnen den Zuschlag für fünf Guineen. Die Gesichter in der Halle spiegelten Bestürzung über diesen Preis, da vielen der Anwesenden klar wurde, dass sie mit ihren begrenzten Mitteln bei gar nichts zum Zuge kommen würden. Weitere Keksdosen folgten, dann andere Esswaren. Dann gab es eine Schlacht um einen feinzahnigen Kamm zwischen den Ladies, die Läuse hatten; dieser brachte es unter Tränen und Verzweiflung auf fünfundvierzig Schilling. Als Nächstes kam ein Schinken; nach allerhand hektischen Geboten um die niedrigeren Preise kletterte er auf dreizehn, dann auf vierzehn Guineen, wo er stehenzubleiben schien, bis im allerletzten Moment eine zaghafte männliche Stimme fünfzehn Guineen bot.

»Vokins, wofür brauchen Sie denn einen Schinken?«

Alle erschraken beim Klang der vertrauten, gebieterischen Stimme des Collectors, besonders Vokins. Er murmelte unverständlich und sah beschämt aus. Er hatte gewusst, dass es ein Fehler sein würde.

»Und sehen Sie doch, Mann, wie stellen Sie sich das vor, wie Sie den bezahlen wollen? Sie haben keinen Penny in der Tasche.«

Wieder murmelte Vokins. »Heraus mit der Sprache, Mann!«

»Der ist nicht für mich, Sir.«

»Für wen ist er dann?«

»Für Mr. Rayne, Sir.«

Alle Blicke richteten sich auf Rayne, der entschuldigend lächelte und sagte, ja, er habe Vokins gebeten, an seiner Stelle zu bieten, weil er selber die Versteigerung leite und es offensichtlich schwierig für ihn wäre, Bieter und Auktionator zugleich zu sein.

»Wer hat sonst noch für Mr. Rayne geboten?« Etliche Gentlemen hoben zaghaft die Hände und ein überraschtes Japsen entfuhr der Versammlung, als klar wurde, dass fast alles Essbare in Raynes Namen gekauft worden war.

»Haben Sie genug Geld, um diese ganzen Dinge zu bezahlen, Mr. Rayne?«

»Im Augenblick nicht, Sir, aber demnächst.«

»Sie haben vor, sie weiterzuverkaufen?«

»Die meisten, ja … Das sollte nicht schwierig sein … außer natürlich«, fügte Rayne mit einem Lächeln hinzu, »der Entsatz kommt früher als gedacht.«

»Mr. Rayne, finden Sie es ehrenhaft, aus der Not Ihrer Gefährten Profit zu schlagen … der Männer, Frauen und Kinder, mit denen Sie um Ihr Leben kämpfen?«

»Das ist Glückssache, Mr. Hopkins. Man muss schließlich das Beste aus einer Situation machen. Im Übrigen bietet jeder andere hier auf seinen nächsten Lohn, genau wie ich. Jeder kann mich überbieten, wenn er es riskieren will.«

»Bieten die anderen auch auf zukünftigen Lohn?«

Mehrere Gentlemen nickten, und jemand sagte: »Bares hat natürlich niemand. Das war die einzige Möglichkeit.«

»Treten Sie ab, Mr. Rayne.«

Rayne zuckte mit den Schultern und überließ dem Collector seinen Platz. Der Collector blickte auf die am Fuß der Treppe versammelten, eingefallenen, nach oben gewandten Gesichter herab. Sie starrten mit trüben Augen zurück. Einer oder zwei der Männer lächelten. Der Magistrate lächelte, desgleichen Mr. Rose und Mr. Ford, und auch die Gebrüder Schleissner. Das Lächeln breitete sich auf immer mehr Gesichtern aus, dann wurde es ein Lachen. Alle lachten; es war ein bitteres, ungutes Lachen, in dem der Collector Verzweiflung erkannte. Kaum einer von denen, die so hektische Gebote gemacht hatten, rechnete damit, noch am Leben zu sein, um für das Ersteigerte zu bezahlen. In der gegenwärtigen Stimmung würden die Leute sich nichts dabei denken, sich auf Jahre im Voraus zu verpfänden, um irgendeinen nichtigen Luxus wie ein Glas in Weinbrand eingelegter Pfirsiche oder ein paar Blätter Tabak zu erstehen.

»Hören Sie mich an. Es mag einigen von Ihnen so scheinen, als gäbe es für uns in Krishnapur nur noch sehr wenig Hoffnung. Aber dem ist nicht so. Mit jedem Tag, der vergeht, steigt unsere Aussicht auf Entsatz. Glauben Sie etwa, die Regierung in Kalkutta würde uns unserem Schicksal überlassen? Denken Sie daran, welche unerhörten Mittel unserer Nation zur Verfügung stehen, denken Sie an die britischen Soldaten, die jetzt aus allen Teilen des Empire in die meuternden indischen Ebenen strömen müssen. Denken Sie nur! Fast drei Monate sind vergangen … jetzt könnte eine Entsatzarmee nur noch einen Tagesmarsch entfernt sein, und Sie sind bereit, Ihr zukünftiges Leben zu verpfänden als existierte es nicht! Im äußersten Fall kann der Entsatz höchstens zwei Wochen hin sein. Noch ein paar Tage sind nichts gegen die vielen, die wir schon überlebt haben!«

Den Blick auf die Menge gerichtet, spürte der Collector, wie sich in den hungrigen und verzweifelnden Körpern unter ihm ein wenig Hoffnung regte. Schließlich, schienen sie zu denken, stimme es ja wirklich, mit dem Entsatz könne es nicht mehr lange dauern.

»Ich glaube nicht, dass dies der Moment ist, aus der gegenseitigen Not Profit zu schlagen, deshalb erkläre ich hiermit alle Verkäufe von Nahrungsmitteln des heutigen Nachmittags für nichtig. Die Nahrungsmittel werden dem Proviantamt übergeben und entweder unter der Besatzung insgesamt oder unter den Kranken verteilt, je nach Art der Esswaren. Das Proviantamt wird hinfort von Mr. Simmons verwaltet, und Mr. Rayne wird seine Pflicht an den Befestigungswällen tun; seine Diener dagegen bleiben als Helfer im Proviantamt. Lassen Sie mich abschließend sagen, dass es meine Absicht ist, dass wir alle gemeinsam verhungern oder alle gemeinsam überleben.«

Erneut trat Stille ein. Die Leute sahen einander verwundert an. Dann begann ein Mann hinten in der Halle zu klatschen, und jemand anders stimmte ein. Bald wurde aus dem Klatschen stürmischer Applaus. Derart war die Begeisterung, dass man hätte meinen mögen, der Collector habe gerade eine Arie gesungen.

Aber kaum war der Applaus für den Collector abgeflaut, da langten zwei Hände hinauf und zogen ihn an den Hosenträgern die Stufen hinunter und in die Menge.

»Ich glaube, sie sind darauf aus, mich in der Halle herumzutragen«, dachte der Collector triumphierend. Sein Erfolg hatte ihn vollkommen überrascht. Jedoch schien niemand darauf aus zu sein, ihn durch die Halle oder sonst wohin zu tragen. Tatsächlich schien man ihn ganz vergessen zu haben, denn die Hände, die ihn bei den Hosenträgern gepackt hatten, um ihn von seinem Podest zu ziehen, gehörten Dr. Dunstaple. Kaum hatte er das Podest von des Collectors überflüssiger Anwesenheit befreit, da sprang der Doktor an seine Stelle und hielt die Hand hoch, auf dass Ruhe herrsche. Der Collector hatte schon geahnt, dass mit dem Doktor etwas nicht in Ordnung war. Während seiner Rede war er sich der roten, aufgebracht verzerrten Gesichtszüge des Doktors in der ersten Reihe am Fuß der Treppe bewusst gewesen; er hatte nervös erregt gewirkt, ungeduldig darauf wartend, dass die Auktion endlich vorbei war. »Eine Schande!«, hatte er gemurmelt. »Wir könnten alle tot sein.« Aber jetzt begann der Doktor zu sprechen.

»Ladies und Gentlemen, Dr. McNab hat immer noch keinen Beweis geliefert zur Rechtfertigung seiner seltsamen Methoden, die, wie es scheint, darauf hinauslaufen, Choleraopfer mit Wasser vollzupumpen. Auch hat er nicht den geringsten Beweis für seine Überzeugung vorgelegt, dass Cholera sich durch Trinkwasser verbreitet. Also, Ladies und Gentlemen, sollten wir ihm nicht Gelegenheit geben?« Und Dr. Dunstaple lachte, wenn auch auf eine ziemlich abschreckende Art.

Wie zuvor im Keller wandten sich alle zu Dr. McNab um, der zufällig wieder an einer Wand im Hintergrund lehnte. Diesmal jedoch schienen Dr. Dunstaples Worte ihn aus der Ruhe gebracht zu haben, und er antwortete mit einer Spur Ungeduld in der Stimme: »Wenn es irgendeines Beweises bedürfte, wäre es genug, sich anzusehen, was passiert, wenn eine schwach salzhaltige Lösung in die Venen eines kollabierten Patienten injiziert wird. Seine zusammengeschrumpfte Haut quillt auf und verliert ihre Kälte und Blässe. Sein Gesicht gewinnt ein natürliches Aussehen zurück … er kann sich aufsetzen und besser atmen und scheint vorerst in guter Verfassung … Mein lieber Dr. Dunstaple, vielleicht könnten Sie uns erklären, warum die Symptome, wenn diese, wie Sie zu glauben scheinen, durch eine Beschädigung der Lungen verursacht werden oder durch ein Gift im Blutkreislauf, das die Herztätigkeit beeinträchtigt … warum es dann möglich sein sollte, dass sie derart durch eine Injektion warmen Wassers mit etwas aufgelöstem Salz behoben werden können?«

Dr. McNab hatte diese Frage mit einem Lächeln gestellt. Aber das Lächeln reizte Dr. Dunstaple nur, und er brüllte: »Dummes Zeug! Soll Dr. McNab seine Behauptung begründen, dass Cholera sich durchs Trinken von verseuchtem Wasser verbreitet!« Er hielt einen Moment inne, um seine Worte wirken zu lassen, und fügte dann hinzu: »Vielleicht hat er ja eine Erklärung für den Fall eines Arzneibestellers, über den es eine *offizielle* Mitteilung an das Royal College of Physicians gab, dass er aus Versehen etwas von dem sogenannten ›Reiswasserstuhl‹ eines an Cholera zusammengebrochenen Patienten geschluckt hatte … *aber nicht die geringsten krankhaften Folgen erlitt*!«

»Nein, das kann ich nicht erklären«, sagte McNab, der sich wieder gefasst hatte und in seinem gewohnten ruhigen Ton sprach. »Ebenso wenig, wie ich erklären kann, warum die Cholera immer diejenigen unserer Soldaten, die frisch auf der Krim eingetroffen waren, leichter befallen hat als solche, die sich schon länger dort aufhielten … Oder warum, wie behauptet worden ist, Juden gegen Cholera immun sein sollten, oder viele andere Dinge im Zusammenhang mit dieser rätselhaften Krankheit.«

Ah, es war ein Fehler gewesen, Juden zu erwähnen. Der Magistrate konnte die Leute denken sehen: »Juden! Wo kommen wir denn hin!«

»Und wie wollen Sie das gehäufte Auftreten in bekanntermaßen übelriechenden Umgebungen erklären?«

»Es dürfte wohl offensichtlich sein, dass es in den vollgepfropften Unterkünften der Armen, die auf engstem Raum zusammen leben, kochen, essen und schlafen und kaum aufs Händewaschen achten, leicht dazu kommt, dass die beinahe farb- und geruchlosen Entleerungen der Choleraopfer von einer Person zur anderen weitergegeben werden. Man hat oft festgestellt, dass sich ärztliche, geistliche oder andere Besucher, die nicht im Krankenzimmer essen und trinken, selten mit der Krankheit anstecken. Und bedenken Sie, wie schlimm die Bergbaureviere bei jeder Epidemie in Großbritannien betroffen waren. In den Gruben gibt es keine Aborte und die Exkremente der Arbeiter liegen überall herum, sodass es nur wahrscheinlich ist, sich die Hände damit zu beschmutzen. Die Bergmänner, die acht oder neun Stunden hintereinander unter Tage bleiben, nehmen ausnahmslos Essen mit in die Gruben und essen es mit ungewaschenen Händen, ohne Messer und Gabel. Mit der Folge, dass jeder Fall von Cholera in den Gruben ungewöhnlich günstige Voraussetzungen findet, um sich zu verbreiten.«

»Gentlemen«, unterbrach der Collector, »es ist klar, dass Ihre Meinungsverschiedenheit eine tief empfundene und wissenschaftliche ist, die keiner von uns hier zu beurteilen vermag … Einem unparteiischen Beobachter scheint es, dass beide Seiten etwas zu sagen haben …« Der Collector zögerte. »Wir sollten deshalb, bis dass der … äh … Marsch der Wissenschaft uns aller Zweifel enthoben hat, Vorsichtsmaßnahmen für jede Eventualität treffen. Achten wir darauf, nach dem Rat von Dr. Dunstaple unsere Räume, unsere Kleider und unsere Personen so gut wir können zu belüften, falls die Cholera in einem unsichtbaren giftigen Miasma enthalten sein sollte. Und achten wir gleichzeitig darauf, uns durch Waschen und Reinlichkeit und andere Vorkehrungen davor zu bewahren, dass wir den krankmachenden Erreger nicht in irgendeiner flüssigen oder festen Form zu uns nehmen. Was die Behandlung derer betrifft, die sich, bedauerlich genug, mit der Krankheit angesteckt haben, so sollen sie wählen, aus welchem Vorgehen ihnen am meisten Vernunft zu sprechen scheint.«

Der Collector verstummte in der Hoffnung, die Versammlung mit diesen Worten zu beenden, ohne eine allzu große Spaltung zwischen den beiden Fraktionen zu hinterlassen. Aber Dr. Dunstaples Verbitterung war zu groß, um sich mit einer solchen Waffenruhe zufriedenzugeben.

»Dr. McNab hat meinem Ersuchen nach einem Beweis für die Ausbreitung der Cholera durch Trinkwasser immer noch nicht entsprochen. Glaubt er denn, seine Worte über die Häufung von Cholera in den Gruben hätten uns überzeugt? Ha! Er hat das Wichtigste vergessen, irgendwie muss ihm entfallen sein, was jeder über die Gruben weiß … die Verunreinigung der Luft, die von den Bergmännern geatmet wird! Überdies sollte ich die Anwesenden warnen, welchen Risiken sie sich bei McNabs Behandlung aussetzten … die allerdings überhaupt keine Behandlung ist, sondern reine Zeitverschwendung. Möge sich, wer es in Kauf nehmen will, je nach McNabs Experimentierlaune Nadeln in den Bauch gestochen zu bekommen, von diesem Scharlatan behandeln lassen. Ich glaube, ich habe meine Pflicht getan, dies klarzumachen.«

»Auch ich möchte die Anwesenden warnen, in dem Sinne, dass meiner Ansicht nach zur Behandlung der Cholera nichts schlechter sein kann als die heißen Bäder, Senfpflaster oder Kompressen, die Dr. Dunstaple empfiehlt und die dem Blut nur noch zusätzliches Wasser entziehen … Keine Arznei könnte bei Kreislaufversagen durch Cholera gefährlicher sein als Opium, und Kalomel in Form von Pillen ist vollkommen nutzlos.«

»Danke, Dr. McNab«, warf der Collector eilig ein, aber McNab beachtete ihn nicht.

»Was den Beweis anbelangt, dass Cholera sich durch Trinkwasser verbreitet, so gibt es, wie Dr. Dunstaple sehr wohl wissen dürfte, eine beträchtliche Menge an Beweismaterial, das diese Ansicht unterstützt. Ich will hier nur einen kleinen Teil davon erwähnen … Belege, die Dr. Snow als Ergebnis der Epidemien von 1853 und 1854 gesammelt hat und die sich auf die südlichen Bezirke von London beziehen. Diese Bezirke, ausgenommen Greenwich und ein Teil von Lewisham und Rotherhithe, werden von zwei Wassergesellschaften mit Wasser versorgt, die eine heißt Lambeth Company, und die andere ist die Southwark & Vauxhall Company. Innerhalb der größten Teile dieser Bezirke ist die Wasserversorgung aufs Engste gemischt, die Rohre beider Gesellschaften führen an allen Straßen entlang, mit Abzweigungen in fast alle Höfe oder Gassen. Es gab eine Zeit, da befanden sich die beiden Wassergesellschaften in lebhafter Konkurrenz und jeder, der die Raten bezahlte, ob Hausbesitzer oder Mieter, konnte seine Wassergesellschaft ebenso leicht wechseln wie seinen Metzger oder Bäcker … Obwohl dieser Stand der Dinge seit Langem überholt ist und die Gesellschaften sich geeinigt haben, sodass die Leute ihren Versorger nicht mehr wechseln können, ist das Ergebnis des früheren Wettbewerbs doch erhalten geblieben. Hier und dort mag man eine Reihe von Häusern finden, die alle denselben Versorger haben, aber sehr oft werden zwei benachbarte Häuser aus verschiedenen Quellen versorgt. Dabei gibt es keinen Unterschied in den Lebensbedingungen der Menschen, die von den beiden Gesellschaften versorgt werden … jede Gesellschaft beliefert Reiche wie Arme gleichermaßen.

Nun galt für 1849, dass beide Gesellschaften praktisch das gleiche Wasser lieferten … die Lambeth Company holte ihres aus der Themse nahe der Hungerford Bridge; die Southwark & Vauxhall Company holte das ihrige in Battersea Fields. Jede der beiden Wassersorten enthielt die Abwässer von London und wurde den Haushalten ohne große Klärbemühungen zugeführt. 1849 wütete die Cholera so gut wie gleichmäßig verteilt in den Bezirken, unabhängig von der Wassergesellschaft.

Zwischen der Epidemie von 1849 und der des Jahres 1853 verlegte die Lambeth Company den Standort ihrer Wasserentnahme von der Hungerford Bridge nach Thames Ditton, jenseits des Einflussbereichs der Gezeiten und außer Reichweite der Londoner Abwässer. Während der Epidemie von 1853 stellte Dr. Snow folgende Sachverhalte fest … von 134 Choleratoten in den ersten vier Wochen ereigneten sich 115 Todesfälle in Häusern, die von der Southwark & Vauxhall Company versorgt wurden, nur 14 in denen der Lambeth Company und der Rest in Häusern, die ihr Wasser aus Pumpbrunnen oder direkt aus dem Fluss bezogen. Ich erinnere noch einmal daran, dass dies Bezirke betrifft, in denen benachbarte Häuser oft eine unterschiedliche Wasserversorgung hatten.«

»Reine Vernunft!«, stieß der Magistrate aus. »Das wird zu viel für sie sein. Ha! Ha!« Wenn irgendetwas geeignet war, die Versammlung von einer objektiven Betrachtung der umstrittenen Argumente abzulenken, dann dieser seltsame, beinah verrückte Ausbruch des Magistrate. Doch Dr. McNab fuhr fort: »Im Lauf der gesamten Epidemie, die zehn Wochen dauerte, gab es 2.443 Tote in Häusern, die von Southwark & Vauxhall versorgt wurden, gegen nur 313 in denen, die ihr Wasser von der Lambeth Company erhielten. Zugegebenermaßen versorgte die erstgenannte doppelt so viele Häuser wie die letzte … aber wenn man die während dieser Epidemie durch Cholera verursachten Todesfälle ins Verhältnis zu den versorgten Häusern setzt, sieht man, dass auf 10.000, die von der Southwark & Vauxhall Company versorgt wurden, 610 Tote entfallen, während es auf 10.000 von der Lambeth Company nur 119 sind. Möge Dr. Dunstaple es wagen, angesichts dieses Beweises noch länger zu bestreiten, dass Cholera durch Trinkwasser verbreitet wird.«

Die Wirkung von Dr. McNabs Argumenten war keineswegs so überwältigend, wie man vermuten könnte; beim besten Willen und unter idealen Bedingungen ist es nahezu unmöglich, zerebrale Verdauungsstörungen zu vermeiden, wenn jemand Vergleichszahlen so fließend zitiert, wie Dr. McNab es gerade getan hatte. Das Publikum, von bewusstloser Leere erfasst, starrte Dr. McNab misstrauisch an, während es sich fragte, ob dies ein Zaubertrick sei, mit dem er ihre Dummheit auszunutzen suchte. Sehr wahrscheinlich war es das. Das Publikum hatte auch quälenden Hunger und stand immer noch vor all den Esswaren, die offensichtlich nicht für seine Bäuche bestimmt waren; das löste Schwächegefühle und Gereiztheit aus. Hinzu kam eine grauenhafte Hitze; die Luft in der Halle war verbraucht und das Publikum stank. Jedes Mal, wenn man einen Atemzug von dieser verdorbenen Luft in sich aufnahm, stellte man sich unwillkürlich vor, wie das Choleragift einem die Lungen zerfraß. Sogar Fleury, dem die Stärke von McNabs Argumenten vollkommen bewusst war, stimmte dennoch instinktiv denen von Dr. Dunstaple zu.

Was geschehen wäre, wenn Dr. Dunstaple auf Dr. McNabs Herausforderung geantwortet hätte, ist schwer zu sagen. Während dieser sprach, hatte er sich auf die Treppe gesetzt. Doch als McNab fertig war, sprang er auf, das Gesicht wutverzerrt, mit einem Lavendelton gefärbt. Er öffnete den Mund, um zu sprechen, aber seine Worte gingen in einer Salve nahen Musketenfeuers und dem Einschlag einer Kanonenkugel unter, der jede Menge Putz auf die Köpfe des Publikums rieseln ließ.

»Zu den Waffen!«, kam ein Schrei von draußen, und sofort war die Hölle los, alles rannte in alle Richtungen (und mehr als eine Lebensmitteldose wurde in dem Durcheinander zufällig abgegriffen). Der Doktor blieb die Arme schwenkend und rufend zurück; bei dem Lärm konnte er nicht gehört werden. Aber er hatte ein letztes Argument, erdrückender als alle anderen zuvor, und dafür brauchte er keine Worte. Er zückte ein Arzneifläschchen mit einer farblosen Flüssigkeit aus seinem Alpakarock, hob es bedeutsam fuchtelnd in McNabs Richtung und trank es in einem Zug aus. Was war in dem Fläschchen, das er solcherart öffentlich bis auf den letzten Tropfen geleert hatte? Der Doktor sagte es nicht. Doch es bedurfte nicht viel Phantasie, um zu begreifen, dass es nur eins sein konnte: die sogenannte »Reiswasserflüssigkeit« eines Cholerapatienten, von der Dr. McNab behauptete, dass sie so tödlich sei. Gegen dieses Argument waren Dr. McNabs ermüdende Statistiken hoffnungslos aus dem Rennen.

XXVII

Zuerst war große Begeisterung ausgebrochen über die Entscheidung des Collectors, die Eigentumsrechte an den zur Versteigerung bestimmten Lebensmitteln aufzuheben und jedem seinen Anteil zu geben. Aber die Begeisterung verflüchtigte sich schnell, und bald wurde es schwierig, auch nur einen Einzigen zu finden, der zufrieden war, von begeistert ganz zu schweigen.

Ein Anteil für jeden, das bedeutete weniger als einen halben Mundvoll … und wenn »jeder« auch die Eingeborenen einschloss, würde es sich kaum lohnen, für die einem zugedachte Menge überhaupt den Mund aufzumachen. Die fraglichen Lebensmittel hatten natürlich den Toten gehört; aber nun begannen die Lebenden, die noch einen mageren Rest eigener Vorräte besaßen, um deren Sicherheit zu fürchten. Die Preise waren im Lauf der Belagerung bereits um ein Vierfaches gestiegen; nun setzte ein Rausch ökonomischer Betriebsamkeit ein, in dem so manche Lady eine Handvoll Perlen für ein Glas Honig oder eine Schachtel Datteln gab. Viele aus dem ehemaligen »Verschwinde«-Lager betrachteten dies als eine Dämmerung der Vernunft, bevor die zunehmend kommunistischen Neigungen des Collectors verlangten, dass man nicht nur seine Vorräte hergab, sondern womöglich auch seine spärliche Kleidung und, wer weiß, vielleicht auch noch seine Frau. Andere ließen sich in dem Bewusstsein, den Gegenwert einer Diamantbrosche oder eines Saphiranhängers zu essen, zu einem letzten glückseligen Mahl nieder und aßen, ehe der Collector es in die Finger bekommen konnte, alles auf, was sie wochenlang gehortet hatten. Verzweifelt über diese Torheit sagte der Collector zu Mr. Simmons, er solle die zusätzlichen Lebensmittel so schnell als möglich mit den Rationen verteilen.

»Welchen Rationen?«

»Den normalen Tagesrationen an Lebensmitteln aus dem Proviantamt.« Der Collector sah Mr. Simmons an, als wäre der gute Mann begriffsstutzig.

»Es gibt keine Lebensmittel mehr im Proviantamt … Jedenfalls nichts, was der Rede wert wäre.«

Der Collector ging mit Mr. Simmons, um nachzusehen. Es stimmte tatsächlich, was er gesagt hatte; es war fast nichts mehr da. Ein Rest Getreide und Reis stand noch in der Kirche, aber der Gemeindesaal war leer. So mussten die Rationen erneut gekürzt werden. Da es auch kein Fleisch mehr gab, bestanden die Rationen von nun an, bis die Vorräte erschöpft waren, aus einer Handvoll Reis oder *dal* und einer Handvoll Mehl pro Person, wobei die Männer eine etwas ordentlichere Portion bekamen als die Frauen und die Kinder. Der Collector schätzte, dass sie bei dieser Rate noch zwei oder drei Wochen durchhalten konnten. Dann würde alles vorbei sein.

Nicht nur das Essen ging zur Neige; der Collector war schockiert zu sehen, wie wenig Pulver und Munition noch vorhanden waren … die Angriffsmine, die *fougasses*, die Kettenschüsse, um das Blattwerk zu entfernen, hatten schwer an dem gezehrt, was in seinen Augen ein reichlicher Pulvervorrat gewesen war. Von den schussbereiten, mit Kugeln versehenen Patronen waren nur noch zwei volle Kisten und eine halbvolle übrig. Und was Kanonenkugeln, Kartätschen und so weiter anbelangt … Der Collector machte ein unangenehm finsteres Gesicht.

Gegen Abend lehnte Fleury am Befestigungswall der Bankethalle und starrte dumpf auf das Blattwerk hinaus, in vage Gedanken an Essen vertieft, während er vor seinem inneren Auge diverse herausragende Mahlzeiten, die er im Lauf seines Lebens gegessen hatte, Revue passieren ließ. Was für ein Dummkopf war er doch gewesen, so viel Zeit damit zu verschwenden, »poetisch« zu sein, statt zu essen. Er stöhnte gequält auf. An den zum Kantonnement und zum Fluss hin gelegenen Seiten der Bankethalle waren keine Kettenschüsse zur Beseitigung des Dschungels abgefeuert worden: teils um Pulver zu sparen, teils weil sich die Bankethalle sowieso über die Umgebung erhob und daher nicht so leicht zu überraschen war; außerdem sah man hier und dort natürliche Lichtungen, wo der Boden zu steinig für dichtes Wachstum war. Vom Rand einer dieser Lichtungen scheuchte Chloë plötzlich einen Sepoy auf.

Obwohl Fleury sie nicht gleich erkannt hatte, war er kurz zuvor auf Chloë aufmerksam geworden, als sie in die Lichtung trottete; seit er sie das letzte Mal gesehen hatte, waren Chloës goldene Locken garstig geworden, verfilzt und an manchen Stellen schon halb von Räude weggefressen; ein Schwarm Fliegen folgte ihr, und alle paar Yards hielt sie inne, um sich zu kratzen. Plötzlich bemerkte sie einen Mann, der sich im Dickicht verbarg, und irgendeine Rückbesinnung auf die sorgenfreien Tage ihres Lebens vor der Belagerung muss sich in ihr geregt haben. Statt Reißaus zu nehmen, wie jeder vernünftige Pariahund es getan hätte, ging sie schwanzwedelnd hin, um ihn zu beschnuppern. Ein paar Sekunden lang versuchte der Sepoy, sie diskret zu vertreiben, in der Hoffnung, sein heimliches Kriechen durch den Dschungel unbemerkt fortsetzen zu können. Doch Chloë, immer noch unter dem Einfluss ferner Erinnerung, dachte, er spiele ein Spiel mit ihr, und wedelte umso heftiger mit dem Schwanz. Wütend sprang der Sepoy aus der Deckung und schwang seinen Säbel in der klaren Absicht, diesen widerlichen *feringhee*-Köter abzuschlachten. Wieder und wieder schlug er nach Chloë, aber sie blieb überzeugt, dass es ein Spiel war, und jedes Mal, wenn ihr Freund sich näherte, flitzte sie weg und setzte sich mit wild über den Boden fegendem Schwanz irgendwo anders auf die Lichtung.

Fleury wies Ram drängend auf den Sepoy hin; er hatte sein

eigenes Gewehr in der Halle gelassen. Unter Qualen beobachtete er, wie Ram mit den bedächtigen Bewegungen langen Dienstes und hohen Alters die Patrone aufriss, das Pulver in die Mündung entleerte und seinen Ladestock nahm, um den Rest der Patrone hineinzustopfen.

Als er mit dem Laden fertig war, unterbrach Ram, um sich am Hinterkopf zu kratzen, wo es ziemlich juckte, und dann am Ellbogen, wo ihn vor ein paar Tagen eine Mücke gestochen hatte, wo es zwischendurch aber immer noch juckte. Währenddessen sah Fleury die ganze Zeit sprachlos und entsetzt den Sepoy auf der Lichtung hin und her schießen wie eine Forelle im Becken eines Restaurants. Ram hob nun sein Gewehr so ruhig wie der Ober, der sein Netz ins Becken tunkt ... ah, aber Ram hatte erneut abgebrochen, diesmal, um zu husten und seinen weißen Schnurrbart, der von dem Lufthauch beim Husten ein wenig in Unordnung geraten war, wieder glatt zu streichen ... dann zielte er auf den gleitenden Sepoy, es folgte ein plötzliches wildes Schäumen und Spritzen von Wasser, und der Sepoy lag keuchend auf der Bahn. Ein letztes elektrisches Zucken schüttelte seine Gestalt, und dann lag er still.

Fleury wandte sich ab, angewidert, denn Chloë hatte keine Zeit verschwendet, um vorwärtszuspringen und das Gesicht des Sepoys abzufressen. Er befahl Ram, sie ebenfalls zu töten, und hastete davon, um sich in die Banketthalle zu flüchten und zu versuchen, die gerade beobachtete Szene aus seinem Geist zu löschen. Jetzt, derweilen er allein in einer abgeschiedenen Ecke der Banketthalle saß, bemerkte er an der Wand neben sich eine aufsteigende Kolonne weißer Ameisen; sobald sie die Decke erreichten, breiteten sie ihre Flügel aus und schwebten langsam auf zarten, lebendigen Schleiern hinab. Einmal am Boden, schüttelten sie sich heftig, bis die Flügel abfielen. Dann krabbelten sie als weiße, flügellose Geschöpfe weg.

»Wie seltsam ist es doch«, sinnierte Fleury ergriffen vom Gefühl der Vergänglichkeit aller Dinge und diesem Gefühl zugleich lustvoll ergeben, »dass Millionen Flügel mit ihrem ganzen Wunderwerk an Nerven und Muskeln nur für den Zweck eines einzigen Fluges gemacht sind. Wie traurig zu erkennen, dass Leben der Natur so wenig bedeutet, Myriaden von Geschöpfen nur ins Dasein gerufen werden, um sie sofort wieder zu zerstören.« Und er verfiel eine lange Zeit in melancholische Träumerei über die Vergeblichkeit aller Mühen, während immer mehr Ameisen herabschwebten. Als er endlich wieder zu Sinnen kam, ziemlich beschämt ob seiner Gefühlsanwandlung, war der Boden um ihn herum dick mit winzigen abgeworfenen Flügeln bedeckt, wie mit den Überresten seiner hochschwebenden poetischen Gedanken.

Fleury hatte erwartet, dass Louise ihm einen Besuch abstatten würde, ehe sie sich zur Ruhe begab. Während er sich seinen melancholischen Gedanken überließ, hatte er darauf geachtet, eine edel nachdenkliche Haltung einzunehmen, mit einer Kerze neben sich, die seinem dunklen Profil einen glitzernden Glorienschein verlieh. Aber irgendwann hustete die Kerze, spuckte und ging aus, und von Louise war nichts zu sehen. Später am Abend verbreitete sich das Gerücht, Dr. Dunstaple habe Cholera. Harry eilte sofort zur Residenz, sehr aufgeregt. Fleury wäre gern mitgegangen, aber er und Harry konnten nicht gleichzeitig gehen; einer musste dableiben, um die Sepoys abzuwehren.

Es war bald Mitternacht, als Miriam, die keinen Schlaf gefunden hatte, zu ihm herüberkam und ihm die Neuigkeiten erzählte. Kurz nach dem Abendessen hatte der arme Doktor den verräterischen Brechdurchfall bekommen. Um der Ruhe willen war er nicht auf seine eigene Station im Hospital gebracht worden, sondern ins Tigerhaus nebenan, wo Hari und der Premierminister eingesperrt gewesen waren. Während sich die Leute um ihn herum zu schaffen machten, hatte der Doktor fieberhaft auf sie eingeredet, mit aller Kraft, die ihm noch blieb. »Es war nur Wasser in dem Arzneifläschchen, aus dem ich getrunken habe!«, hatte er wieder und wieder beteuert. »Lasst diesen Scharlatan unter gar keinen Umständen in meine Nähe!«

Als seine Kräfte dahinschwanden, hatte er seiner Tochter und dem eingeborenen Arzneibesteller von seiner Station eilige Anweisungen für die Behandlung gegeben. Ein Sitzbad wurde ins Tigerhaus geschleppt und draußen wurden Feuerstellen zum Erhitzen des Wassers angelegt. Der unglückliche Doktor war eingetaucht und wieder herausgehoben worden, um alsdann, wie er es angeordnet hatte, ein Blasenpflaster auf die Wirbelsäule appliziert zu bekommen. Dr. McNab war kurz an der Tür seiner Station erschienen, um das Erhitzen des Badewassers zu beobachten; dann hatte er sich mit einem Seufzer kopfschüttelnd wieder nach innen zurückgezogen.

Unterdessen hatte sich der arme Doktor einer großen Menge »Reiswasserstuhls« entleert und wurde unentwegt von qualvollen Krämpfen geschüttelt. Er phantasierte auch und rang um Atem. Er baute offensichtlich sehr schnell ab. Schließlich war Louise, die es nicht mehr ertragen konnte, zu Dr. McNab gegangen. Das Problem war Folgendes: Obwohl der eingeborene Arzneibesteller Dr. Dunstaples Behandlungen oft genug unter dessen Anleitung durchgeführt hatte, wurde er bei der Aussicht, sie am Doktor Sahib selber durchzuführen, von Lampenfieber überwältigt. Seine Hände zitterten und ständig sah er Louise rat- und hilfesuchend an. Was Mrs. Dunstaple anbelangt, so regte sie sich dermaßen auf, dass sie nicht mehr wusste, was sie tat, weshalb sie hinausgebeten und mit einem heimlich von Dr. McNab erlangten Beruhigungstrunk auf ihrem Regal in der Speisekammer zu Bett gebracht worden war.

»Ich kann Dr. Dunstaple nur so behandeln, wie ich jeden meiner Patienten behandeln würde, und ich fürchte, dass Ihr Vater mit meinen Methoden nicht einverstanden wäre. Aber wenn Sie wollen, werde ich mich um ihn kümmern.«

Louise zögerte. Ihr Vater war mittlerweile so geschwächt

von seiner Krankheit, so tief im Delirium, dass er kaum noch bei Bewusstsein war.

»Behandeln Sie ihn, wie Sie es für richtig halten, Doktor, aber bitte beeilen Sie sich.«

Innerhalb kürzester Zeit hatte Dr. Dunstaple unter dem Einfluss von Dr. McNabs salzhaltigen Injektionen wieder aufzuleben begonnen. Louise war erstaunt über die spontane Besserung; sie konnte spüren, wie Wärme in die Glieder ihres Vaters zurückkehrte, und sehen, wie ihm das Atmen jeden Moment leichter fiel. Es war wie ein Wunder gewesen. Aber als Dr. Dunstaples Kopf klarer wurde, hatte er wissen wollen, warum kein Senfpflaster auf seinem Bauch war. Dr. McNab hatte sich vorsorglich zurückgezogen, als sein Patient wieder zu Bewusstsein kam, aus Angst, ihn durch seine Anwesenheit zu reizen. Nun aber merkte Dr. Dunstaple nach und nach, dass andere Dinge fehlten. Wo waren die Kalomel-Pillen, wo Opium und Branntwein? Warum waren keine warmen Umschläge an seinen Armen und Beinen? Louise versuchte, ihn zu beschwichtigen und zu überreden, den antiseptischen Trunk zu nehmen, den Dr. McNab ihr gegeben hatte. Aber er hatte wissen wollen, was das war, und am Ende hatte die arme Louise eingestehen müssen, was geschehen war. Er sei so schwach geworden, dass sie gezwungen gewesen war, Dr. McNab um Hilfe zu bitten.

»Elendes Mädchen! Willst Du mich umbringen? Bring sofort das Senfpflaster zurück, auf der Stelle! Bring den Branntwein und die anderen Mittel, die ich befohlen habe. Warme Umschläge, und mach schnell, sonst bin ich verloren!«

Derart war die Wut des Doktors, derart war Louise an Gehorsam gewöhnt, dass sie nicht anders konnte, als seine Befehle schnellstens auszuführen. Inzwischen war auch Harry da und sagte: »Sieh doch, wir wollen nicht, dass dieser McNab seinen Senf dazugibt. Vater scheint sich ganz gut selber zu behandeln, ohne seine Hilfe.«

Aber ach, bald wurde der Doktor wieder schwächer. Miriam, die diesen entsetzlichen Anblick nicht länger ertragen konnte, war aus dem Tigerhaus geflohen.

Fleury war außer sich vor Bestürzung, aber mehr um Louises als um des Doktors willen (er war insgeheim so weit gekommen, dass er seinen angehenden Schwiegervater für einen törichten alten Dickkopf hielt). Er bat Miriam, noch einmal hinüberzulaufen und zu erkunden, wie es dem alten Herrn bei seiner Eigenbehandlung erging. Aber Miriam war gerade fort, da kehrte Harry plötzlich zurück, fröhlicher als erwartet. Er erzählte Fleury, sein Vater sei wieder sehr tief gesunken … fast an die Schwelle des Todes. Wieder sei McNab gerufen worden, und wieder habe dieser darauf bestanden, die Senfpflaster und Umschläge zu entfernen. Wieder habe er eine salzhaltige Lösung in die Blutgefäße des Doktors gespritzt. Und wieder, eine wundervolle Geschichte, habe sich der Doktor erstaunlich erholt.

Aber kaum hatte Harry diese ermutigenden Neuigkeiten mitgeteilt, da kehrte Miriam zurück, mit tief besorgter Miene. Harry müsse sofort rübergehen, um Louise zu helfen. Offenbar hatte es erneut eine schreckliche Szene gegeben, als der alte Doktor, durch Salz und Wasser wieder zur Besinnung gekommen, entdeckt hatte, dass ihm wieder nicht gehorcht worden war. Auch Dr. McNab war ärgerlich geworden: »Jedes Mal, wenn ich ihn wiederbelebe, beschimpft er mich! Wie lange soll ich mir das noch bieten lassen?« Dr. Dunstaple jedenfalls hatte die Angelegenheit geregelt, indem er alle aus dem Tigerhaus warf, außer dem unglückseligen Arzneibesteller, der den Befehl bekam, mit der Dunstaple-Behandlung fortzufahren, notfalls bis zum Tode, und die Tür für alle anderen zu verschließen.

Fleury und Miriam warteten schweigend und bedrückt auf weitere Nachrichten, aber es kamen keine. Schließlich gingen sie auf die Veranda hinaus, wo es kühler war. Der Himmel war mit Sternen übersät. Bald würde die Regenzeit vorbei sein, dachte Fleury, und die Sepoys würden wieder in der Lage sein, Minen zu graben und organisierte Angriffe zu starten. Sich mit Gegenminen zu verteidigen, kam angesichts ihrer knappen Pulverreste nicht infrage; bestenfalls könnten sie es schaffen, in die feindlichen Minen einzubrechen, und es Mann gegen Mann auskämpfen. Aber hätten sie überhaupt die Kraft, Minen zu graben? Es war keine ermutigende Aussicht.

»Hör, die Schakale.«

Irgendwo nicht weit entfernt, umgeben von Dschungel, lagen Chloë und der Sepoy Seite an Seite und verrotteten oder wurden von den Spezialisten der Nacht gefressen.

Gegen Morgen hörten sie, dass Dr. Dunstaple, nicht sehr überzeugend, an einem Herzinfarkt gestorben sei.

Das Seltsame an Dr. Dunstaples Tod war die Tatsache, dass der Doktor, obgleich die grauenvollen Umstände, unter denen er gestorben war, jedermann in der Enklave bestens bekannt waren, nach allgemeinem Dafürhalten seinen Streit mit McNab deshalb nicht verloren hatte. Wer wusste schon, fragte man sich wie gehabt, ob die Dunstaple-Behandlung nicht jedes Mal gerade zu wirken begonnen hatte, als McNab mit *seiner* Behandlung begann? Der anschließende Rückfall des Doktors konnte durchaus eine Folge von Dr. McNabs Einmischung sein. Vor allem aber geriet Dr. McNab dadurch in Verruf, dass er »Nadeln in Dr. Dunstaple gestochen« hatte. Es machte nicht viel aus, dass diese Nadeln für Injektionen bestimmt gewesen waren und nicht für irgendeinen finsteren chinesischen Zweck. Abgesehen davon war McNab Jude. Er hatte es selbst gesagt.

»Ich hätte nie geglaubt, dass es so viel Dummheit geben könnte«, sagte der Collector zu McNab, vor dem er großen Respekt gewonnen hatte.

»Och, die Leute sind verwirrt. Mit der Zeit werden sie es lernen.«

Trotzdem blieb die Vorstellung, Dr. Dunstaple habe recht gehabt, irgendwie bestehen, unabhängig von Gedanken oder

Vernunft, genauso substanzlos wie die »unsichtbare Cholera-Wolke« selbst, von der Dr. Dunstaple glaubte, sie habe einst über Newcastle gehangen. Doch McNab fuhr fort wie immer, wissend, dass auch die »Cholera-Wolke« irgendwann weiterziehen und seine eigene Ansicht sich durchsetzen würde … aber dies würde unmerklich geschehen, nicht etwa wie eine vorbeiziehende Wolke, sondern eher in der Art, wie sich Bodensatz in einem Glas voll Schlammwasser ablagert.

Vierter Teil

XXVIII

Ende August hörten die Regengüsse so schlagartig auf, als wären Wasserhähne abgedreht worden. Der September galt in der britischen Gemeinschaft auch unter normalen Bedingungen als der ungesündeste Monat des Jahres; während die heiße Sonne wieder ihren Dienst aufnahm, die Wasserlachen, die sich auf dem durchtränkten Boden gesammelt hatten, auszutrocknen, hingen allenthalben fieberträchtige und verseuchte Dünste in der Luft. Schwärme von Fliegen und Mücken verfolgten jedes Lebewesen.

Kaum hatten die Regengüsse aufgehört, kehrten die Zuschauer auf den Hang oberhalb der Melonenbeete zurück, nun zahlreicher denn je. Zweifellos weil jetzt, Anfang September, viel besseres Wetter war; es war kühler und die Zuschauer konnten im Sonnenschein lustwandeln, ohne den Schatten der Schirme zu benötigen. Einige der reicheren Eingeborenen brachten nach europäischer Manier Picknickkörbe mit, und ihre Diener rollten prachtvolle Teppiche über der grünen Grasnarbe aus; während ihr Festmahl auf diesen Teppichen ausgebreitet wurde, konnten sie durch wohlweislich mitgebrachte Fernrohre und Operngläser beobachten, was vor sich ging … obwohl das, was sie sahen, wenn sie die Festungsanlagen der Residenz und der Bankettenhalle absuchten, kaum sehr eindrucksvoll für sie gewesen sein dürfte: nur ein paar hinter Erdwällen kauernde zerlumpte, mit Furunkeln bedeckte Gerippe. Trotzdem ließen sie sich mit Genugtuung im Getümmel des Festplatzes nieder, wie Gentlemen, die nach der Pause auf ihre Plätze im Theater zurückkehren. Es sah nicht so aus, als würde dieser letzte Akt sehr lange dauern.

Auch die Besatzung hatte begonnen, die Zuschauer durch Fernrohre zu beobachten, vor allem um zu sehen, was sie aßen. Die willensschwächeren unter den Verteidigern verbrachten oft mehr Zeit damit, den eingeborenen Fürsten beim Essen zuzuschauen, als damit, die feindlichen Linien zu beobachten. Essen war zur Obsession eines jeden geworden; sogar die Kinder redeten und phantasierten ständig davon; sogar der Padre konnte zu dieser Zeit kaum einschlafen ohne zu träumen, dass Raben kämen, um ihn zu füttern … aber ach, sobald diese geflügelten Versorger mit Nahrung herbeiflogen, wachte er auf. Aber trotz alledem war es vielleicht genauso gut, dass nichts von dem, was sie sehen konnten … nichts von den dicken, an Spießen bratenden Fischen oder Hühnern, nichts von den schönen Broten, Chapatis, Nans und Parathas, nichts von den reichhaltig brodelnden Curries oder glitzernden Reisbergen, welche die scharlachrot umrandeten Augen der Gerippe durch ihre Fernrohre sahen und stundenlang anstarren konnten … dass nichts davon erreichbar war, denn in ihrem ausgehungerten und geschwächten Zustand wären sie von einem schweren Curry höchstwahrscheinlich ebenso tot umgefallen wie von einer Kanonenkugel.

Verzweifelte Mittel wurden angewandt, um etwas zu essen zu bekommen. Jedes verwesende Stück Fleisch, das in der Enklave noch aufzutreiben war, wurde auf einen improvisierten Angelhaken gesteckt und an einem Seil befestigt über die Brüstung geschleudert, in der vergeblichen Hoffnung, einen möglicherweise anbeißenden Schakal oder Pariahund zu fangen. Mr. Worseley, der Ingenieur, schoss tausend Spatzen und bereitete ein Curry daraus, das alle, die es kosteten, für hervorragend erklärten, aber wegen der Verschwendung von Pulver und Schrot den Zorn des Collectors erregte. Die Männer an den Brustwehren hatten oft erfolglos versucht, einen der streunenden Artillerie-Ochsen nahe genug heranzulocken, um sich seiner zu bemächtigen, doch zu guter Letzt, gegen Ende der ersten Septemberwoche, wurde bei der Bankettbhalle ein altes

Pferd gefangen und getötet. Das Fleisch wurde in Rationen ausgegeben, Kopf, Knochen und Innereien für Suppe benutzt und die Haut in Streifen geschnitten, zum Lutschen für die Kinder. Einen Tag und eine Nacht erfüllte die Pferdeschlemmerei alle in der Enklave mit einem grausigen Hochgefühl, das jedoch in dem Maße abflaute, in dem der Besatzung bewusst wurde, dass ein Pferd kaum ausreichte, um ihren Hunger länger als ein paar Stunden zu stillen. Diese Pferdemahlzeit könnte mit dem Luftschnappen eines Ertrinkenden verglichen werden, der sich für eine Sekunde an die Oberfläche hinaufgekämpft hat, um sofort wieder in die Tiefe gestrudelt zu werden. Nachdem die Belagerten sich die Mundwinkel geleckt und jeden Finger einzeln abgelutscht hatten, schloss sich das kalte Meer des Hungers mit einem kaum sichtbaren Kräuseln wieder über ihren Köpfen.

Am 10. September, der Louises Geburtstag war, tauschte Fleury seine goldenen Manschettenknöpfe, eine silberne Schnupftabakdose und ein Paar Schuhe bei Rayne gegen zwei Stück Zucker ein. Er zerrieb den Zucker zu einem Pulver, mischte ihn mit Wasser und mit seiner täglichen Handvoll Mehl und gab etwas Currypulver für den würzigen Geschmack hinzu: Dann ließ er das Ergebnis auf einem flachen Stein neben dem Feuer backen. Darüber hinaus kaufte er bei einer der Artillerie-Frauen einen Teelöffel Tee für zehn Pfund, zahlbar nach dem Ende der Belagerung oder, im Fall des Todes, durch seine Testamentsvollstrecker an bestimmte Personen aus ihrer Verwandtschaft zu entrichten; da diese recht nebulöse Vereinbarung die Frau, die den Tee verkaufte, zunächst nur misstrauisch zu machen schien, hatte Fleury ein elaboriertes Schreiben aufgesetzt, das eindrucksvoll mit den Worten begann: »An die verehrten Finder dieses Schreibens. Ich, George Fleury, derzeit verstorben«, und das Fleury geeignet erschien, der Transaktion eine gewisse rechtsgültige Feierlichkeit zu verleihen. Auf diese Weise versorgt, lud er Louise ein, in die Bankettthalle zu kommen, um ihren Geburtstag zu feiern, nur in aller Ruhe, versicherte er ihr;

er hatte nicht vergessen, dass sie noch voll Kummer um ihren Vater sein musste, der erst kürzlich auf seine letzte Reise gegangen war, im Gefolge so vieler ehemaliger Patienten in den Brunnen im Hof der Residenz abgetaucht.

Fleurys Kuchen waren nicht besonders gut geworden; tatsächlich waren sie genauso hart wie der Stein, auf dem sie gebacken worden waren, und mussten mit dem Bajonett abgeschlagen werden. Aber egal, Louise war so hungrig, dass sie voller Spannung darauf starrte, ungeachtet Fleurys höflicher Konversation, während er den Tee zubereitete. Doch als der Moment gekommen war, die Kuchen zu verschlingen, merkte sie unglücklicherweise, dass sie wegen der Härte Schwierigkeiten hatte, ihr Stück zu essen. Sie wollte es gegen Fleurys tauschen, aber seines war genauso hart. Das Problem war, dass Louise wie viele Mitglieder der Besatzung an Skorbut litt; es hatte mehrere Fälle von teilweiser Erblindung und geschwollenen Köpfen gegeben, aber das gewöhnlichste Symptom, das auch Louise Probleme machte, war die Lockerung der Zähne. Sie spürte, dass ihr sämtliche Zähne ausfallen würden, wenn sie versuchte, in Fleurys Kuchen zu beißen. Auch Fleury war nicht sicher, wie gesund seine Zähne waren, und so beschlossen sie, das Beste sei wohl, die Kuchen zu lutschen, zum Aufweichen vielleicht ein wenig in den Tee getunkt. Im Übrigen hatte es auch einen Vorteil, dass sie so hart waren, weil sie länger etwas davon haben würden. Aber trotz der Härte schienen sie im Nu zu verschwinden. Louise sah Fleury an und fühlte sich so verletzlich, dass sie augenblicklich zu weinen begann.

»Oh, nanu, was ist los?«

Aber Louise konnte es ihm nicht sagen. Abgesehen von der Tatsache, dass sie ihre Zähne kurz vor dem Herausfallen glaubte, hatte sie seit mehreren Wochen ihre Regel nicht mehr gehabt und fürchtete, unfruchtbar zu sein. Sie sehnte sich verzweifelt danach, dies jemandem anzuvertrauen, fand es aber wieder einmal unmöglich, jemand Geeigneten zu finden …

ihre Mutter war zu verstört, ihr Vater war tot, und sie brachte es nicht über sich, es Miriam zu sagen, aus Angst, einige platte Bemerkungen über das geheimnisvolle Innenleben einer Frau zu provozieren. Nach einer Weile jedoch zwang sie sich, zu lächeln, und trocknete ihre Augen an einem von Fleurys Hemdsärmeln, der einigermaßen sauber aussah. Sie versprach sich, dass sie später weiterschluchzen könne, wenn sie erst im Billardraum auf ihrem Bett lag. Schluchzen war dort so gang und gäbe, dass es niemand mehr bemerkte.

IXXX

Unterdessen war offensichtlich geworden, dass die Sepoys einen großen Angriff vorbereiteten, um die Belagerung endgültig zu einem Ende zu bringen. Mr. Ford berichtete von seinem Beobachtungsposten auf dem Dach der Residenz, dass neue Sepoy-Kontingente aus allen Himmelsrichtungen den feindlichen Linien zuströmten. Es war unmöglich, mit Sicherheit zu sagen, ob es sich dabei um neue Rekruten für das Krishnapur-Feld handelte, vielleicht solche, die nach einer siegreichen Belagerung der *feringhees* irgendwo anders in der Ebene freigeworden waren, oder einfach Männer, die während der Regenzeit desertiert waren und jetzt zurückkehrten, um ihre Arbeit zu vollenden. Unter den ankommenden Truppen bemerkte Mr. Ford jedoch mehrere Schwadronen Lanzenreiter mit der grünen Flagge des Islam; sie wirkten viel zu gut gedrillt und gerüstet, um zurückkehrende Deserteure zu sein. Er bemerkte auch mehrere Geschütze, die von Ochsen aus Richtung der Schiffbrücke in das Sepoy-Lager geschleppt wurden.

Wie es sich für einen Ingenieur gehört, besaß Mr. Ford eine systematische Natur; er unterzog das Feldlager der Sepoys einer sorgfältigen Prüfung und verzeichnete auf einer improvisierten Karte die Standorte verschiedener Gruppen und Regimenter; es gelang ihm auch, durch akribische Beobachtung der ankommenden und abziehenden Munitionskarren auf die Lage des Hauptmagazins der Sepoys zu schließen. Diese letzte Information wurde weitergeleitet an Harry Dunstaple, dessen Fähigkeiten als Kanonier jetzt in der ganzen Enklave gerühmt wurden. Aber Harry konnte sie nicht nutzen. Das Magazin befand sich außer Schussweite.

Am Nachmittag des 12. September, einem Samstag, schickte Mr. Ford dem Collector eine dringende Nachricht … Nach den von ihm beobachteten Vorbereitungen im Lager der Sepoys war er sicher, dass sie innerhalb der nächsten Stunden einen Großangriff starten würden. Der Collector war unabhängig davon bei seiner Beobachtung des Hangs oberhalb der Melonenbeete, wo die Zahl der Zuschauer rasant zu steigen begann, zu demselben Schluss gelangt.

»Gibt es nicht irgendeine Möglichkeit, ihr Magazin zu treffen? Das würde uns ein paar zusätzliche Tage verschaffen.«

»Es ist knapp außer Schussweite, Mr. Hopkins. Wenn wir noch Pferde hätten …«

Der Collector lächelte bleich. »Wenn wir noch Pferde hätten, könnten wir sie essen.«

Gegen Abend erließ der Collector den Befehl, alle, die an den Festungswällen entbehrlich seien, sollten sich in der Halle versammeln, er wolle der Besatzung ein paar Worte sagen.

»Ich nehme an, er wird uns erzählen, dass es ›Gentlemen in England, jetzt im Bett‹, reuen wird, nicht hier zu sein«, bemerkte der Magistrate, aber niemand fand seinen widerwärtig demonstrativen Zynismus amüsant, und der Magistrate blieb grimmig in sich hineinglucksend zurück, die Seele in Essig eingelegt.

»Wir haben eine Menge Arbeit vor uns heute Nacht«, sagte der Collector, nachdem alle in der Halle versammelt waren. »Es ist fast sicher, dass der Feind die Residenz von Norden angreifen wird, sehr wahrscheinlich morgen in der Dämmerung. Wir werden selbstverständlich unser Bestes tun, um die Residenz zu halten, aber es kann gut sein, dass wir mittlerweile zu wenige dafür sind … Darum müssen alle Verwundeten, die Ladies und die Kinder heute Abend in die Bankethalle gebracht werden, außerdem Wasser, Pulver, Leinen und, fürwahr, jeglicher Gegenstand, der uns nützlich sein könnte. Vorausgesetzt, dass wir genügend Wasser mitnehmen, gibt es keinen Grund, warum wir nicht in der Lage sein sollten, eine beträchtliche Zeit in der Bankettshalle durchzuhalten, die weitaus besser zu verteidigen ist … und lassen Sie mich daran erinnern, dass der Entsatz mit jedem Tag näherkommt … mit jedem Tagesmarsch vielleicht an die zwanzig Meilen näher … Sie müssen mir glauben, wenn ich Ihnen sage, dass sie irgendwo da draußen in der Ebene und zu uns unterwegs sind. Ich weiß, dass sie da sind. Noch eine Woche, und wir sind gerettet. … Nur eines möchte ich hinzufügen, um Ihre Gemüter zu beruhigen … Wir haben beschlossen, eine ausreichende Menge Pulver in der Bankettshalle aufzubewahren, um uns im allerschlimmsten Fall in die Luft zu sprengen. Ich glaube, wir sind uns alle einig, dass es besser für uns ist, auf diese Weise gemeinsam einen ehrenvollen Tod zu sterben, als ein schlimmeres Schicksal in den Händen der Feinde zu riskieren.« Ein Beben ging bei diesen Worten durch die Zuhörerschaft des Collectors. Insbesondere Vokins konnte nicht erkennen, wie diese Ankündigung sein Gemüt beruhigen sollte. Die Aussicht, ehrenvoll mit den Herrschaften in die Luft gesprengt zu werden, löste nicht den geringsten Funken Begeisterung bei ihm aus. In der Tat, je mehr er darüber nachdachte, umso weniger Lust hatte er dazu. Dennoch, dachte er mit einem Schauder, vielleicht war es besser, als diesen Negern da draußen in die Hände zu fallen!

Nachdem er zu Ende gesprochen hatte, zögerte der Collector einen Augenblick auf der Treppe, während er auf die müden und ausgemergelten Gesichter blickte. Kurz zuvor hatte er gehört, dass ein junger Angestellter von der Post sich im Bett erschossen hatte … er hinterließ eine junge Witwe, die er in der letzten kühlen Jahreszeit in Kalkutta geheiratet hatte; diese Verzweiflungstat hatte ihn mehr bewegt als jeder andere der vielen Todesfälle, deren Zeuge er seit dem Beginn der Belagerung geworden war; vielleicht war es die Tatsache, dass der junge Mann im Bett gelegen hatte, als er sich erschoss, die der Collector so traurig fand. So eine Hoffnungslosigkeit! Es war entsetzlich. »Es ist meine Schuld. Ich hätte in der Lage sein müssen, ihm etwas zu geben, worauf er hätte hoffen können«, dachte er seufzend, indem er das halbe Dutzend Stufen hinunterging und neben Miriam auf den Steinplatten niederkniete.

»Der Herr, unser Gott, ist ein einiger Herr; die aber andern Göttern dienen, wird Gott richten.«

»Sei uns gnädig, Herr«, murmelte die Gemeinde der Gerippe.

»Die Abgöttischen und alle, die Gottes Geschöpfe anbeten, wird Gott richten.«

»Amen. Sei uns gnädig, Herr.«

»Des Herrn Tag ist heilig; die ihn aber entheiligen, wird Gott richten.«

Die Lippen des Collectors bewegten sich, aber seine Gedanken waren schon wieder abgewandert, belagert von praktischen Fragen ... wie sollten sie es mit Aborten halten bei so vielen Menschen in der Banketthalle, falls sie aus der Residenz vertrieben wurden? Würde es genügend Wasser geben? Er musste versuchen, vor morgen früh mit jedem seiner Kinder einen Moment allein zu sein. Das war seine Pflicht. Abgesehen davon hätte er möglicherweise keine andere Gelegenheit mehr, ihnen zu sagen, dass er sie liebte; Miriam auch. Er hatte sie in den letzten Tagen liebgewonnen. Er hätte ihr jetzt gern eine Hand auf die Schulter gelegt, um sie zu ermutigen. Aber als dieser Gedanke ihm gerade in den Sinn kam, ertönte prompt die Stimme des Padre, um ihn zu tadeln: »Ehebrecher aber und Hurer und alle, die da unrein sind, wird Gott richten.«

»Amen. Sei uns gnädig, Herr«, sagte der Collector so schwer, dass es eher wie ein Befehl denn wie ein Flehen klang. Aber wäre es nicht besser gewesen, sinnierte er, die Banketthalle zu räumen und die Residenz zu verteidigen, die über einen Brunnen verfügt? Nein, nicht doch ... er hatte die richtige Entscheidung getroffen. Die Residenz war angreifbar. Selbst in Trümmer geschossen, würde die beherrschende Lage der Banketthalle noch erlauben, diese zu verteidigen. Und wie mochte es den Sepoys ergehen? Sie mussten inzwischen wissen, ob eine Entsatzarmee nahte. Vielleicht war das der Grund, warum sie entschlossen waren, jetzt ohne weitere Verzögerung anzugreifen? Trotzdem, was für eine Schande das doch alles ist! Was für eine Verschwendung all der guten Arbeit, die in Indien gemacht worden ist! Dennoch, es muss irgendeinen Weg geben, ihr Magazin zu zerstören.

»Geizige aber und Räuber und die da zermalmen die Elenden, wird Gott richten.«

»Amen. Sei uns gnädig, Herr, und lege uns diese Sünden nicht zur Last.«

Der Padre hatte den Collector gebeten, eine Predigt halten zu dürfen. Der Collector hatte eingewilligt, vorausgesetzt, sie sei kurz, weil noch so viel zu tun war bis zum Morgen. Als Text hatte der Padre gewählt: »Ich habe alles Dinges ein Ende gesehen; aber dein Gebot währet.« Der Padre war sehr schwach geworden seit dem Ende der Regenzeit. Sein Gesicht war so abgemagert, dass man genau sehen konnte, wie sich die ganze komplizierte Maschinerie seines Kiefers mit ihren Bändern, Pfannen und Flaschenzügen in Bewegung setzte, wenn er sprach. Die Hintersten in der Versammlung mussten einander jetzt flüsternd fragen, wie der Text gewesen sei, weil sie ihn nicht verstehen konnten.

Abermals mahnte der Padre seine Zuhörer, Buße zu tun, denn nun nahe die allergefährlichste Zeit, und er wiederholte die Worte, die er zuvor gelesen hatte: »Und er hat seine Wurfschaufel in der Hand: Er wird seine Tenne fegen und den Weizen in seine Scheune sammeln; aber die Spreu wird er verbrennen mit ewigem Feuer.« Er mahnte die Besatzung, Gott zu vertrauen, und erinnerte an David und Goliat, wie Israel über diesen mächtigen Gegner am Ufer des Meeres obsiegte, an Daniel in der Löwengrube. Dann verstummte er eine kleine Weile, gleichsam in Meditation.

Als er wieder zu sprechen anhub, war es, um jeden der Anwesenden, dem er während seines Amtes in Krishnapur unwissentlich Unrecht getan hatte, um Vergebung zu bitten. Dann, nachdem er die Gemeinde gebeten hatte, für ihn zu beten, hielt er erneut inne … und diesmal war es offensichtlich physische Schwäche, die ihn zu einer Pause zwang. Wieder ein wenig bei Kräften, beendete er seine Ansprache mit einem Zitat von Erzbischof Leighton: »›Ein noch so kleiner Aufruhr, klein in seinen Anfängen, kann das größte Königreich umstürzen! Der Gläubige aber ist Erbe eines unerschütterlichen Königreichs … Wer auf Gott vertraut, sieht den Tod mit Gelassenheit; und der zweite Tod wird keine Macht über ihn haben …‹«

Die Versammlung löste sich auf. Der Collector ging nach oben, um seine Pistolen zu bergen. Eine davon, die Colt-Patent-Repetierpistole, hatte er gewohnheitsmäßig während der ganzen Belagerung benutzt, und sie steckte jetzt unbequem in dem Kummerbund, den er um die Hüften trug; er war besorgt, dass die anderen den Sepoys in die Hände fallen könnten, falls die Residenz verlorenging. Sie lagen in einem gläsernen Schaukasten in seinem Ankleideraum, ähnlich wie die Turtons-Feile auf einem verblichenen roten Samtpolster, mit dem etwas dunkler roten Schatten einer Pistole, wo bis vor Kurzem die Colt'sche gelegen hatte. Dieser Waffenschrein war der letzte und langlebigste der vielen Schätze des Collectors von der *Exhibition*, und wahrhaftig, dachte er, mit der möglichen Ausnahme des Velozipeds, das ihn zur Gestaltung des Festungswerks angeregt hatte, der einzige, der irgendwie nützlich gewesen war; die meisten anderen steckten jetzt natürlich unbeweglich in den getrockneten Erdwällen und hätten nur mit einer Hacke wieder ausgegraben werden können. Der Collector wählte nur zwei weitere der Schusswaffen aus, eine kleine und zuverlässige fünfläufige Pistole von Lefaucheux aus Paris, die er laden und Miriam geben wollte, sowie den englischen Trommelrevolver von Adams, der wegen seiner Leichtigkeit und der Geschwindigkeit, mit der er geladen und abgefeuert werden konnte (bis zu zehn Mal in der Minute, war behauptet worden), in Woolwich so viel Aufsehen erregt hatte. Den Rest der Pistolen packte er in ein Tuch und gab das Bündel einer seiner Töchter, um es in die Banketthalle zu tragen.

Bevor er hinunterging zu den nördlichen Festungswerken, wo der Hauptangriffssturm erwartet wurde, blickte er sich ein letztes Mal in dem Zimmer um und sah Haris Phrenologiebuch am Boden. Er nahm es und schlug es irgendwo auf. Es öffnete sich bei *»Hoffnung«*. »Dieses Organ sitzt zu beiden Seiten des Organs der *Verehrung* und erstreckt sich unter einem Teil des Stirn- und einem Teil des Scheitelbeins. Es löst fröhliche, begeisterte und entzückte Gefühle aus, malt ein heiteres und lächelndes Bild von der Zukunft als einem Land des ursprünglichen Glücks. Wenn es zu energisch und dominierend ist, begünstigt es *Leichtgläubigkeit* und führt bei geschäftstüchtigen Menschen zu übereilten und unbedachten Spekulationen. Wenn dieses Organ sehr unzulänglich ist und das der *Vorsicht* stark ausgeprägt, kann eine düstere Niedergeschlagenheit den Geist befallen.«

Glucksend ging der Collector nach unten. Dabei erblickte er auf der Treppe einen großen schwarzen Käfer; er fasste ihn zwischen Zeigefinger und Daumen und nahm ihn mit nach draußen zu den Festungswerken. Dort bot er ihn großzügig dem Magistrate an, der damit beschäftigt war, Patronen zu den Schützenbänken des Verbindungsgrabens zu tragen. Der Magistrate zögerte.

»Nein, danke«, sagte er, wenngleich mit einem Anflug von Begehren in der Stimme.

Der Collector warf ihn sich in den Mund, genoss einen Moment das zappelnde Gefühl auf seiner Zunge, und kaute ihn dann knirschend, so lustvoll, als ob es eine Trüffelpraline gewesen wäre.

XXX

Unmittelbar vor der Morgendämmerung ertönte der Klang einer singenden Stimme über der dunklen Fläche, die einmal das Gelände der Residenz gewesen war, aus der Richtung dessen, was einmal die Cutcherry gewesen war. Es war ein wunderschöner Klang. Er hatte eine seltsame, faszinierende Resonanz, als stünde der Sänger in einem großen Raum oder in dem aus Stein gebauten Innenhof eines der alten Paläste, welche die Mogulherrscher weiter im Westen zurückgelassen hatten. Aber natürlich war da kein Palast, ja nicht einmal ein großer Raum, es sei denn, das Kellergewölbe der Cutcherry hätte irgendwie überdauert. Es konnte nur eine besondere Beschaffenheit der Stille in der Luft sein, die den Gesang so wunderschön trug. Fleury fragte Ram, was für ein Lied das sei.

»Das ist der Name Gottes, Sahib«, sagte Ram ehrfurchtsvoll. Während der alte Veteran dem nun von Glockenläuten begleiteten Lied lauschte, sah Fleury einen Ausdruck zärtlicher Hingabe sich über sein runzliges Gesicht legen, und auch er dachte, wie der Collector es einige Wochen zuvor im Tigerhaus gedacht hatte, wie viel vom indischen Leben dem Engländer, der gerüstet mit seiner eigenen Religion und eigenen Sitten herkam, verschlossen blieb. Aber natürlich war dies nicht der Moment, damit anzufangen, über solche Dinge nachzugrübeln.

Stattdessen blickte Fleury auf seine Bewaffnung, die beeindruckend war; sie bestand aus einem Säbel, unglaublich scharf, zwei Dolchen mit geflammten Klingen aus Malaya und einem anderen, indischen Dolch von der gleichen Art, wie Hari sie ihm gezeigt hatte, mit zwei Klingen und in der Mitte einem Griff für die ganze Faust, ähnlich dem einer Handsäge. Zu guter Letzt hatte er sich aus dem Haufen, den der Collector verschmäht hatte, einen enormen, fünfzehnläufigen Revolver herausgesucht. Dieser Bündelrevolver war so schwer, dass er ihn natürlich nicht in seinen Gürtel stecken konnte; alles, was er damit machen konnte, war, ihn mit beiden Händen zu heben. Aber er war so begeistert davon gewesen, dass er sich mit Freuden die Mühe gemacht hatte, die Honigwabe des Laufbündels Kammer um Kammer zu laden und und jetzt war das gute Stück bereit, Zerstörung anzurichten. Er sah bereits fünfzehn Sepoys hingestreckt auf dem Boden liegen und sich selbst über ihnen stehen, mit der rauchenden Waffe in der Hand … oder vielmehr in beiden Händen.

Während der Himmel langsam heller wurde und sie warteten, dachte Fleury daran, wie er und Harry Anfang Juni auf den allerersten Angriff gewartet hatten. Wie lange das her zu sein schien! Er erinnerte sich, wie unschuldig sie darüber diskutiert hatten, welche Eingeborenen sie in Stücke blasen und welchen sie einen Aufschub gewähren würden. Jetzt waren sie zu schwach, um überhaupt zu diskutieren.

Trotz seiner physischen Schwäche war Harry fleißig. Die Balustrade neben ihm sah aus wie das Regal eines Strumpfwarenladens. Dutzende Paar seidene Damenstrümpfe hingen von ihr herab oder lagen in Haufen auf den Bodenplatten bei der Sechspfünder. Hätte man an diesem Morgen des letzten Angriffs die Kleider der Krishnapur-Ladies angehoben, hätte man selbige entsprechend nacktbeinig gefunden, denn sie waren es, die ihre Strümpfe gespendet hatten, um Harry zu helfen, die Schwierigkeit mit seiner Messingkanone zu lösen … Er hatte nämlich, auch wenn es unglaublich scheinen mag, im Lauf der Belagerung so viele Vollkugeln verschossen, dass die Rohrmündung zu einer Ellipse gehämmert worden war. Die Verformung war derart, dass keine runde Kugel mehr durch die Mündung ging; auch eine Kartätsche wäre nicht mehr hindurchgegangen, hätte Harry nicht die Idee gehabt, die Kartätschenladungen zu klopfen und Seidenstrümpfe als Behältnis für die Eisenkugeln zu verwenden. Neben der Messing-Sechspfünder stand jetzt eine weitere Sechspfünder, diese aus Eisen, mit einem längeren Rohr. Auch aus ihrem Lauf waren jede Menge Schüsse abgefeuert worden, und obgleich die Mündung nicht verformt war, hatte Harry doch das ungute Gefühl, sie könne jederzeit zerspringen.

Der Collector war zu Ford auf die Dachterrasse gegangen, weil er in einer Position sein wollte, von der aus er im richtigen Moment den Befehl zum Rückzug geben konnte; seiner Vorstellung nach gab es keinen Zweifel, dass er ihn früher oder später würde geben müssen. Aber die Kanonen an den nach Norden gerichteten Wällen hatten eine entscheidende Funktion, wenn die Besatzung den Morgen überleben wollte. Diese Kanonen mussten den Schwung des ersten feindlichen Angriffs brechen. Es war jetzt gerade so hell auf dem Dach, dass er genug sehen konnte, um seine Pistolen zu laden. Er saß mit gekreuzten Beinen nach Art der Eingeborenen neben der Brüstung und hörte die Flagge in dem leichten Lüftchen über ihm rastlos flattern. Finster vor Konzentration begann er die sechs Kammern seiner Colt-Patent-Repetierpistole mit dem Blei zu laden, das die Tasche seines Vogelscheuchengehrocks hinunterzog. Eine nach der anderen füllte er die Kammern mit Zündpulver, legte ohne Schusspflaster oder Flecken eine weiche Bleikugel hinein und zog den langen Hebel unter dem Lauf; dieser Hebel bewegte den Ladestock, der das Blei in die Kammer drückte und sie so dicht verschloss, war dem Collector versichert worden, dass das Pulver immer noch zünden würde, wenn man die Waffe vollständig in Wasser eintauchte. Als er fertig war und auch den Adams geladen hatte, ließ der Collector sich ruhig nieder und wartete auf den Angriff. Er fühlte sich jedoch sehr schwach, und hin und wieder würgte er krampfartig, aber ohne zu erbrechen, weil er in den letzten vierundzwanzig Stunden außer etwas Wasser nichts zu sich genommen hatte. Er neigte auch zu Schwindelgefühlen und musste sich an die Brüstung lehnen, um seine getrübte Sicht zu stabilisieren.

Der Collector hatte erwartet, dass der Angriff mit dem heulenden Kriegsgeschrei begann, den er zu fürchten gelernt hatte, aber ausnahmsweise war dem nicht so; aus dem dünnen Bodennebel, der in einer leichten Vertiefung zwischen dem Kirchhofswall und den Trümmern der Cutcherry hing, begannen Gestalten aufzutauchen. Dann hörte er, leise aber eindeutig, das Klimpern von Zaumzeug. Er stand schwankend auf, dann schrie er: »In Bereitschaft! Klar zum Gefecht!« Vom Dach hallte seine Stimme über die schlafende Ebene wie die eines Muezzins. Als die Sepoys dies hörten, warfen sie ihre Köpfe zurück und stießen ein so schrilles, so markerschütterndes Heulen aus, dass sich sämtliche Fenster der Residenz aufgelöst hätten, wären sie nicht schon zerbrochen gewesen. Damit, im Glanz blitzender Bajonette, begannen sie zu stürmen, aus allen Ecken der Hemisphäre zusammenströmend; noch ehe sie ein Dutzend Yards vorgerückt waren, hatten Schwadronen Lanzenreiter sie in wilder Jagd auf die Festungswälle überholt.

Der Collector wartete, bis er ihre Distanz auf zweihundert Yards schätzte, und schrie: »Feuer!« Dies war an der Grenze der wirksamen Schussweite von Kartätschen, aber er konnte es sich nicht leisten, noch länger zu warten; seine Männer waren so schwach, ihre Bewegungen so schleppend, dass sie jede zusätzliche Sekunde brauchen würden, wenn sie nachladen und ein zweites Mal feuern sollten, bevor der Feind die Festungswälle erreichte. Während ein halbes Dutzend Kanonen gleichzeitig an den Wällen aufblitzte, erschienen Lücken in den Reihen der stürmenden Männer und Pferde schlugen auf den Boden … Aber der Collector konnte sehen, dass er den Feuerbefehl zu früh gegeben hatte. Nicht genug Schaden war angerichtet worden … Es war wie treibende Blätter auf einem schnell fließenden Fluss zu beobachten; hin und wieder blieb eines der Blätter an einem überschwemmten Felsen hängen, während die große

Masse immer schneller an beiden Seiten vorbeiströmte. Und er konnte sehen, dass die Distanz ohnehin zu kurz war: Seine Kanonen würden niemals rechtzeitig nachgeladen sein. Er hätte warten müssen, um eine wirklich effektive Salve auf kurze Distanz abzufeuern. Die feindlichen *sowars* waren bereits oben auf den Wällen.

»Die Kanonen vernageln!«, schrie er, aber es gab niemanden, der ihn hätte hören können. Die Hälfte der Männer hastete bereits in das Residenzgebäude oder ins Hospital zurück, um eine neue Stellung zu beziehen, während die restlichen ihr Bestes taten, um die schon über die Festungswälle schwärmenden Sepoys abzuwehren. Einige Sepoys wurden erschossen oder niedergemetzelt, als sie versuchten, sich über die »Besitztümer« hinwegzukämpfen, die hier und dort scharfkantig aus der Erde ragten; ein *sowar* stürzte kopflos auf eine verschlammte, samtbezogene Chaiselongue; ein Krieger aus Oudh tauchte in einem Glitzerschauer kopfüber durch ein Gehäuse mit ausgestopften Tropenvögeln, während ein Kamerad an seiner Seite mit ausgestreckten Gliedern auf den im Dreck erstarrten Rädern der Ginsterpresse starb. Aber dies verzögerte den Sturmangriff nicht länger als einen Augenblick. Weitere Sepoys strömten vorwärts über die Körper ihrer Gefährten hinweg und etliche Verteidiger, die sich zu lange damit aufgehalten hatten, Nägel in die Zündlöcher der Kanonen zu hämmern, wurden niedergemetzelt, als sie versuchten, sich in den Schutz der Gebäude zu retten; viel mehr noch wären umgekommen, hätte nicht ein kleiner Rettungstrupp, bestehend aus Rayne, Fleury, einem halben Dutzend Sikhs und ein paar eurasischen Schreibern, mit Säbeln und Bajonetten um sich schlagend einen plötzlichen Gegenangriff gestartet, um ihre Kameraden zu umringen und zurückzuschleifen. Fleury freilich hatte dort gar nichts zu suchen, vielmehr hatte Harry ihn mit einer Nachricht in die Residenz geschickt, und auf dem Weg dorthin hatte er die Verteidigung so ausweglos bedrängt gesehen, dass er Harrys Auftrag ganz vergessen hatte. Jetzt wirbelte er seinen Säbel nach einer neuen Methode, von ihm selbst für optimale Ergebnisse im Nahkampf erfunden, die an die Flügel einer Windmühle erinnerte. Er hatte jedoch gemerkt, dass es sehr anstrengend war, zugleich aber, einmal angefangen, sehr unklug wäre, aufzuhören, und sei es nur einen Augenblick. Im Moment gingen ihm die Sepoys, verblüfft über sein Gebaren, auf sicherem Abstand aus dem Weg, bis ihnen etwas einfiel, um mit ihm fertigzuwerden.

»In Deckung!«, brüllte der Collector vom Dach herunter, was nicht heißen soll, das irgendjemand ihn hätte hören können. Er und Ford hatten eine Kanone auf dem Dach, die mit allem geladen war, was sie zu fassen bekommen hatten: Steinen, Klappmessern, Stücken von Blitzableitern, Ketten, Nägeln, dem gepunzten Silberbesteck aus dem Esszimmer und sogar ein paar falschen Elfenbeinzähnen, die Ford im Gestrüpp glänzen sehen und aufgelesen hatte; aber der größere Teil ihrer improvisierten Kartätsche war mit abgeschlagenen Marmorfragmenten von *DER GEIST DER WISSENSCHAFT EROBERT UNWISSENHEIT UND VORURTEIL* gefüllt. Natürlich waren sie darauf bedacht, diese destruktive Ladung abzufeuern, ehe es zu spät war; der Winkel des Rohrs war so weit abgesenkt, dass sie fürchteten, der Inhalt der Kartätsche könne trotz des Schusspflasters hinunterrieseln … ein Schwall von den Kindern requirierter Glasmurmeln war den Verteidigern schon um die Ohren geflogen.

Inzwischen hatten sich die Letzten der Besatzung zu den Gebäuden durchgeschlagen und versuchten, Türen und Fenster gegen einen Schwarm Sepoys zu verteidigen. Der Collector nickte Ford zu, der mit dem Luntenstock in Bereitschaft stand. Ford presste ihn ans Zündloch. Es gab eine Stichflamme und ein abgründiges Brüllen, gefolgt von vollkommener Stille … einer so tiefen Stille, dass der Collector überzeugt war, zwei Sittiche in einer fünfzig Yards entfernten Tamarinde zanken zu hören.

Er spähte über die Brüstung. Unten bewegte sich nichts, nur ein Teppich toter Körper schien den Boden zu bedecken. Aber dann erkannte er, dass sich viele dieser Körper doch bewegten, aber nicht viel. Ein Sepoy versuchte eine Silbergabel aus einer seiner Lungen zu ziehen, einem anderen steckte ein Stück Blitzableiter in den Nieren. Der *GEIST DER WISSENSCHAFT* hatte einem mit grünem Turban das Rückgrat zerschmettert; andere waren niedergestreckt von Teelöffeln, von Fischmessern, von Murmeln; ein unglücklicher *subadar** war mit der in sein Gehirn eingedrungenen silbernen Zuckerzange aus dem Leben gerissen worden. Ein herzzerreißendes Heulen erhob sich jetzt von denen, die nicht sofort tot waren.

»Wie schrecklich«, sagte der Collector zu Ford. »Ich meine, ich hatte keine Ahnung, dass so etwas passieren würde.«

Aber Fords einzige Antwort bestand darin, dass er sich die Rippen hielt und zur Brüstung wankte. Er war hinübergekippt, ehe der Collector Zeit gehabt hatte, ihn an den Füßen zu erwischen.

Aber schon strömte eine frische Welle Sepoys über die Festungswälle und nahte über den gummiartigen Körperteppich springend zum Angriff. Der Collector wusste, es war Zeit für ihn, nach unten zu eilen … er hatte erwartet, dass so etwas passieren würde, aber nicht so schnell. Er hatte nicht damit gerechnet, dass die zweite Kartätschenladung gar nicht erst abgefeuert werden konnte. Gerade wollte er die Dachterrasse verlassen, da fuhr ein Krachen stechend in sein Trommelfell und der Fahnenmast, nahe dem Sockel von einer Vollkugel getroffen, kam auf ihn herunter, traf ihn schmerzlich an der Schulter. Er fand sich kämpfend auf dem Rücken wieder, mit der erstickenden Flagge, die sich wie ein Leichentuch um ihn gewickelt hatte; das Seltsame war, dass er, während er sich geschwächt weiter freizukämpfen suchte (denn die Stange hielt ihn, quer über seinen Beinen liegend, am Boden und die Leinen hatten seine Ellbogen irgendwie an die Seiten gebunden), das Gefühl sofort wiedererkannte: Es war der Albtraum, den er in der Nacht ihres Rückzugs in die Residenz gehabt hatte, und seitdem immer wieder, die ganze Belagerung hindurch; als er sich, fluchend, endlich von der Flagge befreit hatte, war es eine solche Erleichterung, diesem Albtraum zu entrinnen, dass er das Gefühl hatte, die Sepoys machten ihm nicht mehr so viel aus.

Unten führten die Sikhs, der Magistrate, Rayne, ein paar junge Ensigns und eine bunt zusammengewürfelte Schar von Indigopflanzern und Eurasiern einen verzweifelten Kampf, um die Sepoys aus dem Gebäude herauszuhalten; aber schon wurden sie von den Türen und Fenstern zurückgedrängt. Glücklicherweise hatte der Collector einen Plan für diesen Fall entworfen. Er hatte den Männern an den nach Norden gerichteten Wällen und am Kirchhofswall befohlen, sich ihren Rückzugsweg von Raum zu Raum freizukämpfen, durch die gesamte Residenz hindurch bis zur Eingangshalle, von wo man mit einem Satz ans Kopfende des Verbindungsgrabens gelangte; einmal sicher im Graben, konnten die nach Norden gerichteten Kanonen der Bankethalle ihnen, über ihre Köpfe hinwegschießend, Deckungsfeuer geben, um ihren Rückzug zu vollenden. Aber es war wesentlich, dass die verschiedenen Räume der Residenz, durch die sie sich zurückzogen, gemeinsam verteidigt und preisgegeben wurden, um nicht auf den Flügeln umgangen zu werden. Deshalb hatte der Collector vorgesehen, dass der Riesen-Sikh, Hookum Singh, im mittleren Teil der Residenz an seiner Seite sein und sich bereithalten sollte, die Glocke zu schwingen, die zu einem früheren Zeitpunkt der Belagerung vom Kirchturm gestürzt worden war und die zu heben nur er die Kraft besaß. Neben der Tür jedes Raumes war ein Vorrat schussbereit geladener Feuerwaffen deponiert worden; jede verfügbare Waffe, von den Enfield Gewehren der schon früher im Lauf der Belagerung Getöteten über einheimische Steinschlossgewehre bis hin zu den zahllosen Jagdgewehren, die ein so herausragendes Merkmal der »Besitztümer« gewesen waren, war zwangsweise in Dienst genommen worden. Die Hoffnung des Collectors bestand darin, dass auf diese Weise auch wenige Männer in der Lage wären, schweren Beschuss aufrechtzuerhalten.

Die Residenz selber würde verloren sein: Daran hatte der Collector nie gezweifelt. Die wesentliche Frage war, *wie* sie verloren ging ... denn um jeden Preis musste der Schwung des Angriffs gebrochen werden. Er hatte begonnen, sich den Angriff als ein Lebewesen vorzustellen, das seine Nahrung aus der Geschwindigkeit seines Fortschritts bezog. Halt es auf, und seine Vitalität lässt nach. Bring es für ein paar Minuten zum Stillstand, und es stirbt endgültig. Bisher war die Geschwindigkeit so groß gewesen, dass es ein gefräßiges Ungeheuer geworden war, in der Lage, nicht nur die Residenz zu schlucken, sondern auch die Banketthalle zu verschlingen.

Der Collector hatte alle Männer, die er entbehren konnte, auf der oberen, nach Norden gerichteten Veranda postiert. Von dieser Stellung aus sollten sie die über das offene Gelände vordringenden Sepoys unter ständigem Beschuss halten, bis sie das erste Läuten der Kirchenglocke hörten. Zusätzlich verfügten sie über zwei Kamel-Geschütze, kleine Kanonen, die auf Sättel montiert und von Kamelrücken aus abgefeuert werden konnten; unter den gegenwärtigen Umständen hatte man sie auf den Rücken eines Plüschsofas montiert, das aus dem Erdwall, wo es während der Regenzeit gedient hatte, geborgen worden war. Fleury, ohne eine Ahnung von den stufenweisen Rückzugsplänen des Collectors, weil er eigentlich gar nicht in der Residenz sein sollte, war mit dem fünfzehnläufigen Revolver die Treppe hinaufgerannt, in der Hoffnung, vom oberen Stockwerk aus seinen Kampf damit zu führen. Im ersten Zimmer, in das er hineinblickte, hatten zwei eingeborene Veteranen und ein Indigopflanzer den Platz am Fenster schon in Beschlag genommen; im nächsten Zimmer kam er gerade rechtzeitig, um das Abfeuern der Kamel-Geschütze zu sehen ... das Sofa schreckte auf seinen protestierenden Laufrollen zurück, und die Bedienungsmannschaft machte sich ans Nachladen. Er eilte den Korridor entlang zum Musikzimmer. Das sollte gut sein. Als er eintrat, hörte er über dem Schlachtgetümmel ein Glockenläuten durch das Gebäude hallen, und einen Moment stutzend fragte er sich, was um Himmels willen das wohl sei. Aber egal … keine Zeit, sich um so etwas zu kümmern. Er schleppte den Revolver zum Fenster, legte ihn über die Fensterbank, spannte den Hahn, setzte ein Zündhütchen unter den Schlagbolzen, zielte auf einige unten im Sturmlauf nahende Sepoys und drückte den Abzug, überzeugt, dass ein Sepoy seine Arme hochwerfen und zu Boden sinken würde. Es gab einen Knall, aber kein Sepoy fiel tot um; das Zündhütchen hatte gefeuert, nicht aber der Revolver. Fleury stieß einen Fluch aus und begann das Ding zu untersuchen, beim besten Willen konnte er nicht begreifen, was da los war. Bald hatte er sich in die Mechanik des Revolvers vertieft, der nach Prinzipien funktionierte, die ihm neu waren. Es würde ihn nicht überraschen, wenn er in der Lage wäre, der Konstruktion dank seiner Intelligenz diese oder jene Verbesserung hinzuzufügen. Wieder läutete die große Glocke. Was um Himmels willen konnte das sein? Als es das nächste Mal läutete, war er so vertieft in das Problem, den Revolver funktionsfähig zu machen, dass er es nicht bemerkte; auch nicht das nächste Mal. Und das nächste.

Unten verzweifelte der Collector. Er hatte soeben Schüsse aus den Kanonen der Banketthalle gehört, was bedeuten musste, dass die Sepoys versuchten, von der Flanke anzugreifen; er hoffte, dass der Angriff erfolglos geblieben war, denn er und seine Männer hatten schon mehr als genug zu tun. Nicht etwa, dass sein Plan, sich von Raum zu Raum durchzukämpfen, nicht funktionierte … im Gegenteil, er funktionierte perfekt: Jeder Raum, aus dem sie sich zurückzogen, war gerappelt voll mit toten oder sterbenden Sepoys. Die Schwierigkeit war nur folgende: Die Sepoys rückten tapfer weiter vor, während er und seine Männer sich weiter zurückzogen. Gegen einen derartigen Ansturm konnte er nicht mehr viel machen. Sie hatten sich Zug um Zug rückwärts durch Speisekammern und Kammern zum Abbürsten der Kleider und Kammern für Messer gekämpft, am Treppenhaus der europäischen Dienstboten, am europäischen Butlerraum, an den Kinderzimmern, dem Kinderesszimmer und den Zimmern der *ayahs* vorbei bis ins Esszimmer, wo er wusste, dass Widerstand gefordert war. Aber das Esszimmer war zu geräumig: Hier konnten die Sepoys ihre zahlenmäßige Stärke zu einem verheerenden Bajonettangriff nutzen. Also musste er Hookum Singh abermals das Zeichen geben. Die Muskeln des Riesen bündelten sich, die Venen an Hals und Schläfen traten heraus, die Augen quollen hervor, und irgendwie hievte er die große Eisenglocke in die Luft und schwang sie dreimal hin und her, dass die Wände sangen und zitterten, ehe er sie auf dem pulsierenden Boden wieder zum Verstummen brachte. Dann schleppte er sie zum Gesellschaftszimmer. Die Außentür zum Gesellschaftszimmer musste verteidigt werden, komme, was da wolle … Andernfalls, so schnell war der Rückzug durch die Residenz erfolgt, würden die Männer, die sich ihren Rückweg vom Hospital und über den Hof erkämpften, strategisch umgangen und außerstande sein, den Verbindungsgraben zu erreichen. Daher bereiteten sich der Collector und Hookum Singh und ein halbes Dutzend andere darauf vor, diese Tür zu verteidigen, notfalls sowohl mit Bajonetten als auch mit Feuerwaffen.

Oben hatte Fleury den Bündelrevolver in Stücke zerlegt (soweit er sich zerlegen ließ, was nicht sehr weit zu gehen schien) und setzte ihn wieder zusammen. Er glaubte nicht, irgendwie klüger geworden zu sein, was die Gründe seines Versagens anbelangte, dachte aber, er könne es ebenso gut noch einmal versuchen.

»O Mann, Sie wissen auch nicht zufällig, wie dieses verflixte Ding funktioniert, oder?«, fragte er die Person, die gerade ins

Musikzimmer gekommen war. Aber er wartete nicht auf eine Antwort, ehe er sich auf die Seite warf, während ein Säbel herabsauste und sich tief ins Mauerwerk der Fensterbank grub, auf der er gesessen hatte. Irgendwie hatte ein stämmiger Sepoy den Weg ins Musikzimmer gefunden; und der einzige Ehrgeiz dieses Mannes schien darin zu bestehen, Fleury in Stücke zu hacken. Zum Glück war die Klinge des Säbels abgeknickt und blieb in der Mauer stecken, sodass Fleury Zeit hatte, mit dem Revolver zu zielen und abzudrücken. Aber diesmal gab es nur ein enttäuschendes Klicken; nicht einmal das Zündhütchen knallte. Sei's drum, Fleury hatte jede Menge anderer Waffen. Er versuchte jetzt, einen der geflammten malaysischen Dolche aus seinem Gürtel zu ziehen, der genau genommen ein Kummerbund war; er hatte jedoch Schwierigkeiten, weil sich die gewellte Klinge in seinem Hemd verfangen hatte. Nun gut, den Flammendolch konnte er vergessen, wo war sein Säbel? Unglücklicherweise lag der auf der anderen Seite des Sepoys (nur gut, dass dieser ihn nicht bemerkt hatte, denn er war so scharf, dass er Fleury hätte zweiteilen können, ohne den geringsten Druck auszuüben). Fleury hatte keine Zeit, seine ultimative Waffe zu ziehen, den indischen Zweiklingendolch, denn wie sich herausstellte, war sein Gegner nicht weniger eindrucksvoll bewaffnet als er selber und schwang bereits einen Ersatzsäbel, den er eigens für einen Notfall wie diesen bei sich trug.

In seiner Verzweiflung sprang Fleury an den Kronleuchter, in der Absicht, daran zu schwingen und dem Sepoy ins Gesicht zu treten. Aber der Kronleuchter wollte sein Gewicht nicht tragen, und so setzte er sich, statt zu schwingen, unter einem Hagel von Diamanten und Putz schwerfällig auf den Boden. Doch als der Sepoy vorwärtsstürzte, um dem Kampf ein Ende zu bereiten, stolperte er, geblendet von all dem Staub und Deckenputz, und landete würgend neben Fleury. Fleury rollte sich weg, indem er erst an einem Dolch, dann an dem anderen zog. Aber beide weigerten sich, nachzugeben. Während sein Gegner ungeschickt wieder auf die Füße zu kommen suchte, schnappte Fleury sich eine Geige von einem Ständer mit wurmstichigen Musikinstrumenten (den Überlebenden eines Versuchs des Collectors, im Kantonnement ein Symphonieorchester zu gründen), zerbrach sie über seinem Knie und sprang dem Sepoy auf den Rücken, während er ihm gleichzeitig die Saiten der Geige um den Hals schlug und wie an Zügeln daran zog.

Der Sepoy war ein großer und starker Mann, Fleury war durch die Belagerung geschwächt; der Sepoy hatte ein hartes Leben des körperlichen Kampfs geführt, Fleury hatte das Leben eines Dichters geführt, eher seine Empfindsamkeiten kultiviert als seine Muskeln und sich nur mit Sonetten und dergleichen herumgeschlagen … Aber Fleury wusste, dass sein Leben davon abhing, sich nicht abschütteln zu lassen, und so klammerte er sich mit aller Kraft fest, die Beine eng wie ein Korsett um die Hüften des Sepoys geschlungen, mit den Händen die auseinandergebrochenen Hälften der Geige zurückzerrend. Der Sepoy taumelte, an den Saiten reißend, aus dem Musikzimmer hinaus und den Korridor entlang, immer noch mit Fleury auf dem Rücken. Er versuchte, seinen Reiter gegen die Wand zu schmettern, ihn an einem Bruchstück des Treppengeländers abzukratzen, aber Fleury hielt sich fest. Sie galoppierten den Korridor auf und ab, blindlings an Wände oder Türen stoßend, aber Fleury hielt sich immer noch fest. Das Gesicht des Mannes war schwarz geworden, seine Augen traten hervor, und schließlich stürzte er zu Boden, mit solcher Wucht, dass er Fleury beinah abgeschüttelt hätte … aber Fleury blieb hängen und zog weiter an der Geige, bis er sicher war, dass der Sepoy tot war. Dann kehrte er schlotternd ins Musikzimmer zurück, um seinen Säbel aufzulesen. Aber er zitterte dermaßen, dass er sich setzen und eine Pause machen musste. »Dem Himmel sei Dank für diese Geige«, dachte er. »Trotzdem, mit den angreifenden Sepoys sollte ich mich besser nicht lange hier aufhalten …« Er dachte, er solle den Revolver besser lassen, wo er war, er sei viel zu schwer, um ihn herumzuschleppen, wenn er nicht zum Schießen taugte. Kaum hatte er diesen Entschluss gefasst, blickte er auf. Da stand der Sepoy wieder.

War es ein Gespenst, das zurückkehrte, um Fleury heimzusuchen? Nein, unglücklicherweise nicht. Der Sepoy war kein Hirngespinst … im Gegenteil, er sah leibhaftiger aus denn je. Er hatte sogar rote Striemen um den Hals, wo die Saiten der Geige ihn gewürgt hatten. Obendrein gluckste er und machte auf Hindustani humorige Bemerkungen zu Fleury, wobei seine schwarzen Augen funkelten wie Anthrazit und er gelegentlich kopfschüttelnd auf seinen Rücken deutete, als amüsierte er sich über einen ungewöhnlich guten Witz. Fleury sprang mit einem Satz in Richtung seines Säbels, doch der Sepoy war viel näher dran, nahm ihn auf und tat so, als wollte er ihn Fleury geben, und dabei gluckste er noch lauter. Fleury wankte rückwärts, während der Sepoy auf ihn zuging, immer noch so, als wollte er ihm den Säbel geben. Fleury stolperte über etwas und setzte sich auf den Hosenboden, indes der Sepoy seine Schulter ein wenig bewegte, um sich für einen Hieb zu lockern. Fleury dachte daran, aus dem Fenster zu springen, aber es war zu hoch … und abgesehen davon würden unten tausend Sepoys warten. Der Gegenstand, über den er gestolpert war, war der Revolver; er war so schwer, dass Fleury nichts anderes machen konnte, als ihn anzuheben. Doch als er den Abzug drückte, feuerte er. Tatsächlich feuerte er nicht nur aus einem Lauf, sondern aus allen fünfzehn; das hätte nicht sein sollen, aber so geschah es. Fleury sah sich nun einer Taille und zwei Beinen gegenüber; die Wand hinter den Beinen war scharlachrot behangen. Die obere Hälfte des Sepoys war verschwunden. So erschien es Fleury jedenfalls in seiner Aufregung.

Dem Collector und einem halben Dutzend Sikhs gelang es immer noch, die Tür zum Gesellschaftszimmer zu halten, aber nur gerade so. Zuerst hatten sie die Tür geschlossen, aber innerhalb von Sekunden starrte sie wie ein Stachelschwein von glänzenden Bajonetten … innerhalb ein paar weiterer Sekunden war sie von ebendiesen Bajonetten in Stücke gehackt und zersplittert worden, und jetzt existierte sie nicht mehr. Doch während sie zerhäckselt worden war, hatten der Collector und seine Männer ihre Schusswaffen in die Menge der hackenden Sepoys entleert, sodass die Tür mittlerweile vollkommen verstopft war mit Toten, von denen viele noch verkeilte Bajonette in den leblosen Händen hielten. Dahinter drängten ihre lebenden Kameraden schiebend nach, um den Leichenhaufen durch die Öffnung ins Gesellschaftszimmer zu zwingen und die Tür freizubekommen; unterdessen schoben der Collector und die Sikhs von innen mit aller Kraft dagegen an, um die Körper an Ort und Stelle zu halten, wenngleich durch die herausragenden Bajonette behindert in ihren Bemühungen. Der Collector und Hookum Singh stemmten ihre Rücken gegen diesen Wall aus Fleisch und Blut, mit hervorsprießenden Bajonetten zwischen ihren Beinen und unter den Achselhöhlen; sie schoben und schoben und wurden ihrerseits von den anderen Sikhs geschoben, die sich abmühten, sie selbst an Ort und Stelle zu halten. Aber Zoll um Zoll wurden sie zurückgedrängt. Der Collector fühlte sich mitten in diesem grauenhaften Sandwich so eingequetscht, dass er kaum noch atmen konnte; ein paar Zollbreit von seiner Nase entfernt grinste ihn das Gesicht eines toten Sepoys mit blitzenden Zähnen an; der Collector hatte das seltsame Gefühl, die Augen des Mannes beobachteten seine Anstrengungen mit Belustigung. Er wandte seinen Blick ab und versuchte, nicht daran zu denken. Doch das Gesicht war immer noch so nahe, dass er den Patschuliduft auf dem Schnurrbart der Leiche riechen konnte.

Langsam aber sicher gab die Masse der Körper nach … bald würde sie ins Gesellschaftszimmer platzen wie der Korken einer Champagnerflasche. Als sie dem Druck nicht mehr standhielten, rief der Collector den Befehl zum Rückzug an die nächste Tür: diejenige, die vom Gesellschaftszimmer zur Eingangshalle führte und an deren Schwelle der Collector mehrere Wochen zuvor verweilt hatte, als er sich zu entschließen versuchte, der Zusammenkunft der *Poetry Society* von Krishnapur beizuwohnen. Hinter dieser Tür würde ein weiterer Stapel geladener Feuerwaffen für den nächsten Ansturm bereitliegen. Während der ganzen Zeit würden sich Mr. Rayne auf einer Seite der Marmortreppe und Mr. Worseley auf der anderen, jeder mit einem halben Dutzend Männern, im Rückzug durchgekämpft haben, um sich in der Halle mit dem Trupp des Collectors zu vereinigen. Einige Momente, bis Hookum Singh die Halle erreicht und die Glocke zum letzten Mal geläutet hatte, hielt der Collector den umkippenden Stapel der Körper alleine, dann rannte er den Sikhs hinterher auf die andere Seite des Gesellschaftszimmers, mit knirschenden Stiefeln über die Glasscherben zersplitterter Behältnisse von ausgestopften Tieren hinweg; die Sikhs jedoch waren barfuß und knirschten nicht so laut. An der fernen Tür versammelt, hatten sie kaum Zeit, Stellung zu beziehen, eine geladene Waffe zu ergreifen, aufs Knie zu gehen und zu zielen, als mit einem letzten Stoß die sich wölbende Masse der Toten in den Raum explodierte, gefolgt von den Lebenden.

»Feuer!«, brüllte der Collector, und eine weitere morbide Salve tat ihr Werk. »Erstes Glied, Bajonette! Zweites Glied, Waffen wechseln, in Bereitschaft!«

Wieder gab es ein scharfes Gefecht an der Tür. Bald türmten sich die Körper auch hier, und wieder mussten der Collector und seine Männer ihre Schultern gegen den fleischlichen Schutzwall stemmen, damit er nicht in die Halle einbrach; und wieder, wie in einem Traum, fand der Collector sein Gesicht einen Zollbreit von dem eines belustigten Sepoys entfernt und dachte: »Es kann doch nicht derselbe sein!«, denn auch der Schnurrbart dieser Leiche verströmte einen Patchuliduft. Aber er hatte keine Zeit, über die Fortbewegungsfähigkeit von Leichen nachzudenken; die Türöffnung musste gehalten werden, bis die Verteidiger auf der anderen Seite der Marmortreppe ihren Rückzug wettgemacht hatten. Eine Barrikade aus herausgebrochenen Bodenplatten war für den Schlussakt des Widerstands errichtet worden, doch als der Collector einen Blick dorthin wagte, war er bestürzt zu sehen, dass der andere Trupp schon jenseits der Barrikade war, sodass er selbst und seine Männer mit ungeschützter Flanke zurückblieben. Er brüllte den Sikhs zu, sich zurückzuziehen, und während sie im Kreuzfeuer, unter Beschuss von der anderen Seite der Halle, zurückstolperten, fielen zwei von ihnen tot und ein dritter tödlich verwundet um. Erneut brach ein Gestöber von Körpern aus der Türöffnung, die sie verteidigt hatten, gefolgt von einem neuen Ansturm. Nun war es Zeit für den Collector, seine letzte Karte auszuspielen.

Die ganze Zeit hatte er einen Reservetrupp bewahrt, der in der Bibliothek wartete. Dieser »Veteranen-Sturmtrupp« (wie er ihn nannte) bestand aus den einzigen von der Gemeinschaft des Kantonnements übriggebliebenen Männern, die er noch nicht zum Einsatz gebracht hatte, den wenigen Greisen, denen es gelungen war, die Härten der Belagerung zu überleben. Ihre Gelenke waren von Rheumatismus geschwollen, ihr Augenlicht von den Jahren getrübt, bis auf den letzten Mann waren sie kurzatmig und ihre Hände zitterten; einer der alten Gentlemen wähnte sich wieder im Krieg gegen die Franzosen, ein anderer glaubte, er befinde sich im Lager vor Sewastopol. Aber wie auch immer, sosehr ihre blaugeaderten Hände zittern mochten, konnten ihre Finger doch immer noch einen Abzug drücken. Es war dieser Trupp, den der Collector jetzt in den Kampf warf, obwohl er den Befehl mehr als einmal brüllen musste, da der Anführer, Richter Adams, ziemlich taub war. Mit einem querulantischen *»Yah, Boney!«**-Ruf kamen sie aus der Bibliothek gestolpert. Schrotflinten und Jagdgewehre entluden sich in ihren Händen. Der Kronleuchter der Halle stürzte herab und Schrotkugeln sprühten in alle Richtungen. Für einen Moment, bis die alten Männer zu der Barrikade zurückgezogen worden waren, herrschte Chaos. Der Veteranen-Sturmtrupp war kein Erfolg gewesen.

Wieder hörte der Collector Kanonendonner von Seiten der Banketthalle. Wenn sie sich durch den Graben hinüberretten wollten, mussten sie schnell machen; die Sepoys würden jede Sekunde den Hof vor dem Hospital überqueren und sie auf der Flanke umgehen. In diesem Moment, wie um die Befürchtungen des Collectors zu bestätigen, kamen der Magistrate und zwei Indigopflanzer aus Richtung des Hospitals an der Außenwand der Residenz entlang zurückgerannt.

»Wo sind die anderen?«

»Tot.«

»Nehmen Sie die alten Männer mit in die Banketthalle.« Der Collector hatte das unangenehme Gefühl, wenn nicht etwas Unerwartetes geschah, würden er und die Sikhs gleich abgeschnitten sein … Aber genau da geschah etwas.

Seit Ford den Standort des Sepoy-Magazins lokalisiert hatte, war Harry der Gedanke daran nicht mehr aus dem Kopf gegangen. Er hatte sogar das lange Rohr der eisernen Sechspfünder auf die maximale Höheneinstellung gebracht, was normalerweise fünf Grad bedeutete, und eine Vollkugel in Richtung des Magazins geschossen; die Messingkanone war natürlich nicht mehr bereit, massive Rundkugeln zu schlucken. Doch wie erwartet, war der Schuss um etwa drei- bis vierhundert Yards zu kurz gewesen.

Harrys Schwierigkeit bestand darin: Er wollte den Winkelgrad weiter erhöhen, damit die Kugel noch diese letzten dreihundert Yards vorwärtskroch (er wagte es nicht, die Pulverladung von zwei Pfund zu überschreiten), aber wie jeder Kanonier weiß, kann eine Erhöhung über fünf Grad hinaus ein riskantes Unterfangen sein; es ist nicht die Anzahl der Schüsse, die eine Eisenkanone zerstört, sondern die Höheneinstellung, mit der geschossen wird. Eine Kanone, die bei einer

Einstellung zwischen null und fünf Grad mühelos zweihundert Schuss überstand, würde bei dreißig Grad mit ziemlicher Sicherheit vor dem fünfzigsten Schuss zerspringen. Und weiß der Himmel, wie viele diese eiserne Sechspfünder schon abgefeuert hatte, ehe sie Harry an der Bankethalle in die Hände gekommen war. Aber als Fleury endlich zurückkehrte und ihm erzählte, wie es den anderen in der Residenz erging, wusste Harry, dass er das Risiko eingehen musste.

Die Bankethalle war jetzt voll mit Frauen und Kindern, Flüchtlingen aus der Residenz. Schon vor der Dämmerung hatte Harry ihnen den Auftrag gegeben, alles zu sammeln, was sie an brennbarem Material nur irgend finden konnten; Teile von zerbrochenen Möbeln, leere Munitionskisten, sogar Bücher. Dann hatte er mit Ram und Mohammed einen behelfsmäßigen Glutofen aus Backsteinen auf der Veranda gebaut, um die Geschosse darin zu erhitzen. Sein Herz klopfte, während er die Richtschraube auf einen Erhöhungswinkel über fünf Grad hinaus drehte. Bis fünf Grad hatte sie sich leicht drehen lassen, eingespielt durch langen Gebrauch … aber jetzt stockte und klemmte sie. Trotzdem drehte Harry weiter.

Als er schließlich zufrieden war mit der Höhe, überwachte er das Laden; erst ein trockener Flecken Baumwolle über die Kartusche, dann ein feuchter. Dann befahl er Ram, das röteste Geschoss, das er im Ofen finden konnte, zu bedienen, beobachtete ihn beim Laden und ergriff, die Veteranen zurückwinkend, eigenhändig den Luntenstock, um ihn ans Zündloch zu halten. Es gab ein Getöse. Die Kanone zersprang nicht. Eine kleine glühende Scheibe schwamm ruhig durch die klare Morgenluft, eine Funkenspur hinter sich zurücklassend. Sie stieg einige Momente lang steil auf und hing dann, scheinbar reglos, wie eine kleine Sonne über dem Sepoy-Lager. Dann senkte sie sich rasch auf das Magazin herab und schlug durch das dünne, improvisierte Dach. Das folgende Aufleuchten schien nicht nur aus dem Magazin zu kommen, sondern aus der ganzen Weite des Horizonts. Die Bäume an allen Seiten des Magazins bogen sich nach außen und wurden schlagartig entlaubt. Einen Augenblick später spürten die Männer, welche die Explosion von der Veranda aus beobachteten, wie ihre zerfetzten Kleider von der Druckwelle zu wehen und zu flattern begannen. Das damit einhergehende Geräusch war in fünfzig Meilen Entfernung zu hören.

Der Collector wusste nicht, wie das Magazin gesprengt worden war, aber er hörte nicht auf sich zu wundern. Während die Sepoys zögerten, von der Furcht gelähmt, aus dem Hinterhalt angegriffen zu werden, machten er und die wenigen überlebenden Sikhs einen Spurt in den Graben und in Sicherheit.

XXXI

Am 17. September, einem Donnerstag, gegen zehn Uhr morgens, befand sich der Collector im Gespräch mit dem Padre. Der Collector saß auf einem Thronsessel aus Eichenholz, der als Brennmaterial aus dem Erdwall herausgehackt, aber noch nicht verbraucht worden war, obwohl er eins seiner Vorderbeine verloren hatte. Der Thron, dessen gotische Spitzen hoch über den Kopf des Collectors hinausragten, war auf ein hölzernes Podest an einem Ende der Banketthalle gestellt worden. Wegen des fehlenden Vorderbeins musste der Collector darauf achten, sich gut nach hinten und auf eine Seite zu setzen; manchmal allerdings vergaß er das, und wenn er aus Emphase eine schwungvolle Armbewegung machte, entging er nur knapp einem Sturz auf den Boden; dabei hätte er sich ernsthaft verletzen können, denn der Boden war ziemlich weit unten. Der Collector hatte in den letzten Tagen recht viel auf diesem Sessel gesessen, was sich langsam auf seine Denkgewohnheiten auswirkte. Er hatte das Gefühl, dass der Sessel ihn, indem er ihn von Emphase abhielt, auch von starken Überzeugungen abhielt. Einmal wäre er fast so weit gegangen, ihn regelrecht auf den Boden zu spucken, weil er eine intolerante Meinung über die Jesuiten geäußert hatte. Und so sah der Collector allmählich ein, dass jede Frage mehrere Seiten hat.

Im Augenblick jedoch schwelgte sein Geist in müßigen Betrachtungen über die Frage des Essens. Auf genauso einem Podest wie diesem, erhöht über der feudalen Gefolgschaft, nahm er an, mussten sich die sächsischen Thanes* vor Holztellern mit gebratenen Wildenten und Spanferkeln niedergelassen haben. Er war betäubt vom Gedanken an dieses imaginäre Essen und konnte sich kaum auf das besinnen, was der Padre sagte. Was war es noch? Ach ja, er schwor der *Exhibition* ab, die er aus irgendeinem Grund neuerdings den »Jahrmarkt der Eitelkeiten dieser Welt« zu nennen pflegte.

Es stimmte. Eine schreckliche Erkenntnis war langsam im Bewusstsein des Padre herangereift, wie eine süße, giftige Frucht, die er lange nicht zu kosten gewagt hatte. Er hatte einen schweren Fehler begangen, die *Exhibition* zu befürworten, zumal im Namen der Kirche, die er vertrat. Der Collector hatte solchermaßen für die hohlen Wunder der *Exhibition* geschwärmt, dass auch er in Versuchung und irregeführt worden war; er hatte zugelassen, dass seine eigenen kleinen Regungen des Zweifels, die, wie er jetzt erkannte, Gewissensregungen gewesen waren, erstickt worden waren. Außerdem hatte es auf der *Exhibition* so vieles gegeben, was man ganz klar für unschädlich, wenn nicht gar der Sache Gottes dienlich halten konnte. Die Schwimmende Kirche für Seeleute war nicht das einzige Beispiel ... es gab auch technische Erfindungen, die Gott dienen konnten: das Kirchengestühl für Schwerhörige zum Beispiel, das durch Guttapercharohre* mit der Kanzel verbunden werden konnte.

Der Padre war mittlerweile sehr schwach und konnte sich nur von einem Ort zum anderen bewegen, wenn ihm geholfen wurde. Aber er wusste, dass er noch eine letzte Pflicht zu erfüllen hatte, ehe er sich erlaubte, seiner Sehnsucht nach Ruhe nachzugeben. Er musste den Collector von seinem Irrtum überzeugen und ihn zu der Einsicht bringen, dass seine Verehrung für diesen Jahrmarkt der Eitelkeiten des Materialismus fehl am Platze war. Aber der Collector weigerte sich, ihm sehr lange seine Aufmerksamkeit zu schenken. Er murmelte immer nur: »Hm, verstehe, verstehe«, mit einem abwesenden Blick, als hörte er kaum zu. Dann entfernte er sich mit langen Schritten.

Diese Angewohnheit, sich mit langen Schritten zu entfernen, hätte nichts ausgemacht, wenn der Padre in der Lage gewesen wäre, mitzuhalten … aber der Padre konnte sich nicht ohne Hilfe bewegen. Manchmal musste er eine ganze Stunde oder länger warten, ehe er jemanden fand, der ihn an die Seite des Collectors trug. Dann würde er, wie es aussah, kaum Gelegenheit haben, seinen Mund aufzumachen, und schon wäre der Collector wieder fort. Aber der Padre gab nicht so leicht auf. Im Übrigen war die Banketthalle klein und der Collector konnte nicht weit kommen. Dennoch, manchmal musste er seine Wut bändigen. Jetzt zum Beispiel musste er seine Wut bändigen, als der Collector plötzlich aus dem dreibeinigen Sessel aufsprang, und weg war er. Dabei hatte er so lange gebraucht … er hatte zwei junge Ensigns, einen eingeborenen Veteranen und einen eurasischen Schreiber gebraucht, um auf dieses Podest gehoben zu werden, und jetzt musste er zusehen, wie er wieder herunterkam! Was seinen Ärger (den die Seelenchemie des Padre unversehens in Liebe zum Collector verwandelte) noch steigerte, war die Tatsache, dass kein körperlich tauglicher Mensch in seine Richtung zu blicken schien. Er würde endlos hier oben bleiben können, ohne dass irgendjemand seine schwachen Zeichen überhaupt sah!

Wie es sich traf, hätte es dem Collector nichts ausgemacht, dem Padre zuzustimmen, was die *Exhibition* anbelangt. Ihm selbst waren inzwischen ernsthafte Zweifel daran gekommen. Auch er litt hin und wieder unter einer erleuchtenden Vision, die sich ihm aus der im Dunkeln liegenden Vergangenheit aufdrängte und die er seinerzeit unterdrückt haben musste … Das außerordentliche Spektrum an Ketten und Fesseln, Handschellen und Fußeisen, das von Birmingham für den Export in die Sklavenhalterstaaten Amerikas zur Schau gestellt worden war, zum Beispiel … Warum hatte er nicht mehr über solche Exponate nachgedacht? Nun hatte er natürlich nie behauptet, Wissenschaft und Industrie seien *in sich* gut … sie mussten auch korrekt benutzt werden. Nichtsdestotrotz hätte er sich sehr viel mehr Gedanken darüber machen müssen, was sich hinter den Exponaten verbarg. Gefühle, vermutete der Collector jetzt, seien genauso wichtig wie Ideen, wenngleich der junge Fleury dies nicht mehr zu denken schien, denn er hatte es aufgegeben, von der Zivilisation als einer »heilsamen Krankheit« zu sprechen; er hatte die männlichen Freuden entdeckt, Dinge zu erfinden, Dinge funktionsfähig zu machen, die Freude an Ergebnissen, an Ursache und Wirkung. Kurz, er hatte sich endlich mit dem Geist der Zeit identifiziert. »Alle unsere Handlungen und Absichten sind sinnlos, wenn nicht beseelt von der Wärme des Gefühls. Ohne Liebe ist alles Wüste. Sogar Gerechtigkeit, Wissenschaft und Ehrbarkeit.« Der Collector war sorgfältig darauf bedacht, diese Überzeugung in einer maßvollen Weise anzunehmen, damit er nicht aus dem Sessel gekippt wurde, auf dem er nicht mehr saß.

Ihm war nun nichts mehr geblieben von der *Exhibition*. Auch die Pistolen hatte er weggeworfen, da er keine weichen Bleikugeln mehr für sie besaß. Er seufzte bedauernd, während er sich langsam seinen Weg zwischen den zerlumpten, hier und dort am Boden kampierenden Flüchtlingen hindurch bahnte und sich fragte, was wohl aus seinem Louis-XVI-Tisch geworden sei. Auch Schönheit, natürlich, und Kunst brauchten die Wärme des Gefühls, das ließ sich nicht bestreiten … und nebenbei erlaubte er sich ein Gefühl vorsichtiger Verachtung für die gierigen englischen Kaufleute, für die die *Exhibition* eine Apotheose gewesen war.

Der Blick des Collectors blieb in der Ecke hängen, wo Miriam lag; sie war inzwischen zu geschwächt, um Dr. McNab zu helfen, doch obwohl sie den siechenden Gestalten, die in ihrer Nähe lagen, keine Dienste mehr erweisen konnte, hatte sie das Angebot des Collectors abgelehnt, ihre Matratze auf das Podest zu legen, wo die Luft besser und es unwahrscheinlicher war, dass dort Cholera-Wolken hingen (wenn so etwas denn existierte, was Dr. McNab ja beweiskräftig widerlegt hatte, aber trotzdem …). Nicht, dass die Luft überhaupt besonders schlecht gewesen wäre, da der größte Teil des Dachs durch Vollkugeln abgedeckt und beträchtliche Löcher in die Wände geschossen worden waren. Nachts wurde es tatsächlich ziemlich kalt, sodass in der Mitte der Halle ein Feuer unterhalten werden musste. Es war Louise, die sich gewöhnlich um Miriam kümmerte, ihr eine Ration Wasser brachte und ihr in der Nacht näher ans Feuer half. Miriams Schwäche regte die Ritterlichkeit des Collectors an, denn unter seinem zerfetzten Gehrock schlug immer noch das Herz eines Gentleman; außerdem empfand er sie trotz allem als eine attraktive junge Frau, denn sie lächelte immer noch so süß wie eh und je. »Kann ich irgendetwas für Sie tun?«, fragte er sie, während er abwesend dachte: »Sie hat ihren eigenen Kopf.«

»Ich bin bestens versorgt. Sie müssen sich Ihren anderen Aufgaben widmen«, sagte Miriam, um es erneut zu beweisen. Sie lächelte, wies seine Ritterlichkeit zurück.

»Ah, die Pflicht!«, seufzte der Collector. »Allerdings, wo kämen wir hin, wenn die nicht wäre?«

Von allen Ladies, die beides überlebt hatten, die Schüsse und die Cholera (denn die gefürchtete Krankheit hatte auch im Billardraum ihren Tribut gefordert, wie überall in der Residenz), zeigte jetzt keine eine so große Stärke wie Louise. Obwohl sie Dr. McNab nicht mehr mochte, weil sie ihn indirekt für den Tod ihres Vaters verantwortlich machte, blieb sie ständig an seiner Seite, half ihm, die Kranken und Verwundeten zu versorgen. Aus diesem bleichen, schwindsüchtig aussehenden Mädchen, das einst nichts anderes im Sinn gehabt hatte, als jungen Offizieren den Kopf zu verdrehen, und das der Collector für geistlos gehalten hatte, sah er jetzt eine junge Frau von unbeugsamer Willenskraft werden. Er beobachtete sie, als er an dem Abschnitt der Halle vorbeiging, der den Kranken, den Verwundeten und den Sterbenden vorbehalten war. Ihr Baumwollkleid hatte einen Riss fast von der Achselhöhle bis zum Saum, und als sie sich vorbeugte, um ein Schälchen Wasser an die Lippen eines Verwundeten zu bringen, erhaschte der Collector einen Blick auf drei blanke Rippen und die geschrumpfte Rundung ihrer Brust; Anstand war eine von vielen Rücksichtnahmen, die sie nicht mehr kümmerten. Während sie sich erhob, wischte sie sich mit einem skelettartigen Handgelenk über die Stirn. Der Collector setzte seinen Weg fort, unsicher auf den Beinen. Er ging einen Moment nach draußen, wo er zwischen den griechischen Säulen auf dem Treppenabsatz stehenblieb und nach Lebenszeichen suchend zur Residenz hinübersah. Aber er sah keine. Diese Säulen, konnte er nicht umhin zu bemerken, waren fürchterlich zerschossen, pockennarbig und ramponiert. Er dachte verächtlich: »Sie waren also gar nicht aus Marmor.« Er verweilte einen Augenblick, höhnisch grinsend über den schuldigen roten Kern, der sich unter dem Stuck aus Kalk und Sand offenbarte. Er hasste falschen Schein. Aber dann ging er mit einem Achselzucken wieder hinein: Es war kaum der richtige Moment, um Säulen zu verhöhnen.

Am anderen Ende der Halle wuchs ein großer Haufen Erde stetig an; hier versuchten die Sikhs einen Brunnen zu graben. Am Vortag war ihnen das Wasser ausgegangen. So müde und durstig sie auch sein mochten, lehnten sie es ab, das Wasser zu trinken, das die Europäer benutzten und in einem halben Dutzend Sitzbadewannen speicherten, das eine Woche zuvor von der Residenz herübergebracht worden war. Der Magistrate, dieser Tage nur noch Haut und Knochen, herausgeputzt mit zimtbraunen Koteletten, hatte ein wenig Energie aufgebracht, um Gespött über den »Tod durch Aberglauben« zu ergießen, der die tapferen Sikhs erwarte. Die Sikhs hatten, ohne ihn zu beachten, stundenlang unentwegt gegraben; jetzt begannen sie, nasse Erde nach oben zu schaufeln. Der Collector setzte sich am Rand der Grube auf die Fersen und schaute ein paar Minuten zu, ehe er weiterging.

Draußen auf der Veranda schien die Sonne mit dem klaren Glanz des indischen Winters. Was für ein schöner Tag! Trotz allem verspürte der Collector eine anregende Belebung, als er sich in einer geschützten Ecke der Veranda neben Lucy setzte und sie beim Patronenmachen beobachtete. Gemischt mit dem Schwefelgeruch verbrannten Pulvers bildete er sich ein, den Duft der in diesem Jahr von Musketenfeuer gestutzten Rosen aus dem Garten der Residenz zu riechen. Dann mischte sich dem Rosen- und Schießpulvergeruch eine Note warmen Grases bei und er schlief einen Moment ein, von Cricketfeldern und Wiesen träumend. Als er aufwachte, war Lucy immer noch neben ihm und der Stand der Sonne hatte sich kaum verändert.

In den ersten drei oder vier Tagen, nachdem sie die Residenz aufgegeben hatten, waren etliche Ladies damit beschäftigt worden, Patronen anzufertigen; jetzt, da das Blei ausging, um die Gießformen der Kugeln zu füllen, wurde die Sache Lucy überlassen, die ein außerordentliches Geschick entwickelt hatte. Sie saß im Schneidersitz, wie eine Eingeborene im Basar, umgeben von ihren Gerätschaften … dem Messer und Richtscheit zum Schneiden des Patronenpapiers, den Rollhölzern, um das Papier zu formen, der Pulverflasche, den Zinnmaßen von zweieinhalb Dram, um das Pulver abzumessen … und schließlich, leider!, dem Topf voll Fett, dem Grund des ganzen Aufruhrs. Lucys Fett jedoch war eine Mischung aus Bienenwachs und ranziger Butter. Ein Hindu hätte mit Vergnügen ein Pfund davon gegessen.

Der Collector beobachtete voller Bewunderung, wie Lucys flinke Finger eine Patrone bis obenhin in das Fett tunkten und dann säuberlich in eine Reihe mit den anderen legten, die sie gemacht hatte. In Abständen kamen Verteidiger von diesem oder jenem Abschnitt der Befestigungsanlagen, um Nachschub zu holen; doch im Augenblick war der Beschuss flau. Die Sepoys mussten sich sehr wohl darüber im Klaren sein, dass die Munition der Besatzung zur Neige ging. Sie konnten es an dem erkennen, was auf sie abgefeuert wurde. Sie wussten, noch ein oder zwei Tage, dann würden sie die Wälle nicht einmal mehr stürmen müssen; sie könnten einfach darüber hinwegsteigen und die Besatzung nach Belieben abschlachten. Aber natürlich würde sich die Besatzung dann bereits in die Luft gesprengt haben.

Der Collector, in abseitiges und akademisches Sinnieren über die Frage der Munition verfallen, überlegte, ob es nicht noch irgendetwas gab, was verschossen werden könnte. Aber sicher hatten sie schon an alles gedacht. Das ganze Metall war verschwunden, erst die runden Gegenstände, dann die anderen. Jetzt waren sie bei Steinen angelangt. Ohne Zweifel waren die Köpfe seiner elektroplattierten Figuren, mithilfe der unentbehrlichen Turtons-Feile von den Körpern abgetrennt, die wirksamsten Geschosse dieser improvisierten Munition gewesen. Und von den Köpfen war, vielleicht nicht überraschend, der Shakespeare'sche am wirksamsten gewesen; er hatte sich seinen Weg niedermähend durch einen ganzen erstaunten Zug im Gänsemarsch durch den Dschungel heranrückender Sepoys gebahnt. Der Collector vermutete, dass der diesbezügliche Erfolg des Barden viel mit den ballistischen Vorteilen seiner Kahlköpfigkeit zu tun haben könnte. Der Kopf von Keats beispielsweise, mit wilden Metalllocken, die sich unmöglich hatten glattfeilen lassen, war in der Tat sehr erratisch geflogen und hatte nur einen dicken Geldverleiher und ein Kamel getötet, die in einiger Entfernung vom Handlungsfeld standen.

Ein paar andere Metallobjekte wie Uhren oder Haarbürsten waren abgefeuert worden … aber sie hatten sich als ziemlich nutzlos erwiesen. Kerzenständer, die zu Kleinteilen zerfeilt in den Strümpfen der Ladies gesammelt worden waren, hatten eine Weile als Kartätsche gedient, waren aber schnell aufgebraucht gewesen. Dann war ein Fund gemacht worden. Der arme Father O'Hara hatte sich mit Cholera angesteckt und war kurz nach dem Rückzug in die Banketthalle gestorben; nachdem sein Körper über den Festungswall gehievt worden war, den Schakalen und Pariahunden zum Fraß (die einzig verbleibende Möglichkeit, sich der Toten zu entledigen), hatte man in seiner Habe etliche schwere Rosenkränze aus Metall sowie Kreuze, Heilige und Jungfrauen entdeckt. Der Padre, um Rat gefragt, ob es angehe, mit diesen Dingen auf den Feind zu schießen, hatte seine Meinung kundgetan, dass man sehr wohl damit schießen könne und dass sie, genau wie jedes andere papistische oder traktarianische Objekt dieser Art, höchstwahrscheinlich schreckliche Verwüstung anrichten würden. Das allerdings schien nicht der Fall gewesen zu sein, nicht besonders, außer bei den Rosenkränzen.

Einige Yards entfernt gab es eine kleine Explosion an den Festungswällen, aber es war nichts Beunruhigendes ... nur Harrys Versuch, die eiserne Sechspfünder zu befreien, in deren langem Rohr der Kopf eines französischen Zynikers, Voltaire, steckengeblieben war ... ziemlich überraschend, dachte der Collector, so ein schmaler, rautenförmiger Kopf wie der; Harry hatte es nicht geschafft, den Kopf bis unten zur Kartusche in den Lauf zu stoßen, und war deshalb entsprechend dem normalen Vorgehen gezwungen, die Ladung zu zerstören, indem er Wasser durchs Zündloch schüttete, gefolgt von einer kleinen Menge Pulver, ebenfalls durchs Zündloch, um die behelfsmäßige Kugel hinauszublasen. Harry hatte in den letzten Tagen ebenso unermüdlich gearbeitet wie seine Schwester; jetzt sank er aus reiner Schwäche auf einen Hocker neben der Kanone und begann zu weinen beim Gedanken an das verschwendete Pulver und verschwendete Wasser infolge seines Missgeschicks. Doch immerhin war es ihm gelungen, Voltaires Kopf aus der Seele der Sechspfünder zu blasen; er rollte über den Festungswall und landete inmitten der Skelette, wo er die Pariahunde auseinandertrieb, die sich dort in der Erwartung sonnten, dass die nächste Mahlzeit herüberkam.

»Die Sepoys sind sehr ruhig«, rief der Collector Harry gesprächig zu, um ihn vom Weinen abzubringen, denn jetzt fing

Lucy an und er fürchtete, sie würde das Pulver verderben, indem sie Tränen in die Flasche fallen ließ.

»Was glauben Sie, ob sie angreifen werden?«

»Ich denke schon.« Harry trocknete sich die Augen mit einem Stück Schusspflaster, ärgerlich über sich selbst.

»Da ist etwas … die Zuschauer sind jedenfalls des Wartens müde.«

Die Melonenbeete waren in den letzten zwei oder drei Tagen so gut wie verlassen gewesen. Nur hin und wieder war noch ein einsamer Raja zu sehen, vereinzelte Gestalten, die, von Dienern umringt, durch hochwertige, in irgendeinem der europäischen Geschäfte in Kalkutta erworbene Messingfernrohre beobachteten, was vor sich ging. Nachts waren keine Feuer mehr zu sehen, weder auf dem Hang noch weiter entfernt in der Ebene.

Der Collector hörte Schlurfen und schweres Atmen, und obwohl es nicht das Atmen des Padre war, wusste er, dass der Padre nahte. Er hätte es sagen können, ohne sich umzudrehen und es zu sehen; aber er drehte sich um, weil er dem Padre nicht den Eindruck vermitteln wollte, ihn zu meiden. Der Padre hing schlaff zwischen den Schultern eines jungen Ensign und denen eines alten Veteranen, die beide krank, abgekämpft und erschöpft aussahen. Sie legten den Padre, wie geheißen, neben dem Collector nieder und verhalfen seinen Gliedern in eine gebührliche Position.

»Da war noch etwas, was ich vorhin vergessen habe zu erwähnen«, sagte der Padre, der normalerweise kein Freund derart unverblümter Vorstöße war, aber das Gefühl hatte, angesichts seines Gesundheitszustands sei vielleicht keine Zeit mehr zu verlieren … Diesmal war er entschlossen, so direkt und blitzschnell wie ein auf den heiligen Sebastian zielender Pfeil zum Kern des Problems vorzudringen, wie er es sah.

»Ich meine einen Leitartikel über die *Exhibition*, der in der *Times* erschienen ist und aus dem ich Ihnen etwas vorlesen möchte (durch einen glücklichen Zufall habe ich ihn bei mir). Da heißt es folgendermaßen: ›So nähert sich der Mensch einer vollständigeren Erfüllung jenes großen und göttlichen Auftrags, den er in dieser Welt zu vollbringen hat. Als Ebenbild Gottes erschaffen, ist er berufen, die Gesetze zu entdecken, mit denen der Allmächtige Seine Schöpfung beherrscht; und indem er diese Gesetze zum Maßstab seines Handelns macht, die Natur zu seinem Nutzen zu erobern, der er selbst ein göttliches Werkzeug ist.‹ Hm, ich frage mich, ob Sie das gehört haben, Mr. Hopkins, oder soll ich es noch einmal lesen?«

»Danke, Padre. Ich habe sehr genau gehört und finde es hochinteressant.«

»Mir scheint, Mr. Hopkins, dass die hier vertretene Lehre nicht die geringste Grundlage im Wort Gottes hat. Wenn wir uns der Geschichte von der Erschaffung des Menschen in der Heiligen Schrift zuwenden, finden wir, dass sein Auftrag nur darin bestand, den Garten Eden zu bebauen und zu bewahren und seinem Schöpfer zu dienen und zu gehorchen … und dass ihm, weit entfernt von irgendeinem Auftrag, seine Nase in die Gesetze zu stecken, mit denen der Allmächtige Seine Schöpfung beherrscht, dergleichen ausdrücklich verboten wurde. Der einzige verbotene Baum im Garten war der Baum der Weisheit und Erkenntnis. Es ist eine bemerkenswerte Tatsache, Mr. Hopkins, dass das Argument, mit dem die Schlange Eva zur Untreue gegen ihren Schöpfer verführt, fast identisch ist mit dem des Leitartiklers der *Times*: ›Ihr werdet sein wie Götter und wissen, was gut und böse ist‹ … das heißt, so weise wie Gott selbst!«

Der Geist des Collectors war wieder abgeschweift, auch wenn er hin und wieder verständnisvoll nickte, in der Hoffnung, den Padre dadurch zu besänftigen. Aber seine Konzentrationsfähigkeit war dürftig in diesen Tagen … er konnte seine Gedanken kaum länger als einen Moment festhalten … und selbst während er hörte, was der Padre sagte, ergab es keinen Sinn …

»Der Leitartikler der *Times* so weise wie Gott selbst!« Was für ein Quatsch, wirklich. Während die schwache Stimme des Padre fortfuhr, den Leitartikler der *Times* zu beschuldigen, hob der Collector seine Augen gen Himmel, wo wie immer Milane und Geier kreisten.

Der Collector mochte Geier und teilte nicht die übliche Auffassung, sie seien unheilvolle, finstere Geschöpfe. Durch ihr eifriges Kadaverfressen hatten sie der Besatzung wahrscheinlich eine Seuche oder Pestilenz erspart, aber das war es nicht, was der Collector an ihnen mochte … wenn auch ungelenk auf dem Boden, war ihr Flug doch außerordentlich anmutig. Wie es schien, stiegen sie höher hinauf als alle anderen Vögel; sie erhoben sich in das grenzenlose Blau, bis sie aus der Sicht verschwanden oder nur noch Punkte waren, zogen Runde um Runde in einem freien Flug, bei dem sich ihre Flügel kaum zu bewegen schienen. Sie glichen eher Fischen als Vögeln, glitten in sanften Kreisen durch ein klares Becken von unendlicher Tiefe. Der Collector hätte sie am liebsten den ganzen Tag beobachtet. Ihr Flug nahm ihn vollkommen auf. Er dachte an nichts, während er sie beobachtete, er schüttelte seine Sorgen ab und erlebte ihre Freiheit, losgelöst von seinem trägen, schwachen Körper.

Er war jedoch genötigt, auf die Erde zurückzukehren, in die Pflicht genommen von Anzeichen der Aufregung an den Festungswällen, die zweifellos Vorboten des nächsten Angriffs waren … und vom Padre, der ihn etwas gefragt hatte und mit Zeichen von Ungeduld auf seine Antwort wartete.

»Nun …«, sagte der Collector vorsichtig, »das ist natürlich Ansichtssache …« Er hatte die Frage nicht gehört, hoffte aber, dass diese Antwort dienen würde. Die Aufregung steigerte sich und er blickte besorgt zu den Wällen hinüber, in der Befürchtung, der Angriff könne losbrechen, bevor er überhaupt gesehen hatte, was geschah. Aber ach, der Padre war offensichtlich nicht befriedigt. Ein Ausdruck von Verzweiflung, von gerechtem Zorn kam über sein Gesicht. Und plötzlich, zum Erstaunen des Collectors, packte der Padre ihn an der Gurgel und schrie: »Ansichtssache! Der Kristallpalast war gebaut wie eine *Kathedrale*! Eine Kathedrale Beelzebubs!«

»Ich wollte sagen«, sagte eine Stimme etwas weiter entfernt. »Wir sind da, um euch zu befreien.«

»Eine Kathedrale Baals! Eine Kathedrale Mammons!« Der Collector, der die Finger des Padre von seiner Gurgel zu lösen und gleichzeitig den Kopf zu wenden versuchte, konnte gerade eben ein rosiges junges Gesicht mit blondem Schnurrbart aus einem leuchtend roten Waffenrock hervorlugen sehen. Dieser Mann spähte gewinnend über den Festungswall.

»Ich wollte fragen, ob wir reinkommen dürfen. Wir sind da, um euch zu befreien.«

Der junge Mann, der über den Wall gespäht hatte, um diese außergewöhnliche Sammlung von Vogelscheuchen zu erblicken, war der Besatzung von Krishnapur wohlbekannt, denn er war kein anderer als jener Leutnant Stapleton, der in der vergangenen kühlen Jahreszeit in Kalkutta so oft mit Louise getanzt und eine blonde Locke als Andenken bekommen hatte; er hatte Wert darauf gelegt, diese Haarlocke dicht an seinem eigenen eher flaumigen Brusthaar zu tragen. Louise war ihm kaum einen Moment aus dem Sinn gegangen, während die Entsatzarmee unter dem Befehl von General Sinclair in den letzten sechs Wochen umsichtig über die Ebenen vorgerückt war. Er hatte es nicht für möglich gehalten, dass das holde Wesen noch am Leben sein könnte, da aus eingeborenen Quellen Nachrichten gedrungen waren, Krishnapur befinde sich seit Anfang Juni unter Belagerung. Und was ihr, wenn sie tot war, vor ihrem Tod zugestoßen sein mochte, daran zu denken war ihm unerträglich (obwohl er trotzdem daran dachte).

Die Männer der Entsatzarmee, einer großen Armee, reichlich mit Feldbatterien ausgerüstet, waren nicht überrascht, Krishnapur verlassen vorzufinden, als sie sich der Eisenbrücke näherten. Die »*Pandies*«* machten sich immer aus dem Staub. Doch während sie durch die leeren Straßen marschierten, setzte sich ein kleiner alter Mann an die Spitze der Kolonne, um ihr, eine Kesselpauke schlagend und die Wiedereinsetzung der *Company Bahadur** ausrufend, den Weg zu weisen.

Als sie das Sepoy-Lager erreichten, war vollkommen offensichtlich, dass die Aufständischen nicht lange zuvor dort gewesen waren; einige Feuer brannten noch und persönliches Hab und Gut lag verstreut herum. Von hier aus konnten sie sehen, dass die Residenz aufgegeben worden war, aber ein zerfledderter Union Jack wehte noch über der Bankettthalle. Sie kamen nicht zu spät! Leutnant Stapleton fragte den General, der sein Onkel war, ob er als Erster hinüberreiten dürfe, und der General willigte großmütig ein.

Während er mit seinem Pferd über das offene Gelände trabte, bemerkte Leutnant Stapleton zwei riesige weiße Gesichter, die ihm mit einem Ausdruck von Verständnis und Mitgefühl entgegenlächelten. Trotzdem hatten diese Gesichter etwas an sich, was unbehagliche Gefühle in ihm weckte, und im Näherkommen sah er, dass sie schrecklich pockennarbig waren von Kanonenkugeln und Musketenfeuer, wie von einer entstellenden Krankheit. Außerhalb des Festungswalls lag eine erstaunliche Sammlung weißer Skelette, die er nicht anzusehen versuchte, die aber unschön klapperten, als die Schakale bei seinem Erscheinen Reißaus nahmen. Er konnte nicht umhin sich zu wundern, warum nicht stürmischer Jubel ausgebrochen war, sobald die Besatzung seine rote Uniform gesichtet hatte. Er verstand es etwas besser als er sah, in welchem Zustand sich die Überlebenden befanden. Sie starrten ihn an, wie man orangegelbe Ratten* anstarren würde, die zu einem ins Bett kriechen wollten. Mit Angst und Schrecken wurde Leutnant Stapleton plötzlich bewusst, dass er Glück hatte, nicht von einem dieser zerlumpten Irren erschossen zu werden.

Doch allmählich, während der Rest der Kolonne unter Führung seines Onkels auf einem prachtvollen weißen Pferd eintraf, kamen diejenigen Überlebenden, die gehen konnten, aus der Bankettballe heraus und erlaubten sich, von den Entsatztruppen begrüßt zu werden. Der General konnte sehen, dass die Besatzung Schwierigkeiten hatte, sich an den neuen Stand der Dinge zu gewöhnen, und so rief er, um ihr Zeit zu geben, dass Sherry und Soda ausgeschenkt werden sollten. Die armen Teufel sahen so aus, als könnten sie eine Erfrischung gebrauchen. Bei näherem Nachdenken schickte er einen seiner Helfer, auch Decken zu holen, denn einige der Ladies schienen nicht sehr anständig bekleidet zu sein, und obwohl sie nicht unbedingt verführerisch aussahen, wollte er doch nicht, dass sie seine Männer auf Gedanken brachten. Er hatte noch nie Engländer gesehen, die sich dermaßen hatten gehen lassen; sie sahen eher aus wie Unberührbare.

Leutnant Stapleton war es gelungen, Louise ohne allzu große Schwierigkeiten wiederzuerkennen, auch wenn ihre Erscheinung ihn ein wenig überraschte. Erst als er hinging und sie murmelnd umarmte: »Keine Sorge, meine Liebe, Sie sind jetzt in Sicherheit«, bekam er wirklich einen ernsthaften Schock … weil sie stank. Dann, als er suchte, was er ihr sagen könnte (alle Reden, die er vorbereitet hatte, gründeten irgendwie darauf, dass sie trotz ihrer Notlage so hübsch, gut gekleidet und süß duftend sein würde, wie er sie in Erinnerung hatte), drängte sich ein abgezehrtes Individuum in einer grünen Jacke auf unverschämte Weise zwischen sie. Dieser unverschämte Bursche in der grünen Jacke hatte einen Vorteil gegenüber Leutnant Stapleton … er schien in der Lage zu sein, Louise ohne Unbehagen näherzukommen, als er selbst es vermochte, zweifellos weil er schlimmer stank als sie. Die drei jungen Leute standen in einem ziemlich feindseligen und übelriechenden Schweigen da, wartend, dass etwas geschah. Leutnant Stapleton war sich der dichten Wolke summender Fliegen um jeden seiner Gefährten überaus bewusst.

»Nun, da haben wir es noch geschafft mit dem Entsatz, hm?«, sagte der General zum Collector, um irgendwie das Eis zu brechen. »Auf den letzten Drücker, was.« Dieser Collector-Wallah war eine verdammt harte Nuss, furchtbar schwierig, mit ihm ins Gespräch zu kommen, fand er. Er hatte in Kalkutta schon Geschichten über ihn gehört und halbwegs etwas von der Art erwartet. Nun ja, wahrscheinlich hatte er einiges durchgemacht. »Und, wo bleibt denn dieser Sherry-pawnee?«

Lucy saß während dieser ganzen Zeit immer noch auf der Veranda, umgeben von ihren Patronenmacher-Werkzeugen, und weinte bitterlich beim Anblick der säuberlich aufgereihten Patronen, die sie angefertigt hatte und die nun nicht mehr gebraucht wurden. Gegenwärtig trocknete sie ihre Tränen, weil sie gemerkt hatte, dass der Magistrate sie nicht weit entfernt beobachtete. Er beobachtete sie oft in letzter Zeit. Jetzt näherte er sich ihr, setzte sich neben sie und sagte: »Also, der Entsatz ist schließlich doch gekommen.« Ein Riss in ihrem Kleid, seltsam ähnlich, wenn auch nicht so arg wie bei Louise, erlaubte ihm, ihre Brüste zu sehen, die, traurig ausgehungert, nicht mehr wie dicke Karpfen wirkten (sie glichen eher Schollen oder Seezungen). Der Magistrate legte seine Hand kameradschaftlich auf ihre Schulter und dann, nach kurzem Zögern, schob er sie über den Nacken an ihrem Hals hinauf. Vielleicht wäre Lucy schwach in seine knochigen Arme gesunken, hätte nicht ein Ausdruck von ungläubiger Bestürzung sein Gesicht überzogen. Prompt versetzte sie ihm eine Ohrfeige, so fest sie konnte, was nicht sehr fest war. Sie wusste nicht, worum es ging, aber sie wusste instinktiv, dass sie das Richtige tat. Und es war nur gut so, denn in diesem Moment tauchte Harry auf, um sie zu Sherry und Soda nach draußen zu führen. »Wie wagt er es, dieser widerliche Atheist!«, schrie Harry, ebenso empört über den Magistrate wie befriedigt über Lucys Antwort. Gedemütigt hatte sich der Magistrate verzogen.

Der Padre hatte keine Zeit verschwendet, um sich frische

und gesunde Träger zu besorgen, und ließ sich nun mit beglückender Schnelligkeit auf einer Sänfte dorthin tragen, wo der Collector mit dem General stand.

»Denken Sie an den Vakuum-Sarg, der Leichen garantiert vor Verwesung bewahren sollte! War das nicht wider das Wort Gottes, das gebietet: ›Staub zu Staub‹? Denken Sie an die zahllosen Statuen unbekleideter junger Frauen. Denken Sie an die männlichen Statuen, die jetzt sogar in Sydenham ausgestellt sind, ohne gebührlich bedeckt zu sein, und von unschuldigen Mädchen betrachtet werden können!«

Der Collector seufzte, sagte aber nichts. Auch dem General fiel nichts zu sagen ein, aber er beäugte den Padre nervös.

Recht plötzlich, nachdem sie sich erfrischt hatten, begannen die Mitglieder der Besatzung zu reden; bald plapperten sie drauflos, schwatzten mit ihren Befreiern, lachend, jubelnd und sogar singend. Der General strahlte; jetzt lief alles doch viel besser. Aber dann begannen sie einer nach dem anderen wie Kegel umzukippen und im Nu war die grüne, von Schüssen zerfurchte Grasnarbe mit bewusstlosen Gestalten übersät. Der General rief nach Krankenträgern und zog sich schlecht gelaunt für ein Bad und frische Kleidung in sein Zelt zurück. Auch wenn man Zugeständnisse machte, waren diese »Helden von Krishnapur«, wie sie sicher bald genannt würden, ein ziemlich komischer Haufen. Und er würde stundenlang posieren müssen, mit einem Schwert in der Hand auf einem Bock oder einem Holzpferd sitzend, während irgend so ein Künstler-Wallah »Der Entsatz von Krishnapur« malte! Obwohl, er musste unbedingt darauf bestehen, im Vordergrund zu sein; dann wäre es doch nicht so schlecht. Wenn er Glück hatte, würde diese erbärmliche Auslese von »Helden« ein bisschen abgeschwächt dargestellt … eine undeutliche Menge von Leichen und ein paar dankbare Gesichter, Kanonen und paradierende Pferde wären das Beste.

XXXII

Während er zum letzten Mal jenen Teil der staubigen Ebene durchquerte, der zwischen Krishnapur und der Endstation der Eisenbahn lag, spürte der Collector die Weite Indiens stärker denn je; jetzt, angesichts der sich öffnenden Perspektive, wurde ihm bewusst, was für eine kleine Geschichte die Belagerung von Krishnapur gewesen war, wie unwichtig, wie bedeutungslos. Derweilen sie langsam über die Ebene vorwärtskrochen, suchte sein Blick nach den kleinen, aus Erde erschaffenen Dörfern mit den Bambushainen und Tümpeln; doch obwohl die Ebene vollkommen flach war, blieben die Dörfer irgendwie in ihren Falten verborgen, gingen bruchlos in sie über. Als sie zur Pause für die Pferde bei einem dieser Dörfer anhielten, verweilte der Collector in der Kutsche und beobachtete die Männer, die Wasser aus dem Brunnen zogen, es mithilfe ihrer Ochsen in einem großen Ledersack heraufzogen, und er wusste, dieselben zwei Männer und zwei Ochsen würden es auch morgen tun, tagein, tagaus, bis ans Ende ihres Lebens. Und dies war der letzte Eindruck, den der Collector von Indien mitnahm. Wenn er in späteren Jahren an Indien dachte, sah er immer diese zwei Männer und zwei Ochsen und den beim Aufsetzen Wasser verströmenden Ledersack.

Weiter gibt es nicht mehr viel zu sagen über die Belagerung von Krishnapur. Es ist erstaunlich, wie schnell die Überlebenden zu dem zivilisierten Leben zurückkehrten, das sie vorher geführt hatten. Nur manchmal, in Träumen, sollten die schrecklichen Tage der Belagerung, die wie der dunkle Untergrund ihres fortgesetzten zivilisierten Lebens waren, sie Jahre später heimsuchen: Dann wachten sie entsetzt und schwitzend auf, um sich im gestärkten weißen Leinen eines bequemen Betts im friedlichen England wiederzufinden. Und alles war wieder gut.

Es mag gesagt sein, dass die Belagerung, obgleich er sie überlebte, eine schlechte Wirkung auf den Collector hatte. Als er von Kalkutta nach England zurückkehrte, was er tat, sobald er sich reisefähig fühlte, nahm er nicht, wie man hätte meinen mögen, das glorreiche und interessante Leben auf, das ihn dort erwartete. Stattdessen zog er sich aus Gremien der schönen Künste, aus antiquarischen Gesellschaften und Gesellschaften zur Rückführung von Bettlern und Prostituierten zurück; auch sein Interesse für Fruchtwechsel schien die Belagerung nicht überlebt zu haben. Er nahm die Gewohnheit an, durch die Straßen Londons zu streunen, oft in den ärmeren Gegenden, bei jedem Wetter, allein, selten mit jemandem sprechend, sondern einfach starrend, starrend, als hätte er noch nie im Leben einen Armen gesehen. Als er älter wurde, gab er das Streunen auf und bewegte sich selten aus seinem Club in St James heraus; dort konnte man ihn Zeitung lesen sehen, endlos, unterschiedslos, über große Ereignisse und kleine, nach der Ordnung, in der sie auf der Seite erschienen. Aber man hörte ihn nie sagen, was er über diese Riesenmenge zufälliger Einzelheiten, die er in seinen späteren Jahren akkumuliert haben musste, dachte (wenn er denn überhaupt etwas dachte). Er nahm ferner die Gewohnheit an, zu viel zu essen und zu trinken, die lässlichste aller Sünden. Als alter Mann wurde er sehr beleibt, und wenngleich er zu dieser Zeit für die anderen Mitglieder seines Clubs eine Art Legende geworden war (»Der Held von Krishnapur«), hätte man meinen mögen, er selbst habe die Belagerung vollkommen vergessen.

Aber eines Tages, in den späten Siebzigerjahren, trafen er und Fleury sich unverhofft von Angesicht zu Angesicht auf der Pall Mall, und nach kurzem Stutzen erkannten sie einander wieder. Auch Fleury war korpulent und, wie es schien, ziemlich starrsinnig geworden; er und Louise hatten mehrere Kinder, die Fleury mit seinen Ansichten zu tyrannisieren neigte, äußerstes Missfallen bekundend, wenn sie anderer Meinung waren als er. Die beiden Männer fielen in Gleichschritt miteinander; das Tempo des alten Gentleman jedoch war etwas zu langsam für Fleury, der sich ständig zurückhalten musste, nicht kräftig auszuschreiten, wie es seine Gewohnheit war. Das Gespräch war schwieriger, als man erwartet haben könnte. Sie tauschten ein paar persönliche Neuigkeiten aus. Fleury erzählte dem Collector, dass sein Schwager, General Dunstaple, der übrigens Miss Hughes geheiratet hatte, immer noch in Indien lebe und momentan, dem letzten Brief nach, zum Tigerschießen in Nepal sei. Seine Schwester Miriam, das wisse der Collector vermutlich nicht, habe in der Folgezeit Dr. McNab geheiratet, und auch sie seien in Indien geblieben.

»Ah ja, McNab«, sagte der Collector nachdenklich. »Er war der Beste von uns allen. Der Einzige, der wusste, was er tat.« Er lächelte in Gedanken an die unsichtbare Cholera-Wolke, und nach einem Moment fügte er hinzu: »Ich mochte Ihre Schwester sehr. Ich glaube nicht, dass ich sie wiedersehen werde.«

Halb darauf drängend, seiner Wege zu gehen, denn er hatte eine Verabredung mit einer jungen Lady von leidenschaftlicher Veranlagung, fragte Fleury den Collector nach seiner Skulpturen- und Gemäldesammlung. Der Collector sagte, er habe sie vor langer Zeit verkauft.

»Kultur ist Trug«, sagte er nur. »Ein Schönheitsanstrich, der dem Leben von reichen Leuten gegeben wird, um seine Hässlichkeit zu verbergen.«

Fleury war bestürzt über diese Bemerkung. Er selbst hatte eine große Sammlung von Kunstobjekten, auf die er sehr stolz war.

»Darin, Mr. Hopkins, kann ich Ihnen nicht zustimmen«, erklärte er lautstark. »Nein, Kultur verschafft uns die Idee von einem höheren Leben, das wir anstreben. Und auch *Ideen* sind Bestandteil der Kultur … Niemand kann behaupten, Ideen seien Trug. Unser Fortschritt hängt von ihnen ab … Denken Sie nur an ihren Einfluss. Ideen machen uns zu dem, was wir sind. Unsere Gesellschaft beruht auf Ideen –«

»Oh, Ideen …«, winkte der Collector ab.

Aber jetzt musste Fleury *wirklich* gehen. Der alte Knabe ging derart langsam, und er war bereits zu spät. Und so zog Fleury seinen Hut, reichte die Hand und eilte davon. Er freute sich, den Collector getroffen zu haben, doch er hatte das ungute Gefühl, dass viele Dinge ungesagt geblieben waren. Nun ja, wenn schon … niemand hat die Zeit, alles zu klären.

Die Jahre gehen dahin, und sicher hatte der Collector genau wie viele von uns das Gefühl, dass man so viele Möglichkeiten, so viel Energie damit verbraucht, einfach nur herauszufinden, worum es im Leben überhaupt geht. Und dann erst in der Lage zu sein, etwas daran zu ändern, nun ja … Schwer zu sagen, was er bei diesem letzten Gespräch mit Fleury dachte, als er sagte: »Oh, Ideen …« Schließlich hatte McNab doch recht gehabt, nicht wahr? Die unsichtbare Cholera-Wolke war weitergezogen. Vielleicht dachte er wieder an jene zwei Männer und zwei Ochsen, die ihr Leben lang tagein, tagaus Wasser aus dem Brunnen zogen. Vielleicht war er ganz am Ende seines Lebens, im Jahr 1880, zu der Überzeugung gelangt, dass eine Nation, ein Volk sich nicht nach seinen eigenen besten Ideen erschafft, sondern von anderen Kräften geformt wird, über die es wenig weiß.

Danksagung

Die Wirklichkeit des Indischen Aufstands fordert das Vorstellungsvermögen ständig heraus. Diejenigen, die mit der Geschichte der damaligen Zeit vertraut sind, werden in diesem Roman unzählige Einzelheiten tatsächlicher Ereignisse wiedererkennen, die der Menge der überlieferten, von Augenzeugen geschriebenen Tagebücher, Briefe und Erinnerungen entnommen sind, in manchen Fällen nur leicht abgewandelt mit den Worten der Zeugen selbst; auch einige meiner Figuren sind aus diesem Material hervorgegangen. Unter den Verfassern, deren Nachlass ich auf diese Weise geplündert habe, seien insbesondere Maria Germon und der Reverend Henry S. Polehampton, seinerzeit Kaplan von Lucknow (Lakhnau), erwähnt; desgleichen F.C. Scherer und der bewundernswerte Mark Thornhill, der zur Zeit des Aufstands Collector in Muttra (Mathura) war. Die Verse, die Mr. Hopkins bei der Zusammenkunft der *Poetry Society* von Krishnapur bewundert, stammen aus einem epischen Gedicht, das Samuel Warren Esquire zum Ruhm der *Great Exhibition* verfasste, seinerzeit mit großem Erfolg, wenngleich einer der Kritiker es als »Raserei eines Irren im Kristallpalast« abtat.

Schließlich bin ich Mrs. Anthony Storr zu größtem Dank für ihre Freundlichkeit verpflichtet, mir Einsicht in die Briefe ihrer Familie aus der Zeit des Aufstands zu gewähren, und ich danke all den Historikern, zu zahlreich, um sie namentlich zu nennen, die mir erlaubt haben, die Fiktion meines Romans mit Fakten des viktorianischen Lebens zu untermauern. Zu guter Letzt möchte ich nachholen, was ich bei der ersten Ausgabe dieses Buchs versäumt habe und was mir seither auf dem Gewissen liegt: meinen besonderen Dank an Professor Owen Chadwick für sein Werk *The Victorian Church* (2 Bde., 1966 und 1970) und an Margaret A. Crowther für *Church Embattled: Religious Controversy of the Mid-Nineteenth Century* (1970).

J. G. Farrell

Quellenangaben

Maria Germon, *A Journal of the Siege of Lucknow*, hrsg. von Michael Edwards, London 1970.

Henry Stedman Polehampton, *A Memoir, Letters, and Diary of the late H. S. Polehampton, Chaplain of Lucknow*, London 1858.

F. C. Scherer, *Daily life, during the Indian Mutiny, personal experiences*, London 1894, Reprint Forgotten Books 2012.

Mark Thornhill, *The personal adventures and experiences of a Magistrate during the rise, progress, and suppression of the Indian Mutiny*, London 1884.

Anmerkungen der Übersetzerin

Die Schreibweise der nicht englischsprachigen Ausdrücke sowie der Orts- und Personennamen wurde so übernommen, wie der Autor sie gemäß der in den zeitgenössischen Zeugnissen üblichen gebraucht.

9 Krishnapur ist – abgesehen von den Namen der handelnden Hauptfiguren – der einzige fiktive Name in diesem Roman; er leitet sich ab von der hinduistischen Gottheit Krishna (Sanskrit), wörtlich »der Schwarze« und für ihre Anhänger die Inkarnation des Höchsten.

11 *British East India Company*, dt. Britische Ostindien-Kompanie.

11 Collector, nach dem Judge (Friedensrichter) ranghöchster Beamter der britischen Zivilverwaltung, Steuereinnehmer mit weitreichenden Machtbefugnissen in einem bestimmten Distrikt.

11 *khansamah*, Hindi/Urdu, eingeborener Hausdiener.

12 Joint Magistrate, assistierender Magistrate in Ausbildung.

15 Magistrate, ranghoher, dem Collector nachgeordneter Beamter der britischen Zivilverwaltung, vorwiegend zuständig für richterliche und übergeordnete verwaltungstechnische Aufgaben.

19 *ayah*, Hindi/Urdu, eingeborene Kinderfrau.

19 *punkah*, Hindi/Urdu, an der Decke befestigter Fächer in Form eines stoffbespannten Rahmens, der mithilfe eines Seils bewegt wird.

20 *Great Exhibition of the Works of Industry of all Nations*, dt. Londoner Industrieausstellung, erste Weltausstellung, die 1851 im Londoner Hyde Park stattfand.

23 Padre, Bezeichnung für anglikanischen Militärgeistlichen.

23 Sahib, dem Namen nachgestellte Anrede für europäische Männer.

25 Fort William, britische Festung in Kalkutta, Regierungssitz der Präsidentschaft Bengalen.

27 *Die East India Company* unterstand der Leitung eines Direktoriums aus vierundzwanzig Direktoren.

27 Charles John Canning, 1. Earl Canning, Generalgouverneur Britisch-Indiens.

29 *gharry*, Hindi, meist zweirädriger landesüblicher Ochsen- oder Pferdekarren.

34 *dak gharry*, Hindi/Urdu, größere vierrädrige Kutsche zur Post- und Personenbeförderung.

35 Die viktorianischen Petticoats wurden in vielen Schichten übereinander getragen, je üppiger das Volumen, umso höher der soziale Stand; so kam es vor, dass Frauen allein vom Gewicht ihrer Petticoats ohnmächtig wurden.

36 *ghat,* Hindi, u. a. zum Gewässer hinunterführende Treppe, üblicherweise auch Badestelle für rituelle Waschungen.

36 *sais*, übernommen aus dem Arabischen, Pferdepfleger oder Stallknecht in Indien.

42 Raja, weibl. Rani, Titel hinduistischer Herrscher in Indien.

45 Maidan, Urdu, aus dem Arabischen, größter Park in Kalkutta; allgemein bezeichnet *maidan* eine offene Grünfläche.

46 Mofussil, aus dem Hindi, Bezeichnung für indisches Hinterland.

51 *nautch girls*, Tänzerinnen eines traditionellen erotischen Tanzes in Indien.

55 *dak bungalow*, Poststation und Gästehaus der Regierung in Britisch-Indien.

57 Nabob, abgeleitet von dem Herrschertitel Nawab, Bezeichnung für reichen und einflussreichen Geschäftsmann in Indien.

67 anglisierte Form von Clairet, roter Bordeaux.

68 Richard Whately war berühmt für seine unkonventionellen und witzigen Predigten wider die Traktarianer; er benutzte das von der Kanzel baumelnde Bein wie ein Bauchredner, der mit seinem Fuß streitet.

72 *punkah-wallah,* für die Bedienung einer *punkah* zuständiger Diener.

75 Mem, Abkürzung von Memsahib oder Madam Sahib, Anrede für verheiratete Europäerinnen.

76 *badmashes*, Hindi, üble Gesellen, Nichtsnutze.

77 Babu, in Bengalen respektvolle, dem Namen nachgestellte Anrede; von den Briten gebraucht als Bezeichnung für indische Schreiber oder Angestellte.

78 Zitat aus Lord Byrons Gedicht »The Giaour«, dt. »Der Giaur«, hier in eigener Übersetzung.

80 Brandy-pawnee, angloindisch für Branntwein mit Wasser.

82 *charpoy*, anglisiert, aus dem Hindi, einfaches indisches Bett in Form eines mit Seilen oder Stoffgurten bespannten Holzrahmens auf vier Füßen.

83 Cutcherry, aus dem Hindi, öffentliches Verwaltungs- und Gerichtsgebäude, auch Steueramt in Indien.

86 *havildar*, Hindi, aus dem Persischen, Eingeborener vom Rang eines Sergeant in der britischen Armee.

86 *sowar*, Hindi, aus dem Persischen, berittener eingeborener Soldat, bei den Briten oft zur Wache oder zum Geleit.

93 *zemindar*, Hindi/Persisch, ursprünglich Steuereinnehmer für den Großmogul, in Britisch-Indien allgemeine Bezeichnung für eingeborene Landbesitzer.

100 *dhoti*, Hindi, traditionelles Beinkleid indischer Männer, in der Taille zusammengeknoteter und hosenartig um die Beine geschlungener Stoff.
100 *Namaste*, ehrerbietige Grußformel der Hindus.
101 Half-Hunter, Abwandlung von Hunter, einer ursprünglich für die Jagd gedachten Taschenuhr mit schützendem Sprungdeckel, der im Fall der Half-Hunter eine kleine Öffnung zum schnellen Ablesen der Zeit in der Mitte hat.
101 *durzie*, Berufsstand der eingeborenen Schneider, bei den Briten auch oft Hausdiener.
102 *godown*, abgeleitet vom portugiesischen *gudão*, indisches Waren- oder Lagerhaus.
108 *ryot*, abgeleitet aus Hindi, Persisch und Arabisch, indischer Bauer oder Pächter.
114 Crystal Palace, dt. Kristallpalast, gläsernes Ausstellungsgebäude der *Great Exhibition* im Londoner Hyde Park.
114 *howdah*, Hindi, Sitz mit Baldachin auf dem Rücken eines Elefanten.
119 *Sircar*, Hindi, aus dem Persischen, höchste Autorität, Regierung; hier britische Regierung der Präsidenschaft Bengalen.
119 *feringhee*, aus Urdu und Persisch abgeleitete Bezeichnung für Fremde mit weißer Hautfarbe, namentlich Europäer.
127 *hackery*, Bengalisch, zweirädriger Ochsenkarren.
130 *burtunga*, indische Bezeichnung für eine besonders große Ameisenart, ähnlich der Schnappkieferameise.
151 *Cranny*, angloindische Bezeichnung für Eurasier.
183 Alles, was der Padre hier und im Folgenden rezitiert, stammt aus dem *Book of Common Prayer*, einer Sammlung von Gebeten und liturgischen Texten, die von der anglikanischen Staatskirche verbindlich für entsprechende Anlässe vorgeschrieben waren. Grundlage für diese Texte war die englische Bibelübersetzung von William Tyndale, der zeitgenössisch mit Luther die Lehren der Reformation übernahm. Die deutsche Übersetzung sowohl der »Prayers« als auch der Bibelzitate folgt daher der Luther-Übersetzung, die Tyndales am nächsten kommt.
186 *pan*, Hindi, Betelpfeffer.
203 Der Theologe und Philosoph William Paley argumentiert in seinem Werk *Natural Theology* (1802) mit der sogenannten Uhrmacher-Analogie: Eine auf dem Feld gefundene Taschenuhr sei als zweckmäßig konstruiertes Objekt zu erkennen, das auf einen intelligenten Schöpfer schließen lasse; folglich müssten auch lebende Organismen durch das Wirken intelligenten Bewusstseins entstanden sein.
212 *dal*, Hindi, breiartiges indisches Gericht aus Hülsenfrüchten, vornehmlich Linsen.
216 *dhobi*, Hindi, Kaste der Wäscher in Indien.
220 Rock Bun, hartes Gebäckstück mit Trockenfrüchten.

226 *bhoosa*, Hindi, Spreu, die als Viehfutter verwendet wird.

244 *sherbet*, aus dem Persischen und Arabischen, gesüßtes Fruchtgetränk.

275 *Thirty nine Articles*, 39 Glaubensartikel des anglikanischen Bekenntnisses.

409 *subadar*, Urdu, aus dem Persischen, zweithöchster Rang eingeborener Soldaten in Britisch-Indien.

419 *Boney* war der englische Spitzname für Napoleon, nach einer Ballade beginnend mit der Zeile: *Boney was a warrior away, a – yah!*

423 Thanes, angelsächsischer Dienstadel, ehemals Lehnsträger des Königs.

424 Guttapercha, kautschukähnlicher, eingetrockneter Milchsaft des malayischen Guttaperchabaums, der u. a. zur Kabelisolierung diente; die Erfindung bestand darin, dass dünne Guttapercharohre an einen in der Kanzel verborgenen Schalltrichter angeschlossen wurden.

436 *Pandies*, verächtliche Bezeichnung der Briten für aufständische Sepoys, abgeleitet von Mangal Pandey, dem Anführer der ersten Sepoy-Meuterei, der im April 1857 in Barrackpur von den Briten gehängt wurde und in Indien bis heute als erster Widerstandskämpfer gegen die britische Herrschaft verehrt wird.

436 *Company Bahadur*, in Indien gebräuchliche Bezeichnung für die Britische Ostindien-Kompanie.

436 *orange rats* galten wegen ihrer kräftigen Bisse als die gefährlichste Rattenart.

Historischer Abriss

zur Situation in Indien vom 16. Jahrhundert bis zum Indischen Aufstand von 1857

1526 Gründung des Mogulreiches. Nachdem der Hinduismus den Buddhismus auf dem indischen Subkontinent zurückgedrängt hatte und seinerseits um 1200 von einer islamischen Herrschaft abgelöst worden war, beginnt mit den Großmoguln, auch Mogulkaiser genannt, eine Zeit innerer Reformen und einer Religionspolitik des Ausgleichs zwischen Hindus und Muslimen. Ein zentral geführter, straff verwalteter Agrarstaat bildet sich heraus, auch mogulischer Beamtenstaat genannt, der unter der Herrschaft Akbars um 1600 die gesamte nordindische Tiefebene sowie Teile des heutigen Afghanistan und Pakistan umfasst. Das Persische wird zur Amtssprache erhoben. Nach einer relativ friedlichen Blütezeit erlangt das Reich unter Aurangseb (1659–1707) seine größte Ausdehnung nach Süden, zugleich brechen durch die nunmehr von Aurangseb betriebene rigoros proislamische Religionspolitik die alten Gegensätze zwischen Hindus und Muslimen wieder auf. Den von einem Hindu angeführten Marathen gelingt es, eine Großmachtstellung innerhalb des zerfallenden Mogulreichs zu errichten, ohne dessen Macht gänzlich zu brechen. Nachdem die Marathen in Kriege untereinander und gegen die Briten geraten, zerfällt das Großreich weiter in Kleinstaaten und Fürstentümer, die keine überregionale Macht entfalten können. Der letzte, nur noch nominell herrschende Mogulkaiser wird 1857 von den Briten abgesetzt.

1600 Gründung der Britischen Ostindien-Kompanie (*British East India Company*). Seit der Entdeckung des Seewegs nach Indien waren an dessen Küsten zahlreiche europäische Handelsniederlassungen entstanden, zunächst unter Vorherrschaft der Portugiesen. Zwischen den verschiedenen Handelsgesellschaften – einer niederländischen, einer dänischen, einer französischen und einer englischen Ostindien-Kompanie –, die in der Folgezeit gegründet wurden, kam es zu erbitterten Auseinandersetzungen um die Vormachtstellung in Indien, aus denen die Briten im Lauf des 18. Jahrhunderts als Sieger hervorgingen. Die Rechtsgrundlage für die frühen Handelsniederlassungen in Indien waren von den Mogulkaisern verliehene Privilegien, doch mit dem Niedergang der Zentralmacht in Delhi konnten die Europäer ihre Rechtsansprüche zunehmend mit lokalen Machthabern aushandeln, Statthaltern des Mogulherrschers, die dessen Oberhoheit im 18. Jahrhundert nur noch nominell anerkannten.

Die Britische Ostindien-Kompanie, eine Aktiengesellschaft britischer Kaufleute unter der Leitung eines Direktoriums von 24 Direktoren, erhält anlässlich ihrer Gründung am 31. Dezember 1600 einen Freibrief von der englischen Königin Elisabeth I., mit dem ihr das Recht zugestanden wird, auf 15 Jahre sämtlichen Handel zwischen dem Kap der Guten Hoffnung und der Magellanstraße abzuwickeln. Die Kompanie wird zu festgelegten Abgaben an die Krone verpflichtet, bleibt als Gesellschaft aber unabhängig und selbstständig. Dieses Privileg wird wiederholt erneuert. 1647 verfügt die Kompanie bereits über 23 Stützpunke im Mogulreich. Der Handel bezieht sich vor allem auf Baumwolle, Seide, Jute, Indigo, Salz, Tee, Opium und Salpeter. 1661 erweitert Karl II. die Privilegien der Kompanie um das Recht, die Zivilgerichtsbarkeit und Militärgewalt auszuüben sowie mit den »Ungläubigen« in Indien Krieg zu führen und Frieden zu schließen. Jakob II. fügt dem noch die Rechte hinzu, Festungen zu bauen, Truppen auszuheben und Münzen zu schlagen. Nach dem Zusammenschluss mit anderen britischen Handelsgesellschaften im Jahr 1708 blühen die Geschäfte der Kompanie, nun gefestigt in ihrer Monopolstellung, in ungeahntem Ausmaß auf. Stück um Stück, teils kriegerisch, teils durch ausgehandelte, oft durch Erpressung oder Bestechung erzwungene Verträge mit lokalen Fürsten, kann sie immer größere Teile Indiens unter ihre Herrschaft bringen. Um ihre Besitzstände zu sichern, werden zunehmend eingeborene Soldaten, Sepoys genannt, für die wachsenden Heere der Kompanie ausgehoben. Indien wird nach und nach in vier große britische Verwaltungseinheiten aufgegliedert: die Präsidentschaften Bengalen, Bombay, Madras und die der nordwestlichen Provinzen. Im Lauf des 18. Jahrhunderts werden die in Europa ausbrechenden Konflikte zwischen Großbritannien und Frankreich auch auf die jeweiligen Besitzungen in Indien übertragen, wobei es den Briten gelingt, die rivalisierenden Franzosen nach und nach auszuschalten.

1757 In der Schlacht bei Plassey (Palashi) in Bengalen besiegen die Streitkräfte der Britischen Ostindien-Kompanie unter General Robert Clive das von den Franzosen unterstützte Heer des letzten unabhängigen Nawab (Statthalter des Großmoguls) von Bengalen, Siraj-ud-Daula. Bengalen ist zu dieser Zeit die wohl reichste indische Provinz. Ihre Eroberung gilt als der Wendepunkt zur endgültigen Herrschaft der Briten in Indien und der Überlegenheit des Westens in Asien. Die anschließende Plünderung der Schätze und Reichtümer

Bengalens durch die Briten gilt ferner als Anschub und Auslöser der industriellen Revolution in England, deren Beginn auf 1760 datiert wird. Kalkutta mit dem großen britischen Stützpunkt der Festung Fort William, wo sich bereits der Regierungssitz der Präsidentschaft Bengalen befindet, wird von den Briten zur Hauptstadt von Bengalen erklärt und die alte Handelsstraße über den Ganges hinfort insbesondere für den lukrativen Opiumexport von Indien nach China benutzt, während der Nawab von Bengalen nur noch nominell regiert und Robert Clive in einem System der Doppelherrschaft 1665 erster Gouverneur in Bengalen wird. Die Ostindien-Kompanie wandelt sich in zunehmendem Maße von einer reinen Handelsmacht zur Territorialmacht. Die Feindschaften unter den verschiedenen Völkern, Stämmen, Kasten, Bekenntnissen und Herrschaftsgebieten innerhalb des zerfallenden Mogulreichs bieten denkbar günstige Voraussetzungen für die unaufhaltsame Machtausdehnung und den wachsenden politischen Einfluss der Briten.

1773 Das britische Parlament schafft durch den *Regulating Act* das Amt eines Generalgouverneurs in Kalkutta, der an der Spitze der drei Präsidentschaften Bombay, Madras und Bengalen steht. Zugleich wird eine Kontrolle der in finanzielle Schwierigkeiten geratenen Handelskompanie durch das britische Parlament eingeleitet. Der Verwaltungsaufwand für die riesigen eroberten Gebiete wird immer höher, die vorwiegend aus Sepoys bestehenden Armeen der Kompanie schwellen aufgrund der zunehmenden, oft unübersichtlichen militärischen Auseinandersetzungen an.

1793 Die Ostindien-Kompanie schließt einen als *Permanent Settlement* bezeichneten Vertrag mit den indischen Land- und Großgrundbesitzern (Zamindaren) in Bengalen über eine dauerhaft festgelegte, an die Briten zu entrichtende Grundsteuer. Die Zamindare, die bis dahin Steuereinnehmer des Großmoguls bei den das Land in kleinen Schollen bestellenden Kleinbauern oder Pächtern gewesen waren, werden im *Permanent Settlement* als De-facto-Eigentümer des von ihnen kontrollierten Landes anerkannt und persönlich für die Einziehung der Grundsteuer verantwortlich. Erzielte Überschüsse verbleiben den Zamindaren; bei Säumnis gegenüber den britischen Verwaltern können sie enteignet werden. Dieses Grundsteuersystem wird bald zu einer tragenden Säule des britischen Verwaltungsapparats. Es setzt aufgrund der Enteignungen eine in Indien nicht gekannte Landspekulation in Gang und führt andererseits dazu, dass die Zamindare willkürlich Abgaben aus den angestammten Kleinbauern herauspressen und sie bei Zahlungsunfähigkeit von ihrem Land vertreiben können. Damit, in den Auswirkungen verstärkt durch Hungersnöte und Wucherzinsen der aufblühenden Kaste der Geldverleiher, beginnt eine nachhaltige Zersetzung der einheimischen Sozialstrukturen. Proteste gegen die Steuerlast werden zur häufigsten Ursache für Aufstände gegen die britische Herrschaft in Indien. Der Soldatendienst in den Armeen der Handelskompanie wird für viele brotlos gewordene indische Kleinbauern zu einer willkommenen Alternative, um ihren Lebensunterhalt zu sichern.

1806 Die Kompanie eröffnet in Hailebury ein eigenes College zur Ausbildung ihrer Zivilangestellten für Indien. Hier bekommen junge Leute zwischen 16 und 18 Jahren, die von den Direktoren für eine »*writership*« ausgewählt werden, ihre allgemeine und berufliche Ausbildung für den Dienst der Kompanie in Indien. Vor Ort erfolgt dann eine zusätzliche Ausbildung in Fort

William in Kalkutta, um u. a. mindestens eine Landessprache zu erlernen. Die Rangordnung der höchsten Posten in der Zivilverwaltung, die von den Absolventen dieser Schule erlangt werden können, ist in aufsteigender Folge: *Assistant to Magistrate / Deputy Collector / Joint Magistrate / Magistrate / Collector / Judge.*

1809 Die Kompanie eröffnet nach dem gleichen Muster in Addiscombe eine Militärakademie, auf der von den Direktoren ausgewählte Kadetten eine spezielle Vorausbildung für den militärischen Einsatz in Indien erhalten. Während die Handelskompanie bis ins ausgehende 18. Jahrhundert das traditionelle indische Erziehungssystem unangetastet lässt und christliche Mission bis 1813 verbietet, ändert sie diese Politik mit dem beginnenden 19. Jahrhundert und strebt zunehmend innere Reformen nach westlichem Vorbild an, einschließlich vermehrter Bemühungen um Christianisierung.

1835 Das Englische wird in Indien als Verwaltungssprache eingeführt.

In der Folgezeit wird das Vorgehen der Briten immer rücksichtsloser, arroganter und aggressiver, sowohl gegenüber der indischen Bevölkerung als auch gegenüber dem Großmogul und dessen Statthaltern. Die einheimischen Traditionen, Kastenbelange und religiösen Vorschriften von Hindus und Muslimen werden missachtet, die indische Kultur von vielen Briten für minderwertig erklärt, weite Teile der indischen Bevölkerung verlieren Landrechte, Beschäftigungsmöglichkeiten und Einfluss. Die letzten noch verbliebenen Rechte des Großmoguls, der immer noch nomineller Souverän ist und dem die Handelskompanie als sein Vasall zu Beginn des 19. Jahrhunderts noch mit dem ihm gebührenden Respekt begegnet war, werden übergangen. Auf den von der Kompanie geprägten Rupien wird der Name des

Großmoguls entfernt, hohe Vertreter der Kompanie statten ihm keine Antrittsbesuche mehr ab.

1847 Lord Dalhousie wird Generalgouverneur der britischen Präsidentschaften. Dalhousie tritt sein Amt als entschiedener Modernisierer an, der den Einfluss des Westens auf den ganzen indischen Subkontinent ausdehnen will, und führt mit der *Doctrine of Lapse*, die besagt, dass jeder indische Fürstenstaat, dessen Herrscher sich als unfähig erweist (*»manifestly incompetent«*) oder ohne Erben stirbt, zu annektieren sei, eine neue Expansionspolitik ein. Auf diese Weise fallen in den Folgejahren mehrere Fürstenstaaten an die Kompanie, zuletzt, 1856, auch Oudh, wo eine als ungerecht empfundene Landreform, zusätzlich zu dem gärenden Unmut, im ganzen Land Unruhen in der Bevölkerung auslöst. Mehr als 60 Prozent der in der britischen Armee dienenden Sepoys stammen aus dieser Region. Die neu annektierten Fürstentümer bringen der Kompanie eine letzte große Gebietserweiterung und spülen hohe Steuereinnahmen in ihre Kassen. Sie beherrscht nun etwa zwei Drittel des indischen Subkontinents, hat sich aber nach der kleinteiligen Eroberung dieses Riesenreichs als unfähig erwiesen, einheitliche Rechtsgrundlagen und ein einheitliches Verwaltungssystem für Indien zu errichten, und damit Unfrieden und Korruption jeder Art und auf allen Seiten Tür und Tor geöffnet. 1856 wird neuen indischen Rekruten der bis dahin freiwillige Dienst im Ausland befohlen, ohne Rücksicht auf Sepoys aus höheren Hindu-Kasten, die durch die Überquerung des offenen Meeres ihre Kastenzugehörigkeit verlieren. Vielen indischen Veteranen, die Anspruch auf eine Pension haben, werden diese Zahlungen verweigert. So mehren sich die Gründe, die ein Jahr später zu einem großen Aufstand in Indien führen.

1857 In Nordindien bricht der Indische Aufstand aus, auch Sepoy-Aufstand genannt und von den Briten oft als *Indian Mutiny* oder *Sepoy Mutiny* bezeichnet, während er den Indern als Befreiungskrieg oder gar als »Erster indischer Unabhängigkeitskrieg« gilt.[1]

Die Armee von Bengalen, einem der Zentren des Aufstands, besteht zu diesem Zeitpunkt aus 23.000 britischen und 136.000 indischen Soldaten, die ersteren befinden sich jedoch überwiegend auf einem Einsatz im Punjab. Auslöser des Aufstands ist die Einführung der neuen Enfield Gewehre, deren Papierpatronen sowohl das Pulver als auch die Kugel enthalten und wegen des neuartigen gezogenen Gewehrlaufs eingefettet sind; laut Exerzierreglement müssen die Patronen beim Bedienen des Gewehrs – genau wie ihre nicht eingefetteten Vorläufer für Musketen – aufgebissen werden. In den Linien der Sepoys verbreitet sich ab Januar 1857 wie ein Lauffeuer die Nachricht, die neuen Papierpatronen seien mit Schweine- und Rindertalg eingefettet. Dies stellt einen schweren Verstoß gegen die religiösen Vorschriften sowohl von Hindus als auch von Muslimen dar: Hindus gelten durch die Berührung von Rinderfett als unrein und verlieren ihre Kastenzugehörigkeit, Muslime werden durch Schweinefett verunreinigt. Im Februar kommt es zu ersten Befehlsverweigerungen. Alle vertrauensbildenden Maßnahmen der Briten helfen nichts, bei den Sepoys setzt sich die Überzeugung durch, die unfreiwillige Ausgrenzung aus ihrer Religionsgemeinschaft sei ein besonders infamer Versuch der Briten, sie zu christianisieren. Der offene Aufstand be-

1 Umfangreiches Anschauungsmaterial mit historischen Foto- und Bildersammlungen findet sich im Internet vorwiegend unter englischsprachigen Stichworten, etwa »Revolt of 1857« oder, zur Belagerung von Lakhnau, »The relief of Lucknow«.

ginnt Ende März 1857 in der Garnison von Barrackpur in Westbengalen, erreicht Delhi Anfang Mai und breitet sich innerhalb der nächsten Wochen und Monate rasch über fast alle Provinzen im nördlichen Indien aus. Das Muster ist an den verschiedenen Standorten der Truppen fast überall gleich: Der Anteil britischer Soldaten in den Armeen der Ostindien-Kompanie ist gering, jedoch sind die obersten Ränge und Führungsposten des Militärs ihnen vorbehalten, während die Regimenter selbst, ob Infanterie, Kavallerie oder Artillerie, fast alle aus gut ausgebildeten indischen Soldaten bestehen. In den meisten Fällen entledigen sich die aufständischen Sepoys ihrer britischen Offiziere, schneiden die existierenden Telegrafenverbindungen ab, stecken Kasernen in Brand, plündern und brandschatzen Gebäude der Zivilverwaltung und Wohnviertel der europäischen Zivilbevölkerung, an der mehr oder weniger Gräueltaten verübt werden, und verlassen den Standort unter Mitnahme ihrer Ausrüstung und militärischen Geräts, oft, um in Richtung Delhi zu ziehen und sich mit dem Ziel der Wiederherstellung ihres Kaiserreichs mit den anderen aufständischen Regimentern zu vereinigen. Dort, wo die Lage ein anderes Vorgehen erfordert, greifen die Sepoys meistens zum Mittel der Belagerung. Es dauert Wochen und Monate, bis es den Briten gelingt, größere europäische Truppenverbände herbeizurufen oder andere loyale Truppen zu versammeln, um eine Niederschlagung der sich über ganz Nordindien verbreitenden Aufstände zu organisieren. Hier einige der wichtigsten Ereignisse des Jahres 1857:

Am 29. März wagt der Sepoy Mangal Pandey in Barrackpur als Erster einen Aufruf zur Meuterei und tätlichen Angriff auf den britischen Offizier seines Eingeborenenregiments, der schwer verwundet überlebt. Pandeys Kameraden bleiben zögerlich. Er wird von den Briten überwältigt und am 8. April gehängt, sein Regiment kurz darauf entwaffnet. Mangal Pandey wird in Indien bis heute als Märtyrer und erster Freiheitskämpfer gegen die Herrschaft der Briten verehrt.

Am 7. Mai verweigern die Sepoys einer Kavallerieeinheit in Merath (Meerut) den Befehl zu einer Schießübung. Zwei Tage später werden die Befehlsverweigerer zu zehn Jahren Zwangsarbeit verurteilt und öffentlich gedemütigt. Daraufhin kommt es zum offenen Aufstand der in Merath stationierten Sepoy-Truppen, Kasernen werden in Brand gesteckt, zahlreiche europäische Soldaten und Zivilisten ermordet und die verurteilten Sepoys befreit, ehe die meuternden Truppen in Richtung Delhi abziehen.

Am 11. Mai frühmorgens erscheint eine Gruppe indischer Kavalleristen aus Merath vor dem Palast des Großmoguls Bahadur Shah II. in Delhi und fordert ihn auf, die Rebellion zu unterstützen, um die Macht des Kaiserreichs wiederherzustellen. Nachmittags gibt der Großmogul seine Entscheidung bekannt, sich an die Spitze des Aufstands zu setzen. Unterdessen ist die Gesamtheit der meuternden Truppen aus Merath eingetroffen. Ein von den Briten zur Verteidigung Delhis herbeizitiertes Eingeborenenregiment läuft spontan zu den Aufständischen über, indem es vier der befehlshabenden britischen Offiziere erschießt. Auch ein großer Teil der indischen Zivilbevölkerung der Stadt schließt sich den Aufständischen an. In Delhi werden gezielt die Häuser der dort lebenden Europäer, Eurasier und christianisierten Inder geplündert, gebrandschatzt und viele ihrer Einwohner ermordet, während die Überlebenden aus der Stadt fliehen. Schon am Abend desselben Tages ist Delhi vollständig in den Händen der Aufständischen.

Am 30. Mai beginnt eine Meuterei der in Lakhnau (Lucknow) stationierten Eingeborenenregimenter, die erst nach dem muslimischen Fastenmonat Ramadan am 30. Juni zum massiven Aufstand wird. Der britische Oberbefehlshaber der Garnison von Lakhnau in dem – durch die *Doctrine of Lapse* frisch annektierten – Fürstenstaat Oudh, Sir Henry Lawrence, nimmt die frühen Anzeichen des drohenden Aufstands sehr ernst und bereitet seine Residenz mit 16 angrenzenden Gebäuden, die besser zu verteidigen sind als die eigentliche Garnison, schon ab dem 23. Mai auf eine mögliche Belagerung vor, lässt Verteidigungsgräben und einen Wall anlegen, Geschütze aufstellen, Nahrungsmittel einlagern. Dort verschanzen sich rund 1.500 britische und loyale indische Offiziere und Soldaten sowie ebenso viele britische Zivilisten, darunter Hunderte von Frauen und Kindern. Ab dem 30. Mai wird die Residenz tatsächlich belagert, zunächst jedoch ohne größere Angriffe. Die Aufständischen warten den muslimischen Fastenmonat Ramadan ab, ehe sie am 30. Juni mit Versuchen beginnen, die Residenz zu stürmen. Die Verteidiger halten der Belagerung durch etwa 8.000 Sepoys über viereinhalb Monate lang stand, allerdings unter immensen Verlusten. Täglich sterben mehr als 20 der Belagerten – sehr früh auch der weitsichtige Befehlshaber Henry Lawrence –, sei es durch den ständigen Sepoy-Beschuss, sei es durch Krankheiten wie Cholera oder Ruhr, die in der Residenz ausbrechen. Trotz allem versuchen sie mehrfach Ausfälle, um die Artillerie der Sepoys zu schwächen. Während der gesamten Belagerung flattert ein Union Jack über der Residenz. Am 25. September scheitert ein erster Entsatzversuch. Die wenigen überlebenden Belagerten können erst am 18. November befreit und evakuiert werden. Die Entsatztruppen sind aber auch diesmal zu schwach, um Lakhnau dauerhaft zurückzuerobern, und müssen es nach dem Entsatz wieder den Aufständischen überlassen.

Am 5. Juni beginnt der Aufstand in Kanpur (Cawnpore), einer Garnison in dem Marathen-Fürstentum Pune, dessen Herrscher Baji Rao, der letzte Peshwa (urspr. Titel des Ersten Ministers der Marathen) von Pune, gegen eine großzügige jährliche Pensionszahlung von den Briten abgesetzt und exiliert worden war. Nach Baji Raos Tod wurde seinem Erben, dem Brahmanen Nana Sahib, diese Pensionszahlung unrechtmäßig verweigert. Auf Bitten der aufständischen indischen Regimenter von Kanpur setzt Nana Sahib sich an deren Spitze, führt sie aber nicht nach Delhi, um sich als hochrangiger Hindu nicht dem muslimischen Großmogul zu unterwerfen, und möglicherweise eher mit dem Ziel, seine eigene Marathen-Macht zurückzuerobern. Die europäischen Soldaten und Zivilisten von Kanpur – etwa 1.000 Personen – verschanzen sich bei den ersten Anzeichen eines Aufstands in der von General Wheeler befehligten Garnison, sind aber in der Erwartung, die Aufständischen würden rasch nach Delhi ziehen, kaum für eine Belagerung gerüstet. Von den Sepoys unter Artilleriebeschuss genommen, halten sie unter hohen Verlusten bis zum 25. Juni durch. Dann nehmen sie ein Kapitulationsangebot von Nana Sahib an, der ihnen freien Abzug auf Booten über den Ganges in Aussicht stellt. Beim Besteigen der Boote eröffnen die Sepoys jedoch das Feuer. Alle Männer kommen dabei um, die etwa 125 überlebenden Frauen und Kinder werden als Gefangene nach Kanpur zurückgebracht. Als am 16. Juli britische Truppen nach Kanpur vorrücken, will Nana Sahib die gefangenen Frauen und Kinder hinrichten lassen, doch die indischen Soldaten verweigern sich dieser Tat, die auf Anweisung Nana Sahibs schließlich von Metzgern aus dem Basar ausgeführt und zu einem grauenhaften Gemetzel mit Schwertern, Äxten und Beilen wird. Alle Frauen und Kinder werden ermordet und ihre Körperteile in einen Brunnen geworfen. Einen Tag später treffen die britischen Entsatztruppen ein und finden die Überreste des Massakers.

Die Armeen der Britischen Ostindien-Kompanie gehen von Anfang an, wo immer ihre militärische Macht es zulässt, mit extremer Härte und massenhaften, zur Abschreckung gedachten Hinrichtungen gegen die Aufständischen vor. Die dabei von den Briten verübten Gräuel übertreffen in ihrem Ausmaß bei Weitem die grausamen Gewaltakte der Sepoys und teilweise auch indischer Zivilisten. Durch das von Seiten der Aufständischen beispiellose Massaker von Kanpur, das auch in der Öffentlichkeit Großbritanniens hohe Wellen schlägt, verwandelt sich die Niederschlagung des gesamten Aufstands in einen Rachefeldzug der Briten mit der expliziten Absicht, das Gemetzel von Kanpur zu überbieten. In dem Maß, in dem im Lauf der Monate Verstärkung für die Briten eintrifft – mehrere schottische Regimenter, die eigentlich auf dem Weg nach China sind, Truppen aus Burma, Gurkha-Soldaten aus Nepal, Sikhs aus dem Punjab, loyale indische

Regimenter –, beginnt die effektive Niederschlagung und Rückeroberung, die im Lauf des Jahres 1859 so gut wie vollständig von den siegreichen Briten abgeschlossen wird. Delhi wird bereits am 20. September 1857 zurückerobert, der Großmogul gefangengenommen, etwas später abgesetzt und nach Burma verbannt, mehrere seiner Söhne und Enkel werden erschossen, und an der indischen Zivilbevölkerung wird Vergeltung für Kanpur geübt. Die aufständischen Truppen sind auch in dieser Phase weitaus in der Überzahl, militärisch aber dennoch unterlegen, da es ihnen an erfahrenen und in Schlachttaktik ausgebildeten Führungsoffizieren fehlt. Im Geist der Rache werden als Beiwerk der Rückeroberung indische Dörfer samt ihren Einwohnern niedergebrannt, Frauen vergewaltigt, ethnisch oder religiös verfeindete Gruppen gegeneinander aufgehetzt, und immer wieder kommt es zu Massenerhängungen und -erschießungen. Um Hindus und Muslimen die religiöse Seelenruhe zu nehmen, nach ihrem Tod wiedergeboren oder ins Paradies aufgenommen zu werden, legen die britischen Soldaten es darauf an, sie vor ihrer Hinrichtung zu Verstößen gegen ihre religiösen Pflichten zu zwingen. Muslime werden mit Schweinefett bestrichen oder gezwungen, es zu essen. Hindus müssen ihre Gräber selber schaufeln und werden begraben statt verbrannt. In dem jüngst nach Maßgabe der *Doctrine of Lapse* annektierten Fürstenstaat Jhansi übernimmt die als Regentin für ihren minderjährigen Sohn eingesetzte Rani Lakshmibai die Führung der Aufständischen im Widerstand gegen den Rachefeldzug der Briten mit solcher Entschlossenheit, dass sie in Indien zum Vorbild späterer Freiheitskämpfer und noch heute als Volksheldin verehrt wird. Der britischen Öffentlichkeit bleiben von dem Indischen

Aufstand vor allem das Massaker von Kanpur und die Belagerung von Lakhnau in Erinnerung. Schon zeitgenössische – auch britische – Historiker beurteilen die Vergeltungsmaßnahmen der Briten gegen die Aufständischen in Indien als vollkommen unangemessen. Queen Victoria äußert sich besorgt über die unchristlichen Rachegelüste ihrer Landsleute. Ein zeitgenössischer Kriegsberichterstatter der *Times* prophezeit den Zusammenbruch des Britischen Empire aufgrund des politischen und moralischen Versagens des Imperialismus. Karl Marx, der den Aufstand mit zahlreichen aktuellen Leitartikeln für die *New-York Daily Tribune* begleitet, schreibt am 16. September 1857: »Wie schändlich das Vorgehen der Sepoys auch immer sein mag, es ist nur in konzentrierter Form der Reflex von Englands eigenem Vorgehen in Indien nicht nur während der Zeit der Gründung seines östlichen Reichs, sondern sogar während der letzten zehn Jahre einer lange bestehenden Herrschaft. Um diese Herrschaft zu charakterisieren, genügt die Feststellung, daß die Folter einen organischen Bestandteil ihrer Finanzpolitik bildete. In der Geschichte der Menschheit gibt es so etwas wie Vergeltung; und es ist eine Regel historischer Vergeltung, daß ihre Waffen nicht von den Bedrückten, sondern von den Bedrückern selbst geschmiedet werden. […] Da Delhi nicht durch bloße Windstöße gefallen ist wie die Mauern von Jericho, sollen John Bulls Ohren von Rachegeschrei gellen, damit er vergisst, daß seine Regierung verantwortlich ist für das ausgebrütete Unheil und dafür, daß es solche kolossalen Ausmaße annehmen konnte.«[2]

2 Karl Marx, »Artikel und Korrespondenzen 1857«, in: Karl Marx / Friedrich Engels, *Werke*, Dietz Verlag Berlin 1961, Bd. 12., S. 285 und 288.

1858 Die unmittelbare Folge des Aufstands ist ein neues Indiengesetz, *India Act of 1858*, zur Reorganisation der Verwaltung. Die Britische Ostindien-Kompanie wird aufgelöst. In London wird ein Indienministerium eingerichtet und der Posten eines Generalgouverneurs für Indien geschaffen. Damit endet auch formal das nur noch nominell bestehende Mogulreich. Britisch-Indien wird als Kronkolonie Bestandteil des Britischen Empire.

1876 Queen Victoria nimmt den Titel *Empress of India* oder, auf Hindustani, *Badishah-e-Hind* an und lässt das Kaiserreich durch einen Vizekönig verwalten.

1947 In der Folge der von Mahatma Ghandi angeführten Unabhängigkeitsbewegung wird die indische Kronkolonie unabhängig, wegen unterschiedlicher Interessen von Hindus und Muslimen, gepaart mit der Unfähigkeit Großbritanniens, die Streitigkeiten unter Kontrolle zu bringen, jedoch als geteiltes Land: einer hinduistischen Nation, dem heutigen Indien, und einer muslimischen, dem heutigen Pakistan. Die überstürzte Grenzziehung, Machtübergabe und der fluchtartige Rückzug der Briten stürzen die beiden Staaten von Anbeginn in schwere und blutige Konflikte.

Grete Osterwald

Nachwort

Im Jahr 1857 war James Bruce, 8. Earl of Elgin, unterwegs nach China, um die Mandschu-Herrscher dafür zu bestrafen, dass sie es gewagt hatten, die Stadt Kanton für britische Opiumhändler zu schließen, als er von dem Indischen Aufstand hörte. Die antibritischen Erhebungen beschränkten sich auf den Norden Indiens, insbesondere die Gangesebene, von wo die meisten der aufständischen Sepoys, wie die indischen Soldaten der Britischen Ostindien-Kompanie genannt wurden, rekrutiert worden waren. Aber sie drohten alles zunichtezumachen, was die Briten in den vergangenen hundert Jahren in Indien errungen hatten. Bruce lenkte seine Strafexpedition unverzüglich nach Indien ab und verbrachte einige unruhige Wochen in Kalkutta, auf Nachrichten über britische Siege wartend, ehe er weiterzog, um sich mit den Chinesen auseinanderzusetzen.

Bruce war ein widerstrebender Imperialist. »Ich hasse die ganze Sache so sehr, dass ich mir nicht zutrauen kann, darüber zu schreiben«, schrieb er in sein Tagebuch, während britische Kriegsschiffe unter seinem Kommando Kanton bombardierten und zweihundert Zivilisten töteten. In Kalkutta, wo er ein Haus nach dem Vorbild des Landsitzes Kedleston Hall in England bewohnte, schrieb er über die drei- oder vierhundert Diener, die ihn umgaben:

> »Man bewegt sich mit vollkommener Gleichgültigkeit unter ihnen, behandelt sie nicht wie Hunde, denn in diesem Fall würde man nach ihnen pfeifen oder sie tätscheln, sondern wie Maschinen, mit denen man keinerlei Verbundenheit oder Mitleid haben kann. Wenn sich Ausbrüche von Angst und Hass zu dieser Gleichgültigkeit gesellen, ist das

Ergebnis furchtbar; eine absolute Gefühllosigkeit gegenüber den Leiden derer, die Gegenstand dieser Ausbrüche sind …«

George Orwell, der als Kolonialbeamter nach Burma gegangen war und dort in die Lage geriet, einen Elefanten erschießen zu müssen, den er lieber nicht erschossen hätte, empfand in aller Schärfe die zerrüttende Wirkung des Kolonialismus sowohl auf die Unterdrücker als auch auf die Unterdrückten. Unfreiwillig in Rollen gepresst und zu Handlungen gezwungen, dachte Orwell, werde auch der widerstrebende Imperialist »zu einer hohlen, posierenden Puppe, zur konventionellen Figur des ›Sahib‹ … Er trägt eine Maske, und sein Gesicht passt sich ihr an.«[1]

Doch die empörten Gefühle einiger Individuen machen dem unpersönlichen Geschäft moderner Reiche nicht viel aus. Eine Reihe einflussreicher Persönlichkeiten – Edmund Burke ebenso wie John Stuart Mill – trat in Großbritannien für die indischen Opfer der Ostindien-Kompanie ein. Aber sie hatten wenig Einfluss auf die wirklichen Machthaber in Indien, die Burke in einer Rede von 1783 als »junge Männer (fast noch Knaben)« brandmarkte, die »ohne Mitgefühl mit den Eingeborenen« herrschen, »Raubvögel«, die ihre Beute machen, »noch ehe die Natur oder die Vernunft Gelegenheit hatten, auf sie einzuwirken, um die Exzesse ihrer unreifen Macht zu verhindern«.

In den Jahrzehnten vor dem Aufstand hatten die offiziellen Repräsentanten der Ostindien-Kompanie die alte Gesellschafts- und Wirtschaftsordnung Indiens grundlegend zerrüttet. Sie hatten qualifizierte Fachleute des Kunsthandwerks gezwungen, belanglose Gebrauchsgüter herzustellen, während sie Indien vom Exporteur hochwertiger Luxusgüter in einen Lieferanten von Rohmaterial für die industrielle Revolution in England verwandelten. Ihre halsabschneiderischen Maßnahmen zur Aus-

1 George Orwell, »Einen Elefanten erschießen«, in: *Meistererzählungen*, übers. von Christian Stich, Zürich 1991, S. 47.

beutung der Landwirtschaft hatten eine ältere Klasse einheimischer Grundbesitzer und Bauern in Schulden und Elend getrieben.

Angesichts der belgischen Raffgier und Zerstörungswut im Kongo erklärt der Erzähler in Joseph Conrads *Herz der Finsternis*, dass

> »die Eroberung der Welt, die im Wesentlichen darauf hinausläuft, dass man sie denen wegnimmt, die eine andere Hautfarbe oder etwas plattere Nasen haben als wir, genau besehen nichts Erfreuliches [ist]. Was mit ihr versöhnt, ist die Idee allein. Eine Idee steht fraglos dahinter; kein sentimentaler Anspruch, sondern eine Idee; und ein selbstloser Glaube an die Idee – etwas, was man aufrichten, vor dem man sich verneigen, dem man Opfer bringen kann ...«[2]

Die Britische Ostindien-Kompanie stützte sich, um mit ihrer Anwesenheit in Indien zu versöhnen, auf die Idee, sie sei Träger einer höheren Zivilisation und gekommen, um geringeren Völkern die Früchte von Wissenschaft, Vernunft und Fortschritt zu bringen. Aber dieser evangelische Reformgeist, der danach strebte, die sozialen und religiösen Bräuche Indiens zu unterwandern, führte nur dazu, viele Inder noch mehr gegen die Handelskompanie aufzubringen, insbesondere diejenigen, die in der Gangesebene lebten. Selbst ein Reisender, der so wenig Sympathie für die Inder hatte wie Richard Francis Burton, der Übersetzer des *Kamasutra*, erkannte 1856, wie arrogant die Briten in Indien geworden und wie verhasst sie vielen Indern waren. Als der Aufstand ausbrach, waren die Briten schockiert, besonders über »Cawnpore« (Kanpur), wo indische Bauernsoldaten, wie es den Briten noch Jahrzehnte danach in lebhafter Erinnerung blieb, heimtückisch über vierhundert britische

2 Joseph Conrad, *Herz der Finsternis,* übers. von Urs Widmer, München 2004, S. 11.

Männer, Frauen und Kinder ermordeten, nachdem sie ihnen freien Abzug mit Booten über den Fluss nach Allahabad zugesichert hatten.

Die Briten hatten Indien vor allem durch Gewaltandrohung unter ihre Herrschaft gebracht – im Jahr 1857 gab es in der britischen Armee 34.000 europäische gegen 257.000 indische Soldaten. Die weitverbreitete Rebellion ließ sie nach den Worten von John Kaye, dem ersten britischen Historiker des Aufstands, »diejenigen fürchten, die wir gelehrt hatten, uns zu fürchten«; und wie vorherzusehen war, versuchten die Briten als Erstes, das Gleichgewicht des Schreckens wiederherzustellen.

Kurz nachdem ihnen die ersten Berichte über eine Meuterei zu Ohren gekommen waren, hatten die Briten im Zuge dessen, was ein Offizier im Punjab eine »prompte und strenge Maßnahme« nannte, um »eindrücklichen Schrecken« unter den »halbwilden Eingeborenen« zu verbreiten, Hunderte von Indern getötet – diese präventiven Tötungen durch die Briten erfolgten lange bevor sie von dem Massaker in Cawnpore hörten. Später, als die Briten wieder die Oberhand gewannen, wurden Zehntausende Inder gehängt, erschossen oder vor Kanonenmündungen gebunden und »in Stücke geblasen«. Die Berichterstattung über die Rückeroberungen oblag weitgehend »eingebetteten« Journalisten wie William Howard Russel, der bereits über den Krimkrieg berichtet hatte und auch über den Amerikanischen Bürgerkrieg berichten sollte. Das Vorgehen gegen die aufständischen Sepoys fand die aggressive Unterstützung einer britischen Öffentlichkeit, die gesättigt war mit übertriebenen Geschichten von Gräueltaten der Rebellen. Sogar Charles Dickens fühlte sich derart provoziert, dass er wünschte, die Briten würden sich durch noch größere Gräueltaten rächen.

Mit der Proklamation von 1858 beendete Königin Victoria schließlich die Herrschaft der Ostindien-Kompanie und erklärte Indien formal zum Bestandteil des Britischen Empire. Aber die Presseberichterstattung über den Aufstand und seine Niederschlagung hatte der britischen Öffentlichkeit schon das Gefühl vermittelt, Indien sei britischer Besitz, zumal sich die britische Bevölkerung bis dahin kaum darum gekümmert hatte und wenig darüber wusste, was ihre Landsleute in Indien so trieben. Bis 1857 hatten nur die Teilhaber der Ostindien-Kompanie von der Herrschaft über Indien profitiert. Jetzt, so drückte der Geschichtsschreiber George Otto Trevelyan[3] es aus, rief der Aufstand »uns unwiderstehlich in Erinnerung, dass wir eine Herrscherrasse waren, die sich durch Heldenmut und Weitsicht auf erobertem Boden behauptete.«

Im Großbritannien des späten neunzehnten Jahrhunderts schrieben Dichter, Dramatiker, Romanciers und Journalisten ausschweifend über indische Gräuel in Cawnpore (Kanpur)und britische Tapferkeit in Lucknow (Lakhnau), wo britische Zivilisten in der *Residency*, der offiziellen Residenz britischer Verwalter, eingeschlossen waren und fünf Monate lang bei Hunger und Krankheit gegen die Aufständischen durchhielten, ein Ereignis, das als »die Belagerung von Lucknow« berühmt wurde. Das Bild vom Inder verdüsterte sich; seine Hinterhältigkeit wurde in schärferen Kontrast zum Altruismus und der Freizügigkeit der Briten gesetzt; und der stoisch tapfere christliche Soldat trat als neues Modell viktorianischer Männlichkeit hervor. Maud Diver und Flora Annie Steel waren nur die prominenteren Romanschriftstellerinnen, die sich dieser Stereotypen im kommerziell lukrativen Genre der *mutiny novel*, des »Aufstandsromans«, bedienten.

Die Regeln dieses Genres, das etwas über das Viktorianische Zeitalter hinausreichte, waren einfach:

> »Der Held, ein Offizier, begegnet einer charmanten jungen Lady, die gerade frisch aus England kommt oder bereits in Indien lebt, und verliebt sich, oder sie kommen beide auf

3 George Otto Trevelyan, *The Competition Wallah*, London 1864.

demselben Schiff nach Indien und es ist schon an Bord Liebe auf den ersten Blick. Die historische Lage in Indien ist reif für den Aufstand, und plötzlich geraten die Verliebten mitten in den Aufruhr.«[4]

Als J. G. Farrell in den frühen 1970er-Jahren die Belagerung von Lucknow zum allgemeinen Schauplatz seines fünften Romans *Die Belagerung von Krishnapur* machte – dem zweiten einer Trilogie über das Britische Empire –, benutzte er das Grundschema der obsoleten *mutiny novel*, indem er deren Regeln durchkreuzte und ihren Patriotismus in Ironie und Komik aufgehen ließ. Der 1935 geborene Farrell war erst zwölf Jahre alt, als Indien die Unabhängigkeit von der britischen Herrschaft erlangte. Er konnte miterleben, wie das Empire zerfiel und unter der Feder von Schriftstellern wie Paul Scott oder Anthony Burgess zu einem Thema geriet, das nicht nur ohne Sentimentalität, sondern mit größter Skepsis und Respektlosigkeit behandelt wurde.

Farrells Hauptfigur, George Fleury, kommt in Kalkutta an und begegnet einer charmanten jungen Lady namens Louise Dunstaple just in dem Moment, in dem Nachrichten von den ersten Meutereien im Hinterland durchdringen. Anders als der draufgängerische Offizier früherer »Aufstandsromane« ist Fleury ein Zivilist mit ziemlich romantischer Veranlagung. Er trifft Louise zum ersten Mal im Rausch der gesellschaftlichen Anlässe, die das Leben der herrschenden Klasse der Briten in Kalkutta ausmachen, der überschwänglichen Runde von Teegesellschaften, Bällen und Picknicks, bei denen die Protagonisten ihr Bestes geben, um »britisch« zu sein, so zu tun, »als fände all dies nicht in Indien statt, sondern irgendwo in einem gemäßigten fernen Land«.

Inder haben keinen Zutritt zu diesem privilegierten Reich. Dennoch mag das Fehlen indischer Figuren – abgesehen von

4 Shailendra Dhari Singh, *Novels on the Indian Mutiny*, Arnold-Heinemann, Neu-Delhi 1973, S. 183.

dem etwas verweichlichten, englisch erzogenen Sohn eines Maharaja – heute erstaunlicher erscheinen als im neunzehnten Jahrhundert. Vielleicht hat das technische Problem, die Sprache indischer Figuren wiederzugeben, ohne sie in Cockneys zu verwandeln, hier eine Rolle gespielt. Aber Farrells Entscheidung, sie lieber auszulassen, scheint vor allem einem ehrlichen Umgang mit seinen Erfahrungen in Indien entsprungen zu sein.

Die Tagebücher, die er 1971 während seiner Erkundungsreise nach Indien schrieb, zeigen, wie verwirrt, ja »sprachlos« er angesichts der Fremdheit der Menschen und der Landschaft war. Statt einige unplausible indische Charaktere zu erfinden, beschränkte er sich darauf, das Inselvolk der Briten und deren Anspruch zu beschreiben, ein Land, von dem sie – genau wie Farrell – nicht viel verstanden oder verstehen konnten, gerecht zu regieren.

Der Collector der fiktiven Stadt Krishnapur verkörpert beispielhaft, was Farrell als die Ambitionen und Wahnvorstellungen der britischen Herrschaft über Indien sah – einen ausgeklügelten imperialen Selbstbetrug, der das eigentliche Thema der *Belagerung von Krishnapur* ist. Der Collector weiß wenig über die Eingeborenen und empfindet kaum etwas für sie. Er begnügt sich damit, das zu besitzen, was Conrad die »Idee« nannte, und was sich als eine aggressive Ideologie der Wissenschaft, Vernunft und des Fortschritts entpuppt. Er ist Mitglied zahlreicher progressiver Vereine, ein glühender Bewunderer der *Great Exhibition*, die 1851 in London stattfand, um die wissenschaftlichen und technischen Neuheiten der Welt zur Schau zu stellen, und er hat »in dem Glauben, das Gleiche zu tun, was die Römer einst in Britannien getan hatten, einen substanziellen Teil seines Vermögens darauf verwendet, Beispiele europäischer Kunst und Wissenschaft ins ferne Indien zu bringen«.

Farrells postkolonialer Zynismus grenzt oft ans Burleske, versteht sich aber auch auf scharfzüngige Verknappungen in der

Art, wie er die moralische Blindheit bestimmter Figuren präsentiert. Er lässt nie nach mit seiner bohrenden Hinterfragung der moralischen Rechtfertigungen des Imperialismus. Sprühend vor Witz scheint er die in imperialistische Abenteuer verwickelten Menschen wie Rollendarsteller in einer improvisierten Farce gesehen zu haben. So gelingt es ihm, *Die Belagerung von Krishnapur* auf eine Ebene zu heben, die niemals schwerfällig wirkt.

»Gefühle«, davon ist der Collector am Ende der Belagerung überzeugt, sind »genauso wichtig wie Ideen«. Aber seine Bekehrung zu einer Art Bloomsbury-Ethik ist weniger dramatisch als Fleurys neue und uneingeschränkte Hinwendung zur tatkräftigen viktorianischen Zivilisation. Am Ende der Belagerung hat Fleury »die männlichen Freuden entdeckt, Dinge zu erfinden, Dinge funktionsfähig zu machen, die Freude an Ergebnissen, an Ursache und Wirkung. Kurz, er hatte sich endlich mit dem Geist der Zeit identifiziert.«

»Ideen machen uns zu dem, was wir sind«, beteuert Fleury, als er den Collector Jahre nach der Belagerung zufällig wiedertrifft. Aber Farrell gibt dem Collector das letzte Wort: Im hohen Alter hat er das melancholische Bewusstsein erlangt, dass »man so viele Möglichkeiten, so viel Energie damit verbraucht, einfach nur herauszufinden, worum es im Leben überhaupt geht«, und dass man letzten Endes nicht viel daran ändern kann. Intellektuelles Wissen oder dessen mindere Form, technischer Sachverstand, reichen nicht aus. Auf jeden Fall wird eine Nation, ein Volk nicht von seinen Ideen geformt, sondern von anderen Kräften, »über die es wenig weiß«.

V. S. Naipaul hat einmal beklagt, es gebe keinen großen englischen Roman über die Entstehungsgeschichte des nationalen oder imperialen Bewusstseins. Aber dieser Roman konnte nicht geschrieben werden, solange den britischen Vorstößen auf der Welt Erfolge jeder Art beschieden waren und sogar freisinnige Schriftsteller wie Dickens den Anspruch auf nationale und imperiale Überlegenheit vertraten.

Der viktorianische Glaube an Wissenschaft, Vernunft und Fortschritt, der zuerst den Collector und später Fleury beseelt, sollte auf den Schlachtfeldern des Ersten Weltkriegs zerfetzt werden. Sein Zusammenbruch gab E. M. Forster das Selbstvertrauen, den Briten in Indien im Roman *Auf der Suche nach Indien* (1924) vorzuwerfen, ein »unentwickeltes Herz« zu haben. Aber es bedurfte eines weiteren Weltkriegs und der verheerenden Teilung Indiens, bevor britische Schriftsteller in der Lage waren, die in der Blütezeit des Empire gehegten selbstgefälligen Haltungen angemessen zu untersuchen.

Wie Paul Scott es in *Das Reich der Sahibs* beschrieb, einem Werk, das heute als eine der ersten großen Arbeiten postkolonialer Literatur erscheint, hatten die Briten Indien einer edlen Idee von sich selbst einverleibt. Aber es war nicht viel Conrad'sches Pflichtgefühl in Sicht, als die Briten ihre Sachen packten, nachdem sie Indien überstürzt geteilt hatten, und Hunderttausende von Indern sich gegenseitig töteten und vertrieben. Mit der Teilung Indiens kamen »die Briten ans Ende ihrer selbst«. Scott beschwor die schmutzigen letzten Tage einer imperialen Phantasie herauf, das Ablegen einer zerrissenen Maske. Farrells Vollendung besteht in der Beschreibung, wie die Maske zuerst probeweise getragen wurde – in einem anspruchsvollen Ideenroman, der zugleich ein unterhaltsames komisches Abenteuer ist.

Pankaj Mishra

Inhalt

James Gordon Farrell, 1935 in Liverpool geboren, beschreibt in seiner *Empire Trilogy* den Niedergang des Britischen Imperiums. Die Trilogie gilt als sein Hauptwerk, in dem er heftige Kritik an Kolonialismus und Ausbeutung übte. 1973 nutzte Farrell seine Preisrede zum Man Booker Prize, um diese Kritik gegenüber dem Sponsor des Preises erneut zu formulieren. Farrell starb 1979, als er beim Angeln ins Wasser stürzte.

Die vorliegende Ausgabe erschien zuerst bei Matthes & Seitz Berlin in der Reihe *Die ganze Welt*, herausgegeben und gefördert von Jan Szlovak.

Die Arbeit der Übersetzerin an diesem Text wurde mit einem Stipendium des Deutschen Übersetzerfonds e.V. gefördert.

Matthes & Seitz Berlin · Paperback · 029

Erste Auflage dieser Ausgabe 2021

Göhrener Str. 7, 10437 Berlin

info@matthes-seitz-berlin.de

Satz: Hermann Zanier, Berlin
Umschlaggestaltung: Pauline Altmann, Berlin
Druck und Bindung: GGP Media GmbH, Pößneck
ISBN 978-3-7518-0104-1
www.matthes-seitz-berlin.de

James Gordon Farrell

Singapur im Würgegriff

Aus dem Englischen von Manfred Allié
826 Seiten, gebunden mit Schutzumschlag

Singapur 1937. Walter Blackett, Direktor eines britischen Kautschukunternehmens, weiß sich von der bewährten Ordnung britischer Kolonialherrschaft getragen, als er die Feierlichkeiten zum hundertjährigen Jubiläum seiner Firma ausrichtet. Noch ist die Welt, zumindest für die Engländer, in Ordnung: Die »Da Dousa Sisters« haben ihre Gesangsauftritte, der zerzauste Hund »La Condition humaine« ist nur halb tot und es gibt standesgemäße Paraden und Feste. Und doch scheint am Vorabend des Zweiten Weltkriegs im Inselstaat einiges in Schieflage geraten zu sein: Kaum ist ein Streik der Einheimischen niedergeschlagen, flammt er an einem anderen Ort wieder auf. Walter Blacketts Sohn engagiert zur Abendunterhaltung ausgerechnet einen Fakir, seine Tochter Joan tändelt mit den falschen Verehrern, während der junge Matthew, Oxford-Student und rechtmäßiger Erbe der Firma, sich als naiver Weltverbesserer erweist. Das Geschäft mit dem Kautschuk boomt, nicht zuletzt wegen des Weltkriegs und der Marktmanipulation durch Blackett selbst, doch als japanische Flieger das völlig unvorbereitete Singapur bombardieren, könnte der Schock größer nicht sein. Während Matthew herauszufinden versucht, was es mit dem ›Würgegriff von Singapur‹ auf sich hat, ist der Mythos von der Uneinnehmbarkeit Singapurs bereits brutal zerschlagen.

»Auf eine dermaßen schrecklich-komische Weise wie in diesem Roman ist selten ein Weltreich untergegangen.«

Frank Jung Hänel, FRANKFURTER RUNDSCHAU

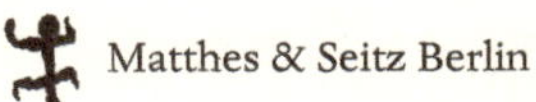

James Gordon Farrell
Troubles

Aus dem Englischen von Manfred Allié,
mit einem Nachwort von John Banville
538 Seiten, gebunden mit Schutzumschlag

1919: Major Brendan Archer, nach dem Ende des Ersten Weltkriegs aus der englischen Armee entlassen, reist an die irische Ostküste, um seine Verlobte zu heiraten. Das Wiedersehen mit der Tochter des Besitzers des Hotels Majestic verläuft allerdings gänzlich anders als erhofft, zumal die Verlobte bald darauf verstirbt. In der Zwischenzeit aber hat sich der Major bereits auf die verbliebene Schar von Katzen, skurrilen Dienern und Bewohnern eingelassen und wird immer tiefer in den Sog des Verfalls des riesigen ehemaligen Prachthotels und seines polternden Besitzers hineingezogen. Die brillante, von absurdem Humor durchzogene Erzählung spielt vor dem Hintergrund der entscheidenden Jahre Irlands auf dem Weg zur Teilung des Landes. *Troubles* wurde posthum mit dem Man Booker Prize ausgezeichnet.

»Farell ist ein Erzähler und Charakterschöpfer
erster Güte. […] Ein bewegendes, bitteres,
oftmals komisches, tragisches Buch.«

Werner von Koppenfels, NEUE ZÜRCHER ZEITUNG

»Troubles ist eine überwältigend farbige und
verrückte, mitreißend erzählte Geschichte […].«

DER SPIEGEL

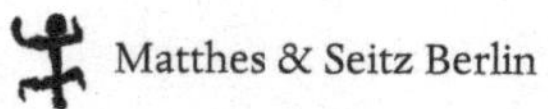